Jill Mansell ist in England eine erfolgreiche Autorin von anspruchsvollen Frauenromanen.

Von Jill Mansell ist außerdem erschienen

Kiss (Band 60308)

Dieses Buch wurde auf chlor- und säurefreiem Papier gedruckt.

Deutsche Erstausgabe Januar 1996

Titel der Originalausgabe »Sheer Mischief«

Originalverlag Bantam Books, New York
Umschlaggestaltung Angelika Dobrick, Hamburg
Umschlagfoto Elke Hesser, Paris
Satz MPM, Wasserburg
Druck und Bindung Elsnerdruck, Berlin
Printed in Germany
ISBN 3-426-60347-0

2 4 5 3

JILL MANSELL

Zwei Schwestern wie Feuer und Wasser

Roman

Aus dem Englischen
von Elfi Jäger

Knaur

Für Lydia in Liebe

DANKSAGUNG

Ein dickes Dankeschön,
wie immer, an Mama,
für all die Stunden am Computer;
an Dad, den einzigen, der alles versteht;
an Tina, die wunderbare Babysitterin;
und an Pearl, Sarah und Cino,
die ebenfalls geholfen haben.

1

Ihrem langweiligen Verlobten wegzulaufen, schien eine großartige Idee gewesen zu sein. Aber es war schlicht eine Schande, dachte Maxine, daß ihr vier Stunden später das verdammte Benzin ausgehen mußte, was sich als weitaus weniger lustig erwies.

»O bitte, seien Sie nicht so kleinlich«, bettelte sie, aber der Tankwart, ein Mann mittleren Alters, blieb ungerührt. »Schauen Sie«, wiederholte er ernst, »Sie haben Benzin im Wert von zwanzig Pfund in ihren Wagen gepumpt. Jetzt erzählen Sie mir, daß Sie nur dreiundsiebzig Pence dabei haben. Sie haben keine Kreditkarte, keinen Scheck, und Sie können sich nicht ausweisen. Ich habe also keine andere Wahl, als die Polizei zu holen.«

Maxines Kreditkarten, ihre Hausschlüssel und ihre Schecks waren in London, lagen irgendwo auf dem Grund der Themse. Sie war unglaublich wütend über die Sturheit des Mannes und überlegte, wie und wann die Einwohner von Cornwall es geschafft hatten, in den Ruf zu gelangen, sie seien sehr freundlich. Maxine hielt das für eine elende Lüge. »Aber ich zahle es Ihnen später, ich schwöre, daß ich das tun werde«, schmeichelte sie. »Das ist doch verrückt. Ich weiß wirklich nicht, warum Sie mir nicht glauben wollen ...« Der Tankwart hatte ein Glasauge, das bedrohlich im Sonnenlicht funkelte. Er fixierte sie mit seinem blutunterlaufenen, echten Auge und war offenbar immun gegen den Charme unglücklicher Blondinen mit betörendem Lächeln. Tief durchatmend griff er nach dem Telefon.

»Weil es sieben Uhr früh ist«, antwortete er, als würde sie sich absichtlich dumm stellen. »Weil Sie das Benzin nicht bezahlen können, und weil Sie ein Brautkleid tragen.«

Janey Sinclair spähte aus ihrem Schlafzimmerfenster auf die malerische Hauptstraße von Trezale und war peinlich berührt. Sie hatte sechsundzwanzig Jahre Zeit gehabt, sich daran zu gewöhnen, daß ihre jüngere Schwester sie blamierte, aber immer noch war es ihr peinlich. Wirklich unfair war, dachte sie schläfrig, daß Maxine derartiges anscheinend nie passierte.

»Schhh«, zischte sie und betete, daß noch keiner der Nachbarn wach war. »Warte unten, ich komme gleich.«

»Bring deinen Geldbeutel mit!« schrie Maxine, die sich nicht um die Nachbarn scherte. »Ich brauche zwanzig Pfund.«

Janey dachte, daß Maxine nur eines wirklich brauchte: daß jemand sie erwürgte.

»Okay«, sagte sie, öffnete die Haustür und schaute müde auf die Szenerie. »Sag nichts. Du brennst mit unserem Dorfpolizisten durch und brauchst das Geld für das Aufgebot. Tom, bist du sicher, daß du das Richtige tust? Deine Frau wird durchdrehen, wenn sie das rausfindet, und meine Schwester ist eine lausige Köchin.«

Tom Lacey, der Polizist von Trezale, war seit zehn Monaten verheiratet, und seine Frau würde bald entbinden; dennoch errötete er vor Freude wie ein Schuljunge. Janey stieß insgeheim einen Seufzer aus und wünschte, sie hätte ihren Mund gehalten.

Maxine jedoch grinste nur. »Ich hab's ihm angeboten. Er hat mir einen Korb gegeben.«

Janey zog ihren zerknitterten gelb-weißen Bademantel ein wenig enger um die Taille. Da war noch etwas an Maxine:

Sie schaffte es immer, allen Leuten um sich herum die Schau zu stehlen. Es war noch relativ früh an einem Sonntagmorgen, aber es war Mitte Juli, praktisch der Höhepunkt der Urlaubssaison in Cornwall. Touristen, die nicht gewillt waren, auch nur einen Augenblick ihrer wertvollen Zeit zu verschwenden, waren auf der Hauptstraße unterwegs Richtung Strand, aber sie blieben stehen, um das Spektakel vor dem Blumengeschäft zu beobachten. Sie konnten nicht genau erkennen, worum es ging, aber es schien interessant zu sein. Ein kleiner Junge, sonnenverbrannt und nur mit weißen Shorts und Sportschuhen bekleidet und mit einer Kamera um den Hals, schoß sogar heimlich Fotos. »Also, warum trägst du ein Brautkleid?« fragte Janey, dann hob sie in einer abwehrenden Geste die Hände, denn Maxines Erklärungen tendierten zu zweierlei: sie waren dramatisch und weitschweifig. »Nein, gib dir keine Mühe. Hier sind zwanzig Pfund. Können wir jetzt reingehen, oder bist du wirklich verhaftet?«

Aber Maxine hatte das Geld bereits den Fingern ihrer Schwester entwunden und die zusammengerollten Scheine in ihrem Ausschnitt verschwinden lassen. Sie rutschte zurück auf den Beifahrersitz des Panda. »Mein Auto haben sie als Geisel genommen«, sagte sie munter. »Tom muß mich nur zurückbringen, zum Lösegeldzahlen, aber wir sind in vierzig Minuten wieder da. Tom, sind Sie so hungrig wie ich?«

»Hm, ja ...« Tom, der immer hungrig war, brachte ein dämliches Grinsen zustande.

»Da hast du's. Wir sterben beide vor Hunger«, erklärte Maxine, während sie sehnsüchtig auf die vielen Schalter auf dem Armaturenbrett sah und überlegte, welcher wohl die Sirene auslösen würde. Dann legte sie den Sicherheitsgurt an, warf ihrer Schwester ein strahlendes Lächeln zu und meinte: »Aber du brauchst dir keine allzugroßen Umstände zu machen. Rührei mit Schinken geht in Ordnung.«

Tom wurde jedoch ärgerlicherweise wegbeordert, um einen Sonnenschirmdiebstahl draußen im Trezale Bay Hotel zu untersuchen.
»Toast und Hefeaufstrich?« Maxine sah enttäuscht aus, biß aber nichtsdestotrotz in eine Scheibe Toast. Sie arrangierte ihre voluminösen weißen Röcke neu und setzte sich in einen der gußeisernen Stühle auf der winzigen, sonnenüberfluteten Terrasse, kickte ihre Satinschuhe weg und trommelte mit den Zehen vergnügt auf die warmen Steinfliesen.
»Warum ziehst du dir nicht etwas weniger ... Steifes an?« Janey, die weiße Shorts und ein schlüsselblumengelbes Top trug, schenkte Kaffee ein. »Wo ist dein Koffer? Im Wagen?«
Maxine hatte das erste Stück dick gebutterten Toast verdrückt. Sie lehnte sich zurück und dachte eine Sekunde nach.
»Kein Geld, kein Koffer«, sagte sie mit einem Achselzucken. »Rein gar nichts! Du wirst mir etwas leihen müssen.«
Janey hatte sich die ganze Woche über auf den Sonntag gefreut, denn da hatte sie nichts Bestimmtes vor. Wirklich lange im Bett bleiben, dachte sie, gefolgt von stundenlangem, seligen, ununterbrochenen Nichtstun. Und statt dessen jetzt das hier.
»Nun komm schon«, sagte sie, als Maxine drei gehäufte Löffel Zucker in ihren Kaffee rührte und eine neugierige Wespe verscheuchte. »Erzähl schon, was passiert ist. Und denk dran, du hast mich deswegen geweckt, es wäre besser, wenn's 'ne gute Geschichte wäre.«
Zehn Minuten später mußte sie zugeben, daß sie wirklich

gut war. Drei Jahre auf der Schauspielschule mochten zwar nicht in der erträumten, glanzvollen Theaterkarriere geendet haben, aber Maxine wußte, wie sie das beste aus einer Geschichte machen konnte. Während sie die Ereignisse der vergangenen Nacht schilderte, waren ihre Hände, ihre Augenbrauen – ja sogar die nackten Füße – in die Erzählung verwickelt.

»... da waren wir also, man erwartete uns in weniger als einer Stunde auf diesem Kostümfest, und der verfluchte Maurice hatte nicht mal drangedacht, mir mitzuteilen, daß es stattfand. Nun, wie Maurice nun mal ist, er rief also seine Mami an, und sie war auch sofort zur Stelle und hatte ihr altes Brautkleid unter ihre dünnen Arme geklemmt. Es ist ein Schiaparelli, kannst du dir das vorstellen? Wir kamen also auf diese Party zu dieser gräßlichen Gesellschaft wie ein frischgebackenes Ehepaar, und alle kicherten wie verrückt, denn der Gedanke, daß wir tatsächlich den Bund der Ehe schließen würden, war offenbar zu absurd, um dafür die passenden Worte zu finden. Und dann wurde mir klar, daß sie recht hatten – ich wollte nicht den Rest meines Lebens damit verbringen, die Ehefrau eines pflichtbewußten Bankers zu spielen und mich mit einem Haufen langweiliger, eingebildeter Fatzkes zu umgeben. Also habe ich Maurice gesagt, es sei Schluß, und dann habe ich den eingebildeten Fatzkes und ihren affektierten Frauen genauestens erklärt, was ich von ihnen halte. Armer Maurice; das hat wohl das Faß endgültig zum Überlaufen gebracht. Es war nicht so schlimm, daß ich ihn blamiert habe, aber all die Direktoren zu beschimpfen, das war zuviel. Janey, ich habe ihn noch nie so wütend gesehen! Er schleifte mich rückwärts aus dem Hotel und sagte mir, ich sei die alten Schuhe seiner Mutter nicht wert, ganz zu schweigen von ihrem Brautkleid. Ich schrie zurück, da er ja so ein altes Weib sei, sollte besser er das verdammte Kleid tragen! Dann hab ich ihn getreten, weil er mich nicht gehen lassen wollte. Und er nannte mich daraufhin ein verzogenes, gehässiges und geldgieriges Frauenzimmer. Dann schmiß er mein Abendtäschchen in die Themse.« Sie hielt inne, dann schloß sie düster: »Da war alles drin, meine Lieblingslidschatten von Estée Lauder ... alles.«

Es war kein Toast mehr da. Janey redete sich ein, daß das nicht schlimm sei, sie sollte ja ohnehin Diät halten; sie umschloß die Tasse mit dem lauwarmen Kaffee mit beiden Händen und sagte: »Ganz schön unverschämt, ich meine von Maurice. Was hast du dann gemacht?«

»Na ja, glücklicherweise waren wir mit meinem Wagen da. Mein Schlüsselbund lag im Fluß, aber wir hatten immer einen Reserveschlüssel im Handschuhfach, und die Fahrertür ist ein Klacks – du kriegst sie mit einer Haarnadel auf. Ich bin also reingesprungen und losgefahren. Maurice blieb mitten auf der Straße stehen, den Mund sperrangelweit offen. Aber ich wußte, ich konnte nicht in die Wohnung einbrechen – die ist rundherum mit Alarmanlagen gesichert –, also bin ich statt dessen Richtung M 4 gefahren. Und weil das einzige, was ich hatte, ein voller Tank war, dachte ich, ich könnte ja mal meine große Schwester besuchen.«

Mit einem Grinsen fuhr Maxine mit den Fingern durch ihr zerzaustes, goldblondes Haar und warf es zurück über die Schulter. »Ich suche eine Zuflucht, Liebes. Nenn mich einfach Quasimodo.«

»Nenn mich nicht Liebes«, murrte Janey, die das haßte. »Und was auch immer du tust, nenn mich nicht groß.«

Aber es hatte keinen Zweck. Maxine würde nicht wieder fahren. Und obwohl sie die ganze Nacht von London nach Cornwall durchgefahren war, schien sie nicht müde zu sein.

Janey liebte ihre Schwester, aber oft trieb Maxine sie auch zur Verzweiflung. Sie folgte ihr nach oben und setzte sich niedergeschlagen auf die Bettkante, während diese munter ihre Garderobe plünderte. Sie überlegte, womit Maxine eine Taille von fünfzig Zentimetern verdient hatte.

»Das gefällt mir.« Sie drückte ein weiteres Loch in den lohfarbenen Ledergürtel, klopfte zustimmend auf die Khakishorts Größe vierzig und bewunderte ihr Spiegelbild. Das weiße Hemd, geschickt über der Taille geknotet, gab den Blick auf ihren flachen braunen Bauch frei; ihre dunklen Augen funkelten. »So, jetzt kann ich der Welt wieder gegenübertreten. Oh, gutes altes Trezale. Wohin gehen wir zum Essen?«

»Du hast kein Geld«, erinnerte Janey sie und ließ mutlos die Schultern sinken, aber Maxine war bereits auf halbem Weg zur Schlafzimmertür.

»Ich werde das Problem morgen mit der Bank schon irgendwie regeln«, antwortete sie unbekümmert. »Sie werden es schon verstehen, wenn ich ihnen erzähle, was dieses Schwein von Exfreund mit meinen Schecks gemacht hat. Jetzt komm schon, Janey, Kopf hoch, und sag mir, wo wir heutzutage die wunderbarsten Männer treffen können. Ist die Dune Bar noch gut?«

»Er war nicht dein Freund«, sagte Janey und wunderte sich über die Leichtigkeit, mit der Maxine ihn offensichtlich schon aus ihrem Leben gestrichen hatte. »Er war dein Verlobter.«

Maxine sah für einen Moment überrascht aus. Dann schwenkte sie ihre linke Hand durch die Luft, so daß der große, viereckig geschliffene Smaragd im Licht funkelte, und sagte schadenfroh: »Natürlich war er das! Wie klug von dir, daran zu denken. Wenn die Bank Zicken macht, kann ich statt dessen den Ring verscheuern.«

»Du hältst mich für ein herzloses Miststück, stimmt's?«
Sie saßen auf der belebten Terrasse der Dune Bar. Janey bemühte sich zu ignorieren, daß praktisch jedes männliche Wesen gierige Blicke auf Maxine warf. Maxine, die das überhaupt nicht zu bemerken schien – das war eine weitere Spezialität von ihr –, nippte mit zerknirschtem Gesichtsausdruck an ihrem Bier.
»Ich *weiß,* daß du ein herzloses Miststück bist«, sagte Janey mit einem schwachen Lächeln. »Aber zumindest gibst du es offen zu. Das ist schon was, vermute ich.«
»Versuch jetzt nicht, mir Schuldgefühle einzureden.« Maxine warf einen Blick auf ihren Ring. »Ich hab Maurice geliebt, das weißt du.«
»Überraschung, Überraschung.«
»Ich mochte ihn.« Ein wenig trotzig fügte sie hinzu: »Und ich fand es toll, daß er Geld hatte. Ich denke, ich habe es geschafft, mir selbst einzureden, unsere Affäre würde eines Tages enden wie diese arrangierten Ehen, in denen die Liebe irgendwann kommt. Er war großzügig und nett, und ich hasse es einfach, pleite zu sein ...«
»Aber es hat nicht sollen sein«, bemerkte Janey, während sie ihren Arm schützend über die Augen hielt und die See beobachtete. Ein knallrotes Rennboot flog über die Wellen und zog einen Wasserskifahrer hinter sich her. Es war lächerlich, daß sie sich sogar nach achtzehn Monaten noch davon überzeugen mußte, daß es nicht Alan war, bevor sie den Blick wieder abwenden konnte.
»Es hätte funktioniert, wenn Maurice nicht so langweilig gewesen wäre.« Maxine zuckte die Achseln und grinste. »Und wenn ich nicht so schnell gelangweilt wäre.«
Nicht zum ersten Mal überlegte Janey, wie es wohl wäre, so wie Maxine zu sein. Vielleicht war ihre kühl berechnende Lebenseinstellung alles in allem doch nicht so schlecht. Es

war vielleicht nicht romantisch, aber zumindest ersparte sie die Höllenqualen unerwiderter Liebe und diese endlosen, die Eingeweide zerfetzenden Monate der Verzweiflung.

Ich habe aus Liebe geheiratet, dachte Janey, und sofort breitete sich kalte Leere in ihrem Magen aus, wie immer. Und schau, wohin mich das gebracht hat.

»O Gott«, schrie Maxine, die intuitiv die Gedanken ihrer Schwester erfaßt hatte, und legte ihre Hand tröstend auf deren Arm. »Ich bin ein gefühlloses Miststück! Jetzt denkst du wegen mir an Alan.«

Aber Janey brachte ein gequältes Lächeln zustande und schüttelte den Kopf. »Ich denke sowieso an ihn. Schließlich ist das etwas, was ich wohl schwerlich vergessen kann.«

»Trotzdem bin ich ein unsensibler und ungehobelter Trottel.« Maxine blieb dabei. Reumütig senkte sie die Stimme: »Und ich hab dich nicht einmal gefragt, wie du damit zurechtkommst. Wird's langsam besser, oder ist es so gräßlich wie immer?«

»Nun, ich heul dir zumindest nichts vor.« Janey leerte ihr Glas, bemerkte den besorgten Blick ihrer Schwester und zwang sich, munter zu klingen. »Das müßte doch eine Besserung sein, findest du nicht?«

»Aber es ist immer noch hart?«

»Es wird besser«, gestand sie zu. »Aber das härteste ist diese Ungewißheit. Diese schreckliche Unklarheit, einfach nicht zu wissen, was man ist.« Sie dachte kurz nach, dann fügte sie düster hinzu: »Eine Witwe oder eine sitzengelassene Ehefrau.«

2

Sie hatten am ersten Mai geheiratet; es war der glücklichste Tag in Janeys Leben gewesen.
»Da war doch irgendwas, was ich heute machen sollte.« Alan tauchte aus der marineblauen Bettdecke auf, sein blondes Haar stand in alle Richtungen ab, er schien verwirrt. »Was war das noch gleich, der Zahnarzt ...? Aua!« Aber Janey ließ seinen großen Zeh nicht los. »Viel schlimmer«, spottete sie. »Viel, viel schlimmer.«
»Aah, jetzt fällt's mir wieder ein! Das Standesamt. Und du solltest die Augen bedecken, schamloses Weib. Du dürftest den errötenden Bräutigam am Tag seiner Hochzeit gar nicht sehen.«
»Zu spät, ich hab dich schon gesehen.« Sie schlug die Decke zurück und betrachtete ihn andächtig. »Alles von dir.«
Alan grinste und streckte den Arm nach ihr aus, zog sie zurück ins Bett und begann, den Gürtel ihres hauchdünnen Morgenmantels aufzumachen. »Wenn das so ist, dann spricht auch nichts gegen einen Quickie. Einen letzten, wunderbaren vorehelichen Quickie. Wie viele Stunden sind's noch bis zur Hochzeit, Miss Vaughan?«
Janey schaute auf ihre Uhr. »Drei.«
»Hm«, murmelte er, rollte sich auf sie und küßte den rasenden Puls an ihrem Hals. »Wenn das so ist, haben wir vielleicht sogar Zeit für zwei.«
Sobald sie es geschafft hatten, das Schlafzimmer zu verlassen, um den Formalitäten Genüge zu tun, fand Janey, daß

sie es genoß, verheiratet zu sein, in jedem Augenblick und in jeder Hinsicht. Jeden Morgen, wenn sie aufwachte, mußte sie sich beinahe kneifen, um sicherzugehen, daß sie nicht alles nur träumte. Aber es war, Gott sei Dank, immer wahr, und die reine Freude, Mrs. Sinclair zu sein, schien nicht nachzulassen. Sie genoß es, sich um ihr winziges Heim zu kümmern, neue Rezepte auszuprobieren, und sie liebte die Gesellschaft seiner surfverrückten Freunde. Und da sie erst fünfundzwanzig Jahre alt war, genoß sie das Wissen, daß sie den Rest ihres Lebens zusammen verbringen konnten, mehr als alles andere. Nichts sollte sich je ändern.

Es wurde nie eine Leiche gefunden.

»Aber etwas muß ihm passiert sein.« Janey war gramgebeugt und konnte schon nicht mehr weinen. Sie konnte einfach nicht glauben, daß dem nicht so war. In ihrem Bemühen, die Polizei zu überzeugen, preßte sie die Worte hervor, wie ihr schien zum hundertsten Mal: »Er ist mein Mann ... ich kenne ihn ... er würde nicht einfach verschwinden.«

Der Polizeibeamte war zwar mitfühlend, schien aber weniger überzeugt davon. Jedes Jahr, erklärte er, gab es Hunderte von Leuten in Großbritannien, ohne irgendwelche Probleme oder Gründe für ein Verschwinden, die genau das taten und besorgte Familien hinterließen, endlose, unbeantwortbare Fragen und zahllose, zerstörte Leben.

Janeys Leben war mit Sicherheit zerstört. An einem sonnigen Nachmittag im Juli, nach nur vierzehn Ehemonaten, war ihr geliebter Gatte spurlos verschwunden. In der Wohnung fehlte nichts, und es gab keinerlei Hinweise auf ein Motiv für sein Verschwinden.

Während der ersten paar chaotischen Tage hatte sie all ihre

Hoffnungen in einen Unfall gesetzt, nicht ernsthaft genug, um lebensbedrohlich zu sein, nur ein Schlag auf den Kopf, der temporären Gedächtnisverlust zur Folge hatte. Jeden Moment, phantasierte sie hilflos, würde das Telefon klingeln, und wenn sie abnehmen würde, würde sie seine liebe, vertraute Stimme hören. Aber obwohl sie am meisten fürchtete, daß man Alans Leiche fand, begann sie, als aus den Wochen Monate wurden, beinahe zu wünschen, daß man sie fand. Sie fühlte sich wie eine Mörderin, nur weil sie so was dachte, aber es wäre zumindest endgültig. Die Qual, nichts zu wissen, wäre vorbei. Und – das war das Beschämendste – die Erniedrigung, daß ihr Mann verschwunden war, weil er das Zusammenleben mit ihr nicht länger ertragen hatte, bliebe ihr erspart.

Nie hatte jemand diese Möglichkeit auch nur erwähnt, natürlich nicht, aber immer, wenn Janey sich besonders verletzbar fühlte, konnte sie sich nur zu leicht vorstellen, welche Hintergedanken die Leute hatten. Im Laufe der Zeit wurde sie zum Objekt makabrer Neugier, geflüsterter Klatschgeschichten und Mitleid. Und es war schwierig, zu entscheiden, was davon das schlimmste war.

Maxine schlenderte am nächsten Morgen in den Laden, gähnend und mit einer Tasse Tee in der Hand. »Gott, dein Sofa ist vielleicht unbequem«, brummelte sie und rieb sich ihren Nacken.

Janey, die schon seit fünf Stunden auf war, hob einen Strauß gelber Iris hoch, steckte ihn in eine Vase und arrangierte die Blumen zwischen Schleierkraut und weißen Rosen. Im Laden war mehr Betrieb gewesen als sonst, und sie mußte noch drei Gebinde vor Mittag fertig machen.

»Entschuldige«, erwiderte sie sarkastisch. Maxine würde nie auf die Idee kommen, ihr auch eine Tasse Tee mitzubringen. Aber Maxine massierte immer noch ihren Nacken und zog eine Grimasse. »Ende der Woche werde ich ein Krüppel sein.«

»Hast du wirklich vor, hierzubleiben?«

»Natürlich!« Sie sah überrascht aus. »Ich geh nicht zurück zu Maurice-dem-Rechthaber, und es gibt nichts, was mich in London hält. Außerdem«, fügte sie verträumt hinzu, »hatte ich ganz vergessen, wie schön es hier unten ist. Viel schöner als im stinkigen London. Ich denke, ein Sommer am Meer wird mir so richtig guttun.«

»Hm.«

»Komm schon, Janey. Schau mich nicht so an! Es wird lustig; wir können uns gegenseitig aufmuntern.«

Nachdem sie die Notizen auf ihrer Pinnwand durchgelesen hatte, suchte Janey die Blumen für die Gebinde aus. »Du wirst zu sehr damit beschäftigt sein, über deinen Rücken zu jammern, da bleibt keine Zeit für Spaß«, erwiderte sie brüsk. »Und dein permanentes Gejammer anhören zu müssen, wird mich wohl kaum aufmuntern.«

»Du willst nicht, daß ich bleibe?« Maxine sah verletzt aus, und Janey bekam Schuldgefühle.

»Doch«, protestierte sie, aber da ging die Ladentür auf, und Paula, die mit den morgendlichen Lieferungen fertig war, warf die Autoschlüssel auf die Ladentheke. »Natürlich hätte ich gern, daß du bleibst. Nur, die Wohnung ist zu klein, und ich hab kein Gästezimmer.«

»Ich seh schon.« Maxine zuckte die Achseln. »In Ordnung. Dann geh ich zu Mum.«

Janey schaute sie zweifelnd an. Ihre Mutter würde lediglich klagen, daß nichts sie mehr an ihrer künstlerischen Entfaltung hinderte, als eine herrenlose Tochter, die den ganzen Tag in der Wohnung rumhing. Und Theas äußerst individueller Lebensstil war sehr empfindlich gegen jede Art von

Störung. Sie war nicht gerade der Typ, der in Pantoffeln rumschlurfte und Pudding kochte.
Aber Maxine wußte das ebensogut wie sie selbst, also mühte Janey sich erst gar nicht, ihre Gedanken auszusprechen. Statt dessen sagte sie: »Und du brauchst irgendeinen Job.«
»O Gott.« Maxines Gesichtsausdruck verdüsterte sich schlagartig. Arbeiten war nie ihre Stärke gewesen. »Vermutlich. Aber was, um alles in der Welt, soll ich machen?«
Paula, die wesentlich zuvorkommender war als Maxine, kam mit zwei Tassen Tee aus der Küche zurück.
»Paula, das ist meine Schwester Maxine«, sagte Janey und nahm erleichtert eine der Tassen. »Schau sie dir mal genau an und sag mir, welche Arbeit wohl geeignet für sie wäre.«
Maxine, die mit ausgestreckten nackten Beinen im Stuhl neben der Theke lümmelte, lächelte dem jungen Mädchen aufmunternd zu. Aber Paula ließ das kalt.
»Du meinst hier in Trezale?« Wie gebeten, musterte sie Maxine eine Weile. »Nun, deinen Körper zu verkaufen, kommt schon mal nicht in Frage. Um diese Jahreszeit sind zu viele kichernde Teenager am Strand, die ihn umsonst anbieten.«
Maxine platzte vor Lachen. »Das ist zu hart.«
»Bitte bleib ernst«, protestierte Janey, während sie Farnbüschel in das Netz für das Gebinde flocht.
»In 'ner Bar arbeiten?«
»Uff.« Maxine krümmte sich und verwarf die Idee auf der Stelle. »Das machen meine Füße nicht mit.«
»Empfangsdame im Hotel«, schlug Paula vor; sie ließ sich nicht aus der Fassung bringen. »Das Abbeys hat diese Woche per Anzeige gesucht.«
Aber Maxine schüttelte den Kopf. »Da müßte ich zu widerlichen Touristen höflich sein.«
»Babysitten.« Paula schien zufrieden mit sich. »Bei der

Familie, bei der meine Mutter putzt, hört das Kindermädchen auf. Du könntest dort anfangen.«
Maxine schien das zu amüsieren. »Nein, könnte ich nicht.«
Aber Janeys Interesse war angesichts dieser Neuigkeit geweckt. »Das ist eine Idee!« rief sie und ließ ihr Gebinde liegen. »Du könntest dort wohnen. Auf die Art und Weise hättest du einen Job und einen Platz zum Wohnen. Maxine, das wär prima!«
»Abgesehen von einer winzigen Kleinigkeit«, erwiderte Maxine matt. »Wenn es eines gibt, was ich noch mehr hasse als Touristen, dann sind's Kinder. Kinder und Babys und Windeln, ih!« fügte sie hinzu und schüttelte sich vor Ekel. »Besonders Windeln.«
»Diese zwei sind ein bißchen zu groß für Windeln«, entgegnete Paula, immer praktisch denkend. »Josh ist neun und Ella ist sieben. Ich hab sie ein paarmal getroffen. Das sind nette Kinder.«
»Und sie sind tagsüber in der Schule«, warf Janey ermutigend ein.
Aber Maxine spürte, daß man sich gegen sie verschworen hatte, und zog ein Gesicht. »Ich bin einfach nicht für den Kindermädchen-Job geschaffen. Ich meine, schau ich, um Himmels willen, aus wie Julie Andrews?«
Janey verlor die Geduld und wandte sich wieder ihrer Arbeit zu. »Gut, du hast mich überzeugt. Wahrscheinlich hättest du den Job ohnehin nicht bekommen«, fügte sie hinzu; sie konnte es sich nicht verkneifen. »Die meisten Leute ziehen ausgebildete Kindermädchen vor, und da werden genug Schlange stehen, wenn ihnen klar wird, für wen sie arbeiten sollen.«
Das ärgerte Maxine, ihre braunen Augen funkelten. »Warum, wer ist es?« fragte sie, bereit, an jedem Arbeitgeber, der sie nicht nehmen würde, etwas auszusetzen.

»Guy Cassidy.« Janey schüttelte das Wasser von den Stielen einer Handvoll gelber Freesien. »Er ist vor einem Jahr in Trezale House eingezogen. Er ist ...«

»Fotograf!« kreischte Maxine, sie sah aus, als würde sie jeden Moment von ihrem Stuhl kippen. »Guy Cassidy«, wiederholte sie verzagt. »*Der* Guy Cassidy? Janey, willst du mich auf den Arm nehmen?«

Bingo, dachte Janey, warf Paula einen verstohlenen Blick zu und unterdrückte ein Lächeln.

»Natürlich nicht.« Sie schaute Maxine beleidigt an. »Warum sollte ich das tun? Und außerdem, was macht das schon für einen Unterschied? Du haßt Kinder. Das hast du eben gesagt.«

»Welchen Unterschied das macht?« echote Maxine, ihre Augenbrauen ungläubig hochgezogen. »Janey, bist du komplett verrückt? Das macht einen riesigen Unterschied. Der Mann ist einfach großartig ...«

3

Mein Gott, ist das schwierig«, klagte Guy, zerknüllte ein Blatt Papier und warf es in hohem Bogen in Richtung Papierkorb neben dem Bett. Er schaute streng zu seinem Sohn und seiner Tochter und fügte hinzu: »Und es ist noch zu früh am Tag für derartige Dinge. Außerdem weiß ich nicht, warum ihr beide eure Anzeige nicht selber schreiben könnt.«

Ella kuschelte sich an ihn und stupste ihn am Arm. »Daddy, ich kann nicht schreiben!«

»Und du haßt diese Art von Anzeigen«, tadelte Josh, der am Fuß des Bettes ausgestreckt lag. Mit dem Finger glitt er an Dienstleistungsanzeigen in dem Magazin entlang, in dem das fertige Inserat erscheinen würde, und fand ein Beispiel. Mit einer übertriebenen Kinderstimme begann er, laut vorzulesen.

»Hallo, mein Name ist Bunty und ich bin zwei Jahre alt. Ich brauche jemanden, der auf mich aufpaßt, während meine Mami und mein Papi arbeiten. Wir leben in einem großen Haus in Thurrey mit einem Swimmingpool. Sie dürfen nicht rauchen ...«

»Okay, Okay«, sagte Guy resigniert. »Es war also nicht gerade eine meiner besten Ideen. Vielleicht sollte ich einfach schreiben: ›Zwei verzogene Fratzen suchen strengen alten Drachen als Kindermädchen, der sie mit kaltem Haferbrei füttert und täglich verhaut.‹ Wie wär's damit?«

Ella kicherte. »Ich mag keinen kalten Haferbrei.«

»Du solltest sagen: ›Witwe mit zwei Kindern sucht freundli-

ches Kindermädchen‹«, schlug Josh vor, der ein wenig über die Angelegenheit nachgedacht hatte.
»Witwer«, korrigierte Guy ihn. »Witwen sind weiblich. Männer nennt man Witwer.«
»Ich weiß, warum du ein Mann bist«, mischte Ella sich ein. Josh grinste am Fußende des Bettes.
Auch dafür war es noch zu früh am Tag. Guy schloß für einen Moment die Augen, machte sich geistig auf alles gefaßt und sagte: »Nun macht schon. Warum bin ich ein Mann?«
»Weil du keinen Busen hast«, erklärte seine Tochter mit wichtiger Miene. »Und du trägst keinen BH.«

Es war halb fünf, als die Türklingel ertönte. Berenice, das Kindermädchen, das nur noch für wenige Tage hier war, weil es bald heiratete, hatte Ella nach St. Ives mitgenommen zu einer nachmittäglichen Einkaufstour. Guy war in der Dunkelkammer damit beschäftigt, Schwarzweißfotos zu entwickeln, als Josh an der Tür klopfte und ihm mitteilte, daß Besuch für ihn da wäre.
»Sie sagt, es sei wichtig«, berichtete er Guy und runzelte die Stirn, als strenge er sich an, sich zu erinnern. »Ich weiß nicht, wer sie ist, aber ich bin mir sicher, daß ich sie schon mal irgendwo gesehen habe.«
Maxine stand vor dem Wohnzimmerfenster und bewunderte den überwältigenden Blick auf die Klippen und das Meer. Als sie sich umdrehte, Guy anlächelte und mit ausgestreckter Hand auf ihn zuging, war ihm sofort klar, warum sie seinem Sohn bekannt vorgekommen war, auch wenn er noch nicht wußte, woher.
»Mr. Cassidy?« fragte sie zurückhaltend. »Mein Name ist Vaughan. Maxine Vaughan. Es ist sehr freundlich von Ihnen, mich zu empfangen.«

Sie war bereits in seinem Haus, dachte Guy innerlich amüsiert. Er hatte eigentlich keine andere Wahl. Aber gleichzeitig war er neugierig. Maxine Vaughan war zweifellos ein sehr attraktives Mädchen, ungefähr Mitte Zwanzig. Ihr langes, maisblondes Haar war aus dem Gesicht gekämmt und zu einem ordentlichen Zopf geflochten, ihr Make-up unaufdringlich. Die dunkelgrüne Jacke und der Rock waren einige Nummern zu groß für sie, und sie trug extrem praktische Schuhe. Es war alles sehr überzeugend, sehr vertrauenerweckend. Guy war beeindruckt von den Anstrengungen, die sie unternommen hatte, den Job zu bekommen.

»Gern geschehen«, antwortete er unbefangen, ergriff ihre ausgestreckte Hand und registrierte die kurzen Fingernägel, den klaren Nagellack und – Himmel, das erste Anzeichen für einen Fehler – eine original Cartier-Armbanduhr. »Womit kann ich Ihnen dienen, Miss Vaughan?«

Maxine atmete tief durch und hoffte, ihre Hände wären nicht feucht. Sie hatte natürlich gewußt, daß Guy Cassidy großartig war, aber in natura sah er noch umwerfender aus, als sie sich ihn vorgestellt hatte. Mit diesen dicht bewimperten, dunkelblauen Augen, unglaublichen Wangenknochen und weißen Zähnen im gebräunten Gesicht, war er beinahe zu perfekt. Aber dieser Eindruck wurde wiedergutgemacht durch ein hintergründiges Lächeln, schwach gekrümmte Augenbrauen und dieses wunderbar zerzauste, schwarze Haar. Er verströmte Sexappeal, ohne sich darum zu bemühen. Er besaß eine undefinierbare Ausstrahlung, ganz zu schweigen von seinem Körper, für den es sich zu sterben lohnen würde. »Ich hoffe, wir können uns gegenseitig helfen«, sagte Maxine. Dann fügte sie hinzu, weil ihr die Knie zu versagen drohten: »Würde es Sie stören, wenn ich mich setze?«

»Aber bitte.« Guy war zu dem Schluß gekommen, sie müsse entweder Journalistin sein oder ein Model, das verzweifelt auf einen Durchbruch hoffte; er ahmte freundlich ihre förmliche Art zu sprechen nach. Wie dem auch sei, er würde ihr nicht mehr als zehn Minuten zugestehen; er war zwar äußerst unternehmungslustig, aber ihr unerwartetes Eintreffen paßte ihm nicht. Er hatte zu arbeiten, mußte Telefonate führen, und sein neunjähriger Sohn verlangte von ihm, daß er noch vor dem Abendessen mit ihm schwimmen ging.
Er sah flüchtig auf seine Uhr. Maxine spürte seine unterschwellige Ungeduld, atmete nochmals tief durch und legte los.
»Gut, Mr. Cassidy, ich habe gehört, daß Sie in Kürze einen Ersatz für Ihr Kindermädchen benötigen. Und da ich selbst ein erfahrenes Kindermädchen bin, möchte ich Ihnen meine Dienste anbieten.«
Der Anfang war vielversprechend, aber der Rest des Gespräches verlief nicht nach Plan, wie sie einige Minuten später feststellte. Und sie hatte nicht die leiseste Idee, warum das so war.
Guy Cassidy stellte die passenden Fragen, und sie hatte auf jede eine passende Antwort, aber gleichzeitig hatte sie das schreckliche Gefühl, daß er sie nicht ernst nahm. Noch schlimmer, daß er sich im stillen über sie lustig machte.
»Sie sind jetzt in Buenos Aires«, fuhr sie tapfer fort, als er die hervorragenden Referenzen studierte, für deren Herstellung sie eine volle Stunde lang geschuftet hatte. »Sonst wäre ich natürlich noch bei ihnen. Die Kinder waren reizend, und Angelo und Marisa behandelten mich mehr wie eine Freundin als wie eine Angestellte.«
Aber ihr potentieller Arbeitgeber schaute nochmals auf die Uhr, statt angemessen beeindruckt zu sein.

»Ich bin sicher, das taten sie«, antwortete er. Er stand auf und warf ihr ein kurzes Lächeln zu. »Und es war sehr aufmerksam von Ihnen, uns in Erwägung zu ziehen, Miss ... äh ... Vaughan. Aber ich denke nicht, daß Sie das sind, was wir suchen.«

Maxines Wachsamkeit ließ nach. »Warum nicht?« jammerte sie und blieb wie angewurzelt auf ihrem Stuhl sitzen. »Ich habe Ihnen meine Referenzen gezeigt. Sie sind ausgezeichnet! Was kann an mir denn nicht stimmen?«

Guy amüsierte sich, behielt aber seinen ernsten Gesichtsausdruck bei. »Sie sind zu nachlässig gekleidet.«

»Aber ich bin doch nicht nachlässig gekleidet«, sagte Maxine wütend. Sie wußte, sie hätte Janeys schreckliches Kostüm nicht anziehen sollen. »Ich bin normalerweise überhaupt nicht nachlässig gekleidet.«

»Okay.« Er bedeutete ihr, sie möge sich beruhigen, und fuhr fort: »Sie sind zu gouvernantenhaft und etepetete.«

»Ich bin nicht gouvernantenhaft!« Maxine schrie beinahe. »Bitte, Sie müssen mir glauben. Das sind nicht meine eigenen Sachen ... außerdem bin ich nicht die Spur etepetete, und ich hasse diese Schuhe!«

Aber Guy war noch nicht fertig. Er fixierte sie ausdruckslos und sagte unbarmherzig: »Und Sie sind eine Lügnerin, Miss Vaughan. Das wäre kein sonderlich gutes Vorbild für meine Kinder. Ich fürchte, ich kann niemanden einstellen, der unehrlich ist.«

Maxine spürte, wie ihre Wangen brannten. Er bluffte, er mußte bluffen. Starrköpfig antwortete sie: »Ich weiß nicht, wovon Sie sprechen.«

»Wissen Sie nicht?« Diesmal lächelte er tatsächlich. »Wenn das so ist, warten Sie hier. Ich hole nur schnell meinen Sohn.«

Er kam nach weniger als zwei Minuten zurück, mit dem

Jungen im Schlepptau. Obwohl der neunjährige Josh Cassidy im Gegensatz zu seinem Vater glattes strohblondes Haar hatte, war Maxine beeindruckt von der Ähnlichkeit ihrer extrem dunkelblauen Augen.
»Hallo, Josh«, sagte sie, bemüht um ein tapferes Lächeln, und sie hätte gern gewußt, warum er sie so merkwürdig anstarrte.
Aber Guy gab seinem Sohn einen großen braunen Umschlag. »Hier«, sagte er beiläufig. »Ich habe den Film entwickelt, den du mir gegeben hast. Schau dir die Abzüge mal an, Josh, und sag mir, wie du sie findest.«
Maxine erspähte die anstößigen Details den Bruchteil einer Sekunde vor Josh. Er hatte die Fotos aus dem Umschlag gekippt und sie auf dem Tisch verteilt. Er betrachtete sie genau, eines nach dem anderen, als sie einen erstickten Schrei ausstieß und danach griff.
Guy, der hinter ihr stand, entwand das Foto ihren Fingern und gab es seinem Sohn.
»Die groteske Erscheinung«, sagte Josh grinsend. Er starrte Maxine an, die nun röter war als je zuvor, und fügte hinzu: »Ich wußte, daß Sie mir bekannt vorkamen!«
»Und die Moral von der Geschichte«, murmelte sie schmollend, »ist, trau nie einem der Paparazzi.«
»Sie sehen heute anders aus.« Er studierte die Nahaufnahme und war dem Anschein nach mit sich zufrieden. »Ich glaube, in dem weißen Kleid gefallen Sie mir besser. Es ist ein gutes Foto, oder?«
Für Maxines Geschmack war es ein bißchen zu gut. Kein Wunder, daß Guy Cassidy sie wiedererkennen konnte. Da war sie, für die Nachwelt eingefangen in diesem dummen Hochzeitskleid, wie sie lachend gerade aus dem Streifenwagen kletterte und nicht einmal bemerkte, daß ihre Röcke hochgeschoben waren und den Blick auf weiße Strümpfe

freigaben. Man konnte sogar ein Stück Straps erspähen. Der Gesichtsausdruck von Tom, dem Polizisten, war auch nicht hilfreich, stellte sie resigniert fest. Er warf eindeutig einen lüsternen Blick darauf.

»Moment mal.« Josh sah verwirrt aus. »Wenn Sie gestern geheiratet haben, warum sind Sie dann nicht auf Hochzeitsreise?«

»Ich habe nicht geheiratet«, sagte Maxine ungeduldig. »Und ich wurde auch nicht festgenommen. Es war ein Kostümball, das ist alles. Dann ist mir auf dem Nachhauseweg das Benzin ausgegangen, und der Polizist hat mich nach Hause gebracht.« Sie sah Guy aufsässig in die Augen und fügte hinzu: »Es war nichts Unredliches, zum Teufel noch mal.«

Er zuckte die Achseln. »Trotzdem bin ich sicher, daß Sie verstehen, warum ich Sie für die Stelle nicht in Betracht ziehen kann. Es tut mir leid, Miss Vaughan, aber ich muß dem sittlichen Wohl meiner Kinder Rechnung tragen.«

»Zumindest bin ich nicht gouvernantenhaft und etepetete«, murmelte sie als Vergeltung.

»O nein.« Diesmal lachte er, während er einen schmalen weißen Umschlag aus seiner Hemdtasche zog. »Das gestehe ich Ihnen zu. Aber ich fürchte, ich muß wieder an die Arbeit. Es macht Ihnen doch nichts aus, wenn ich meinen Sohn bitte, Sie hinauszubegleiten. Und, Josh, ich habe die Anzeige geschrieben. Wenn du jetzt damit runterläufst, schaffst du es noch vor der letzten Leerung des Briefkastens.«

»Und?« fragte Guy, als sein Sohn zwanzig Minuten später zurückkam.

»Sie hat mir fünf Pfund und ein Cornetto gegeben.« Josh sah einen Moment lang besorgt aus. »War das genug?«

Guy amüsierte sich über die Sorge seines Sohnes und zauste sein blondes Haar. »Ich würde sagen, ja. Fünf Pfund und ein Eis für eine Briefmarke und einen leeren Umschlag? Hört sich für mich wie ein gerechter Tausch an.«

4

Die Resonanz auf die Anzeige, als sie dann in der folgenden Woche tatsächlich erschien, war nicht überwältigend, aber man konnte damit leben. Guy zog es vor, selbst zu suchen, seit er vor drei Jahren den Versuch unternommen hatte, eine Agentur einzuschalten; das mußte nicht noch mal sein. Er hatte die Erfahrung gemacht, daß sich auf Anzeigen Möchtegern-Stars meldeten oder Mädchen, die gerne seine zweite Frau geworden wären, deshalb hatte er diesmal seinen Namen in der Anzeige nicht erwähnt.

Aber letztes Mal hatte er ungemeines Glück gehabt. Berenice war völlig unbeeindruckt davon gewesen, daß er eine Berühmtheit war, und hatte den Ansprüchen perfekt genügt. Sie war von unerschütterlicher Gelassenheit, arbeitete hart und war nicht die Spur einer Schönheit. Was ihr aber an Glanz fehlte, machte sie mit ihrer Zuverlässigkeit mehr als wett. Guys Arbeit erforderte manchmal kurzfristige Reisen ins Ausland, und er konnte sie ohne Bedenken antreten, denn er war absolut sicher, daß für seine Kinder sehr gut gesorgt wurde, sich jemand um sie kümmerte und daß Berenice ihn nie im Stich lassen würde.

Deshalb war es eine Art Schock für ihn, als Berenice ihm schüchtern mitteilte, sie würde in Kürze heiraten und Trezale verlassen, weil ihr künftiger Ehemann ein Stellenangebot in Newcastle bekommen hatte.

Guy wußte nicht mal von der Existenz eines Mannes in ihrem Leben, aber Diskretion war immer eine der herausragendsten Eigenschaften von Berenice gewesen – er selbst hatte bei zahlreichen Gelegenheiten allen Grund gehabt, dafür dankbar zu sein. Anscheinend hatte sie ihren künftigen Mann während ihrer freien Tage kennengelernt. Und obwohl es ihr leid täte, zu gehen, so habe sie jetzt doch ihr eigenes Leben. Sie hoffe, daß es ihm nicht allzugroße Schwierigkeiten bereiten würde, Ersatz zu finden.

Mit dem halben Dutzend Bewerberinnen zu sprechen, war jedoch sowohl ermüdend als auch zeitraubend. Was Guy suchte, war eine zweite Berenice, vielleicht mit einem Schuß Humor.

Was er statt dessen fand, war eine Reihe von Mädchen, bei denen man nur allzuleicht Fehler entdecken konnte. Josh und Ella wurden pflichtgemäß vorgeführt, um die Mädchen kennenzulernen, aber sie waren ebenfalls anspruchsvoll.

»Sie riecht«, sagte Ella und rümpfte die Nase in Erinnerung an Mary aus Exeter.

»Sie hat gelacht wie ein Schaf«, urteilte Josh frei heraus, nachdem Doreen aus Doncaster gegangen war.

Keiner von ihnen konnte aus dem Singsang von Gudren aus Schweden schlau werden.

»Ich vermute, sie ist in Ordnung.« Josh bezog sich auf eine andere Bewerberin und klang nicht ganz überzeugt. »Aber wozu hatte sie eine Wodkaflasche in ihrer Handtasche?«

Maureen aus Wimbledon, auf die man sich schließlich geeinigt hatte, war eine blasse Fünfundzwanzigjährige, ganz erpicht darauf, zu gefallen, und richtig versessen darauf, so schnell wie möglich umzuziehen und mit der Arbeit zu beginnen. Sorgfältig betonte er ihre Vorzüge – sie roch nicht, lachte nicht seltsam und hatte keinen unverständlichen Akzent –, und Guy betete, die Kinder würden nicht Hackfleisch aus ihr machen, noch ehe sie die Chance gehabt hatte, sich einzugewöhnen. Sie schien zwar kaum auf sich selbst aufpassen zu können, aber vielleicht war sie einfach zu nervös gewesen, um einen guten, ersten Eindruck zu hinterlassen. Und zumindest, dachte er und erinnerte sich an die allererste Kandidatin, hatte sie nicht mit zentimeterlangen Wimpern geklimpert, verstohlen ihren kurzen Rock hochgezogen und ihn in den Genuß eines kurzen Blicks auf smaragdgrüne Schlüpfer gebracht, immer dann, wenn sie ein Bein übers andere schlug.

Janey war im Geschäft, als Guy Cassidy und die Kinder reinkamen.
»Ich brauche ein paar Blumen«, sagte er ohne Vorwarnung, nahm seine dunkle Brille ab und musterte die Unzahl von Sträußen, die an der Wand aufgereiht waren. »Für eine Hochzeit nächsten Samstag. Wenn ich die Bestellung jetzt aufgebe, wäre es Ihnen dann möglich, sie Freitag nachmittag in mein Haus zu bringen und dort zu arrangieren?«
»Natürlich ist das möglich.« Janey freute sich. Männer, für die Geld keine Rolle spielte, waren ihr die liebsten Kunden. Sie griff nach ihrem Notizblock und meinte: »Sagen Sie mir, welche Art von Arrangement Sie sich vorstellen und an welche Blumensorte Sie gedacht hatten.«
Blumen waren jedoch offenkundig nicht Guy Cassidys Stärke. Er wirkte für einen Augenblick hilflos, runzelte die Stirn und antwortete: »Nun, blaue?«
»Berenice mag Osterglocken«, kam ihm Ella zu Hilfe und zupfte an seinem weißen Hemdsärmel. »Erinnerst du dich? Wir haben ihr welche zum Geburtstag gepflückt, und sie sagte, das seien ihre Lieblingsblumen.«
Janey hatte bereits vermutet, daß die Blumen für die Hochzeit von Berenice bestimmt waren, aber jetzt, wo Guys Tochter es ausgesprochen hatte, ergriff sie die Gelegenheit, zog erstaunt die Augenbrauen hoch und sagte: »Du meinst Berenice Taylor? Oh, ich mache ihren Brautstrauß.«

»Setzen Sie ihn mit auf die Rechnung«, meinte Guy beiläufig, zückte seine Brieftasche und nahm ein Bündel Zwanzigpfundnoten heraus. Mit einem entschuldigenden Lächeln fügte er hinzu: »Sie war drei Jahre lang unser Kindermädchen. Der Hochzeitsempfang bei uns zu Hause ist mein Geschenk an sie.«

»Wie reizend.« Janey erwiderte sein Lächeln, dann zuckte sie Ella gegenüber entschuldigend die Achseln. »So leid es mir tut, aber Osterglocken gibt es zu dieser Jahreszeit nicht. Vielleicht können wir nachschauen, welche Blumen Berenice für ihren Strauß gewählt hat, und uns dazu etwas überlegen. Um sicherzugehen, schau ich lieber mal nach, aber ich glaube, sie hat sich für eine gelb-weiße Farbkombination entschieden. Ja, hier ist es . . . weiße Rosen und Wicken mit Mimosen.«

Guy Cassidy verzog keine Miene, als sie die geschätzten Kosten inklusive der Arbeitszeit aufschrieb.

»Solange es gut aussieht«, sagte er gutgelaunt und zählte die Scheine auf den Tresen. Dann schaute er kurz auf seine Kinder, und ihm fiel noch etwas ein: »Wenn wir schon mal hier sind, warum sucht ihr zwei nicht irgendeinen Blumenstrauß für euer neues Kindermädchen aus? Sie kommt morgen nachmittag, und ein paar hübsche Blumen wären ein schönes Willkommensgeschenk.«

Josh mochte den grünen, erdigen Geruch des Ladens, aber er hatte das Thema Blumen gründlich satt.

»Die haben keinen Löwenzahn oder Tollkirschen!«, sagte er, und damit war die Sache für ihn erledigt.

»Oder Brennesseln«, warf Ella blöd grinsend ein.

Armes neues Kindermädchen, dachte Janey. Wortlos wählte sie einen großen Strauß rosa Spraynelken, wickelte ihn in rosasilberfarbenes Papier und reichte ihn Josh.

Er wurde blaß und rief: »Jungs tragen keine Blumen«, damit schob er ihn der verdutzten Ella in die Arme.

Janey sah seinen Gesichtsausdruck und prustete los vor Lachen.

Guy, der seinerseits sie beobachtet hatte, sagte: »Natürlich. Sie sind Maxine Vaughans Schwester.«

»Oh, Hilfe.« Janey war erschrocken. »Nicht unbedingt. Nicht, wenn das bedeutet, Sie stornieren die Bestellung.«

Er schien belustigt zu sein. »Keine Panik, ich denke nicht, daß ich es ertragen könnte, in einen anderen Laden zu gehen und mit dem Ganzen von vorne anzufangen.«

»Aber wie haben Sie das rausgekriegt?« Sie wurde rot. »Wir sind uns überhaupt nicht ähnlich.«

Er neigte den Kopf und betrachtete sie eingehender, dann widersprach er ihr. »Physisch gibt es Ähnlichkeiten. Sie ist magerer ... blonder ... trägt mehr Make-up als Sie, aber trotzdem gibt es eine Ähnlichkeit. Und Sie haben dasselbe Lachen.«

Das mußte ein Teil des berühmten Cassidy-Charmes sein, dachte Janey. Er hatte geschickt die üblichen Vergleiche umgekehrt und es tatsächlich geschafft, daß es so klang, als sei sie attraktiver als Maxine. Was für ein schlauer Trick.

»Und Sie haben es schließlich doch noch geschafft, ein neues Kindermädchen zu finden.« Sie wechselte das Thema und nickte in Richtung auf die Nelken in Geschenkpapier. Mit einem ermunternden Lächeln fragte sie Josh und Ella: »Ist sie nett?«

»Sie ist eine Niete«, antwortete Josh kategorisch.

»Aber rechtschaffen«, rief Guy dazwischen und warf ihm einen warnenden Blick zu, bevor er seine Aufmerksamkeit wieder Janey zuwandte. »Nicht wie Ihre Schwester.«

»Sehen Sie, Maxine ist nicht so übel, wie Sie denken«, protestierte Janey, instinktiv in Verteidigungshaltung. »Sie wollte wirklich für Sie arbeiten. Und Kinder lieben sie.

Wenn Sie mich fragen, Sie hätten einen größeren Fehlgriff tun können.«

»Natürlich lieben Kinder sie«, sagte Guy gedehnt. »Sie besticht sie mit Geld und Eis.«

Joshs Gesichtszüge erhellten sich. »Ich mochte sie. Die Dame im Hochzeitskleid meinst du? Die war echt cool.«

»Und sie hatte gute Zeugnisse«, bemerkte Guy knapp, »aber das macht aus ihr noch kein gutes Kindermädchen. Hat sie schon Arbeit gefunden?«

Janey schüttelte den Kopf. Maxines Anstrengungen auf dem Gebiet waren halbherzig, milde ausgedrückt. »Noch nicht.«

»Das überrascht mich nicht«, sagt Guy, und seine Augen funkelten spöttisch. »Richten Sie ihr von mir aus, wenn sie sich das nächste Mal ihre Zeugnisse selbst schreibt, soll sie keine lila Tinte benutzen. Zumindest nicht, wenn sie vorhat, zum Vorstellungsgespräch zu gehen mit einem Klecks davon auf dem Handgelenk.«

5

Janey war tief ins Wageninnere gebeugt und streckte sich gerade nach einer Kiste Blumen, die nach vorne gerutscht war und jetzt hinter dem Beifahrersitz klemmte, als Bruno ihrem Po einen freundlichen Klaps versetzte. »Du wirst diesem wunderbaren Körper noch Schaden zufügen«, sagte er, stupste sie zur Seite und nahm die Sache in die Hand. »Komm schon, überlaß das mir.«

Sie lächelte errötend und warf einen kurzen Blick über die Schulter, ob jemand sie beobachtete. Bruno flirtete ständig, und die spielerische Geste bedeutete nichts, aber dennoch wollte sie nicht, daß Nina auf dumme Gedanken kam. Er bemerkte ihren Blick, als er die Kiste in das leere Restaurant trug, und zwinkerte ihr zu. »Schon in Ordnung, sie schläft noch.«

»Sie vielleicht schon«, protestierte Janey. »Aber du weißt doch, wie gerne die Leute hier tratschen.«

»Genau. Und die wissen, wie ich bin«, erwiderte er mit reuelosem Grinsen. »Sie würden noch mehr Verdacht schöpfen, wenn ich dich nicht anfassen würde. Dann wüßten sie, daß es etwas zu tratschen gäbe.«

Er schenkte gerade Espresso für sie beide ein, was er immer tat, wenn sie zweimal die Woche kam und die Blumen für das Restaurant lieferte.

Es war lächerlich, dachte Janey; da nie etwas zwischen ihnen vorgefallen war, gab es absolut keinen Grund für sie, sich schuldig zu fühlen. Aber sie fühlte sich trotzdem schuldig, denn gleichgültig, wie oft sie sich gesagt hatte, daß die

Umstände ihn zur völlig unpassenden Wahl machten, ihre durcheinandergeratenen Gefühle hatten die Sache in die Hand genommen und die Entscheidung für sie getroffen. Sie hatte sich mit ihren achtundzwanzig Jahren Hals über Kopf in Bruno Parry-Brent verknallt. Und alles, was sie noch tun konnte, war, zu hoffen und zu beten, daß das von allein vorbeiging, bevor irgend etwas geschah.

In der Zwischenzeit jedoch war es einfach angenehm, sich wieder wie ein Mensch zu fühlen, nach all den Monaten der schmerzlichen, eisigen Kälte. Und es war zweifellos nett, mit Bruno zusammenzusein. Er war ein Frauenheld, wie er im Buche steht, und er besaß die Gabe, über jedes beliebige Thema reden zu können. Und beinahe noch erstaunlicher: Er war auch ein guter Zuhörer, immer ernsthaft daran interessiert, sich anzuhören, wie andere Leute etwas sahen. Er war aufmerksam, stellte Fragen, schien nie gelangweilt zu sein.

Das war zweifellos das Geheimnis seines Erfolges beim anderen Geschlecht. Janey hatte ihn schon früher bei seiner Arbeit im Restaurant beobachtet, wie er auf die einfachste und wirkungsvollste Art seinen Zauber entfaltete. Eine richtige Unterhaltung mit einem richtigen Mann war ein äußerst wirksames Aphrodisiakum, und die Frauen erlagen ihm scharenweise wie Janey. Aber ihrem Gefühl nach war es besser so, denn so war sie sicherer.

»Neue Ohrringe«, bemerkte er, als er die kleinen, weißen Espressotassen an den Tisch brachte, an dem sie saß, und er lehnte sich vor, um sie aus der Nähe zu inspizieren. »Sehr chic, Janey. Sind das echte Perlen?«

»Sie gehören Maxine.« Unsicher fingerte sie an den etwas extravaganten Ohrringen herum und flehte, er möge nicht glauben, er sei der Grund dafür, daß sie sie trug. Sogar Maxine hatte die Augenbrauen hochgezogen, als sie Janey

dabei erwischt hatte, wie sie in ihrer Schmuckschatulle wühlte.
»Ohrringe, Lippenstift und Wimperntusche?« hatte sie schelmisch festgestellt. »Liebes, bist du sicher, daß es da nicht etwas gibt, was du mir gern erzählen möchtest?«
Aber Diplomatie war ein weiteres Plus von Bruno, und falls er derartige zusätzliche Details bemerkt hatte, dann war er zu nett, um dazu einen Kommentar abzugeben. Statt dessen streckte er sich in seinem Sessel aus, fuhr mit den Fingern durch sein langes, sonnengebleichtes Haar und sagte: »Ich wollte dich gerade nach Maxine fragen. Du hast es also noch nicht geschafft, sie wieder loszuwerden?«
Janey verzog das Gesicht. »Sie will nicht weg, sie will sich keine Arbeit suchen, und sie ist schrecklich schlampig; es ist, als würde ich mit einem riesigen Wolfshund leben, mit dem keiner fertig wird.«
»Aber stubenrein, vermutlich.« Bruno grinste. »Du hast mir noch nicht erzählt, wie sie aussieht.«
»Maxine?« Sie nippte an ihrem Kaffee, und die Worte von Guy Cassidy fielen ihr wieder ein. »Magerer, blonder und lauter als ich.« Dann fügte sie kleinlaut hinzu, weil es gehässig geklungen hatte: »Und viel hübscher.«
»Hm. Nun, wir haben im Moment ziemlich viel zu tun hier. Vielleicht könnte ich ihr ein paar Abende die Woche anbieten, an der Bar.«
»Das würde sie nicht machen«, erwiderte Janey schnell. »Ihre Füße, sie würden ihr weh tun ...«
Bruno zuckte die Achseln und verwarf damit den Vorschlag. »War nur so eine Idee. Aber du mußt sie mal herbringen, an irgendeinem Abend. Ich möchte sie gern kennenlernen.«
Natürlich möchte er das. Und sie konnte sich nur zu leicht

Maxines Reaktion vorstellen, wenn sie ihrerseits Bruno Parry-Brent treffen würde. Sie waren beide eine sehr spezielle Sorte Mensch.

»Werd ich.« Janey versuchte, nicht unglücklich zu klingen, nicht ausweichend. Sie hatte nicht die Absicht, die beiden einander vorzustellen, aber Maxine hatte ein Talent dazu, Männer ausfindig zu machen ... ja, ein Talent, und Trezale war keine Großstadt. Es war sicherlich nur eine Frage der Zeit, bis sie Bruno entdeckte.

»Komm schon, Kopf hoch.« Er nahm ihre Hand und drückte sie aufmunternd. »Wir haben alle unser Kreuz zu tragen. Schau mich an, ich hab Nina!«

Janey versuchte, sich ein Lachen zu verbeißen. Er war wirklich undankbar.

»Und wo wärst du ohne sie?« entgegnete sie. Bruno und Nina waren ein seltsames Paar, sicher, aber nach zehn gemeinsamen Jahren schienen sie auf ihre Art immer noch glücklich zu sein. Bruno hatte sich nie genauer darüber ausgelassen, aber, soweit Janey das beurteilen konnte, stellte Nina keinerlei Fragen, und er war ebenfalls diskret. Und obwohl er keinen Flirt ausließ, wußte sie in der Tat nicht, ob er wirklich Affären hatte.

»Wo wäre ich ohne Nina?« wiederholte er; er wollte sie auf den Arm nehmen. »Vielleicht in großen Schwierigkeiten, sie hat mich nämlich unter Vertrag.«

Janey prustete los vor Lachen. Nina war die sanfteste Frau, die sie je getroffen hatte. Sie bezweifelte, ob sie überhaupt die Energie aufbringen würde, einen Vertrag zu lesen, ganz zu schweigen davon, einen aufzusetzen.

»Du wärst aufgeschmissen ohne sie«, sagte sie in gespieltem Ernst. Im Aufstehen strich sie ihren rosafarbenen Rock über ihren Hüften glatt. »Ich geh jetzt besser wieder in den Laden. Danke für den Kaffee.«

Bruno grinste. »Danke für die aufmunternden Worte. Wenn du deine Schwester mal mitbringst, kann ich mich ja vielleicht dafür revanchieren.«
»Hm«, brummte Janey, und gelobte sich erneut, Maxine so weit wie menschenmöglich vom Restaurant fernzuhalten. Sie konnte sich vorstellen, wie er sich die Revanche dachte.

Maureen aus Wimbledon war nicht im Vier-Uhr-Zug.
Guy hatte seine Arbeit in der Dunkelkammer unterbrochen und war wie ein Verrückter gefahren, um rechtzeitig am Bahnhof zu sein. Er konnte es nicht glauben. Wenn sie den Zug in Paddington verpaßt hatte, hätte sie doch, verflucht noch mal, anrufen können und ihm Bescheid sagen, dachte er wütend. Und was sollte er jetzt tun, auf dem Bahnsteig rumhängen und eine Stunde warten, bis der nächste Zug einfuhr? Aber er hatte nicht gewartet, und das künftige Kindermädchen hatte nicht angerufen. Als es um halb neun immer noch kein Lebenszeichen von ihr gab, rief er die Nummer in London an, die sie ihm gegeben hatte.
»Lieber Himmel«, sagte Berenice und war dankbar, daß sie Ella eine halbe Stunde zuvor ins Bett gebracht hatte. Zumindest war sie nicht dabei und konnte so auch nicht Zeugin seiner Ausdrucksweise werden.
Josh, der daran gewohnt war, fragte sich, ob das bedeutete, daß seine Gebete tatsächlich erhört worden waren. »Was ist los, Pa?«
»Kein Wunder, daß sie es so eilig hatte, herzukommen und hier zu wohnen«, schäumte Guy und goß sich einen gewaltigen Scotch ein, den er in einem Zug austrank. »Ich hab gerade mit ihrer Mutter gesprochen. Das verlogene, hinterhältige Miststück ist heute morgen festgenommen worden. Man wirft ihr Kreditkartenbetrug vor! Das hat mir gerade noch gefehlt, verdammt ...«

»Bedeutet das, daß sie nicht unser Kindermädchen wird?« fragte Josh, um absolut sicherzugehen.
Guy rollte die Augen und blickte schicksalsergeben gen Himmel. »Ich hab immer gewußt, daß sich das teure Geld, das ich in eure Erziehung investiere, eines Tages bezahlt machen würde. Ja, Josh, das bedeutet, sie wird nicht euer Kindermädchen.«
Hurra, dachte Josh. Laut sagte er: »Oh, und was machen wir jetzt?«
»Da gibt's nur eines.« Es war Mittwoch abend, Berenice heiratete am Samstag, und er mußte Montag früh zu Aufnahmen für einen Kalender nach Paris. »Wir sagen die Hochzeit von Berenice ab.«

»Du mußt aufmachen«, sagte Maxine, als die Türklingel ertönte. Sie hatte orangefarbene Schaumstoffteile zwischen den Zehen, und der karmesinrote Nagellack auf ihren Zehennägeln war noch feucht. »Ich seh aus wie eine Ente.«
»Sie sehen aus wie eine Ente«, sagte Guy Cassidy, als Janey ihn zwei Minuten später ins Wohnzimmer führte.
Maxine saß auf dem Boden, die nackten Beine von sich gestreckt und knabberte an ihrem Marsriegel. »Und wenn schon«, erwiderte sie gleichmütig. »Das heißt, daß Ihre Beleidigungen an mir abprallen.«
Verblüfft über sein unerwartetes Auftauchen an ihrer Tür, sagte Janey: »Möchten Sie vielleicht Tee?«
»Danke.« Er lächelte sie an und setzte sich in einen freien Sessel. Zu Maxine, deren Aufmerksamkeit auf eine Wiederholung der Sendung *Inspektor Morse* gerichtet war, sagte er: »Haben Sie das noch nicht gesehen? Lewis ist der Mörder.«
Sie wandte ihre Augen nicht vom Fernseher ab. Mit kaum verhohlenem Sarkasmus erwiderte sie: »Und wer lügt jetzt?« Janey floh in die Sicherheit ihrer Küche.

»Kommen Sie schon«, sagte Maxine schließlich, als sie den Marsriegel aufgegessen und das Papier auf den Tisch geworfen hatte. »Sagen Sie mir, warum Sie hier sind.«

Es machte wenig Sinn, um die Sache herumzureden. Guy sagte: »Die Stelle. Wenn Sie sie noch wollen, Sie können sie haben.«

»Sie sind also versetzt worden.«

Er nickte.

»Mann«, sagte Maxine mit unschuldiger Miene, »müssen Sie verzweifelt sein.«

Sein Mund zuckte, als er ihr ihren kleinen Augenblick des Triumphes zugestand. »Bin ich.«

»Und hier bin ich, ein rundherum schlechter Einfluß ...«

»Das ist gut möglich«, antwortete er trocken. »Aber Ihre Schwester hat ein gutes Wort für Sie eingelegt, und aus irgendeinem absonderlichen Grund hat mein Sohn Sie ins Herz geschlossen.«

»Und Sie sind verzweifelt«, wiederholte Maxine nochmals, doch dieses Mal ignorierte er die höhnische Bemerkung.

»Also, sind Sie interessiert oder nicht?«

»Tja.« Sie neigte den Kopf zur Seite und schien das Angebot zu überlegen. »Wir haben noch nicht über die Bezahlung gesprochen.«

»Wir haben auch noch nicht über Ihre verrückten Schwimmfüße gesprochen«, betonte er. »Aber mein Motto ist, leben und leben lassen ...«

Janey hatte von der Küche aus angestrengt gelauscht. Jetzt hielt sie die Spannung nicht länger aus, nahm die Teetassen und platzte ins Wohnzimmer.

»Sie ist daran interessiert«, erklärte sie, beachtete Maxines hektische Gesten nicht und drückte Guy Cassidy eine Tasse in die Hand. »Sie tritt die Stelle an. Wann möchten Sie, daß sie anfängt?«

6

Guy Cassidy war dreiundzwanzig, als er Véronique Charpentier kennenlernte. Es war der feuchteste, windigste Tag des Jahres, und er war gerade auf dem Nachhauseweg nach einem zermürbenden Vierzehnstundentag in den Fotostudios, wo er den Auftrag gehabt hatte, eine temperamentvolle, vierundvierzigjährige Schauspielerin wieder wie dreißig aussehen zu lassen.

Jetzt war der Verkehr praktisch zum Erliegen gekommen, und er steckte in seinem Wagen hinter einem Bus fest. Er hatte nur noch einen Wunsch: Nach Hause zu kommen, ein heißes Bad zu nehmen und dann ein kaltes Bier zu trinken. Ihm blieben nicht mal zwei Stunden, dann sollte er Amanda, seine gegenwärtige Freundin, zu einer Party in Chelsea abholen. Er war nicht gerade begeistert, aber sie hatte darauf bestanden, hinzugehen.

Es gab nicht genug Platz zum Überholen, als der Bus rumpelnd anhielt und die Fahrgäste ausspuckte. Guy vertrieb sich die Zeit damit, sie dabei zu beobachten, wie sie wie vom Wind getriebene Ameisen über den Bürgersteig trippelten, auf die Schutz bietenden Vordächer der Geschäfte entlang der Hauptstraße zu.

Der letzte Fahrgast, der aussteigen wollte, schaffte es jedoch nicht. Langes, weißblondes Haar fiel der jungen Frau ins Gesicht, als sie mit ihrem graphitgrauen Regenschirm kämpfte. Genau in dem Moment, als der Regenschirm sich nach außen stülpte, stolperte sie am Randstein und fiel hin. Der Inhalt ihrer Einkaufstasche ergoß sich in den Rinnstein. Der aufgebogene Regenschirm überschlug sich mehrmals und verschwand, vom Wind getrieben, in der Ferne, und die Reifen des abfahrenden Busses spritzten eine Welle Schmutzwasser über die Frau.

Als Guy bei ihr ankam, setzte sie sich gerade in eine aufrechte Position und murmelte vor sich hin: »Schrecklisches Engliisch!«

»Sind Sie verletzt?« fragte er und half ihr vorsichtig auf die Beine. Da war zwar eine Menge Schlamm, aber keine Spur von Blut.

Mit argwöhnischem Gesichtsausdruck schüttelte sie ihren nassen blonden Kopf, dann warf sie einen bedauernden Blick in Richtung ihrer Einkaufstasche, die in der Pfütze lag. »Isch nischt. Aber meine Croissants, isch glaube, die sind ertrunken. Schrecklisches Engliisch!«

»Kommen Sie.« Er lächelte über ihre Wortwahl und führte sie zu seinem Wagen. Als sie auf dem Beifahrersitz saß, inspizierte sie die Löcher an den Knien ihrer dünnen, schwarzen, enganliegenden Hose. Er fragte: »Warum schreckliches Englisch?«

»Engliisches Wetter. Dumme engliische Schirm«, erklärte sie und deutete auf den sintflutartigen Regen. »Und wie viele nette engliische Leute sind stehengeblieben, als isch gefallen bin, mir zu 'elfen? Tssch!«

»Ich bin stehengeblieben, um Ihnen zu helfen«, sagte er und legte sanft den Gang ein, als hinter ihnen ein Hupkonzert losbrach.

Die junge Frau mit ihrem schlamm- und regenverspritzten Gesicht seufzte.

»Natürlisch 'aben Sie das. Und jetzt isch sitze in Ihre Auto und kenne Sie nischt mal. Vielleischt ist es mein Schicksal, denke isch, von einer Verrückten ermordet zu werden. Vielleischt sollen Sie stehenbleiben und misch rauslassen.«

»Ich ertrage den Anblick von Blut nicht«, versicherte Guy. »Und ich bin auch nicht verrückt. Warum sagen Sie mir nicht, wo Sie wohnen, und lassen mich Sie nach Hause fahren? Da gibt's keinen Haken, das verspreche ich Ihnen.«
Sie runzelte die Stirn und dachte offenkundig über das Angebot nach. Schließlich wandte sie ihm ihr Gesicht zu und sah verwirrt drein: »Isch verstehe nischt. Was 'eißt das, 'aken? Meinen Sie wie in Angel'aken?«

Ihr Name war Véronique, sie war achtzehn Jahre alt und wohnte in einer Mansarde, die ziemlich mangelhaft zu einem Untermietzimmer umgewandelt worden war, aber den Vorteil hatte – zumindest bei Tageslicht –, daß sie einen wunderbaren Blick über Wandsworth Common bot.
Als Belohnung dafür, daß er sie auf dem Heimweg nicht ermordet hatte, wurde Guy die fünf Treppen hochgebeten, um einen Kaffee zu trinken. Als er seine Tasse geleert hatte, war er bereits in die Kaffeeköchin verliebt und hatte vergessen, daß Amanda überhaupt existierte.
»Ich würde Sie gerne zum Essen ausführen«, sagte er, und fragte sich, was er machen würde, wenn Véronique ihm einen Korb gab. Zu seiner unendlichen Erleichterung lächelte sie jedoch.
»So naß und schmutzig wie isch bin? Oder darf isch misch duschen?«
Guy grinste zurück und meinte: »Es stört mich wirklich nicht.«
»Isch denke, isch dusche am besten«, antwortete Véronique würdevoll. Sie stand auf und deutete auf einen Stapel Zeitschriften, der vor dem zerbeulten dunkelblauen Sofa lag. »Es dauert nischt lange. Bitte, können Sie sisch eine Weile allein beschäftigen? Das sind französische Magazine, aber vielleischt Sie können die Bilder anschauen?«

Das kleine Bad grenzte ans Wohnzimmer. Guy lächelte in sich hinein, als er hörte, wie sie die Tür sorgfältig abschloß, die sie trennte. Die Zeitschriften, stellte er fest, waren abgegriffene Ausgaben der französischen Vogue, und eine davon enthielt eine Serie von Fotos, die er selbst bei der letzten Pariser Frühjahrskollektion aufgenommen hatte. Die Vorstellung, wie Véronique in die Seiten vertieft war, die sein eigenes Kürzel in der Legende trugen, spornte ihn ungeheuer an. Es war, das spürte er, ein gutes Omen für ihre Beziehung.

Aber die Zeitschriften waren offenkundig ein Luxus für sie. Das Zimmer war, auch wenn es verschönert worden war, wenig einnehmend und spärlich möbliert. Das Sofa, das mit handgestickten Kissen übersät war, konnte zum Bett ausgeklappt werden. Strategisch geschickt aufgestellte Lampen zogen die Aufmerksamkeit weg von den sich ablösenden Tapeten, und die Poster an der Wand, vermutete er, waren so plaziert, daß sie die feuchten Flecken verbargen. Weder die nach Zimt duftenden Kerzen noch die Duftschalen konnten den modrigen Geruch, der in der Luft lag, völlig überdecken.

Und es gab keinen Fernseher; eine Schachtel mit schönem Briefpapier und ein kleiner Transistorradio schienen die einzige Art der Unterhaltung zu sein. Guy erkundete das peinlich saubere Zimmer bis in die Einzelheiten, ganz gierig danach, alles zu entdecken, was es über Véronique Carpentier zu erfahren gab. Er verspürte ein überwältigendes Verlangen, sie einzupacken und aus diesem feuchten, bedrückenden Haus fortzuholen, ihr zu sagen, daß sie nicht länger so leben mußte, daß er sich um sie kümmern würde ...

Als sie fünfundzwanzig Minuten später aus dem Bad kam, mußte er sich wirklich auf die Zunge beißen, damit er es nicht laut sagte. Ohne Schmutzspritzer, einfach gekleidet mit einem dünnen schwarzen Rollkragenpullover, einem blaßgrauen Wollrock und mit schwarzen Strümpfen sah sie umwerfend aus. Das weißblonde Haar war frisch gebürstet und hing auf ihre Schultern. Silbergraue Augen betrachteten ihn amüsiert. Sie trug blaßrosa Lippenstift und *Je Reviens.*

»Okay?« fragte sie liebenswürdig.

»Okay!« Guy nickte zustimmend.

»Gut.« Véronique lächelte ihn an. »Isch glaube, es wird ein netter Abend.«

»Ich weiß, es wird einer.«

Sie blies die Duftkerzen aus und nahm ihre Tasche. »Darf isch Ihnen ein Geständnis machen?«

»Was?« Guys Herzschlag setzte aus. Er konnte sich nur zu gut vorstellen, was jetzt kommen würde. Er wollte es nicht hören. Aber Véronique sprach einfach weiter. »Isch denke, isch bin langsam froh«, gestand sie und senkte ihre Stimme zu einem Flüstern, »daß isch im Regen aus dem Bus gefallen bin. Vielleischt ist engliisches Wetter nischt ganz so schrecklisch.«

Oliver Cassidy war nicht erfreut, als sein Sohn ihm drei Wochen später eröffnete, er werde Véronique Carpentier heiraten.

»Um Himmels willen«, sagte er scharf, zündete sich eine Zigarre King Edward an und machte keinerlei Anstalten, leise zu sprechen. »Das ist lächerlich. Sie ist achtzehn Jahre alt. Sie ist Französin, und du kennst sie nicht einmal.«

»Natürlich kenne ich sie!« erwiderte Guy. »Ich liebe sie, und sie liebt mich. Und es geht hier nicht darum, daß ich dich um Erlaubnis bitte, denn ich werde sie auf jeden Fall heiraten. Ich habe bereits einen Termin beim Standesamt.«

»Dann bist du ein verdammter Idiot.« Oliver starrte ihn an. »Sie liebt dein Geld, deine Karriere; warum, um alles in der

Welt, kannst du nicht einfach ein paar Monate mit ihr zusammenleben? Dann wirst du sie schnell genug über haben.«

»Es gibt keinen Grund zu schreien«, sagte Guy. Véronique war im Zimmer nebenan in seinem großen Apartment in Hampstead.

»Warum nicht? Warum soll ich nicht schreien?« Die Augenbrauen seines Vaters waren zornentbrannt zusammengezogen. »Ich möchte, daß sie mich hört! Sie soll ruhig wissen, daß nicht jeder so naiv ist, wie du es offenkundig bist. Wenn du mich fragst, sie ist nichts als eine gerissene, intrigante Ausländerin, die die Chance ihres Lebens wittert.«

»Aber ich frage dich nicht«, erwiderte Guy in eisigem Ton. »Und Véronique ist nicht jemand, den ich irgendwann mal über haben werde. Sie wird meine Frau, ob es dir paßt oder nicht.«

Oliver Cassidy lief puterrot an. »Du machst einen gottverdammten Idioten aus dir.«

»Tu ich nicht.« Guy war der Weigerung seines Vaters, sich auch nur ansatzweise um Verständnis zu bemühen, überdrüssig und wandte sich ab. »Du machst einen aus dir.«

Sie heirateten in Caxton Hall, und Véronique begleitete Guy auf eine Geschäftsreise in die Schweiz anstelle von Flitterwochen. Nach ihrer Rückkehr brachte sie ihre wenigen Habseligkeiten in seine Wohnung, gab ihren Job in einem Nord-Londoner Feinkostgeschäft auf und sagte: »So! Und was machen wir als nächstes?«

Joshua wurde zehn Monate später geboren. Er hatte Guys dunkelblaue Augen und Véroniques weißblondes Haar. Véronique hatte selbst keine Familie, deshalb sagte sie traurig: »Es ist eine Schande! Dein Vater haßt mich, ich weiß, aber er sollte zumindest die Gelegenheit haben, seinen Enkel zu lieben.«

Guy war zwar von Natur aus nicht nachtragend, hatte aber kein Interesse an einer Versöhnung. »Er weiß, wo wir wohnen«, sagte er abweisend. »Wenn er Josh sehen wollte, könnte er das tun. Aber er will es offenbar nicht, also vergiß ihn.«

Ellas Ankunft zwei Jahre später machte sie noch glücklicher. Entgegen Véroniques Plan, daß das Kind diesmal silbergraue Augen und dunkles, lockiges Haar haben sollte, war sie ein Ebenbild von Josh. Guys Karriere führte steil nach oben. Er fotografierte seine Familie so oft, daß sie die Fotos in Koffern aufbewahren mußten. Erst als er einen großen Umschlag von der Post in die Hände bekam, in einer ihm vertrauten Handschrift an ihn adressiert, in dem eine Auswahl der hübschesten Fotos war, wurde ihm klar, daß Véronique sie seinem Vater geschickt hatte.

»Mach das nie wieder«, sagte er wütend und warf den Umschlag auf den Boden. »Er verdient es nicht. Ich hab es dir schon mal gesagt ... vergiß ihn einfach!«

Aber Véronique konnte nicht vergessen. Alle Kinder sollten Großeltern haben, und sie hielt an ihrem Traum fest, daß ihre Kinder den einzigen lebenden Großvater, der ihnen geblieben war, kennenlernen und lieben sollten. Als die Jahre vergingen und die Kluft tief und unüberbrückbar blieb, wurde sie immer entschlossener, etwas dagegen zu unternehmen. Beide, ihr Mann und ihr Schwiegervater, waren anscheinend zu stolz, den ersten Schritt zu machen, aber um Joshs und Ellas willen war sie bereit, das Risiko auf sich zu nehmen.

Wenn Oliver Cassidy seinen Enkeln gegenüberstehen würde, überlegte sie, dann wäre der Riß sofort geheilt. Es wäre ein *fait accompli,* die menschliche Natur würde alles weitere regeln, und alles würde gut werden.

Sie wußte, daß ihr Gatte ihr nie erlauben würde, den ersten

Schritt in Richtung Versöhnung zu machen. Deshalb plante sie ihr Vorhaben im geheimen und mit militärischer Präzision. Oliver Cassidy lebte damals in Bristol, also wartete sie, bis Guy zu einem zweiwöchigen Auftrag in New York war, bevor sie für sich und die Kinder Zimmer in einem Hotel, keine Meile vom Haus ihres Schwiegervaters entfernt, reservierte.

Als sie am Bahnhof ankamen, hämmerte es in Véroniques Kopf, und ihr war übel vor Anspannung, aber jetzt gab es kein Zurück mehr. Für Josh und Ella bemühte sie sich, nach außen hin fröhlich zu wirken. Im Hotel an der Clifton Suspension Bridge spendierte sie ihnen Eisbecher mit Früchten auf der großen Terrasse und sagte munter: »Eßt das alles auf und schmiert nichts auf eure Kleider. Wir werden einen sehr netten Mann besuchen, und er wäre nicht so begeistert von Schokoladeneisflecken.«

Josh war sechs Jahre alt, er genoß das Abenteuer ungemein und fragte. »Wer ist er?«

Aber Véronique, deren Kopfschmerzen von Minute zu Minute schlimmer wurden, lächelte nur und schüttelte den Kopf.

»Nur ein sehr netter Mann, mein Liebling, der nicht weit von hier wohnt. Ihr werdet ihn mögen, da bin ich sicher.«

Josh war sich nicht so sicher, daß es so wäre. Das große Haus, zu dem ihre Mutter sie führte, gehörte einem Mann, der nicht im geringsten erfreut schien, sie zu sehen. Nach Joshs Erfahrung lächelten sehr nette Leute sehr viel, umarmten einen und gaben einem vielleicht sogar Süßigkeiten. Dieser Mann jedoch, mit seinen wilden grauen Augenbrauen, die aussahen wie Raupen, sagte nicht einmal hallo.

»Mr. Cassidy«, sagte Véronique schnell. Der Anfang war nicht gerade vielversprechend, und ihre Handflächen waren schweißverklebt. »Ich habe Josh und Ella gebracht ...

ich dachte, Sie würden sie vielleicht kennenlernen wollen ... Ihre Familie ...«
Oliver Cassidy war kein Freund von Überraschungen. Und er hatte etwas gegen emotionale Erpressung. Er war ein Mann, der selten zugab, daß er derjenige sein könnte, der im Unrecht war, und er sah keinerlei Grund dafür, seine Meinung über die französische Ehefrau seines Sohnes zu revidieren. In ihrem geblümten Kleid und mit ihren weißblonden Haaren, die lose über ihre Schultern hingen, sah sie immer noch aus wie ein Teenager, was nicht gerade hilfreich war. Und soweit es ihn betraf war allein die Tatsache, daß sie dachte, sie könnte aus heiterem Himmel hier auftauchen und eine Art märchenhafter Versöhnung erwarten, ohne Zweifel der beste Beweis dafür, daß sie entweder dumm war oder ungemein naiv.
»Was gibt's?« fragte er kalt, betrachtete mißbilligend ihr weißes Gesicht und beachtete die Kinder an ihrer Seite nicht. Seine Geste umfaßte sowohl das Georgianische Haus als auch den kunstvoll geschnittenen Rasen: »Haben Sie Angst, daß sie von all dem nichts kriegen werden, wenn ich einmal nicht mehr bin?«
»Nein!« Entsetzt über die Grausamkeit ihres Schwiegervaters machte sie einen taumelnden Schritt rückwärts. »Nein«, schrie sie noch mal, beinahe um Verständnis flehend. »Das sind Ihre Enkelkinder, Ihre Familie! Hier geht's nicht um Erbschaft ...«
»Gut«, schnappte Oliver Cassidy, und Ella, die sich an die Hand ihrer Mutter klammerte, begann zu weinen. »Denn sie werden ohnehin nichts davon zu sehen kriegen.«
»Mir ist schlecht«, schluchzte Ella. »Mami, mir ist ...«
»Und jetzt habe ich eine dringende Verabredung.« Er sah auf seine Uhr, um seiner Lüge Glaubwürdigkeit zu verleihen. Dann machte er, mit völlig entsetztem Blick, einen schnellen Schritt zur Seite.

Aber es war zu spät. Ella, die viel zuviel Schokoladeneis gegessen hatte, hatte bereits alles über die hochglanzpolierten, handgearbeiteten Schuhe ihres Großvaters erbrochen.

Erst als sie wieder im Hotel waren, wurde Véronique klar, daß sie krank war. Die Kopfschmerzen und die Übelkeit, die sie zuvor ihrer Nervosität zugeschrieben hatte, hatten sich dramatisch verschlimmert, und sie hatte Schmerzen.
Am frühen Abend hatte sie noch rasendes Fieber bekommen, und sie war kaum mehr in der Lage, sich aus dem Bett zu schleppen, um unten anzurufen und darum zu bitten, daß man einen Arzt hole. Sommergrippe dachte sie, kämpfte gegen Tränen der Erschöpfung, und Schauer durchzuckten ihren Körper wie Stromschläge. Das hatte ihr gerade noch gefehlt. Der krönende Abschluß eines katastrophalen Besuches. Wäre sie abergläubisch gewesen, hätte sie wirklich glauben können, daß Oliver Cassidy ihr Unheil an den Hals gewünscht hatte, als Vergeltung für ihre Unverschämtheit.
Der Arzt jedoch sah die Sache wesentlich ernster.
»Mrs. Cassidy, ich fürchte, wir müssen Sie ins Krankenhaus einliefern«, sagte er, als er seine Untersuchung beendet hatte. *»Mais c'est impossible!«* schrie Véronique, ihre Englischkenntnisse hatten sie in ihrem geschwächten Zustand im Stich gelassen. *»Mes enfants ...«*
Aber es war kein Vorschlag, es war eine Feststellung. Ein Krankenwagen wurde gerufen, und um Mitternacht wurde Véronique in die neurologische Abteilung eines der größten Krankenhäuser in Bristol eingeliefert. Der Hotelmanager selbst, so wurde ihr mehrmals versichert, würde ihren Mann in New York benachrichtigen, und er hatte in der Zwischenzeit die volle Verantwortung für die Kinder übernommen, die im Hotel bleiben würden und um die man sich rührend kümmern werde, solange es nötig sei.

Als Guy siebenundzwanzig Stunden später im Krankenhaus eintraf, war Véronique bereits in ein tiefes Koma gefallen. Wie die Ärzte befürchtet hatten, litt sie unter einer besonders heimtückischen Meningitis, das hatten die Tests bestätigt, und obwohl sie alles menschenmögliche taten, waren die Aussichten nicht günstig.

»Mami hat gesagt, wir besuchen einen netten Mann«, erzählte Josh, und Tränen standen in seinen Augen, als Guy die Wahrheit aus ihm herauslockte. »Aber er war überhaupt nicht nett, er war schrecklich. Er hat Mami angeschrien, dann hat Ella das ganze Eis auf seine Schuhe gespuckt. Und als wir ins Hotel zurückgekommen sind, ist es Mami schlechtgegangen. Papi, können wir jetzt heimgehen?«

Genau das hatte Guy vermutet. Er nahm keinen Kontakt zu seinem Vater auf. Und als Véronique drei Tage später starb, ohne das Bewußtsein wiedererlangt zu haben, sah er keinen Anlaß, seine Meinung zu ändern. Oliver Cassidy mochte Véroniques Tod nicht verursacht haben, aber er hatte zweifellos dafür gesorgt, daß ihre letzten wachen Stunden so miserabel wie nur möglich waren. Das würde Guy ihm niemals verzeihen.

7

Guy beobachtete vom Küchenfenster aus, wie Maxines orangefarbener MG am Ende der Einfahrt mit quietschenden Bremsen zum Stehen kam.
»Ich weiß nicht«, sagte er mit skeptischem Blick. »Ich bin mir immer noch nicht ganz sicher. Jemand sagte mir aber, ich würde keinen großen Fehler begehen.«
Berenice folgte seinem Blick. Das Mädchen, das aus dem Wagen kletterte, trug weiße Shorts und eine ärmellose, blaßgraue Weste mit der Aufschrift MUSKEL quer über der Brust. Außerdem hatte sie dichtes, goldblondes Haar und lange braune Beine.
»Nur weil sie nicht aussieht, wie Sie sich ein Kindermädchen vorstellen«, antwortete Berenice ruhig. Dann, in dem Wissen, daß sie morgen um diese Zeit eine verheiratete Frau sein würde, fügte sie lächelnd hinzu: »Sie sieht ganz sicher nicht aus wie ich.«
Darauf gab es wirklich keine diplomatische Antwort; die Unterschiede zwischen den beiden Frauen waren zu offensichtlich. Aber Berenice war eine so angenehme Gesellschaft gewesen, dachte Guy, und außerdem war keinem, der sie getroffen hatte, je in den Sinn gekommen, daß zwischen ihnen beiden irgend etwas im Gange sein könnte. Die Ankunft von Maxine Vaughan war allerdings dazu angetan, allerlei gräßliche Spekulationen hervorzurufen.
»Es kümmert mich nicht, wie sie aussieht.« Er wirkte ausgesprochen grimmig. Über ihnen waren donnernde Fußtritte

zu hören, als Josh und Ella die Treppe heruntergerannt kamen.
»Ich möchte lediglich, daß sie sich um meine Kinder kümmert.« Er wollte fortfahren, aber seine Aufmerksamkeit wurde von der Szene beansprucht, die sich eben in der Einfahrt abspielte.
»Okay«, sagte Maxine, die an ihrem Auto lehnte und die zwei Kinder vor sich beäugte. »Helft mir mal auf die Sprünge. Wer von euch ist Ella und wer ist Josh?«
Josh entspannte sich. Sie würde sie, dessen war er beinahe sicher, nicht dazu zwingen, kalten Haferbrei zu essen. Er war sogar sehr zuversichtlich, daß sie lange aufbleiben dürften, wenn sein Vater weg war. Berenice war immer ein bißchen nervend gewesen, wenn es ums Zubettgehen gegangen war.
»Ich bin Ella«, sagte seine Schwester, die Maxine zum ersten Mal sah; die Kleine bemühte sich, herauszufinden, ob sie es ernst gemeint hatte. »Ich bin ein Mädchen.«
»Natürlich bist du das.« Maxine grinste und gab ihr ihre Handtasche. »Gut, das bedeutet, du kannst das für mich halten, während ich mein Gepäck aus dem Kofferraum hole. Ist euer Vater nicht hier?«
»Er ist in der Küche«, warf Josh ein. »Mit Berenice.«
»Hm. Nett von ihm, rauszukommen und mich willkommen zu heißen.« Mit einem bedeutungsvollen Blick in Richtung Küchenfenster hob sie die schweren Koffer aus dem Auto und ließ sie auf den Kiesweg plumpsen. Es war ihr so ernst mit dem Wohnen am Arbeitsplatz, daß sie nach London gefahren war, um ihre Sachen aus Maurice' Wohnung zu holen. »Gut, er kann die Sachen reintragen. Dazu sind Männer da.«

Als Janey mit dem Lastwagen in Trezale House ankam, schien Maxine dort schon völlig heimisch zu sein. Ihr riesiges Schlafzimmer, sonnenüberflutet und hübsch eingerichtet in verschiedenen Pinktönen, war bereits ein Chaos.
»Berenice hat mir eine Liste von Dingen gegeben, die ich zu tun und die ich zu lassen hätte«, sagte sie, rollte die Augen, stopfte einen Armvoll Unterwäsche in eine offene Schublade und schleuderte ihre Schuhe unter ein Tischchen. »Sie scheint unglaublich systematisch zu sein.«
»Kindermädchen müssen systematisch sein«, erinnerte Janey sie.
»Ist ja gut. Ich bedaure den Burschen, den sie heiratet.«
»Und du wirst dich auch organisieren müssen«, fuhr Janey unbarmherzig fort. »Wenn diese Kinder einen bestimmten Tagesablauf haben, dann sollten sie dabei bleiben.«
Maxine sah sie ungläubig an. »Wir hatten das nie.«
Das stimmte. Thea war von ihrer Arbeit in Anspruch genommen gewesen, und sie hatte eine unbekümmerte Haltung gehabt, was die Kindererziehung betraf. Und das bedeutete, daß sie ihre Töchter die meiste Zeit sich selbst überlassen hatte, während sie, alles andere vergessend, sich in dem Wunder verlor, noch eine neue Skulptur zu kreieren.
Janey hatte in den Monaten nach ihrer eigenen Eheschließung ihre Liebe zur Häuslichkeit und zur Regelmäßigkeit auf das Chaos ihrer frühen Jahre zurückgeführt, als sie sich so nach Ordnung und Stabilität gesehnt hatte. Maxine jedoch schien es nie gestört zu haben. Sie war von Natur aus abenteuerlustiger als ihre ältere Schwester und weniger daran interessiert, sich anzupassen. Sie fühlte sich wohl im Chaos. Janey wünschte sich nur, Maxine könnte sich für ihre Arbeit begeistern.
»Das ist was anderes«, sagte Janey streng. »Zumindest hat-

ten wir eine Mutter. Josh und Ella haben keine. Es ist sicher nicht einfach für sie.«

»Es wird auch für mich nicht einfach.« Maxine wirkte niedergeschlagen und reichte ihr die Liste, die gewissenhaft in sauberen, leicht zu lesenden Großbuchstaben geschrieben war. »Demzufolge stehen sie um halb sieben auf. Und von mir erwartet man, daß ich ihnen Frühstück mache!«

»O bitte«, seufzte Janey entnervt. »Du wolltest die Stelle! Du warst versessen darauf, hier zu arbeiten. Was ist jetzt mit dir los?«

»Ich wollte für Guy Cassidy arbeiten.« Maxine schaute ihre Schwester an, als wäre sie bescheuert. »Aber er ist nur seinen Kalender mit mir durchgegangen, und es klang so, als würde er mehr weg als zu Hause sein. Während er in Flugzeuge springt und rund um den Globus düst, sitze ich hier mit den Kindern in der Wildnis fest wie irgendeine altmodische Hausfrau.« Sie unterbrach sich, dann fügte sie gereizt hinzu: »So habe ich es mir jedenfalls nicht vorgestellt.«

Guy tauchte aus seinem Arbeitszimmer auf, als Janey gerade hier und da noch die Blumen in der Halle arrangierte. Sie kreuzte die Finger und betete, daß es über Nacht nicht regnen würde, denn sie hatte die Steinsäulen, die den Hauseingang flankierten, mit gelben und weißen Girlanden aus Satinbändern geschmückt, dazwischen waren Blütenzweige, Mimosen und Schleierkraut geflochten. Zusammen mit dem Efeu, der sich um den gebleichten Stein rankte, würde das einen würdigen Rahmen für Braut und Bräutigam bilden, wenn sie auf den Stufen standen und von niemand anderem als einem der bekanntesten Fotografen des Landes fotografiert würden.

»Es sieht gut aus.« Er ging ein paar Schritte zurück, um den

Gesamteindruck mit professionellem Blick zu prüfen, und nickte beifällig. »Sie haben schwer gearbeitet.«

»Der Friseur auch«, bemerkte Janey, als ein Auto vorfuhr, und Berenice ausstieg. Unsicher schirmte sie ihren Kopf gegen die leichte Brise ab, die von der See herwehte. Ihr braunes Haar war aus dem Gesicht gekämmt und in ungewohnte Locken gelegt, die über ihre Schultern wippten.

»Wie werden Sie heute nacht schlafen?« fragte Guy, und Janey sah die ehrliche Zuneigung in seinen Augen, als er die steife Frisur betrachtete.

Berenice drehte ihren Kopf hin und her und sagte: »Aufrecht«, und lächelte dann, als sie Janeys Werk sah. »Das ist wundervoll; es muß Sie Stunden gekostet haben.«

»Ich denke, wir haben uns einen Drink verdient.« Er legte seine Hand auf Berenice' Schulter und schob sie ins Haus. Als Janey zögerte, fügte er hinzu: »Sie auch.«

Berenice fragte: »Wo sind die Kinder?«

»Oben, mit ihrem neuen Kindermädchen.« Er grinste. »Und einem Packen Karten. Ich hörte sie sagen, sie würde ihnen Pokern beibringen.«

»Amüsieren Sie sich?« fragte Guy, als er am nächsten Tag zu Janey ins Wohnzimmer kam. Sie saß in einem der Sessel am Fenster, von dem aus man den Garten im Blick hatte, und beobachtete Maxine, wie sie mit einem Mann flirtete.

»Es war nett von Berenice, mich einzuladen«, antwortete sie lächelnd. »Und noch netter war es für sie, ihren Empfang hier halten zu können. Sie ist schrecklich dankbar – sie hat mir erzählt, sie hätte sonst in der Kegelbahn vom Roten Löwen feiern müssen.«

Er zuckte die Achseln. »Kein Problem. Hochzeiten und Bar-Mizwa-Feiern sind meine Spezialität. Und vierzig Gäste sind nun auch nicht übertrieben.«

»Sie werden sie vermissen«, sagte Janey und nickte in Richtung Berenice.

»Die Kinder sicher. Wir waren glücklich, sie solange zu haben.« Er zögerte, und sein Gesichtsausdruck veränderte sich. »Sie war bei uns, seit meine Frau gestorben ist.«

Hochzeiten waren ein integraler Bestandteil von Janeys Arbeit, aber sie fand es manchmal doch schwierig, damit umzugehen. Sie erinnerten sie unweigerlich an ihre eigene Hochzeit mit Alan.

»Es ist sicher nicht leicht für Sie«, sagte sie und überlegte, was ihm wohl durch den Kopf ging. Draußen im Garten posierten Berenice und Michael, die Arme jeweils um die umfangreiche Taille des anderen geschlungen, während Josh mit einem köstlichen, ernsten Gesichtsausdruck einen Film verknipste. Durch das offene Fenster konnten sie hören, wie er strenge Anweisungen erteilte: »Nicht lachen ... stillstehen ... einfach glücklich aussehen ...«

Guy schob ihr halbvolles Weinglas zur Seite, setzte sich langsam neben Janey und streckte seine langen Beine aus.

»Nicht einfach, aber erträglich«, sagte er in erzwungener Gelassenheit. »Ich nehme anderen Leuten ihr Glück nicht übel. Véronique und ich hatten immerhin sieben glückliche Jahre. Das ist mehr, als andere haben.«

Mehr als ich hatte, dachte Janey traurig, aber natürlich wußte er nichts über ihre Vergangenheit. Da sie nicht vorhatte, mit ihm in bezug auf tragische Schicksalsschläge zu wetteifern, sagte sie gar nichts.

Da das Thema aber nun schon angeschnitten war, schien Guy weitersprechen zu wollen.

»Die Einstellung mancher Leute ist dagegen schon schwerer zu ertragen«, sagte er und unterbrach damit das angenehme Schweigen, das zwischen ihnen geherrscht hatte. »Anfangs habe ich nur wie ein Roboter funktioniert, getan, was zu tun war, und sichergestellt, daß Josh und Ella so wenig wie möglich litten. Alle waren so bemüht um uns; wo man hinkam, waren hilfreiche und mitfühlende Menschen ... Ich konnte in ihren Augen gar nichts falsch machen. Dann, nach ungefähr sechs Monaten, konnte ich kein Mitgefühl mehr ertragen. Ich wehrte mich dagegen, fing wieder an zu arbeiten, es war eine ziemlich wilde Phase. Unterbewußt habe ich vermutlich nach einem Ersatz für Véronique gesucht, aber ich habe lediglich eine Frau nach der anderen aufgegabelt, herumgebumst und mich fürchterlich betrunken. Und ich habe nur furchtbar viele Leute unglücklich gemacht. Mich eingeschlossen. Und alle, die anfangs so mitfühlend gewesen waren, änderten ihre Meinung und hielten mich fortan für einen schrecklichen Mistkerl. Mit Mädchen zu schlafen und sie dann fallenzulassen – sie vorsätzlich zu verletzen, damit sie verstanden, wie ich mich fühlte –, das schien damals die einzige Antwort zu sein, aber ich fühlte mich nur noch elender. Letzten Endes kam ich dann zur Vernunft und hörte damit auf.« Mit einem reumütigen Lächeln und einem Seitenblick auf Janey fügte er hinzu: »Ich vermute, ich kann mich glücklich schätzen, daß ich mir nicht was Schreckliches eingefangen habe. Damals hätte ich es, weiß Gott, verdient gehabt.«

Janey hatte Bücher darüber gelesen, wie man mit Kummer fertig wurde, und erwiderte zögernd: »Ich weiß nicht, aber ich glaube, es ist eine ziemlich normale Reaktion. Vielleicht haben Männer eher eine solche Phase als Frauen, aber sobald sie sie überwunden haben ... fangen sie sich wieder. Wie ist es jetzt? Haben Sie sich wieder gefangen?«

Es war ein erstaunlich intimes Gespräch mit jemandem, der ein völlig Fremder war. Aber sie war ernsthaft daran interessiert, herauszufinden, wie er damit fertig geworden war und weiterhin fertig wurde. Sie überlegte außerdem, ob sie

jemals eine Phase des häufigen Partnerwechsels haben würde ...
Guy schien ihre Frage nicht im geringsten zu stören. Er öffnete noch eine Flasche Wein und füllte ihre Gläser. »Es gibt immer noch das Problem mit der Einstellung anderer Leute.« Seine Augen registrierten die milde Verachtung Janeys. »Nicht, daß ich mich sonderlich darum kümmern würde, was sie denken, aber es kann mit der Zeit zermürbend sein. Nach drei Jahren erwartet man anscheinend von mir, daß ich wieder heirate. Der Druck ist allgegenwärtig. Wenn ich heutzutage bei einer Party irgendeiner Frau vorgestellt werde, dann weiß ich, es geschieht deshalb, weil sie eine sorgfältig ausgewählte Kandidatin ist. Manchmal erwarte ich beinahe schon ein Tattoo auf ihrer Stirn: ›Potentielle Ehefrau‹. Als nächstes erzählt mir jeder, wie wundervoll sie mit Kindern umgehen kann, und wie hart es für Josh und Ella in ihrem Alter ist, keine Mutter zu haben.« Er schauderte bei der Erinnerung daran. »Mein Gott, das ist mir schon so oft passiert. Es ist wie ein ständig wiederkehrender Alptraum. Und es raubt mir die Lust mehr als ein ganzer Eimer Bromid.«
»Was ist Bromid?« fragte Ella, und sie fuhren beide hoch.
Guy, von ihrem unerwarteten Auftauchen irritiert, antwortete: »Eine Art kalter Haferbrei. Du würdest es nicht mögen.« Er zog sie auf seinen Schoß und fügte hinzu: »Und du brauchst eine Kuhglocke um den Hals. Hast du gelauscht, mein Engel?«
»Nein.« Sie schüttelte so heftig ihren Kopf, daß ihr weißes Samtband runterrutschte. »Ich habe euch zugehört. Papi, wann kann ich heiraten?«
Er machte ein passend ernstes Gesicht. »Warum? Wann würdest du denn gerne heiraten?«
»Morgen.« Ella kicherte und strich ihr lila Baumwollkleid

über ihren kleinen runden Knien glatt. »Ich werde Luke heiraten.« Luke war acht Jahre alt und der Neffe von Berenice.

»Ach so.« Guy schien zu überlegen. »Gut, morgen hört sich nicht schlecht an. Aber vielleicht sollte ich zuerst mit ihm sprechen.«

Ella runzelte die Stirn, sie fürchtete, sie würde jetzt etwas über die Limonade hören, die sie versehentlich in eine Handtasche geschüttet hatte, die offen und unbeaufsichtigt in der Küche stand. Sie biß sich auf die Unterlippe, sah ihn zweifelnd an und fragte: »Warum?«

»Heiraten ist eine ernste Angelegenheit«, erklärte Guy ihr. »Ich muß wirklich mit Luke sprechen, von Mann zu Mann. Von allem anderen mal abgesehen«, fügte er ernst hinzu, »muß ich ihn fragen, wie seine Zukunftsaussichten so sind.«

»Du hast dich anscheinend prächtig mit meinem Chef verstanden«, sagte Maxine, während sie eine Schnitte Meeresfrüchtequiche verdrückte, und sie hörte sich verärgert an. »Was habt ihr gemacht, hast du ihm eine Kurzfassung meiner schmutzigen Vergangenheit verklickert?«

»Überhaupt nicht.« Es war früher Abend, und sie saßen draußen auf einer Holzbank und genossen die leichte Brise. Tagsüber war es über dreißig Grad heiß gewesen. Janey untersuchte ihre Arme auf einen Sonnenbrand hin und hoffte, daß sie morgen früh nicht mit der weißen Spur ihrer Träger aufwachen würde. »Ich war diejenige, die sich für dich eingesetzt hat, erinnerst du dich? Es würde also wenig Sinn machen, wenn gerade ich ihn zu Tode erschrecke, indem ich ihm erzähle, wie du wirklich bist. Er könnte mich wegen falscher Angaben verklagen.«

»Also, worüber habt ihr dann gesprochen?«

Obwohl sie mindestens ein halbes Dutzend Wurstbrötchen

und ein Stück Hochzeitskuchen sowie die Quiche verdrückt hatte, war der Lippenstift auf Maxines Lippen immer noch makellos. Sie schirmte ihre Augen gegen die untergehende Sonne ab und beobachtete heimlich Guy Cassidy, der am anderen Ende der Terrasse stand und sich gerade mit der Schwiegermutter von Berenice unterhielt.

»Er hat mir erzählt, wie satt er es hat, von Frauen verfolgt zu werden, die ganz versessen darauf sind, die neue Mrs. Cassidy zu werden.« Janey sagte das in beiläufigem Ton, aber sie hielt es für nötig, diese Tatsache herauszustellen, sowohl, um ihre Schwester davor zu bewahren, einen Idioten aus sich zu machen, als auch, um sicherzustellen, daß Guy die Dienste ihrer Schwester nicht schon bald wieder entbehren konnte. Jetzt, wo sie ihre Wohnung wieder für sich hatte, sollte das auch so bleiben.

Aber Maxine lachte nur. »Dann konnten sie nicht so gut darin gewesen sein. Wenn man hinter einem Mann her ist – und ihn kriegen will –, dann ist das wichtigste, dafür zu sorgen, daß er nichts davon bemerkt. Es ist eine delikate Angelegenheit, Janey! Quasi eine Art Kunstwerk.«

»Nun, es hört sich jedenfalls so an, als hätte er eine Menge Praxis darin, der Adressat solcher Kunstwerke zu sein.« Janey hatte zumindest ihren Standpunkt klargemacht und wechselte jetzt das Thema. »Und anscheinend hast du dich ja ohnehin mit dem Trauzeugen prächtig verstanden«, konstatierte sie. »Wie hieß er noch mal? Colin? Er sah scharf aus.«

»Das war er.« Maxine leckte sich die Fingerspitze ab und tippte auf die Kuchenkrümel auf ihrem Teller. Sie klang düster: »Ich könnte mich ebensogut Aschenputtel nennen. Guy möchte, daß ich den Rest des Wochenendes hierbleibe, damit die Kinder die Möglichkeit haben, sich an mich zu gewöhnen, bevor er Montag früh nach Paris fliegt. Dann werde ich allein mit ihnen hiersein, bis er am Freitag zurückkommt. Nächstes Wochenende werde ich offenbar frei haben, aber da wird Colin weg sein, zu einem Kricketspiel.« Sie zuckte die Schultern. »Wir haben es versucht, aber offenbar waren unsere Zeiten nicht kompatibel. Unter diesen Umständen scheint mein gesellschaftliches Leben so umtriebig zu werden, wie eine Fliege in Bernstein.«

»Willkommen in der Realität«, sagte Janey knapp. Ihr eigenes gesellschaftliches Leben war in den letzten achtzehn Monaten praktisch nicht vorhanden gewesen.

Maxine warf ihr einen ungeduldigen Blick zu. »Ja, aber für dich ist das ja in Ordnung«, erwiderte sie mit dem charakteristischen Mangel an Takt. »Du bis daran gewöhnt.«

8

Die Hitze dauerte an. Am Sonntag morgen packte Janey eine Segeltuchtasche und ging zum Strand. Er würde ganz schön voll sein, aber sie könnte sich die Zeit damit vertreiben, zu raten, wie lange die Urlauber schon in Trezale waren, je nach Intensität ihrer Blässe, Röte oder Bräune. Und ihren Gesprächen zu lauschen – besondere Favoriten waren sich zankende Paare – war immer unterhaltsam.

Der Strand war überlaufen, aber die Ebbe setzte ein, und das half ein wenig. Entlang des Streifens nassen Sandes wurden gerade eine Unmenge Sandburgen gebaut, das verhalf den wirklichen Sonnenanbetern zu mehr Platz im trockenen Sand. Janey wählte ein vielversprechendes Plätzchen, auf dem sie sich ausstrecken, sich auf den letzten Roman von Danielle Steel stürzen und gleichzeitig der lebhaften Unterhaltung folgen konnte, die gerade zwischen einem hochgewachsenen, sonnengebräunten Paar aus Liverpool im Gange war. Sie konnten sich nicht entscheiden, ob sie später nur Fisch und Chips essen oder sich doch ein richtiges Sonntagsmahl in diesem todschicken Restaurant in der Armory Street gönnen sollten. Sie überlegte müßig, ob sie den beiden sagen sollte, daß dieser todschicke Laden – bei Bruno – sonntags geschlossen hatte, aber es erschien ihr unangebracht, sie zu unterbrechen. Sie öffnete ihr Ambre Solaire und verteilte die Lotion achtlos auf die Stellen, die bei ihr am ehesten verbrannten, und schlief prompt ein.

Einige Zeit später wachte sie ziemlich abrupt auf. Jemand hatte eiskalte Flüssigkeit in ihren Nabel getropft.

Bruno hielt grinsend die Coladose in die Höhe.
»Es sollte natürlich Champagner sein«, sagte er und bewunderte ihren Körper, den ein fuchsiaroter, knapper Bikini enthüllte, »aber manchmal muß man einfach improvisieren. Kann ich mich setzen?«
»Ich weiß nicht.« Janey schirmte ihre Augen gegen die Sonne ab und meinte mit unbewegter Miene: »Kannst du?«
»Okay. Würden Sie mir gestatten, eine Ecke Ihres Handtuches mit mir zu teilen?« Er ließ sich ohne Umstände neben ihr nieder und bot ihr die Cola an. »Du siehst einfach umwerfend aus, muß ich schon sagen. Zuerst hätte ich dich beinahe nicht erkannt, so unbekleidet.«
Hinter ihnen kicherte das Paar aus Liverpool. Janey bemühte sich, nicht zusammenzuzucken, als Bruno sanft mit einer Hand über ihren Bauch strich. Es war ein beunruhigend angenehmes Gefühl; sie wünschte nur, ihre Diät wäre von ein wenig mehr Erfolg gekrönt gewesen.
Aber er hörte nicht auf. »Laß das«, protestierte sie und schob seine Hand weg. »Ich bin zu fett.«
»Quatsch«, antwortete Bruno bestimmt. Die weibliche Sucht nach Diät war für ihn eine Quelle andauernder Irritation, besonders wenn die Frauen in seinem Restaurant Diät essen wollten. »Alle anderen sind zu dünn.«
Aus schierer Verzweiflung fragte sie: »Wo ist Nina?«
»Sie besucht ihre Eltern.« Er warf ihr einen schmachtenden Blick zu. »Sie kommt Dienstag früh zurück. Ich bin zwei ganze Tage allein.«
»Armer Kerl.« Janey lächelte über seinen Gesichtsausdruck. »Was wirst du nur mit dir anfangen?«
Er wußte, was er gerne tun würde, aber ihm war klar, daß er sehr vorsichtig vorgehen müßte. Janey Sinclair war eine dieser seltenen Frauen, die sich anscheinend ihrer Reize in keinster Weise bewußt waren. Seit er sie kannte, war er

hingerissen von der Aura von Traurigkeit, die sie umgab, und beeindruckt von ihrer Weigerung, sich von denen, die wußten, was sie durchgemacht hatte, bemitleiden zu lassen.

Sie war ganz sicher kein Ferienflittchen. Wenn sie es gewesen wäre, hätte er sie längst verführt und wieder fallenlassen. So wie die Dinge aber lagen, war die Neugier und das Interesse nach wie vor vorhanden. Sie war auf eine gewisse Art eine verbotene Frucht. Immer wieder hatte Bruno sich gesagt, daß er die Angelegenheit angesichts seiner Rekorde in Sachen Verführung einfach sein lassen sollte, aber die Anziehung war eindeutig da, und er war Experte genug, um zu wissen, daß sie gegenseitig war. Hinter dem sperrigen, schüchternen Verhalten spürte er Janeys Interesse. Es war dummes, kopfgesteuertes Zeug, all diese Selbstverleugnung und oberflächliche Schäkerei. Es war schon Jahre her, daß er den Schmerz und die Freude einer so langsam brennenden, zaghaften Freundschaft erlebt hatte. Aber gleichzeitig standen ihm ein langer und leerer Sonntag und Montag bevor, und er war ganz sicher kein Heiliger ...

»Mir ist es zu heiß«, sagte er, leerte die Cola und warf einen Blick auf ihren vom Ambre Solaire glänzenden Körper. »Und wenn du hierbleibst, kriegst du einen Sonnenbrand. Komm schon, gehen wir was essen.«

Es war ein verlockendes Angebot. Janey spürte plötzlich, daß sie hungrig war, und war erfreut über die Aussicht auf Begleitung.

Sie stützte sich auf ihre Ellbogen und fragte: »Wohin?«

»Zu mir.«

»Oh.« Nina war nicht da. Sie war nicht sicher, ob sie das tun sollte.

»Aber ...«

»Ach je«, spottete er, als er ihr Zögern spürte. »Jetzt habe

ich dich in Verlegenheit gebracht, und du überlegst verzweifelt, wie du diplomatisch nein sagen kannst.«
Janey verhaspelte sich und spürte, wie ihre Wangen rot wurden. »Also …«
»Um Himmels willen.« Bruno klang ein wenig aufgebracht. »Jetzt leb doch mal ein bißchen. Ich rede doch nur von einem kleinen Mittagessen. Ich habe dich nicht dazu eingeladen, eine heiße Liebesnacht mit mir zu verbringen.«
Verlegen antwortete sie: »Das habe ich auch nicht angenommen.«
»O doch, hast du.« Er grinste und half ihr auf die Beine. »Aber es gibt keinen Grund zur Panik; du kannst absolut beruhigt sein. Komm schon, gehen wir.«

Wie Janey wohnten Bruno und Nina über ihrem Geschäft, aber während Janeys Wohnung winzig war, war ihre großzügig und stilvoll eingerichtet.
Janey hatte sie nie zuvor gesehen und war beeindruckt. Makellose weiße Teppiche auf dem Fliesenboden brachten dessen lavendelfarbene und grüne Muster zur Geltung. Moderne abstrakte Bilder waren an den Wänden arrangiert, und gut gepflegte Pflanzen wuchsen aus weißen Porzellantöpfen. Die Decke hatte eine zarte Lavendeltönung, die exakt zu den zwei Dreisitzer-Ledersofas paßte, und die Katze auf dem Sofa neben dem Fenster war weiß mit leuchtenden, grünen Augen.
»Du bist überrascht«, sagte Bruno und gab ihr ein Glas Pimm's mit Eis.
»Ein bißchen«, gab sie zu. Die beinahe klinische Sauberkeit der Wohnung paßte so überhaupt nicht zu der melancholischen, ein wenig hippiehaften Nina.
Aber er schien schon wieder Gedanken lesen zu können.

»Das bin ich. Nina interessiert sich nicht für Wohndesign; sie ist aber mit meinen Vorstellungen einverstanden.«
Soweit Janey das beurteilen konnte, war Nina mit den meisten Dingen einverstanden. Sie folgte Bruno in die gut ausgestattete Küche, lehnte sich an die Wand und sah ihm beim Kochen zu. Männer, die kochen und sich gleichzeitig unterhalten konnten, hatten etwas Unwiderstehliches. Bevor sie ihr leeres Glas hinstellen konnte, hatte er es wieder gefüllt und noch einen extra Schuß Gin draufgegossen.
Der Drink war ungewohnt stark und stieg ihr sofort zu Kopf. Als sie sich schließlich zum Essen setzten, hatte sie weiche Knie und fühlte sich herrlich enthemmt.
»Warum seid ihr beide nicht verheiratet?« fragte sie neugierig.
»Ich verspreche nichts, was ich nicht halten kann.«
»Du bist Nina also nicht treu.« Mann, sie konnte kaum glauben, daß sie das eben gesagt hatte. Um es wieder gutzumachen, versuchte sie, mißbilligend zu schauen, was danebenging, weil ein Blatt Radicchio, das sie auf die Gabel spießen wollte, herunterfiel auf das blaßgrüne Tischtuch.
Sein Lächeln wurde breiter. »Gerade hab ich an diese Je-reicher-desto-ärmer-Sache gedacht.«
»Oh.« Sie überlegte, ob er scherzte. Bei Bruno konnte man das nie so genau sagen.
Aber diesmal schien es ihm ernst zu sein. »Nina ist diejenige, die Vermögen hat«, erklärte er treuherzig, mit einer Handbewegung schloß er die Wohnung und das Restaurant unten ein. Dann zuckte er die Achseln. »Sie hat das hier gekauft, ich führe es, und das Arrangement kommt uns beiden zugute. Aber wenn sie kein Geld hätte, nun ...«
»Das ist ja schrecklich«, protestierte Janey, aber Bruno ließ sich nicht im geringsten aus der Fassung bringen.

»Nein, ist es nicht. Es ist ehrlich.« Er aß sein Omelette auf, schob den Teller zur Seite und zündete sich eine Zigarette an. »In jeder Beziehung gibt es Kompromisse. Bei unserer ist zufällig Geld daran beteiligt. Und Nina weiß das«, fügte er hinzu und machte eine Pause, um einen perfekten Rauchring in die Luft zu blasen. »Sie versteht das. Wenn es ihr einmal nicht mehr passen würde, dann könnte sie mich jederzeit rausschmeißen.«

Das Käseomelette und der Tomatensalat waren köstlich, aber Janey war der Appetit vergangen. Für Bruno war alles in schönster Ordnung. Es hörte sich alles so einfach und natürlich an, wenn man ihm zuhörte, aber für ihren Geschmack waren seine Theorien zu sehr am Materiellen orientiert, als daß sie beruhigt hätte sein können. Sie war absolut nicht reich, aber nachdem sie Alan kennengelernt hatte, hatte sie hart und lange genug gearbeitet, um die Pacht für ihren eigenen kleinen Laden und die Wohnung, die dazugehörte, bezahlen zu können. Er dagegen war mit der Miete für sein eigenes Apartment in Rückstand geraten und hatte nur dann einen Gelegenheitsjob übernommen, wenn es absolut nötig war, weil er etwas zum Essen brauchte. Surfen und Wasserskifahren, seine zwei größten Leidenschaften, waren nicht gerade einträgliche Tätigkeiten. In den dunkelsten Momenten ihrer Verzweiflung nach seinem Verschwinden hatte Janey unbehaglich überlegt, ob sie mehr als nur eine bequeme Zwischenstation gewesen war, die ihm Kost und Logis geboten hatte, und ob sie sich seine Liebe nur eingebildet hatte.

Aber sie war jetzt hier, mit Bruno, und sie würde, verdammt noch mal, nicht heulen. Er und Nina verstanden sich eher als Geschäftspartner denn als ein Paar, und sie waren nicht einmal verheiratet. Sie nahm noch einen Schluck Pimm's und spürte, wie ihre Entschlossenheit nachließ. Sie war achtzehn Monate allein gewesen, hatte den Verlust ihres Ehemannes betrauert und daran gezweifelt, daß ihr Leben je wieder wirklich schön würde. Vielleicht war es jetzt an der Zeit, daß sie sich ein wenig Spaß gönnte. Vielleicht sollte sie es wagen.

»Dein Leben ist also perfekt«, sagte sie mit betont provokativem Lächeln. »Du hast alles, was du willst.«

»So ziemlich.« Er nickte zustimmend, und seine überwältigenden Schlafzimmeraugen wanderten träge über ihren Körper. Janey zitterte vor plötzlichem Verlangen. Es war schon so lange her, daß sie sich begehrt gefühlt hatte. Bruno begehrte sie, soviel stand fest, aber er hatte nicht die Absicht, irgend etwas zu tun. Noch nicht, jedenfalls. Obwohl der Gedanke sehr verlockend war, wußte er, daß Janey eine vorgefaßte Meinung über ihn hatte, und falls er diese heute nachmittag bestätigen würde, würde sie es morgen sicherlich bereuen. Und er wollte nicht, daß ihre Beziehung gleich zu Beginn durch Schuldgefühle zerstört würde. Was Janey Sinclair betraf, so war ein einziger schöner Nachmittag nicht genug, das stand für ihn fest.

Als Janey einige Stunden später nach Hause ging, wußte sie nicht, ob sie erleichtert oder enttäuscht sein sollte. Ihre Tugend war noch makellos, was einerseits gut war, aber andererseits hatte ihr Ego einen kleinen Knacks bekommen. Denn Bruno hatte sich, wie versprochen, wie ein perfekter Gentleman benommen. Dem Mittagessen war der Kaffee auf dem sonnigen Balkon gefolgt, sie hatten sich unterhalten, und er hatte keinerlei Annäherungsversuche gemacht. Als die Auswirkungen des Drinks sie außer Gefecht setzten und sie ihre Augen schloß, hatte er Kissen gebracht als Kopfstütze und sie dösen lassen, während er das Geschirr wusch. Sie erwachte zu den gedämpften

Klängen von Vivaldi aus der Stereoanlage, und Bruno saß ihr gegenüber und las die Sunday Times. Er blickte auf, grinste und sagte: »Oh, gut, du kannst mir beim Kreuzworträtsel helfen. Ich komme bei acht waagrecht nicht weiter.«

9

Drüben in Trezale House war Maxine mit einem ähnlichen Desinteresse konfrontiert, aber das von Guy Cassidy war absolut aufrichtig. Daß er sein gesamtes Arbeitsleben von einigen der schönsten Frauen der Welt umgeben war, hatte eine Art immunisierenden Effekt, wie sie säuerlich feststellte. Maxine war daran gewöhnt, bewundert zu werden, aber Guy sah, wenn er Maxine Vaughan mal eines Blickes würdigte, nur das neue Kindermädchen. Das wurde ihr schnell klar. Und als er beobachtet hatte, wie sie sich völlig planlos an die Bügelwäsche machte, war er noch weniger beeindruckt gewesen.

»Ich kann nicht bügeln, wenn Sie mir zuschauen«, sagte sie abwehrend, während sie Ellas höllisch zu bügelnde, rosafarbene Baumwoll-Latzhose aus dem Korb zog. Sie hätte in den Taschen nachsehen sollen, bevor sie sie in die Maschine warf. Kleine Fetzen eines blauen Papiertaschentuchs klebten wie Kletten am Latz.

»Keine Sorge«, erwiderte er und ging entsetzt rückwärts aus der Küche. »Ich ertrag's nicht, zuzuschauen.«

Da war sie nun, saß in der Küche mit der abscheulichen Bügelwäsche fest und fühlte sich mehr denn je wie dieses verdammte Aschenputtel. Draußen alberte Guy mit Josh und Ella herum, bedrohte sie mit dem Gartenschlauch. Ella quietschte vor Vergnügen und versuchte verzweifelt zu entkommen, stolperte aber und landete im Blumenbeet. Als sie wieder auf die Beine kam, atmete Maxine tief durch; das weiße T-Shirt und die weißen Jeans waren mal sauber gewesen. Es war nicht allzu schwer, zu erraten, wer sich damit wohl wieder herumplagen mußte.

Josh stürmte in die Küche, schnappte sich eine Packung Orangensaft aus dem Kühlschrank und leerte sie in einem Zug. Mit seinen schmutzigen Zehen verschmierte er die Safttropfen auf dem Fußboden.

»Warum kommst du nicht raus und spielst mit?« fragte er freundlich. »Es ist total lustig.«

»Lustig?« echote Maxine und spähte durchs Fenster auf Guy. Ihre Stimme troff vor Ironie. »Nein, mein Lieber, das laß ich lieber. Deinem Vater würde das nicht gefallen.«

Josh sah sie besorgt an. »Gefällt's dir hier nicht?«

Sie wurde freundlicher, drehte sich um und lächelte ihn an. Es war schließlich nicht sein Fehler, daß die Anstellung bei Guy Cassidy sich so ganz anders entwickelte, als sie es sich vorgestellt hatte.

»Doch, natürlich. Ich bin nur nicht besonders scharf auf Bügeln.«

»Dann gehst du also nicht weg?«

Maxine rief sich ins Gedächtnis, daß sie wirklich nirgendwoanders hingehen konnte, und schüttelte den Kopf. »Nein.«

»Gut«, sagte er und bemühte sich nicht, seine Erleichterung zu verbergen. »Ich weiß, Daddy ist manchmal ein wenig streng, aber wir mögen dich.« Er begann zu strahlen und fügte hinzu: »Und er geht heute abend weg, wir können also ohne ihn spielen. Wieder Pokern. Um richtiges Geld, wenn du willst ...«

Tatsächlich war der Abend unterhaltsamer, als sie gedacht hatte. Guy machte sich für den Abend fertig und hatte gute Laune. Zu Maxines größtem Erstaunen hatte er sie sogar gefragt, ob er ihr indisches Essen mitbringen sollte.

»Wohin fährt er?« fragte sie, als der beigefarbene Mercedes

aus der Auffahrt verschwunden war. Josh saß mit gekreuzten Beinen auf dem Boden und übte das Mischen der Karten. Ella kuschelte neben ihr auf dem Sofa in einem rotgetupften Schlafanzug, lutschte verstohlen an ihrem Daumen und war versunken in die Videoaufzeichnung von *Coronation Street* von Freitag. »Pa?« Josh zuckte die Achseln. »Vielleicht trifft er eine seiner Freundinnen.«
»Eine seiner Freundinnen?« Maxines Stimmung sank rapide. Abgesehen davon, daß der Anfang nicht gerade vielversprechend gewesen war, hatte sie doch noch heimlich Phantasien gehegt, was dieses Gebiet betraf. Der wahnsinnig gutaussehende Witwer und das hübsche Kindermädchen, die zusammen lebten und arbeiteten und sich schließlich ineinander verliebten, das klang irgendwie nicht schlecht. Als Guy gestern beim Hochzeitsempfang ohne Partnerin war, hatte sie angenommen, sie hätte freie Bahn.

Josh jedoch war mehr damit beschäftigt, die Kunst des Mischens zu beherrschen. »Er hat viele«, sagte er geistesabwesend. »Ich glaube, heute abend ist es Imogen. Die hat heute morgen angerufen.«
Aufdringlich, dachte Maxine. Laut sagte sie: »Ist sie nett?«
Coronation Street war zu Ende. Ella, die die Kennmelodie mitsummte, nahm den Daumen aus dem Mund und sagte: »Ich mag Imogen. Sie ist hübsch.«
Maxine schloß daraus, daß sie nicht sonderlich großartig sein konnte. Guy hatte gesagt, er wäre sicher gegen elf zu Hause.
»Sie ist ziemlich hübsch«, korrigierte Josh seine Schwester. »Aber Tara ist besser.«
»Tara kann auf ihren Haaren sitzen«, stimmte Ella ihm begeistert zu und bestätigte damit Maxines Verdacht, daß es um Tara James ging, momentan eines der gefragtesten

Models in Europa. Verflucht, dachte sie düster, wenn das keine ernsthafte Konkurrenz war.

Josh verteilte nun gewissenhaft die Karten. Als er kurz hochsah und ihren Gesichtsausdruck bemerkte, sagte er abschließend: »Die sind okay, glaub ich. Aber keine von ihnen ist so gut wie Mami. Sie war hübscher als alle anderen.«

»Wirklich?« Maxine wurde hellhörig. »Ich würde gern Fotos von ihr sehen.«

»Wir haben Massen davon«, sagte Josh munter. »Ich werd sie später runterholen und dir zeigen.«

Das klang vielversprechend. »Wir könnten sie gleich anschauen.«

»Zuerst müssen wir pokern«, meinte er streng. »Ich muß morgen neue Batterien für meinen Gameboy kaufen. Wir können also erst aufhören, wenn ich mindestens zwei Pfund gewonnen habe.«

Es bedurfte einiger geschickter Manipulationen von Maxine, aber sie schaffte es, und innerhalb von vierzig Minuten war Josh um zwei Pfund und zwanzig Pence reicher und hatte die Taschenspielertricks nicht bemerkt, die dazu nötig gewesen waren.

»Gut gemacht«, sagte Maxine und räumte erleichtert die Karten weg. »Jetzt mach, lauf hoch und such die Fotoalben. Ich liebe es, mir die Fotos anderer Leute anzuschauen.«

Besonders wenn sie Guy Cassidy gehörten. Und es waren Hunderte, sie zeigten sein Leben während der letzten zehn Jahre. Josh blätterte durch die Alben und zeigte voller Stolz auf die zahllosen Fotos von Véronique.

»Das ist Mami mit Ella, direkt nach der Geburt. Das bin ich mit Mami im Regent's Park. Da war ich vier. Und das sind Mami und Papi auf einer Party in St. Tropez. Er lacht, weil gerade Sylvester Stallone sie um einen Tanz gebeten hatte, und sie hat nein gesagt.«

Véronique Cassidy war wirklich schön gewesen. Maxine war in die Nahaufnahmen vertieft, die eine umwerfende, blonde Schönheit in all ihrer Pracht enthüllten. Noch einschüchternder war, daß sie eine natürliche Schönheit gewesen war. Sie hatte nie zu sehr nachgeholfen, sondern nur dafür gesorgt, daß die Natur für sich selbst sprechen konnte. Aber was auf den meisten Bildern zum Ausdruck kam, war, daß sie glücklich war. Maxine wußte instinktiv, welche der Bilder seiner Frau von Guy selbst stammten. Und die Fotos, auf denen sie beide zu sehen waren, waren beinahe unerträglich beeindruckend. Ihre Liebe füreinander war beinahe mit Händen greifbar.

Völlig untypisch für sie, spürte sie, wie ihr die Tränen kamen. So etwas wie Neid verursachte Druck in ihrem Magen; nicht Neid auf Véronique, sondern auf das gemeinsame Glück. Wenn sie die beiden betrachtete, wie sie sich gegenseitig im Arm hielten, fiel Maxine ein, daß sie selbst noch nie geliebt hatte, nicht wirklich jedenfalls. Ihre eigenen Erfahrungen waren eine Aneinanderreihung stürmischer und zumeist kurzlebiger Beziehungen, in denen das Begehren an erster Stelle rangiert hatte. Instinktiv fühlte sie sich zu Männern hingezogen, deren unbeständige Persönlichkeit ihre eigene widerspiegelte, beinahe so, als wollte sie sicherstellen, daß die Affären nicht von Dauer waren. Bei allen Ähnlichkeiten schienen sie und ihre Partner nie viel gemeinsam zu haben, was das normale, alltägliche Leben betraf. Nach einigen Wochen verwirrender Anziehung begann sie sich zu langweilen und zu überlegen, wie sie wieder aus der Sache herauskam. Und dieser Ausweg war – es war immer dasselbe – ein anderer Mann.

Sie war anscheinend dazu verdammt, ständig zu scheitern. In einem verzweifelten Versuch, dieses traurige und erbärmliche Muster zu durchbrechen, hatte sie sich mit Maurice Stanwyck eingelassen, und das hatte sich, dachte sie reumütig, als der größte aller Fehler entpuppt. Der arme, pedantische Maurice, ganz versessen darauf, den Vorstellungen seiner Mutter von einem erfolgreichen Leben zu entsprechen, war schlicht nicht in der Lage gewesen, mit einer widerspenstigen Verlobten fertigzuwerden. Sie ihrerseits hatte versucht, sich anzupassen – das hatte sie wirklich –, aber am Ende kam nur dabei heraus, daß sie ihn verletzt und erniedrigt hatte.

Als sie letzte Woche nach London gefahren war, um ihre Sachen abzuholen, hatte sie versucht, sich zu entschuldigen. Das Treffen wurde jedoch nur peinlich. Maurice hatte die Lippen zusammengepreßt und anfangs keinerlei Gefühl gezeigt. Dann, nachdem er ihr zwanzig Minuten lang überallhin gefolgt war, während sie ihre Koffer gepackt hatte, war es mit seiner Beherrschung vorbei gewesen. Maxine war gezwungen gewesen, die peinigende Nervenprobe zu erdulden, ihm zuzuhören, als er sie bat, ihre Meinung zu ändern. Einmal war er sogar den Tränen nahe. Sie konnte nur eines tun: Ihm erklären, wie unglücklich sie ihn zweifellos gemacht hätte, wenn sie geblieben wäre, und welche Katastrophe sie als seine angetraute Frau gewesen wäre.

Armer Maurice, dachte sie jetzt und starrte wie betäubt auf die Fotos von Guy und Véronique in ihrem Schoß. Sie hoffte, Maurice hatte diese Erfahrung mittlerweile verarbeitet und würde bald eine geeignetere Freundin finden.

Josh sortierte inzwischen die Stapel von Fotos, die noch nicht in einem Album waren. Er drückte Maxine eine Auswahl in die Hand und sagte bestimmt: »Das sind wir, nachdem Mami gestorben war. Das bin ich, mit sieben, auf meinem neuen Fahrrad. Das ist Ellas Geburtstagsparty, als sie fünf wurde. Und das sind ein paar von Daddys Freundinnen.«

Es hatte den Anschein, als hätte Guy absichtlich Frauen ausgesucht, die seiner Frau in keiner Weise ähnlich waren. Es hätte keinen größeren Unterschied geben können, als den zwischen Véronique mit ihrem glatten blonden Haar und diesen glutäugigen, dunkelhaarigen weiblichen Wesen, die ihren Schmollmund lächelnd in die Kamera hielten und offensichtlich alles daran setzten, zu beeindrucken. Der Unterschied war auch an Guy deutlich zu erkennen. So wie sie vorher mit einem Blick sagen konnte, welche Fotos von Véronique er selbst gemacht hatte, so war sie jetzt in der Lage zu erraten, welches Foto, das ihn zeigte, nach ihrem Tod aufgenommen worden war. Es war schwer zu definieren, aber nichtsdestotrotz spürbar: Der Ausdruck seiner Augen war härter geworden ... die ungetrübte Freude war verloren ... sein schiefes Lächeln verriet den verborgenen Kummer.

Maxine fühlte sich unwohl, als wäre sie in seinen persönlichen Schmerz eingedrungen. Sie bündelte die Fotos und gab sie Josh zurück. Ella, immer noch mit dem Daumen im Mund, war neben ihr eingeschlafen.

»Sie sind sehr schön.« Maxine lächelte, als Josh die Fotos sorgfältig in die Schachtel zurücklegte. »Du hast Glück, daß du so viele Fotos von deiner Mutter hast.«

»Ja.« Der Junge überlegte einen Moment. »Ich hätte nicht vergessen, wie sie aussah, aber Ella vielleicht. Sie war noch sehr klein, als es passierte.«

Sie überlegte, wie er wohl diese Aneinanderreihung von Freundinnen empfand, aber sie hatte das Gefühl, daß sie sich schon genug eingemischt hatte. Draußen wurde es dunkel. Beide Kinder sollten längst im Bett sein. Maxine zog versuchsweise an Ellas Daumen, aber der steckte so fest in dem kleinen Kirschmund wie ein Spülbeckenstöpsel.

»Jetzt komm, ich hab mein Wort gegeben. Euer Vater

erschießt mich, wenn er rausfindet, wie lange ich euch aufgelassen habe. Du nimmst die Fotos mit nach oben, und ich trage Ella.«

Im Fernsehen begann *Spitting Image*. Josh fragte eifersüchtig: »Und was tust du, wenn wir ins Bett gegangen sind?«

Maxine nahm Ella hoch. Sie war klein, aber wahnsinnig schwer. »Was wohl?« erwiderte sie mit einem langen, schmerzlichen Seufzer. »Den Rest der verfluchten Bügelwäsche erledigen.«

Guy kam wie versprochen um elf Uhr mit dem Essen vom Inder zurück. Maxine hatte sich *Spitting Image* angesehen und schaltete den Fernseher aus und das Bügeleisen an, in dem Moment, als sie sein Auto die Auffahrt raufkommen hörte. Und sie setzte sofort die Miene einer erschöpften Heiligen auf, die zu verstehen gab, daß sie zu Hause stundenlang hart gearbeitet hatte, während er sich mit einem seiner Flittchen amüsiert hatte.

Das Wasser lief ihr im Mund zusammen, als er die braune Tüte öffnete und die Pappdeckel von den Aluschalen löste. Duftende goldfarbene Riesengarnelen waren über körnigen Reis gebreitet. Sie massierte ein wenig übertrieben ihren Rücken und schaltete das Bügeleisen aus.

»Wann sind sie ins Bett gegangen?« fragte Guy und wandte seine Aufmerksamkeit dem Lamm und dem Krabbenbrot zu. »Um neun.«

Er grinste. »Das heißt um zehn.«

»Also ...« Es lag ihr auf der Zunge, ihn zu fragen, wann er denn ins Bett gegangen sei, aber sie wollte nicht riskieren, seine gute Laune zu verderben. »Ella ist auf dem Sofa eingeschlafen, und Josh hält sich für Cincinnati Kid. Ich seh schon meinen gesamten Verdienst in seinem Sparschwein verschwinden.« Sie verzog das Gesicht. »Hätte ich ihm bloß nicht das Pokern beigebracht.«

»Falls es Ihnen irgendwie hilft«, sagte Guy mit unbewegter Miene, »das haben Sie nicht. Ich hab's ihm beigebracht. Letzte Weihnachten.«

Zum ersten Mal, stellte Maxine fest, saßen sie tatsächlich da und redeten über die Kinder, statt sich einen verbalen Schlagabtausch zu liefern. Das Geplänkel flaute ab, und sie fing an, einigermaßen intelligente Fragen über Joshs Erziehung zu stellen. Die Atmosphäre wurde, auch unterstützt von einer Flasche Sancerre, immer entspannter.

Bevor es ihr bewußt wurde, hatte sie Guy die Frage gestellt, die sie vorher Josh nicht zu stellen gewagt hatte.

Er runzelte die Stirn. »Warum? Was hat er gesagt?«

»Nichts Besonderes.« Sie zerdrückte ein Raffaelo und leckte sich die Finger ab. »Nur daß Sie eine Menge Freundinnen haben, aber keine von ihnen so hübsch ist, wie es seine Mutter gewesen war.«

»Ach so.« Seine dunkelblauen Augen verrieten Amüsiertheit. »Nun, damit hat er wahrscheinlich recht. Obwohl ich die genaue Zahl nicht im Kopf habe. ›Eine Menge‹ klingt ziemlich beunruhigend.«

»Sind es nicht so viele?« Maxine warf ihm einen unschuldigen Blick zu. »Ich meine, eine Menge.«

»Eine oder zwei.« Er zuckte die Achseln. »Ich habe versucht, wenig Aufhebens darum zu machen, wegen der Kinder. Andererseits, ich bin auch nur ein Mensch. Und es hatte nie den Anschein, als würde sie das stören, der gelegentliche ... Besuch.«

»Kinder sind anpassungsfähig«, stimmte Maxine ihm zu, von seiner Antwort beruhigt. »Und Sie haben keine traumatische Scheidung hinter sich. Zumindest wissen sie, daß Sie glücklich verheiratet waren.«

»So habe ich das noch gar nicht gesehen.« Guy schien nachdenklich. »Vielleicht hilft das.«

Sie war zufrieden mit sich selbst, weil sie das Richtige gesagt hatte, und nickte. »Ich bin sicher, das tut es.«
»Ich kann Ihnen Fotos von Véronique zeigen, wenn es Sie interessiert.«
Maxine überlegte, ob das eine Art Test sein sollte. Sie wollte nicht, daß er sie für krankhaft neugierig hielt.
»Das hat keine Eile«, antwortete sie leichthin, stand auf und nahm seinen leeren Teller. »Vielleicht zeigen Josh und Ella sie mir mal, wenn Sie weg sind.«
Und dann war alles kaputt. Als sie aus der Küche zurückkam, stand Guy mit dem Rücken zu ihr vor dem Sofa. Als er sich umdrehte, sah sie das zerdrückte Foto in seiner Hand und seinen verächtlichen Gesichtsausdruck.
»Warum haben Sie gelogen?« fragte er kalt. »Es hätte mich nicht gestört, wenn Sie gesagt hätten, Sie hätten sie schon gesehen. Aber warum, verdammt noch mal, mußten Sie lügen?«
Das Foto mußte an der Seite heruntergerutscht sein, als sie die schlafende Ella hochgehoben und nach oben getragen hatte. Seitdem hatte sie darauf gesessen.
»Es tut mir leid ...«, begann Maxine. Zu ihrem Entsetzen sah sie, daß es nicht nur zerdrückt war, sondern zerrissen.
»Es braucht Ihnen nicht leid zu tun«, antwortete Guy kurz angebunden. »Seien Sie nur vorsichtiger, das reicht. Diese Fotos mögen Ihnen nicht viel bedeuten, uns aber schon. Sie sind alles, was uns geblieben ist.«

10

Sieben Uhr früh war einfach eine groteske Uhrzeit für Maxine, da war sie nie in Höchstform. Sie stützte sich am Frühstückstisch auf ihre Ellbogen und überlegte, wie, um alles in der Welt, Janey es schaffte, um fünf aufzustehen, um auf den Blumenmarkt zu fahren. Es war einfach nicht normal. Und daß sie gleichzeitig noch mit zwei verhungernden Kindern und deren mäkeligem, gereiztem Vater zu Rande kommen mußte, dachte sie, mit dem Schlaf kämpfend, war schlicht ungerecht.

»In meinen Crunchy Nuts ist ein rosa Elefant«, quiekte Ella, fuchtelte mit dem Plastikspielzeug vor Maxines Gesicht herum und bespritzte sie mit Milch.

»Iß. Das ist gut für dich.«

»Vergiß nicht, daß wir heute meine Batterien kaufen müssen«, erinnerte Josh, wobei er mit dem Mund voller Toast und Johannisbeermarmelade sprach und mit dem Geld in seiner Hosentasche klimperte, um seine Worte zu unterstreichen. »Maxine, mach die Augen auf. Ich habe gesagt, daß wir Batterien kaufen müssen für meinen ...«

»Gameboy«, ergänzte sie müde. »Ich hab's gehört. Und sprich nicht mit vollem Mund – du siehst aus wie ein Zementmischer, der sich zu schnell dreht.«

»Du solltest deine Ellbogen nicht auf dem Tisch haben«, gab Josh ungerührt zurück. »Berenice sagt, das gehört sich nicht. Stimmt doch, Pa?« Er wandte sich hilfesuchend an seinen Vater. »Berenice sagt, Ellbogen auf dem Tisch gehören sich nicht.«

Um halb sieben Uhr aufstehen zu müssen schien Guy Cassidy nichts auszumachen. Er kam gerade aus der Dusche, trug ein weißes Leinenhemd und verwaschene Jeans und sah für diese Uhrzeit verboten gut aus. Für ihn war ja alles in Ordnung, dachte Maxine aufsässig, denn er schwirrte nach Paris ab. Während sie die Woche damit verbringen würde, seine Monster zu beaufsichtigen, wäre er von schönen, halbnackten Models umringt, die ganz scharf darauf waren, ihm ihre Version von wirklich gutem Zeitvertreib zu zeigen.
Er stand am Schrank und prüfte gerade sorgfältig die Kameras, die er mitnehmen wollte. Dann packte er Filmrollen in den schmalen Koffer, den er mit ins Flugzeug nehmen würde. Er ging nicht auf Josh ein, sondern richtete diesen irritierend direkten Blick auf Maxine.
»Also, sind Sie sicher, daß Sie zurechtkommen können, während ich weg bin?«
Sie wünschte, sie hätte Zeit gehabt, ihr Haar zu bürsten, bevor sie nach unten gewankt war. »Keine Sorge, ich krieg das hin«, antwortete sie gelassen und dachte, er hätte wohl endgültig die Nase voll, wenn sie nein sagen würde. »Und da ist ja noch Paulas Mutter, die vorbeischaut und mich mit Adleraugen überwacht, falls ich mal versucht sein sollte, zu drastischen Maßnahmen zu greifen, wie ihnen den Mund mit Heftpflaster zu verkleben und sie in den Keller zu sperren.«
»Wir haben keinen Keller.« Ella tauchte ihren Elefanten im Sturzflug in ihre Schale und sah sie triumphierend an.
»In dem Fall wird's dann wohl der Speicher sein.« Maxine konfiszierte den Elefanten. Zum ersten Mal an diesem Morgen huschte ein Anflug von Lächeln über Guys Gesicht.
»Da habt ihr's«, warnte er. »Ihr benehmt euch wohl besser. Eine Woche auf dem Speicher wäre bestimmt nicht besonders lustig, oder?«

Ella, die sich vollkommen der *Coronation Street* verschrieben hatte, meinte nur. »Das würde mir nichts ausmachen, wenn ich da oben einen Fernseher haben könnte.«

»Oh, du könntest alles haben, Fernseher, Videorecorder«, stieß Maxine hervor. Sie wurde langsam munter und schmierte Butter auf eine Scheibe Toast. »Nur keine Steckdose.«

Die folgende Woche war, trotz Maxines böser Vorahnungen, ein größerer Erfolg, als sowohl sie als auch Guy erwartet hatten. Nach ein oder zwei unvermeidlichen Machtkämpfen, bei denen die Kinder die Grenzen ihrer Geduld ausloteten, und sie ihrerseits ihre eigene Art von Autorität ausübte, einigten sie sich auf eine Art Zweckbündnis und fingen an, ihr Zusammensein zu genießen. Josh und Ella konnten laut sein, streitsüchtig, wild und nervtötend, aber Maxine zahlte es ihnen mit gleicher Münze zurück und stellte fest, daß sie sie alles in allem doch nicht so schrecklich fand. In mancherlei Hinsicht, stellte sie amüsiert fest, hatten sie gemeinsame Charakterzüge.

»Iiih, ich mag Blumenkohl nicht«, erklärte Ella störrisch.

Zur Verwunderung des Kindes antwortete Maxine: »Ich auch nicht«, und warf das ungeliebte Gemüse prompt durch das Küchenfenster. »Komm, wir holen uns Erbsen aus dem Gefrierschrank.«

»Wir essen gern Big Mac«, meinte Josh hoffnungsvoll am folgenden Abend.

Maxine, die den Inhalt des Gefrierschranks durchwühlt hatte, in der Hoffnung, Fischstäbchen zu finden, weil sie wußte, wie man die zubereitete, schloß erleichtert die Tür.

»Okay«, sagte sie zu Joshs Verblüffung und Erleichterung. Berenice war eine hartnäckige Verfechterin richtiger Hausmannskost gewesen. »Aber kein Wort zu eurem Vater.«

Guy rief jeden Abend an. Maxine hing in der Tür herum und lauschte schamlos, während die Kinder ein Loblied auf sie sangen. Kindermädchen spielen war gar nicht so schlecht, wenn man den Dreh mal raus hatte, beschloß sie, und war stolz auf ihren Erfolg. Und die Kinder bis Mitternacht aufbleiben zu lassen, war ein Geniestreich gewesen; es gab keinen Horror mehr, von wegen um halb sieben Uhr aufstehen. Sie konnte sich nicht vorstellen, warum nicht mehr Familien kapiert hatten, wie perfekt dieser Zeitplan war.
»Alles in Ordnung?« würde Guy fragen, wenn sie zum Verhör ans Telefon gerufen wurde.
»Perfekt.« Sie war entschlossen, ihn unglaublich zu beeindrucken, um ihm heimzuzahlen, daß er je an ihr gezweifelt hatte. Deshalb prahlte sie. »Sie waren absolute Engel.«
Josh und Ella saßen auf der Treppe und konnten sich nicht halten vor Kichern.
»Hm«, brummte Guy und glaubte ihr keine Sekunde. »Dann haben Sie die falschen Kinder. Bringen Sie sie zurück zum Raumschiff und sorgen Sie dafür, daß die richtigen zu Hause sind, wenn ich zurückkomme.«
»Du hast Papa nicht erzählt, daß du mit seinem Auto rückwärts an den Torpfosten gefahren bist«, erinnerte Josh sie, als sie den Hörer aufgelegt hatte.
Maxine lächelte unschuldig. »Weißt du nicht mehr, mein Lieber? Dieser dumme Mann in seinem Landrover ist uns hinten reingefahren, als wir auf dem Parkplatz an der Strandpromenade parkten.«
»Nein, ist er nicht. Du bist rückwärts an den Torpfosten gefahren.«
»Fein.« Sie hob den Hörer wieder ab. »Ich ruf an und werd es deinem Vater sagen. Oh, und vielleicht willst du ihm dann gleich erklären, wie du es geschafft hast, mit der Puppe deiner Schwester das Küchenfenster einzuwerfen ...«

Josh ließ den Kopf hängen und winkte ergeben ab. Er hätte wissen können, daß er gegen einen Experten wie Maxine nicht den Hauch einer Chance hatte. »Okay, okay. Leg den Hörer wieder auf. Du hast gewonnen.«
Aber obwohl es Spaß machte, mit den Kindern zusammenzusein, brachte es doch gewisse Einschränkungen mit sich. Maxine sehnte sich nach der Gesellschaft Erwachsener. Am Donnerstag stellte sie fest, daß sie sogar auf Guys Anruf aus Paris wartete, und war sonderbar wütend, als er mit Ella und Josh sprach und dann auflegte.
»Er war in Eile«, erklärte Josh. »Er sagte, einige Leute würden auf ihn warten, und er müsse jetzt weg.«
»Wie schön für ihn«, sagte Maxine mürrisch. Es war fünf Uhr, und der Abend erstreckte sich schier unendlich vor ihr. Und alles, worauf sie sich freuen konnte war, Josh und Ella beim Monopoly zu schlagen; als zusätzlichen Nervenkitzel könnte sie bestenfalls noch ihre Haare waschen.

Janey, die es liebte, ihre Haare zu waschen, war gerade im Bad, als um sechs Uhr das Telefon schrillte. Sie fluchte zwar innerlich, war aber unfähig, es einfach läuten zu lassen, denn es gab schließlich immer noch die verschwindend geringe Möglichkeit, daß es Alan sein könnte. Also kletterte sie aus der Wanne und lief nackt und tropfend ins Wohnzimmer.
»Tu mir einen Riesengefallen«, flehte Maxine am anderen Ende der Leitung. »Einen wirklich riesigen Gefallen. Was hältst du davon, deiner armen verrückten Schwester das Leben zu retten?«
»Nicht besonders viel.« Wenn Maxine plante, bei Nacht und Nebel aus Trezale House zu verschwinden, dann wollte Janey nicht, daß sie zurück in ihre Wohnung kam. Eine Spur mißtrauisch sagte sie: »Ich dachte, Guy wäre diese Woche weg.«

»Genau«, erklärte Maxine und kicherte. »Seltsam, daß du das sagst. Ich habe dich nicht gefragt, ob ich dich als Killer anheuern kann.«
Das hörte sich schon besser an, dachte Janey. Sie verlagerte das Gewicht von einem Fuß auf den anderen und sah zu, wie der Schaum langsam im Teppich versickerte. »Also, was willst du?«
»Mir fällt die Decke auf den Kopf«, schrie Maxine angemessen dramatisch. »Wenn ich hier nicht für ein paar Stunden rauskomme, kann ich für nichts mehr garantieren. Und eben hat Colin angerufen, ich soll mit ihm einen trinken gehen.«
»Ich bin gerade im Bad«, beschwerte sich Janey.
»Bist du nicht, du bist im Wohnzimmer. Liebes, das ist doch nicht zuviel verlangt, oder?« Sie schaltete um auf Schmeicheln. »Josh und Ella würden dich so wahnsinnig gerne wiedersehen. Und du weißt ja, wie hervorragend du Monopoly spielst ...«

Es war wirklich ein prächtiges Haus. Janey streifte die Schuhe ab, streckte sich auf dem langen Sofa aus und sah sich bewundernd um, von den Balken an der Decke über die burgunderfarbenen Steinwände bis zum glänzenden, teppichbelegten Parkettboden. Maxine und ihr unheilbarer Hang zu Unordnung hatten ihre eigene kleine Wohnung in ein Chaos verwandelt, aber Trezale House war offenkundig groß genug, damit zurechtzukommen. Das Wohnzimmer war elegant eingerichtet, aber gleichzeitig gemütlich. Die Bilder an den Wänden wetteiferten mit einer Auswahl gerahmter Fotos; alles war perfekt beleuchtet. Es war Jessica Newman, Paulas Mutter, zu verdanken, daß die antiken Möbel hervorragend poliert und die Grünpflanzen makellos gepflegt waren. Janey freute sich, daß ihre eigenen

Blumenarrangements immer noch so frisch aussahen wie letzten Samstag. Aber es war Mitternacht, die Kinder waren im Bett, und sie war am Verhungern. »Nimm dir einfach, was du willst«, hatte Maxine erklärt, und ihre ausladende Geste schloß die ganze Küche ein. Das war um halb acht, und Janey war noch nicht hungrig gewesen. Jetzt schaute sie kurz auf die Uhr, wunderte sich über ihre eigene Leichtgläubigkeit – Maxine hatte treuherzig versprochen, spätestens um elf zurück zu sein – und tapste barfuß in die Küche zum Kühlschrank. Josh, der schrecklich mogelte, hatte sie im Monopoly geschlagen, und schließlich verdiente sie Wiedergutmachung.

Sie hatte auf ihre Diät gepfiffen und gerade einen Teller Baguette mit Pastete und ein großes Stück Torte verdrückt, als ein Auto die Auffahrt hochkam, und die Scheinwerfer sie blendeten, als sie aus dem Küchenfenster spähte.

Maxine kam also doch noch zurück. Janey war zu hungrig, um jetzt aufzuhören, winkte ihr nur kurz zu und nahm die bereits offene Flasche Rotwein, die sie bedenklich schwankend auf dem Fensterbrett stehengelassen hatte. Sie hätte sie nicht geöffnet, wenn sie allein gewesen wäre, aber jetzt, wo Maxine zurück war, konnten sie sie genausogut zusammen leeren.

Als die Haustür aufging, hatte sie es sich schon wieder auf dem Sofa bequem gemacht. Durch einen Mund voll Pastete rief sie: »Wird aber auch langsam Zeit. Komm sofort rein und erzähl mir, was du mit dem wehrlosen Kricketspieler angestellt hast. Ich hoffe, du hast dich nicht an seinem Stab zu schaffen gemacht ...«

»In keinster Weise«, sagte eine kühle männliche Stimme hinter ihr, und Janey wurde blaß.

»O Gott! Es tut mir ... leid«, stammelte sie. Es war ihr schrecklich peinlich, derart ertappt zu werden.

Guy Cassidy sah verärgert aus. Janey wurde prompt rot. Der Teller schepperte auf den Beistelltisch, als sie ihn schnell von sich wegschob, wie ein Ladendieb, den man auf frischer Tat ertappt hatte. Es war lächerlich, sagte sie sich, sie hatte schließlich das Recht, hier zu sein. Sie wünschte nur, Guy möge sie nicht so anschauen.

»Gut«, sagte er schließlich und schaute auf die beiden, bis zum Rand gefüllten Weingläser auf dem Tisch und die beinahe geleerte Flasche daneben. »Sieht so aus, als würden Sie sich hier wie zu Hause fühlen. Wollen Sie mir nichts zu trinken anbieten?«

Mistkerl, dachte Janey. Um alles noch schlimmer zu machen, zitterte ihre Hand wie Espenlaub, als sie ihm eines der Gläser reichte.

»Und ich vermute, ich brauche nicht zu fragen, wo Maxine ist. Hört sich an, als würde sie einen unglückseligen Kricketspieler bumsen.«

Er ließ sich in den Sessel ihr gegenüber fallen und sah auf die Uhr. »Es ist nach Mitternacht. Kommt das regelmäßig vor?«

»Was?«

»Sie, daß Sie Babysitter spielen. Lief das schon die ganze Woche so?«

»Natürlich nicht!« gab Janey zurück. Empört über diese ungerechte Unterstellung, trank sie einen großen Schluck Wein. Es gab wirklich keinen Grund für ihn, seinen Ärger an ihr auszulassen. »Außerdem hatte ich gedacht, Sie würden erst morgen zurückkommen«, sagte sie anklagend und wünschte, sie würde sich nicht derart im Nachteil fühlen. Er mußte stundenlang unterwegs gewesen sein, aber in seinem olivgrünen Kaschmirpullover und den weißen Jeans sah er so frisch aus, als wäre er eben aufgestanden, wohingegen sie sich allzu bewußt war, daß sie nur ein altes graues T-Shirt trug und Leggings, und keinerlei Make-up.

»Vielleicht wollte ich nur feststellen, was so passiert, während ich weg bin«, erwiderte er gelassen, und diese beunruhigend dunklen Augen bohrten sich in sie, als sie ihr Glas leerte. »Ich hoffe, er hat Ihnen geschmeckt.«
Jetzt hatte Janey endgültig die Nase voll, sie starrte ihn wütend an und antwortete: »War ganz okay.«
Er nickte. »Das will ich hoffen. Das war eine Flasche achtundsiebziger Châteauneuf du Pape. Die kostet zweihundertvierzig Pfund.«

11

Touristenschwärme waren in Ordnung, solange sie dort blieben, wo sie hingehörten. Auch wenn sie darauf aus waren, ihr Geld anzulegen, war Thea Vaughan glücklich, wenn sie endlich ihr geliebtes Studio wieder für sich selbst hatte.

Den lieben langen Tag hatte sie gelächelt und schweigend unter dem endlosen Besucherstrom gelitten, der in ihre Galerie herein- und wieder hinausgequollen war. Die meisten hatten kurzzeitig genug vom Strand und suchten lediglich eine Abwechslung und Schatten. Manche behandelten Thea wie Luft und kritisierten offen ihre Skulpturen. Andere heuchelten Interesse, bewunderten ihre Arbeit und verwickelten sie ihn müßige, zeitraubende Gespräche. Manchmal gefiel ihnen irgendein Stück ausnehmend gut, aber sie schreckten zurück, wenn sie das Preisschild sahen. Diese Woche hatte sie noch keine einzige Plastik verkauft. Da sie mit der Miete im Rückstand war, war das besonders demoralisierend. All dieses verschwendete Lächeln und die zunichte gemachten Hoffnungen. Sie war versucht, der nächsten Gruppe ignoranter, sonnengebräunter Besucher zu sagen, leckt mich mal, und sie hinauszuwerfen.

»Entschuldigung, haben Sie etwas gesagt?«

Der Besucher, ein einzelner Mann Anfang Sechzig, drehte sich fragend zu Thea um, als sie aus dem hinteren Teil der Galerie auftauchte, wo sie gerade eine neue Kanne Kaffee gekocht hatte.

»Kein Wort«, log Thea frech, nachdem sie einen Blick auf

seine Schuhe geworfen hatte. Das waren keine Badesandalen, sondern polierte braune Lederschuhe der besten Qualität, getragen zu einer konventionellen beigen Hose, einem beige-braun gemusterten Hemd und einem Tweedjackett von Harris. Bei diesen Temperaturen mußte der Mann kurz vor einem Hitzschlag stehen. Man sagte zu jemandem mit derartigem Outfit einfach nicht: Lecken Sie mich mal.
Das war eine ihrer klügeren Entscheidungen.
Der potentielle Kunde stand in einer sonnendurchfluteten Ecke neben dem geöffneten Fenster und strich gedankenverloren über seinen Schnurrbart, während er eine der Skulpturen studierte, auf die Thea besonders stolz war. Die beinahe lebensgroße Figur einer Ballerina, die auf dem Boden saß und ihre Schuhbänder schnürte, war mit dreitausend Pfund angesetzt. Am Vormittag hatte ein magerer Waliser seine Frau mit dem Ellbogen in die Rippen gestoßen und laut gesagt: Schau mal, Gwyneth, vielleicht könnte ich dich in deine Schuhe stecken, in Beton tauchen und dich dann an irgendeine verrückte Galerie verkloppen. Die Frau hatte gackernd gelacht, und Thea hatte die Zähne zusammengebissen und sich gewünscht, die beiden die Treppe runterzuwerfen. Um dem Ganzen die Krone aufzusetzen, hatte das kichernde Paar noch Bonbonpapier auf dem Holzfußboden hinterlassen. Oh, es ging doch nichts über solche Kretins von Touristen . . .
Aber dieser Mann, selbst wenn er ein Tourist war, was Thea bezweifelte, gehörte jedenfalls zu einer anderen Sorte. Ängstlich darauf bedacht, ihn nicht zu bedrängen, beschloß Thea, es ihm zu überlassen, ein Gespräch zu beginnen. Sie rückte ihren Sessel vor der halbfertigen Figur zurecht, an der sie gerade arbeitete, befeuchtete ihre Finger in der Wasserschüssel daneben und fuhr fort, den Ton über das Drahtgeflecht des Torsos zu verteilen.

Nach einer Minute wurde ihr bewußt, daß der Mann sie beobachtete. Sie ignorierte ihn gelassen und konzentrierte sich statt dessen auf ihre Arbeit. Die nackte Frau brauchte Brüste, und sie mußte nun entscheiden, welche Größe angemessen war. Es war gar nicht so einfach, sicherzustellen, daß sie nicht wie mißglückte Silikonimplantate aussahen. Die Figur stellte eine Frau mittleren Alters dar; die Brüste mußten also entsprechend hängen.
Oliver Cassidy seinerseits studierte mit Interesse Theas Brust, die sich unter ihrer elfenbeinfarbenen, fast durchsichtigen Bluse abzeichnete. Sie trug einige schwere silberne Ketten und keinen BH, und seiner Meinung nach war ihre Figur bewundernswert.
Er fühlte sich auch durch die markanten Gesichtszüge der Frau angezogen, die in ihre Arbeit vertieft schien. Mit ihren dunkelbraunen Augen mit schweren Lidern und der langen römischen Nase sah sie beinahe aus wie ein Raubvogel. Die lockigen grauen Haare waren locker zu einem Knoten hochgerafft und kontrastierten stark mit ihrem dunklen Teint, und obwohl sie Ende Vierzig sein mußte, hatte ihr Gesicht nur wenige Falten.
Er schaute ihr zu, wie sie mit geschickten Händen den feuchten Ton bearbeitete, und fragte: »Haben Sie das alles gemacht?«
Thea sah kurz hoch und antwortete mit einem Lächeln: »Ja.«
»Sie sind sehr gut.«
»Danke.«
Ihr offenkundiges Desinteresse, ihn in ein Gespräch zu verwickeln, machte Oliver Cassidy neugierig. Er vergrub seine Hände in den Hosentaschen und betrachtete noch einmal die Ballerina.
»Die hier mag ich besonders.«

»Ich auch«, erwiderte Thea leichthin. Sie lehnte sich zurück und stützte ihre Handgelenke auf ihre Oberschenkel, sorgfältig darauf achtend, daß sie keinen Ton auf ihren marineblauen Rock bekam, und fügte hinzu: »Die ist käuflich, für dreitausend Pfund.«

Es gefiel ihr, daß er nicht einmal zusammenzuckte. Es gefiel ihr noch mehr, als er die Stirn runzelte und sagte: »Was ist los, versuchen Sie, mich vor den Kopf zu stoßen? Wollen Sie die Skulptur nicht verkaufen?«

»Ich bin Künstlerin, nicht Verkäuferin.« Sie kniff die Augen zusammen und beugte den Kopf vor, um die Figur, an der sie arbeitete, gründlich zu studieren, und sagte: »Und da dreitausend Pfund eine Menge Geld ist, bezweifle ich ernsthaft, ob das, was ich sage, irgendeinen Einfluß hat. Ich kann Sie nicht überreden, irgend etwas zu kaufen, was Sie nicht wollen, warum, um alles in der Welt, sollte ich es also versuchen?«

Er war an die halsabschneiderischen Machenschaften des Immobiliengeschäftes gewöhnt, was ihm sein Vermögen eingebracht und ihn abgehärtet hatte gegen die übelsten aller harten Geschäfte. Jetzt hätte Oliver Cassidy beinahe lauthals gelacht. Statt dessen jedoch, und zu seiner eigenen Überraschung, hörte er sich sagen: »Aber ich will sie. Also überzeugen Sie mich.«

Thea freute sich wahnsinnig und antwortete: »Nein.«

»Warum nicht?«

»Weil Sie es sich vielleicht nicht leisten können. Ich könnte es mit meinem Gewissen nicht vereinbaren, wenn ich denken müßte, ich hätte Sie dazu verleitet, etwas zu kaufen, was Sie sich nicht leisten können.«

In einundfünfzig äußerst eigennützigen Jahren war sie bisher nie von ihrem Gewissen geplagt worden, aber das brauchte er nicht zu wissen. Ihre Augen strahlten vergnügt, als sie den Kopf schüttelte.

»Seh ich so aus, als könnte ich es mir nicht leisten?« fragte Oliver Cassidy eingebildet.

Diesmal bedachte sie ihn mit einem kleinen, bedauernden Lächeln. »Das weiß ich nicht. Wie gesagt, ich bin keine Verkäuferin.«

Er erwiderte heftig. »Ich kann's Ihnen sagen.«

Einige Sekunden herrschte Stille. Thea, entschlossen, nicht diejenige zu sein, die sie durchbrach, arbeitete weiter.

»Ich kaufe sie«, sagte Oliver Cassidy schließlich. »Unter einer Bedingung.«

Sie zog die Augenbrauen hoch. »Hm?«

»Daß Sie heute abend mit mir essen gehen.«

Jetzt machte sie sich ungeniert über ihn lustig: »Sind Sie sicher, daß Sie sich beides leisten können?«

Zum ersten Mal lächelte Oliver Cassidy. »Ich glaube, ich kann das gerade noch hinkriegen.«

»Gut, wenn das so ist, kann ich Ihr Angebot nicht ausschlagen. Ich gehe mit dem größten Vergnügen mit Ihnen essen, Herr –«

»Cassidy. Oliver Cassidy. Bitte, nennen Sie mich Oliver.«

Dafür, daß du die Ballerina gekauft hast, würde ich dich nennen, wie immer du willst, dachte Thea und mühte sich ab, ihren Triumph zu verbergen. Sie stand auf und wischte ihre Hände am Rock ab. Was bedeuteten schon ein paar Tonflecken, wenn man gerade ein gigantisches Geschäft gemacht hatte? Der Vertrag wurde mit einem festen Händedruck besiegelt.

»Danke. Es ist also abgemacht, Oliver.«

12

Er ist ein Schwein«, sagte Janey, die Guy seine abfälligen Bemerkungen in der vergangenen Nacht noch immer nicht verziehen hatte. Plötzlich hatte sie das Bedürfnis nach Gesellschaft überfallen, und sie war um acht Uhr in Theas Haus gekommen, nur um festzustellen, daß ihre Mutter sich zum Ausgehen fertigmachte.

Thea trug ihre Lieblingsbluse aus karmesinroter Seide zu einem weißen Trachtenrock und vervollkommnete gerade ihr Make-up vor dem Spiegel über dem Kamin. Mit geübtem Schwung trug sie Eyeliner um ihre Augen auf und vergrößerte sie so, wie sie es die vergangenen dreißig Jahre getan hatte.

»Du meinst diesen Kerl von Fotografen?« fragte sie geistesabwesend, denn sie hatte dem Murren ihrer älteren Tochter nur mit halbem Ohr zugehört. »Ich dachte, er soll ziemlich überwältigend sein.«

»Das gehört nicht hierher.« Janey war immun gegenüber Guy Cassidys körperlichen Vorzügen. Sie warf ihrer Mutter einen mißmutigen Blick zu. »Und diese dumme Flasche Wein hat das Faß dann zum Überlaufen gebracht. Klar war es Maxines Schuld, aber er hat automatisch angenommen, ich hätte sie aufgemacht.«

Thea vollendete ihr Make-up mit karmesinrotem Lippenstift und gönnte sich einen Extraspritzer *Mitsuko,* das sollte Glück bringen. Sie steckte den Flakon in ihre Handtasche und sagte munter: »Nun, er ist nicht dein Problem. Und ich bin sicher, Maxine wird mit ihm klarkommen. Sie war immer gut, wenn's um schwierige Männer ging.«

Glücklicherweise hatte Janey nicht auf mütterlichen Trost und Beistand gehofft; das war einfach nicht Thea Vaughans Stil. Aber wenn sie sich jetzt anhörte, wie lässig ihr Problem abgetan wurde, das, wenn es nach ihrer Mutter ging, nicht einmal ein Problem war, bekam sie gerade noch ein gequältes Lächeln zustande.

»Wenn wir schon von schwierigen Männern sprechen, mit wem triffst du dich heute abend? Ist der ganze Aufwand wirklich für Philipp?«

Thea erstarrte, die Tasche hing auf halbem Weg zu ihrer Schulter in der Luft. Sie zog resigniert die Augenbrauen hoch. »O Scheiße!«

Philipp Slattery war überhaupt nicht schwierig. Er war einer von Theas langjährigen und ergebensten Verehrern, und er war so zahm wie ein junger Hund. Janey mochte ihn sehr gerne, während ihre Mutter überhaupt nicht zu schätzen wußte, was sie an ihm hatte. Sie traf sich mit ihm, wenn es ihr paßte, und gab ihm unbarmherzig den Laufpaß, wann immer jemand Interessanteres des Weges kam. Wie vermutlich eben gerade.

»O Scheiße soll wohl heißen, daß du mit Philipp verabredet warst, aber es total vergessen hast«, sagte sie vorwurfsvoll. Da Thea keinerlei Anstalten machte, zum Telefon zu greifen, fügte sie hinzu: »Mum, du mußt es ihm wenigstens sagen. Du kannst ihn nicht einfach warten lassen.«

Thea verzog ihr Gesicht. »Er wird fürchterlich böse auf mich sein. Er gibt heute eine Dinnerparty bei sich zu Hause. Vermutlich wird er mir vorwerfen, daß ich ihm alles versaue.«

»Mum!« Janey protestierte, sie war bestürzt über eine derartige Gedankenlosigkeit. »Wie konntest du nur eine Dinnerparty vergessen? Warum sagst du nicht einfach deine andere Verabredung ab?«

»Kommt nicht in Frage«, erklärte Thea, nahm den Hörer und versuchte stirnrunzelnd, sich Philipps Nummer ins Gedächtnis zu rufen. Ihre Nummer war selbstverständlich quasi in sein Herz tätowiert. »Ich habe die Ballerina heute nachmittag verkauft.«

»Und?«

»Er hat mich daraufhin zum Essen eingeladen. Liebes, er ist wirklich vermögend, ganz davon abgesehen, daß er attraktiv ist! Das könnte wichtig werden, und ich müßte ein völliger Trottel sein, ihm abzusagen.«

Armer, ergebener Philipp und grausame, käufliche Thea. Janey hörte dem Telefonat ihrer Mutter schweigend zu, wie sie sich unbekümmert entschuldigte, wo er doch sicherlich die letzten zwei Wochen damit zugebracht hatte, die Dinnerparty bis ins Kleinste vorzubereiten, so daß sie ein voller Erfolg würde. »Und, wer ist der Glückliche?« fragte sie, als Thea den Hörer aufgelegt hatte.

Ihre Mutter, deren Gedächtnis notorisch unzuverlässig war, betrachtete sich noch einmal im Spiegel und zupfte eine Augenbraue zurecht. »Oliver. Kennedy, glaub ich.« Mit einer weitschweifigen Geste überging sie das Problem zugunsten wichtigerer Details. »Er trägt extrem teure Schuhe, mein Kind. Und er fährt einen Rolls-Royce.«

»Du meinst, er ist Chauffeur.«

Thea warf ihrer Tochter einen mitleidigen Blick zu. »Janey, sei nicht so ein elender Spielverderber. Er ist reich, er interessiert sich für mich, und ich mag ihn. Ich meine, das ist die Sorte Mann, die mich sogar dazu bringen könnte, zu heiraten.«

Das war ein Lebensstil, an den Thea sich problemlos gewöhnen könnte; die Art, von der sie schon immer gemeint hatte, sie würde sie verdienen. Thea selbst war ein hoffnungsloser Fall, was Geld betraf, und sie hatte einen armseligen Anfang gemacht, als sie, im Alter von neunzehn Jahren, Patrick Vaughan getroffen und sich unsterblich in ihn verliebt hatte. Groß, blond und durch und durch Bohemien, war er in seinem Jahrgang an der Kunstakademie berüchtigt für seine Sprunghaftigkeit. Er wurde von so vielen Frauen angehimmelt, daß er gar nicht wußte, wohin damit, und so gab er sich völlig seiner Vergnügungssucht hin. Bereits sechs Wochen nach dem ersten Treffen zog Thea in seine unglaublich unordentliche Mansardenwohnung, machte sich bereitwillig den chaotischen Lebensstil ihres Liebhabers zu eigen und unterstützte ihn in seiner Arbeit.

Aber Patrick war nur dann für sie da, wenn gerade keine andere interessante Frau greifbar war. Er war ein notorischer Fremdgänger, und seine zahllosen Affären verletzten Thea so sehr, daß sie sich im nachhinein oft noch fragte, wie sie das jahrelang hatte ertragen können. Damals hatte sie ihn jedoch so verzweifelt geliebt, daß eine Trennung nicht zur Debatte gestanden hatte. Wenn Patrick ihr lachend erklärt hatte, daß Treue kleinbürgerlich sei, hatte sie ihm geglaubt. Wenn er gesagt hatte, daß ihm keine der anderen Frauen auch nur irgend etwas bedeutete, hatte sie ihm geglaubt. Und wenn er ihr, durchaus ernst gemeint, gesagt hatte, daß er der größte britische Künstler des zwanzigsten Jahrhunderts werden würde, hatte sie ihm auch das geglaubt. Sie war glücklich, bei ihm zu sein, und noch niemand hatte behauptet, es sei einfach, mit einem Genie zu leben.

Das war es auch nicht. Der nie enden wollende Strom von willigen Frauen gehörte weiterhin zu ihrem Leben, und davor tolerant die Augen zu verschließen, wurde zunehmend schwieriger. Außerdem malte Patrick Vaughan nur dann, wenn ihm gerade danach war; und das war nicht oft genug, um die Käufer wie die Buchmacher zufriedenzustellen. Spielen war immer eine Leidenschaft von ihm gewesen; es stillte seine Sucht nach Erregung. Und obwohl es Spaß machte, wenn er gewann, überwogen die Verluste die Gewinne bei weitem. Als seine Sucht immer neue Höhen erreichte, begann Thea zu begreifen, daß Liebe vielleicht doch nicht genug war. Die alles andere verschlingende Hingabe, mit der Patrick spielte, mochte seine Aufmerksamkeit zwar von den zahlreichen Affären ablenken, aber sie versetzte Thea in Panik. Patrick lachte und erklärte ihr, daß es noch kleinbürgerlicher sei, sich um Geld Sorgen zu machen, als jemandem treu zu sein. Aber diesmal hatte Thea ihre Zweifel. Weder der versprochene, luxuriöse Lebensstil, noch seine glänzende Karriere schienen in absehbarer Zukunft Realität zu werden, und die neue Situation, arm zu sein und ständig betrogen zu werden, verlor langsam ihren Reiz.

Sie fand keine Käufer für ihre eigenen Arbeiten, und so hatte sie widerwillig einen Job in einem Laden für Kunsthandwerk in Putney angenommen; doch Patrick verpraßte alles, was sie verdiente. Der Gerichtsvollzieher stand immer wieder vor der Tür. Sie hatte Besseres verdient und kam zu dem Entschluß, daß es an der Zeit war, zu gehen.

Das Schicksal hatte jedoch andere Pläne. Die Entdeckung, daß sie schwanger war, warf Thea aus der Bahn. Sie war erst zweiundzwanzig, hoffnungslos unmütterlich und sich absolut im klaren darüber, daß sie nicht dazu in der Lage war, allein mit einem Kind fertigzuwerden. Schlagartig war Patrick mit all seinen Fehlern besser als gar kein Patrick.

Zum Erstaunen aller war Patrick erfreut über den künftigen Familienzuwachs. Er hatte vorher keine Gedanken an Familie oder Nachwuchs verschwendet und war überwältigt von der Aussicht, Vater zu werden. Insgeheim hatten seine

Freunde erwartet, daß er einen seiner berüchtigten Abgänge inszenieren würde, doch es geschah nichts dergleichen. Er hatte einen Sohn gezeugt, der seine künstlerische Genialität erben würde, sein gutes Aussehen und sein Charisma, das erzählte er jedem, der es hören wollte. Das war ein Stück Unsterblichkeit für ihn. Was konnte wichtiger sein als ein Kind. Und zur noch größeren Überraschung seiner Freunde – denn sie hatten angenommen, das wäre für ihn viel zu bürgerlich – heirateten Thea und er auf Patricks Betreiben hin. Gerade rechtzeitig gewann er bei einem Pferderennen, und finanzierte die Hochzeit. Fasziniert und inspiriert von der Schwangerschaft seiner frisch Angetrauten, stürzte er sich wie besessen auf die Malerei und bestand darauf, daß sie ihm Modell saß, während er ihre sinnliche Nacktheit in Öl festhielt. Die Bilder, es waren einige der besten, die er je gemalt hatte, verkauften sich spielend über eine West-Londoner Galerie. Nach und nach wurden die Gläubiger bezahlt. Und falls Patrick weiterhin andere Frauen traf, dann war er zum ersten Mal in seinem Leben diskret. Die Monate vor der Geburt gehörten für Thea zu den schönsten ihres Lebens.

Janey war, als sie zur Welt kam, für beide eine gewaltige Enttäuschung. Verknittert und häßlich, ähnelte sie nicht nur keinem der beiden Elternteile – sie hatte schlicht das falsche Geschlecht.

All seine Visionen von der Madonna mit dem Kind waren restlos zerstört, und die Realität der Vaterschaft war Lichtjahre von seinen Erwartungen entfernt; und prompt wurde aus Patrick wieder der alte. Es war schlagartig vorbei mit der Malerei, er stürzte sich mehr denn je ins Spiel und in seine Frauengeschichten. Er verbrachte immer weniger Zeit zu Hause, um dem entnervenden Greinen seiner Tochter wie auch den lautlosen Tränen seiner Frau zu entgehen.

Maxine, die zweiundzwanzig Monate später geboren wurde, quasi als Ergebnis eines letzten Versöhnungsversuches, vollbrachte das Wunder auch nicht. Noch eine Tochter, noch eine niederschmetternde Enttäuschung. Thea wußte, daß es keinen Zweck hatte, es weiterhin zu versuchen. Es ging ihr inzwischen so miserabel, daß die Trennung kaum mehr schmerzlicher sein konnte; sie nahm ihre zwei Mädchen und verließ ihn.

Sie wollte nicht in London bleiben, also zog sie nach Cornwall, um ein neues und glücklicheres Leben anzufangen. Sie schwor sich, aus ihren Fehlern und der Erfahrung mit Patrick zu lernen. Es machte keinen Spaß, den Fußabstreifer zu spielen, und ab sofort war sie egoistisch.

Sie würde sich nie wieder von einem Mann emotional erpressen lassen. Sie würde alles daran setzen, ihr Selbstvertrauen nicht mehr zu verlieren und den Rest ihres Lebens zu genießen.

Fünfundzwanzig Jahre lang war sie diesem Versprechen treu geblieben. Es war nicht einfach gewesen, die zwei kleinen Töchter allein großzuziehen, aber sie hatte es hingekriegt.

Janey und Maxine lernten von klein an, für sich selbst zu sorgen. Thea hielt das für das beste und für den einzig vernünftigen Weg, sicherzustellen, daß sie mit einem Gefühl der Unabhängigkeit aufwuchsen. Sie wollte, daß sie sich darüber klar wurden, daß die einzige Person, auf die sie sich wirklich verlassen konnten, sie selbst waren.

Sie war nun seit mehr als zwanzig Jahren geschieden und war nie versucht gewesen, wieder zu heiraten. Patrick war nach Amerika verschwunden und hatte ihr nichts als seinen Familiennamen hinterlassen. Unterhalt zu bekommen, wäre zwar schön gewesen, aber sie hatte das nie von ihm erwartet. Alles selbst in den Griff zu kriegen und ihre mageren Finanzen ausgeglichen zu halten, wurde zu einer Ehrensache für sie.

Und nach außen hin war sie zufrieden mit ihrem bescheidenen Lebensstil. Jetzt, wo die Kinder groß waren, war alles einfacher geworden. Ihre Wohnung war klein, aber behaglich. Das Studio, in dem sie ihre Skulpturen schuf und verkaufte, hatte sie gemietet. Sie verdiente in der Regel gerade so viel, daß sie mit sich zufrieden war. Und wenn die Geschäfte schlechter gingen, war Philipp zur Stelle, der ihr gern aushalf, wo immer es ging. Er war selbst nicht reich, aber trotzdem war er herzzerreißend willig, sein Geld auszugeben, wenn es nötig war. Er war wirklich nett und Thea in einer Weise ergeben, wie sie früher Patrick. Zu seinem Pech war sie nicht in der Lage, sich zurückzuhalten; sie behandelte ihn genauso mies, wie Patrick einst sie behandelt hatte.

Aber Oliver Cassidy war von einem völlig anderen Kaliber. Nach Jahren mühsamen Kämpfens ums Überleben war Thea bereit, sich von einem Mann verwöhnen zu lassen, der nicht zögerte, seine Brieftasche zu zücken. Und obwohl sie ihn erst kennengelernt hatte, wußte sie instinktiv, daß dies ein Mann war, der in keiner Beziehung lange fackelte.

Es war ein wunderschöner Abend gewesen. Fünf Minuten, nachdem Janey gegangen war, hatte Oliver sie mit dem Rolls abgeholt und war mit ihr in das Fünf-Sterne-Hotel Grand Rock gefahren, wo er wohnte. Das Hotelrestaurant, eines der besten in Cornwall, enttäuschte ihre Erwartungen nicht. Und ihr Begleiter hatte – wie Thea, die an ihrem Cognac nippte, zugeben mußte – alle Erwartungen übertroffen.

»Wie lange bleiben Sie hier?« fragte sie. Sie wußte bereits, daß er in Bristol lebte.

Oliver Cassidy zuckte die Achseln und rückte seine schneeweißen Manschetten zurecht. »Eine Woche, vielleicht zwei. Ich habe mich hier nach Häusern umgesehen. Vielleicht ziehe ich hierher.«
Es wird immer besser, dachte Thea glücklich, bewunderte seine dezenten, goldenen Manschettenknöpfe und atmete den Duft seines Eau de Cologne ein. »Ich kenn mich gut aus hier in der Gegend. Vielleicht kann ich Ihnen dabei helfen.« Sie machte eine Pause und lächelte. »Anderen zu helfen, ihr Geld auszugeben, ist quasi ein Hobby von mir.«
Oliver Cassidy fand ihre schonungslose Offenheit erfrischend. Über die Jahre war er eine Art Experte geworden, was geldgierige Frauen betraf. Er hatte festgestellt, daß Frauen sich lieber ihre professionell manikürten Fingernägel ausreißen ließen, als zuzugeben, daß sein Geld für sie von irgendeinem Interesse war oder daß es Einfluß darauf hätte, daß sie sich zu ihm hingezogen fühlten. Es war fürchterlich ermüdend und verflucht vorhersehbar.
Thea Vaughan jedoch machte kein Hehl daraus, daß sie sowohl an ihm als auch an seinem Geld interessiert war, sie war geradezu von entwaffnender Ehrlichkeit. Er wollte diese charmante, ironisch-boshafte Frau näher kennenlernen; sie interessierte ihn mehr als irgend jemand sonst in den letzten Jahren. Und er wollte sie auch, ganz dringend, mit hinauf in seine Suite nehmen und lieben.
Es war nicht schwierig, seine Gedanken zu erraten. Thea freute sich ebenso auf die nächsten Stunden wie er. Sie konnte sich nur zu gut die Konturen seines Körpers unter dem dunkelblauen Anzug und dem weißen Hemd vorstellen. Oliver Kennedy – nein, Cassidy – hatte die aufrechte Haltung eines Gardesoldaten, und er hatte sich erstaunlich gut gehalten. Seine Brust war breit, sein Bauch flach, und sein gebräuntes Gesicht konnte sich sehen lassen. Mit ihm

ins Bett zu gehen, dachte sie, während ihre Finger den Stil ihres Glases liebkosten, würde Spaß machen.

Aber sie hatte es nicht eilig, überhaupt nicht.

»Jetzt kommen Sie schon«, sagte sie mit provozierendem Lächeln. »Ich habe Ihnen alles über meine mißglückte Ehe erzählt. Jetzt sind sie dran.«

»An welche mißglückte Ehe dachten Sie denn?« Oliver hatte nachdenklich seine Zigarre gepafft, lehnte sich jetzt in seinem Stuhl zurück und bedeutete dem Kellner, er möge ihnen nachschenken. Wenn sie warten konnte, konnte er das auch.

»Sie können sich eine von dreien aussuchen.«

»Alle«, sagte Thea lebhaft. »In chronologischer Reihenfolge. Und ich möchte jedes blutrünstige Detail hören ...«

Frauen, die in seinem Leben herumstocherten, waren nicht gerade sein Fall, aber es gab eine Menge davon. Während der nächsten halben Stunde unterhielt er sie mit haarsträubenden Geschichten über seine intriganten, launischen Frauen. Sollte Thea den Verdacht gehabt haben, er würde die Fakten zurechtbiegen, um sich selbst in strahlendem Licht zu präsentieren, dann sagte sie es zumindest nicht laut. Es war jedenfalls fesselnder Stoff, besser als jede Seifenoper. Denn Oliver zufolge – dem vertrauensvollen, unschuldigen Oliver – war er der Reihe nach von Liza, Milly und Fay so eingewickelt worden, daß er sie schließlich heiratete. Alle drei waren blond und schön gewesen, und mit ihnen zu leben, war die Hölle. Die drei Hexen aus Macbeth waren im Vergleich zu ihnen niedliche Geschöpfe. Keine der Ehen hatte länger als drei Jahre gehalten. Jede Frau war gegangen, und es hatte Schuldzuweisungen und Unterhaltsforderungen gehagelt. Nach der dritten Scheidung hatte Oliver sich geschworen, in Zukunft nur noch Geliebte zu haben. Sie mochten teuer sein, aber sie waren wesentlich unproblematischer als habgierige, rachsüchtige Ehefrauen.

»Und es gab keine Kinder?« fragte Thea, sie hörte gefesselt zu und war überhaupt nicht verärgert über seine Erklärung. Sie konnte sich nichts Aufregenderes vorstellen, als eine teure Geliebte zu sein. Diese Art Arrangement war genau ihr Fall.

Oliver schien die Frage etwas unangenehm zu sein. »Ich habe einen Sohn von meiner ersten Frau«, antwortete er, nach einem weiteren Zug an seiner Zigarre. »Aber wir hatten ... nun ja ... eine Meinungsverschiedenheit vor ein paar Jahren. Leider sprechen wir seitdem nicht mehr miteinander.«

Mit der ihr eigenen Direktheit, die ihre ältere Tochter so oft zusammenzucken ließ, fragte Thea, das Kinn auf ihre gefalteten Hände gestützt: »Wirklich? Was ist passiert?«

»Ich habe versucht, ihn vor dem gleichen Fehler zu bewahren, den ich gemacht hatte.« Oliver Cassidy war es nicht gewöhnt zuzugeben, daß er im Unrecht gewesen sein könnte. Er war auch im Fall von Véronique nicht restlos überzeugt, daß er es eventuell gewesen war, aber ihr Tod war zum falschen Zeitpunkt gekommen und ein großer Schock für ihn gewesen. »Ich hatte drei katastrophale Ehen hinter mir und zu spät bemerkt, daß meine Frauen nur an meinem Geld interessiert waren. Mein Sohn lebte damals in London und war gerade dabei, Karriere zu machen. Dann traf er, mit dreiundzwanzig, eine junge Französin. Sie war achtzehn und hatte keinen Penny. Er war vernarrt in sie. Schon nach wenigen Wochen brachte er sie nach Bristol und teilte mir mit, daß sie heiraten würden.« Er unterbrach sich und dachte an die Auseinandersetzung, er erinnerte sich daran, als wäre es gestern gewesen. »Nun, um die Geschichte abzukürzen, ich sagte ihm, er wäre ein verdammter Idiot, und er ging und heiratete sie trotzdem. Sie

bekamen zwei Kinder, und ein paar Jahre später starb sie. Ich habe später versucht, zu meinem Sohn Kontakt aufzunehmen, aber ich fürchte, er kann mir nicht verzeihen, daß ich von vornherein gegen die Heirat gewesen war.«
»Aber das ist ja schrecklich«, schrie Thea voller Empörung. Sie stand auf seiner Seite. »Sie wollten doch nur sein Bestes. Sie wollten ihm helfen.«
»Ich weiß, ich weiß. Aber mein Sohn hatte seinen eigenen Kopf. Sie wissen ja, wie dickköpfig Kinder sein können.«
»Sie haben also Ihre Enkel nie gesehen?« fragte Thea hartnäckig und voller Mitgefühl.
Oliver schüttelte den Kopf. Es war nicht nötig, diesen schicksalhaften Nachmittag zu erwähnen, als Véronique sie zu seinem Haus gebracht hatte. Diese Begegnung war nicht gerade etwas, auf das er stolz war.
»Nie.«
»Das ist eine Tragödie«, erklärte sie voller Mitgefühl. »Und diese armen Kinder ...«
Er lächelte und lehnte sich näher zu ihr. »Unter uns, das ist einer der Gründe, warum ich hier unten nach einem Haus suche. Sie sind vor einem Jahr nach Trezale gezogen. Ich werde schließlich nicht jünger.« Er spreizte seine Hände und fügte bekümmert hinzu: »Ich hätte gern die Chance, sie kennenzulernen.«
Chablis und Champagner vertieften Theas Gefühle, sie war den Tränen nahe. Sie nahm seine Hand in ihre. »Wissen Sie, Sie sind wirklich ein sehr netter Mann.«

Oliver Cassidys feudale Suite war in Pfauenblau und Grün gehalten und dezent beleuchtet.
Thea schämte sich ihres Körpers nicht und zog sich ohne Umstände und ohne jede Scheu aus, dann ging sie durchs Zimmer und stellte sich nackt vor ihn.

»Wer verführt hier wen?« fragte er und war dankbar für ihren Mangel an Kunstgriffen.

Thea lockerte seine Krawatte und sah ihn amüsiert an. »Ist das wirklich wichtig? Wir sind erwachsen. Ich denke, wir wissen beide, warum wir hier sind ...«

Er zog sein Jackett aus und beobachtete, wie sie mit geschickten Fingern die Knöpfe seines weißen Hemdes öffnete. Sie lächelte und fühlte sich offensichtlich wohl. Und sie hatte natürlich recht; alle weiteren Spielchen waren überflüssig.

Ihre zupackende Direktheit erregte ihn ebenso wie ihr unbekleideter Körper. Oliver stellte fest, daß es Jahre her war, seit er eine Frau so begehrt hatte. Er legte seine Arme um sie und zog sie an sich. Er war einundsechzig Jahre alt, und das Leben war noch nicht vorbei.

»Ja«, sagte er, atmete ihren warmen Geruch ein und preßte einen Kuß auf ihre Schläfe, wo weißes Haar auf verführerisch parfümierte Haut traf. »Und ich denke, du bist eine sehr nette Frau.«

»Du hast ja so recht.« Thea schloß die Augen, und ihre Hand glitt unter das aufgeknöpfte Hemd. »Das bin ich.«

13

Wenn du das nicht sofort ißt«, sagte Maxine und haßte dabei ihre eigene Stimme; sie bemühte sich verzweifelt, ihr einen drohenden Klang zu verleihen, »werde ich ...«

»Was?« forderte Josh sie mit zusammengekniffenen Augen heraus. Seit sein Vater vor zwei Tagen aus Paris zurückgekommen war, hatte Maxine sich verändert, zum Schlechten hin. Statt Späße zu treiben, hatte sie angefangen, sie herumzukommandieren und unbarmherzig ihre Fernsehzeit zu rationieren. Ja, sie bestand sogar darauf, daß sie langweilige Schularbeiten machten, obwohl sie immer noch mitten in den Sommerferien waren. Wenn sie nicht verlangt hätte, seine Schulbücher zu holen, dann hätte er den zerdrückten Marsriegel in der Seitentasche seines Schulranzens nicht einmal gefunden. Es war also allein ihre Schuld, daß er jetzt keinen Hunger hatte. »Wenn ich die Pampe nicht esse«, wiederholte er aufsässig, »was wirst du dann tun?«

Zum Teufel, dachte Maxine, wen interessierte es wohl, ob er sein dummes Frühstück aß oder nicht? Sie versuchte doch nur, Guy Cassidy zu beweisen, daß sie ihren Job beherrschte, für den er sie offensichtlich für unfähig hielt; aber alles, was sie schaffte, war, alle Leute unglücklich zu machen, sich selbst eingeschlossen.

Und Guy, verflucht sei er, kümmerte sich nicht mal darum. Er hatte sich hinter seiner Zeitung verschanzt und war offenbar in die Rennresultate vertieft; er trank schwarzen Kaffee und ignorierte den Aufstand seines Sohnes. Maxine, die wild entschlossen war, ihn zu beeindrucken, überlegte, warum sie sich überhaupt abplagte.

»Zuerst werde ich deinen Kopf rasieren«, antwortete sie liebenswürdig, denn Josh war ungeheuer stolz auf seinen blonden Stiftenkopf. Außerdem hatte sie das erste heimliche Aufflackern von Interesse für die zehn Jahre alte Tanya Trevelyan beobachtet, deren Eltern das örtliche Postamt führten. »Und dann werde ich mit wasserfester Tinte rote Flecken auf dein Gesicht malen. Danach erzähle ich Tanya, daß du hoffnungslos in sie verliebt bist.«

Ella quiekte vor Lachen. Josh lief dunkelrot an und warf Maxine einen wütenden Blick zu.

»Das wirst du nicht!«

»Doch, werd ich.«

Er packte Guys Arm und heulte: »Dad, sag ihr, sie kann das nicht machen! Sie kann Tanya nicht erzählen, daß ich sie liebe ...«

Aber Guy schien andere Dinge im Kopf zu haben und zeigte kein Interesse. »Natürlich wird sie das nicht tun«, sagte er barsch, warf einen Blick auf seine Uhr und stand auf. »Verflucht, ich komme zu spät. Ich bin heute abend gegen neun wieder hier.«

»Sie soll versprechen, nichts zu Tanya zu sagen«, bettelte Josh, immer noch entsetzt von der Aussicht, so scheußlich erniedrigt zu werden.

»Er soll versprechen, daß er das aufißt«, sagte Maxine und ahmte dabei Joshs weinerliche Stimme nach.

Guy schaute sie wütend an. »Um Gottes willen!«

»Vielen Dank für die Unterstützung«, brummte Maxine, nahm die Schüssel mit dem grauen Brei und stellte sie klappernd in die Spüle. »Sie sind eine große Hilfe.«

Ella, die Haarewaschen haßte, zupfte an ihrem Ärmel. Mit

strahlenden Augen sagte sie hoffnungsvoll: »Maxine, wenn ich ungezogen bin, rasierst du dann meinen Kopf?«
Weil der Versuch, ihnen Disziplin beizubringen und Guy zu zeigen, was für eine Perle sie war, so katastrophal fehlgeschlagen war, überließ Maxine die Kinder für den Rest des Vormittags ihren eigenen Plänen. Wenn sie nonstop Zeichentrickfilme im Fernsehen anschauen wollten, warum sollte es sie kümmern?
Nachdem sie das Frühstücksgeschirr abgewaschen und dann mürrisch aus dem Fenster in den Regen gestarrt hatte, der vom Wind gepeitscht wurde, setzte sie sich um elf mit einem großen Glas Gin Tonic und einem Handy nieder. Um sich selbst aufzumuntern und sich an Guy für seine Unhöflichkeit zu rächen, würde sie alle ihre Freunde in London anrufen und ausführlich mit ihnen quatschen. Daß jetzt der Spitzentarif galt und ihn das ein kleines Vermögen kosten würde, machte das Ganze noch vergnüglicher.
»Du stellst ihn ja hin, als wäre er ein Ungeheuer«, rief Cindy von ihrem riesigen Himmelbett in Chelsea aus. Sie hatte erst kürzlich einen reichen, aber häßlichen Industriellen geheiratet, etwa fünfundzwanzig Jahre älter als sie, dessen Bauchumfang, Gott sei Dank, ein ernstzunehmendes Hindernis für ihr Sexualleben war; deshalb konnte sie sich nicht vorstellen, worüber Maxine zu klagen hatte. »Ich habe Guy Cassidy letztes Jahr auf einer Party getroffen, und er war unglaublich charmant. Alle Frauen waren total von ihm begeistert! Maxi, du mußt einfach zugeben, daß er irrsinnig attraktiv ist . . .«
»Aussehen ist nicht alles«, sagte Maxine gedehnt, ließ die Eiswürfel in ihrem Glas klirren und zog die nackten Füße hoch aufs Sofa. Dann, schon nachgiebiger, fügte sie beiläufig hinzu: »Na ja, er ist vermutlich nicht so übel.«
»Komm mir nicht so«, triumphierte Cindy, die sie nur zu gut kannte. »Du willst mir wohl weismachen, du hättest

deine Hormone operativ entfernen lassen. Du mußt doch total scharf auf ihn sein!«
Maxine grinste. Cindy konnte sie sich getrost anvertrauen, die war in London.
»Okay«, gab sie zu und nahm einen Schluck Gin. »Vielleicht bin ich das, ein bißchen. Aber ich wäre noch verrückter nach ihm, wenn er seinerseits auch nur eine Spur von Interesse zeigen würde. Du kannst dir nicht vorstellen, wie einen das demoralisiert, wenn man sich Make-up ins Gesicht schmiert und sich quasi unwiderstehlich macht, und er interessiert sich dann genausowenig für mich wie für den verfluchten Milchmann.«
»Manchmal ist Make-up nicht genug«, antwortete Cindy, die immer praktisch dachte. »Manchmal mußt du nur deine Schürze vom Leib reißen und dich nackt präsentieren.«
»Du meinst, ich soll ihn verführen?« Ein derart furchteinflößender Vorschlag ließ sogar Maxine erbleichen.
»Funktioniert immer«, meinte Cindy fröhlich. Sie bezweifelte, daß Maxine auch nur eine ungefähre Vorstellung davon hatte, was eine Schürze ist. Sicherlich hatte sie noch nie in ihrem Leben eine getragen.
»Mit Guy funktioniert es nicht.« Maxine betrachtete düster ihr beinahe leeres Glas und stellte sich das Szenario vor. Sie hatte das schreckliche Gefühl, er würde sich kaputtlachen. Bevor er sie feuerte, natürlich.
»Warum?« entgegnete Cindy. »Bist du fett geworden?«
»Guy Cassidy ist mein Chef«, seufzte Maxine. »Bis jetzt hat er alle meine Versuche durchschaut, und alles, was er gemacht hat, war, höhnisch zu grinsen. Er ist einfach zu gerissen, um auf einen so alten Trick reinzufallen.«
»Du verlierst die Nerven, Mädchen. Das Leben da draußen in der finstersten Provinz schadet deinem Verstand. Ist er es nicht wert, es wenigstens zu versuchen?«

»Das wäre was für dich.« Während Maxine sprach, klingelte es an der Tür. »Du hast ihn nur auf einer Party getroffen. Versuch mal, mit ihm zu leben.«

»Liebes, ich wäre auf der Stelle dabei!« Cindys Interesse war geweckt, sie klang begeistert. »Das ist überhaupt die Idee. Du könntest mich für ein Wochenende einladen. Wenn du kneifst, werd ich's selbst mal versuchen!«

»Ich muß aufhören.« Maxine streckte sich und stellte fest, daß ihr linkes Bein eingeschlafen war, es war völlig taub. »Da ist jemand an der Tür.«

»O bitte«, drängte Cindy. »Ich bin deine Freundin, oder nicht? Komm schon, lad mich ein!«

»Nein«, sagte Maxine glatt. »Du bist verheiratet.«

»Jetzt sei nicht so langweilig«, protestierte Cindy. »Zumindest kneife ich nicht!«

Cindy verstand sie nicht, dachte Maxine, als sie zur Eingangstür stakste; ihr Bein war so taub, daß sie sich an den Möbeln festhalten mußte. Sie kniff nicht, sie war nur nicht bereit, einen absoluten Trottel aus sich zu machen und obendrein noch ihr Zimmer und ihren Job zu verlieren. Sie würde schon noch einen Weg finden, was Guy Cassidy betraf, in dieser Hinsicht war sie ziemlich entschlossen. Es war schlicht nur eine Frage des richtigen Zeitpunkts und der Technik. Und sich splitterfasernackt auf ihn zu stürzen, rangierte von der Finesse her nicht gerade besonders hoch, überlegte Maxine mit einem schiefen Lächeln.

Umsonst hatte sie noch in der Küche haltgemacht und nach einer Handvoll Fünfer gekramt, denn es war nicht der Milchmann.

»Ja?« sagte Maxine und starrte auf die Frau an der Türschwelle; mit einem Blick erfaßte sie den Stil und die Qualität ihrer Kleidung. Sie hätte ihr letztes Stück Kuchen verwettet, daß sie auch nicht die Avon-Vertreterin war.

»Ist Guy da?« Die Besucherin beäugte Maxine ebenso intensiv und hatte sofort den Fleck Johannisbeermarmelade erspäht, der, Ella sei Dank, ihr gelbes T-Shirt zierte.
Es goß immer noch wie aus Eimern, ein stürmischer Wind trieb den Regen von der See herein und ließ die Tropfen wie Kieselsteine gegen die Fenster hämmern. Jeder andere, der in einen derartigen Sturm geriet, hätte ausgesehen wie eine Vogelscheuche.
Aber dieser Frau, in einer langen, engen Lederjacke in der Farbe von kandierten Äpfeln, die sie über einer Seidenbluse, auch in der Farbe von kandierten Äpfeln, und einer cremefarbenen Hose trug, schien das Wetter nichts auszumachen. Sie war von ihren glatten schwarzen Haaren bis zur Spitze ihrer beigefarbenen Ferragamo-Schuhe der Inbegriff von Eleganz und einfach nicht der Typ Frau, deren Wimperntusche verschmierte. Maxine konnte solche Leute nicht ertragen. Am bedrohlichsten war jedoch die Tatsache, daß sie in ihrer eleganten Hand einen eleganten Koffer hielt. Natürlich paßte er zum Rest des Outfits.
Maxine fühlte sich – im Vergleich zu ihr – ziemlich schäbig, und sie antwortete etwas streitlustig: »Er ist zu Aufnahmen in Wiltshire. Wir erwarten ihn heute erst sehr spät abends zurück. Vielleicht bleibt er auch über Nacht.«
Die Frau jedoch zuckte nur die Achseln und lächelte. Sogar ihre Zähne waren elegant. »Eine gelungene Überraschung.« Maxine war so in ihr Gespräch mit Cindy vertieft gewesen, daß sie kein Auto gehört hatte. Jetzt stellte sie fest, es war keines da.
»Ich bin mit dem Taxi gekommen«, sagte die Frau, die ihren Blick Richtung Auffahrt bemerkt hatte.
»Macht nichts.« Maxine trat einen Schritt zur Seite und bedeutete ihr hereinzukommen. »Ich werde eines für Sie rufen. Tut mir leid, daß Sie die Reise umsonst gemacht

haben, aber wenn Sie Guy eine Nachricht hinterlassen wollen, werde ich sie ihm übermitteln. Wie ich schon sagte, er kommt vielleicht heute abend nicht zurück ...«

»Ist schon in Ordnung«, sagte die Frau leichthin, während sie hinter Maxine durch die Halle ging. Mit einer nonchalanten Handbewegung tat sie Maxines Angebot ab. Statt dessen deutete sie auf den Koffer in ihrer anderen Hand und fügte hinzu: »Das ist keine Stippvisite. Ich bleibe mindestens eine Woche.«

Scheiße, dachte Maxine. Es hatte nicht funktioniert. »Wirklich? Wie nett«, sagte sie laut.

Ihr Name war Serena Charlton, und der Duft, den sie ausströmte, war einfach überwältigend. Sie war eine von Guys unbarmherzig schlanken Model-Freundinnen und machte Anstalten, sich wie zu Hause zu fühlen.

»Wir sind wahnsinnig gute Freunde«, erzählte sie Maxine, als sie aus ihrer Lederjacke glitt und sie Maxine reichte. »Vermutlich hat Guy Ihnen alles über mich erzählt.«

Nicht eine Silbe, dachte Maxine, und das befriedigte sie sehr. Es würde interessant sein, Guys Reaktion zu beobachten, wenn er zurückkam und einen ungebetenen Gast vorfand, der sich in seiner Wohnung eingenistet hatte. Was für ein Spaß, wenn er sie vor die Tür setzen würde ...

»Nun gut«, sagte Serena, als sie Maxines verdutzten Gesichtsausdruck sah, »er hat sein Privatleben immer gern für sich behalten. Und mit dem Hauspersonal zu tratschen, gehört schließlich nicht zum guten Ton.«

»Natürlich nicht.« Nein, Gnädigste, tut mir leid, Gnädigste, spottete Maxine insgeheim und konnte sich gerade noch zurückhalten, die Gelegenheit beim Schopf zu packen und einen reizenden Knicks zu machen. Man erwartete anscheinend von ihr, daß sie die Jacke aufhängte. Mit dem

größten Vergnügen warf sie sie über die nächste Stuhllehne.
Aber Serena schien sich absolut nicht im klaren darüber zu sein, daß ihre Worte Anstoß erregt hatten. Sie machte es sich auf dem Sofa bequem, lächelte Maxine an und sagte: »Eine Tasse Tee wäre nicht schlecht. Mit Milch und Süßstoff, bitte.«
Nachdem sie mindestens hundert Kalorien schweren braunen Zucker reingeschaufelt hatte, fühlte Maxine sich ein wenig besser. Als sie den Tee zu Serena ins Wohnzimmer trug, sagte sie: »Ella und Josh spielen oben. Soll ich ihnen sagen, daß Sie hier sind?«
Serena war zweifellos schön, aber sie war nicht in Joshs Liste der bevorzugten Frauen aufgetaucht, was ein weiterer Pluspunkt war. Maxine würde bald herausfinden, warum.
»Die Kinder sind hier?« Serena verzog das Gesicht. Ihre Stimme verriet totalen Mangel an Begeisterung. »Warum sind sie nicht in der Schule?«
»Sommerferien.« Maxine mußte sich gewaltig anstrengen, um nicht zu grinsen. Serena Charlton hatte vermutlich keine Kinder.
»O nein. Bemühen Sie sich nicht, sie runterzuholen. Wir brauchen sie nicht zu stören. Tun Sie ruhig ihre Arbeit, ähm ... Maxine. Ich sitze nur hier und genieße in Ruhe meinen Tee.« Und wirst darüber hinaus noch fett, dachte Maxine selbstgefällig, als sie an die Menge Zucker dachte, die sie in die Tasse gegeben hatte. Sie war sterbensneugierig, über Serena aufgeklärt zu werden, und eilte hinauf, um Josh auszufragen. Der fehlende Enthusiasmus, das wurde schnell deutlich, beruhte auf Gegenseitigkeit.
»Sie bleibt eine ganze Woche?«
Maxine griff nach der Fernbedienung und stellte den Fernseher leiser.

»Sie denkt, ja. Warum, magst du sie nicht?«
»Sie hat wirklich ein hübsches Gesicht«, warf Ella hilfreich ein.
»Und sie hat kurze Haare.«
»Wahrscheinlich ist sie okay.« Josh bemühte sich, fair zu sein. »Sie hat uns mal Süßigkeiten mitgebracht. Aber sie ist lieber mit Dad zusammen als mit uns. Wir haben sie nur ein paarmal getroffen, und jedesmal meinte sie, wir sollen rausgehen und spielen.« Er zog ein Gesicht. »Sogar wenn's geregnet hat.«
Ihr Streit von vorhin war vergessen. Maxine erwiderte entrüstet: »Und was sagt euer Vater dazu?«
Manchmal schien Josh weiser zu sein, als seinem Alter angemessen. Sein Blick wanderte zurück zum Fernsehschirm, wo Tom gerade Jerry verkloppte; er antwortete geistesabwesend: »Die meisten von Dads Freundinnen machen ein Mordsgetue um uns, weil sie denken, dann mag er sie lieber und heiratet sie vielleicht sogar. Ich denke, Dad mag Serena, weil sie das nicht macht. Er sagt, zumindest ist sie ehrlich.«
Ganz schön ausgebufft, dachte Maxine anerkennend, beide.
»Wenn ich jetzt die Schere hole«, sagte Ella, »schneidest du mir dann die Haare?«

14

Dem scheußlichen Wetter war es zu verdanken, daß im Laden wenig los war. Anscheinend hatten nur wenige Leute Interesse, Blumen zu kaufen, wenn es wie aus Eimern goß. Janey und Paula aßen schuldbewußt Torte aus der Konditorei und verbrachten die Zeit mit dem Kreuzworträtsel im Lokalblatt, was mit einschloß, daß sie eine Kanne Tee nach der anderen machten.

»Was macht ein derart netter Kerl wie ich in einer solchen Anzeige?« las Paula laut, als Janey mit noch mehr Tee aus der hinteren Ecke des Ladens kam.

»Wie viele Buchstaben?« fragte Janey, setzte sich wieder auf ihren Stuhl und spähte rüber zur Zeitung. »Vielleicht Jeremy Beadle?«

»Gott bewahre!« Paula grinste und deutete auf die nächste Seite. »Ich bin bei den Kontaktanzeigen. Liest du die nie?«

»Nein.« Janey verzog ihr Gesicht und folgte Paulas Zeigefinger, um den Rest der Anzeige zu lesen. »›Gutaussehender Mann, vierunddreißig, mit etwas verschrobenem Humor ...‹ Hm, vielleicht bedeutet das, er ist besonders toll. ›... wünscht eine Partnerin, die Spaß versteht, einssechzig oder kleiner ...‹ Ah, er ist also ein besonders kleines Prachtexemplar. ›... Alter, Aussehen, Familienstand unwichtig‹. Das heißt, er ist völlig verzweifelt.«

»Okay«, sagte Paula und gab in dem Punkt nach. »Das hört sich nicht berauschend an, zugegeben.«

»Berauschend? Das hört sich nach Trottel an.«

»Aber die sind nicht alle so. Wie wär's mit dem? ›Geschieden, vierzig, eigenes Heim und Auto, neu in der Gegend. Geht gern essen, ins Theater, spielt Tennis, liebt Spaziergänge ...‹ Was ist an dem verkehrt?«

Janey blieb unnachgiebig: »Ich vermute. er hat Körpergeruch.«

»Jetzt sei nicht gehässig! Warum bist du so mißtrauisch?«

»Ich weiß nicht.« Sie zuckte die Achseln. »Wenn er so überwältigend ist, warum hat er's dann nötig, unter ›Einsame Herzen‹ zu inserieren?«

»Er ist neu in der Gegend und will nicht durch die Kneipen ziehen, um ein Mädchen aufzulesen«, sagte Paula zu seiner Verteidigung. »Denn die Art Mädchen, die er sucht, hängt nicht in Kneipen herum und wartet darauf, aufgelesen zu werden. Es ist nicht ulkig oder unheimlich, eine Kontaktanzeige aufzugeben«, fügte sie bestimmt hinzu. »Manchmal ist es einfach das Vernünftigste, was man machen kann.«

Janey hatte das noch nie so betrachtet, noch hatte sie sich vorstellen können, daß Paula auf das Thema einsteigen würde. Sie wurde neugierig und fragte: »Hast du so was schon mal gemacht?«

»Nein, aber eine Freundin von mir hat's mal versucht. Und bei ihr hat's funktioniert.«

»Was ist passiert?«

Das jüngere Mädchen grinste. »Sie hat einen blonden Piloten kennengelernt. Nach sechs Wochen haben sie geheiratet. Und sie sind furchtbar glücklich.« Paula konnte Maxine durchaus das Wasser reichen, was Grobheit betraf, und sie fügte hinzu: »Du solltest es auch versuchen.«

Janey war überrascht und lachte laut: »Ich?«

»Jetzt ist es zwei Jahre her, seit Alan ... verschwand.« Paula fixierte sie mit festem Blick. »Ich weiß, es ist hart für dich gewesen, aber du solltest wirklich damit anfangen, über den Rest deines Lebens nachzudenken. Du bist erst achtundzwanzig, Janey. Du mußt wieder ausgehen, neue Leute kennenlernen ... dich amüsieren ...«

»Und du denkst ernsthaft, das wäre die Antwort?« Janey war zutiefst skeptisch. »Daß sich mein Leben dadurch verändert, daß ich auf ein paar verrückte Anzeigen in unserer Lokalzeitung antworte?«

»Ich weiß es nicht.« Paula hatte ihre Argumente angebracht, kreuzte die Finger unter der Ladentheke und betete, daß Janey nie herausfinden möge, daß sie die märchenhafte Romanze zwischen ihrer Freundin und dem Piloten frei erfunden hatte. Sie griff nach der Zeitung und wandte ihre Aufmerksamkeit wieder dem Kreuzworträtsel zu. Beiläufig fügte sie hinzu. »Aber wenn du es nicht versuchst, wirst du es nie wissen. Schau mal auf vierzehn waagrecht. Denkst du, das könnte Pfennig sein?«

Paula hatte eine Art, etwas zu sagen, daß es hängenblieb. Als Janey sich abends über einen Stapel Bügelwäsche hermachte, ertappte sie sich dabei, wie sie über das Gespräch nachdachte und zu überlegen begann, ob Paula nicht doch recht hatte. Nachdem sie ihre anfänglichen Zweifel überwunden hatte, mußte sie zugeben, daß es für einige Leute durchaus schwierig sein mochte, auf herkömmliche Art jemanden kennenzulernen, einfach durch Umstände, die sie nicht beeinflussen konnten. Als sie Paula gedrängt hatte, mehr Einzelheiten über ihre Freundin zu erzählen, hatte die erklärt, daß Alistair als Pilot soviel rund um den Erdball geflogen war, daß er schlicht keine Zeit gehabt hatte, im eigenen Land Frauen kennenzulernen. Da er nicht an den Stewardessen interessiert gewesen war, mit denen er arbeitete, hatte er in ›Kurz und Fündig‹ inseriert und siebenundsechzig Antworten erhalten. Die erste Verabredung war schiefgelaufen, und Geraldine, Paulas Freundin, war die zweite gewesen. Es war Liebe auf den ersten Blick gewesen, und die restlichen fünfundsechzig Frauen hatten das Nachsehen.

Janey hatte die Geschichte nicht einen Augenblick lang geglaubt. Selbst wenn Paula kein Eigentor geschossen hätte, indem sie den Piloten einmal Alistair und eine Minute später Alexander nannte, hätte sie den unglaublichen Schwindel durchschaut. Aber das hieß ja nicht, daß das nicht passieren konnte. Janey selbst hatte schon Artikel über solche Verabredungen und anschließende Eheschließungen in Zeitschriften gelesen. Paula hatte zweifellos recht damit gehabt, als sie erklärt hatte, daß es manchmal einfach das Vernünftigste war.

Sie hörte auf zu bügeln, bevor sie noch ein Kleidungsstück ruinierte, an dem ihr viel lag, und stellte den Wasserkessel auf den Herd. Ihr Magen grummelte, und sie hätte eine Schüssel Spaghetti verputzen können, aber die Torte an diesem Nachmittag hatte Kalorien für die nächsten drei Wochen geliefert.

Sie betrachtete traurig den Inhalt ihres Kühlschranks und machte sich dann über ein fürchterliches Salatsandwich her.

»Witwer, 62, sucht lebenslustige Dame, 45–60, als Freundin und Tanzpartnerin. Gelenkige Zehen unabdingbar.«

Hörte sich nett an. Janey bedauerte nur, daß sie nicht alt genug für ihn war. Sie überlegte noch, ob sie nicht vielleicht damit durchkäme, wenn sie in bezug auf ihr Alter log, und las dann weiter.

»Einsamer Vegetarier (Schütze) wünscht Gleichgesinnte kennenzulernen«, flehte die nächste Anzeige. »Nichtrauchende und nichttrinkende junge Dame gesucht, bevorzugt Steinbock.«

Uh, dachte Janey. Es muß auch solche Leute geben. Und,

wer weiß, vielleicht war irgendwo da draußen eine gleichgesinnte Seele, las gerade die Anzeige und fühlte sich angesprochen.

»Gentleman gesucht von einer molligen, aber guterhaltenen Geschiedenen, 55. Meine Hobbys: Wandern, Gartenarbeit, Kochen, Tanzen.«

Das war nett, sie würde zu dem foxtrottenden Witwer passen.

»Diskreter Geschäftsmann sucht ebensolche Dame, 30–50, für gelegentliche besinnliche Treffen, nur nachmittags.«

Das mußte ein Tippfehler sein, bestimmt. Janey grinste. Er meinte sicher ›sinnliche Treffen‹.

»Großer, vorzeigbarer, geschiedener Mann, 35, würde gerne normale Frau kennenlernen.«

Sie stockte und las die Worte noch einmal. Die Schlichtheit der Worte gefiel ihr, sie wollte gern mehr wissen. War seine Frau völlig anormal gewesen? Wie groß war groß? Und bedeutete vorzeigbar den grauen Anzug eines Bankangestellten mit Schuppen oder saubere Jeans und ein T-Shirt, das sogar gebügelt war?

Zwanzig Minuten später hatte sie geistesabwesend den Rest der Zeitung überflogen und ihr Sandwich gegessen. Und nun war sie wieder bei den Bekanntschaftsanzeigen angelangt. Schuldbewußt bemerkte sie, daß sie erneut die Anzeige von Herrn Vorzeigbar studierte. Und was noch alarmierender war, sie war bereits dabei, ernsthaft darüber nachzudenken.

»Du solltest es versuchen«, hatte Paula in ihrer direkten Art gesagt. »Du mußt andere Leute kennenlernen. Wenn du es nicht versuchst, wirst du nie erfahren, was du vielleicht versäumst.«

Falls es der vegetarische Schütze sein sollte, den sie versäumte, dann wäre es wohl nicht schlimm, vermutete Janey.

Aber vielleicht ... nur vielleicht, hatte Paula ja recht. Herr Vorzeigbar hörte sich nicht schlecht an, und immerhin bestand die Möglichkeit, daß er sich als ausgesprochen nett entpuppte. Schließlich fehlte ja wirklich etwas in ihrem Leben, und ein Versuch – nichts zu Gewagtes, vielleicht ein kurzes Treffen in einem netten Lokal auf ein Glas Wein – würde ihre eigene Neugier befriedigen. Gleichzeitig hätte sie Paula bewiesen, daß sie zumindest gewillt war, bezüglich der Männerwelt einige Anstrengungen zu unternehmen. Oder besser gesagt, gegen ihr unbemanntes Dasein.

Da war natürlich noch Bruno, von dem Paula nichts wußte. Janey war sich nicht sicher, ob er wirklich zählte. Hinzu kam, daß sie genau wußte, wie sie sich gefühlte hätte, wenn Alan sie betrogen hätte. Sie haßte den Gedanken, sich auf etwas einzulassen, das Nina verletzen würde. Bruno hatte versichert, daß er und Nina eine offene Beziehung hätten, aber schließlich hatte sie bisher nur seine Version gehört.

Wenn sie ehrlich war, waren ihre Gefühle Bruno gegenüber noch ein weiterer guter Grund, auf die Anzeige zu antworten. Jede ernsthafte Beziehung zu jemandem wie ihm konnte wahrscheinlich nur in Tränen enden. Es war wirklich an der Zeit, ihr Interesse breiter zu streuen, dachte Janey.

»Ich glaub es nicht!« schrie Maxine, die nur angerufen hatte, weil ihr langweilig war und sie über Serena klagen wollte. Sie war fasziniert von Janeys Entscheidung und vergaß darüber beinahe ihre eigenen Problemchen. »Schätzchen, das ist ja wirklich ein Hit! Wir könnten beide auf ein paar Anzeigen antworten und dann die Antworten vergleichen. Und dann aussuchen, nach Schönheit, Verstand und den Qualitäten im Bett.«

»Das ist kein Witz.« Janey unterbrach ihre Schwester mit gebotener Ernsthaftigkeit. Ihre Schwester war, sie hätte es wissen müssen, der letzte Mensch, dem sie sich anvertrauen sollte. Maxine konnte nicht verstehen, daß es nicht immer einfach war, neue Männer kennenzulernen. Sie konnte kaum fünf Schritte machen, ohne in den Nachtclubs, auf der Straße oder im Supermarkt über potentielle Bewerber zu stolpern. Einmal traf sie sogar einen bei Aspreys. Der betreffende Mann war damals in Begleitung seiner Freundin gewesen, und sie suchten gerade Verlobungsringe aus einem sehr teuren Sortiment aus. Maxine war abgebrannt wie immer und probierte trotzdem schamlos allen möglichen Schmuck. Sie kam mit den beiden ins Gespräch und hatte am Ende die Telefonnummer des künftigen Bräutigams in der Tasche.

Wenn man Maxine war, rief Janey sich ins Gedächtnis, waren Männer da, um genommen zu werden. Sie standen praktisch Schlange, allein zu diesem Zweck. Und normalerweise wollten sie alles geben.

»Was soll das heißen, es ist kein Witz?« fragte Maxine. »Natürlich ist das ein Witz.«

Janey hatte gewußt, daß sie einen großen Fehler gemacht hatte. Geduldig sagte sie: »Warum nicht? Wenn ich nach einem neuen Auto suche, dann schaue ich auch in die Zeitung, was im Angebot ist. Wenn ich nach einer neuen Wohnung suche, dann schaue ich mir Immobilienanzeigen durch. Warum sollte die Suche nach einem Mann anders vor sich gehen?«

Ich höre mich an wie Paula, dachte sie amüsiert. Vielleicht sollten wir aufhören, Blumen zu verkaufen, und statt dessen eine Partnervermittlung eröffnen.

»Ich glaub es nicht«, wiederholte Maxine. Es verschlug ihr beinahe die Sprache, soweit das bei ihr überhaupt möglich war. »Es ist tatsächlich dein Ernst.«

Sie hatte sich nun mal entschlossen, und Janey beabsichtigte nicht, sich davon wieder abbringen zu lassen. Bevor Maxine die Gelegenheit hatte, zu dem Thema ein Argument vorzubringen, das unter die Gürtellinie zielte, sagte sie: »Okay. Du hast recht, es war keine gute Idee.«

»So ziemlich die schlechteste, seit du mich überredet hast, ich solle hier im Hotel Cassidy arbeiten«, erklärte Maxine, da ihr gerade wieder einfiel, weswegen sie ursprünglich ihre Schwester angerufen hatte. »Als ob es nicht schon genügt hätte, daß ich hier die Dienstmagd spiele, taucht heute morgen eine gräßliche, aufgedonnerte Freundin von Guy hier auf, mit einer Wagenladung von Koffern, und verkündet, daß sie eine Woche bleiben will. Und das einzige, was sie macht, ist auf ihrem fetten Hintern zu sitzen, fernzusehen und eine Tasse Tee nach der anderen zu ordern.«

»Verrückt, genau das ist es, was du bist, wenn du mich besuchst.« Janey grinste in sich hinein. »Hat sie wirklich einen fetten Hintern?«

»Sie wird bald einen haben, wenn ich mit ihr fertig bin.« Maxine klang zufrieden mit sich selbst.

»Und sie ist aufgedonnert? Ich hätte nicht gedacht, daß das Guys Geschmack ist.«

Sie konnte jetzt direkt hören, wie Maxines Schultern heruntersackten; sie war geschlagen.

»Gut, vielleicht ist sie nicht aufgedonnert. Wenn sie es wäre, würde ich sie vielleicht nicht so hassen.«

»Sie ist also eine Bedrohung für dich.« Janey zog ihre Schwester auf. »Du hattest es auf Guy abgesehen, und jetzt hat sie dich ausgestochen.«

Maxine antwortete düster: »Sie sieht schon aus wie die geborene Siegerin.«

Sogar Maxine konnte sich also unzulänglich fühlen, wenn ihre Chancen einmal gering waren, das war beruhigend.

Janey, die nur zu gut wußte, wie sich das anfühlte, fragte: »Ist sie wirklich so umwerfend?«
»Hm.« Maxine klang resigniert. »Komm und besuch uns mal, dann wirst du verstehen, womit ich's zu tun habe.«
»Und dein umwerfender Charme reicht nicht aus?«
»Erzähl keinen Quatsch, natürlich nicht. Männer wie Guy sind nicht am Charakter interessiert.« Maxine stockte, dann fügte sie hinzu: »Das ist mein Ernst. Komm morgen hierher, dann kannst du's selbst sehen.«
»Ich kann nicht einfach dort aufkreuzen«, protestierte Janey. »Das würde nur blöd aussehen.«
»Blumenhändler liefern Blumen, oder nicht?« Maxine sprach übertrieben geduldig. »Also, falls du dir darüber Gedanken machst, dann geb ich eine Bestellung auf. Wie wär's mit einem hübschen Strauß Stiefmütterchen?«
»O Gott.« Janey grinste. »Bist du sicher, daß du nicht vielleicht doch lieber einen Kranz hättest?«

Gegen halb zwölf Uhr kam Guy nach Hause, und zu Maxines Enttäuschung setzte er Serena nicht mitten in der Nacht vor die Tür.
Sie blieb wie erstarrt in ihrem Ohrensessel sitzen und lauschte angestrengt der Begegnung in der Halle. Wenn sie sich umgedreht und ihren Hals nach links verrenkt hätte, hätte sie sie sogar durch einen kleinen Spalt in der Tür beobachten können, aber das wäre vielleicht zu geschmacklos gewesen. Außerdem könnte Guy sie dabei erwischen.
Er klang überrascht, aber nicht unglücklich darüber, daß Serena ihn an der Eingangstür erwartete. Maxine hörte sie sagen: »Liebling, Thailand ist ausgefallen, und ich hab eine Woche frei. Ich bin schon seit Mittag da.«
Maxine konnte sich nur zu gut die Umarmung vorstellen; Serena war von der geschmeidigen Sorte, die einen um-

schlang. Der Kuß, der die Umarmung begleitete, war Gott sei Dank, nicht zu hören.
»Du hättest anrufen sollen«, sagte Guy schließlich.
»Das spielt jetzt keine Rolle mehr. Ich bin nur froh, daß du nicht auswärts übernachtet hast.«
Maxine zuckte zusammen. Guy hatte noch jedes ihrer Mätzchen durchschaut.
»Hat Maxine sich um dich gekümmert?« hörte sie ihn fragen. Seine Stimme klang etwas gereizt. Sie zuckte erneut zusammen.
»Hm«, antwortete Serena vage. »Auf ihre Art, doch, ja. Sie hat ein außergewöhnliches Abendessen serviert, eine Art Fischpastete mit Maggi-Kartoffelbrei.«
Maggi klang bei ihr wie von Maden wimmelnd. Maxine hörte Guy sagen: »Die Kinder mögen es.«
»Und sie hat eine Unmenge Knoblauch reingetan.«
Das war das beste, um dich in die Flucht zu schlagen, meine Liebe, dachte Maxine vergnügt. Sie bezweifelte, daß Guy den Willkommenskuß besonders genossen hatte; er hatte schließlich mit sechs ganzen Knoblauchzehen zu kämpfen.
»Nun ja, Maxines Kochkünste sind ... interessant«, erwiderte er trocken. »Wo ist sie jetzt, im Bett?«
»Im Wohnzimmer.« Serena bemühte sich nicht, ihre Stimme zu senken. »Darling, hältst du es für klug, einem Kindermädchen zu erlauben, das ganze Haus zu benutzen? Sie war den ganzen Abend hier unten, hockte im bequemsten Sessel und hatte die Fernbedienung in Beschlag genommen. Und sie bedient sich bei deinem Gin.«
Maxine drehte sich um und lächelte Guy zu, als er eintrat. Da es wenig Zweck hatte, so zu tun, als hätte sie es überhört, sagte sie munter: »Nur einen Gin. Oh, und einen Schuß Tonic und zwei Eiswürfel. Du kannst sie von meinem Gehalt abziehen.« Dieser Kuh würde sie zeigen, wie gut sie mit Guy

stand. Doch Guy irritierte das Du überhaupt nicht und er duzte sie ebenfalls. »Red keinen Unfug. Ist mit den Kindern alles in Ordnung?«

»Gefesselt, geknebelt und mit Handschellen ans Bett gekettet.« Sie strahlte. »Keine Sorge, sie können nicht entkommen.«

»Gut.« Er lächelte ihr kurz zu. Serena hing, wie sie es vorhergesehen hatte, allerliebst an seinem Arm. »Gut, wir gehen jetzt zu Bett. Vergiß nicht, alles auszuschalten, bevor du hinaufgehst.«

Mit ein bißchen Glück, dachte Maxine, hab ich euch ausgeschaltet, als ich die sechs Knoblauchzehen in die Fischpastete gemischt habe.

15

Janey sah, was Maxine gemeint hatte, als sie am nächsten Morgen nach Trezale House kam. Der Sturm hatte sich gelegt, der Himmel über Cornwall war wieder strahlend blau, und Serena Charlton sonnte sich oben ohne im Garten. Janey betrachtete den makellosen, schlanken Körper und war neidisch auf die perfekten Brüste, die von der vorwitzigen Sorte waren, und nie und nimmer zur Seite rutschen würden, wie das ihre eigenen widerspenstigen Brüste immer taten. Janey war froh, daß sie nicht dasselbe Konkurrenzdenken wie ihre Schwester hatte. Wenn die Gegnerin derart umwerfend war, wäre das entmutigend, harmlos ausgedrückt.

»Für mich?« fragte Guy, der gerade in die Küche kam und den Strauß zitronengelber Rosen in ihrem Arm entdeckt hatte. »Wie nett. Seit Jahren hat mir niemand mehr Blumen geschenkt.«

Anscheinend hatte er gute Laune. Janey war zur Seite getreten, als er zum Kühlschrank ging, um sich eine Flasche Milch zu holen, und sie versuchte, nicht auf seinen nackten Oberkörper zu starren. Er trug nur Jeans und teures Aftershave. Noch ein makelloser Körper, dachte sie neidisch. Derartige Perfektion war kaum auszuhalten.

»Maxine hat sie bestellt. Sie sucht gerade eine Vase.«

»Wer?« Er rubbelte sein nasses Haar mit einem grünen Handtuch, das er um den Nacken geschlungen hatte. Mysteriös grinsend meinte er: »Ach, Sie sprechen von unserem hauseigenen Saboteur.«

Janey war alarmiert. »Was hat sie jetzt wieder angestellt?« Aber Guy grinste nur. »Sie wird es Ihnen sicher erzählen. Wenn sie das tut, dann teilen Sie ihr bitte mit, daß es nicht funktioniert hat.« Da Janey immer noch verblüfft dreinschaute, fügte er geheimnisvoll hinzu: »Sagen Sie ihr, daß ich gestern mittag Hähnchen gegessen habe.«

»Ich hab eine gefunden.« Maxine kam mit einer schmalen, langstieligen Rauchglasvase in die Küche. »Sie sieht aus wie Serena, findest du nicht? Außer daß die Vase einen höheren Intelligenzquotienten hat. Oh ... Entschuldigung!« Sie hatte Guy entdeckt und sah nicht im geringsten so aus, als täte es ihr leid. Sie stellte die Vase auf den Tisch. »Ich dachte, Sie wären noch unter der Dusche.«

Guy zog amüsiert und ungläubig die Augenbrauen hoch. Er drehte sich zu Janey um und sagte: »Können Sie mir einen Gefallen tun? Bitte gehen Sie heute abend mit ihr aus.«

»Kann ich mir nicht leisten«, antwortete Maxine sofort. »Mein Wagen macht so seltsame Geräusche, ich muß was dagegen unternehmen, bevor mir die Reifen wegfliegen. Deshalb ist es besser, ich bleib zu Hause und spare jeden Penny.«

Serena hatte ihr Sonnenbad unterbrochen und tauchte in der Küchentür auf. Die hauchdünne weiße Bluse, die sie über ihrer Bikinihose trug, war praktisch durchsichtig. Aus der Nähe sah sie noch umwerfender aus, dachte Janey mit einem Anflug von Neid.

»Ich hätte gerne eine Tasse Tee«, verkündete sie mit einem kurzen gezielten Blick Richtung Maxine. »Und vielleicht könnte ich dieses Mal Süßstoff statt Zucker haben.«

»Natürlich können Sie«, antwortete Maxine sanft. Sie füllte gerade die Doppelgänger-Vase mit Wasser und arrangierte mit Hingabe die Blumen. »Dieses Metallobjekt neben dem Toaster ist der Wasserkessel. Die Teebeutel sind im Schrank.« Guy warf Janey nochmals einen Blick zu und sagte: »Ich habe meine Meinung geändert. Nehmen Sie sie sofort mit.«

Maxine beunruhigte der Gedanke, fast einen ganzen Tag weg zu sein. Sie protestierte: »Ich kann es mir nicht leisten, irgendwohin zu gehen!«

»Hier.« Resigniert zückte er seine Brieftasche. Er nahm vierzig Pfund und drückte sie Janey in die Hand. »Viel Spaß. Unter einer Bedingung.«

Janey mochte es nicht, wenn man ihr Bedingungen stellte. Sie musterte ihn argwöhnisch. »Und die wäre?«

»Sie müssen versprechen, sie nicht vor Mitternacht zurückzuschicken.«

»Abgemacht.« Maxines Laune besserte sich schlagartig, und sie ließ die Blumen einfach in der Spüle liegen.

Serena runzelte die Stirn, als Janey das Geld einsteckte und meinte: »So etwas Lächerliches habe ich in meinem ganzen Leben noch nicht gehört.«

»Machen Sie sich deswegen keine Sorgen«, erwiderte Maxine mit engelsgleichem Lächeln. »Ich bin jeden Penny wert. Fragen Sie nur Guy.«

»Na, macht ihr hier Ferien, Mädels? Jetzt kommt schon, seid nicht so schüchtern, wir geben einen aus. Setzt euch her zu uns.«

Maxine hatte darauf bestanden. »Du hast gesagt, du möchtest Männer kennenlernen.« Also hatten sie sich um sieben aufgemacht in eine Bar am Strand. Und es gab keinerlei Zweifel, sie würden sicher ein paar Männer treffen. Janey unterdrückte bei dem Gedanken ein Schaudern.

»Ich will nicht«, flüsterte sie verzweifelt in Maxines Ohr, und versuchte, sie in Richtung Tür zu ziehen. Aber Maxine

bewegte sich überraschenderweise nicht von der Stelle, und sie hatte ein strahlendes Lächeln im Gesicht, was bedeutete, sie würden bleiben.
Ein paar Sekunden später standen zwei Gläser Landwein vor ihnen, und der kleinere der beiden Männer, dessen Bierbauch ein lachsfarbenes Lacoste-T-Shirt bis zum Zerreißen spannte, führte Janey an den Tisch. Maxines braune Augen strahlten, als sie sich auf einem der freien Stühle niederließ, und sie war bereits am Flirten mit dem weitaus besser aussehenden Freund.
»Ich bin Phil und das ist Ricky«, sagte der kleine Dicke, bevor er sich über sein Glas hermachte und es in einem Zug leerte. Nachdem er sich über die Lippen gewischt hatte, wandte er seine Aufmerksamkeit wieder Janey zu. »Wie lange bleibt ihr denn hier? Woher kommt ihr? Was arbeitet ihr und wie heißt ihr?«
Janey starrte ihn an. Der dicke Phil schüttelte sich vor Lachen. »Hey, das ist ein Scherz! Zeit ist Geld, Baby, und warum sollten wir unsere Zeit damit verschwenden, uns kennenzulernen, wenn wir uns amüsieren könnten. Das wollte ich damit sagen!«
»Ganz meine Meinung.« Janey unterdrückte ein Schaudern und reichte ihm ihr unberührtes Glas Wein. »Und ich hoffe, Sie amüsieren sich so prächtig wie ich. Aber so leid es mir tut, ich muß jetzt gehen. Der Babysitter erwartet mich um neun zurück. Der bringt mich um, wenn ich zu spät komme.«
»Was ist los mit dir?« schrie Maxine entrüstet, als sie ihre Schwester dreißig Sekunden später eingeholt hatte. »Du wolltest Männer, und ich hab welche für dich gefunden. Janey, du hast ihm nicht den Hauch einer Chance gegeben.«
»Bist du sicher, daß das ein Mann war?« entgegnete Janey, verblüfft über die unsensible Art ihrer Schwester. »Er sah

aus, als wäre er im siebten Monat schwanger. Und er hatte einen Busen.«

»Aber ein hübsches Gesicht.«

Maxines Fähigkeit, auch in den hoffnungslosesten Situationen noch irgend etwas Positives zu sehen, hatte Janey schon immer erstaunt. Vorausgesetzt, es handelte sich um die hoffnungslosen Fälle anderer Leute und nicht um ihre eigenen. »Vielleicht.« Es hatte keinen Sinn, sie würde kein Schuldgefühl entwickeln. »Aber ich kann nicht so tun, als wäre ich an ihm interessiert. Das bin ich einfach nicht. Außerdem war er ein Blödmann.«

»Du mußtest dich ja nicht in ihn verlieben.« Maxine versuchte verzweifelt, ihre Schwester zu verstehen, aber es war ein mühseliges Unterfangen. »Du solltest Männer nicht so ernst nehmen. Sie sind aber gut zum Üben, bis der eine auftaucht.« Jetzt mußte Janey lachen, denn Maxine würde sich nie ändern. Sie hatte ihre eigene Lebensphilosophie, und es würde ihr nicht im Traum einfallen, diese einmal zu hinterfragen. Und warum sollte sie auch. Soweit es Maxine betraf, funktionierte sie.

»Okay, es tut mir leid. Und was machen wir jetzt?«

Maxine antwortete, ohne eine Miene zu verziehen: »Ich weiß es. Wir gehen zu dir und ziehen unsere wollenen Morgenmäntel an und die Pantoffeln. Dann schauen wir uns diesen netten Kochkurs in der Glotze an und machen uns gegenseitig einen Kakao. Wenn du das gut kannst, dann bring ich dir bei, wie man einen Teewärmer häkelt, der aussieht wie ein strohgedecktes Häuschen.«

»Oder?«

»Wir verschwenden unser Geld für ein köstliches Mahl«, erwiderte Maxine prompt. »Ich sterbe vor Hunger.«

Janey sah sie ungläubig an. Denn während sie selbst den ganzen Nachmittag im Laden gearbeitet hatte, hatte Ma-

xine auf der Terrasse gelegen, hatte sich gesonnt und Essen in sich reingestopft. Eine Riesenpackung Häagen-Daz-Eis mit Rum und Rosinen war aus dem Kühlschrank verschwunden, und als sie um sechs rausgegangen war, um aufzuräumen, war der schmiedeeiserne Tisch mit leeren Chipstüten und Coladosen übersät gewesen.
Maxine schien aber gar nicht in den Sinn zu kommen, daß sie jetzt nicht hungrig sein konnte, deshalb verstand sie Janeys Gesichtsausdruck falsch.
»Gut, in Ordnung! Ich verspreche hoch und heilig, daß ich heute nacht mit keinem fremden Mann mehr sprechen werde.«
Janey bezweifelte, daß sie einer solchen Großtat überhaupt fähig war, aber es war ein großzügiges Angebot. Sie entspannte sich langsam und sagte: »Wie wär's mit La Campagnola?«
»Das langweilt«, erklärte Maxine. »Der Kricketspieler hat mich letzte Woche dorthin mitgenommen, und es war praktisch leer. Nein, ich habe Guy nach Restaurants gefragt. Er meinte, das beste wäre in der Amory Street. Ich glaube, es heißt ›Bei Bruno‹.«

»Janey, meine Schöne!« rief Bruno, als er sie hereinkommen sah, und Maxine hob erstaunt die Augenbrauen.
Janey flehte inständig, sie möge nicht rot geworden sein, und erklärte hastig: »Das sagt er zu allen Frauen.«
»Zu mir hat er's nicht gesagt«, murmelte Maxine, als Bruno durchs Restaurant auf sie zukam, um sie zu begrüßen. »Hm, und auch noch sehr hübsch. Ist er schwul?«
»Ist der Papst Jude?« entgegnete Bruno, der ein ausgezeichnetes Gehör hatte. Er umarmte Janey und musterte gleichzeitig über ihre Schulter hinweg Maxine. Janey flüsterte er ins Ohr: »Liebes, was hast du diesem armen Mädchen erzählt?«

»Sie ist kein armes Mädchen, sie ist meine Schwester.« Als ob Bruno nicht schon längst daraufgekommen wäre, dachte Janey verdrießlich. Sie hatte sich schließlich die letzten vierzehn Tage ständig bei ihm über ihre Schwester beschwert.

»Maxine Vaughan«, sagte Maxine und betrachtete dabei interessiert den vielleicht einzigen Mann auf der Welt, der es fertigbrachte, Janey erröten zu lassen. Er war nicht gerade das, was man umwerfend gutaussehend nannte, aber er hatte die grünsten Augen, die sie je gesehen hatte, und sein Grinsen war unbezähmbar. Er war einer der Männer, die eine schwer zu beschreibende Anziehungskraft ausübten – umgeben von einer Aura verruchter, quälender Attraktivität.

Janey wiederum beobachtete, wie Maxine Bruno musterte, und betete, sie möge nicht einen schrecklichen Fehler gemacht haben, als sie sich hatte überreden lassen, hierherzukommen. Einerseits waren Brunos Aufmerksamkeiten dazu geeignet, ihre Stimmung zu heben, und immer, wenn Maxine in der Nähe war, dann war das auch dringend nötig, weiß Gott.

Andererseits war es jedoch ein Spiel mit dem Feuer, Bruno und Maxine einander vorzustellen. Ein verfluchtes Freudenfeuer sogar, dachte Janey bitter, denn die unvermeidlichen Funken von Interesse sprühten bereits. Sie konnte beinahe vorhersagen, was als nächstes kommen würde. Maxine und Bruno strotzten nur so vor Selbstbewußtsein und waren nie um eine schlagfertige Antwort verlegen, sie paßten perfekt zusammen. Sie hingegen war das trostlose Gegenteil. Sie konnte richtiggehend spüren, wie sie in den Erdboden versank.

Wie sie vorhergesehen hatte, führte Bruno sie zum besten Tisch im Restaurant, direkt am Fenster.

»Kommt schon, vierzig Minuten für einen Kaffee ist lange genug«, tat er den Gästen kund, die bereits dort saßen. Er schob Tassen und Likörgläser zur Seite, bedeutete einer Bedienung, ein neues Gedeck zu bringen, und fügte munter hinzu: »Eure Zeit ist um, ihr geht, und vergeßt nicht, ein großzügiges Trinkgeld dazulassen.«

»Charmant«, brummte der jüngere der beiden Männer.

Bruno zwinkerte Janey und Maxine zu, legte die Arme um ihre Taillen und drückte sie anerkennend.

»Charmant ist nicht das richtige Wort, mein Herr. Diese Damen sind umwerfend ... großartig ... die Juwelen in meiner Krone. Überlegt mal, wenn ihr nicht vorher praktisch einen Wochenlohn für diesen sündteuren Wein ausgegeben hättet, könntet ihr es euch sogar leisten, die beiden heute nacht mit nach Hause zu nehmen.«

»Hmpf«, schnaubte der ältere Mann und beäugte mißbilligend Maxines nackte Beine, als er aufstand.

»Und gleichfalls hmpf«, erwiderte Bruno freundlich und geleitete sie zur Tür. »Auf Wiedersehen, meine Herren. Und noch einen wunderschönen Abend. Ich hoffe, Sie bald wieder begrüßen zu dürfen.«

»Mann«, sagte Maxine bewundernd und beobachtete, wie Bruno die beiden aus dem Lokal winkte. »Ist der immer so?«

Janey, die gerade die Karte studierte, nickte. »Immer.«

»Aber verliert er da nicht eine Menge Gäste?«

Janey zuckte die Achseln. »Bruno meint, das hält sie bei der Stange. Und die, die er nicht rausschmeißt, sind so dankbar, daß sie mehr Trinkgeld geben.«

Maxine war beeindruckt. Als Bruno mit einer Flasche Pouilly Fumé an ihren Tisch zurückkam und noch einen Stuhl heranzog, war Janey erstaunt, daß Maxine ihm nicht anbot, sich auf seinen Schoß zu setzen.

»Ich liebe das Lokal«, erklärte Maxine, und ihre Armbewegung umfaßte die grün-weiße Dekoration, die gitterartige Decke und den spektakulären Blick aus den Fenstern. »Gott sei Dank sind wir nicht ins La Campagnola gegangen! Und warum, um alles in der Welt, hat meine große Schwester mich nicht früher hierhergebracht?« Sie warf Janey einen gespielt vorwurfsvollen Blick zu und wandte ihre Aufmerksamkeit dann wieder Bruno zu. »Sie ist ganz schön durchtrieben, das muß ich schon sagen. Sie hat mir erzählt, sie kenne keinen interessanten Mann in Trezale.« Mit einem schelmischen Lächeln fügte sie hinzu: »Wenn man bedenkt, daß du die ganze Zeit hier warst.«
Janey hätte sich eher die Zunge abgebissen, als Derartiges zu sagen, und starrte sie ungläubig an. War das ihr Ernst? Sagten andere Frauen wirklich solche Sachen und kamen damit durch? Hatte Maxine kein Schamgefühl?
Die Antwort lautete allem Anschein nach: Nein. Ihre Schwester war hingerissen. Die dünnen Träger ihres blauen Tops waren von ihrer Schulter gerutscht, und sie machte keinerlei Anstalten, sie wieder hochzuschieben. Ihre dunklen Augen strahlten im Kerzenlicht vor unverhohlenem Interesse.
»Aber woher kennt ihr euch eigentlich?« fragte sie jetzt Bruno, ihr Kinn in eine Hand gestützt, und ihr Top ließ mehr Brustansatz als zuvor sehen.
Als Antwort berührte er das Arrangement aus Flieder und weißen Freesien auf dem Tisch. »Sie bringt mir Blumen.«
Maxine grinste. »Wie romantisch.«
»Jetzt komm, widme dich mal dem da«, sagte Janey streng und drückte Maxine die Speisekarte in die Hand. »Du warst diejenige, die so hungrig war. Ich nehme Meeresfrüchte-Risotto und Lamm.«
Als das Essen serviert wurde, war Maxine bereits in ihrem Element. Sie hatte innerhalb von dreißig Minuten soviel

über Bruno Parry-Brent herausgefunden, wie Janey in einem Jahr, und jetzt war sie gerade dabei, ihn mit der Geschichte ihres eigenen Lebens zu unterhalten. Als sie beim Kaffee angekommen waren, ritt sie eine gemeine Attacke gegen Guy Cassidy.

»Er ist derjenige, der das Essen heute abend bezahlt«, betonte Janey, um Guy zu verteidigen.

Maxine schaute sie spöttisch an. »Nur weil er mich aus dem Weg haben wollte.« Sie wandte sich wieder Bruno zu und fuhr fort. »Du würdest nicht glauben, was er für eine Freundin hat. Ich hätte nie gedacht, daß jemand mich schlechter behandeln könnte als Guy, aber zumindest weiß man von ihm, daß er danke und bitte sagen kann. Serena Charlton ist ein lebendiger Alptraum; ich kann einfach nicht fassen, was für einen schrecklichen Frauengeschmack manche Männer haben.«

Janey konnte nicht widerstehen. »Maxine sagt das nur, weil Guy an ihr nicht interessiert ist«, erklärte sie. »Sie hatte die Vorstellung, sie zieht nach Trezale House und er wäre hin und weg, aber das ist nicht eingetreten. Das war eine große Enttäuschung für sie.«

»Einfach niederschmetternd«, stimmte Maxine etwas spöttisch zu.

»Aber ihr Ego würde natürlich nie zulassen, daß sie das zugibt.« Janey lächelte. Maxine hatte sich lange genug aufgespielt. Sie hatte es verdient.

»Er kommt relativ oft hier rein«, sagte Bruno, dem die unterschwellige Spannung und Janeys Ärger über Maxine nicht entgangen waren. Man mußte kein Genie sein, um sich vorstellen zu können, wo die Gründe dafür lagen. »Und er bringt auch immer schöne Frauen mit.«

»Seinen Harem.« Maxine tat es mit einem Schulterzucken ab und löffelte braunen Zucker in ihren Kaffee.

»Du wirst also durchhalten?« Bruno grinste, »oder gehen?«
Maxine überlegte. Sich über Guys Dickköpfigkeit auszulassen, das war eine Sache, aber sie hatte nicht die Absicht, ihren Job hinzuschmeißen.
»Er nervt«, sagte sie mit tapferem Lächeln, »aber die Kinder sind in Ordnung. Es wäre nicht fair, sie im Stich zu lassen.«
Janey verzog ihr Gesicht. »Meine Schwester, die Schutzheilige der Kinder.« Sie wandte sich noch mal Bruno zu und sagte gleichmütig: »Laß dir von mir gesagt sein, nichts interessiert Maxine mehr, als ein Mann, der sich nicht für sie interessiert. Solange Guy sich das gefallen läßt, wird sie bleiben. Sie gibt niemanden kampflos auf.«

»Also, wie lange bist du schon total in Bruno verknallt?« fragte Maxine auf dem Nachhauseweg.
Janey konzentrierte sich aufs Fahren. Der Weg hinauf zum Trezale House war schmal und unbeleuchtet. »Jetzt sei nicht verrückt«, erwiderte sie wie nebenbei. »Er ist ein Freund, das ist alles.«
»Und ich bin deine Schwester«, erklärte Maxine, die sich von dem offensichtlichen Desinteresse nicht einen Moment lang täuschen ließ. »Komm schon, Janey! Zuerst erwähnst du ihn nicht mal, dann gehst du auf mich los und machst mich absichtlich vor ihm schlecht. Warum sonst solltest du das tun?«
»Du hast dich aufgespielt.«
Maxine grinste sie triumphierend an. »Ich spiel mich immer auf. Doch interessant ist die Tatsache, daß es dir diesmal soviel ausgemacht hat. Liebes, du mußt dich deshalb nicht schämen ... Warum, um alles in der Welt, solltest du nicht nach ihm verrückt sein! Er ist ein attraktiver Mann. Ich fand ihn sehr liebenswürdig.«

»Ich weiß, daß du ihn liebenswürdig gefunden hast«, erwiderte Janey schneidend. Sie war alles andere als gelassen und ließ das Getriebe knirschen. »Das ganze Restaurant weiß, daß du ihn liebenswürdig findest. Ich versteh nur nicht, warum du es so deutlich zeigen mußtest.«

»So bin ich nun mal.« Maxine zuckte die Achseln.

»Aber wir kommen vom Thema ab. Ich habe dich nach deiner kleinen Schwärmerei gefragt, weil ich wissen wollte, wie ernst es ist. Wenn du wirklich verliebt in ihn bist, dann werd ich anständig sein und mich zurückhalten. Schließlich«, fügte sie ärgerlich hinzu, »würde ich nicht gerne reinplatzen und dir den ersten Mann, an dem du seit der Geschichte mit Alan interessiert bist, wegschnappen.«

Janey biß die Zähne zusammen, denn sie spürte, daß sie kurz vor ihrem ersten wirklichen Streit seit Jahren waren. Noch schlimmer war die Tatsache, daß sie im tiefsten Inneren wußte, daß sie diejenige war, die im Unrecht war. Sie lief Gefahr, sich ins eigene Fleisch zu schneiden.

Als sie Trezale House erreichten, atmete sie tief durch. »Okay, ich mag ihn. Er ist der erste Mann, für den ich mich seit Alan interessiere, und ich habe dir nichts von Bruno erzählt, weil ich nicht wollte, daß du irgend etwas Peinliches sagst, wenn du ihn triffst.« Sie brachte den Lieferwagen zum Stehen, stellte den Motor ab und schaute in die Dunkelheit. »So, jetzt weißt du Bescheid.«

»Halleluja!« gab Maxine zurück. »Ich weiß nicht, warum du mir das nicht gleich sagen konntest. Manchmal bist du einfach nur zu stolz.«

Nicht so wie Maxine, dachte Janey, die überhaupt keinen Stolz besaß. Trotzdem war sie nicht gerade glücklich. Das letzte, was sie brauchen konnte, war der Zuspruch ihrer Schwester, die die ganze Situation einfach amüsant fand.

»Mach dir keine Gedanken«, bestärkte Maxine sie jetzt.

»Von jetzt an gehört er allein dir. Ich werde Bruno wie einen Bruder behandeln. Wir werden Freunde sein.« Sie grinste. »Und ich werd nicht mal versuchen, mir vorzustellen, wie er nackt aussieht.«

Janey war müde. Und sie hatte das Gefühl, daß Maxine sich immer noch ein wenig lustig über sie machte. »Es ist nach Mitternacht«, antwortete sie scharf. »Du darfst jetzt wieder ins Haus. Und ich muß um fünf aufstehen.«

Aber Maxine plapperte weiter über Bruno. »Er ist witzig. Ich kann immer noch nicht glauben, daß er diese Gäste praktisch auf die Straße gesetzt hat, nur damit wir am besten Tisch sitzen konnten. Du mußt schon zugeben, mein Schatz, das hat Stil.«

»O bitte«, seufzte Janey. »Erzähl mir nicht, du bist auf diese alte Masche reingefallen. Nick und Tony gehört das Antiquitätengeschäft neben dem Restaurant. Bruno macht das jeden Abend mit ihnen.«

16

Wer A sagt, muß auch B sagen. Janey hatte lange über die Angelegenheit nachgedacht; jetzt antwortete sie auf die Anzeige, warf den Brief sofort ein, so daß sie ihre Meinung nicht mehr ändern konnte, und begann dann, eine eigene Anzeige aufzusetzen. Auch wenn nur der Hauch einer Chance bestand, daß Herr Vorzeigbar sich als Herr Traummann entpuppte, so würde sie vielleicht doch ein Dutzend Antworten auf ihre Anzeige bekommen und könnte dann auswählen. Selbst wenn elf davon absolute Nieten waren, wäre das nicht schlimm, denn Nummer zwölf könnte perfekt sein. Ein perfekter Mann war alles, was sie brauchte.

Es war wirklich außerordentlich schwierig, sich selbst in wenigen Sätzen zu beschreiben. Wenn sie übertrieb, riskierte sie, sich lächerlich zu machen, wenn sie die Sache dann durchstehen mußte. Der Gedanke, man würde sie mit einem Blick des Entsetzens und des Hohns mustern – Sie haben doch geschrieben, Sie wären attraktiv –, war absolut niederschmetternd. Die nackten Tatsachen jedoch – mollige, blonde, verlassene Frau – könnten so abstoßend wirken, daß kein einziger Mann auch nur in Versuchung geriet, zu antworten. Es dauerte länger, als das Ausfüllen ihrer Steuererklärung, und es war ungefähr ebenso qualvoll. Jedesmal, wenn ein Kunde den Laden betrat, schrak sie hoch und versteckte den Schreibblock unter dem Tresen. Als Paula von den Morgenlieferungen zurückkam, war Janey so vertieft, daß sie kaum hörte, was sie sagte.

»Ich hatte eine grandiose Idee.«

Der Block war versteckt, aber Janey hielt immer noch den Stift in der Hand. Sie spielte hektisch damit herum und tat so, als hätte sie eine Bestellung aufgenommen. »Was?« brachte sie mühsam raus.

»Wenn du selbst so eine Anzeige aufgeben würdest, könntest du dich mit jedem Mann in irgendeinem Lokal verabreden und ihn bitten, eine weiße Nelke im Knopfloch zu tragen.«

Paula setzte sich selbstzufrieden auf einen hohen Hocker und ließ ihre Beine baumeln. »Wir müssen also nur noch hier rumsitzen und auf Männer warten, die nach einer einzelnen, weißen Nelke fragen. Du kannst sie dir in aller Ruhe anschauen, inkognito. Und wenn sie zu abscheulich sind, brauchst du erst gar nicht hinzugehen.«

»Grausam«, protestierte Janey und mußte lachen.

»Vernünftig. Ganz zu schweigen davon, daß es gut fürs Geschäft ist.« Paula warf ihr von der Seite her einen Blick zu. »Was meinst du, wirst du inserieren?«

Paula war vertrauenswürdig, aber sie würde sich eine derart gute Klatschgeschichte nicht entgehen lassen. Ihre Mutter arbeitete in Trezale House, und Janey wollte auf keinen Fall, daß Maxine Wind davon bekam. Sie mußte jetzt, mehr als je zuvor, ihre letzten Überreste an Selbstvertrauen beschützen. »Vielleicht, wenn ich Fünfzig bin«, antwortete sie mit nachsichtigem Lächeln. »Aber für den Augenblick werde ich wohl darauf verzichten.«

Maxine konnte nicht verstehen, warum sie die Namen nicht einfach mit rosa Markierstift draufkritzeln konnte. Mißmutig mühte sie sich ab, die Namensschilder in Joshs Schulkleidung zu nähen. Guy war auch keine Unterstützung gewesen, als er gesagt hatte: »Es ist ja nicht so, daß irgend jemand seine Schulsachen mit denen von Josh verwechseln könnte, so wie du sie bügelst.«

Es sollte ein Scherz sein, aber sie hatte den Seitenhieb herausgehört. Und obwohl sie seit nunmehr zweieinhalb Stunden nähte, schien der Stapel neuer Schulkleider, den sie noch in Angriff nehmen sollte, höher als je zuvor.

»Dad macht gerade Fotos von Serena«, berichtete Josh. Er saß im Sessel am Fenster und konnte den hinteren Teil des Gartens überblicken. Er runzelte die Stirn: »Sie hat keinen besonders großen Busen für eine Erwachsene.«

Maxine unterdrückte die Erinnerung daran, wie sie sich ausgemalt hatte, für Guy zu arbeiten. In ihrer Unschuld hatte sie sich gesehen, wie sie für die Kinder Versteckspiele organisierte, sie zum Puppentheater begleitete und ihre Freizeit glücklich mit Guy verbrachte. Und in den noch detaillierteren Phantasien war sie es gewesen, die fotografiert wurde. Und da Guy so berühmt und geschätzt war, hätte sich das Interesse an seinem neuen, umwerfenden Model wie ein Lauffeuer ausgebreitet ... ein Leben als Supermodel lockte ... sie würde reich sein, eine Berühmtheit, von allen geliebt ... besonders von Guy Cassidy.

»Aber dein Busen ist ja auch nur klein«, meinte Josh, der sie mit kritischem Blick beäugt hatte. »Deine Schwester hat einen viel größeren Busen als du.«

»Laß dir von mir einen guten Tip geben.« Maxine biß ein Stück Faden ab. »Du wirst das Leben viel einfacher finden, wenn du nicht dauernd rumläufst und den Leuten erzählst, wie klein ihr Busen ist.«

»Busen« war momentan sein Lieblingswort. Josh grinste blöd. »Was meinst du, solltest du nicht etwas Passenderes anziehen?«

Guy und Serena wollten Josh und Ella nach St. Ives zum Mittagessen mitnehmen, und es war fast ein Uhr. Maxine hatte sich auf einen Nachmittag intensiven Sonnenbadens gefreut und begann zu überlegen, ob sie es vergessen hatten.

Josh zuckte die Achseln. »Ach so, wir gehen jetzt doch nicht. Dad fährt statt dessen mit Serena zu ein paar Freunden von ihr. Die haben eine Yacht in Falmouth.«

Maxines Hoffnungen schmolzen dahin. Peng, vorbei war es mit ihrem friedlichen Nachmittag. Sie überlegte, ob Serena das mit Absicht gemacht hatte.

»Wir bleiben hier bei dir«, sagte Josh liebevoll. Dann fügte er beiläufig hinzu: »Warum stichst du dir dauernd in die Finger, Maxine? Hoffentlich geht das Blut beim Waschen auch wieder raus.«

Maxine kämpfte gerade mit der Waschmaschine, die besorgniserregende Geräusche von sich gab, wie ein Gefängniswärter, der mit seinem Schlüsselbund klappert, als es an der Tür läutete. Sie spähte aus dem Küchenfenster und sah einen silbergrauen Rolls-Royce majestätisch in der Auffahrt geparkt. Das wäre ein Spaß, dachte sie, wenn der Besucher wieder eines von Guys stinkvornehmen Models wäre, ein spöttisches Grinsen im Gesicht und mit Koffern bepackt. Er könnte sie im anderen Gästezimmer unterbringen und jede Nacht eine andere besuchen, wie ein arabischer Scheich. Aber genauso, wie sich beim letzten Mal herausgestellt hatte, daß nicht der Milchmann an der Tür war, sondern Serena, so entpuppte sich dieser Besucher als alles andere als ein langbeiniges Model mit Schmollmund.

Wieder daneben, dachte Maxine, und stellte fest, daß sie den Besucher in der Türschwelle ziemlich dumm anstarrte. Gott sei Dank hatte sie nie ernsthaft vorgehabt, als Wahrsagerin Karriere zu machen.

»Guten Tag«, sagte der Mann, und obwohl sie sicher war, ihn nie zuvor gesehen zu haben, kam er ihr bekannt vor.

Maxine bemühte sich, ihr Grinsen in ein etwas passenderes Lächeln zu verwandeln, schüttelte die ihr entgegengestreckte Hand und überlegte, ob er sich vielleicht mit unberechenbaren Waschmaschinen auskannte.

»Sie müssen Maxine sein, das neue Kindermädchen«, fuhr er freundlich fort. »Ich bin Oliver Cassidy.«

Langsam dämmerte es ihr. »Ich habe schon mit Ihnen telefoniert«, sagte sie und erkannte die tiefe, gebildete Stimme wieder. »Es freut mich, Sie kennenzulernen, aber Guy ist leider noch nicht zurück. Wir erwarten ihn erst heute abend.«

»Ich weiß.« Oliver Cassidy sah seinem Sohn sehr ähnlich, aber Maxine hatte das Gefühl, daß er über wesentlich mehr Charme verfügte. »Aber es schien mir eine Schande, die Gelegenheit zu versäumen, meine Enkel zu besuchen. Es ist schon eine ganze Weile her, wissen Sie, und ich bin nur heute nachmittag hier.«

Maxine war begeistert, ihn kennengelernt zu haben, und mächtig beeindruckt von seinem Wagen – der hatte sogar die persönlichen Initialen auf dem Nummernschild – und sagte spontan: »Kommen Sie herein! Natürlich müssen Sie die Kinder besuchen. Sie spielen gerade im Gartenhaus; soll ich sie rufen, oder wollen Sie sie lieber überraschen?«

»Ich glaube, lieber überraschen.« Guys Vater zwinkerte ihr zu. Er war wirklich wesentlich netter als Guy. Sie war nie wirklich an älteren Männern interessiert gewesen, aber vielleicht sollte sie sich das noch einmal überlegen, so wie er war.

»Kann ich Ihnen etwas zu trinken anbieten?« fragte sie lebhaft, aber Oliver Cassidy schüttelte den Kopf.

»Das ist sehr freundlich von Ihnen, meine Liebe, aber lieber nicht. Ich muß noch fahren.«

»Der Wagen ist sehr schön«, sagte Maxine.

»Mein ganzer Stolz.« Er nickte dankbar für ihre Bewunderung.

»Ich dachte, vielleicht würden Josh und Ella gerne eine kleine Spritztour damit machen, bevor ich wieder fahre. Ich meine, falls Sie nichts dagegen haben.«

»Natürlich nicht.« Maxines Antwort kam beinahe ungestüm. Ihre Wertschätzung für Guys Vater stieg sprunghaft. Jetzt könnte sie doch noch in Ruhe ein Sonnenbad nehmen.

»Nehmen Sie sie ruhig mit, solange Sie wollen«, sagte sie fröhlich. »Ich bin sicher, sie machen sehr gerne einen Ausflug in Ihrem Auto. Es ist wirklich zu schade, daß Sie Guy nicht angetroffen haben.«

»Ich kann ... kann einfach nicht glauben, daß Sie so dumm sind!«

Er war wütender, als Maxine es sich je hätte vorstellen können. Wütend war nicht das richtige Wort für seinen Gemütszustand. Er tobte, aber auch das war noch zuwenig. Guy sah schlicht so aus, als wollte er sie umbringen.

Jetzt ist es soweit, dachte sie wie betäubt. Jetzt bin ich wirklich meine Stelle los und steh auf der Straße.

Noch ärgerlicher war, daß Serena anscheinend auf ihrer Seite war.

»Schau.« Maxine versuchte sich zu verteidigen und war entschlossen, nicht in Wut zu geraten. »Ich habe bereits gesagt, daß es mir leid tut, aber wie, um alles in der Welt, sollte ich wissen, daß ich etwas falsch machte? Er tauchte hier auf wie jeder normale Großvater und sagte, er sei gekommen, um Josh und Ella zu besuchen. So wie er sich verhielt, hielt ich ihn für einen normalen Besucher. Und er schien wirklich sehr freundlich.«

»Genau, Liebling«, warf Serena besänftigend ein.

Daß Serena sie verteidigte, war für Maxine absolut erstaunlich, und wenn es aus einer anderen Ecke gekommen wäre, hätte es sie ein wenig getröstet, zu wissen, daß sie nicht so fahrlässig war, wie Guy es darstellte.
»Es ist nicht Maxines Fehler, daß du und dein Vater nicht miteinander redet«, fuhr Serena fort. »Wenn du nicht willst, daß er die Kinder trifft, dann hättest du das Maxine sagen müssen.«
Seine Augen funkelten. »Er hat sie einmal gesehen. Ein einziges Mal, und damals konnte er nicht ausweichen. Es war also wenig wahrscheinlich, daß er hier auftaucht.«
Serena zuckte die Achseln, als wollte sie sagen: »Da hast du es«, aber Guy war noch nicht fertig.
»Außerdem ist das wohl kaum der wesentliche Punkt.« Er wandte sich wieder an Maxine und sagte eisig: »Er hätte irgend jemand sein können. Man hätte Josh und Ella entführen können, um Lösegeld zu erpressen ... man hätte sie ermorden können.«
»Es war kein Kidnapper«, schrie Maxine. »Es war dein Vater.«
»Du meinst, er behauptete, er wäre mein Vater.«
Sein spöttischer Ton tat weh, sie fauchte zurück: »Er sah aus wie du. Nur besser.«
»Mein Gott!«
Maxine reichte es. Schließlich hatten Josh und Ella keinen Schaden davongetragen. Oliver Cassidy hatte sie in seinem Rolls-Royce mitgenommen, hatte sie am Nachmittag in eines der besseren Hotels am Strand eingeladen und sie wohlbehalten um fünf Uhr zurückgebracht, wie abgesprochen. Außerdem hatte jedes Kind einen neuen Fünfpfundschein in der Hand, weil es heutzutage, wie er Maxine erklärte, schwierig war, für Kinder etwas zu kaufen, da ja Spielzeugeisenbahnen und Puppen passé waren. Erst nach-

dem er abgefahren war, hatte sie die beunruhigende Entdeckung gemacht, daß Josh und Ella ihren Großvater tatsächlich nicht kannten. Obwohl die Tatsache, eben in den Besitz von Fünfpfundnoten gekommen zu sein, sicherlich dazu beitrug, daß sie glaubten, sie sollten ihn doch kennen.
»Komm schon«, sagte sie abrupt, stand auf und starrte Guy an. »Du willst es doch unbedingt, also feuere mich doch. Such dir ein Kindermädchen, das die Kinder nicht aus den Augen läßt und jeden Fremden, der auch nur in Sichtweite kommt, über den Haufen schießt. In der Zwischenzeit ist Serena sicher liebend gern bereit, ein paar Wochen länger zu bleiben und sich selbst um die Kinder zu kümmern.«
Zu spät fiel ihr ein, daß Serena ja zu ihr gehalten hatte, aber das war jetzt auch egal. Wenn sie auf der Straße saß, würde sie ohnehin keinen der beiden je wiedersehen.
Serena jedoch fand den Scherz zu ernstgemeint, um beleidigt zu sein. »Ich hab tausend Termine«, warf sie eilig ein. »Mein Agent bringt mich um, wenn ich auch nur versuche, einen abzusagen.«
Guy ging zur Bar und schenkte sich einen Scotch ein. Ein Teil von ihm wollte immer noch Maxine an die Kehle, aber er versuchte, ruhig zu werden. Da sogar Serena Maxine verteidigt hatte, wurde ihm nun klar, daß sein Haß auf seinen Vater ihn dazu gebracht hatte, übertrieben zu reagieren. Maxine hatte zweifellos Fehler, aber es war eine Tatsache, daß die Kinder sie anbeteten. Und obwohl er bis jetzt nicht die leiseste Ahnung hatte, warum sein Vater aus heiterem Himmel hier aufgetaucht war, so hatten die Kinder es doch genossen. Josh war erst sechs Jahre alt und Ella vier, als Véronique mit ihnen zu seinem Vater gefahren war, und selbst wenn sie sich dunkel an die Ereignisse dieses Tages erinnerten, so hatten sie es sicherlich nicht mit dem Überraschungsbesuch heute nachmittag in Verbindung ge-

bracht. Beide Kinder hatten sich amüsiert, und Josh, der ganz verrückt war auf teure Autos – ganz zu schweigen von neuen Banknoten –, fragte bereits, wann sie ihn wiedersehen würden.

Was Guy anging, fiel ihm dazu nur ein Satz ein: »Wenn die Hölle einfriert«, aber diese Antwort behielt er lieber für sich. Und unter diesen Umständen konnte man von Maxine vermutlich nicht erwarten, daß sie einem offenbar charmanten Verwandten, der kam, um seine heißgeliebten Enkelkinder zu besuchen, den Zutritt verweigerte.

Er leerte seinen Scotch und drehte sich wieder um zu Maxine, die ihn immer noch angriffslustig anstarrte. Mit ihrem zerzausten blonden Haar sah sie aus wie ein beleidigter Sittich.

»Jetzt beruhige dich wieder«, sagte er ein wenig ungehalten. »Ich werde dich nicht rauswerfen. Paß in Zukunft nur ein bißchen besser auf, okay? Sie sind vielleicht nicht die wohlerzogensten Kinder auf der Welt, aber sie sind die einzigen, die ich habe. Ich würde sie also gerne behalten, wenn das möglich ist.«

17

Es ging alles erstaunlich schnell. Janey hatte mit mindestens vierzehn Tagen gerechnet, bevor sie irgend etwas von Herrn Vorzeigbar hören würde. Sie war so überrumpelt, als er anrief, daß sie, noch ehe sie einen klaren Gedanken gefaßt hatte, bereits zustimmte, ihn an diesem Abend zu treffen. Sie war zutiefst dankbar, daß Paula zu dem Zeitpunkt nicht im Laden war, und fügte schnell hinzu: »Warum tragen Sie nicht eine Nelke? Dann könnte ich Sie leicht erkennen.«

»Warum halten Sie nicht einfach nach einem großen, dunkelhaarigen Mann in einem marineblauen Blazer und einer grauen Flanellhose Ausschau?« entgegnete er und hörte sich leicht amüsiert an. »Ich bin wirklich nicht der nelkentragende Typ.«

»Oh.« Janey war irritiert, und um aller Blumenhändler willen fragte sie: »Warum nicht?«

»Jedesmal, wenn ich mir eine ins Knopfloch gesteckt habe, war ich hinterher verheiratet.«

Sein Name war Alexander Norcross, und er war schon zweimal verheiratet gewesen, fuhr einen dunkelblauen Porsche und bewohnte ein kleines Landhaus außerhalb von Trelissick. Janey hatte den Verdacht, daß seine Weigerung, eine Nelke zu tragen, auch der Tatsache zuzuschreiben war, daß er eine hätte kaufen müssen.

»Nein, wir haben uns gegen Kinder entschieden«, erklärte er bei einem lauwarmen Kaffee in einem ruhigen Lokal weit entfernt vom Strand, das Janey vorgeschlagen hatte, weil keiner ihrer Bekannten je hierherkam. »Sie kosten ein wahres Vermögen. Meine Frauen versuchten natürlich immer, mich umzustimmen, aber ich habe keines in die Welt gesetzt. Ich hätte einfach nicht den Porsche behalten und gleichzeitig Kinder großziehen können.« Er lehnte sich über den Tisch und fügte vertraulich hinzu: »Deshalb bin ich immer ausgestiegen, bevor die Sehnsucht sie überwältigt hat und sie die Gelegenheit dazu hatten, mir mit dem guten alten ›Huch, wie konnte das nur passieren?‹ zu kommen. Im Grunde genommen wollten sie eigentlich gar keine Kinder. Sie haben nur ihre Freundinnen gesehen, die welche bekamen, und wollten einfach nicht zurückstehen. Sie sind nicht mal auf die Idee gekommen, über die Kosten nachzudenken.«

Es war wirklich verblüffend, dachte Janey, daß jemand, dem Geld soviel bedeutete, derart verschwenderisch mit Aftershave umging. Ganze Schwaden von Old Spice stiegen ihr in die Nase. Sogar ihr Kaffee schien danach zu schmecken. Sie überlegte, wie schnell sie sich mit Anstand verabschieden konnte.

Aber das Treffen mit Alexander war zumindest lehrreich. Er sah nicht schlecht aus, hatte eine nette Stimme, und er war groß. Die Verpackung entsprach durchaus dem, was man sich erhoffen konnte. Die einzige Enttäuschung war, daß ihr Inhalt aus einem selbstgefälligen, langweiligen Pfennigfuchser bestand.

Und da war noch die unwiderstehliche Herausforderung, herauszufinden, wie gräßlich er sein konnte. Sie setzte ein Lächeln à la Maxine auf und versuchte angestrengt, nicht zuviel Old Spice einzuatmen. »Ihre Anzeigen waren also erfolgreich? Ich hoffe, Sie haben viele Frauen kennengelernt.«

»Tja, aber nur die Qualität zählt.« Alexander warf ihr einen Kennerblick zu. »Nicht die Quantität. Ich habe festgestellt, daß das erste Telefongespräch schon viel verrät. Alles, woran manche dieser Frauen interessiert sind, ist ein kostenloses Abendessen; aber da finde ich schon Ausflüchte. Deshalb war ich so interessiert daran, Sie zu treffen«, fügte er fröhlich hinzu. »Schon als ich Ihren Brief gelesen habe, spürte ich, daß wir etwas gemeinsam haben. Und als Sie vorgeschlagen haben, wir könnten uns auf einen Kaffee treffen, wußte ich, daß ich recht hatte.«

»Vielen Dank«, murmelte Janey und hatte Mühe, keine Grimasse zu ziehen. »Denn warum sollte man etwas essen, um sich kennenzulernen?«

»Ganz meine Meinung!« Alexander sah sie triumphierend an. Er trank seinen kalten Kaffee aus und schob die Tasse samt Untertasse ein Stück zu ihr rüber. »Und wenn man sich die Preise anschaut, die manche Restaurants für ein Omelette verlangen ... also, ich nenn das Geld zum Fenster rauswerfen. Da bleib ich lieber zu Hause und weiß, daß ich nicht ausgeraubt wurde. Wie steht's mit Ihnen, Jane?« fügte er hinzu und beäugte sie erneut interessiert. »Können Sie kochen?«

Janey dankte ihrem Glücksstern, daß sie nicht alle Hoffnungen auf Alexander Norcross gesetzt hatte. Sie hatte das dringende Bedürfnis, jemandem die Geschichte dieser kurzen Begegnung zu erzählen, die – seltsamerweise – irgendwie dazu beigetragen hatte, ihr Selbstvertrauen zu stabilisieren.

»Es war derart haarsträubend, daß es schon wieder witzig war«, sagte sie am nächsten Morgen zu Bruno und grinste, als sie daran dachte, wie Alexander sich beim Besitzer des Lokals wegen des Preises für eine Tasse Kaffee beschwert

hatte. »Er war so fürchterlich, hat sich aber wirklich für die britische Antwort auf Mel Gibson gehalten. Du hättest seinen Gesichtsausdruck sehen sollen, als ich ihm sagte, ich wolle ihn nicht wiedersehen.«
»Sah er gut aus?«
»O ja, aber er war ein unglaublicher Trottel! Als ich nach Hause kam, hätte ich nur zu gern Maxine angerufen, um ihr die ganze Horrorgeschichte zu erzählen, aber ich hatte ja bereits beschlossen, ihr kein Sterbenswörtchen davon zu verraten, daß ich auf die Anzeige geantwortet habe. Ich hätte es dir auch nicht erzählen sollen.« Janey versuchte, schuldbewußt zu schauen, aber es gelang ihr nicht. »Du machst dich sicher auch lustig über mich, genau wie sie. Aber es war so verrückt, ich mußte es einfach loswerden.«
»Jedenfalls hat es dich aufgemuntert«, bemerkte Bruno, der zuerst erschrocken war, daß sie es für nötig gehalten hatte, auf eine Zeitungsanzeige zu antworten. »Aber Janey, ist das nicht etwas riskant? Du hast so etwas doch nicht nötig. Eine wunderbare Frau wie du kann sich die Männer doch aussuchen.«
Sie wurde rot bei dem Kompliment, auch wenn es nur von Bruno kam, der das zweifellos zu jeder sagen würde, die jünger als neunzig war, und rettete sich in Schnoddrigkeit: »Genau. Die Nachbarn haben sich schon beschwert über die schlangestehenden Männer vor meiner Haustür, deshalb habe ich mir überlegt, es mal anders zu probieren.«
»Hm.« Bruno war nicht dumm, er beobachtete sie durch zusammengekniffene Augen. »Oder hat es etwas mit deiner aufdringlichen Schwester zu tun?«
Janey hätte ihn umarmen können. Sie war so sicher gewesen, daß Bruno völlig hingerissen von Maxine war. Ihr Selbstvertrauen stieg noch mal erheblich. »Überhaupt nicht«, log sie, entspannte sich, wagte es aber immer noch

nicht, zuzugeben, daß sie selbst eine Anzeige aufgegeben hatte. »Ich habe eben gedacht, probier's mal. Es hat nicht funktioniert. Ende der Geschichte.«

»Das möchte ich aber auch hoffen.« Bruno sah auf seine Uhr und stellte fest, daß er sich ranhalten mußte, wenn er das Lokal mittags aufmachen wollte. Janey war wunderbar, dachte er. Sie verdiente wirklich etwas Besseres als einen Typen mit Porsche und einem Vorhängeschloß vor der Brieftasche. »Schau, ich könnte heute abend früher Schluß machen.« Während er sprach, fing er an, die Blumen auszupacken, die sie ins Restaurant gebracht hatte, heute waren es rosa Nelken und duftender Flieder, passend zu den neuen Tischdecken. »Wenn du nichts vorhast, dann könnten wir doch zusammen Essen gehen.«

»Oh!« Janey war erstaunt. Nach kurzem Zögern sagte sie: »Aber das ist dein Restaurant, sollten wir nicht hier essen?«

»Das wäre dann eher geschäftlich.« Bruno warf ihr sein unwiderstehlichstes Lächeln zu. »Ich hatte eher Vergnügen im Sinn.«

»Aber du ...«

»Ich bin nicht verheiratet«, erinnerte er sie. »Und ich diskutiere auch nicht mit Geschäftsführern über den Preis einer Tasse Kaffee.«

»Aber ...«

»Keine Ausrede«, sagte Bruno in strengem Tonfall. »Ich hole dich um zehn Uhr ab.«

»Oh, aber ...«, setzte Janey erneut an, hin und her gerissen zwischen Freude und der schrecklichen Aussicht, morgen früh um fünf Uhr aufstehen zu müssen.

»Schluß jetzt«, sagte Bruno, diesmal wirklich streng. »Es wird bestimmt lustig.« Dann zwinkerte er ihr zu. »Außerdem, je besser du den Feind studierst ...«

Um zehn Uhr abends abgeholt zu werden, hatte einen Nachteil: Man hatte zuviel Zeit, sich fertigzumachen. Statt das erstbeste, passable Kleid anzuziehen, das ihr unter die Finger kam, quälte sich Janey ab. Keiner der üblichen Röcke und keines der T-Shirts, die sie normalerweise zur Arbeit trug, würden passen; Bruno hatte sie alle schon hundertmal gesehen. Das schwarze Paillettenkleid machte zwar wunderbar schlank, wäre aber maßlos übertrieben, und das einzige andere, wirklich geeignete Kleid, das sie besaß, war ein Modell aus Crêpe de Chine, violett, rückenfrei und mit Rüschenrock. Darin sah sie aus, als wolle sie zum Tanzkurs.

Ihr Bett war mit Kleidern bedeckt, während sie ein Kleidungsstück nach dem nächsten anprobierte und wieder auszog.

Eine weiße Spitzenbluse ähnelte einer verzierten Hochzeitstorte. Die schwarze Hose war zu eng, ihre rote Lieblingsbluse aus Seide hatte ein Loch im Ärmel, und Maxine hatte ihren cremefarbenen Lambswoolpullover mit Makeup beschmiert.

Schließlich entschied sie sich für ein ozeangrünes Hemd und weiße Jeans – wenn sie über dem Hemd einen Ledergürtel trug, statt es in die Hose zu stecken, dann würde das ihre Taille betonen und ihren Busen verstecken –, schminkte sich und fummelte an ihrem Haar herum, nachdem sie es hochgesteckt, mit Kämmen herumexperimentiert und es dann doch wieder gelöst hatte, denn die Kämme würden ohnehin nicht halten. Und dennoch war es erst halb neun.

Als fünfzehn Minuten später das Telefon klingelte, hoffte sie beinahe, es möge Bruno sein, der ihr mitteilte, er könne heute abend doch nicht weg. Ihr Magen, vom Gürtel unbarmherzig zusammengedrückt, konnte solche Nervosität kaum aushalten. Sie hatte sich so sehr auf diesen Abend

gefreut, wesentlich mehr, als gut für sie war. Bruno mochte nicht mit Nina verheiratet sein, aber er war dennoch nicht zu haben.
»Janey? Hör mir zu. Zieh den alten Bademantel aus und mach dich augenblicklich fein.«
Maxine schrie ins Telefon, um die laute Musik im Hintergrund und die männlichen Beifallsrufe zu übertönen.
»Von wo aus rufst du an?« fragte Janey. »Hört sich an wie ein Striplokal.«
»Was? Wir sind hier unten in der Terrace Bar vom Manderley Hotel. Mein süßer Kricketspieler ist wieder in Cornwall und hat den Rest seines Teams mitgebracht, ich bin also hoffnungslos in der Minderheit. Sie telefonieren rum wegen Verstärkung, und wie ich erwähnt habe, daß ich eine freie und ungebundene Schwester habe, haben sie darauf bestanden, daß ich dich herhole.« Sie kicherte. »Sie haben mich tatsächlich ans Telefon getragen.«
Janey hörte die ohrenzerfetzenden Pfiffe von elf überdrehten Kricketspielern und sagte: »Ich kann nicht, ich gehe aus.«
»Mit wem?«
»Einem Freund.«
»Wer ist er?«
»Niemand, den du kennst.«
»Das heißt, mit überhaupt niemandem! Liebes, jetzt sei nicht so langweilig. Du wolltest neue Männer kennenlernen, und schon entspreche ich deinen Wünschen mit einer entzückenden Auswahl ... Sie wollen dich unbedingt sehen, und du kneifst einfach. Oh, schau mal, was du ihnen angetan hast. Sie fangen an zu weinen.«
Dem Chor von Huhus nach zu schließen, der Maxines Proteste übertönte, hörte es sich wirklich so an, als wären die Männer alle auf dem geistigen Stand von Siebenjähri-

gen. Janey konnte nur raten, wieviel Bier sie schon in sich hineingeschüttet hatten.

»Ich kann wirklich nicht«, wiederholte sie geduldig. »Ich treffe mich auf einen schnellen Drink mit einem Freund, und dann muß ich früh schlafen gehen. Ich muß . . .«

». . . um fünf Uhr früh aufstehen und auf den Blumenmarkt fahren«, leierte Maxine herunter, die das schon oft gehört hatte. »Janey, wie oft muß ich dir noch sagen, daß es wichtigere Dinge im Leben gibt, als lange genug zu schlafen? Solche Jungs findest du selten. Du verspielst gerade die Chance deines Lebens!«

»Dann muß ich sie wohl verspielen«, sagte sie fest, so daß Maxine erst gar nicht versucht war, weiter zu insistieren. »Und ich bin sicher, du wirst spielend allein mit ihnen fertig, ohne meine Hilfe. Ich ruf dich morgen an, um mich nach deinem Kater zu erkundigen, aber ich muß jetzt wirklich gehen. Tschüs.«

»Wenn ich gewußt hätte, daß wir hierherkommen, hätte ich keine Jeans angezogen«, flüsterte Janey nun zum dritten Mal, als sie gerade mit dem Essen fertig waren. Das schwarze Paillettenkleid wäre ganz und gar nicht übertrieben gewesen, dachte Janey, während sie kurz zu den anderen Gästen hinüberspähte. Und sie hätte nicht heimlich unter dem Tisch an ihrem Gürtel herumfummeln müssen, um ihn drei Löcher weiter zu stellen. »Mein Gott, ich habe seit Jahren nicht mehr so viel gegessen. Das Essen ist einfach phantastisch!«

»Aber nicht zu phantastisch«, sagte Bruno, der die Konkurrenz ganz gerne im Auge behielt. Selbstzufrieden meinte er: »Die Zuckerschoten waren eine Spur zu lange gegart, und der Burgunderbraten hätte etwas mehr Pfeffer vertragen. Aber dieser Burgunder ist in Ordnung«, gestand er zu, drehte sein Glas und roch anerkennend am Wein. »Wirklich sehr gut. Ich sollte vielleicht ein paar Flaschen davon fürs Restaurant bestellen. Nick und Tony würden darüber in Verzückung geraten.«

Janey erinnerte sich noch gut daran, wie Bruno sie das letzte Mal mit Wein traktiert hatte, und sie hielt sich entsprechend zurück. Sie war entschlossen, heute nacht nicht die Kontrolle zu verlieren – und wach zu bleiben –, und deshalb schüttelte sie den Kopf, als er ihr die Flasche entgegenhielt.

»Maxine war sehr beeindruckt davon, wie du sie letztes Mal rausgeworfen hast.«

»Ach so. Vermutlich fühlte sie sich dadurch wichtig.« Bruno wirkte amüsiert. »Ich stell mir vor, daß ihr so etwas sehr gefällt.«

»Für so etwas lebt sie«, erwiderte Janey trocken. Dann, als sie seinen Gesichtsausdruck sah, fügte sie hinzu: »Ich weiß, ich bin gemein und treulos, aber das ist mir gleichgültig. Manchmal geht Maxine einfach zu weit.«

»Du brauchst dich nicht zu entschuldigen.« Bruno lehnte sich ruhig vor und begutachtete die schmale Goldkette an ihrem Hals. »Ich hab sie nur einmal getroffen, aber das hat ausgereicht, mich ins Bild zu setzen. Ich glaube nicht, daß ich mich besonders anstrengen müßte, um ein strahlendes Lächeln von ihr zu ernten.«

Es war schön, zu wissen, daß wenigstens ein Mann Maxines Charme widerstand. Daß der betreffende Mann ausgerechnet Bruno war, machte Janey glücklich. Wie ein junger Hund, der sehnsüchtig darauf wartete, daß man seine Ohren kraulte, schob Janey sich näher, so daß die Finger, die ihre Kette inspizierten, ihre Haut berührten. Als sie Brunos Finger spürte, erbebte sie vor Erregung.

»Ich dachte, du bewunderst sie«, gestand sie und versuchte, es wie eine Tatsachenbehauptung klingen zu lassen.

»Dann kennst du mich nicht so gut, wie du denkst.«
»Vermutlich nicht.«
Seine grünen Augen funkelten. »Du solltest es in Zukunft also mir überlassen, zu entscheiden, wen ich bewundere.«
Das war typisch Bruno, erinnerte sie sich selbst und hielt den Atem an, er nahm sie auf den Arm, wie immer. Sie mußte es nicht ernst nehmen. Er meinte es nicht so.
Doch anscheinend beherrschte er die Kunst, Gedanken zu lesen. Er ließ seine Fingerspitzen über ihr Schlüsselbein wandern und sagte: »Komm schon Janey, hab ein bißchen Vertrauen.«
Sie schluckte. »In was?«
»In mich. Weißt du, ob es mir nicht einfach ernst ist?«
Das war das, was ein Teil von ihr sehnlichst hören wollte, aber es war auch nervenaufreibend. Sie war erleichtert, den Kellner mit ihrer Rechnung zu sehen, und sagte: »Du meinst nie etwas ernst.«
»Sag niemals nie.« Bruno blieb völlig ruhig. »Von wem hast du eigentlich diese Kette?«
»Meinem Mann.«
»Fehlt er dir noch?«
Janey machte den Mund auf, um ja zu sagen, denn das war ihre Standardantwort, und damit hatte sie die letzten achtzehn Monate immer aufgewartet. Aber stimmte es noch?
»Manchmal; es ist nicht mehr so unerträglich, wie es schon war. Immer wenn jemand gesagt hat, Zeit heile alle Wunden, hätte ich ihn niederschlagen können.«
Bruno grinste. »Gut.«
»Warum? Denkst du, ich hätte ihn niederschlagen sollen?«
»Nein.« Er schüttelte den Kopf. »Es ist gut, daß du ihn nur manchmal vermißt. Du kommst zur Normalität zurück.«
Genau in diesem Moment fühlte sich Janey aber alles andere als normal. Sie fühlte sich hoffnungslos zu Bruno

hingezogen und war sicher, daß das nicht klug war. Und da es beinahe Mitternacht war, würde sie sich wohl kaum allzu normal fühlen, wenn sie morgen früh aufwachte.

»Laß mich die Hälfte bezahlen«, sagte sie und griff nach ihrer Tasche, als er eine Kreditkarte auf die Rechnung legte. Sie mochte gar nicht daran denken, wieviel dieses exquisite Essen ihn wohl kostete.

»Weil du denkst, du bist es nicht wert, zu einem anständigen Essen ausgeführt zu werden?« Er zog die Augenbrauen hoch und warf ihr einen wissenden Blick zu. »Nimm, um Himmels willen, diesen Geldbeutel weg. Ich heiße nicht Alexander Norcross.«

»Hilfe«, stöhnte Janey Minuten später leise, als sie das Lokal verließen. Sie verdrehte Bruno den Arm, als sie ihn hinter eine der Marmorsäulen zog, die den Hoteleingang säumten.

»Das da drüben ist meine Mutter.«

»Schade.« Bruno grinste. »Einen Moment dachte ich, das Glück wäre mir hold.«

»Schh.«

»Warum diese Panik?«

»Du kennst meine Mutter nicht.« Janey zog ein Gesicht. »Sie würde dich ausquetschen.«

»Ist sie eine Glucke?«

»Nein, nur krankhaft neugierig. Eh du dich's versiehst, fragt sie dich schon, wann wir heiraten.« Sie streckte den Kopf vorsichtig ein paar Zentimeter hinter der Säule vor und betrachtete den Mann neben ihrer Mutter. »Ich glaub's nicht. Sie halten Händchen. Das muß der neue Typ sein, von dem sie letzte Woche so begeistert war, der mit dem Rolls.«

Wirklich, dachte sie mit einem Anflug von Verzweiflung, wenn ihre Mutter schon anfing, in Fünf-Sterne-Hotels zu verkehren, dann könnte sie wenigstens einen BH tragen. Diese schimmernde weiße Bluse war praktisch durchsichtig.

»Er muß mindestens sechzig sein«, sagte Bruno, der zuschaute, wie sie ihre Zimmerschlüssel holten und zum Lift gingen. Grinsend fügte er hinzu: »Ist das nicht beruhigend, wenn man weiß, daß alte Leute den Sex noch genießen können? Als ich jünger war, hatte ich immer die Horrorvorstellung, mit dreißig wäre alles vorbei.«

»Ich bin mir sicher, daß ich ihn schon mal irgendwo gesehen habe«, flüsterte Janey, die nur sein Profil erkennen konnte. »Ich weiß nicht, woher, aber er kommt mir bekannt vor.«

»Er ist ganz sicher mit deiner Mutter bekannt.« Brunos Grinsen verbreiterte sich, als die Lifttür sich schloß. »Er hatte die Hand in ihrer Bluse. Janey, ist dir aufgefallen, daß deine Mutter keinen BH trägt?«

18

Als sie wieder in Janeys Wohnung waren, deutete Bruno auf den Rotweinfleck auf dem Knie ihrer weißen Jeans.

»Du solltest sie in kaltem Wasser einweichen. Zieh sie aus«, sagte er sehr bestimmt. »Ich mach inzwischen Kaffee.«

Janey stand im Schlafzimmer, betrachtete sich im Spiegel und überlegte, was sie jetzt tun sollte. Etwas Bequemeres anziehen? Sich in andere Jeans quetschen und beten, daß der Reißverschluß hielt? In ihren ältesten Frotteebademantel und die Pelzpantoffeln schlüpfen, sicherlich das effektivste Empfängnisverhütungsmittel, das Frauen kennen?

Als sie aus dem Schlafzimmer kam, hatte Bruno Kaffee gemacht, die Deckenlampe im Wohnzimmer aus- und statt dessen eine kleine Tischlampe eingeschaltet, und er hatte die Stereoanlage in Gang gesetzt. Ella Fitzgerald schmachtete im Hintergrund, und die Kissen auf der Couch waren neu geordnet.

Janey war unglaublich befangen und setzte sich ans andere Ende des Sofas.

»Schon besser.« Er nickte beifällig in Richtung ihrer blaßrosa Shorts. »Du solltest deine Beine öfter zeigen.«

Janey wünschte sich sofort, sie hätte doch auf den alten Bademantel und die Pelzpantoffeln zurückgegriffen. Wenn man lediglich Shorts trug, war es schlicht unmöglich, zu versuchen, seine Beine zu verstecken.

»Sie sind zu fett.«

»Das sind die besten Beine in ganz Trezale«, erwiderte

Bruno gelassen. »Du meinst sicher, sie sehen nicht aus wie zwei Streichhölzer, wie die deiner Schwester.« Er warf ihr von der Seite her einen provozierenden Blick zu. »Janey, wir müssen etwas unternehmen, damit du endlich diesen lächerlichen Komplex loswirst. Du bist eine wunderbare Frau und darfst dich nicht dauernd mit anderen vergleichen, die das nicht sind, am allerwenigsten mit Maxine.«

Es war nett von ihm, das zu sagen, aber ihre Selbstzweifel saßen so tief, daß sie ihn nicht ernst nehmen konnte. Die etwas verrückte, extrovertierte Maxine, die immer in irgendein Drama verwickelt war, und auch wieder unversehrt herauskam, war die schöne, schlanke Schwester, die Männer anzog wie ein Magnet. Die hart arbeitende Janey aber, ungefähr so verrückt wie Margaret Thatcher, war dafür bekannt, daß ihr Ehemann spurlos verschwunden war. Was für ein ergreifender Anspruch auf Berühmtheit.

»Wird Nina sich nicht fragen, wo du bist?« Komplimente machten sie immer verlegen. Dann wurde sein Gesicht weicher. »Okay, keine aufmunternden Worte mehr. Warum setzt du dich nicht einfach rüber zu mir?«

Als Janey wie angewurzelt sitzenblieb, lächelte er und rutschte langsam zu ihr hin. »Nun, wenn der ...«

»... Berg nicht zum Propheten kommt?« riet Janey, als er zögerte. »Das wolltest du doch gerade sagen, oder nicht? Aber du dachtest, ich wäre beleidigt, wenn du mich einen Berg nennst.«

»Jetzt erzähl keinen Unfug.« Bruno schlang die Arme um ihre Taille. Als er sie an sich zog, streifte sein Mund ihr Ohr. »Laß es dir von einem Kenner gesagt sein, Liebes. Du bist nicht dick. Wenn jemand neidisch auf seine Schwester sein sollte, dann Maxine auf dich.«

Es war lange her, seit jemand mit ihr geschlafen hatte. Manchmal erschien es ihr eher wie achtzehn Jahre statt

achtzehn Monate, und Janey hatte überlegt, ob sie überhaupt noch wissen würde, wie es funktioniert.
Aber wie durch ein Wunder erinnerte sie sich wieder, und die Wirklichkeit war noch schöner als ihre Erinnerungen. Bruno, der selbsternannte Experte, bewies ihr, daß er nicht nur ein großes Mundwerk hatte – sie konnte sich wirklich nicht beklagen. Sie kümmerte sich nicht mehr länger darum, daß es schon schrecklich spät war und sie morgen früh rausmußte. Diesmal mußten die Blumen eben warten. Sie war unbeschreiblich glücklich und hatte nicht die Absicht, ihn zu bitten, sich mit dem wundervollen Vorspiel doch etwas zu beeilen.
Da hämmerte es unten an der Eingangstür, es hörte sich an wie ein Donnerschlag, und Janey und Bruno fuhren abrupt hoch. »Was, zum ...!« schrie Bruno, rutschte weg von ihr und stieß sich den Knöchel am Couchtisch an. »Aua. Verflucht noch mal!« Janey erschauerte, als das Hämmern von neuem anfing. Als sie mühsam auf die Beine kam, erschallte eine laute, befehlende Stimme von der Straße unten: »Aufmachen, Polizei. Dies ist ein Notfall!«
»Mein Gott, was ist los?« Sie starrte Bruno ängstlich an. Ihre Knie zitterten, bis auf ihren Schmuck war sie nackt.
»Polizei. Aufmachen!« wiederholte die Stimme draußen.
Janey rannte ins Schlafzimmer, griff nach ihrem Bademantel und warf ihn über. Auf dem Weg die Treppe hinunter fummelte sie an ihrem Gürtel herum und versuchte, ihn zuzubinden. Ein Notfall konnte nur eine Bombendrohung sein, oder eine defekte Gasleitung, dachte sie verzweifelt. Ihr schwirrte der Kopf, als sie alle Eventualitäten bedachte, außer daß Maxine etwas Schreckliches passiert war.
Kaum hatte sie die Tür aufgeschlossen, flog sie auch schon auf.
»Überraschung«, schrie Maxine schadenfroh. Sie hing am

Arm eines ihrer Begleiter, der einsfünfundneunzig groß war und wie Arnold Schwarzenegger gebaut.

Bevor Janey reagieren konnte, waren vier Männer an ihr vorbei, drängelten sich im dunklen Flur und riefen im Chor: »Ja, was haben wir denn da?«

»Diese Tapete, Constabler«, bellte einer von ihnen. »Verhaften Sie sie auf der Stelle.«

»Wie steht's mit dem Bademantel, Herr Inspektor?« fragte ein anderer.

»Verhaften Sie zuerst die Tapete, Constabler. Klagen Sie sie an wegen ihrer rosa Farbe.«

»Geht klar, Sir. Und der Bademantel? Wie lautet die Anklage?«

»Superleicht«, schrie Maxine und konnte sich vor Lachen nicht mehr halten. »Schwere Körperverletzung!«

Jeder der Kricketspieler war größer als einsfünfundachtzig. Janey hatte sich nie im Leben so klein gefühlt.

»Gut, sehr witzig«, sagte sie gleichmütig. »Und jetzt raus mit euch.«

»Wir können nicht gehen, wir sind doch gerade erst gekommen«, protestierte der Mann, den sie auf der Hochzeit von Berenice gesehen hatte, Maxines Begleiter. Hinter ihm wandte sich sein noch größerer Freund feierlich an die Wand: »... aber ich muß Sie darauf aufmerksam machen, daß alles, was Sie sagen, gegen Sie verwandt werden kann.«

»Raus!« wiederholte Janey mit Nachdruck.

»Rein, raus, rein, raus, was denn nun?« maulte ein anderer.

Zu Janeys Entsetzen drückten sie sich an ihr vorbei und schielten neugierig die Treppe hinauf.

»Sie hat gesagt, du machst uns eine Tasse Kaffee«, erklärte Maxines Kricketspieler mit einer Miene, die er zweifellos für ein betörendes Grinsen hielt. »Jetzt komm schon, Janey,

stell dich nicht so an. Wir bleiben nicht lange. Und wir verhaften deine Tapete auch nicht.«
Janey sorgte sich nur um eines: Jeden Moment würden sie Bruno gegenüberstehen – es gab nicht einmal Platz genug in ihrem Schrank, wo er sich hätte verstecken können. Sie riß also die Haustür wieder auf und starrte Maxine so wütend an, wie sie nur konnte.
»Nein! Ihr seid alle betrunken, und ihr werdet keinen Kaffee bekommen. Geht jetzt endlich!«
Maxine störte sich nicht an dem frostigen Empfang, sie kicherte nur. »Mann, Janey, hat dir schon mal jemand gesagt, daß du sehr schön bist, wenn du wütend bist? Und wir sind nicht betrunken, nur ... angeheitert. Ich hab dir schon tausendmal gesagt, übertreib nicht immer so.«
Es war furchtbar. Janey zog sogar in Erwägung, in Tränen auszubrechen, um ihnen zu zeigen, daß es ihr ernst war. Aber Maxine erfüllte gerade eine Mission und war nicht bereit, sich von einer unkooperativen älteren Schwester davon abbringen zu lassen. »Nur einen schnellen Kaffee«, insistierte sie und versuchte, Janey von der Tür wegzuschieben. »Einer für jeden wäre natürlich noch besser. Weißt du, meine Liebe, wir hatten Mitleid mit dir ... kein Mann, keine Gesellschaft ... wir dachten, wir schauen mal vorbei und muntern dich etwas auf. Ist das nicht nett von uns?« Als sie Janeys versteinertes Gesicht bemerkte, unterbrach sie sich und setzte einen Schmollmund auf. »Jetzt komm schon, Janey. Du könntest wenigstens ein winzig kleines bißchen dankbar sein.«
Janey wäre lieber ein winzig kleines bißchen gewalttätig geworden. Im nächsten Moment drehte sie sich um. Die neugierigen Typen hatten es nach einigen Fehlstarts tatsächlich geschafft, die Treppe hinaufzukommen, und einer von ihnen brüllte: »Sesam, öffne dich!«

Und zu ihrem Entsetzen passierte das auch.
»Prima Trick, meine Hochachtung«, sagte Maxine. Dann, als Bruno im Türrahmen auftauchte, mußte sie zweimal hinschauen. »Nein wirklich, meine Hochachtung! Kein Wunder, daß du uns nicht reinlassen wolltest. Zu zweit ist es gemütlich, sieben stören. Oder es wird eine Orgie.«
Brunos rosa-grau-gestreiftes Hemd und seine graue Hose waren nur leicht verknittert, und er hatte sich gekämmt. Da er Zeit gehabt hatte, sich zu fassen, wirkte er sogar erstaunlich entspannt.
»Ich habe Kaffee gekocht«, sagte er, als er Janeys erstarrten Blick sah. »Aber es ist keine Milch mehr da, ihr müßt ihn also schwarz trinken.« Er warf einen Blick auf den Zustand der erstaunten, einfältig dreinschauenden Kricketspieler, und fügte anzüglich hinzu: »Das dürfte unter den gegebenen Umständen auch nicht schaden.«

»So, nun kommen wir zur Sache«, frohlockte Maxine, als Bruno sich entschuldigt hatte und gegangen war. Die Kricketspieler hatten sich in die kleine Küche gezwängt und versuchten, sich krampfhaft zu erinnern, ob sie den Kaffee mit Zucker oder ohne tranken. Maxine saß im Schneidersitz auf dem Boden und war gierig auf Einzelheiten. »Das heimliche Leben der Janey Sinclair! Sie hat nicht nur eine aufregende Affäre mit einem faktisch verheirateten Mann, sie ist sogar dazu fähig, einen zehn Jahre alten Frotteebademantel zu tragen.«
»Ich habe keine Affäre mit Bruno.« Janey versuchte krampfhaft, ruhig zu bleiben. Wenn sie jetzt die Beherrschung verlor, wüßte Maxine genau, daß sie ins Schwarze getroffen hatte. Sie mußte sich vernünftig anhören. »Wenn ich eine hätte«, improvisierte sie schnell, »würde ich bestimmt nicht diesen Bademantel anhaben, meinst du nicht auch?«

»Hm. Dir wäre es durchaus zuzutrauen«, entgegnete Maxine, immer noch mißtrauisch. »Wenn das so ist, warum hast du ihn dann an?«

»Wir waren essen. Ich habe Rotwein auf meine Jeans geschüttet.« Zumindest das entsprach der Wahrheit. Sie zeigte Richtung Badezimmer und sagte: »Sie ist in der Wanne eingeweicht, wenn du willst, schau nach. Oder willst du sie lieber in die Gerichtsmedizin schicken?«

»Ihr seid also essen gegangen und auf einen Schlummertrunk hierhergekommen? Ihr habt hier gesessen und gequatscht, und nicht bemerkt, wie spät es ist? Tut mir leid, Schwesterherz, aber ich glaube dir nicht.«

Janey war der Verzweiflung nahe. »Das wirst du wohl müssen. Denn wenn ich eine Affäre mit Bruno hätte, würde ich es dir sagen. Ich habe aber keine, und deshalb gibt's nichts zu erzählen. Kapiert?«

»Ich glaub dir nicht.« Maxine wiederholte es in einer Art Singsang.

»Mein Gott, es ist aber die Wahrheit! Warum siehst du das nicht ein?«

Maxine streckte ihre Beine aus und beugte sich langsam nach vorn. »Weil ich die chaotische Schwester bin«, sagte sie fröhlich, »und du bist die ordentliche.«

»Was?«

Maxine griff unter das Sofa und zog den rosafarbenen BH hervor, den Janey getragen und den Bruno übersehen hatte, als er ihre Sachen zusammengerafft und im Bett versteckt hatte.

»Beweisstück Nr. 1, Euer Ehren«, sagte sie triumphierend. »Und Ende des Kreuzverhörs. Spitzenunterwäsche unter dem Sofa? Janey, das paßt einfach nicht zu dir!«

19

Elsie Ellis wohnte über der Bäckerei nebenan und blühte richtig auf, wenn's was zu klatschen gab. Sie verlor am nächsten Morgen keine Zeit. Sie beeilte sich, in Janeys Laden zu kommen, mit bedeutungsvoller Miene und wie immer nach Schokokrapfen riechend. Sie konnte ihre Ungeduld kaum zügeln, während Janey die Kundin bediente, die dreißig Sekunden schneller als sie gewesen war.

Die Kundin war Serena Charlton, die sehr schick aussah in einem mitternachtsblauen, schulterfreien T-Shirt, einem engen weißen Rock und blaugoldenen Sandalen. »Meine Mutter hat morgen Geburtstag«, erklärte sie und legte eine Kreditkarte auf den Tresen. »Man weiß ja nie, was man ihnen schenken soll, finden Sie nicht? Und ich bin ein bißchen spät dran. Jedenfalls hat Maxine mir vorgeschlagen, ich solle mich an Sie wenden.«

Als Maxines Name fiel, begann Elsies Kinn zu zucken. Janey ignorierte sie standhaft und dachte, daß es wirklich das mindeste war, was Maxine tun konnte, um die vergangene Nacht wieder gutzumachen: Ihr Geschäft ein bißchen in Schwung zu bringen. Sie zog ihren Bestellblock heraus und drehte die Kappe von ihrem Füller.

»Irgend etwas so um die fünfzig Pfund«, fuhr Serena fort und sah sich im Laden um. »Ich weiß nicht so recht. Blumen sind nicht gerade meine Stärke. Irgend etwas, aber weiß müssen sie sein.«

Fünfzig Pfund, weiß, notierte Janey. Sie hob ihren Kopf und fragte: »Und die Karte?«

Serena sah sich immer noch um und antwortete erst nach einer Weile: »Alles Gute zum Geburtstag. In Liebe, Serena.«
Wußte ich's doch, dachte Janey. Du solltest ein Buch schreiben.
Nachdem Serena die Adresse ihrer Mutter diktiert hatte, fügte sie hinzu: »O ja, ehe ich's vergesse. Maxine bat mich, Sie zu fragen, wie es Ihnen heute morgen geht. Sie erwähnte irgend etwas von einer langen Nacht.«
Elsies Kinn geriet erneut in Bewegung. Diesmal konnte sie sich nicht beherrschen. »Lustig, daß Sie gerade Maxine erwähnen«, sagte sie. Sie starb fast vor Neugierde, zu erfahren, was genau passiert war, und rauszubringen, wer diese bezaubernde dunkelhaarige Frau war. »Ich konnte es kaum glauben, als dieser unglaubliche Radau um zwei Uhr früh losging. Dieses Hämmern an deiner Tür, so ein Mordskrach ... Ich bin vor Schreck beinahe aus dem Bett gefallen, wirklich!«
»Wirklich?« Serena wirkte leicht amüsiert. »Und was war das?«
Janey antwortete nicht und starrte Elsie an.
»Nun, ich habe aus dem Fenster gespäht.« Elsies Brust schwoll bei diesen Worten um ein paar Zentimeter, und sie wandte sich nun an Serena. »Es war dunkel, verstehen Sie, und ich hatte meine Brille nicht auf, aber ich konnte genug sehen. Es war die kleine Maxine höchstpersönlich, mit einem ganzen Trupp Polizisten, und sie sagten, es handle sich um einen Notfall. Für mich sah es so aus, als wäre sie festgenommen worden.«
Janey sah nicht ein, warum sie irgend etwas erklären sollte, und warf Elsie nur ein schwaches Lächeln zu.
»Deshalb dachte ich, ich sollte mal rüberschauen, ob mit euch beiden alles in Ordnung ist«, sagte Elsie enttäuscht, weil sie keine Antwort bekam. »Es ist schließlich nur natürlich, sich Sorgen zu machen, wenn so etwas passiert. Ich

hoffe, Maxine ist nicht in irgendwelchen Schwierigkeiten«, schloß sie genießerisch.

»Du brauchst dir wirklich keinerlei Sorgen zu machen«, versicherte Janey ihr, steckte Serenas Kreditkarte in das Gerät und gab ihr den Bon zum Unterschreiben. »Es ist alles geklärt, und Maxine geht's gut. Aber es war nett von dir, dich so zu kümmern.«

Serena blieb noch, als Elsie den Laden verlassen hatte. Dann steckte sie die Kreditkarte zurück in ihre teure Brieftasche und meinte: »Eines muß man Maxine lassen.«

Janey fielen gleich mehrere Dinge ein, aber sie waren nicht gerade geeignet, sie auch auszusprechen. Statt dessen fragte sie: »Und was wäre das?«

Serena lächelte. »Sie genießt ihr Leben in vollen Zügen.«

Als die Kricketspieler abgereist waren, um irgendwo in Nordengland zu spielen, war Maxine kurzfristig deprimiert gewesen. Aber nur kurzfristig. Gleich am nächsten Tag hatte sie bei einem Strandspaziergang mit Josh und Ella Tom kennengelernt.

»Brrr!« schrie Tom und wurde schlagartig munter. Josh war gerannt, dabei über einen Schuh gestolpert und hatte unabsichtlich eine Sandfontäne aufgewirbelt. Tom spie den Sand aus und starrte Josh an.

»Mann, tut mir leid«, sagte Josh. »Das wollte ich nicht.«

»Es war meine Schuld.« Maxine nahm die Sonnenbrille ab und grinste auf den Körper im Sand hinunter. Es war beinahe der schönste Körper, den sie in … den letzten vierundzwanzig Stunden gesehen hatte. »Wenn ich ihn nicht verfolgt hätte, wäre er nicht gestolpert.«

Sie trug einen hellrosafarbenen Bikini, und ihre langen blonden Haare waren mit einem leuchtendroten Tuch zurückgebunden. Toms Laune besserte sich augenblicklich.

»Ist nicht so schlimm.« Er wischte sich die Wange ab und sagte: »Ist schon lange her, daß mir jemand Sand ins Gesicht gekickt hat.«
»Das glaube ich gern.« Maxine bewunderte seinen Bizeps. »Machen Sie Bodybuilding?«
»Dreimal die Woche.« Tom war ungeheuer stolz auf seinen Körper. »Muß ich«, fügte er hinzu, denn er war außerdem ein unheilbarer Angeber. »Wenn Sie draußen im Rettungsboot sind, dann kann das über Leben und Tod entscheiden.«
»Das Rettungsboot?« stieß Maxine hervor und spielte ihre Rolle hervorragend. Josh hatte sich mindestens ein Eis verdient. Jetzt setzte sie ihr verführerisches Lächeln ein. »Mein Gott, Sie müssen ja unglaublich mutig sein.«

Es hatte jedoch auch Nachteile, mit einem Mann essen zu gehen, der einen Piepser bei sich trug. Maxine hatte Guy lange bearbeitet, um einen freien Abend herauszuschinden. Sie hatte versprochen, dafür die nächsten drei Abende auf die Kinder aufzupassen, um es wieder gutzumachen, deshalb war sie enttäuscht, als ihr klar wurde, was vor sich ging. Sie waren kaum in Brunos Restaurant angekommen und wollten sich gerade über große Schüsseln Miesmuscheln in Knoblauchbutter hermachen, als Tom auf seinen Piepser reagierte wie eine Kuh, die an den elektrischen Weidezaun gerät.
»Gehst du jetzt?« Maxine starrte ihn an, als er vom Tisch aufsprang. Er könnte zumindest so lange bleiben, bis er den ersten Gang beendet hatte, dachte sie.
Alle Leute im Restaurant hatten sich mittlerweile umgedreht, um zu sehen, woher das Piepsen kam. Tom liebte das. Er fühlte sich wie Superman.
»Ein Schiff ist in Seenot«, sagte er laut genug, daß ihn alle

hören konnten. Er schnappte sich seine Autoschlüssel und fügte hinzu: »Jede Sekunde zählt. Entschuldige, Liebes, ich melde mich später.«

Das denkst aber auch nur du; Maxine war verstimmt. Sie sah zwar die Dringlichkeit der Situation ein, war aber nichtsdestotrotz nicht glücklich darüber. Sie war noch nie zuvor mitten im Essen aufgestanden. Was noch verwirrender war, es sah so aus, als bliebe sie mit der Rechnung sitzen.

»Scheißkerl«, sagte sie laut, schenkte sich noch ein Glas Wein ein und wünschte sich, sie hätte nicht einen so teuren Wein gewählt.

»Du meine Güte.« Bruno tauchte an ihrem Tisch auf, als gerade die Tür hinter Tom ins Schloß fiel. »Kleine Meinungsverschiedenheit mit dem Herzblatt?«

Maxine stocherte in den Muscheln herum und warf ihm ein bitteres Lächeln zu. »Leben zu retten bedeutet ihm anscheinend mehr, als eine geistreiche Unterhaltung mit mir und dein umwerfendes Essen.«

»Manche Leute haben kein Gefühl für die wichtigen Dinge.«

»Wenn er nur wüßte, welche Mühe es mich gekostet hat, heute abend frei zu bekommen«, fuhr sie eine Spur irritiert fort. »Ich hätte es gelassen, wenn ich gewußt hätte, daß mir so was passiert. Was für eine Energieverschwendung!«

»Manche Leute sind egoistisch«, spottete Bruno. Interessanterweise versuchte sie nicht mehr, mit ihm zu flirten, wie noch bei ihrem letzten Besuch. Offenbar hatte sie sich dazu durchgerungen, ihn als tabu zu betrachten, seit sie ihn in Janeys Wohnung gesehen hatte.

»Du gehst besser zu deinem Küchenchef und sagst ihm, er soll die Steaks wieder aus der Pfanne nehmen«, sagte Maxine. »Die kann ich nämlich auch nicht bezahlen.« Düster fügte sie hinzu: »Ich hab nicht mal genug Geld bei mir, um mir ein Taxi nach Hause leisten zu können.«

Aber Bruno hatte Hunger, und die schottischen Filets waren diese Woche superb. »Bitte«, sagte er im selben traurigen Ton. »Mir kommen gleich die Tränen. Ich esse mit dir, wenn du willst. Und wenn du dich gut benimmst, dann fahre ich dich sogar nach Hause«, fügte er mit einem Lächeln hinzu.

Die Muscheln waren schon hervorragend gewesen, die Pfeffersteaks waren noch besser. Maxines Laune besserte sich, während sie mit Hingabe ihr Steak verzehrte. »Jetzt erzähl mir alles«, bat sie, als die Leute am Nachbartisch gegangen waren. »Wie lange schläfst du schon mit Janey? Und warum, um alles in der Welt, war es ihr so wichtig, dieses entzückende kleine Geheimnis für sich zu behalten?«

»Ich glaube, du hast das eben selbst beantwortet.« Bruno zog eine Augenbraue hoch, als sie sein Glas nahm. »Janey ist wohl kaum der Typ Frau, die ihr Privatleben vor aller Welt ausbreitet.«

»Du weißt genau, wie ich's meine«, erwiderte Maxine brummig. »Sie hätte es wenigstens mir sagen können. Ich bin ihre Schwester! Ich wäre schließlich nicht losgelaufen und hätte es jedem x-beliebigen erzählt. Ich kann verschwiegen sein, weißt du, wenn es sein muß.«

Bruno kannte all die finsteren Einzelheiten von Maxines früheren Eroberungen, deshalb hatte er daran keinen Zweifel. Aber es interessierte ihn momentan mehr, ob sie wirklich wußte, warum Janey so entschlossen gewesen war, ihre Beziehung geheimzuhalten.

»Wenn das so ist«, sagte er, »dann muß es andere Gründe geben.«

Maxine sah ihn jedoch nur erstaunt an. »Welche anderen

Gründe?« fragte sie. »Deine Freundin? Ihren verschwundenen Ehemann? Sie hätte es mir doch sagen können!«
»Jetzt sei nicht so schwer von Begriff«, seufzte Bruno. »Du bist der Grund, warum sie es dir nicht sagen wollte.«
»Was?«
»Du verunsicherst sie. Sie denkt, du seist attraktiver als sie«, sagte er offen. »Allein geht's ihr gut. Wenn sie mit dir zusammen ist, verliert sie jegliches Selbstvertrauen.«
Maxine war blaß geworden. »Du meinst, sie vertraut mir nicht?«
Sie hatte es offenkundig nicht gewußt. Bruno lächelte. »Ich weiß es nicht. Vielleicht bin ich derjenige, dem sie nicht traut. Ich habe nicht gerade den besten Ruf.«
»Und deshalb wollte sie nicht, daß wir einander begegnen«, sagte Maxine nachdenklich. »Sie dachte, du würdest vielleicht mich vorziehen.«
»Klar dachte sie das.« Bruno wunderte sich. »Ich glaub's einfach nicht, daß dir nie auch nur der Gedanke gekommen ist. Wie kannst du so etwas einfach nicht bemerken?«
»Ganz einfach.« Sie leerte ihr Glas und inspizierte die Flasche. »Ich bin egoistisch und gedankenlos, oder nicht?«
»Und was wirst du jetzt tun?«
»Das ist auch ganz einfach.« Sie lächelte. »Ich seh zu, ob ich dich dazu überreden kann, noch eine Flasche Wein aufzumachen.«

Als er sie nach Trezale House zurückfuhr, sagte Maxine: »Du hast mir immer noch nicht erzählt, wie lange es schon geht.«
»Du meinst, wie lange ich schon mit deiner Schwester schlafe?« In seiner Stimme lag ein Hauch Ironie. »Warum fragst du nicht Janey?«
Maxine zuckte die Achseln. »Sie redet im Moment nicht mit mir.«

»Und ich sag's dir nicht«, antwortete Bruno. Mit einem kurzen Seitenblick fügte er hinzu: »Siehst du, das beweist doch, wie diskret ich sein kann.«
»Es beweist ganz sicher, wie verflucht nervtötend du sein kannst.« Sie spähte in die Dunkelheit und sagte: »An der nächsten Kurve links, direkt hinter dem großen Baum. Ich weiß, daß du mir vorhin nicht geglaubt hast, aber ich kann die sonderbarsten Geheimnisse für mich behalten ... nein, ich sagte: ›nächste links‹.«
Bruno, der sich auf den Landstraßen gut auskannte, beachtete sie nicht. Ein paar hundert Meter weiter bog er in eine Einfahrt ein.
»Das ist nicht die nächste links«, sagte Maxine, als er den Motor abstellte.
»Wir sind noch nicht fertig mit unserer Unterhaltung. Ich bin noch auf etwas neugierig.«
»Und das wäre?«
Der Himmel war mitternachtsblau und von Sternen übersät, obwohl fast Vollmond war. Es war nicht völlig dunkel; sie konnte Brunos weißes Hemd und seine grünen Augen sehen, und sie konnte auch sehen, daß er lächelte.
»Ich habe dir erzählt, wovor Janey Angst hatte«, sagte er beiläufig. »Aber du hast mich nicht gefragt, ob sie recht damit hatte oder nicht.«
»Oh.« Maxine dachte für einen Moment nach, ihr war klar, worauf er hinaus wollte. »Gut. Also, hatte sie recht?«
»Janey ist eine attraktive Frau.« Bruno zuckte die Achseln. »Und sie braucht Selbstbestätigung.«
»Und?«
»Ich denke, du hast schon mal gehört, wie attraktiv du bist.«
Maxine lächelte ein wenig. »Aber als du mich zum erstenmal gesehen hast, hab ich dir da besser gefallen als Janey?«
»Ich mag euch beide, sehr sogar«, sagte er langsam. »Aber

du und ich, wir sind uns ähnlicher. Wir verstehen einander. Und wie ich vorhin bereits sagte, ich bin sehr diskret.«

Maxine machte sich nicht die Mühe, Erstaunen zu heucheln. Bruno Parry-Brent war genauso skrupellos, wie sie vermutet hatte. Sie mochten einander in vielerlei Hinsicht ähneln, aber nicht einmal sie war derart falsch. »So ist das«, murmelte sie und strich ihr Haar zurück. »Du meinst, was Janey nicht weiß, verletzt sie auch nicht?«

»Genau. Du sagtest, du könntest schweigen, wenn es nötig ist.« Sein Lächeln wurde breiter, seine Zähne leuchteten weiß in der Dunkelheit. Es war ihm offenbar noch gar nicht in den Sinn gekommen, daß sie ihm eine Abfuhr erteilen könnte. »Es könnte Spaß machen, eine Menge Spaß. Du und ich.«

Charisma war ein mächtiges Aphrodisiakum, und Bruno hatte mehr davon, als ihm zustand. Er ist wirklich erstaunlich attraktiv, dachte Maxine. Aber das mußte er auch sein. Nur derart attraktive Männer konnten erwarten, mit einem solchen Angebot durchzukommen. Und meistens schafften sie das wahrscheinlich auch.

Sie wünschte sich inständig, daß sie nicht ausgerechnet heute derart hohe Absätze tragen würde – obwohl sie höchstens eine Viertelmeile von zu Hause entfernt war –, und strich mit ihrer Hand leicht über die Lederpolsterung. »Das sind Liegesitze, oder?«

Bruno grinste. »Exakt.«

»Hm«, sagte Maxine. »Das habe ich mir beinahe gedacht.«

»Wohin gehst du?« protestierte er, als sie die Beifahrertür öffnete und aus dem Auto stieg.

Igitt, dachte Maxine, als ihre Stöckel tief in den Matsch einsanken. Das also war der Lohn für ihre noble Haltung. Kein Wunder, daß sie früher nie nobel sein wollte.

»Nach Hause«, erwiderte sie munter. »Mir ist klar, daß das

für dich etwas schockierend sein muß, aber du bist nicht absolut unwiderstehlich. Und falls du es wirklich wissen willst, ich denke, du bist ein Stück Scheiße.«

»Maxine!«

»Arme Janey«, fuhr sie fort, warf die Tür zu und redete nun durchs offene Fenster auf ihn ein. »Wie konnte sie nur auf einen so verlogenen Bastard wie dich hereinfallen?«

»In Ordnung«, sagte Bruno und bedeutete ihr, sie möge sich beruhigen. »Ich hab's kapiert.«

»Da ist noch etwas«, schnappte Maxine zurück. »Ich bin vielleicht nicht perfekt, aber hast du ernsthaft gedacht, ich würde meiner eigenen Schwester derart übel mitspielen?«

Bruno seufzte gutmütig. »Erspar mir die Moralpredigt. Es war schließlich nur ein Vorschlag. Manche Frauen würden es als Kompliment auffassen.«

»Mein Gott, bist du gewissenlos.«

»Und du bist eine Art Heilige?« Bruno grinste. »Jetzt komm schon, du brauchst kein solches Theater zu machen. Du hättest nur nein zu sagen brauchen.«

»Es geht hier nicht um mich«, erwiderte Maxine eisig. »Es geht um Janey. Du wirst ihr weh tun.«

»Ich rehabilitiere sie«, protestierte er. »Was ist daran so schlimm? Ich habe ihr keine falschen Versprechungen gemacht.«

»Du bist wirklich unglaublich.« Sie warf ihm einen verächtlichen Blick zu. »Wenn ich Janey erzähle, was du mir heute nacht gesagt hast ...«

»Das würde ihr wirklich weh tun«, sagte Bruno.

Maxine war selbst schon drauf gekommen und starrte ihn an. Sie wußte, sie konnte es Janey nicht erzählen, gleichzeitig sah sie nicht ein, wieso Bruno so billig davonkommen sollte.

»Komm schon, Herzchen«, sagte er wieder, und tätschelte

den Sitz neben sich. »Nicht böse sein. Jetzt, wo du alles losgeworden bist, werde ich dich heimfahren.«
Maxine zog statt dessen die Schlaufe ihrer Abendtasche über die Schulter und schüttelte den Kopf. »Ich geh lieber zu Fuß.«
»Warum?«
Weil ich gerade eine Flasche knallroten Nagellack auf den Beifahrersitz gekippt habe, dachte Maxine und spähte dabei durch das heruntergekurbelte Fenster. Und ich will ihn nicht auf meinem hübschen weißen Rock haben. Erklär das morgen mal schön deiner Freundin, Herzchen.
»Ich geh einfach lieber zu Fuß«, sagte sie, richtete sich auf und trat einen Schritt vom Auto zurück. »Mach dir keine Sorgen, mir passiert schon nichts.«
»Da mach ich mir keine Sorgen«, murmelte Bruno, und ihm wurde klar, daß er es völlig verpatzt hatte. Er ließ den Motor an. Voll und ganz verpatzt, grübelte er, als er das Auto aus der matschigen Einfahrt zurücksetzte. Und was, um alles auf der Welt, war das für ein seltsamer Geruch?

20

Oliver genoß es, Thea bei ihrer Arbeit im Studio zuzuschauen. Er hatte sich nie für einen geeigneten Anwärter auf das Pensionistendasein gehalten; deshalb war es eine angenehme Überraschung für ihn, sich zum ersten Mal seit vierzig Jahren Zeit lassen zu können. Die Sonne fiel durchs Fenster, und er hatte nichts zu tun, außer sich zu entspannen. Er fand es außerordentlich beruhigend, einfach dazusitzen und Theas Geschicklichkeit zu bewundern.

Und es war schön, mit ihr zusammenzusein. Sie war keine Schwätzerin. Wenn sie etwas zu sagen hatte, sagte sie es. Wenn nicht, blieb sie still. Für Oliver machten sie dieses gesellige Schweigen, ihre Bodenständigkeit und ihre angeborene Sinnlichkeit beinahe zur perfekten Frau. Jetzt, wo er sie gefunden hatte, hatte er nicht die geringste Absicht, sie wieder loszulassen.

»Ich möchte, daß du mich heiratest«, sagte er, aber Thea lächelte nur und tauchte ihre Finger in den Eimer mit Wasser, um sie anzufeuchten.

»Ich dachte, du hättest deine Erfahrungen schon gemacht.« Jede seiner drei Exfrauen hatte vor Freude aufgeschrien, als er ihr den Antrag gemacht hatte, und das Pfundnotensymbol hatte praktisch in ihren Augen aufgeleuchtet, als sie angenommen hatten. Thea jedoch fuhr ruhig fort, ein Kinn aus Ton zu formen, und begutachtete es intensiv, als eine Wolke sich vor die Sonne schob und die Schatten auf dem halbfertigen Gesicht veränderte.

Oliver ging zu ihr hinüber, stellte sich hinter sie und legte

seine Hände auf ihre Schultern. »Es waren die falschen Frauen. Du bist die richtige. Thea, du weißt, was ich für dich empfinde.«
Sie wußte es, o ja. Und wenn sie jung und dumm gewesen wäre, hätte sie ihn auf der Stelle geheiratet, genauso unbekümmert, wie sie einst Patrick geheiratet hatte. Aber sie liebte ihre Unabhängigkeit, und diese zu erreichen und auch zu genießen, hatte sie ein halbes Leben gekostet. Thea war abergläubisch genug, um zu befürchten, daß ihre Beziehung zu Oliver gestört wäre, wenn sie ihn heiraten würde. Und sie wäre noch dazu gezwungen, wieder bei Null anzufangen.
»Ich weiß, was du für mich empfindest«, sagte sie, neigte den Kopf und lächelte zu ihm hoch. »Und ich liebe dich, Schatz. Und wir dürfen so empfinden und brauchen keinen Priester, der uns das erlaubt.«
»Ich möchte, daß wir zusammen sind«, protestierte er. »Richtig zusammen.«
»Und du denkst, ein lächerliches Stück Papier würde das bewerkstelligen?« Sie lehnte sich zurück und klang amüsiert.
»Ich werde nicht ja sagen, Oliver. Ich werde deine Geliebte sein, aber nicht deine Frau. Denk nur, wenn die Leute mich Mrs. Kennedy die Vierte nennen. Ich würde mich wie der Trostpreis bei einer Tombola fühlen.«
Sie tat es immer wieder – seinen Namen verwechseln.
»Cassidy«, korrigierte er sie mit gespieltem Ernst.
»Natürlich.« Thea grinste, dann sah sie ihn irritiert an. »Warum kommt mir dieser Name so bekannt vor?«
»Er gehört zu dem Mann, der dich heiraten will. Wenn du nicht so verdammt stur wärst, dann könnte es dein Name sein.« Ein wenig verärgert fügte er hinzu: »Dann müßtest du ihn dir merken.«

Aber ihre Gesichtszüge hatten sich erhellt. »Natürlich. Guy Cassidy, der Fotograf. Das ist der Typ, für den meine jüngere Tochter arbeitet. Vielleicht hast du schon von ihm gehört ... ich glaube, er ist ziemlich bekannt.«
»Ah.« Oliver hatte schon eine ganze Weile darauf gewartet, bis sie die Verbindung herstellen würde, und jetzt wurde ihm klar, daß er es gleich jetzt hinter sich bringen könnte. »Ich habe tatsächlich schon von ihm gehört ...«

»Eine Frage«, sagte Thea, als er fertig war. »War ich ein Teil dieses Plans? Wußtest du, daß ich Maxines Mutter bin, als du an jenem Tag ins Studio gekommen bist?«
»Nein.« Oliver schüttelte den Kopf. »Du warst absolut kein Teil dieses Plans. Nur eine wunderbare, unerwartete Zugabe.«
Thea lächelte und war zufrieden, daß er die Wahrheit sagte. »Dann ist ja alles in Ordnung, und ich vermute, es ist dir lieber, wenn ich Maxine gegenüber nichts davon erwähne.«
»Das ist wahrscheinlich das beste.« Er küßte sie neckend auf die Stirn. »Zumindest nicht vor der Hochzeit.«

»Wie waren die Kinder?« fragte Guy. Er saß am Küchentisch und sah Maxine beim Abwasch zu. Serena war zu Modeaufnahmen nach Barcelona geflogen, und er hatte den Tag in London verbracht, nachdem er sie in Heathrow verabschiedet hatte.
»Prima.« Maxine war ungeheuer guter Laune, weil Serena abgereist war, und grinste ihn an. »Ich bin mit ihnen heute morgen zum Supermarkt gefahren. Als wir wieder hier waren, hab ich in Ellas Tasche eine Packung Geleebonbons gefunden. Ich habe mich gefühlt wie Miss Marple.«
Guy runzelte die Stirn. »Ich hoffe, du hast ihr ordentlich Bescheid gegeben.«

»Bescheid gegeben? Ich baute mich vor ihr auf und habe alle Bonbons aufgegessen. Und ich habe ihr gesagt, daß wir nächste Woche hinfahren, sie sich beim Geschäftsführer entschuldigen und ihm das Taschengeld für zwei Wochen aushändigen muß. Wenn sie Glück hat, wird er sie nicht ins Gefängnis schicken.«

»Dann wird sie es wohl so bald nicht wieder machen.« Er schien amüsiert.

»Sie wird auch so bald nicht mehr mit mir reden«, erwiderte Maxine. »Wenn's nach Ella geht, war alles meine Schuld, weil ich ihr nicht erlaubt habe, Geleebonbons zu kaufen.«

Guy stand auf und nahm ein Geschirrhandtuch. Als er anfing, die Teller abzutrocknen, die sie gespült hatte, wußte Maxine sofort, daß irgend etwas im Busch war.

»Aber sie sprechen mit dir«, sagte er in beiläufigem Ton. »Erzähl mir, was sie von Serena halten.«

O je. Maxine war nicht entgangen, daß Serena mit vier Koffern gekommen und nur mit zweien abgereist war. Sie hätte es wissen können, daß sie sich keine Hoffnungen hätte machen dürfen. »Warum? Willst du sie heiraten?«

»Ich bin lediglich daran interessiert, zu hören, was du so aufgeschnappt hast«, antwortete Guy.

Maxine fiel ein, daß Serena zu ihr gehalten hatte, als er wegen der Oliver-Cassidy-Geschichte auf sie losgegangen war. Sie hatte ihr außerdem ein großes Etui mit sehr teurem Make-up gegeben, ein Geschenk, von dem sie sagte, sie würde es nicht benützen. Auf ihre Art war sie gar nicht so übel, vermutete Maxine. Nicht gerade umwerfend, aber erträglich.

»Sie denken, sie ist in Ordnung«, antwortete sie, während sie sorgfältig einen Teelöffel abspülte. »Sie haben jedenfalls nichts gegen sie. Sie redet wirklich nicht so viel mit ihnen.«

Guy zog eine Augenbraue hoch. »Ist das alles?«

Maxine reichte ihm den Teelöffel. »Was Josh angeht, sind fast alle deine Freundinnen spitzenmäßig, quasi überirdisch. Serena ist zumindest greifbar. Und sie schwärmt nicht von ihnen.«

»Hm.« Er zögerte kurz, dann sagte er: »Und wie ist's mit dir?«

Sie warf ihm einen unschuldigen Blick zu. »Ich schwärme auch nicht von ihnen.«

»Was hältst du von Serena?«

Es war nicht besonders fair. Wenn sie auch nur etwas annähernd Gehässiges sagen würde, würde es nur auf sie zurückfallen. Vorwurfsvoll antwortete Maxine: »Warum fragst du mich? Meine Meinung zählt wohl kaum. Du bist alt genug, selbst herauszufinden, ob du sie magst oder nicht.« Außerdem, dachte sie mürrisch, konnte sie schlicht nicht verstehen, warum er so von Serena beeindruckt war und derart desinteressiert an ihr selbst.

»Ich weiß.« Er schmunzelte. »Das hab ich. Aber es wird auch dich betreffen. Serena hat ihre Londoner Wohnung verkauft und wird hier einziehen, sobald sie aus Barcelona zurück ist.«

O Mist, dachte Maxine. Wenn Guy und Serena hier glückliche Familie spielen würden, bedeutete das, daß sie ihren Job los war? Laut fragte sie: »Für immer?«

Er zuckte die Achseln. »Das werden wir sehen. Sie hat sich einige Wohnungen angeschaut, aber ihre eigene war dann schneller verkauft als erwartet, deshalb dachten wir, das wäre der passende Zeitpunkt, um ... na ja, es zu versuchen.«

Maxine drehte sich um, sah ihn an und sagte gar nichts.

»Ich weiß, es ist nicht gerade die romantischste Geschichte des Jahrhunderts«, wand sich Guy, »und es ist ein wenig heikel wegen der Kinder ... ich möchte einfach keine Fehler machen.«

»Und was halten Josh und Ella von der ganzen Angelegenheit?« erwiderte sie. »Sie haben mir noch nichts davon erzählt.«
»Ich rede heute abend mit ihnen.« Er lächelte. »Ich hab erst dich gefragt.«
»Wonach, nach meiner Erlaubnis?«
»Nach deiner Meinung.«
Maxine trocknete ihre Hände an einem Geschirrhandtuch. »Zählt ihre Meinung nicht?«
»Natürlich zählt sie«, entgegnete Guy. »Wenn sie wirklich nicht damit klarkämen, würde Serena nicht einziehen. Und das ist kein Anlaß«, fügte er ernst hinzu, »mich hinterrücks fertigzumachen.«
Sie verzog keine Miene. »Traust du mir das zu?«
»Natürlich.« Er zog eine Augenbraue hoch. »Deshalb sag ich dir ja, denk nicht mal daran. Das ist wichtig für mich.«
Für mich auch, dachte Maxine. Sie lehnte sich an die Spüle, verschränkte die Arme und fragte: »Wenn Serena hier einzieht, heißt das, daß du mich nicht länger brauchst?«
»Lieber Himmel, natürlich nicht!« Guy sah sie verwundert an. »Ist es das, was du gedacht hast? Nein, Serena hat ihre Karriere ... Sie verreist öfter als ich. Du wirst immer noch gebraucht, um dich um die Kinder zu kümmern.« Nach einer Weile fügte er hinzu: »Wenn überhaupt, dann hab ich mir eher Sorgen gemacht, daß du gehen könntest.«
Das war das Netteste, was er je zu ihr gesagt hatte. Gott, es war ja beinahe ein Kompliment. »Heißt das, daß du wirklich willst, daß ich bleibe?« Sie wollte die Situation auskosten.
Aber Guy ließ sich nicht so leicht aufs Glatteis führen. »Die Kinder wollen das«, erwiderte er schlau. »Aber sie wissen ja auch nichts von dem Vorfall vergangene Nacht, vor der Wohnung deiner Schwester.«
»Oh, aber ich bin nicht wirklich verhaftet worden.«

»Ich weiß.« Er amüsierte sich offenbar. »Ich sage lediglich, es gibt keinen Anlaß, auf Komplimente aus zu sein, denn das würde heißen, du strapazierst dein Glück zu sehr.«

»Wenn du heiraten willst, warum heiratest du nicht Maxine?« fragte Ella, als ob das das Problem lösen würde. »Dann bräuchte Serena nicht einzuziehen.«

Guy versuchte sich vorzustellen, was in ihrem sieben Jahre alten Köpfchen vor sich ging. Ellas Erinnerungen an ihre Mutter wurden immer bruchstückhafter. Sie wurde seit mehr als drei Jahren von Kindermädchen betreut – zuerst von Berenice, dann von Maxine.

»Ich heirate Serena nicht«, antwortete er behutsam. »Wir dachten nur, es wäre schön, wenn sie hier wohnen würde.«

Ella zog die Stirn in Falten. »Aber sie ist deine Freundin. Bedeutet das, daß sie so was sie eine Mami wird?«

Guy wußte nicht, was er darauf antworten sollte. Während der vergangenen zwei Jahre hatten die Leute manchmal Kommentare dazu abgegeben, und Schuld hatte sich mit dem Verantwortungsgefühl eines Vaters vermischt. In dunklen Momenten hatte er oft überlegt, ob er sich nicht einfach eine Frau suchen sollte, eine geeignete Stiefmutter für die Kinder, und aufhören sollte, darauf zu warten, daß ihm zufällig eine über den Weg lief. Er dachte, alles würde seine Zeit dauern. Liebe wuchs nicht auf Bäumen. Es hatte wahrlich mehr als genug Bewerberinnen gegeben, aber diejenigen, die gute Stiefmütter abgegeben hätten, hatten ihn nicht interessiert, und diejenigen, auf die er sich sehr schnell eingelassen hatte, waren alles in allem immer völlig unbrauchbar für diese Aufgabe.

Und es war eine wirkliche Aufgabe für eine Frau; das wußte er. Aber von allen hatte bisher nur Serena den Mut besessen, von Anfang an ehrlich zu ihm zu sein, und kleine

Kinder waren nicht gerade das, woran sie gewöhnt war. Sie war sicher, Josh und Ella seien wirklich nett, aber wenn er nichts dagegen hätte, würde sie sich mit dem Kennenlernen lieber Zeit lassen. Außerdem, hatte sie hinzugefügt, wer wüßte denn, wie ihre eigene Beziehung sich entwickeln würde? Es erscheine ihr wenig sinnvoll, eine zu enge gefühlsmäßige Bindung zu den Kindern aufzubauen, wenn alles dann damit enden würde, daß sie sich trennten. Das würde ihnen nur unnötig Kummer bereiten.

Das mochte eine pessimistische Haltung sein, aber sie war zumindest zweckmäßig.

Guy war entschlossen, es zu versuchen. Nur weil er sich innerhalb von Minuten in Véronique verliebt hatte, bedeutete das nicht, daß es immer so sein mußte. Vielleicht würde die Liebe sich bei Serena langsam entwickeln. Ella kuschelte in ihrem hellrosafarbenen Pyjama und ihren Mickymaus-Pantoffeln neben ihm auf dem Sofa. Sie griff nach der Puppe, mit der sie zuvor gespielt hatte, und fing an, ihr blondes Nylonhaar zu einem Zopf zu flechten.

»Nein, Serena ist nur ...«, gab Guy vorsichtig als Antwort auf ihre Frage. »Sie ist eine Freundin.«

»Wir werden also nicht wieder eine richtige Familie?« Ella sah mit ernsten Augen zu ihm hoch.

Er deutete auf Josh, der vor ihnen auf dem Boden saß. »Wir drei sind eine Familie, mein Herz. Das weißt du doch.«

»Serena ist nur Dads Freundin.« Jetzt war Josh an der Reihe, seiner kleinen Schwester die Sachlage zu erklären. »Sie gehört nicht zu unserer Familie, weil sie nicht mit uns verwandt ist. Sie kann nur mit uns verwandt werden, wenn Dad sie heiratet. Und selbst dann wäre sie nur entfernt verwandt.« Er sah beifallheischend zu Guy hoch und fügte freundlich hinzu: »Wie der Mann, der uns letzte Woche Geld geschenkt hat, unser Großvater. Er ist auch nur ent-

fernt verwandt. Das bedeutet, sie können uns Geschenke machen, aber sie dürfen uns nicht schimpfen.«
Guy zögerte, dann nickte er. Diese spezielle Angelegenheit mußte geregelt werden. Immer, wenn er bislang versucht hatte, seinen Vater zu erreichen, hatte er lediglich den Anrufbeantworter an der Strippe gehabt.
Ella jedoch strahlte. »Er war nett! Wann besuchen wir ihn wieder?«
»Ich weiß nicht, Schatz. Wir werden sehen. Nun, freust du dich darüber, daß Serena einzieht? Gibt es da noch irgend etwas, was du mich fragen möchtest?«
Sie zuckte die Achseln. »Ich hab nichts dagegen. Solange sie uns nicht schimpfen darf.«
»Das macht schon Maxine«, sagte Josh vollkommen ernst. »Das ist ihr Job.«
Ella hörte auf, an den widerspenstigen Haaren der Puppe herumzufummeln. »Und mir beizubringen, wie man Zöpfe macht«, sagte sie stolz. »Daddy, schläft Serena im gleichen Bett wie du, wenn sie hier wohnt?«
Guy nickte wieder. Um den Schein zu wahren, hatte Serena die letzte Woche das Gästezimmer belegt. Von jetzt an mußte mit den Ausflüchten Schluß sein. »Ja, mein Schatz, wird sie.«
»Arme Serena«, seufzte Ella. »Es wird ihr sicher nicht gefallen, wenn du schnarchst.«

21

Wenn einem gefiel, was in einem Antwortbrief auf eine Anzeige stand, dann war das so eine Sache, dachte Janey, denn das sagte einem nicht alles über die betreffende Person. Einige wesentliche Dinge stellten sich erst später heraus, meist dann, wenn es bereits zu spät war, um zu sagen, man hätte es sich anders überlegt und daß man bereits jetzt wüßte, daß daraus nichts werden würde, obwohl man sich noch nicht einmal richtig kennengelernt hatte.

Wenn zum Beispiel James Blair nur erwähnt hätte, daß er wie ein wiehernder Esel lachte, dann hätte sie ihn sofort von ihrer Liste gestrichen. So aber konfrontierte er sie mit der schrecklichen Realität dieses Gelächters, nachdem er sich ihr im Theaterfoyer vorgestellt hatte, wo sie sich zum ersten Mal verabredet hatten, um ein Stück anzuschauen, in dem seine Schwester eine Hauptrolle spielte.

Er hatte jedenfalls keine Hemmungen, loszulachen. Zu Janeys Entsetzen war das Stück als Komödie angekündigt. Und James hatte ihr vor der Vorstellung nur ein Glas Tonic spendiert, und er hatte bereits fünfmal gelacht. Alle drehten sich um und starrten sie an. Eine arme Frau, die nichtsahnend mit dem Rücken zu ihnen stand, war so erschrocken über diesen unglaublichen Lärm, daß sie ihren Drink über ihre Bluse verschüttete. Es war ein lautes Lachen, das plötzlich hervorbrach, dann explodierte und außer Kontrolle geriet und nie mehr aufzuhören schien. Falls James Blair sie in seinem Brief hätte warnen wollen, hätte er es etwa so beschreiben können: Wahaha-haaa ... iik ... wahaha-haaa ... iik iik iik ... waaaaahaaa-haaa ... iik ... Jetzt war sie ihm für mindestens die nächsten neunzig Minuten ausgeliefert. Sie wußte nicht, was schlimmer war, der Klang des Gelächters oder die Neugier und die kaum verhohlene Amüsiertheit jedes anderen Theaterbesuchers in Hörweite.

Ich bin eine oberflächliche Person ohne Rückgrat, tadelte Janey sich selbst, und James ist vielleicht wirklich ein lieber Kerl. Nur weil er nicht lacht wie andere Leute, ist das noch lange kein Grund, sich möglichst weit weg zu wünschen.

Aber es nützte nichts. James lachte, und die Leute starrten sie an, und das Stück, das in weniger als drei Minuten beginnen würde, wurde in ihrem Programmheft als »unglaublich, zwerchfellerschütternd, ein köstlicher Spaß!« beschrieben.

»Ein fabelhaftes Stück«, erklärte James, nahm ihren Arm und schob sie nach hinten zur Bar, als es zu Ende war. »Ich habe mich schon lange nicht mehr so prächtig amüsiert. Finden Sie nicht auch, daß es fabelhaft war, Janey?«

»Es ist schrecklich spät.« Unter Janeys Achseln hatten sich feuchte Schweißflecken gebildet; sie konnte sie spüren, als sie auf ihre Armbanduhr schaute. »Ich glaube, ich sollte wirklich gehen.«

»Oh, aber ich habe meiner Schwester gesagt, wir treffen sie noch auf einen Drink nach der Vorstellung. Sie können doch sicher noch zehn Minuten bleiben?«

Er sah so geknickt aus, daß Janey es nicht übers Herz brachte, abzulehnen. Er war nicht ihr Typ, aber er war unleugbar anständig.

»Gut«, hörte sie sich selbst aus schierem Schuldbewußtsein sagen. »Nur ein kurzer Drink. Dann, fürchte ich, muß ich wirklich gehen.«

»Prima!« James errötete, sein jungenhaftes Gesicht war so

voller Freude, daß sie sich erneut schuldig fühlte. Wenn sie sich nicht so geschämt hätte, hätte sie ihm nie erlaubt, seinen Arm so besitzergreifend um ihre Taille zu legen. »Was möchten Sie also, einen schnellen Gin? Oder lieber einen langsamen? Waha-haaa ... iik ... waha-haaa ... iik iik ...«

Janey hätte auf der Stelle tot umfallen mögen, als sie Guy Cassidy vor sich an der Bar entdeckte. Den ganzen Abend lang hatte sie sich damit getröstet, daß sie wenigstens nicht jemandem in die Arme gelaufen war, den sie kannte. Es mochte oberflächlich und charakterlos sein, aber es war trotzdem beruhigend – bis eben. »Hallo, Janey.« Guy unterbrach seine Unterhaltung mit einem kahlköpfigen Mann mittleren Alters, drehte sich um und lächelte sie an.

Sie spürte den Schweiß ihre Wirbelsäule hinunterlaufen, als sein Blick kurz zu James wanderte, der immer noch mit den Folgen seines wenig geistreichen Witzes kämpfte.

Sie fühlte sich miserabel, denn er würde sicherlich Maxine jedes Detail erzählen. Janey bemühte sich, sein Lächeln zu erwidern: »Guy, was für eine Überraschung!«

»Ich weiß«, antwortete er mit gespielter Förmlichkeit. »Ich gehe gewöhnlich nicht ins Theater, aber ich habe soviel über diese Produktion gehört.«

»Er will damit sagen«, erklärte sein glatzköpfiger Begleiter, »daß er gegen seinen Willen hierhergeschleppt wurde, weil wir seit Jahren befreundet sind und ich zufällig der Regisseur dieses Stückes bin. Ich habe ihm gesagt, er müsse erst leiden und das Stück anschauen, wenn er mit mir danach zum Essen gehen wolle.«

Guy grinste. »Ich fühlte mich wie eine Frau bei einem Blind Date.«

Janey spürte, wie sie scharlachrot wurde. James, der interessiert zugehört hatte, brach in schallendes Gelächter aus.

»Wie eine Frau bei einem Blind Date? Das ist wirklich klasse, wahaa-haaa ... iik iik iik ...«

»Warum kannst du mich nicht leiden?« fragte Serena plötzlich. Guy war oben bei Josh und Ella, um gute Nacht zu sagen. Maxine war gerade damit beschäftigt, Wäsche in die Maschine zu stopfen, und hatte nicht einmal bemerkt, daß sie nicht mehr allein in der Küche war. Sie sah überrascht hoch.

»Wer sagt, ich kann dich nicht leiden?«

»Ich bin nicht bescheuert«, erwiderte Serena ruhig. Sie zog einen Stuhl heran, setzte sich und betrachtete ihre perfekten Fingernägel. Maxine war der Auffassung, daß jemand, der eineinhalb Stunden damit zubrachte, seine Nägel zu polieren und zu maniküren, dumm sein mußte. Sie gab keine Antwort.

»Ist es Neid?«

»Ich hab nichts gegen dich«, protestierte Maxine, denn die Situation brachte sie langsam in Verlegenheit. Sie lächelte beinahe. »Und ich bin nicht neidisch. Ich war immer gern einsfünfundsechzig groß und blond.«

»Ich bin daran gewöhnt, um mein Aussehen beneidet zu werden.« Wie zum Beweis dafür strich Serena über ihr glattes, dunkles Haar und heftete ihren Blick dann unerschütterlich auf Maxine, die immer noch auf dem Boden kniete, in der einen Hand eine Schachtel Persil, in der anderen Socken von Ella. »Aber das meinte ich nicht.« Langsam fügte sie hinzu: »Ich spreche von Guy.«

»Guy!«

»Er ist ein attraktiver Mann.« Serena lächelte schwach. »Bitte, Maxine, erzähl mir jetzt nicht, das wäre dir nicht aufgefallen.«

»Und du denkst, ich wäre eifersüchtig, weil du mit ihm

zusammenlebst«, schrie Maxine empört. Das war zuviel. Natürlich war Guy attraktiv, aber nicht mal die Tatsache, daß sie heimlich wochenlang hinter ihm hergewesen war, hatte damit etwas zu tun. Wenn Serena nicht vom ersten Tag an derart unnahbar und hochmütig gewesen wäre, lägen die Dinge vielleicht anders. Wenn sie, dachte Maxine ärgerlich, auch nur den geringsten Versuch gemacht hätte, sich anzupassen, das hätte vielleicht geholfen, ungeachtet ihrer eigenen kleinen Schwärmerei für Guy. Aber Serena hatte scheinbar nur Augen für Guy und keinerlei anderes Interesse, weder an den Kindern noch an ihr. Maxine wußte nur zu genau, daß sie nicht gerade das beste Kindermädchen der Welt war, aber sie mochte Josh und Ella wirklich sehr gern. Sie waren freundlich, lieb und ständig zu Scherzen bereit. Serenas anhaltendes und völliges Desinteresse an den Kindern war, so empfand sie das jetzt, einfach merkwürdig.

»Ja, ich denke, du bist eifersüchtig.« Serena nahm eine halbvolle Tasse mit lauwarmem Kaffee und begutachtete sie.

Wenn sie mich jetzt bittet, frischen zu machen, dann kipp ich ihn ihr über den Schädel, dachte Maxine.

»Du könntest gar nicht schiefer liegen«, schnappte sie zurück. »Gut, er sieht nicht gerade aus wie Quasimodo, aber in meinen Augen ist Guy Cassidy reizbar und launisch, und es macht nicht sonderlich viel Spaß, für ihn zu arbeiten. Ich bin hierhergekommen, weil ich in Trezale bleiben wollte und einen Job brauchte.« Sie schob die letzten Wäschestücke in die Waschmaschine – die wesentlich ruhiger lief, seit ihre Reserveschlüssel für das Auto aus dem Zwischenraum zwischen Trommel und Gehäuse entfernt worden waren – und fügte ärgerlich hinzu: »Und wenn ich wirklich daran interessiert gewesen wäre, hinter deinem Freund her zu sein, dann wüßtest du das.«

Serena zog lediglich eine Augenbraue hoch. »Kein Grund, die Beherrschung zu verlieren«, bemerkte sie leichthin. »Maxine, ich möchte keine Feindschaft zwischen uns. Ich wollte ja nur sagen, falls du an Guy interessiert wärst, dann würde ich das verstehen. Ich persönlich wäre erstaunt, wenn du es nicht wärst.«

»Bin ich nicht«, log Maxine. Serena klang wie eine wohlwollende Lehrerin; sie spürte das schier überwältigende Bedürfnis, wie eine Fünfjährige zu reagieren und ihr die Zunge rauszustrecken.

»In Ordnung.« Serena betrachtete sie nachsichtig und sagte besänftigend: »Dann lassen wir es mal dabei, oder? Ich wollte dich wirklich nicht ärgern, Maxine; ich wollte dir lediglich sagen, falls du dir irgendwelche Hoffnungen machen solltest, daß sich so etwas wie eine Beziehung entwickeln könnte ... nun, ich fürchte, daraus wird einfach nichts.«

Es wurde immer verrückter. Maxine bebte vor unterdrückter Wut und preßte zwischen den Zähnen hervor: »Was?«

»Ich habe mit Guy über das Thema gesprochen«, erläuterte Serena unerschüttert. »Er sagte mir, du wärst absolut nicht sein Typ.«

22

Der Pfad von der Klippe hinunter zur kleinen Bucht war steinig und schmal, aber der Mühe wert. Die Strände im Herzen von Trezale waren noch um acht Uhr abends von Urlaubern überlaufen, während die Muschelbucht außerhalb der Stadt praktisch leer war. Nur wenige Leute machten sich die Mühe, sich etwa eine Meile von den Geschäften und Bars wegzubewegen; noch weniger reizte die Aussicht, bei einsetzender Flut wieder den steilen Weg hinauf zur Straße zurückzuklettern.

Und das war auch wirklich gut so, dachte Janey, denn das erlaubte Maxine zumindest, zu schwadronieren und zu phantasieren, so laut sie wollte, ohne Angst haben zu müssen, daß sie Touristen verschreckte.

»... und Serena sagte: ›Reden wir nicht mehr drüber‹«, fauchte Maxine wütend und fuhr in ihrem Monolog fort, den sie neunzig Meter weiter oben begonnen hatte; »und dann ging sie aus der Küche. Ich hatte noch verdammt viel dazu zu sagen, das kann ich dir flüstern!«

»Aber du konntest es ihr nicht sagen, also sagst du es statt dessen mir.«

Sie waren unten angekommen; feiner, trockener Sand löste Felsen und Kieselsteine ab. Janey zog ihre Schuhe aus und vergrub ihre Zehen in der wundervollen Wärme des Sandes.

»Verdammt richtig, ich erzähl es dir«, sagte Maxine und warf ihr Haar mit einer ungehaltenen Kopfbewegung zurück. »Das ist die einzige Möglichkeit, zu verhindern, daß ich vor Wut platze. Die Frau hat vielleicht Nerven!«

»Sie hatte doch recht.« Janey hatte ihrer Schwester immer noch nicht verziehen, was sie vergangene Woche angerichtet hatte, als sie mit den Kricketspielern in die Wohnung geplatzt war, und deshalb konnte sie nicht widerstehen, Serena recht zu geben. »Du bist hinter Guy her.«

»Nicht mehr.« Maxines Augen glitzerten verächtlich. Dann bemerkte sie Janeys Blick und fügte energisch hinzu: »Und nicht, weil Serena sagt, er hätte kein Interesse. Ich möchte nur nichts mit einem Mann zu tun haben, der irgend etwas mit ihr hatte. Ich kann mir einfach nicht vorstellen, was er an ihr findet.«

»Das hatten wir bereits«, stellte Janey fest. »Perfektes Gesicht, perfekter Körper ...«

»Ach das.« Maxine warf ihr einen spöttischen Blick zu. »Ihr Körper ist so perfekt, daß einem schlecht wird. Aber geistig ist sie ein Nichts, sie hat einfach keine Persönlichkeit. Die meiste Zeit hat man das Gefühl, man könnte sich genausogut mit einer Suppenschüssel unterhalten.«

»Du meinst, sie ist nicht temperamentvoll.« Janey grinste. »So wie du.«

»Ich meine, ich habe sie nie lachen sehen«, schnappte Maxine und trat nach einem Haufen Tang. »Josh hat ihr gestern Witze erzählt, und ich schwöre dir, sie hat sie nicht mal verstanden. Und dann hat sie den Nerv und diskutiert mit Guy über mich, das darf doch nicht wahr sein!«

Janey konnte nur mühsam ein Lachen unterdrücken. »Zumindest bedeutet das, daß sie miteinander reden.«

»Aber du hättest hören sollen, wie sie das gesagt hat«, heulte Maxine. Es reichte ihr jetzt nicht mehr, einen Haufen Tang den Strand entlangzukicken; sie packte einen großen Stein und schleuderte ihn ins Meer. »Sie war so verflucht überlegen, und die ganze Zeit mußte ich mir auf die Zunge beißen, denn sie denkt, jetzt, wo sie bei Guy eingezogen ist, ist sie hundertprozentig sicher. Nur daß ich weiß«, fügte sie geheimnisvoll hinzu, »was er wirklich macht, wenn sie weg ist.«

»Oh?« Das war schon interessanter. Janeys Aufmerksamkeit hatte bereits nachgelassen, aber jetzt war sie wieder bei der Sache.

»Genau«, erklärte Maxine triumphierend. »Seine anderen Frauen haben ihn noch nicht aufgegeben. Sie rufen noch an, und er ist Dienstag nacht erst nach drei Uhr nach Hause gekommen. Serena würde ihr blödes Grinsen vergehen, wenn sie das wüßte.«

Dienstag, dachte Janey. Das war, als sie ihn zufällig im Theater getroffen hatte. Unschuldig fragte sie: »Warum, mit wem war er denn aus?«

»Mit welcher Frau, meinst du?« entgegnete Maxine, und ihre Stimme troff vor Sarkasmus. »Nun, es war eine von ihnen, und das ist es, was zählt. Als ich Guy fragte, sagte er, das ginge mich nichts an und ich solle nicht so verflucht neugierig sein, also wußte ich, er hatte nichts Gutes im Schilde geführt.«

Wenn Guy in diesem Moment aus dem Wasser gestiegen wäre, hätte Janey ihn stürmisch umarmt und abgeknutscht. Sie war zwar versucht gewesen, ihn zu bitten, Maxine gegenüber ihre zufällige Begegnung nicht zu erwähnen, hatte sich dann aber doch nicht getraut. Aber Guy hatte nichts gesagt, ihr Geheimnis war nicht preisgegeben worden.

»Vielleicht gibt's eine harmlose Erklärung dafür«, schlug sie freundlich vor, aber das wollte Maxine nicht hören.

»Was ist los mit dir?« Sie griff nach einem weiteren Stein, schleuderte ihn in die Wellen und enthauptete dabei fast eine vorbeifliegende Möwe. »Bist du plötzlich auf seiner Seite? Gib mir eine Chance, Janey, er hat so viele Frauen, daß er nicht weiß, wohin damit, und er wird die Nacht wohl kaum damit zugebracht haben, Monopoly zu spielen. Der Mann ist ungefähr so unschuldig wie Warren Beatty, und er hätte zumindest so viel Anstand besitzen können, mich in seinen Terminkalender mit aufzunehmen. Trotzdem, ich bin froh, daß er eine andere trifft. Jede ist besser als diese geschniegelte, gemeine Serena.«

»Vielleicht denkt er, du würdest sofort zu ihr rennen und es ihr erzählen«, sagte Janey.

»Wenn ich sie damit loswerden könnte, und wenn es mich nicht meinen Job kosten würde«, antwortete Maxine verärgert, »dann würde ich das tun, darauf kannst du wetten.«

Als Kinder waren sie immer den gleichen Weg in der Bucht entlanggelaufen. Als sie jetzt an den kleinen Felsenbuchten ankamen, kletterten sie über die glitschigen Steine zu ihrer Lieblingsstelle. Dort gab es die meisten Tiere und zwei komfortable Sitzplätze, die über die Jahrhunderte von der Flut in den Felsen gekerbt worden waren.

Maxine hatte endlich aufgehört zu schimpfen, planschte barfuß im von der Sonne erwärmten Wasser und sah zwei kleinen Krebsen zu, die verschreckt wegliefen. »Du warst nicht besonders mitfühlend«, brummte sie und warf einen Seitenblick auf Janeys fuchsiarote Zehennägel. »Was ist los, bist du immer noch sauer, weil wir in deine Wohnung gestürmt sind und dir den Spaß mit Bruno verdorben haben?«

Zum ersten Mal wurde das Thema angesprochen. Das mußte eine völlig neue Erfahrung für Maxine sein, dachte Janey triumphierend. Zwei attraktive Männer, und keiner der beiden hatte auch nur das geringste Interesse an der so beliebten, ach so begehrten Maxine Vaughan.

»Bin ich«, sagte sie stolz.

»Hm.«

Janey ärgerte sich. »Du bist ja unglaublich begeistert von Bruno«, schnappte sie. »Du hast doch dauernd an mich hingeredet, ich solle mir einen Mann suchen, und das hab ich. Könntest du nicht wenigstens so tun, als würdest du dich freuen?«

Maxine seufzte. Obwohl Diplomatie noch nie zu ihren Stärken gehört hatte, wußte sie, sie müßte vorsichtig sein. »Aber er hat eine Frau«, sagte sie ruhig. »Janey, hältst du das für klug? Was ist mit der Frau, mit der er zusammenlebt?«

Janey zog eine Schnute. Großartig, die absolut rücksichtslose Maxine hielt ihr eine Moralpredigt. Das nannte man Doppelmoral.

»Schau, Nina weiß, wie er ist, und sie akzeptiert es. Wenn es ihr nichts ausmacht, warum sollte ich mir dann den Kopf zerbrechen?«

»Du hast sie also gefragt?« Maxine sah sie herausfordernd an.

»Natürlich nicht.« Janey fühlte sich langsam in die Enge getrieben und erwiderte verärgert: »Und ich hab keine Lust, mir diesen selbstgerechten Mist von einer Type anzuhören, die schon mal eine Affäre mit einem Mann hatte, weil sie schlicht vergessen hatte, daß er verheiratet ist!«

»Das war ich«, sagte Maxine und zwang sich, ruhig zu bleiben. »Ich bin anders. Aber Schatz, es ist einfach nicht dein Stil, ein heimliches Verhältnis mit einem verheirateten Mann zu haben. Du bist zu anständig.«

»Bruno ist nicht verheiratet.«

Das betete Janey sich dauernd vor. Mit diesem Satz beruhigte sie sich immer wieder, um ihr Verhalten zu rechtfertigen. Natürlich war die Situation nicht gerade ideal, natürlich war sie nicht gerade stolz auf sich, aber zumindest war Bruno nicht verheiratet.

»Sie ist so gut wie seine Ehefrau«, fuhr Maxine unbarmherzig fort. »Sie leben seit Jahren zusammen.« Dann, etwas weicher: »O Janey, deshalb bin ich gar nicht dagegen. Ich möchte nur nicht, daß du am Ende leidest, und ich habe Angst, daß du leiden wirst. Bruno ist nicht der richtige Mann für dich. Er ist ...«

»Du meinst, er ist eher dein Typ«, entgegnete Janey bitter. »Und du gönnst mir keinen Spaß. Ich habe die letzten zwanzig Monate keinen Spaß gehabt, und ich denke nicht dran, so weiterzumachen. Ich mag Bruno, und er mag mich. Sehr sogar.«

Zum ersten Mal spielten sie mit vertauschten Rollen. Maxine bemühte sich, ihre Schwester auf dem rechten Weg zu halten, sie davor zu schützen, daß sie verletzt wurde, und sie stellte fest, daß ihre Bemühungen nicht gerade von Erfolg gekrönt waren. Es war nicht so einfach, wie Janey es immer darstellte. Aber wenn sie ihr erzählen würde, was Bruno ihr vergangene Nacht vorgeschlagen hatte, würde sie Janeys brüchiges Selbstvertrauen zerstören und vielleicht sogar ihre Freundschaft riskieren. Teufel, es war wirklich schwierig, ein guter Mensch zu sein.

»Ich bin mir sicher, er mag dich«, sagte sie vorsichtig. »Aber ich glaube trotzdem nicht, daß er der Richtige für dich ist, mein Herz.«

»Hör endlich auf damit!« Janey hatte genug. Mit einem wütenden Blick stand sie auf. »Ich weiß, es muß ein Schock für dich sein, aber du wirst dich damit abfinden müssen. Bruno zieht mich vor, und du bist eifersüchtig.«

Das Leben war im Moment nicht sonderlich fair, stellte Maxine fest. Als sie nach Trezale House zurückkam, lief sie Guy an der Treppe in die Arme.

»Ich habe versucht zu arbeiten«, sagte er und deutete

Richtung Dunkelkammer, »und dauernd läutet das verdammte Telefon. Ein gewisser Bruno hat dreimal angerufen und wollte dich sprechen. Er möchte, daß du sobald wie möglich zurückrufst.«

Maxine sah Serenas Auto draußen in der Auffahrt stehen. Sie spähte durchs Fenster Richtung Auto und fragte: »Kann Serena nicht ans Telefon gehen?«

»Sie ist im Bad.«

Josh und Maxine hatten schon Wetten über die Dauer von Serenas berüchtigten Bädern abgeschlossen. Bis jetzt lag der Rekord bei einer Stunde und vierzig Minuten. Maxine hoffte, Josh würde oben die Zeit nehmen. Sie verzog jedoch keine Miene und sagte nur: »Ach so.«

»Sie hat mir auch erzählt, daß du heute nachmittag wütend auf sie warst.«

Maxines dunkle Augen funkelten. »Und hat sie vielleicht auch erwähnt, warum?«

Guy nickte. Für einen Augenblick meinte sie, ein Lächeln in seinem Gesicht zu entdecken.

»Gut, vielleicht ist sie ein wenig zu weit gegangen, aber das ist noch lange kein Grund, derart hochzugehen. Wir müssen alle Kompromisse schließen, wenn wir miteinander auskommen möchten.«

»Außer mir macht das keiner«, giftete Maxine zurück. »Und ich seh nicht ein, warum ich die einzige sein soll, die hier Kompromisse schließt.«

»Du bist nicht die einzige«, erwiderte er schroff. »Ich bin heute abend dreimal ans Telefon gegangen, oder etwa nicht? Und ich hab dir ausgerichtet, was er mir aufgetragen hat, auch wenn ich nicht mit dem einverstanden bin, was du vorhast.«

»Was hab ich denn vor?« Sie sah ihn erstaunt an. »Sag schon, was hab ich vor?«

»Komm schon«, sagte er gedehnt. »Dazu gehört nicht allzuviel Phantasie. Bruno ist vermutlich Bruno Parry-Brent. Ich kenn ihn nicht besonders gut, aber ich habe genug von ihm gehört, um Bescheid zu wissen. Und jetzt stöhnt er telefonisch hinter dir her. Er ist zumindest verflucht nahe dran am Stöhnen.«

»Es geht dich einen feuchten Kehricht an, warum er hier anruft.« Maxine war wütend.

»Selbstverständlich. Ich dachte nur, du hättest etwas mehr Verstand, als ausgerechnet mit einem verheirateten Mann anzubandeln. Er ruft wohl kaum an, um deine Tischreservierung zu überprüfen.«

»Er ist nicht verheiratet«, zischte Maxine. Es war lächerlich, sie klang beinahe wie Janey. »Und ich hab nichts mit ihm. Ich kann Männer nicht ausstehen.«

»Ach, bitte.« Jetzt verdrehte Guy die Augen. »Du magst einfach jedes männliche Wesen, und Bruno mag jedes weibliche. Seien wir doch ehrlich, Maxine, du und Bruno, ihr seid das perfekte Paar.«

»Geh morgen abend mit mir aus«, sagte Bruno.

»Ich will morgen abend nicht mit dir ausgehen.« Maxine hatte gewartet, bis Guy ins Zimmer gekommen war, ehe sie Bruno zurückrief; sie sprach langsam und deutlich. Nach einer Weile fügte sie hinzu: »Oder an irgend einem anderen Abend. Bruno, ich hab es dir schon gesagt, ich bin schlicht nicht an dir interessiert.«

»Ich weiß.« Er klang amüsiert. »Aber ich an dir. Und je schwerer du es mir machst, um so interessierter bin ich.«

Maxine warf Guy, der die Zeitung las und die Kekse der Kinder aß, einen triumphierenden Blick zu. »Die Antwort ist: Nein.«

Guy war in sein Horoskop vertieft und reagierte nicht.

Am anderen Ende der Leitung lachte Bruno. »Hat dir noch nie jemand gesagt, daß es dir nicht steht, die Heilige zu spielen? Jetzt komm schon, du schuldest mir mindestens einen Abend. Hast du eine Vorstellung, wieviel mich das kostet, den Nagellack aus dem Autositz entfernen zu lassen?«

»Geschieht dir recht«, sagte Maxine rasch. »Und ich schulde dir gar nichts. Wenn du unbedingt morgen abend ausgehen willst, dann nimm doch Nina mit.«

Guy aß noch einen Keks.

»Sie ist zu ihrer Schwester nach Kent gefahren.«

Maxine wäre beinahe herausgerutscht: »Dann nimm doch statt dessen Janey mit«, denn warum sollte sie sich bemühen, ihre naive Schwester in Guys Anwesenheit zu schützen; statt dessen sagte sie sanft: »Nun, ich bin sicher, du findest jemanden, der dir Gesellschaft leisten kann.«

»Das werd ich sicher«, antwortete Bruno gutgelaunt. »Es ist nur so, daß du mir am liebsten wärst.«

»Was für ein Pech, daß das bei mir anders ist«, entgegnete Maxine. »Mach's gut.«

Als sie aufgelegt hatte, sah Guy von der Zeitung hoch. Maxine sah ihn stolz an. »Nun?«

»Absolut glaubwürdig«, bemerkte er trocken und schüttelte den letzten Keks aus der Packung. »Die beste Vorstellung, die ich seit langem gehört habe. Mit wem hast du gesprochen, mit der Zeitansage?«

23

Sonntagvormittage sind doch etwas Seltsames, dachte Thea. An einem Sonntag morgen allein aufzuwachen, war in ihren Augen schlicht niederschmetternd. In den ersten Monaten nach ihrer Scheidung hatte sie sich jede Woche vor diesen fürchterlichen Stunden gefürchtet. Einsame Sonntagvormittage waren das letzte, das war so, wie Weihnachten allein zu sein.

Und dann gab es da noch die andere Art.

»Woran denkst du?« fragte Oliver, während er sich zu ihr rüberlehnte und einen Krümel vom Croissant aus ihrem Ausschnitt wischte.

Thea lächelte ihn an. »Daß es wirklich nichts Wundervolleres gibt, als an einem Sonntag mit frischen Croissants, einer Menge Zeitungen und einem hervorragenden Liebhaber im Bett zu liegen.«

»Soll das heißen, ich komme erst an dritter Stelle?« protestierte er. »Nach dem Essen und der Times?«

»Nein.« Sie küßte ihn auf die Wange, und die Zeitung raschelte zwischen ihnen. »Die sind nicht schlecht, aber nicht entscheidend. Dich hier zu haben, macht es erst so wundervoll.« Ihr Lächeln wurde breiter, sie warf ihr langes graues Haar zurück. »Und natürlich ist da die noch wundervollere Zugabe.«

Oliver grinste. »Daß ich ein hervorragender Liebhaber bin.«

»Tatsächlich«, sagte Thea, »bist du einfach wahnsinnig gut beim Kreuzworträtseln.« Sie gluckste vor Lachen. Draußen war ein herrlicher Tag, aber sie dachte nicht im Traum daran, rauszugehen. Oliver war bei ihr, und das war es, was zählte. Oliver jedoch hatte immer noch Hunger. »Wenn wir im Hotel geblieben wären, könnten wir jetzt den Zimmerservice rufen«, brummelte er.

Daran zu denken, Croissants und ein Glas schwarze Johannisbeermarmelade zu kaufen, hatte Theas hausfrauliche Fähigkeiten völlig erschöpft. Sie war noch nie der Typ gewesen, der über einen wohlgefüllten Kühlschrank verfügte, mit kaltem Brathähnchen, geräuchertem Schinken, gutem Wein und Erdbeeren. Sie war sich sicher, daß im Moment nur drei offene Gläser Mayonnaise in unterschiedlichen Verfallsstadien, eine Augenmaske aus dem Body-Shop für verkaterte Tage und eine Mango zur Verfügung standen. Aber was soll's, dachte sie. Ich bin Künstlerin, ich darf das.

»Ich habe nichts Eßbares mehr im Haus, wir müssen wohl verhungern«, erklärte sie Oliver und küßte ihn noch mal.

»Da hast du's. Das ist ein Paradebeispiel dafür, warum ich dich nie heiraten darf. Was die Küche betrifft, bin ich ein hoffnungsloser Fall. Innerhalb weniger Wochen wärst du ein Schatten deiner selbst und würdest nach Scheidung schreien.«

»Würde ich nicht.« Er sah sie erstaunt an. »Wir hätten eine Haushälterin.«

»Die sich um jede Kleinigkeit kümmert?« spottete Thea. »Abartig.«

»Das ist mein Ernst. Und in der Zwischenzeit ...« Er griff nach dem Telefon neben dem Bett und wählte die Nummer seines Hotels.

»Herrlich«, seufzte Thea, als er mit dem Geschäftsführer des Restaurants gesprochen und mit ihm vereinbart hatte, daß in ungefähr einer Stunde ein Drei-Gänge-Menü per

Taxi angeliefert würde. »Was ein geschätzter Gast alles kriegt.«

»Was man mit Geld alles kriegt.« Oliver ging mit einem Achselzucken darüber hinweg. »Das ist nichts Besonderes.«

»Es ist schon etwas Besonderes, wenn das heißt, du ißt Ente *à l'orange* statt etwas von Call-a-Pizza«, entgegnete Thea glücklich. Sie mochte zwar nicht kochen, aber sie liebte exzellentes Essen.

»Wenn du so leicht zu beeindrucken bist«, erwiderte Oliver, »dann weiß ich nicht, warum du mich nicht heiratest. Du könntest essen, was immer du willst, verreisen, wohin immer du möchtest ...«

Thea richtete sich auf, und das Laken rutschte weg und entblößte ihren nackten Körper. Sie fuhr zärtlich mit ihrem Handrücken über Olivers Wange und spürte die weichen Haare seines Schnurrbarts an ihrer Haut. »Streit nicht mit mir«, tadelte sie ihn liebevoll. »Wenn ich ja sagen würde, würden die Leute denken, ich heirate dich wegen deines Geldes. Sogar ich würde überlegen, ob ich dich wegen deines Geldes heirate. So aber ist es gleichgültig, ich liebe dich so und so. Ich bin da, wo ich sein wollte, und ich tue genau das, was ich tun will. Das ist in meinen Augen einfach perfekt.«

Oliver war gerade unter der Dusche, als es an der Tür läutete. Thea, nur halbwegs gesellschaftsfähig gekleidet in ihrem bestickten schwarzen Morgenrock aus Seide, der ihren wunderbaren Busen betonte, und mit ihrem noch lose über die Schultern hängenden grauen Haar tappte gerade barfuß in der Küche herum, um Besteck zu holen.

Als sie zur Haustür stürzte, knurrte ihr Magen. Hummersalat, Ente *à l'orange,* Fruchtsalat und zwei Flaschen Chardonnay würden ihr jetzt sicher guttun. Durch die Milchglasscheibe konnte sie die Silhouetten von drei Gestalten sehen, und keine von ihnen schien Essen dabeizuhaben.

Eine Silhouette erkannte sie sofort, die anderen beiden waren klein. Es war zu spät, sich zu verstecken und so zu tun, als wäre sie nicht zu Hause. Während sie überlegte, hörte sie ein kleines Mädchen fragen: »Wenn sie deine Mutter ist, heißt das, daß sie wirklich alt ist?«

»Uralt«, antwortete Maxine. »Über Vierzig.«

Thea atmete tief durch und öffnete die Tür. »Aber im Herzen jung«, erklärte sie und betete, Oliver möge nicht gerade jetzt oben zu singen beginnen. »Liebes, wie schön, dich zu sehen, aber du hättest wirklich vorher anrufen sollen. Ich bin schrecklich in Eile, wollte gerade weg.«

»Nur auf einen Sprung also.« Da Maxine überhaupt nicht damit gerechnet hatte, nicht willkommen zu sein, war sie schon halb durch die Tür und schob ihre kleinen Begleiter vor sich in den Flur. »Mum, das ist Ella, und das ist Josh, und ich bin froh, daß du zu Hause bist. Wir sind zu Fuß von Trezale House hierhergekommen, und ich hab vergessen, Geld einzustecken. Wenn du uns einen Fünfer borgen könntest, für Limonade ...«

»Ich hol schnell meinen Geldbeutel«, sagte Thea und war schon weg. »Wartet hier.«

»... und ob Ella mal schnell nach oben ins Bad gehen könnte«, fuhr Maxine schnell fort. »Sie kneift schon seit zwanzig Minuten die Beine zusammen. Es tut weh, ihr zuzuschauen.«

Verflucht, dachte Thea, und schaute auf das kleine blonde Mädchen runter. Es hatte die Knie zusammengepreßt. »Gut ... gib mir nur ein paar Minuten.«

»Ist das die Dusche?« Maxine hörte aus der Ferne das

Geräusch fließenden Wassers und sah ihre Mutter fragend an. »Wer ist oben?«

»Niemand.« Thea zog ihren Morgenrock enger um sich und ging zur Treppe. »Ich wollte gerade duschen. Ich dreh das Wasser schnell ab.«

»Raus«, zischte sie Sekunden später, griff nach Olivers eingeseiftem Arm und zog ihn aus der Dusche. »Meine Tochter und deine Enkel sind unten und wollen aufs Klo. Du mußt dich im Schlafzimmer verstecken.«

»Verdammter Mist!« Shampoo lief ihm ins Gesicht und brannte in den Augen, so daß er kaum was sah. Dann stieß er sich auch noch den Zeh an der Türkante an und fluchte noch mal durch zusammengepreßte Lippen, während Thea ihn nackt den Treppenabsatz hinaufschob. »Ich hab's ja gewußt, ich hätte im Hotel bleiben sollen. Wie lange bleiben sie?«

»So lange, wie es dauert, zu pinkeln.« Thea verschluckte ein Lachen und schob ihn Richtung Schlafzimmer. »Mach dir keine Sorgen, ich werd sie schon los. Bleib hier drin, aber was immer du tust, du darfst nicht niesen.«

Als sie wieder nach unten kam, waren Maxine und die Kinder im vorderen Zimmer. Maxine warf einen Blick aus dem Fenster und sagte: »Falls du ein Taxi bestellt hast, es ist schon da. Soll ich rausgehen und dem Fahrer sagen, er soll warten?«

»Das mach ich schon.« Thea lief zur Tür, aber der Taxifahrer war bereits ausgestiegen und hob einen riesigen Weidenkorb vom Rücksitz.

»Kann ich jetzt ins Bad?« schrie Ella in äußerster Not.

»Die Treppe hoch und dann die erste Tür links«, antwortete Maxine geistesabwesend, sie starrte immer noch den Fahrer an, der den Korb den Weg hochschleppte. »Mum, was ist hier los? Hast du einen kleinen Hund adoptiert?«

»Ich hab jemanden zum Essen eingeladen.« Thea war schamrot. »Er weiß nicht, daß ich nicht kochen kann, und ich wollte einen guten Eindruck machen, also hab ich Essen aus einem Restaurant bestellt.«

»Du lieber Himmel«, sagte Maxine, denn Thea hatte sich noch nie darum geschert, einen guten Eindruck zu machen. »Ich hoffe, er ist es wert.«

»Keine Sorge.« Thea lächelte vor sich hin, denn Oliver war Millionen wert. »Ist er.«

»Weißt du, Maxine, daß deine Mutter nicht die Wahrheit gesagt hat?« fragte Josh, als sie am Strand entlang zurückgingen.

Maxine leckte sich Schokoeiscreme von den Lippen. »Nein?«

»Sie hatte nicht gerade geduscht, als wir dort angekommen sind«, fuhr er ernst fort, »ihre Haare waren trocken. Aber als ich hinter Ella hochgegangen bin, waren überall nasse Fußspuren und Schaumflocken auf dem Teppich im Bad.«

»Mann!« Maxine sah schockiert aus. »Du meinst ...?«

Josh, der Detektiv werden wollte, wenn er einmal groß war, nickte. »Da war noch jemand oben.«

»Ich wußte das«, legte Ella los, um ihre Tüchtigkeit zu beweisen. »Ich bin aus Versehen ins falsche Zimmer gelaufen, und da hat sich jemand unter der Decke versteckt in einem großen Bett.«

Josh war ein besonderer Fan von Hercule Poirot. Mit ernster Miene fragte er: »War er tot?«

»Nein, ich konnte ihn atmen hören.«

»Das ist ja schon was«, sagte Maxine freundlich. »Zumindest hat er noch gelebt.«

Josh starrte sie an. »Warum hast du gesagt ›er‹? Woher weißt du, daß es ein Mann war?«

Sie grinste. Er war nicht der einzige, der neugierig war. Zum ersten Mal in ihrem Leben hatte Thea Geheimnisse – sie mußte einen besonders guten Grund dafür haben.
»Ich weiß es nicht«, sagte sie zu Josh. »Ist nur 'ne Vermutung.«

24

Janey behinderte der Blumenstrauß, den sie im Arm hatte. Sie wollte gerade die Restauranttür mit ihrem Fuß aufstoßen, als sie plötzlich geöffnet wurde. Als Nina vor ihr stand, versuchte sie, nicht allzu verblüfft dreinzuschauen.

»Oh ... hallo«, sagte sie schnell und befürchtete, daß es etwas gekünstelt klang. Sie deutete mit dem Kopf auf den Strauß aus Rittersporn, rosafarbenem und schneeweißem Schleierkraut und fügte blödsinnigerweise hinzu: »Ich liefere die Blumen.«

»Bruno sagte mir, ich soll auf dich warten«, erwiderte Nina. »Eine der Kellnerinnen hat gestern abend achtundzwanzig Teller fallenlassen, und er ist losgefahren, um neue zu kaufen.« Sie trug ein langes blaßblaues Schlabberkleid, einige Silberketten um den Hals, und ihre Sandalen waren in Hippiemanier mit einem Lederriemen an ihren Fesseln befestigt. Sooft Janey es auch versucht hatte, sie konnte sich Bruno und Nina einfach nicht zusammen im Bett vorstellen. Sie konnte sich nicht mal vorstellen, daß sie denselben Wäschekorb benutzten.

»Himmel.« Sie stellte die Blumen ab und überlegte, wie sie schnellstmöglich die Blumen arrangieren und wieder verschwinden könnte. »Er war sicher stinksauer. Wahrscheinlich sucht er nach einer neuen Bedienung.«

»Es war nicht ihre Schuld.« Nina zündete sich eine Zigarette an und setzte sich, um Janey bei der Arbeit zuzuschauen. Gelassen sagte sie: »Sie nahm die Teller gerade oben aus dem Küchenregal, da hat Bruno sie in den Hintern gezwickt. Sie schrie und ließ sie fallen. Unter diesen Umständen konnte er wohl nichts dagegen sagen.«

Das war die Gelegenheit, auf die sie gewartet hatte, dachte Janey. Das war ihre Chance, ihr Gewissen zu beruhigen und aus erster Hand zu erfahren, wie es zwischen Nina und Bruno stand; jetzt endlich konnte sie alle Zweifel ausräumen, ob ihre Beziehung zu Bruno nicht doch völlig falsch war.

»Macht dir das nichts aus?« fragte sie in fast zu beiläufigem Ton. Ihre Finger zitterten ein wenig, als sie flaschengrüne Schwammkeile in jede Vase drückte. »Ich meine, wenn Bruno mit anderen Frauen flirtet?«

Nina sah sie amüsiert an und blies einen perfekten Rauchring in die Luft. »Ich vermute, ganz nebenbei, daß er auch mit dir flirtet.«

»Nein ...«, flüsterte Janey und spürte, wie sie rot wurde. »Vielleicht ein bißchen, aber nicht mit mir speziell.«

»Natürlich nicht«, erwiderte Nina nachsichtig. »Nur mit dir und jeder anderen Frau, auf die er ein Auge geworfen hat. So ist Bruno nun mal, ich bin daran gewöhnt ... Schließlich flirtet er ja nur. Alles ganz harmlos.«

Janey spürte, wie es in ihrem Magen rumorte. Was sie und Bruno getan hatten, war weit mehr als nur harmloses Flirten gewesen. Bluffte Nina, spielte sie die tolerante Partnerin, oder hatte Bruno sie beide belogen? Sie traute sich nicht, direkt zu fragen, und flüchtete sich in Lügen.

»Mein Mann war genauso«, sagte sie, schnell improvisierend, »aber es fiel mir schwerer, damit zurechtzukommen, als dir. Ich habe ständig überlegt, ob, nun, ob's beim Flirten blieb.«

»Du dachtest, er hätte vielleicht eine Affäre?« fragte Nina interessiert. »Und, hatte er eine?«

Janey verachtete sich selbst, schüttelte aber den Kopf. »Ich weiß es nicht. Wenn er eine hatte, dann ist er verschwunden, bevor ich es rausfinden konnte.«

»Ach ja, stimmt.« Nina fiel es wieder ein und sie nickte. Dann sagte sie völlig unerwartet. »Aber du hast nur so empfunden, weil du eifersüchtig warst.«

Janey sah sie an. »Bist du das nicht?«

»Ich habe keinen Grund, eifersüchtig zu sein.« Nina beugte sich vor und drückte ihre Zigarette aus. Sie faltete die Hände im Schoß und sagte schlicht: »Ich liebe Bruno. Ich vertraue ihm, und ich weiß, er wäre mir nie untreu.«

Das war kein Bluff. Ihr Vertrauen in ihn verschlug Janey die Sprache, sie fühlte sich immer schlechter und sagte: »Was würdest du tun, wenn er's wäre?« Hastig fügte sie hinzu: »Ich meine, irgendwann mal.«

Nina dachte kurz über die hypothetische Frage nach. »Ich wäre am Boden zerstört«, antwortete sie schließlich lächelnd. »Gütiger Gott, darüber hab ich wirklich noch nie ernsthaft nachgedacht. Bruno ist mein Leben. Das würde bedeuten, er hätte mich und meine Liebe zu ihm verraten.« Nach kurzem Zögern fügte sie hinzu: »Das könnte ich ihm nie verzeihen.«

Janey hätte am liebsten losgeheult, weil Bruno sie beide betrogen hatte und ihr neugefundenes Glück nur auf Heuchelei beruhte. Sie hatte ihm auch vertraut, hatte ihm geglaubt, als er ihr gesagt hatte, er liebe sie. Zum ersten Mal seit beinahe zwei Jahren war sie sich wieder wie ein menschliches Wesen vorgekommen und hatte Gefühle entwickelt, von denen sie schon gedacht hatte, sie wären nicht mehr vorhanden. Und alles war nur Selbsttäuschung gewesen, denn Bruno hatte keine Abmachung mit Nina und hatte sie beide belogen, nur um sein egoistisches Bedürfnis nach Streicheleinheiten und Sex zu befriedigen. Janey überlegte, wie viele naive Frauen wohl in dieselbe Falle gegangen waren. Am meisten aber hoffte sie, Nina würde es nie herausfinden, denn selig sind die Unwissenden. Während ihre eigene Welt um sie herum in Scherben fiel, wandten Ninas Gedanken sich schon wieder wichtigeren Dingen zu. Sie zündete sich zufrieden eine neue Zigarette an, warf ihr langes glattes Haar zurück und machte es sich in ihrem Sessel bequem. »Komm schon, Janey, Kopf hoch. Es hat keinen Zweck, dauernd über die Vergangenheit nachzugrübeln. Du kommst doch zu Brunos Party am Freitag, oder?«

Janey nickte stumm. Ihr Name stand auf der Gästeliste. Sie würde natürlich nicht hingehen, aber eine Entschuldigung in letzter Minute war einfacher, als jetzt einen plausiblen Grund für eine Absage zu finden.

»Das wird bestimmt wahnsinnig lustig«, sagte Nina mit mehr Enthusiasmus, als Janey ihr zugetraut hätte. Dann seufzte sie und fügte klagend hinzu: »Das schlimme ist, ich hab keinen Schimmer, was ich ihm zum Geburtstag schenken soll. Ich bin ein hoffnungsloser Fall, wenn's um Geschenke geht. Was meinst du, Janey. Fällt dir etwas ein?«

Einen Keuschheitsgürtel mit Monogramm, dachte Janey, und einen Maulkorb. Laut sagte sie: »Keine Ahnung. Wie wär's mit Aftershave?«

»Oh.« Nina lachte hell auf. »Ich denke, Bruno ist ein bißchen mehr wert, meinst du nicht? Er ist schließlich mein Lebensgefährte. Ich hatte eher an ein neues Auto gedacht.«

Während der nächsten zwei Tage hatte Janey keine Gelegenheit, Bruno anzurufen oder ihn zu treffen. Freitag abend war sie dann ziemlich hin und her gerissen, ob sie nun zur Party gehen sollte oder nicht. Die Vorstellung, dort aufzutauchen und ungezwungen mit Bruno und Nina zu plaudern, schien ihr schrecklich scheinheilig.

Aber andererseits und aus rein egoistischen Motiven war sie trotzdem versucht, hinzugehen. Brunos Geburtstagspartys waren ein gesellschaftliches Ereignis in Trezale, sie waren immer ein rauschender Erfolg. Seine Freunde, strahlend und gutaussehend und mindestens so extrovertiert wie Bruno selbst, strömten aus allen Teilen des Landes zu diesem Ereignis zusammen, und das Fest dauerte immer bis in den nächsten Morgen. Letztes Jahr waren die Klatschspalten voll gewesen mit Geschichten über den Rennfahrer, der nackt in der Bucht von Trezale Wasserski gefahren und am nächsten Morgen mit der frisch geschiedenen, jungen Frau eines besonders aufgeblasenen Tory-Abgeordneten durchgebrannt war. Die Ehe hatte sieben Monate und sechs Tage gedauert, also sieben Monate länger, als jeder, der einen von beiden kannte, vorausgesagt hatte. Anfang der Woche hatte Bruno Janey das Fax von eben diesem Rennfahrer gezeigt, mit dem er die Einladung zur Party annahm. »Ich und meine Wasserski, sagen ja, ja, sehr gerne«, hatte er über die Seite gekritzelt. Und unten hatte er fünfzigmal geschrieben: »Und dieses Mal darf ich nicht durchbrennen.«

Scheiße, dachte Janey, warf die Abendzeitung auf den Boden und schaltete den Fernseher aus. Sie hatte sich seit Wochen auf die Party gefreut. Die Aussicht, allein in ihrer Wohnung zu hocken, den Verlust eines Mistkerls zu beklagen, mit dem sie sich ohnehin nie hätte einlassen dürfen, und sich mit einer Riesentafel Nuß-Trauben-Schokolade zu trösten, war einfach niederschmetternd. Sie würde sich zurechtmachen, zur Party gehen, mit dem nächstbesten Mann flirten und sich verdammt gut amüsieren. Bruno zu sagen, er könne sie mal, konnte bis nächste Woche warten. Wer weiß, vielleicht lernte sie ja jemanden kennen. Janey begann zu träumen, während sie das Badewasser einließ und mindestens eine halbe Flasche Pfirsichschaumbad in die Wanne goß. Solange sie eine positive Einstellung hatte, war alles möglich. Und schlimmstenfalls blieb ja immer noch der Rennfahrer mit seinen Wasserski.

Um halb neun war sie beinahe fertig, und plötzlich schien, zu ihrer Erleichterung, alles gutzugehen. Das schwarze Paillettenkleid, das zu tragen sie nur selten die Gelegenheit hatte, sah so gut aus wie immer, es betonte die Kurven, die sie betont haben wollte, und versteckte diskret die, die sie lieber verborgen hielt. Es war verboten teuer gewesen, aber jeden Penny wert. Und es verlieh Janey Selbstvertrauen und glitzerte wie Anthrazitkohle, wenn sie sich bewegte.

Auch ihr Haar hatte offenbar beschlossen, sich heute abend zu benehmen; die bronzefarbenen Kämme, die es an den Seiten hochhielten, blieben brav an ihrem Platz, und sogar die offenen blonden Locken in ihrem Nacken fielen dorthin, wo sie hingehörten, und standen nicht in den verrücktesten Winkeln von ihrem Kopf ab, wie sie es sooft taten, wenn sie versuchte, schick auszusehen.

Bronzefarbener Lidschatten, schwarze Wimperntusche, etwas Augenbrauenstift und zwei Schichten bronzefarbener Lippenstift, und Janey war perfekt. Sie trat einen Schritt zurück und betrachtete ihr Spiegelbild. O ja, sie sah wirklich verdammt hübsch aus.

Sie würde zur Party gehen und war zu allem bereit.

Außer vielleicht im Morgengrauen Wasserski zu fahren, dachte sie, zumindest nicht in diesem Kleid.

25

Das Restaurant war umgestaltet worden. In dieser Nacht, ohne die fünfundzwanzig Tische, mit lauter Musik und in dem gedämpften Licht, sah es mehr wie ein Nachtclub aus. Und obwohl es noch nicht zehn Uhr war, war es bereits voller gutaussehender Leute, die fest entschlossen waren, sich prächtig zu amüsieren.

Bruno, mit einem neuen himbeerroten Seidenhemd bekleidet, beherrschte die Tanzfläche. Er hatte eine Flasche Remy Martin in der einen Hand, eine bezaubernd zerzauste Brünette in dem anderen Arm, tanzte Lambada und unterhielt sich gleichzeitig lautstark mit einem großen blonden Schauspieler, dem Star einer Serie von Werbespots für irgendeine Kaffeesorte. Janey beobachtete ihn, wie er lachte, scherzte und dabei auch nicht den geringsten Fehler beim Tanzen machte. Das war Brunos Spezialität und ein Beispiel dafür, daß er einfach alles haben konnte, obwohl sie dafür kein Beispiel mehr brauchte. Er wollte tanzen, und er unterhielt sich gerne mit Freunden, warum also sollte er Zeit verschwenden und zuerst das eine und danach das andere tun? Und wenn er zwei Frauen mochte, warum sollte er auf eine verzichten, dachte sie bitter. Warum sollte er nicht beide haben?

Als sie sich umsah, fiel ihr auf, daß Nina nirgends zu sehen war. Alle Frauen waren unglaublich herausgeputzt, es war nicht einmal ein Zipfelchen eines geblümten Baumwollkleides von Laura Ashley zu sehen. Im nächsten Moment hatte Bruno, der gerade herumwirbelte, Janey entdeckt. Er flüsterte der kichernden Brünetten etwas ins Ohr, drückte die Flasche Kognak an ihren Ausschnitt und schob sie dem Schauspieler in die Arme. Als er auf Janey zukam, spürte sie das vertraute Ziehen in ihrem Magen, sie begehrte ihn noch immer. Der Mann war ein Lügner und Betrüger, aber sexuelle Anziehungskraft verflüchtigt sich nicht so einfach. Sie wollte sich unbedingt beherrschen und erwiderte Brunos Grinsen mit einem kurzen Lächeln. Sie durfte sich jetzt nicht gehenlassen. Wahrscheinlich sollte sie sich geschmeichelt fühlen, weil er die Brünette im Stich gelassen hatte, um sie zu begrüßen.

»Janey, du siehst umwerfend aus! Hm, und du duftest nach Pfirsichen.«

Als sie sich linkisch seiner Umarmung fügte, murmelte Bruno: »Entspann dich, mein Schatz. Ich habe heute Geburtstag; man erwartet von mir, daß ich meine Gäste küsse.«

»Hier ist deine Geburtstagskarte.« Sie trat einen Schritt zurück und zog sie aus der Tasche. Dann erspähte sie den Tisch mit den kunstvoll verpackten Geschenken und fügte hinzu: »Ich habe dir kein Geschenk gekauft.«

»Keine Sorge, du kannst es mir später geben.« Bruno blinzelte ihr zu. »Oben.«

Es machte ihm einfach nichts aus, dachte Janey. Er bemühte sich nicht mal, leise zu sprechen. Sie trat einen Schritt zurück und zuckte zusammen, als ihr Stöckelschuh auf einem Fuß landete. Hinter ihr drängten immer mehr Gäste durch die Tür wie Kundschaft am ersten Tag des Schlußverkaufs bei Harrod's. Die warme, parfümgetränkte Luft verlieh – zusammen mit dem grüngoldenen Dekor – dem Ganzen eine Dschungelatmosphäre. Links von ihr lachte eine große Frau wie ein Papagei. Es war laut und chaotisch, aber Bruno sollte trotzdem nicht glauben, man könnte ihn nicht hören, dachte sie verärgert.

»... wirklich überwältigend«, fuhr er fort und strich mit seinem Zeigefinger anerkennend über ihr Schlüsselbein. »Janey, du solltest dich öfter so zurechtmachen! Ich kann's kaum erwarten, dich auszuziehen. Mein Geburtstagsgeschenk ...«

Janey stellte fest, daß er auf dem besten Weg war, sich einen anzutrinken, so hatte sie ihn noch nie gesehen. Sie nahm seine Hand von ihrer Schulter, bevor sie sich an intimere Stellen vorarbeiten konnte, und fragte abrupt: »Wo ist Nina?«

»Nina?« Bruno lachte. »Kenn ich eine Nina? Komm schon, Liebes, rette meinen Tag. Sag mir, daß du Strapse unter diesem herrlichen Kleid trägst.«

»Sei nicht albern.« Janey versuchte, energisch zu klingen; sie versetzte seiner Hand einen Klaps. Er war gerade dabei, ihren Oberschenkel zu erforschen. »Wo ist sie?«

»Du klingst wirklich wie meine alte Schuldirektorin.« Bruno sah sie bewundernd an. »Das bringt mich auf eine Idee.«

»Wo ist Nina?« wiederholte Janey, laut genug, daß die Umstehenden sie hören konnten. Die Leute begannen, sie neugierig anzustarren. »Ich muß mit ihr reden.«

»Ihre Großmutter ist krank geworden.« Er grinste ohne das geringste Bedauern. »Sie wurde heute morgen ins Krankenhaus gebracht. Nina ist zu ihr nach Berkshire gefahren. Sie ist frühestens morgen nacht zurück.«

Deshalb also bemühte er sich überhaupt nicht um Diskretion, dachte Janey. Es tat ihr leid für Nina, und sie sagte: »Ist es etwas Ernstes?«

»Chronischer Reichtum.« Bruno nahm ein Glas Champagner vom Tisch hinter ihr und hob es zu einem spöttischen Trinkspruch. »Liebe alte Oma Bentley. Kerngesund und obendrein noch dreiundneunzig. Ihr Haltbarkeitsdatum dürfte längst abgelaufen sein, meinst du nicht?«

Zunächst erwiderte Janey nichts. Jetzt wurde die Sache für sie einfacher. Für Bruno war das nur ein witziger Spruch, aber in ihren Augen war es einfach grausam; und auf eine geheimnisvoll wunderbare Art machte es ihn unsympathisch.

»Meine Großmutter ist vierundneunzig«, log sie in eisigem Ton. »Vielleicht denkst du, sie hat ihr Haltbarkeitsdatum auch schon überschritten.«

André Covel gehörte der ungeheuer erfolgreiche Surfladen, in dem Alan den größten Teil von Janeys sauer verdientem Geld ausgegeben hatte. Und er war ein enger Freund von Alan gewesen; jetzt schenkte er Janey Weißwein nach. Er spähte rüber zu Bruno, der wieder auf der Tanzfläche war, diesmal mit der umwerfenden Frau eines bekannten Rocksängers, einer Italienerin. Dann zog er die Augenbrauen hoch und meinte: »Du scheinst Bruno ziemlich gut zu kennen. Gibt's da irgend etwas, was ich wissen sollte?«

Ganz sicher nicht, dachte Janey und unterdrückte ein Schaudern. Sie mochte André, aber er war ein fürchterliches Klatschmaul, und er kannte praktisch alle Leute.

»Nein.« Sie ließ es so klingen, als wäre das ein amüsanter Gedanke, denn alles andere würde den Sherlock Holmes in ihm wachrufen. »Nicht mein Typ, man dankt.«

»Bruno?« Jan, die Freundin von André, hatte nur mit halbem Ohr zugehört. Mit einem Kichern sagte sie: »Dafür ist aber jede sein Typ, der geile Scheißkerl! Stell dir vor, letzte Weihnachten hat er versucht, mich in der Küche dieses feinen Restaurants zu verführen. Es war schon ziemlich spät, aber immer noch saßen an drei Tischen Gäste. Bruno lud mich nach hinten ein, um mir seine Sabatier-Messer zu zeigen, und sagte dem Tellerwäscher, er solle mal zehn Minuten Kaffeepause einlegen. Ich hab Bruno gesagt, er solle sich schleunigst verpissen«, erklärte sie stolz. »Ich meine, nur zu sagen, zehn Minuten ...«

Brunos Ruf war offenbar allgemein bekannt. Janey hatte bisher nichts davon gewußt, und ihr wurde klar, daß sie sich schlicht nicht in den richtigen Kreisen aufgehalten hatte. Klatsch hatte anscheinend auch seinen Nutzen.

Wut und Erniedrigung brodelten in ihr. Sie wünschte sich, sie hätte dieses Gespräch vor sechs Wochen geführt, bevor sie blindlings in Brunos Arme gefallen war und sich selbst vorgemacht hatte, es sei Liebe.

»Das ist noch gar nichts«, sagte André gerade; er hatte nicht bemerkt, welche Wirkung diese Enthüllungen gehabt hatten. Er bot Janey eine Zigarette an und senkte konspirativ die Stimme. »Erinnerst du dich noch an Natascha, die Blondine mit der Tätowierung auf dem Hintern, die letztes Jahr für mich gearbeitet hat? Bruno hat eine Affäre mit ihrer Mutter gehabt. Fünfzig Jahre alt und Direktorin dieser Bausparkasse in der Pink Street. Sie war offenbar völlig verrückt nach ihm. Natascha sagte, sie konnte sie gerade noch davon abhalten, ihr Gesicht liften zu lassen.«

»Fünfzig!« stöhnte Jan, die vierundzwanzig war. »Praktisch alt genug, um seine Mutter zu sein. Mann, das ist ja derb.«

Janey hatte mehr als genug gehört für eine einzige Nacht, und der Weißwein bekam ihr auch nicht besonders. Sie hatte das Gefühl, Frösche im Bauch zu haben. Sie machte sich auf die Suche nach etwas Eßbarem, in der Hoffnung, das würde helfen, und traf Nick und Tony, die Antiquitätenhändler von nebenan, die gerade das herrliche kalte Büfett bewunderten. Tony trug eine fuchsrote Krawatte und ein neues, extrem raffiniertes Toupet in einem aufsehenerregenden Kastanienbraun. Er häufte gerade Scampi und Endiviensalat auf seinen Teller. Nick hatte einen gierigen Blick auf den frischen Lachs geworfen, legte einen Arm um

Janeys Taille und gab ihr einen flüchtigen Begrüßungskuß auf die Wange. Er roch nach Kölnisch Wasser und Knoblauch, und Janey lächelte, denn zumindest war sicher, daß keiner der beiden je mit Bruno geschlafen hatte. Sie waren einander absolut treu ergeben.

»Da bist du ja, mein Schatz. Panierte, gebackene Frühkartoffeln aus Cornwall in Knoblauchbutter.« Nick schob ihr eine in den Mund und suchte eine andere für sich aus, wobei er genußvoll die Augen verdrehte. »Einfach himmlisch. Besser als Sex.«

»Prima«, stimmte Janey zu, als sie sie runtergeschluckt hatte. Grinsend fügte sie hinzu: »Bruno hat euch also noch nicht rausgeworfen.«

»Er ist zu sehr mit Schäkern beschäftigt«, bemerkte Nick und deutete mit dem Kopf Richtung Bruno. Janey folgte seinem Blick und sah eine Blondine, die das Spiel mit der Orange zu spielen schien, nur fehlte die Orange.

»Wenn's ihn glücklich macht«, sagte Tony mit einem nachsichtigen Lächeln. »Er arbeitet hart; und so läßt er ein bißchen Dampf ab. Wenn man an seinem Geburtstag nicht schäkern darf, wann dann?«

Glaubte man André, dann tat Bruno, seit er erwachsen war, tagaus, tagein nichts anderes. Er machte quasi einen Beruf daraus. Janey fiel wieder ihre eigene Naivität ein, und sie sagte: »Langsam ist er zu alt für einen Schürzenjäger. Bald wird's nicht mehr so einfach für ihn sein, die Frauen zu beeindrucken.«

»Aber er ist charmant«, entgegnete Tony, der den Mund voller Lachs hatte. »Er hat Charisma. Denk an meine Worte, der Junge wird's immer schaffen.«

Nick und Tony bewunderten Bruno. Janey wußte nicht, was schlimmer war – mit Andrés zotigen Klatschgeschichten unterhalten zu werden oder diese Lobeshymnen auszuhal-

ten. Nachträglich wünschte sie sich, Maxine könnte heute abend mit ihr hier sein. Maxine, die die schmutzige Wahrheit noch nicht kannte, hatte instinktiv gespürt, wie Bruno wirklich war, und hatte versucht, sie vor ihm zu warnen.
Ich war im Unrecht, und sie hatte recht, dachte Janey gequält und nippte an ihrem Drink.
Außerdem wäre es schön gewesen, Gesellschaft zu haben. Als sie sich zurechtgemacht und sich gesagt hatte, die Party wäre bestimmt ein Spaß, war alles in Ordnung gewesen, aber jetzt war sie tatsächlich hier, und sie begann, sich allein zu fühlen. Die meisten Gäste waren von außerhalb, und sie kannte weniger Leute, als sie gedacht hatte. Manchmal war es sogar besser, sich von Maxines Dauergequassel zum Wahnsinn treiben zu lassen, als allein rumzustehen und zu überlegen, mit wem man reden sollte.

26

Im nächsten Moment, wie zum Beweis dafür, daß sie nicht so allein war, wie sie sich fühlte, sagte eine männliche Stimme hinter ihr: »Wenn man von der Schwester des Teufels spricht ... Hallo, Janey, ganz allein heute abend?«
Als sie sich umdrehte, sah sie, daß es Guy Cassidy war, der in seinem schwarzen Smoking und dem weißen Hemd unglaublich gut aussah. Neben ihm stand eine große Frau mit tizianrotem Haar und in einem schulterfreien, topasfarbenen, seidenen Abendkleid. Janey lächelte, als Guy sie, ohne Serena zu erwähnen, als »Charlotte, eine Freundin von mir« vorstellte. Nach Maxines Erzählungen hatte er fast genauso viele Freundinnen wie Bruno.
»Ich habe Charlotte gerade von Maxines letztem Abenteuer erzählt«, fuhr Guy trocken fort. »Sie ist auf Joshs Skateboard unsere Auffahrt runter auf die Straße gedonnert und hinten in einen Milchwagen reingekracht. Der Milchmann hat beinahe einen Herzanfall gekriegt.«
Janey zuckte zusammen. »Ist sie verletzt?«
»Nein, aber sie hat den Rest des Nachmittags damit zugebracht, Erdbeerjoghurt aus ihren Haaren zu waschen. Und der Milchmann stand unter Schock und fuhr dann auch noch übers Skateboard.«
»Armer Josh.«
»Arme Maxine! Sehr arme Maxine sogar! Sobald ihre Haare trocken waren, schleppte Josh sie in ein Geschäft und ließ sich ein neues Skateboard kaufen.« Mit einem Grinsen fügte er hinzu: »Es hat achtunddreißig Pfund gekostet. Als

ich von diesem Streich erfahren habe, habe ich es nicht übers Herz gebracht, ihr zu sagen, daß er das alte in Oxfam für einen Fünfer gekauft hatte.«

Janey mußte lachen. Sie war Guy dankbar dafür, daß er sie nicht gefragt hatte, wo der Lachsack James heute abend war, und sie wollte ihn unbedingt von diesem Thema fernhalten, also sagte sie: »Als Maxine sieben war, fuhr sie mit dem Fahrrad in einen Fischteich und war über und über mit Froschlaich bedeckt. Man möchte meinen, sie hätte ihre Lehren daraus gezogen.«

Guy trat einen Schritt zur Seite, als ein Mann mit einem Sturzhelm, weißen seidenen Boxershorts, tiefgebräunt und mit einem Paar Wasserski an ihm vorbeiging. »Diese Party wäre genau das richtige für Maxine«, bemerkte er. »Sie hätte Joshs Skateboard mitbringen und diesen Typen zu einem Rennen herausfordern können.«

»Es würde ihr hier sicherlich gefallen.« Janey überlegte, wo Serena war. »Ist Maxine zu Hause bei den Kindern?«

»Ich dachte, das wäre sicherer«, erwiderte Guy. »Bruno hat sie natürlich eingeladen, aber ich sagte ihr, sie sei mit Babysitten dran, und zum ersten Mal hat sie keinen Krach geschlagen.«

Janey war überrascht und etwas irritiert, denn sie hatte nicht gewußt, daß Bruno Maxine zu der Party eingeladen hatte, und erwiderte nur: »Oh.«

Charlotte betrachtete fasziniert den wasserskifahrenden Rennfahrer und sagte gedehnt: »Weißt du, daß diese Boxershorts total durchsichtig sind?«

»Wie reizend.« Guy wandte seine Aufmerksamkeit wieder Janey zu. »Wir hatten gar nicht vor, hierherzukommen; Charlotte hat mich genötigt, sie zu einem Wohltätigkeitsessen auf irgendeinem Schloß in Bodmin zu begleiten, aber es war so scheußlich, daß wir mittendrin abgehauen sind.«

»Zwischen Hauptgang und Nachtisch.« Charlotte sah zärtlich zu Guy hoch und legte ihre Hand in seine.

»Ich wollte nicht hierherkommen«, sagte Guy. »Bruno Parry-Brent ist kein spezieller Freund von mir, aber er weiß, wie man eine Party gibt. Und zumindest ist das Essen genießbar.«

Janey zog die Augenbrauen hoch. »Soll das heißen, ihr seid ungebetene Gäste?«

»Nein, ich war schon eingeladen.« Er schien amüsiert. »Vielleicht weil ich ein guter Gast bin und Bruno das Gefühl hatte, ich hätte es verdient ... als Dank sozusagen.«

Charlotte hatte offenbar das Gefühl, Guy verbrachte zuviel Zeit im Gespräch mit einer Rivalin, und sie zog besitzergreifend an seinem Arm. »Komm schon, Schatz, wir verpassen das Beste.«

»Hurra«, sagte Guy. Auf der Tanzfläche hatte sich gerade ein Mann im Bikini und mit einem Surfboard unter dem Arm zu dem Wasserskifahrer gesellt. »Warum tanzt du nicht mit den beiden?«

»Ich hab eine viel bessere Idee.« Charlotte war noch nicht bereit, aufzugeben. Ihre grünen Augen funkelten. »Warum tanzt du nicht mit mir?«

»O schau, da ist ja Suzannah.« Janey war die Szene peinlich, und sie fürchtete, Guy würde nur hierbleiben, weil sie allein war und er Mitleid mit ihr hatte, also winkte sie einem Mädchen zu, das sie kaum kannte. Mit einem zaghaften Lächeln sagte sie: »Entschuldigt mich, ich muß hallo zu ihr sagen.«

Wenigstens erwähnte Suzannah Bruno nicht. »Mein Freund hat sich nach Ibiza verpißt«, schmollte sie. »Also wirklich, diese Männer. Er hat sich nicht mal getraut, mir das direkt zu sagen. Nein, er hinterläßt mir auf dem Anrufbeantworter die Nachricht, er sei in drei Wochen wieder zurück. Und wie geht's dir, Janey. Bist du gerade mit jemandem verbandelt?«

Aus den Augenwinkeln bemerkte Janey, daß Bruno der nächsten Blondine etwas ins Ohr flüsterte. Kurz darauf küßte er ihren Nacken.

»Nein«, antwortete sie bestimmt. »Mit niemandem.«

Suzannah, die auch blond war und deren Eltern die größte Yacht in Cornwall gehörte, arbeitete nicht. Strähnen in ihre Haare zu färben und in ihrem offenen Jeep herumzubrausen, beanspruchte offenkundig ihre gesamte Zeit.

»Aber das ist bei dir ja was anderes«, erklärte sie Janey. »Du hast dein eigenes Geschäft. Zumindest kannst du dich von der Tatsache ablenken, daß du keinen Mann hast.«

»Natürlich.« Janey schaffte es, sich ein Lächeln zu verkneifen. »Das ist tatsächlich sehr hilfreich.«

»Du bist wirklich ein Glückspilz«, seufzte Suzannah. »Ich überleg auch manchmal, ob ich mir nicht einen kleinen Job suchen sollte.«

Wie wär's mit Präsidentin der Bank von England, dachte Janey. Aber wenigstens unterhielt sie sich mit jemandem, wenn auch nur mit Suzannah. Im Augenblick konnte sie es sich nicht leisten, besonders anspruchsvoll zu sein. Sie heuchelte Interesse und fragte: »Welche Art von Arbeit würde dir Spaß machen?«

»Gott, das weiß ich nicht.« Suzannah strich ihr Haar zurück, und ein halbes Dutzend goldener Armreifen klimperte unisono. »Irgendwas Einfaches, denk ich. So wie dein Job.«

Janey versuchte, sich Suzannah vorzustellen, wie sie jeden Morgen um fünf Uhr aufstand, zwölf Stunden außer Haus arbeitete und sich dann abends hinsetzte, um die Buchführung zu machen. Sie war entschlossen, keine Miene zu verziehen, selbst wenn sie das umbringen würde. »Mir ist noch gar nicht aufgefallen, daß du dich für den Blumenhandel interessierst.«

»Oh, ich liebe Blumen.« Um das zu bekräftigen, deutete Suzannah vage in die Richtung eines wild tanzenden Mädchens, dessen purpurrotes Taftkleid mit riesigen Gänseblümchen gemustert war. »Sie sind so ... hm ... hübsch, oder nicht?« Dann strahlte sie und fügte hinzu: »Mein Freund hat mir einen riesigen Blumenstrauß zum Geburtstag gekauft, und er hatte ihn aus deinem Laden.«

»Wirklich?« Habe ich es doch geahnt, dachte Janey. Weil Männer unfähig waren, für die Frauen in ihrem Leben etwas Phantasievolleres zu finden, lief ihr Geschäft so gut.

»Welche denn?«

»Rote«, sagte Suzannah erfreut, weil sie es noch wußte. »Ich glaub, Rosen. Mit so verrücktem, weißen Zeug dazwischen.«

»Kokain?«

»Was?«

»Entschuldige.« Janey biß sich auf die Lippe. »Man nennt es Schleierkraut.«

»Ja, stimmt.«

»Haben die Rosen lange gehalten?« Janey konnte nicht aus ihrer Haut heraus, sie wollte, daß die Leute möglichst lange Freude an ihren Blumen hatten. »Wenn sie nach einer Woche die Köpfe hängen lassen, kannst du die Stengel etwas zurückschneiden und sie ein paar Sekunden in kochendes Wasser tauchen, das wirkt Wunder.«

»Wirklich?« Suzannah sah sie verblüfft an. »Ich hab vergessen, sie ins Wasser zu stellen, als er sie mir brachte. Als ich am nächsten Morgen aufwachte, waren sie hinüber.«

Das Fest wurde turbulenter. Die Feiernden streiften ihre Kleider ab, und darunter kamen Badeanzüge zum Vorschein; sie waren bereit für ein Mondscheinbad im Meer. Eine teure Videokamera landete in einer Schüssel mit Punsch, und einer der männlichen Gäste, den man in Verdacht hatte, für eines der miesesten Revolverblätter zu schreiben, war an einen Baum im Garten des Restaurants gebunden, und seine haarigen Fußgelenke waren mit einer Rolle belichteten Films aus seiner Kamera gefesselt.

Für Janey schien der Abend doch nicht so schlecht zu werden, nachdem Nick und Tony sie einem Hotelier vorgestellt hatten, der tatsächlich an Blumen interessiert war. Er brauchte regelmäßig Arrangements für die Eingangshalle und die Aufenthaltsräume. Das Geschäft wurde mit zwei großen Gläsern Kognak besiegelt, beide getrunken vom Hotelier.

»Unterschreiben Sie hier«, sagte Janey, die die Einzelheiten der Vereinbarung auf eine von Brunos Leinenservietten geschrieben hatte. »Vielleicht erinnern Sie sich morgen nicht mehr dran. Ich möchte etwas haben, womit ich Ihrem Gedächtnis nachhelfen kann.«

»Sie klingen wie meine Frau«, grummelte er gutmütig. »Ich kann mich nicht daran erinnern, sie gefragt zu haben, ob sie mich heiratet. Sie hat mich nur am nächsten Morgen geweckt, und mir erzählt, ich hätte gefragt.«

»Keine Sorge.« Janey grinste, als er aufs Geratewohl seine Unterschrift irgendwo auf die Serviette kritzelte. »Das hier wird Sie nicht annähernd so festnageln wie eine Ehefrau.«

Bruno holte sie ein, als sie auf dem Weg zur Toilette war.

»Ich hab dich gesehen«, murmelte er, packte sie an der Taille und zog sie an sich. »Du hast zwanzig Minuten lang mit Eddie Beresford geredet.«

»Erstaunlich, daß du es überhaupt bemerkt hast.« Bruno roch nach Shalimar. Janey versuchte, sich loszumachen, aber er war stärker als sie. Er zog sie zurück auf die Tanzfläche.

»Ich bemerke alles.« Mit einem triumphierenden Blick Richtung Eddie Beresford, sagte er gedehnt: »Er konnte seine Blicke kaum von deinem Ausschnitt losreißen.«

»Keine Sorge«, sagte Janey anzüglich. »Ich bin mir sicher, er ist seiner Frau treu.«

Aber Bruno kapierte die Anspielung nicht. »Er ist so häßlich, ich glaub kaum, daß er eine finden würde, mit der er untreu sein könnte. Egal, jetzt bin ich an der Reihe.« Seine grünen Augen funkelten, als er Janeys starres Gesicht betrachtete. »Und denk nicht, ich hätte mein Geburtstagsgeschenk vergessen. Wie wär's mit ein paar Tänzen, damit wir in Stimmung kommen, und dann stürmst du nach oben, um es dir ... bequem zu machen? Ich würde schnell etwas mit Guy Cassidy und dem Rotschopf trinken und fünf Minuten später nachkommen. Wenn irgend jemand dich unterwegs sieht, sag einfach, du fühlst dich nicht wohl und legst dich kurz hin.«

Er hatte sie auf die Tanzfläche geschleppt, aber Janey rührte sich nicht. Sie wollte auf keinen Fall eine Szene machen.

»Ach so«, sagte sie vorsichtig. »Aber was soll ich machen, wenn bereits alle Betten belegt sind?«

Bruno lachte. »Herzchen, die Wohnungsschlüssel sind hier in meiner Tasche. Ich werd wohl kaum mein eigenes Schlafzimmer an jede Beliebige vergeben, die scharf auf einen Quickie ist!«

»Ich rede von deinen Quickies.« Es hatte keinen Zweck, sie haßte Bruno mindestens so, wie sie sich selbst dafür verachtete, daß sie so willensschwach gewesen war; jetzt konnte sie sich keinen Augenblick länger beherrschen. Mit eisiger Verachtung sagte sie: »Ich kann die Blondine, mit der du vorher getanzt hast, nirgends sehen. Bist du sicher, daß sie nicht schon oben ist, ihren Schlüpfer sucht und auf eine Wiederholung der Vorstellung hofft?«

»O Liebes.« Er warf ihr einen gespielt bekümmerten Blick zu. »Sind wir eifersüchtig?«

Janey, die es zwar gesagt, aber nicht so gemeint hatte, wurde schlagartig klar, daß sie recht gehabt hatte.

»Ich bin nicht eifersüchtig.« Das Bedürfnis, ihm eine reinzuhauen, war beinahe überwältigend. »Ich kann nur einfach nicht glauben, daß ich so lange gebraucht habe, um herauszufinden, wie du wirklich bist. Ich kann nicht glauben, daß ich so dumm war. Glaub's oder glaub's nicht, ich hab dir tatsächlich vertraut.«

Bruno mochte Janey sehr, und ihre Naivität fand er besonders anziehend; er hoffte, sich diesmal noch herausreden zu können. Klar, sie war sauer, aber nur, weil ihr nicht bewußt war, welche Opfer er schon gebracht hatte, seit ihre Beziehung begonnen hatte.

»Schatz, das ist wirklich überflüssig.« Er lächelte immer noch und versuchte, sie an sich zu ziehen. Es war, als bugsiere man ein Kind in den Zahnarztstuhl. »Du kannst mir vertrauen. Okay, vielleicht hab ich in der Vergangenheit so was gemacht, aber wenn du wüßtest, mit wie vielen Frauen ich *nicht* geschlafen habe, seit wir zusammen sind ... ich habe mich geändert, das hab ich wirklich!«

»Lügner«, zischte Janey. »Ich hab mit Nina gesprochen, ihr habt keinerlei Abmachung in der Richtung.«

Bruno war entschlossen, sie aus dieser Stimmung rauszuholen. Er warf ihr einen entwaffnenden Blick zu. »Gut, nenn's eine stillschweigende Übereinkunft. Was auch immer, sie wird es dir wohl kaum eingestehen.«

»Und was ist mit all den anderen?« entgegnete Janey bitter. »Mein Gott, ich weiß wirklich nicht, wann du noch Zeit hast, einmal zu schlafen! Laß mich los!«

Das war mehr als eine Laune. Janey meinte es ernst. Auch gut, es hatte zumindest Spaß gemacht, solange es gedauert hatte.
»Also, was soll das heißen?« Er ließ sie so abrupt los, daß Janey nach hinten taumelte. »Daß du mich doch nicht in zehn Minuten oben treffen willst?«
»Du arroganter Mistkerl!« Ohne daß sie es bemerkt hatte, waren Janey Tränen in die Augen geschossen. »Ich möchte dich überhaupt nirgends mehr treffen. Ich will dich nie wiedersehen!«
Brunos Affären endeten, wenn *er* sie beenden wollte. Er war noch nie von einer Frau fallengelassen worden. Und wenn Janey dachte, sie könne das ungestraft auch noch öffentlich tun, ihn auf seiner eigenen Party zum Idioten machen, dann konnte sie wohl auch die Antwort aushalten.
In dem Moment brach zufällig die Tanzmusik ab, die aus den Lautsprechern geplärrt hatte. Das Band war zu Ende.
»Du meine Güte«, sagte Bruno gedehnt in die Stille. »Und ich hab den guten Samariter gespielt und gedacht, du wärst dankbar für ein bißchen Aufmerksamkeit. Langsam beginne ich zu verstehen, warum dein Mann unbedingt verschwinden wollte. Hast du ihm das auch ins Gesicht geschrien, Janey? Hast du ihm gesagt, du möchtest ihn nie wiedersehen?« Er zögerte eine Sekunde und fügte dann mit einem grausamen Lächeln hinzu: »Wenn du mich fragst, der arme Kerl kann wahrscheinlich sein Glück gar nicht fassen.«

27

Es war ein Alptraum. Ein Alptraum vor Publikum. Mit tränenüberströmtem Gesicht drehte Janey sich um und suchte verzweifelt nach dem Ausgang, doch sie sah nur verschwommen die Gesichter der anderen Gäste. Die Wimperntusche brannte in ihren Augen, und sie wußte nicht, wo sie die verfluchte Handtasche gelassen hatte. Ihr Gesicht glühte vor Scham, als sie sich ihren Weg zwischen den wie angewurzelt dastehenden Partygästen hindurch Richtung Tür bahnte.

Im nächsten Augenblick hielten sie ein paar starke Arme. Hinter ihr murmelte eine Stimme aufmunternd. »Ist schon in Ordnung. Ich habe deine Tasche. Geh einfach weiter.«

Janey stolperte auf den Stufen außerhalb des Restaurants, und die Arme hielten sie fester, damit sie nicht fiel. Als sie auf dem Gehsteig ankamen, drehte sie sich um, um ihren Retter anzusehen.

»Ich bin in Ordnung. Danke ... es geht mir schon wieder besser ...«

Ihre Stimme zitterte und begann zu brechen, als eine neue Welle der Scham sie überflutete. Sie tastete blind nach ihrer Tasche und versuchte, ihr fleckiges Gesicht zu verbergen, das gnadenlos von den hellen Lampen vor dem Restaurant angestrahlt wurde. Sie mußte schrecklich aussehen, und das war beinahe noch schlimmer, als Brunos hohntriefende Bemerkungen auszuhalten.

»Jetzt erzähl nicht solchen Unfug«, sagte Guy, reichte ihr

die Tasche, hielt sie aber nach wie vor im Arm. »Du bist überhaupt nicht in Ordnung, und du bist sicher nicht in der Verfassung, nach Hause zu fahren. Komm schon, gib mir die Autoschlüssel.«

Er mochte ihr zwar zu Hilfe gekommen sein, war aber nicht gerade ausnehmend mitfühlend. Immer noch schniefend, sagte Janey: »Ich bin nicht betrunken.«

Er seufzte. »Ich weiß, daß du nicht betrunken bist, aber trotzdem kannst du nicht sehen, wohin du fährst. Warum gibst du mir nicht einfach die Schlüssel und läßt mich fahren?«

»Weil der Wagen nicht hier ist.« Sie schniefte laut. »Ich bin zu Fuß gegangen.«

Aus unerfindlichen Gründen schien ihre Antwort ihn zu amüsieren. Er führte sie rasch über die Straße zu seinem eigenen Auto. Lächelnd meinte er: »Ja, dann ist es wohl gestattet.«

»Du kannst mich nicht nach Hause fahren.«

»Warum nicht?«

Janey wischte sich mit der Rückseite ihres Ärmels das Gesicht ab. Pailletten kratzten ihr über das Gesicht wie Miniaturmesser. »Was ist mit ... Dingsbums? Charlotte?«

»Oh, Dingsbums wird's verstehen.« Er grinste. »Außerdem, du wohnst nur eine halbe Meile von hier. Und ich bring dich nur nach Hause, wir brennen nicht nach Gretna Green durch.«

Im Wageninneren war es zu Janeys Erleichterung dunkel; trotzdem zuckte sie jedesmal zusammen, wenn ein anderes Auto an ihnen vorbeifuhr und ihr Gesicht angeleuchtet wurde. Sie konnte auch nicht aufhören zu weinen; je intensiver sie versuchte, nicht an Bruno und die erniedrigende Szene im Restaurant zu denken, desto hartnäckiger liefen ihr die Tränen übers Gesicht. Sie hoffte, Guy Cassidy konnte nicht sehen, wie sie in ihren Schoß tropften. Die Fahrt dauerte zwei Minuten. Janey war bereits aus dem Sicherheitsgurt und griff nach der Türklinke, noch bevor der Wagen vor dem Geschäft zum Stehen gekommen war.

»Es ist Sitte, den Mann auf eine Tasse Kaffee reinzubitten, weißt du«, erklärte er, als sie ihr Dankeschön gemurmelt hatte und auf den Gehsteig gestolpert war.

Janey war gerade im Begriff gewesen, die Tür zuzuwerfen, und vergaß, ihre geschwollenen Augen zu verbergen. »Bitte, du warst wirklich sehr nett, aber ich möchte jetzt lieber allein sein. Denkst du nicht, es ist mir ohnehin schon peinlich genug?«

Aber Guy hatte die Zündung ausgeschaltet und stieg bereits aus dem Wagen. »Ich halte es einfach nicht für angebracht, dich allein zu lassen, damit du dir die Augen aus dem Kopf heulst.« Seine Stimme klang freundlich und beruhigend sachlich. »Jetzt komm, wir können nicht hier auf der Straße herumdiskutieren. Die Leute werden denken, du wärst Maxine.«

»Sie sagt immer, du würdest die Leute tyrannisieren«, brummelte Janey, als ihr klarwurde, daß er nicht gehen würde. »Und außerdem, was ist mit Charlotte? Du hast sie zu der Party gebracht. Sie wäre bestimmt nicht sehr erfreut, wenn du nicht zurückkommen würdest.«

»Sie wird's überleben.« Guy überging den Einwand mit einer ungeduldigen Geste. Er nahm ihr den Schlüssel aus der zitternden Hand, schloß die Tür auf und führte Janey in den Flur.

»Nebenbei, eine Maid aus einer Notlage zu befreien, ist ein ebensoguter Grund zu verschwinden, wie jeder andere. Ich bin schon lange aus dem Alter für diese Art von Partys raus, und ich habe dir bereits gesagt, daß ich mir nicht sonderlich viel aus Bruno Parry-Brent mache.« Er warf Janey einen kurzen Seitenblick zu und fügte dann hinzu: »Zumindest das scheinen wir gemeinsam zu haben.«

Ich schau ja wirklich großartig aus, dachte Janey, als sie sich im Badezimmerspiegel betrachtete. Nachdem sie ihr Gesicht gewaschen und auch den letzten Rest Schminke entfernt hatte, sah es nicht mehr aus wie ein umgepflügtes Feld, aber es war in einem bedauernswerten Zustand. Ihre Augen waren rot, und ihre Wangen, normalerweise rot, waren weiß. Ihre Augenlider blieben ebenfalls hoffnungslos geschwollen, obwohl sie wirklich mit einem kalten Waschlappen alles versucht hatte. Und irgendwo unterwegs hatte sie es auch noch fertiggebracht, einen ihrer Kämme zu verlieren, die ihr Haar an der Seite festhielten. Alles in allem sah sie aus wie ein Hase mit hängenden Ohren.

Aber da sie ja nicht vorhatte, nach Gretna Green abzuhauen, wie Guy vorhin so zutreffend bemerkt hatte – was machte es also aus? Janey schnitt sich selbst eine Grimasse im Spiegel, warf den anderen Kamm auf den Fenstersims und fuhr mit den Fingern durch ihr nicht länger perfekt gestyltes Haar, dann verließ sie das Bad.

Guy war in der Küche und machte Kaffee. Wenn er so versessen darauf war, ihre Seite der wenig schmeichelhaften Geschichte, die hinter Brunos Ausbruch heute nacht steckte, zu hören, sie würde sie ihm liefern. Sie hatte keinen Grund, einen guten Eindruck auf ihn zu machen; schließlich war auch er nur ein Mann.

»Du siehst besser aus.« Der Kaffee war fertig, und Guy hatte ihn ins Wohnzimmer gebracht, jetzt reichte er ihr die rosafarbene Tasse mit Elefanten drauf. Er selbst streckte sich im Sessel am Fenster aus und fügte hinzu: »Nicht berauschend, aber besser.«

»Danke.« Er hatte wirklich eine sehr eigene Art, Dinge zu sagen, dachte Janey. Schmeicheleien wie diese konnten einem anfälligen Mädchen den Kopf verdrehen.

»Also, was war eigentlich los?«

Sie zuckte die Achseln. Es gab keinen vernünftigen Grund, warum Guy Cassidy an der Geschichte interessiert sein sollte, obwohl er wirklich eine gute Kummerkastentante abgab. Eine von diesen direkten, sachlichen, die nicht zögern würden, einem zu sagen, was für ein Trottel man gewesen war.

»Gut, Frau Sommer«, begann sie mit einem reumütigen Lächeln, »vermutlich würden Sie sagen, ich habe mich auf den falschen Mann eingelassen. Ich bin auf die alte Anmache reingefallen und hab es sogar geschafft, mir einzureden, wir würden nichts Unrechtes tun.«

»Jetzt sag bloß, er hat gesagt, seine Frau würde ihn nicht verstehen.«

»Genau umgekehrt. Er sagte, Nina verstünde ihn und daß es ihr nichts ausmache.«

»Natürlich.« Guys Augenbrauen zuckten vor verhaltenem Lachen. »Und du hast ihm geglaubt.«

»Für gewöhnlich lasse ich mich nicht mit verheirateten Männern ein«, protestierte Janey. »Ich weiß, was du denkst, aber ich bin wirklich nicht so. Vermutlich habe ich ihm geglaubt, weil ich es wollte. Und es klang plausibel«, fügte sie abwehrend hinzu. »Ich versuche nicht, mich herauszureden, sondern zu erklären, wie es passiert ist. Es kam mir schlicht nicht in den Sinn, er könnte nicht die Wahrheit sagen.«

»Bis heute nacht, nehme ich an, als du feststellen mußtest, was Sache ist.«

»Ich hab's schon vor ein paar Tagen rausgefunden«, gab Janey zu. »Ich habe Nina gefragt.«

»Gütiger Gott.«
»Ich hab's ihr nicht erzählt«, erklärte sie verärgert. »So gemein bin ich nun auch wieder nicht.«
»Okay. Und was passierte, nachdem du deine folgenschwere Entdeckung gemacht hast?«
»Du hast es ja erlebt.« Sie schämte sich, als erneut Tränen über ihre Wangen liefen. »Du hast den Rest mitangehört. Ich sagte Bruno, was ich von ihm halte, und er revanchierte sich.« Sie fummelte nach einem Taschentuch und atmete tief durch. »Er, er ... hat zurückgeschlagen, dorthin, wo's weh tut. Ich hätte ihm nicht zugetraut, daß er so etwas sagt.«
»Über deinen Ehemann?« Wieder war Guys Ton angenehm sachlich. »Ich hab nicht mal gewußt, daß du verheiratet warst. Wie lange bist du schon geschieden?«
»Ich bin nicht geschieden«, sagte Janey, und ihre Stimme versagte fast. »Mein Mann ist ... verschwunden. Wir hatten keinen Krach oder irgendwas in der Richtung. Er ist einfach eines Tages weggegangen und n-nie zurück-ge-kommen. Niemand weiß, was ihm zugestoßen ist ... wir wissen nicht mal, ob er noch lebt oder t-t-tot ist.«
Es hätte eigentlich furchtbar peinlich sein müssen, vor einem Mann, den sie kaum kannte, erneut in Tränen auszubrechen. Aber Guy meisterte die Situation spielend. Er ließ sie einfach ihre angestaute Verzweiflung loswerden, machte noch mehr Kaffee und erweckte nicht den geringsten Anschein, er würde lieber abhauen.
»Hör auf, dich zu entschuldigen«, sagte er ruhig, als Janey noch ein durchweichtes Taschentuch in den Papierkorb warf und zum fünften Mal murmelte, wie leid ihr die Sache tue. »Du hast nicht gerade zwei wunderbare Jahre hinter dir. Du hast ein Recht drauf, zu heulen.«
»Normalerweise rede ich nicht darüber«, gab sie mit leiser Stimme zu.

»Das solltest du. Es hilft.«

»Hast du es getan?« Janey zögerte und überlegte, ob sie ihm zu nahe getreten war. »Ich meine, darüber reden, nachdem deine Frau gestorben war.«

»Vielleicht bin ich ein paar engen Freunden damit fürchterlich auf die Nerven gegangen«, antwortete Guy. »Aber sie waren so freundlich, es sich nicht anmerken zu lassen.«

»Und jetzt geh ich dir auf die Nerven.«

»Überhaupt nicht.« Er grinste sie an. »Wenn ich es zum zwanzigsten Mal hören würde und die Geschichte schon auswendig wüßte, dann wäre ich gelangweilt. Aber es ist mein Ernst, Janey, es nützt nichts, alles runterzuschlucken. Du mußt dir das wirklich mal von der Seele reden.«

»Ich weiß, ich weiß.« Die Tränen waren nun versiegt, und es fiel ihr nicht mehr so schwer, zu sprechen. »Aber es ist so ... ungeklärt. Wenn ich wüßte, was passiert ist, wäre es leichter. Wenn Alan mich verlassen wollte, warum hat er es nicht einfach gesagt? Manchmal denke ich ... mein Gott, ist ja auch egal.« Ihr fiel ein, was Guy erlebt hatte, und sie biß sich auf die Lippe, bevor die Worte aus ihr heraussprudeln konnten. Aber er nickte bereits zustimmend, er hatte genau verstanden, was sie eben sagen wollte.

»Manchmal denkst du, es wäre einfacher, wenn er tot wäre.«

Janey zupfte an den Pailletten ihres Kleides herum und nickte.

»Natürlich wäre es einfacher«, fuhr er sanft fort, »aber du kannst dein Leben nicht anhalten und darauf warten, zu erfahren, was passiert ist. Du kannst ewig so weitermachen und trotzdem keine Antwort finden.«

Janey fühlte sich langsam wie einer dieser kitschigen Hunde, die im Autofond hocken und ständig nicken. Guys Stimme war wunderbar wohltuend, und jetzt, wo ihre Nase

nicht mehr durch die Heulerei verstopft war, konnte sie riechen, wieviel Brandy er in ihren Kaffee gekippt hatte.
Guy wurde wirklich spielend mit allem fertig. »Ich werde jetzt brutal sein«, sagte er und fixierte sie mit seinem entmutigend direkten Blick. »Wenn Alan tot ist, ist er tot. Wenn er lebt, bedeutet das, er hat sich auf eine besonders bescheuerte Art davongemacht. Wie auch immer, die Ehe ist beendet.«
Er sagte nichts, was sie nicht bereits gewußt hätte, aber dennoch zuckte Janey zusammen. Sie hatte sich die ersten Wochen so sehr auf die Theorie versteift, er könne einen totalen Gedächtnisverlust erlitten haben, daß sie es nie mehr geschafft hatte, diese Idee aus ihrem Unterbewußtsein zu löschen.
»Ja«, erwiderte sie ergeben, »ich weiß.«
»Du mußt also damit abschließen und ein neues Leben beginnen.«
Janey brachte ein Lächeln zustande. »Das hab ich ja versucht, mit Bruno.«
»Du lieber Himmel.« Guy schüttelte den Kopf und sagte: »Das nenn ich den falschen Mann dafür. Sag mir, zu wem würdest du gehen, wenn du am Gehirn operiert werden müßtest? Zu einem Holzfäller?«
»Hör auf. Ich glaube, ich brauche langsam eine Gehirnoperation.« Sie mußte lachen. Plötzlich schien das Fiasko mit Bruno nicht mehr ganz so entsetzlich zu sein. Guy hatte sicherlich recht gehabt, als er gesagt hatte, es helfe, mit jemandem zu reden.
»Also, dann vergiß ihn schnellstens«, erklärte er energisch. »Er ist ein skrupelloser kleiner Scheißkerl, und früher oder später kriegt er seine wohlverdiente Strafe. Wenn wir Glück haben«, fügte er plötzlich hinzu, »dann passiert's ihm mit Maxine. Sie ist Strafe genug für jeden Mann, würde ich meinen. Sogar für einen Bastard wie Parry-Brent.«

Als Guy aufstand, um zu gehen, war es schon nach drei Uhr. Janey öffnete ihm die Haustür und fühlte sich plötzlich unglaublich schüchtern.

»Also, vielen Dank.« Sie hielt sich hilfesuchend an der Türklinke fest und trat nervös von einem Fuß auf den anderen. »Fürs, hm ... Nachhausebringen. Und für das Gespräch.«

»Keine Ursache«, erwiderte Guy unbefangen. »Ich habe mich gut unterhalten.«

Ohne ihre Stöckelschuhe kam sie sich neben ihm wie ein Zwerg vor. Und da er gesehen hatte, wie sie sowohl ihre Würde als auch ihr Make-up verloren hatte, gab es keinen besonderen Grund, jetzt schüchtern zu sein. Sie schuldete ihm soviel, weil er ihr zu Hilfe gekommen war, und das mindeste war wohl, sich auf die Zehenspitzen zu stellen und ihm einen flüchtigen Kuß auf die Wange zu geben.

Aber der Mut verließ sie, und sie blieb wie angewurzelt auf dem Teppich stehen. Manche Leute, zum Beispiel Maxine, machten das ständig, aber sie war einfach nicht so ein Küßchen-Küßchen-Typ. Außerdem wäre es schrecklich, wenn Guy denken würde, das wäre ein dilettantischer Annäherungsversuch.

»Jedenfalls bin ich froh, daß du nicht bei diesem Wohltätigkeitsessen geblieben bist«, sagte sie schnell, bevor er ihre Gedanken lesen konnte.

»Nicht halb so froh wie ich.« Er grinste. »Es war ziemlich gräßlich.«

»Und ich hoffe, Charlotte ist nicht allzu wütend auf dich, daß du sie auf der Party im Stich gelassen hast.«

»Wenigstens hast du aufgehört, dich zu entschuldigen«, sagte Guy und klang amüsiert. »Jetzt mußt du nur noch aufhören, dich meinetwegen schuldig zu fühlen. Ich mach mir keine Sorgen um Charlotte, und deshalb sehe ich nicht ein, warum du dir welche machen solltest.«

»Ist sie denn nicht ...?«
»Nein, keineswegs. Sie ist eine Freundin, aber das ist auch schon alles. Du solltest dich schämen«, fügte er spöttisch hinzu, »auch nur etwas anderes gedacht zu haben. Was hat deine teuflische Schwester über mich erzählt?«
»Überhaupt nichts«, log Janey. »Tut mir leid. Ich hab's mal wieder falsch verstanden – wie immer. Ich vermute, weil Charlotte so ... so interessiert schien.«
»Tat sie das?« Guy wirkte wirklich überrascht. Dann zuckte er die Achseln. »Ich ermutige sie jedenfalls nicht. Wie ich dir schon mal gesagt habe, habe ich bereits vor ein paar Jahren aufgehört, mich wie Bruno Parry-Brent zu benehmen. Es ist nicht der Mühe wert.« Er unterbrach sich, dann fügte er ernst hinzu: »Und da wir gerade beim Thema Ehrlichkeit sind, wer war der Typ, mit dem ich dich letzte Woche im Theater gesehen habe? Ich denke nicht, daß du ihn Bruno gegenüber erwähnt hast.«
Nein, dachte Janey und errötete in der Dunkelheit. Gerade als sie gedacht hatte, sie hätte es überstanden. »Ach, der. Es lohnte sich nicht, ihn zu erwähnen«, improvisierte sie. »Ich habe ihn nie zuvor gesehen. Eine sogenannte Freundin hat das arrangiert.« Sie schauderte. »Ich hätte sie umbringen können; ich war in meinem ganzen Leben noch nicht so verlegen.«
»Bis heute abend«, erinnerte Guy sie. »Und ich fürchte wirklich, du mußt lernen, dich nicht dauernd schuldig zu fühlen um deiner selbst willen.«
Janey wurde noch röter. »Wie meinst du das?«
»Nachdem du gegangen warst, wurde ich der Schwester deiner Verabredung vorgestellt«, antwortete er ruhig. »Sie hat mir erzählt, daß du ihn durch eine Anzeige in der Rubrik ›Einsame Herzen‹ kennengelernt hast.«
»O Gott«, seufzte Janey gedemütigt.

»Ich weiß nicht, warum dir das so peinlich ist«, fuhr Guy rasch fort. »Er hatte vielleicht eine laute Lache, aber er ist unmöglich so ein Mistkerl wie Parry-Brent. Du mußt dir langsam darüber klar werden, was du willst.«
Jetzt hatte er es geschafft. Sie schämte sich wahnsinnig. Hatte der Mann noch andere Talente?
»Schlafen, denke ich.« Janey schaute kurz auf ihre Uhr. Es war viertel nach drei.
»Ich geh schon. Nur noch eines.«
Sie schaute ihn mißtrauisch an. »Was?«
»Etwas, was du vorher gesagt hast.« Guy begann, breit zu grinsen. »Es hat mir Sorgen gemacht. Denkst du wirklich, ich seh aus wie diese Kummerkastentante, diese Frau Sommer?«

28

O bitte«, bettelte Maxine und drückte Guy den Brief in die Hand. In ihrer Aufregung hatte sie ihn beinahe auseinandergerissen. »Schau, morgen ist das Casting! Ich werd sterben, wenn ich da nicht hin kann ... Denk nur, wie begeistert Josh und Ella wären, wenn ich ausgesucht würde. Sie könnten mich im Fernsehen sehen ...«

»Wie du auf dem Klo sitzt!« sagte Guy ärgerlich, nachdem er den Brief überflogen hatte. »Maxine, hier geht's um ein Casting für einen Klopapierwerbespot. Das ist wohl kaum Macbeth.«

»Das darfst du nicht sagen, man bezeichnet es als schottisches Stück«, antwortete sie hochmütig, und weil sie ihn nicht ärgern wollte, wedelte sie entschuldigend mit der Hand. »Aber nenn es, wie du willst.«

»Ich nenn's immer noch Klopapierwerbespot.« Guy blieb unbeeindruckt. »Und ich kann mir nicht vorstellen, warum du das überhaupt machen willst. Was ist los, sind dir die Schnösel ausgegangen?«

Maxine platzte beinahe vor Wut, so frustriert war sie. Für ihn war alles in Ordnung, er war ja schon erfolgreich und berühmt.

»Es ist eine wunderbare Gelegenheit«, erklärte sie, bemüht, ihre Ungeduld zu zügeln, und ihm einen flehentlichen Blick zuwerfend. »Das bedeutet, daß Millionen mich sehen, eingeschlossen andere Produzenten. So was macht einen bekannt. Und es ist unglaublich gut bezahlt. Allein, was man für die Wiederholungen kriegt!«

»Es ist vorläufig immer noch ein Casting.« Guy runzelte die Stirn. »Ich weiß nicht, wie du darauf kommst, daß du eine Chance hast.«
»Hab ich«, sagte Maxine glücklich. »Der Casting-Direktor ist ein Freund von mir. Bitte, sag schon, daß ich fahren kann! Das ist doch nicht zuviel verlangt, oder? Wenn ich den Zug um acht morgen früh erwische, bin ich um sechs wieder zu Hause.«
»Und ich fliege heute nacht nach Amsterdam. Was gedenkst du mit Josh und Ella zu machen, sie mit nach London zu schleppen?«
Er war absichtlich so widerspenstig, dachte Maxine, denn er wollte nicht, daß sie berühmt wurde und weggehen würde, dann müßte er nämlich ein neues Kindermädchen suchen. Wie egoistisch konnte ein Mann eigentlich sein?
»Serena ist doch da«, erinnerte sie ihn. »Sie hat morgen nichts vor. Warum kann sie nicht auf die Kinder aufpassen?«
»Ich bin kein Kind«, erklärte Josh, der gerade in die Küche kam, mit mürrischem Gesicht. »Ich bin neuneinhalb Jahre alt. Maxine, wir haben immer noch Hunger. Könntest du noch ein paar Erdnußbutterbrote mit Marmelade machen?«
»Du bist kein Kind mehr«, erwiderte Maxine energisch. »Du bist neuneinhalb Jahre alt, und ich diskutiere gerade mit deinem Vater. Schmier dir deine fürchterlichen Brote selbst.«
»Worüber diskutiert ihr?«
»Ich möchte für einen Fernsehwerbespot vorsprechen.« Maxine sah bekümmert aus. »Und dein Vater will mir nicht freigeben, damit ich hinfahren kann.«
»Wie lange dauert das?«
Sie seufzte. »Nur ein paar Stunden.«

Joshs Augen funkelten aufgeregt. Er wandte sich an Guy und sagte: »O Dad, sag ja! Wenn Maxine im Fernsehen kommt, kann ich das allen meinen Schulfreunden erzählen. Die wären blaß vor Neid ... Bitte, sag schon, daß sie zum Vorsprechen fahren kann!«

Maxine kreuzte die Finger hinter ihrem Rücken, setzte die Miene einer Heiligen auf und schwor insgeheim, Josh nie wieder mit Tanya Trevelyan aufzuziehen.

Guy wurde mißtrauisch und wandte sich an Josh. »Ist das ein abgekartetes Spiel? Hat sie dir gesagt, du sollst reinkommen und das sagen?«

»Nein.« Verwirrt fragte Josh: »Was ist ein abgekartetes Spiel?«

»Okay.« Er wandte seine Aufmerksamkeit wieder Maxine zu und sagte verdrossen: »Aber nur, wenn Serena einverstanden ist. Und du mußt sie selbst fragen.«

Maxine hätte ihn umarmen können. Statt dessen sagte sie vorsichtshalber: »Danke, danke, danke«, warf ihm ein bezauberndes Lächeln zu und stürzte zur Küchentür, bevor er seine Meinung noch mal ändern konnte. »Ich red gleich mit ihr.«

Josh holte sie am Treppenabsatz ein.

»Mein Engel«, schrie Maxine, hob ihn hoch und bedeckte seinen Blondschopf mit Küssen.

»Iih«, schrie Josh. »Laß mich runter. Küsse sind was für Weichlinge!«

»Du warst sagenhaft.«

»Ich weiß.« Er strich sein Haar glatt und grinste. »Du bist nicht die einzige hier, die schauspielern kann, weißt du? Komm schon, Maxine, rück die zehn Pfund raus.«

Es war nicht so, daß Serena Kinder partout nicht leiden konnte, sie konnte nur nicht viel mit ihnen anfangen. Sie war ein verwöhntes Einzelkind von Eltern, die selbst Einzelkinder waren, und es hatte ihr an nichts gefehlt. Sie genoß die ungeteilte Aufmerksamkeit ihrer Eltern voll und ganz. Eine Unmenge von Brüdern und Schwestern, Cousins und Cousinen hätte lediglich bedeutet, daß man sein Spielzeug teilen und ihre Klamotten auftragen mußte, zumindest, soweit die kleine Serena sich das ausmalen konnte. Und wenn es in einer Familie vier Kinder gab, folgerte sie, dann bekäme jedes Kind auch nur ein Viertel der Liebe. Sie konnte um nichts auf der Welt verstehen, warum sich irgendein Elternpaar mehr als ein Kind wünschte.

Das waren Serenas Gedankengänge in ihrer Kindheit gewesen. Doch Menschen ändern sich, und als sie Anfang Zwanzig war, hatte sie ihre Meinung revidiert. Die Aussicht, eine Schwangerschaft auszuhalten, nur um ein Baby zu produzieren, war ihr zunehmend unsympathischer erschienen. Nicht nur, daß das bedeuten würde, sie müßte ihre Karriere für mindestens ein Jahr unterbrechen; es gab einfach keine zuverlässige Garantie, daß sie sich nicht in einen Dragoner verwandeln würde, und ihre Figur für immer ruiniert wäre. Außerdem gab es kein Gesetz, das einen dazu verpflichtete, Nachkommen in die Welt zu setzen. Sie würde sich selbst übertreffen, wenn sie kein Kind bekäme, beschloß sie glücklich. Sie brauchte jedenfalls keines.

Im Laufe der Zeit schaute sich Serena bei ihren Freunden um und fand, daß sie sich vollkommen richtig entschieden hatte.

Kinder waren teuer, zeitaufwendig und lästig. Und was ihre Tischsitten anging ... nun, sie konnten geradezu grotesk sein.

Aber dann war Guy aufgetaucht, in jeder Beziehung ein begehrenswerter Mann, und Serena, die bisher darauf geachtet hatte, Männern mit Kindern aus dem Weg zu gehen, stellte fest, daß die Gelegenheit zu gut war, um sie sich entgehen zu lassen. Josh und Ella waren zwar eine Art Nachteil, aber wenigstens lauerte nicht eine neurotische Exfrau irgendwo im Hinterhalt. Und Guy hatte ein Ganztagskindermädchen, was in Serenas Augen ein weiterer Bonus war. Man würde faktisch nicht von ihr erwarten, sich selbst um die Kinder zu kümmern.

»Serena, Josh hat sein Sandwich in den Toaster gestopft, und jetzt kommt überall Rauch raus.«
Serena hatte gerade mit vorsichtig gespreizten Fingernägeln in *Harpers and Queen* gelesen, und sie unterdrückte einen gereizten Seufzer. Zog man in Betracht, daß sie Kinder waren, waren Ella und Josh nicht allzu schlimm – und ihre Tischmanieren waren tadellos –, aber sie wußten natürlich, wie sie die Aufmerksamkeit auf sich lenken konnten.
»Sag ihm, er soll den Toaster ausschalten. Ich kann ihm im Augenblick nicht helfen. Meine Nägel sind noch nicht trocken.«
Ella spähte neidisch auf Serenas glänzende Nägel, die die gleiche Farbe hatten wie rosa Kaugummi.
»Kannst du meine Nägel auch anmalen?«
»Das würde deinem Vater nicht gefallen.«
»Daddy ist nicht da, er ist in Holland.«
»Ich glaube, du bist noch zu jung für lackierte Nägel.« Serenas Aufmerksamkeit wanderte zurück zur Herbstkollektion von Jasper Conran. Jasper war einer ihrer Lieblingsdesigner. Er hatte wirklich ein Auge für Farben und Schnitte. Diese Samtjacken waren göttlich ...
»Wenn deine Finger trocken sind, kannst du mir dann Zöpfe flechten? Mit Bändern durchzogen?«
Serena hob den Blick von den Hochglanzseiten. Ella trat vor ihr von einem Fuß auf den anderen und machte ein hoffnungsvolles Gesicht.

»Was?«
»Mit rosa und weißen Bändern drin, so wie Maxine sie mir macht.«
Serena hatte das Ritual während der vergangenen Wochen bei mehreren Gelegenheiten beobachtet. Nicht mal Maxine mit ihren geübten flinken Fingern schaffte die komplizierte Prozedur in weniger als zwanzig Minuten.
»Mein Herz, dein Haar sieht gut aus, so wie es ist«, sagte sie besänftigend. »Es ist hübscher, wenn du es offen trägst. Also, warum läufst du nicht in die Küche und sagst Josh, er soll den Toaster ausschalten? Euer Vater wird nicht gerade begeistert sein, wenn ihr die Küche in Brand setzt.«
Das Ergebnis von so geringem Interesse war, daß Ella im Laufe des Nachmittags fürchterliche Langeweile hatte. Josh war süchtig nach Computerspielen und nutzte die Abwesenheit von Maxine und Guy voll aus. Er hatte sich mit seinem heißgeliebten Nintendo-Gameboy in sein Zimmer eingeschlossen und bekam vor SuperMario schon glasige Augen. Normalerweise durfte er nur dreißig Minuten lang spielen, aber heute war er im Himmel. Guy konfiszierte die Batterien, wenn die halbe Stunde vorbei war. Maxine war noch schlimmer, sie schnappte sich das Ding und fing an, selber zu spielen.
»Verschwinde«, sagte er zu Ella, die am Ende seines Betts herumlümmelte und mit den Fersen trommelte.
»Kann ich auch mal?«
»Nein, ich hab vierzehntausend Punkte.«
Ella schob die Unterlippe vor. »Aber Jo-osh –«
»Und hör auf, an das Bett zu trommeln, da muß ich blinzeln.«
Ella trommelte noch stärker ans Bett. Josh stellte das Spiel auf Pause, lehnte sich rüber und schob sie auf den Boden.
»Du bist schuld, wenn ich blinzle, und ich hab keine Zeit zum Blinzeln. Geh einfach, und laß mich allein.«

»Ich hasse dich«, jammerte Ella, aber Josh wollte sich nicht auf einen Streit einlassen. Vierzehntausend Punkte, soviel hatte er noch nie erreicht, und er hatte nicht die Absicht, jetzt aufzuhören.

»Gut«, murmelte er, als Ella zur Kinderzimmertür stürzte, »ich hasse dich auch.«

Wenn sie schon keine Zöpfe bekam und nicht mit Josh spielen konnte, dachte Ella, dann sollte sie sich wenigstens was Süßes kaufen dürfen. Es war nur fair.

Serena hatte *Harpers and Queen* durchgeblättert und war jetzt in den *Tatler* vertieft. Einige ihrer besonders schönen Freundinnen wurden in der Ausgabe dieses Monats groß herausgebracht, und es machte immer Spaß, zu sehen, wer gerade wo arbeitete. Noch besser war, daß sie oft überraschend fotografiert worden waren, was bedeutete, daß die Möglichkeit bestand, einen Blick auf einen wenig schmeichelhaften Gesichtsausdruck, ein verrutschtes Schulterpolster oder sogar einen eindeutigen Ansatz von Doppelkinn zu erhaschen.

»Können wir in den Laden runtergehen und Süßigkeiten kaufen?«

Serena schaute kurz auf und bemerkte, daß Ella zurück war. Diesmal hatte sie eine gelbe Börse in der Form einer Banane in den Händen.

»Natürlich kannst du das, Liebes.«

»Ich hab achtzig Pence.«

»Wie schön.« Serena schenkte ihr ein wohlwollendes Lächeln. Als sie trotzdem keine Anstalten machte, vom Sofa aufzustehen, versuchte Ella es noch mal.

»Können wir bitte gehen?«

Als sie langsam begriff, erlosch Serenas Lächeln. »Geht Josh nicht mit dir mit?«

»Der will nicht. Er spielt mit seinem blöden Nintendo. Es ist auch gar nicht weit weg.« Ella warf ihr einen flehenden Blick zu. »Und es regnet nicht mehr, wir werden also nicht naß.« Eine halbe Meile lang eine schlammige Straße unter tropfenden Kastanienbäumen runterzustapfen, war nicht gerade das, was sich Serena unter Spaß vorstellte, obwohl es natürlich schmeichelhaft war, daß Ella sie als Begleitung haben wollte. »Danke, Liebes«, antwortete sie besänftigend, »aber ich bin im Moment nicht in der Stimmung für einen Spaziergang. Vielleicht morgen.«

Ella war jetzt völlig durcheinander. Serena schien offenbar nein zu dem Spaziergang zu sagen, aber sie hatte nicht nein zu den Süßigkeiten gesagt. Sie wollte unbedingt was Süßes und fragte zögernd: »Heißt das, ich kann allein zum Laden gehen?«

»Natürlich kannst du«, antwortete Serena abwesend. Ihre Aufmerksamkeit war auf ein bekanntes Gesicht zwischen den Gästen einer Hochzeit der feineren Gesellschaft gerichtet. Lieber Himmel, sie hatte Trudy Blenkarne seit Jahren nicht gesehen, und da war sie jetzt mit neuer Nase, ihre Lippen waren mit Collagen aufgefüllt, und einen häßlichen texanischen Ehemann hatte sie obendrein.

Es war einfach nicht fair, dachte Josh, als er den Gameboy schüttelte und hoffte, so die Batterien wieder zum Leben zu erwecken. Ausgerechnet wenn niemand da war, der ihn am Spielen hindern konnte, mußten sie den Geist aufgeben. Und alles war Maxines Schuld, dachte er verärgert. Sie hatte das Spiel ständig konfisziert und damit gespielt, statt zu bügeln. Jetzt waren sie aufgebraucht.

Er hatte ein wenig Gewissensbisse, weil er Ella vorher weggeschickt hatte, und ging los, sie zu suchen. Das Zimmer seiner Schwester war jedoch leer, und als er runterkam, fand er Serena allein im Wohnzimmer. Sie trank Orangensaft und sah fern.

»Oh«, sagte Josh überrascht. »Ich dachte, Ella wäre hier unten bei dir.«

Ein Mädchen seilte sich gerade von einem hohen Gebäude ab. Serena war offenbar fasziniert und wartete, bis sie unten angekommen war, bevor sie sich umdrehte, um Josh anzulächeln.

»Mir würde wahrscheinlich schlecht werden, wenn ich das tun müßte, dir nicht? Nein ... ich habe Ella schon eine Zeitlang nicht mehr gesehen. Vielleicht ist sie oben.«

Er runzelte die Stirn. »Ich hab schon in ihrem Zimmer nachgeschaut.«

»Ach so.« Serena zuckte die Achseln, nippte an ihrem Orangensaft und sah hoch zu der altmodischen Uhr. »Sie wird schon irgendwo sein. Geh und such sie, Josh, und frag sie, was sie zum Tee essen will. Fischfrikadelle oder pochierte Eier auf Toast?«

Als Josh zehn Minuten später ins Wohnzimmer zurückkam, hatte sich Serena immer noch nicht von der Stelle gerührt.

»Sie ist nirgends«, sagte er mit äußerst besorgter Stimme. »Ich habe überall im Haus und im Garten nachgesehen, und sie ist nirgends.«

Serena seufzte. »Wann hast du sie zum letzten Mal gesehen? Wann ist sie aus dem Laden zurückgekommen?«

»Welchem Laden?«

»Dem Zeitungshändler«, antwortete Serena geduldig. »Sie wollte sich Süßigkeiten kaufen.«

Josh zuckte zusammen und starrte sie an. »Allein?«

Sie starrte zurück. »Natürlich allein. Sie sagte, du wolltest nicht mitkommen, weil du mit diesem verrückten Nintendo-Gerät gespielt hast.«

»Aber Ella darf nicht ohne jemand anderen zu dem Laden gehen.« Plötzlich füllten sich Joshs Augen mit Tränen. »Wegen fremden Männern. Sie ist erst sieben.«

29

Nachdem sie Paula nachgewunken hatte, schloß Janey den Laden um fünf Uhr und machte sich an die knifflige Arbeit, eine dreieinhalb Meter lange Blumengirlande zu binden. Der Auftrag stammte von einem lokalen Würdenträger; und mit der Girlande sollte das Büfett zum sechzigsten Geburtstag seiner Frau geschmückt werden. Gestärkte und silberbesprühte Schleifen aus Leinen mußten die Girlande entlang eingearbeitet und die Blumen – Jasmin und champagnerfarbene Rosen – mußten mit Draht sorgfältig festgebunden werden. Es war eine zeitraubende, aber lohnende Aufgabe, und das Ergebnis würde spektakulär sein, das hoffte Janey zumindest. Das Fest hörte sich sehr nach Man-muß-schon-mit-Familie-Jones-mithalten an und konnte ihr eine Menge Aufträge einbringen, solange die Frau nicht den Versuch unternahm, die Blumengirlanden als etwas abzutun, was sie mal eben schnell in ihrer Freizeit gemacht hätte.

Sie steckte gerade bis zu den Ellbogen in feuchtem Sumpfmoos, das sie sorgfältig um den Draht plazierte, der die Basis der Girlande bildete, als das Telefon läutete.

»Janey, bist du das?«

Es war eine junge Stimme, und zuerst erkannte sie sie nicht.

»Ja, ich bin's. Wer ist dran?«

»Josh. Josh Cassidy. Maxine hat mir deine Nummer gegeben, falls mal irgendwas passiert, und sie kommt nicht vor heute abend zurück.«

Er hörte sich völlig verängstigt an. Janeys Herz raste, sie

wischte ihre nassen Hände an ihrem Pullover ab und sagte: »Ist schon okay, Josh. Was ist los?«

»Dad ist nicht hier.« Seine Stimme klang unnatürlich hoch, als würde er sich verzweifelt bemühen, die Tränen zurückzuhalten. »Serena hat heute auf uns aufgepaßt, aber Ella ist vor eineinhalb Stunden allein zum Zeitungskiosk runtergegangen und noch nicht zurückgekommen. Ich hab gesagt, wir sollten die Polizei anrufen, aber Serena denkt, ich mache einen Mordswirbel wegen nichts. Sie sagt, ich soll nicht anrufen und daß Ella bald wieder zurückkommt, aber sie darf nicht mal allein rausgehen, und ich mach mir Sorgen um sie. Janey, was meinst du, was ich tun soll?«

Janey gefror das Blut in den Adern. War Serena vollkommen verrückt? »Mach dir keine Sorgen, Schatz«, sagte sie schnell und erinnerte sich an Alans Verschwinden. »Ich bin sicher, Ella geht's gut, aber um sicherzugehen, werde ich selbst die Polizei anrufen.«

»Was ist mit Serena? Sie wird böse auf mich sein.«

Seine Stimme brach langsam. Janey bemühte sich um einen möglichst beruhigenden Ton und sagte: »Mach dir keine Gedanken wegen Serena. Sobald ich die Polizei angerufen habe, komm ich rüber. Du hast genau das Richtige getan, Josh. Halt noch ein paar Minuten durch, dann bin ich bei dir. Und Serena brauchst du nichts davon zu sagen, wenn du nicht willst. Ich werd selbst mit ihr reden.«

Janey ließ die Blumengirlande auf dem Boden des Ladens liegen und jagte den Transporter die Straße entlang, damit sie Trezale House vor der Polizei erreichte. Gott sei Dank hatte Tom Lacey Dienst, als sie angerufen und ihm die Situation erklärt hatte, und er war schon unterwegs.

Serena öffnete die Eingangstür. Ihrem Gesichtsausdruck

nach zu schließen, hatte Josh offenbar schon mit ihr gesprochen.

»Haben Sie wirklich die Polizei angerufen?« fragte sie stirnrunzelnd, als sie Janey in ihrer Arbeitskluft vor sich sah. »Ich muß schon sagen, Sie machen wirklich ein Mordstheater. Vielleicht hat Ella eine Freundin getroffen.«

»Und vielleicht hat sie irgendeinen Verrückten mit einer Vorliebe für kleine Mädchen getroffen«, gab Janey zurück und schaffte es gerade noch, leise zu sprechen, da sie eben Josh entdeckt hatte, der mit bleichem Gesicht hinter ihr im Flur herumstand. »Mein Gott, Serena. Wie lange wollten Sie denn warten, bevor sie etwas unternehmen ... ein paar Tage?«

»Aber wir sind hier in Cornwall.« Zum ersten Mal wirkte Serena besorgt. »Wenn wir in London wären ... gut, okay ... da laufen schon verrückte Typen rum ... aber hier ist das doch anders.«

»Das ist die dümmste Entschuldigung, die ich je gehört habe«, antwortete Janey eisig, schob sie zur Seite und ging zu Josh. Sie legte seine Arme um ihre Taille und drückte ihn in die Falten ihrer Jacke, um sein nasses Gesicht zu verstecken.

»Sie können vor der Polizei nicht mir die Schuld zuschieben«, protestierte Serena. »Niemand hat mir gesagt, daß Ella nicht allein rausgehen darf. Es ist nicht mein Fehler, wenn ihr etwas passiert ist.«

Josh zitterte am ganzen Körper. Janey hatte ihn ins Wohnzimmer geführt und zog ihn auf ihren Schoß, während Serena noch draußen stand. »Ella ist nichts passiert«, murmelte sie und nahm ihn fest in die Arme, als er in Tränen ausbrach. »Vermutlich ist sie nur spazierengegangen und hat die Zeit vergessen.«

»Aber ich hab zu ihr gesagt, sie soll mich in Ruhe lassen«,

schluchzte Josh. »Sie hat gesagt, sie haßt mich, weil ich mit meinem Nintendo gespielt habe, und ich habe gesagt, ich hasse sie auch. Was ist, wenn sie für immer weggelaufen ist?«

Das war eine Angst, die Janey nur allzu vertraut war. Von Ferne hörte sie ein schnell näherkommendes Auto. Im selben Augenblick begann es zu regnen, riesige Tropfen platschten laut gegen die Fenster.

»Ella weiß, daß du sie nicht haßt«, sagte sie tröstend. »Auch wenn du das gesagt hast, du hast es jedenfalls ebensowenig gemeint wie sie. Komm schon, mein Schatz, nimm das Taschentuch hier und putz dir die Nase. Tom ist da. Du mußt jetzt überlegen, wohin Ella gegangen sein könnte, damit wir wissen, wo wir mit dem Suchen beginnen. Was ist mit Schulfreundinnen, die in der Nähe wohnen?«

Tom Lacey, selbst stolzer Vater von sechs Wochen alten Zwillingen, befragte Josh mit viel Verständnis und achtete auf jedes Detail. Als er fertig war, steckte er sein Notizbuch weg und stand auf.

»Alles klar, jetzt müßt ihr nur noch hier warten. Ich such die Adressen zu all diesen Namen raus, die du mir gegeben hast, und schau unterwegs in dem Zeitungsladen vorbei. Wenn die kleine Ella in der Zwischenzeit hier auftaucht, könnt ihr auf der Wache anrufen, die geben mir dann über Funk Bescheid.«

Der Gedanke, im Haus zu bleiben und nichts zu tun, war zuviel für Josh.

»Können wir nicht mitkommen?« bettelte er, aber Tom schüttelte den Kopf.

»Besser nicht«, sagte er freundlich.

»Aber ich möchte helfen, sie zu suchen.«

Janey spürte sein Bedürfnis, etwas zu tun, und sie drückte seinen Arm.

»Wenn sie zu einer Freundin gegangen ist, wird Tom sie finden.«
»Und wenn sie weggelaufen ist, findet er sie nicht«, sagte Josh. »Kommst du mit mir raus, Janey? Ich möchte auch nach ihr suchen.«
Es regnete in Strömen, als die beiden sich zu Fuß auf den Weg machten, um die Waldstücke am Rand des schmalen Wegs, der vom Haus wegführte, abzusuchen. Die dunkle und bedrohliche Waldung trennte den Weg von der Klippe, die eine Viertelmeile entfernt war. Janey hatte sich eine von Maxines hoffnungslos unpraktischen Jacken ausgeliehen und war innerhalb von Minuten bis auf die Haut durchnäßt. »Wenn wir uns zu weit von der Straße entfernen, werden wir Toms Sirene nicht hören können«, warnte sie. Das sollte das Signal sein, daß Ella gefunden worden war.
Aber Josh kletterte bereits über heruntergefallene Äste und bahnte sich einen Weg durch das Unterholz. Er blieb nicht stehen, sondern drehte sich lediglich um und blinzelte nur unter der Kapuze seines gelben Südwesters heraus zu ihr hoch.
»Wenn sie nahe an der Straße gewesen wäre, wäre sie heimgekommen.«
Janey wischte den Regen aus ihrem Gesicht. Die Bäume wuchsen hier dichter, und man konnte keinen Weg erkennen, dennoch ging Josh entschlossen weiter. Sie hätte beinahe gefragt *Kommt ihr öfter hierher?*, aber sie hielt sich rechtzeitig zurück. Statt dessen drehte sie ihn, nachdem sie ihn eingeholt hatte, noch mal zu sich um, damit er sie ansah: »Josh, weißt du, wohin du gehst?«
Einen Augenblick flackerten die dunkelblauen Augen. Josh holte tief Luft. »Also, wir waren ein paarmal hier. Es ist eine Abkürzung zu den Klippen, aber Dad hat gesagt, wir dürften nicht durch den Wald laufen, deshalb ...«

Er zuckte die Achseln und seine Stimme zitterte.
»... deshalb kennst du die Gegend wie deine Westentasche«, half Janey ihm weiter, lächelte ihm zu und weigerte sich, auch nur an die Klippen zu denken. »Keine Panik, ich werd nichts verraten; komm, Josh, zeig mir den Weg.«
Sie fanden Ella fünfzehn Minuten später. Sie lag in einem kleinen Haufen Laub neben einem umgestürzten Baum. Es war kalt und naß, und ihr Gesicht war von Tränen und Schlamm verschmiert.
Janey war so erleichtert, daß ihr der Atem stockte: »Da bist du ja endlich. Wir haben uns schon gefragt, wo du gesteckt hast.«
Aber Josh, der das Schlimmste befürchtet und sich selbst die Schuld dafür gegeben hatte, war auf andere Art erleichtert. Er war nicht in der Lage, sich zu beherrschen und schrie: »Wie konntest du es wagen, wegzulaufen! Ich hab's nicht so gemeint ... Wie konntest du nur so dumm sein!«
Als Janey versuchte, Ella auf die Beine zu helfen, stieß diese jedoch einen durchdringenden Schrei aus. »Ich bin nicht weggelaufen, ich bin über einen Brombeerstrauch gestolpert und hab mir am Knöchel weh getan ... aua, das tut weh!«
Janey untersuchte vorsichtig den Knöchel und sah, daß er stark geschwollen war, aber wahrscheinlich nicht gebrochen. »Ist schon in Ordnung, mein Schatz. Leg deine Arme um meinen Hals, dann heb ich dich hoch.«
»So dumm«, wiederholte Josh und schluckte die Tränen hinunter. »Serena ist komplett verrückt, und wir haben die Polizei angerufen, falls du ermordet worden bist.«
Ella hing an Janey und schrie: »Ich bin aber nicht ermordet worden, und Serena hasse ich sowieso. Ich bin zu dem Laden gelaufen und hab Süßigkeiten gekauft, und auf dem Rückweg hab ich ein Kaninchen gesehen, das in unseren

Geheimpfad gelaufen ist. Ich bin ihm hinterher, weil ich ihm Schokolade geben wollte. Und dann bin ich hingefallen, und es hat angefangen zu regnen. Wenn du nicht gesagt hättest, ich soll abhauen«, fügte sie hinzu, »dann hätten wir beide zum Laden gehen können, und ich wär nicht allein gewesen, als ich hingefallen bin.«

Das war nicht à la Waltons.

»Schon gut, schon gut«, sagte Janey besänftigend, versuchte, Ella sicher im Griff zu haben, und stellte sich geistig auf den Rückmarsch durch den Wald ein. »Hört auf zu streiten, ihr zwei. Josh, du mußt vor mir hergehen und die Zweige aus dem Weg halten. Und Ella friert; warum ziehst du nicht deinen Regenmantel aus und legst ihn ihr um die Schulter?«

»Weil ich dann naß werde.«

»Er ist ein Schwein«, schniefte Ella. »Es ist sowieso alles Joshs Schuld. Ich hasse ihn.«

»Und du bist ein Umweltverschmutzer«, gab Josh zurück und deutete mit einem anklagenden Zeigefinger auf das Schokoladenpapier und Fetzen von Alufolie auf dem Boden. »Ich werd's dem Polizisten sagen, daß du das hingeschmissen hast. Wahrscheinlich mußt du ins Gefängnis.«

Jetzt mußte Janey streng werden, denn ihr taten bereits die Arme weh. Sie sagte: »So, jetzt ist's genug. Josh, heb das Papier auf und hör sofort auf zu streiten.«

»Mir ist k-kalt«, wimmerte Ella; ihre blonden, triefenden Haare klebten an ihrem Kopf.

»Und zieh den Mantel aus. Deine Schwester braucht ihn dringender als du.«

»Ich dachte, du wärst netter als Maxine.« Er gehorchte widerwillig und warf ihr einen düsteren Blick zu. »Bist du aber nicht.«

Maxine kam um halb neun nach Hause, als Tom Lacey bereits weg, der Arzt gekommen und wieder gegangen, und die einzige sichtbare Erinnerung an den Nachmittag ein hübscher weißer Verband um Ellas linken Knöchel war, auf den sie sehr stolz war.

»Was ist hier los? Warum steht Janeys Lieferwagen draußen?« Maxine war verwirrt und warf ihren Mantel über einen Lehnstuhl. Serena hockte wie immer auf dem Sofa und schaute sich völlig versunken eine Gameshow im Fernsehen an. Ein magerer alter Mann hatte offenbar gerade einen Staubsauger und ein Wochenende auf einer Gesundheitsfarm gewonnen, und jetzt hüpfte er wie in Ekstase auf und ab.

»Nichts ist hier los.« Serena drehte sich zu ihr um. »Ella hat sich den Knöchel verstaucht, das ist alles. Deine Schwester hat wegen eines kleinen Zwischenfalls einen Mordsaufstand gemacht.«

Maxine starrte sie an. »Janey macht keinen Mordsaufstand, außer sie hat einen verdammt guten Grund dafür. Von welcher Art Zwischenfall sprechen wir denn?«

Aber Serena zuckte nur die Achseln. »Du kannst ebensogut sie selbst fragen, sie ist viel besser als ich, wenn's um schauerliche Einzelheiten geht. Sie ist oben und bringt die Kinder ins Bett. Wahrscheinlich sorgt sie auch dafür, daß sie Alpträume bekommen. Die hat ja wirklich eine neurotische Phantasie ...«

30

Drei Tage danach arbeitete Janey gerade im Laden, als Guy Cassidy reinkam. Sie war über alles, was in Trezale House vor sich ging, auf dem laufenden gehalten worden, da Maxine jede Neuigkeit sofort schadenfroh per Telefon übermittelte. Deshalb hätte Janey beinahe auf die Sekunde sagen können, wann er im Laden ankommen würde.

»Er fährt jetzt ab«, hatte Maxine vor ein paar Minuten geschrien. »Leg ein Wort für mich ein, Janey, und sag ihm, ich habe eine Gehaltserhöhung verdient.«

Um jedoch nicht alles zu verraten, schaute sie pflichtschuldig überrascht aus, als er den Laden betrat.

»Ich bin gekommen, um dir zu danken«, sagte Guy schlicht. Dann grinste er und fügte hinzu: »Aber ich habe ein kleines Problem. Wenn es sich um jemand anderen gehandelt hätte, dann hätte ich Blumen gebracht ...«

Wenn es einen großen Nachteil in ihrem Beruf gab, dachte Janey, dann den, daß sie nie Blumen geschenkt bekam.

»Immer das alte Lied«, antwortete sie mit einem gutmütigen Schulterzucken. »Aber du mußt dich sowieso nicht bei mir bedanken. Du hast mir geholfen, als ich ein Problem hatte, und ich hab mich nur revanchiert.«

»Viel mehr als das«, sagte Guy. »Und ich bin immer noch dankbar. Ich wollte dir Pralinen bringen, aber Maxine betonte, ich würde deine Abmagerungskur boykottieren.« Er begutachtete eine Weile ihre Figur und runzelte die Stirn: »Bist du wirklich auf Diät?«

»Liebe Güte.« Janey schmunzelte. »Soll das heißen, es funktioniert nicht?«
»Es soll heißen, daß du es nicht nötig hast, abzunehmen.« Sein forschender Blick ruhte immer noch auf ihr, und Janey war das schmerzlich bewußt. Sie wurde rot vor Verlegenheit. Schön und gut, Guy Cassidy sagte ihr, sie bräuchte nicht abzunehmen. Aber Janey kam nicht umhin, festzustellen, daß Männer wie er immer Freundinnen wählten, die aus einem Rock Größe achtunddreißig steigen konnten, ohne auch nur den Reißverschluß zu öffnen.
»Wie geht's Ella?«, fragte sie, um das Thema zu wechseln.
»Sie erholt sich schnell.« Guy lächelte. »Und ist leidenschaftlich in ihren Verband verliebt. Sie braucht ihn eigentlich nicht mehr, aber immer, wenn wir ihr vorschlagen, ihn abzumachen, hinkt sie wieder fürchterlich.«
»Und Josh?«
Jetzt verzog er das Gesicht. »Du meinst meinen bescheidenen Sohn? Er spielt die Rolle des heldenhaften Retters. Bis er nächste Woche wieder in die Schule geht, hat er sich wahrscheinlich schon mindestens eine Rettungsmedaille verliehen.«
Janey lachte. »Dann ist zu Hause also alles in Ordnung. Alles geht seinen gewohnten Gang.«
»Das würde ich nun nicht gerade sagen.« Er warf ihr einen vieldeutigen Blick zu. »Und es ist nett von dir, zu fragen, aber ich bin sicher, du kennst die jüngsten Entwicklungen. Immer, wenn ich die letzten Tage den Hörer abgenommen habe«, fügte er anzüglich hinzu, »roch er nach Maxines Parfüm. Und er war immer warm.«
Sie fühlte sich ertappt und sagte nur: »Ach.«
»Ich würde also nur sagen, wir sind mit der Situation fertiggeworden.«
In diesem Moment betrat eine Kundin den Laden. Guy, der

an der Ladentheke lehnte, senkte die Stimme. »Und da aus Blumen und Pralinen nichts geworden ist, wie wär's statt dessen mit Theaterkarten?«

»Das ist wirklich nicht nötig«, protestierte Janey.

»Ich möchte es aber. Die Karten sind für Samstag abend. Möchtest du gerne jemanden mitnehmen?«

Die Frage kam so unerwartet, daß sie verwirrt antwortete: »Hm ... vielleicht Maxine?«

»Was für ein Pech. Sie muß leider zu Hause bleiben und babysitten«, meinte Guy munter. »Mach dir nichts draus; aber vielleicht könntest du ja mit mir vorliebnehmen?«

Hinter ihm wedelte die Kundin mit einem Strauß Gladiolen, das hatte sie kurzfristig abgelenkt. Aber jetzt stammelte Janey: »D-du meinst ...?«

»Nun, du kannst ja wohl schlecht Bruno einladen, oder?« Guy grinste. »Also abgemacht. Ich hol dich Samstag ab. Wann schließt du den Laden?«

»... f-fünf Uhr.«

»Gut. Du brauchst doch nicht lange, um dich fertig zu machen, oder? Ich hol dich um sechs Uhr ab.«

Vom Fenster aus beobachtete Janey, wie Guy den Mercedes in eine Parklücke direkt vor dem Laden manövrierte. Wie sie vermutet hatte, kam er pünktlich auf die Minute. Ihr war flau im Magen und sie war ziemlich nervös. Es war verrückt, nervös zu sein, denn es war ja nicht mal eine richtige Verabredung, aber ihr Adrenalinspiegel stieg unaufhaltsam. Alles wäre weitaus einfacher, dachte Janey, wenn Guy Cassidy nicht so wahnsinnig attraktiv wäre. Derart außergewöhnlich gutes Aussehen war einfach furchteinflößend. Mit ihm in ihren eigenen vier Wänden zu reden, in jener Nacht, das war eine Sache, eine andere aber war, heute abend in der Öffentlichkeit mit ihm zusammen gesehen zu werden.

Sie würden für alle Welt wie ein richtiges Paar aussehen. Ihr war nur allzu bewußt, wie sie im Vergleich mit so gertenschlanken exotischen Schönheiten wie Serena Charlton abschneiden würde. Heimlich stellte sie sich das Horrorszenario vor, daß Leute, die sie zusammen sahen, anfangen könnten, zu tuscheln, was für ein unmögliches Paar sie doch wären. Aber es war ja keine richtige Verabredung, und letzten Endes wußte sie, daß, auch wenn es eine wäre, niemand tuscheln würde. Wie hatte Maxine doch so unbekümmert reagiert, als sie von dem Theaterabend erfahren hatte: »Ich vermute, du tust ihm leid, weil du dich nie amüsierst.«

Meine Schwester, dachte Janey, es ist doch wirklich tröstlich, sie zu haben. Zumindest erinnerte Maxine sie an ihre Schwächen, und so war es unwahrscheinlich, daß sie sich falsche Vorstellungen bezüglich ihrer Situation machte. Und wie sie es bei James getan hatte, so vertraute sie auf das Schicksal, daß sie im Theater nicht jemandem in die Arme liefen, den sie kannten. Damals war es ihr peinlich gewesen. Diesmal, dachte sie reumütig, hatte das Schicksal den Spieß umgedreht. Wenn jemand heute abend peinlich berührt wäre, dann Guy.

Als sie jedoch die Haustür öffnete, schien er überrascht und erfreut, sie zu sehen.

»Du bist fertig! Erstaunlich!«

Natürlich, er war es gewöhnt, daß man ihn warten ließ. Wunderschöne Frauen waren unfähig, das Haus zu verlassen, bevor sie nicht geschlagene drei Stunden für ihre Verschönerung geopfert hatten. Janey hatte in weniger als dreißig Minuten geduscht, sich umgezogen und geschminkt, denn sie hatte den Laden erst um halb sechs schließen können. Aber sie war bereits verunsichert.

Aber es war ja keine richtige Verabredung, ermahnte sie

sich zum zehnten Mal innerhalb der letzten zehn Minuten, es war also wirklich nichts von Bedeutung. Sie mußte sich nur entspannen, aufhören, nervös zu sein, und den Abend um seiner selbst willen genießen.

»Also, ich sag's ja nicht gerne«, meinte sie, als Guy ihr die Beifahrertür aufhielt, »aber sind wir nicht viel zu früh dran? Wann fängt das Stück an?«

»Ach?« Er lächelte. »Ich möchte dich um einen Gefallen bitten.« Oh, dieses entwaffnende Lächeln. Wie durch ein Wunder verschwanden die Schmetterlinge aus Janeys Bauch. Es war zwar eine nervenzermürbende Vorstellung gewesen, Guy wiederzusehen, aber sie hatte vergessen, wie gut es ihm gelang, ihr ihre Befangenheit zu nehmen. Jetzt schmolzen ihre Ängste wunderbarerweise dahin.

»Einen Gefallen?« Sie sah ihn an, ohne eine Miene zu verziehen. »Sag jetzt nicht, du möchtest, daß ich die Karten bezahle.«

»Noch viel schlimmer.« Guy grinste. »Freunde von mir geben eine Party, und ich habe versprochen, kurz vorbeizuschauen. Wir bleiben nur eine Stunde oder so, dann fahren wir weiter ins Theater. Es fängt um acht an.« Er warf ihr einen schnellen Seitenblick zu. »Wäre das in Ordnung für dich, oder wär's eine Strafe?«

Es war zumindest nicht das, was sie erwartet hatte, soviel stand fest. Janey verzog das Gesicht und sagte: »Im Moment gehe ich nicht gern zu Partys. Warum kann ich nicht einfach hier warten? Du könntest allein zur Party gehen, deine Freunde sehen, und wir treffen uns dann später im Theater.«

»Jetzt sei kein Frosch.« Guy legte bereits den Gang ein. »Jedenfalls ist es nicht so eine Party. Mimi und Jack sind sehr nette Menschen. Du wirst sie mögen.«

Er hatte sie nicht gefragt, ob sie ihn begleiten möchte, stellte Janey fest. Er hatte es ihr nur mitgeteilt.

»Wird es ihnen nichts ausmachen, wenn du mit mir im Schlepptau dort auftauchst?« protestierte sie.

»Ausmachen?« Er lachte. »Sie werden schwer begeistert sein. Die erwarten nämlich, daß ich Serena mitbringe.«

31

Mimi und Jack Margason wohnten in einem prächtigen alten Pfarrhaus am Stadtrand von Truro. Mimi empfing sie an der Tür, umarmte Guy fest und mußte zweimal hinschauen, bevor sie erfreut feststellte, daß er nicht Serena, sondern Janey dabeihatte.

»Mein Goldstück! Komm schon, rette meinen Tag und erzähl mir – du bist diese langweilige Tante für allemal los.«

Guy drehte sich um und grinste Janey an: »Ich hab dir doch gesagt, sie konnten sie nicht leiden.«

»Serena? Eine schreckliche Frau«, verkündete Mimi und drückte ihm einen dicken Kuß auf die Wange. »So dünn wie eine Bohnenstange, und als Gesprächspartnerin fast genauso interessant. Oder beleidige ich damit die Bohnenstangen?«

Janey hatte sich auf das Schlimmste gefaßt gemacht – denn bei einer Frau namens Mimi konnte man zumindest Schönheit, Glitzer, todschicke Kleidung und obendrein vielleicht einen französischen Akzent erwarten. Diese Mimi jedoch war eine Überraschung. Es war nicht schwer zu verstehen, warum Mimi Serena für langweilig und dürr hielt. Vorsichtig geschätzt, wog sie zwei Zentner. Ihre langen, gelben Haare waren hochgesteckt und lose mit blauen Samtschleifen, zwei Kugelschreibern und einem Eßstäbchen befestigt. Eine silber-pinkfarbene Bluse bauschte sich über einem langen violetten Rock. Mimis rundes, lachendes Gesicht dominierte ein breiter Mund; sie hatte ein Mehrfachkinn und trug deutlich zuviel violetten Lidschatten. Ihr Alter war schwer zu schätzen, wahrscheinlich war sie Ende Fünfzig.

Und sie trug die größten, kunstvollsten Silberohrringe, die Janey je gesehen hatte.
»Das ist Janey«, sagte Guy, der seiner Pflicht nachkam, sie vorzustellen. »Und sie ist eine Freundin, also erspar ihr das eingehende Kreuzverhör, es wird dich nicht weiterbringen. Janey, das ist Mimi Margason, meine ganz spezielle Freundin. Außerdem ist sie eine der geschwätzigsten Frauen in England, behalt also deine Geheimnisse für dich.«
»Jetzt langweil hier nicht die Leute.« Mit einem Glucksen führte Mimi die beiden ins Haus. »Aber da ihr die ersten Gäste seid ... es freut mich jedenfalls, daß ihr gekommen seid. Kommt mit in die Küche – huch, diese verdammten Gummistiefel – und laßt euch von Jack was zu trinken geben. Wenn er euch diesen Holundersekt anbietet«, flüsterte sie verstohlen, »um des heiligen Bacchus willen, leckt euch die Lippen und schaut anerkennend drein. Er schmeckt zwar nach vergammelten Erbsen, aber er ist sein ganzer Stolz.«
Die Küche war geräumig, duftete nach Rosen und war ungemein unordentlich. Mimi hatte offenbar den Garten geplündert; auf dem drei Meter langen Fensterbrett standen drei riesige, nicht zueinander passende Vasen. Die armen Rosen waren ohne Rücksicht auf Größe und Farben in die Vasen gestopft worden. Sie sahen aus wie ein Haufen fremder Leute, die äußerst unbequem in einem Lift zusammengepfercht waren.
»Ich weiß«, sagte Mimi liebenswürdig, die Janeys Blick bemerkt hatte. »Ich könnte nicht mal dann Blumen arrangieren, wenn es mir das Leben retten würde. Der arme Jack verbringt seine gesamte Freizeit im Garten, beschneidet die Rosen und reißt sich ein Bein aus für sie, und dann tu ich ihnen das an. Innerhalb von exakt zehn Minuten hab ich sie ruiniert.«
»Sie sind nicht ruiniert.« Janey trat näher und bewunderte

die Blumen, die offenbar mit großer Hingabe versorgt worden waren. »Sie sind wunderschön. Sie müssen nur ein wenig ... sortiert werden.«

»Vermutlich bin ich einfach nicht der Sortiertyp.« Mit einem absolut nicht schuldbewußten Schulterzucken zeigte Mimi auf den Rest der chaotischen Küche, an deren anderem Ende die Männer bereits in ein Gespräch vertieft waren, und erklärte: »Wir lieben dieses Haus, aber Tatsache ist – wir werden nie in *Schöner Wohnen* auftauchen. Kommen Sie, lassen Sie uns einen Drink nehmen, und dann können wir ernsthaft weitertratschen. Ich kann Ihnen alle Gemeinheiten über diese langweilige Tante erzählen.«

»Ich hab sie sogar ein paarmal gesehen«, sagte Janey. »Ich weiß bereits, wie langweilig sie ist.«

Mimis Augen funkelten. »Wenn das so ist, dann erzählen Sie mir, wie das zwischen Ihnen und dem großartigen Guy angefangen hat.«

»Du meine Güte, das wird jetzt wahrscheinlich eine schlimme Enttäuschung werden.« Janey warf ihr ein entschuldigendes Lächeln zu. »So leid es mir für Sie tut, aber es hat wirklich nichts zwischen uns angefangen.«

Mimi war jedoch nicht so leicht aus dem Konzept zu bringen. »Sie meinen, es ist noch in den zarten Anfängen, und Sie wollen nicht darüber reden«, flüsterte sie mit der selbstgefälligen Miene von jemandem, der es besser wußte.

»Ich meine, da gibt es nichts, worüber ich etwas sagen könnte.« Janey wurde klar, je mehr sie protestierte, desto mehr wäre Mimi davon überzeugt, daß hier etwas herrlich Verbotenes vor sich ging. Das war ein Problem, das nach Janeys Auffassung nur Guy lösen konnte. Sie betrachtete noch mal die halbzerdrückten Rosen auf dem Fensterbrett und sagte plötzlich: »Schauen Sie, warum bringen Sie mir nicht einfach ein kleines scharfes Messer?«

»Hilfe.« Mimi lachte schallend. »Wem wollen Sie damit an die Kehle – mir, weil ich zu viele Fragen stelle? Oder Guy, nur um zu beweisen, daß Sie nicht unsterblich verliebt in ihn sind?«

Janey grinste. »Ihren Blumen. Lassen Sie mich etwas für sie tun, bevor Ihre anderen Gäste kommen. Und wenn Sie zufällig noch ein paar alte Zeitungen und mehr Vasen haben ...«

»Erstaunlich.« Mimi stöberte in einer Schublade und gab ihr ein Nivelliermesser, nahm die Vasen mit den Rosen und stellte sie vor Janey auf. »Was werden die Leute nur noch alles anstellen, um dem Probetrinken zu entgehen? Ach, mein heißgeliebter Gatte und sein Holundersekt.« Als Janey sich mit dem Messer an die Arbeit machte, fügte sie bewundernd hinzu: »Ich muß sagen, Sie wissen wirklich, was Sie tun, Respekt!« Mit geschickten Fingern zog Janey etwa ein Dutzend cremegelbe Casanovas aus einem Gewirr kupferroter Albertinas, stutzte die Stengel und entfernte die nassen unteren Blätter.

»Alles nur Übung«, sagte sie mit einem kurzen Lächeln. »Ich bin Floristin.«

»Wie wunderbar«, schrie Mimi. »Endlich eine Freundin von Guy, die tatsächlich mehr kann, als ihre Haare zurückzuwerfen und für eine blöde Kamera zu posieren.«

»Nur, daß ich nicht Guys Freundin bin«, erinnerte Janey sie geduldig.

»Natürlich nicht, mein Schatz.« Mimis silberne Ohrringe klimperten wie Schlittenschellen, als sie ihren Kopf schüttelte und gurgelnd lachte. »Aber denken Sie nur mal an die Vorteile, falls ihr beide beschließen solltet, zu heiraten! Guy könnte fotografieren, und Sie würden für die Blumen sorgen ... das wäre doch das perfekte Do-it-yourself-Brautpaar.«

»Mein Gott.« Janey verzog keine Miene. »So hab ich das noch gar nicht gesehen. Wir könnten meinen Bruder, den Bischof, für die Trauung holen, meine Schwester Maxine könnte auf ihrer Mundharmonika den Hochzeitswalzer spielen, und Josh und Ella könnten die Würstchen auf kleine Stäbchen spießen.«

Jack Margason war offenbar der Auffassung, daß er hinsichtlich seiner Aufmachung erst gar nicht versuchen sollte, mit seiner Frau zu konkurrieren. Er trug ein hellgraues Hemd und beigefarbene Hosen, die exakt zu seinem hellgrauen Haar und zu seiner Gesichtsfarbe paßten. Groß und schlank, mit glänzenden hellbraunen Augen, einem schüchternen Lächeln und einer sehr langen, sehr geraden Nase erinnerte er Janey an einen Hund, genauer gesagt an einen Afghanen.

Und sie würde nicht um die Sektprobe herumkommen, soviel war klar, denn er hatte ihr ein Glas gebracht.

»Sie verdienen einen«, sagte er, »weil Sie meinen armen, geliebten Rosen Gerechtigkeit widerfahren ließen. Ich kann Ihnen gar nicht sagen, wie dankbar ich Ihnen bin.«

Janey legte gerade letzte Hand an ein Arrangement aus rosafarbenen Fritz Nobis und cremefarbenen Pascali und zupfte ein paar glänzende Blätter zurecht, damit sie den angeschlagenen Rand der Terrakottavase verdeckten, in der die Rosen standen. Sie trat einen Schritt zurück, lächelte und nahm das Glas, das er ihr anbot. Es war der berüchtigte Holundersekt, und er war tatsächlich etwas Besonderes. Tapfer schluckte sie ihn hinunter.

»Komm schon«, sagte Guy, nachdem er ihr andeutungsweise zugezwinkert hatte. »Was hat die alte Schlampe über mich gesagt?«

»Bilde dir nur nichts ein.« Janey hatte den Geschmack vergammelter Erbsen auf der Zunge. »Sie war viel zu beschäftigt. Organisiert gerade Flitterwochen.«

»So ein ungezogener Fratz; sie ist schon verheiratet.«
»Nicht ihre Flitterwochen.« Janey hatte sich so gut unterhalten mit Mimis endlosen Vermutungen und Phantasien, daß es ihr gar nicht in den Sinn kam, verlegen zu sein. »Unsere.«
»Wirklich?« Guy riß die Augen auf. »Wohin fahren wir? Ich hoffe, an ein nettes Fleckchen Erde.«
Offenbar fand Jack nichts Befremdliches an der Vorstellung, daß Guy weniger als eine Woche nach Serenas Abgang eine neue Zukünftige gefunden haben sollte. Er schaute bedauernd auf das halbvolle Glas in seiner Hand.
»Was für eine Schande, ich hab nur noch drei Flaschen von diesem Holundersekt. Aber falls ihr interessiert seid, Guy, ich könnte euch drei Kisten Pflaumenschnaps und Apfelwein vom letzten Jahr überlassen. Das würde die Hochzeitsfeier sicher in Schwung bringen.«

Um halb acht quoll das Haus von Gästen über, einer interessanten Mischung aus geistreichen und absolut bohemehaften Leuten samt Kindern und Hunden, um die Ungezwungenheit zu unterstreichen. Janey wurde von Mimi stolz als ein »Genie im Blumen-Arrangieren« vorgestellt, und sie mußte sie beinahe gewaltsam daran hindern, hinzuzufügen: »Sie ist Guys neue Freundin, aber ich darf es euch nicht sagen, weil es ganz fürchterlich geheim ist.«
Janey war verblüfft über die Freundlichkeit der Gäste. Mimi und Jack hatten keine Zeit für die Art von Leuten, die die Nase rümpften wegen des fürchterlichen Weins oder schiefe Blicke auf die Unordnung im Haus warfen.
Zwei oder drei von ihnen kannte sie sogar flüchtig aus ihrem Laden; und andere, die von ihrem Beruf hörten, bombardierten sie mit Fragen. Da war immer irgend jemand, der wissen wollte, wie man eine schlappe Yuccapal-

me wieder zum Leben erwecken konnte, wie man Buchenblätter mit Glyzerin gegen Schädlinge schützte, wann und wie man einen Bonsai beschnitt ... Sie war gerade dabei, der bezaubernden Frau eines Schweinezüchters zu demonstrieren, wie man ein Arrangement für einen Balkonkasten zusammenstellt, als Guy an ihrer Seite auftauchte.

»Ich überleg gerade, ob ich nicht Abendkurse geben sollte«, sagte Janey grinsend zu ihm.

»Sieht so aus, als hättest du bereits damit angefangen.« Er deutete auf seine Uhr. »Acht Uhr. Jetzt beginnt eindeutig der Abend.«

»Schon acht Uhr?« Das Stück fing um halb neun an; er war gekommen, um ihr zu sagen, daß es Zeit zum Gehen war. Janey fühlte sich wie eine Sechsjährige auf einer Geburtstagsparty und wirkte niedergeschlagen.

»Wir sollten nicht zu spät kommen«, sagte Guy. »Abgesehen von allem anderen, ertrag ich es nicht, daß die Leute mich anstarren, wenn ich versuche, mich an allen, die schon auf ihren Plätzen sitzen, vorbeizuquetschen.«

»Dieses Stück ...«, sagte sie unbestimmt, »ist es ... gut?«

»Oh, überragend. Fesselnd. Darf man nicht versäumen.«

»Und die Karten. Waren die teuer?«

»Haben ein Vermögen gekostet.«

»Müssen wir hingehen?«

Guy schüttelte den Kopf. »Wir müssen nicht.«

Sie fühlte sich schuldig und fragte: »Willst du gehen?«

Er lächelte. »Natürlich nicht. Ich hasse das verdammte Theater.«

Die Party war wirklich ein großer Erfolg. Ein enormes Scharadespiel wurde um neun Uhr durch die Ankunft des Lieferwagens eines Partyservice unterbrochen, der chinesisches Essen für sechzig Personen brachte. Um zehn Uhr wurden alle in den Garten gebeten zum Feuerwerk.

»Ich hatte noch keine Gelegenheit, dich zu fragen, wie es dir gefällt.« Guy führte Janey zu einer Holzbank, von der aus sie das Geschehen bequem verfolgen konnten. Als sie in der kühlen Septembernacht fröstelte, zog er seinen grünen Pullover aus und legte ihn um ihre Schultern.

Janey atmete den Duft seines Aftershaves ein, der der weichen Wolle entströmte. Es war ein seltsam intimes Gefühl, ein Kleidungsstück zu tragen, das noch warm war vom Körper eines anderen. Sie war froh, daß es dunkel war, und sagte: »Du meinst, deine Freunde heute abend kennenzulernen?«

»Ich meine, zur Ruhe zu kommen und Bruno Parry-Brent loszuwerden.«

»Keine Sorge, den bin ich wirklich los.« Sie warf ihm ein reumütiges Lächeln zu. »Öffentlich gedemütigt zu werden, wirkt wie eine Zauberformel.«

»Er hat auch nicht besonders gut dabei ausgesehen«, erinnerte Guy sie. »Ein derartiger Auftritt erhöht nicht gerade seine Glaubwürdigkeit in der Szene.«

»Vermutlich nicht.« Janey dachte einen Augenblick darüber nach. »Auch gut.«

»Und du hast ihn seitdem nicht mehr gesehen?«

»Nein. Er besorgt sich seine Blumen seitdem selbst ... oder becirct eine andere naive Frau, es für ihn zu tun.« Sie spielte mit den Ärmeln seines Pullovers herum und wickelte sie um ihre kalten Hände. »Aber genug von meiner mißglückten Beziehung. Wie steht's mit dir? Ist es seltsam, Serena nicht mehr um dich zu haben?«

»Ah.« Guy hörte sich amüsiert an. »Du meinst, es ist an der Zeit, über meine mißglückte Beziehung zu sprechen.«

Janey lachte. »Nun, das ist doch nur fair. Und es ist ziemlich ermutigend, zu wissen, daß ich nicht die einzige bin, die Fehler macht.«

Maxine hatte ihr natürlich erzählt, daß Guy aus Holland zurückgekommen und Serena unmittelbar darauf abgereist war, mit all ihren Louis-Vuitton-Koffern und ihrer gesamten weltlichen Habe. Es war nicht die Rede von Vergebung oder Versöhnung gewesen; ein derart sträfliches Desinteresse für die Sicherheit seiner Kinder war unverzeihlich.

»Was soll ich sagen?« Er zuckte die Achseln, quasi als Eingeständnis seines Fehlurteils. »Ich habe die letzten drei Jahre damit zugebracht, mich auf die falschen Frauen einzulassen, und Serena hat wohl dem Ganzen die Krone aufgesetzt. Sie war schön und hat nicht versucht, sich zu ihrem eigenen Vorteil an Josh und Ella ranzumachen. Irgendwie hab ich mir eingebildet, so hätte sich meine Frau auch benommen, wenn ich bereits Kinder gehabt hätte, als ich sie kennenlernte. Véronique hätte sie nie benutzt, um an mich ranzukommen. Sie hätte sich Zeit gelassen, sie kennenzulernen, und ihnen umgekehrt die Möglichkeit gelassen, sich selber eine Meinung über sie zu bilden. Als ich Serena kennenlernte, sagte sie so etwas ähnliches, und das hat mir gefallen. Ich war beeindruckt von ihrer Ehrlichkeit.« Nach einer kurzen Pause fügte er reumütig hinzu: »Ich hab's sogar geschafft, mir einzureden, ich hätte doch noch eine Frau gefunden, mit der Véronique einverstanden gewesen wäre.«

Die ersten Feuerwerkskörper tauchten den nächtlichen Himmel in blendendes Licht, und jede Rakete stieg höher als die vorige. Die Kinder quietschten vor Vergnügen. Nachdem er eine Weile zugesehen hatte, sprach Guy weiter: »Vor ein paar Jahren hab ich die Kinder zu einem Feuerwerk mitgenommen«, sagte er mit leiser Stimme, »und Ella fragte mich, ob ihre Mutter das Feuerwerk vom Himmel aus

sehen könnte. Es ist einfach so, daß einem kein Mensch je beibringt, was man auf solche Fragen antwortet.«
Janey fror nicht mehr, aber sie zitterte trotzdem. Sie wischte ein Blatt von ihrer schwarzen Hose, zog die Füße auf die Bank und umschlang ihre Knie.
»Jetzt schäme ich mich wirklich. Ich muß mich nur um mich selbst kümmern. Wenn ich etwas falsch mache, bin ich die einzige, die unter den Folgen zu leiden hat. Ich möchte mir gar nicht vorstellen, um wieviel schwieriger das für dich sein muß. Du mußt ja immer noch an die Kinder denken.«
»Hm«, erwiderte Guy. »Das Dumme ist, es hält dich nicht davon ab, Fehler zu machen. Du fühlst dich hinterher nur um so schuldiger und betest zu Gott, daß deine Kinder dir nicht sagen: ›Wir haben dich gewarnt!‹«
Janey unternahm einen Versuch, ihn aufzuheitern: »Du triffst bestimmt früher oder später die Richtige. Wer weiß, vielleicht bist du nächstes Jahr um diese Zeit schon verheiratet und lebst glücklich und zufrieden mit einer Frau zusammen, die deine Kinder anbetet.«
»Du hörst dich langsam an wie Mimi.« Mit gespieltem Ernst fragte er: »Hast du etwa ihre Bücher gelesen?«
»Mimi schreibt Bücher?« Janey war sofort abgelenkt durch diese Neuigkeit. »Welche Art denn?«
»Die Art, in denen man am Ende verheiratet ist und glücklich und zufrieden mit einer Frau lebt, die Kinder anbetet«, erklärte Guy trocken. »Sie hat mich mal genötigt, ein ganzes Kapitel zu lesen. Das ist wirklich Zeug zum Erbrechen. Ich hab ihr gesagt, man sollte es mit einer raustrennbaren Kotztüte verkaufen.«
»Das liegt daran, daß du ein Mann bist«, erklärte sie tröstend. »Frauen lieben diese Art von Lektüre, weil die Männer in den Büchern soviel netter sind als die im richtigen Leben. Wir nennen das Wirklichkeitsflucht.«

»Das schlimme mit Mimi ist, daß sie so viele Bücher dieser Art geschrieben hat, daß sie langsam selbst dran glaubt«, protestierte er. »Du kannst dir nicht vorstellen, welche Probleme ich mit ihr hatte, als sie hörte, daß Maxine bei mir arbeitet. Sie war faktisch außer Rand und Band. Es scheint, als wäre Hübsches-Kindermädchen-trifft-verwitweten-Vater eines ihrer Lieblingsthemen.«

Es war auch eines von Maxines Lieblingsthemen, dachte Janey amüsiert. Aber die Gelegenheit, ihn auf den Arm zu nehmen, war zu gut, um sie zu versäumen. »So was soll's geben«, sagte sie nachsichtig. »Wer weiß, vielleicht ändern sich ja deine Gefühle noch.«

»O bitte.« Er seufzte verzweifelt. »Fang du nicht auch noch an. Maxine? Nie! Nicht in einer Million Jahren!«

»Das sagen sie in den Büchern auch immer«, erwiderte Janey liebenswürdig, »bis das letzte Kapitel anfängt.«

32

Maxines große Hoffnungen auf den lukrativen Klopapierwerbespot – gegründet auf die Tatsache, daß sie früher mal mit dem Casting-Direktor geschlafen hatte – waren durch seine Entscheidung zerstört worden, den Job einer Schauspielerin zu geben, mit der er gegenwärtig schlief. Die Enttäuschung, verloren zu haben, war um so härter zu ertragen, weil einfach niemand Mitleid mit ihr hatte.

»Was für eine Verschwendung«, sagte Guy mit unbewegtem Gesicht. »Das ganze Talent für die Katz.«

»Wenn du es gekriegt hättest«, fragte Josh unschuldig, »wäre das dann eine Hauptrolle gewesen?«

Ella verstand solche sogenannten Scherze nicht und sagte treuherzig: »Ich bin froh, daß du da nicht mitspielst. Ich hab meiner Lehrerin Mrs. Mitchell erzählt, daß du auf einer Toilette sitzen mußt mit runtergezogener Hose, und sie sagte, es hört sich schrecklich an.«

»Ich wäre nicht auf einer Toilette gesessen mit runtergezogener Hose«, erwiderte Maxine durch zusammengebissene Zähne. Kein Wunder, daß Mrs. Mitchell sie gestern so säuerlich angeschaut hatte, als sie Ella von der Schule abholte.

»Josh hat gesagt, du machst das.«

»Josh ist eine kleine Kröte, dem bald der Gameboy konfisziert wird.«

»Das ist nicht fair!« protestierte Josh. »Dad hat mir den Witz erzählt.«

»Ach, du meinst den Hauptrollenwitz, über den man sich

kaputtlachen kann.« Maxine spähte über den Frühstückstisch zu Guy. »Vermutlich hast du Stunden gebraucht, bis dir so was Gutes eingefallen ist.«
Er sah sie bescheiden lächelnd an. »Überhaupt nicht. Tatsache ist, er fiel mir ganz plötzlich ein.«
Josh platzte fast vor Lachen. Und sogar Ella kapierte jetzt den Witz.
Maxine wurde klar, daß sie hoffnungslos in der Minderheit war. »Es wird euch noch leid tun, wenn ich erst mal berühmt bin«, schnappte sie zurück. »Es wird euch sogar noch viel früher leid tun.« In ihren Augen war ein vertrautes Glitzern zu sehen. Josh bemerkte es und protestierte schwach: »O nein, sie wird was Schreckliches zu essen kochen. Nicht die Fischpastete, Maxine, alles, nur das nicht.«
»O doch.« Maxine lächelte, denn Rache war so wunderbar süß. »Ganz sicher die Fischpastete.«

Die Enttäuschung wurde jedoch eine Woche später von Freude abgelöst, als der Direktor Maxine anrief. Katharina, die Schauspielerin, der er den Gefallen tun wollte, hatte es irgendwie geschafft, aus seinem Bett zu fallen und sich den Arm dreimal zu brechen. Wäre Maxine vielleicht so kurzfristig abkömmlich und könnte in die Bresche springen?
Guy war gerade in der Dunkelkammer beschäftigt. Da sie nicht bereit war, Kopf und Kragen zu riskieren – gerade jetzt waren ihre Körperteile sehr wertvoll –, schrie Maxine ihm die Neuigkeit von draußen zu.
»Oh, und was kommt als nächstes?« hörte sie ihn seufzen. Das war kaum die ermutigende Antwort, auf die sie gehofft hatte. Eine Minute verstrich, ehe die Tür aufging und ein gereizter Guy auftauchte. Er blinzelte, während seine Augen sich an das helle Licht gewöhnten.
»Nein«, sagte er, noch bevor sie dazu kam, den Mund

aufzumachen. »Das ist zuviel, Maxine. Besonders nach allem, was letztes Mal passiert ist. Entweder arbeitest du für mich oder nicht, aber du kannst nicht von mir erwarten, daß ich dir erlaube, so weiterzumachen. Ich brauche jemanden, der zuverlässig ist.«
Was für ein Schwein, dachte Maxine, empört über seine Selbstsüchtigkeit und seine kompromißlose Art. Daß Serena so hoffnungslos unfähig war, war ja wohl nicht ihre Schuld. Guy schien die letzten paar Wochen so viel besser gelaunt zu sein, und jetzt kam wieder der »alte Adam« bei ihm durch.
»Aber das könnte mein Durchbruch sein«, bettelte sie und wünschte sich insgeheim, er möge eine dumme Bemerkung machen, damit sie ihn gnadenlos in die Pfanne hauen könnte.
Aber er hatte ihr kleines Manöver sofort durchschaut und lächelte nicht. »Mach's nicht so offensichtlich«, sagte er kurz angebunden. »Die Antwort bleibt nein.«
»Aber das ist Schicksal ... so eine Chance kriegt man nur einmal ... und die Kinder sind wieder in der Schule«, schnatterte Maxine, der Verzweiflung nahe. In vier Tagen würde sie beinahe soviel verdienen, wie Guy ihr in einem Jahr bezahlte. »O bitte, laß mich doch nach einem echten und wirklich hundertprozentig zuverlässigen Kindermädchen suchen.«
»Vergiß es, Maxine. Du wirst nicht fahren.«
»Aber ...«
»Nein.« Er hörte sich absolut endgültig an.

Sowohl Josh als auch Ella gingen in die Dorfschule, so daß es für Janey einfach war, sie um halb vier abzuholen und nach Trezale House zu bringen. Paula war begeistert davon, daß ihr die Verantwortung für den Einkauf auf dem Blumenmarkt anvertraut worden war und sie den Laden eigenständig führen durfte während Janeys Abwesenheit, und sie war beinahe so begeistert wie Maxine von der Aussicht, sie im Fernsehen zu sehen, sobald der Spot ausgestrahlt würde. Janey war weit weniger beeindruckt, aber trotzdem bereit, ein paar Tage auf die Kinder aufzupassen, solange ihre Schwester weg war. Es war keine Zumutung, ließ man außer acht, daß sie in Maxines Schweinestall von einem Zimmer schlafen mußte, und sie war froh, Guy einen Gefallen tun zu können.

Als sie vor der Schule vorfuhr, schienen Josh und Ella genauso erfreut zu sein, sie zu sehen.

»Du paßt bis Freitag auf uns auf«, erklärte Ella, und reichte ihr prompt ein zusammengerolltes Stück Papier. »Hier, Janey, ich hab im Unterricht ein Bild von dir gemalt. Es ist gut, oder? Du mußt jetzt sagen ›wie reizend‹ und es in der Küche an die Wand hängen, wenn wir nach Hause kommen.«

Janey betrachtete das Porträt. Ella hatte ihr gelbe Haare gemalt, ein wenig schmeichelhaftes, purpurrotes Gesicht und Finger wie Tentakel. Neben ihr auf einem zweibeinigen Tisch stand eine riesige tiefrote Torte mit einer unglaublichen Anzahl Kerzen drauf.

»Wer hat hier Geburtstag?«

»Niemand«, sagte Ella. »Aber Maxine hat gesagt, du kannst so gut Torten machen, und ich liebe Torten, da hab ich gedacht, du möchtest uns vielleicht welche backen.«

»Sag Janey, was du noch gedacht hast«, gab Josh ihr verschmitzt das Stichwort.

Ella strahlte sie an. »Ich hab gesagt, Maxine ist dünn und mag nicht kochen, aber du bist nicht dünn, das heißt also, daß du sicher sehr gern kochst.«

Guy hatte den Tag damit verbracht, eine uralte Gräfin und ihre sagenhaften Juwelen für ein Magazin der Grafschaft zu fotografieren und kam um halb acht nach Hause. Der ungewohnte Lebkuchenduft stieg ihm in die Nase, sobald er die Haustür geöffnet hatte, und Janey mit Josh und Ella am Küchentisch und praktisch einer Armee von Lebkuchenmännchen vor ihnen aufgereiht zu sehen, war ebenso ungewohnt. Niemand sonst schien dies allerdings ungewöhnlich zu finden.

»Hallo, Daddy«, grüßte Ella ihn fröhlich über die Schulter hinweg. »Wir warten darauf, bis sie kalt genug sind, damit man sie essen kann. Ich hab den Nabel auf die Bäuche gemacht, aus richtigen Rosinen.«

»Ich werd die Arme und Beine zuerst essen«, erklärte Josh mit makabrem Stolz. »Dann die Köpfe, bis nur noch der Körper übrig ist.«

Janey wußte nicht, daß sie noch Mehl auf der Stirn hatte, sie lächelte und sagte: »Hallo. Keine Sorge, sie haben um sechs richtig gegessen. Es war nur Hähnchen mit Kartoffelbrei, aber es ist noch was übrig, falls du Hunger hast.«

Für Guy war es nicht gerade ein guter Tag gewesen. Die Gräfin, sie war über Achtzig, hatte die ersten Fotos eingehend betrachtet und hochnäsig gefragt, warum jemand, der für seine Meisterschaft an der Kamera bekannt war, es nicht schaffte, einen einigermaßen schmeichelhaften Schnappschuß hinzukriegen.

Die alte Dame, steckte man ihm hinter vorgehaltener Hand, saß dem Irrglauben auf, sie könne für Fünfzig durchgehen, was nicht einmal alle Weichzeichner der Welt auch nur annähernd schaffen konnten. Es war eine lange und ermüdende Sitzung geworden, und Guy war ständig als »dieser Junge« betitelt worden.

Und jetzt das.

Man mußte zwar kein Genie sein, um es zu erraten, aber er fragte trotzdem: »Wo ist Maxine?«

Janey war offensichtlich unschuldig, denn sie sah ihn erstaunt an. »Was? Sie hat den Zehn-Uhr-Zug heute morgen erwischt. Hast du gedacht, sie fährt erst heute abend?«

»Verfluchter Mist«, schimpfte Guy. Diese Frau war einfach nicht zu bändigen. Gab es irgend etwas, was sie nicht anstellen würde, um ihren Kopf durchzusetzen? »Verfluchte Maxine.«

»Oooh!« Ella quietschte vor Vergnügen, denn als *sie* das letzte Mal »verflucht« gesagt hatte, gab's einen fürchterlichen Aufstand. Na warte, wenn ihr Vater das nächste Mal versuchen würde, sie auszuschimpfen, wenn sie dieses Wort benützte ...

»Was?« wiederholte Janey bestürzt. »Tut mir leid. Ich versteh nicht. Gibt's da ein Problem?«

»Mach schon«, sagte er mit schwerer Stimme. »Erzähl schon, wie sie es geschafft hat, dich zu überreden.«

Es dauerte nicht lange, bis Janey begriffen hatte: Maxine hatte es mal wieder geschafft. »Du hast nicht gewußt, daß sie fährt«, seufzte Janey.

»Verdammt richtig, ich hab's nicht gewußt«, erwiderte Guy eisig. »Aber sie hätte es mir auch wohl kaum sagen können, oder? Mein Gott, ich hab ihr gesagt, sie kann nicht so einfach davontanzen.«

»Verdammt«, registrierte Ella schadenfroh. Das war sicherlich noch so ein verbotenes Wort. Sie überlegte, ob es schlimmer war als »Scheiße«, denn das hatte Maxine gesagt, als sie abends mal die Rühreier anbrennen ließ.

Dies eine Mal war Janey auf Maxines Seite. Wenn sie die Vorgeschichte gekannt hätte, wäre sie vermutlich nicht auf Maxines Bitte eingegangen, aber sie wußte auch, wieviel Maxine dieses Angebot bedeutete. Außerdem war sie jetzt hier, und es war ja nicht so, daß sie eine wahnsinnige Mörderin mit einer Axt war.

»Schau«, sagte sie beschwichtigend, »das ist überhaupt kein Problem. Ich unterhalte mich prächtig, Paula kümmert sich um den Laden.«

»Maxine hat mich gefragt, ob sie fahren kann, und ich habe nein gesagt«, wiederholte Guy trotzig. »Und ich versteh nicht, wie du auch nur anfangen kannst, sie zu verteidigen. Sie kann doch nicht ernsthaft erwarten, sich so was leisten und damit auch noch durchkommen zu können.«

Josh und Ella schauten gebannt zu, wie Janey sich vor ihren Vater hinstellte.

»Wenn du nicht die Absicht gehabt hast, ihr zu erlauben, den Job anzunehmen, dann hättest du sie nie zum Casting fahren lassen dürfen. Das ist unfair.«

»Wenn sie es mir rechtzeitig gesagt hätte, hätte ich nichts dagegen gehabt.« Guy konnte kaum glauben, daß Janey Maxine verteidigte. »Aber ich hab sie eingestellt, damit sie sich um meine Kinder kümmert. Sie kann nicht erwarten, einfach abhauen zu können und die Kinder weiß Gott wem zu überlassen.«

»Sie hat erst gestern erfahren, daß sie den Job bekommt«, konterte Janey erbittert. »Und ich bin nicht weiß Gott wer. Ich bin ihre Schwester. Es tut mir leid, falls das nicht gut genug für dich ist, aber ...«

»Mach dich nicht lächerlich.« Er merkte, daß ihm die Situation langsam entglitt, und bemühte sich, ruhiger zu werden. Er zog seine Lederjacke aus, schob Ella vom Stuhl, setzte sich hin und zog sie auf seine Knie.

»Und schau mich nicht so an«, sagte er zu Janey. »Du weißt genau, daß ich nichts an dir auszusetzen habe. Es ist wie immer alles Maxines Schuld. Diese Frau treibt einfach jeden zum Wahnsinn.«

Und sie hatte sich sogar geschmeichelt gefühlt, als sie dachte, Guy wollte, daß sie sich um die Kinder kümmerte. Janey war immer noch empört wegen Maxine und erwiderte sein Lächeln nicht. Als er sich an Ella vorbei einen Lebkuchenmann nahm, hoffte sie, er würde sich den Mund dran verbrennen. Das tat er auch. Aber Guy ließ sich nichts anmerken.

»Die sind hervorragend«, sagte er, um sie zu besänftigen. »Komm schon, Janey. Kopf hoch. Nimm auch einen Lebkuchenmann.«

»Ist der Bauchnabel gut, Daddy?« fragte Ella.

Der Bauchnabel war verkohlt. Guy schluckte ihn tapfer runter und kniff sie in die Wange. »Schatz, das war das beste von allem.«

»Jetzt bist du ja wieder hier«, sagte Janey ruhig. »Du brauchst mich hier nicht. Ich geh also einfach nach Hause und überlaß alles dir.«

Erst jetzt wurde Guy klar, wie verletzt sie wirklich war. Seine blauen Augen wirkten plötzlich weicher. »Okay, es tut mir leid. Ich weiß, ich bin ein undankbarer Mi...kerl, aber eigentlich nicht wirklich. Und natürlich kannst du nicht gehen; wir wollen, daß du bleibst. Wie könnte ich nicht wollen, daß jemand bleibt, der solche Lebkuchenmänner zustande bringt?«

»Sie hat Kartoffelbrei aus richtigen Kartoffeln gemacht«, verkündete Josh.

»Und hat meine Haare gewaschen«, warf Ella hilfreich ein, »ohne daß ich Shampoo in meine Augen gekriegt hab.«

Janey lief Gefahr zu lächeln. Guy schaute sich in der Küche um und vervollständigte die Liste, indem er an den Fingern abzählte.

»Und sie hat Hähnchen gemacht. Und sie hat mein Jeanshemd gebügelt. Und sie hat's geschafft, Josh von seinem

Nintendo wegzuzerren, ohne daß sie ihn an den Küchenstuhl binden mußte ...«

Josh, der die Hoffnung nie aufgab, sagte: »Und sie hat versprochen, daß ich aufbleiben kann und ›Draculas Braut‹ anschauen.«

»Nein, hab ich nicht.« Jetzt mußte Janey lachen.

»Damit wäre das geklärt«, meinte Guy. »Ich kann wirklich nicht ›Draculas Braut‹ allein anschauen. Es würde mich an Maxine erinnern und mir Alpträume verschaffen. Du wirst also bleiben müssen.«

Ella streckte ihre Hand nach einem Lebkuchenmann aus. Zu ihrer Enttäuschung rollte das wichtigste, die Rosine, auf den Boden.

»O Scheiße«, quietschte sie empört. »Was für ein kleiner Mistkerl. Sein verdammter Nabel ist abgegangen.«

33

Janey hatte herausgefunden, daß Diskretion ein wesentlicher Bestandteil des Berufs eines Blumenhändlers ist. Wenn Männer, die seit zwanzig Jahren verheiratet sind, plötzlich regelmäßig weiße Freesien bestellen, die an eine Adresse einige Meilen von ihrem Haus entfernt geliefert werden sollen, dann halt den Mund und liefere sie. Wenn der Filialleiter deiner eigenen Hausbank, ein Herr mittleren Alters, plötzlich anfängt, sich feinzumachen, Aftershave entdeckt und immer wieder einzelne langstielige Rosen bei dir kauft, dann verzieh unter keinen Umständen auch nur eine Miene. Und am Valentinstag, wenn eine ganze Reihe Männer zwei – oder gar drei identische, in Cellophan verpackte Sträuße aus gemischten Frühlingsblumen verlangen, dann zuckst du nicht mal mit der Wimper.

So schaffte sie es also jetzt, nicht mal mit der Wimper zu zucken, aber es gab keinen Zweifel, daß der Mann, der vor ihr stand, derselbe Mann war, den sie die letzten Wochen mit ihrer Mutter gesehen hatte. Und die goldene American-Expreß-Karte, die sie in der Hand hielt, trug eindeutig den Namen »Oliver J. Cassidy.«

Deshalb also war er ihr so bekannt vorgekommen, als sie ihn im Grand-Rock-Hotel kurz zu Gesicht bekommen hatte.

»Ich würde die Nachricht gerne selbst auf die Karte schreiben, falls möglich«, sagte Oliver Cassidy mit einem kurzen Lächeln. Janey war nur schnell für ein paar Stunden in den Laden gekommen, während Josh und Ella in der Schule waren, und jetzt schaute sie ihm zu, wie er einen schwarzgoldenen Mont-Blanc-Füller aufschraubte. Sie fühlte sich wie eine Voyeurin.

»Hier.« Er hatte seine Aufgabe erfüllt, gab ihr die Karte zurück und lächelte noch einmal. Die kurze Nachricht *Ich liebe dich, und zähle die Tage* ... war in einer vornehmen, eleganten Handschrift geschrieben. »Werden sie noch heute nachmittag geliefert?«

»Machen Sie sich keine Gedanken, sie sind noch vor zwei Uhr bei ihr«, versicherte Janey ruhig. »Ich werde sie selbst ausliefern.«

»Liebes, was für eine Überraschung!« Thea, die die Tür geöffnet hatte, küßte Janey auf beide Wangen. Ihre Augen leuchteten, als sie den enormen, zellophanverpackten Blumenstrauß sah. »Und was für himmlische Lilien ... Wie nett von dir, an deine arme alte Mutter zu denken.«

»Die sind nicht von mir«, erwiderte Janey trocken. »Sie sind von einem Verehrer. Ich bin nur das Blumenmädchen.«

Thea war offenbar gerade in bester Laune und meinte: »Auch gut, wenn das so ist, dann werd ich dich nicht auf einen Kaffee einladen.«

»Wirst du doch.« Janey drückte ihr den Strauß in die Hand und war schon unterwegs Richtung Küche, um den Wasserkessel auf den Herd zu setzen. Bis sie Instantkaffee in zwei Tassen gelöffelt hatte, hatte Thea den Umschlag geöffnet, die Nachricht auf der Karte gelesen und sie in die Tasche ihres blauweiß gestreiften Hemdes gesteckt. Es war ein sehr gut geschnittenes Herrenhemd, stellte Janey fest. Sie hätte wetten können, daß sie den eigentlichen Besitzer kannte.

Sie wartete, bis der Kaffee fertig war, bevor sie etwas sagte. »Also, wer ist er, Mum?«

»Du lieber Himmel«, entgegnete Thea eine Spur zu munter. »Du hast ihm doch die Blumen verkauft, Liebes. Sicher weißt du, wer er ist. Oder ist er, ohne zu bezahlen, weggerannt, und du willst ihn jetzt unbedingt aufspüren?«

»Ich weiß, wer er ist. Ich wollte wissen, ob du es auch weißt.«

Thea lachte. »Aber natürlich, Liebling. Sein Name ist Oliver, und er ist schrecklich in mich verliebt.«

»Ich meinte, weißt du genau, wer er ist?« Janey trank einen Schluck Kaffee. »Aber es ist ziemlich offenkundig, daß du es weißt. Mein Gott, Mum, bist du dir im klaren, was du da machst? Was ist eigentlich los?«

»Ich weiß nicht, warum du so einen Wirbel machst«, erwiderte Thea ärgerlich. »Es gibt absolut nichts, was dramatisch wäre. Okay, er heißt Oliver Cassidy und ist rein zufällig der Vater des Fotografen, bei dem Maxine arbeitet. Ist das so schrecklich? Begehe ich damit irgendein Verbrechen?«

»Sag du's mir.« Janey war insgeheim erstaunt darüber, daß sie so ruhig bleiben konnte; sie setzte sich und schlug die Beine übereinander. »Warst du diejenige, die auf die Idee gekommen ist, seine Enkel zu entführen?«

»Natürlich nicht. Und es ist nicht nötig, es wie eine Art Kidnapping klingen zu lassen«, antwortete Thea. »Er wollte sie sehen; er wußte, Guy würde ungeheuren Krach schlagen, falls er ihn um Erlaubnis bittet, also hat er gewartet, bis er weg war. Diese Kinder hatten einen herrlichen Nachmittag. Oliver tat das, weswegen er nach Cornwall gekommen war, und niemand kam zu Schaden.«

»Du weißt also alles darüber«, sagte Janey vorwurfsvoll. »Maxine hätte beinahe ihren Job verloren wegen dieser kleinen Eskapade. Und hat dir der liebe Oliver erzählt, wie es dazu kam, daß sein Sohn nichts mehr von ihm wissen will? Hat er dir genau erklärt, warum der so einen Krach geschlagen hätte?«

»Es war alles ein Mißverständnis.« Thea ging mit einem Achselzucken darüber hinweg. »Oliver weiß jetzt, daß er einen Fehler begangen hat, aber es hat solange gedauert, wie es nun mal gedauert hat, weil Guy überreagiert hat. In allen Familien gibt es Mißverständnisse, bedauerlicherweise. Oliver war unglücklich genug, daß daraus so eine lächerliche Dauerfehde geworden war. Liebling, er war völlig verzweifelt darüber! Diese lieben Kleinen zu sehen, selbst wenn es nur für ein paar Stunden war, hat ihm wirklich gutgetan.«

»Das hätte es nicht, wenn Guy dahintergekommen wäre. Er hätte die Polizei geholt.«

Wenn Thea eines nicht ertragen konnte, dann war es, von ihren eigenen Kindern kritisiert zu werden. »Und du bist natürlich auf seiner Seite«, entgegnete sie gereizt, »ohne auch nur eine Ahnung zu haben, was wirklich passiert ist. Nur weil er zweifellos ein hübsches Gesicht hat.«

Janey war entschlossen, auf diese Unterhaltung nicht einzugehen, sie biß die Zähne zusammen. »Aber für dich ist es in Ordnung, seinen Vater zu verteidigen, nur weil er verrückt nach dir ist und stinkreich? Mum, was er getan hat, war falsch!«

»O Janey, reg dich bloß nicht künstlich auf.« Thea knallte ihre Kaffeetasse auf den Tisch. »Es ist nichts Tragisches passiert. Die wahre Tragödie ist die dickköpfige Weigerung von Guy Cassidy, die Vergangenheit auf sich beruhen zu lassen, denn diejenigen, die drunter leiden, sind die Kinder. Oliver hat lediglich versucht, es an ihnen wieder gutzumachen.«

»Wirklich?« Janey blieb unbeeindruckt. »Und was plant er, weiterhin zu tun? Sie ein paar Monate außer Landes zu schaffen?«

Es war lächerlich. Thea wurde gefühlvoller. »Oliver würde so etwas nie tun. Er ist ein wunderbarer Mann, Liebes.«

Janey, die Bruno für einen wunderbaren Mann gehalten

hatte, erwiderte unversöhnlich: »Sicher ist er das. Solange er kriegt, was er will.«

Sie schwiegen beide. Schließlich sagte Thea: »In Ordnung, und was passiert jetzt? Was setzt du jetzt noch drauf?«

Janey hatte bereits über die Möglichkeiten nachgedacht und zuckte die Achseln. »Du meinst, ich werd es Guy erzählen? Ich weiß nicht, Mum. Die Sache ist die: Bist du sicher, daß sein Vater dich nicht auf irgendeine Art benutzt? Ich meine es ernst«, fuhr sie fort, als Thea lächelte. »Schließlich ist es schon ein seltsamer Zufall. Du bist Maxines Mutter, und Maxine paßt auf Josh und Ella auf. Wie willst du wissen, daß er nicht irgendeinen finsteren Plan ausgeheckt hatte?«

»Du liebe Zeit.« Ihre Mutter schüttelte den Kopf und schaute sie nachsichtig an. »Und ich hab gedacht, Maxine wäre diejenige mit dem Hang zum Dramatischen in der Familie. Janey, laß dir von jemandem, der alt genug ist, um Bescheid zu wissen, eines gesagt sein. Es gibt nichts auch nur entfernt Finsteres an Oliver Cassidy, und er hat auch keine Hintergedanken. Er liebt mich, und ich liebe ihn. Es tut mir leid, wenn das nicht den Beifall von Maxines Arbeitgeber findet, aber wenn du mich fragst – mein Privatleben geht ihn absolut nichts an. Und wenn du das Gefühl hast, du mußt es ihm sagen, dann mach das, auch wenn ich persönlich keinen Sinn darin sehe. Soweit ich weiß, steht im Moment nicht gerade eine Versöhnung mit Umarmungen und Küßchen und all dem Zeug an. Du würdest also alles nur wieder aufwühlen, ohne daß es was bringen würde. Aber«, schloß sie mit einer Tu-was-du-nicht-lassen-kannst-Geste, »das sind nur meine Überlegungen. Wie ich schon gesagt habe, es bleibt dir überlassen.«

Janey war jetzt verunsichert. Was ihre Mutter gesagt hatte, ergab einen Sinn. Stillschweigen zu bewahren, würde aber bedeuten, daß sie zur Mitwisserin geworden war. Und es hieß auch, es Maxine nicht zu erzählen, denn die würde es Guy bestimmt sagen. Wenn je etwas schiefgehen sollte, dann würde sie, Janey, mindestens zum Teil mitverantwortlich sein.

Aber Oliver Cassidy schien wirklich reizend zu sein, und sie würde seinen Gesichtsausdruck nie vergessen, als er den kurzen Gruß an Thea geschrieben hatte.

»Woher weißt du, daß er dich liebt?« fragte sie und sah in die dunklen Augen ihrer Mutter.

»Ich hatte beinahe dreißig Jahre Zeit, um aus meinen Fehlern zu lernen«, antwortete Thea schlicht. »Diesmal ist es ernst. Vertrau mir, Liebes. Wenn es passiert, weißt du es einfach.«

Wenn das so ist, dachte Janey, als die Erinnerungen an Alan und Bruno wieder hochkamen, warum weiß ich's dann nicht?

Sintflutartiger Regen beendete vorzeitig die Modeaufnahmen, an denen Guy in den Cotswold Hills gearbeitet hatte. Als er um halb fünf nach Hause kam, telefonierte Janey gerade in der Küche. Sie hatte den Hörer unters Kinn geklemmt, während sie mit der einen Hand Pastinake zerstampfte und mit der anderen Soße umrührte. Ihre blonden Haare waren locker hochgebunden, und das violette Sweatshirt, das sie über ihren weißen Jeans trug, war von einer Schulter gerutscht. Ihre Wangen, die schon von der Ofenhitze gerötet waren, wurden noch röter, als sie bemerkte, daß er zurückgekommen war.

»Oh, ich habe dich nicht reinkommen hören. Das Essen ist erst in einer Stunde fertig ... aber es gibt massenhaft heißes Wasser, falls du ein Bad nehmen möchtest.«

Maxine, am anderen Ende der Leitung, stöhnte. »Huch, der Drache ist zurück. Sag ihm nicht, daß ich's bin.«

»Mit wem sprichst du denn?« fragte Guy trügerisch freundlich.

»Mit niemandem.« Es sollte unschuldig klingen, aber das wurde durch ihr noch tieferes Erröten vereitelt. »Einer Freundin.«

»Hat dir noch nie jemand gesagt, daß du eine hoffnungslos schlechte Lügnerin bist?« Er durchquerte lächelnd die Küche, nahm ihr den Hörer aus der Hand und sagte: »Hallo, Maxine.«

»O Gott.« Maxine seufzte im fernen London. »Bist du immer noch sauer auf mich?«

»Was glaubst du?«

»Du bist noch sauer«, sagte sie zerknirscht. »Und ich weiß, daß es nicht richtig war, aber du hast einfach nicht verstanden, wie wichtig dieser Job für mich ist. Tut mir leid, Guy, aber ich war wirklich verzweifelt.«

»Hm.« Er schaute kurz zu Janey rüber, die hektisch die Pastinake bearbeitete und versuchte, so zu tun, als würde sie nicht zuhören. Guy sagte gedehnt: »Du hast Glück, daß du eine so verständnisvolle Schwester hast. Ich hoffe, du weißt es zu schätzen, welchen Gefallen sie dir getan hat.«

»Tu ich, tu ich«, beteuere Maxine inbrünstig. Zu ihrer Erleichterung war der erwartete Wutausbruch ausgeblieben. Bis jetzt, zumindest. Sie wollte es darauf ankommen lassen und fügte hinzu: »Bist du nicht froh, daß sie da ist? Sie kocht wesentlich besser als ich.«

»Sie könnte wohl kaum schlechter kochen als du.«

»Und Josh und Ella sind begeistert von ihr.«

»Mach nur so weiter, dann redest du dich langsam um deinen Job. Oder hattest du das vor?« forschte er gelassen. »Wenn du die Hauptrolle in irgendeiner wahnsinnig tollen West-End-Produktion gekriegt hast, Maxine, dann wär's besser, du sagst es mir gleich.«

»Nein, hab ich nicht! Und ich möchte wirklich nicht gehen, Guy. Ich arbeite gerne für dich.«
»Aber?« gab er ihr das Stichwort, als es offenkundig wurde, daß Maxine nicht den Mut hatte, es selbst auszusprechen.
Sie kreuzte die Finger. »Aber wir werden mit den Aufnahmen nicht vor Samstag fertig, ich kann also erst Sonntag früh zurück sein.« Die Worte sprudelten ihr im Tonfall äußersten Bedauerns raus. »Ich hab schon mit Janey gesprochen, und es macht ihr überhaupt nichts aus, aber geht es für dich in Ordnung?«
Sollte er je einen Tobsuchtsanfall bekommen, dann sicherlich jetzt. Doch es blieb still, und Maxine bemerkte, daß sie den Atem anhielt.
»Warum«, fragte Guy gedehnt, »fühle ich mich wie ein Schuljunge, der gerade erfahren hat, daß die Sommerferien um eine Woche verlängert wurden?«
»War er wütend?« fragte Cindy, die sich gerade im Jacuzzi-Schaumbad vergnügte. Es gefiel ihr, Maxine vorübergehend im Haus zu haben, während ihr Mann im Ausland war; es war beinahe wie früher, als sie noch ledig war und mit einer Freundin zusammenwohnte; sie redeten bis morgens um drei bei einigen Flaschen Wein über Männer.
»Er war überhaupt nicht wütend.« Maxine hockte auf dem Rand der Badewanne und schien irritiert zu sein. »Er war begeistert.«
»Wolltest du das denn nicht?«
»Es besteht ein Unterschied zwischen einverstanden sein, daß ich wegbleibe, und Begeisterung darüber«, entgegnete Maxine verstimmt. »Es wäre nett gewesen, wenn sie mich ein wenig vermissen würden. Aber es hörte sich so an, als wäre es ohne mich einfach großartig.«
»Wer weiß?« erwiderte Cindy, und streckte ihr das Glas zum

Auffüllen entgegen. »Vielleicht läuft da was zwischen den beiden. Sie haben vielleicht eine aufregende Affäre.«

»Janey und Guy?« Maxine lachte. »Du mußt zuviel getrunken haben, ganz klar.«

»Ich seh nicht, warum das so verrückt sein sollte. Du hast mir selbst erzählt, er hätte sie letzte Woche zu einer Party mitgenommen«, erinnerte Cindy sie. »Und er ist schließlich ziemlich unwiderstehlich. Willst du mir im Ernst erzählen, deine Schwester würde sich eine solche Gelegenheit entgehen lassen, so ein kleines Techtelmechtel mit Guy Cassidy?«

»Ich hab dir erzählt, daß ich ein paar Monate damit verbracht habe, ihn zu einem Techtelmechtel mit mir zu überreden«, erklärte Maxine gereizt, warf ihre langen blonden Haare zurück und bewunderte ihr Bild in dem riesigen Spiegel. »Und es hat nicht ums Verrecken funktioniert. Ohne überheblich sein zu wollen, Liebes, aber wenn er es schafft, solch ein Angebot auszuschlagen, dann wird er sich wohl kaum für Janey interessieren.«

34

Guy war gerade unter der Dusche, als das Telefon noch mal klingelte. Janey nahm ab und erkannte sofort diese Charlotte mit den tizianroten Haaren. Sie konnte beinahe das Parfüm riechen, das von St. Ives durch die Leitung zu ihr strömte.

»Er ist oben und duscht«, teilte sie Charlotte mit, die mit rauher Stimme darum bat, Guy sprechen zu können. »Kann ich ihm etwas ausrichten?«

»Sie sind nicht Maxine.« Der tiefe Tonfall wich einem mißtrauischen. »Mit wem spreche ich denn?«

Einen Moment lang war Janey versucht zu lügen. Dann aber hielt sie das für zu grausam und sagte: »Maxine hat ein paar Tage frei genommen. Ich kümmere mich um die Kinder, solange sie weg ist.«

Charlotte schien jedoch nicht überzeugt. »Und Sie sind ...?«

»Janey. Maxines Schwester.« Sie überlegte, ob eine Entschuldigung von ihr erwartet wurde, weil sie der Grund dafür war, daß Charlotte auf Brunos Party im Stich gelassen worden war. Aber sie hatte Guy ja nicht weggeschleppt, wenn überhaupt, dann hatte Guy sie verschleppt.

»Ach so.« Dankenswerterweise erwähnte Charlotte den Vorfall nicht. Sie war offensichtlich erleichtert, zu hören, daß sie es nicht mit einer Konkurrentin à la Serena zu tun hatte.

»Gut, dann könnten Sie Guy vielleicht fragen, ob er mich zurückrufen kann.«

»Mach ich.« Josh war barfuß in die Küche geschlichen.

Janey beobachtete sein Spiegelbild im Fenster, als er verstohlen nach der Keksdose griff.
»Keine Kekse mehr.«
Verblüfft sagte Charlotte: »Wie bitte?«
»Entschuldigung, ich hab mit jemand anderem gesprochen.«
»Woher hast du gewußt, daß ich hier bin?« protestierte Josh. »Ich hab kein Geräusch gemacht.«
»Ich hab die Kekse um Hilfe schreien hören.«
»Lieber Himmel.« Charlotte klang amüsiert. »Wissen Sie zufällig, ob Guy heute abend schon etwas vorhat?«
»Ich glaube nicht. Er hat mir gesagt, ich könnte heute abend ausgehen, wenn ich will, also bleibt er wohl hier.«
»Oh. Und wissen Sie schon, wohin Sie gehen?«
Der CIA war nichts gegen Charlotte. Janey lächelte in sich hinein und antwortete: »Ich habe noch keine Pläne. Vielleicht bleibe ich hier.«
»Das hört sich gut an.« Charlotte schien durch diese Neuigkeit unglaublich aufgemuntert zu sein. »Alles klar, dann sagen Sie Guy bitte, er soll mich zurückrufen, sobald er aus der Dusche ist. Sie vergessen es doch nicht, oder?«

»Mist.« Guy wirkte genervt. »Das heißt, sie will mich zum Essen einladen.«
»Dann hör jetzt auf zu essen«, schalt Janey, denn er hatte sich schon drei Würstchen genommen, obwohl sie noch nicht mit dem Auftragen fertig war.
»Aber ich will nicht. Ich pack's nicht.« Er schüttelte den Kopf. »Sie wird in einer Art Negligé herumschweben und versuchen, mich betrunken zu machen, damit ich nicht mehr nach Hause fahren kann. Wenn sie wieder anruft, sag, ich wäre ausgegangen.«
»Und ich bin schuld, weil ich es dir nicht ausgerichtet

habe«, protestierte sie. Gott, Männer waren schon gefühllose Brocken. »Nein, du mußt sie anrufen.«

Guy zuckte die Achseln. »Okay, ich werd ihr sagen, daß ich bereits eine andere Verabredung habe.«

Janey sah ihn beschämt an. »Ich hab gesagt, du hast keine.«

»Dann werd ich sagen, ich muß hierbleiben und auf die Kinder aufpassen, weil du ausgehst.«

»Puuh«, sagte Janey. »Sie hat mich schon danach gefragt. Ich hab gesagt, ich würde nicht ausgehen.«

Er mimte den Verzweifelten. »Seit wann nimmst du diese Wahrheitsdroge?«

»Ich kann nichts dafür«, protestierte Janey grinsend. »Ich bin von Natur aus aufrichtig.«

»Dann muß eine von euch adoptiert worden sein. Du bist unmöglich Maxines Schwester.«

»Und du kannst nicht so einfach das Thema wechseln.« Sie zog schnell seinen Teller weg. »Sie sitzt zu Hause und wartet auf deinen Rückruf. Mach schon.«

»Wer ist jetzt hier herrisch?« brummelte er und schnappte sich noch ein Würstchen von Ellas Teller, bevor er sich an den Apparat in der Küche bequemte. »Du bist zu meinen Kindern wesentlich netter als zu mir.«

Janey warf ihm ein unschuldiges Lächeln zu. »Du zahlst mich dafür, zu deinen Kindern nett zu sein.«

»Sie wäre noch netter«, erklärte Josh seinem Vater, »wenn wir nicht beim Abspülen helfen müßten.«

Es war schon unangenehm genug, nur zuzuhören, was Guy am Telefon sagte. Janey dachte, wenn sie an Charlottes Stelle wäre, wäre ihr dieses Telefonat wahnsinnig peinlich: Guy sagte taktvoll nein, und Charlotte – der das offenbar überhaupt nicht peinlich war – schmetterte jede seiner Entschuldigungen einfach ab.

»Vielleicht ein andermal«, sagte er schließlich, einige lange

Minuten später. »Aber nicht heute abend, Charlotte, wirklich. Erstens muß ich morgen früh in London sein, und es waren wirklich ein paar harte Tage. Ja, ich weiß, das habe ich schon letzte Woche gesagt, aber das heißt nicht, daß es nicht immer noch wahr ist.«

Es folgten weitere gedämpfte Proteste. Guy schaute hilfesuchend zu Janey rüber. Sie war unfähig, ihn anzuschauen, nahm die Pfeffermühle und würzte ihre gebackenen Tomaten.

»Okay«, er senkte die Stimme zu einem vertraulichen Flüstern. »Wenn du es unbedingt wissen willst, ich muß heute abend hierbleiben. Wegen Janey, sie hat fürchterliche Angst davor, allein im Haus zu bleiben. Ja, ich weiß, es hört sich lächerlich an, aber sie hat's irgendwie mit Einbrechern, die mit Gewehren bewaffnet hier einsteigen. Wir wohnen ziemlich abgelegen, weißt du, und ich brauch nur zu erwähnen, daß ich abends ausgehen will, dann fängt sie vor Angst an, mit den Zähnen zu klappern. Charlotte, so leid es mir tut, aber du mußt das verstehen, ich kann sie wirklich nicht allein lassen ...«

»Vielen Dank«, sagte Janey, als er an den Tisch zurückkam. »Warum sind alle Männer so schamlose Lügner?«

»Die ersten vier Entschuldigungen haben gestimmt.« Er zuckte die Schultern. »Und sie hat keine davon geglaubt. Manchmal muß man einfach zu Notlügen greifen.«

Es war wirklich lehrreich, die Situation mal vom männlichen Standpunkt aus zu betrachten. Neugierig fragte sie: »Aber wenn du nicht, du weißt schon ... nun, interessiert an ihr bist, warum sagst du ihr das nicht einfach?«

Josh und Ella waren offenbar an solche Dinge gewöhnt und hörten dem Gespräch gelassen zu.

»Das hat er letzte Woche versucht«, erklärte Josh freundlich. »Und was hat sie gemacht? Geheult. Dann hat sie Dad zurückgerufen, mitten in *Coronation Street,* und noch ein bißchen weitergeheult.«

»Also hat er das Telefon ausgehängt«, fuhr Ella fort. »Aber das hat auch nicht funktioniert. Sie ist in ihr Auto gestiegen und hierhergekommen und hat immer noch geheult. Es war wirklich gemein von ihr«, fügte sie empört hinzu. »Es war erst acht Uhr, und es war auch nicht unsere Schuld, aber wir mußten rauf ins Bett.«

»Siehst du?« protestierte Guy. »Ich kann machen, was ich will, es ist immer das Falsche.«

Janey war sich vollkommen bewußt, daß sie mit Bruno beinahe auch so einen Idioten aus sich gemacht hätte, deshalb tat ihr Charlotte einfach leid. Wahrscheinlich weinte sie sich gerade die Augen aus.

»Du mußt ihr etwas vorgemacht haben.« Sie versuchte, mißbilligend dreinzuschauen. »Wenn du sie wirklich nicht mehr sehen willst, dann wäre es wesentlich netter, es zu sagen und sie von ihrem Elend zu erlösen.«

Er sah sie überrascht an. »Netter, als sie freundlich abzuwimmeln?«

»Es gibt nichts Schlimmeres, als nicht zu wissen, woran man ist.« Janey senkte die Stimme, obwohl Josh und Ella bereits das Interesse am Gespräch verloren hatten. »Du mußt es ihr sagen, weißt du. Es ist für alle einfacher, wenn du es tust. Sogar Charlotte wird dir später dankbar dafür sein.«

»O Mann.« Er seufzte resigniert. »Ich hasse solche Herzschmerz-Abgänge. Das wird bestimmt kein Zuckerschlekken.«

Zumindest war er nicht derjenige, der fallengelassen wurde. Janey überlegte, ob er jemals derjenige gewesen war, der sich eine solche Abschiedsrede anhören mußte. Irgendwie zweifelte sie ernsthaft daran.

»Du fährst also zu ihr? Heute abend?«
Er nickte widerstrebend. Dann grinste er. »Nur wenn du wirklich damit zurechtkommst, daß ich dich ungefähr eine Stunde allein im Haus lasse?«
»Oh, ich denke, das schaffe ich«, erwiderte Janey gespielt tapfer. »Wenn irgendwelche Einbrecher auftauchen, dann schick ich sie in Maxines Zimmer. Das dürfte reichen, um sie lebenslänglich vom Rauben und Plündern zu kurieren.«

Als er zurückkam, war es beinahe halb zehn. Janey hatte Josh und Ella ins Bett gebracht und wusch gerade fertig ab.
»Laß das stehen«, sagte Guy, öffnete eine Flasche Wein und nahm zwei Gläser aus dem Schrank. »Komm und trink was mit mir. Ich brauch das jetzt.«
»War's schlimm?«
Er strich mit den Fingern durch sein dunkles Haar und verzog sein Gesicht. »Ziemlich. Scheiße, ich fühl mich wie ein Dreckskerl. Sie sagte, sie wünschte, sie hätte mich nie getroffen.«
»Das hat sie nicht so gemeint«, sagte Janey tröstend. »Sie fühlt sich nur im Stich gelassen. Charlotte mochte dich mehr, als du sie, das ist alles. Und wenn's zu Ende geht, tut das weh.«
»Das hat sie auch gesagt«, erklärte Guy nachdenklich. »Das schlimme ist, sie gibt mir die Schuld. Aber man muß jemanden erst kennenlernen, bevor man entscheiden kann, ob man zusammenpaßt. Wenn man dann feststellt, daß die Beziehung keine Zukunft hat, ist's schon zu spät. Sie mögen dich, und am Ende sind sie verletzt.« Nach einer Pause fügte er hinzu: »Nicht gerade eine weltbewegende Offenbarung, ich weiß. Es ist nur so, daß ich noch nie ernsthaft mit jemandem darüber gesprochen habe.«
»Wohingegen die Frauen es dauernd besprechen«, entgeg-

nete Janey grinsend. »Ich hab dir gesagt, du hättest die Nase in Mimis Bücher stecken sollen. Sie hätten dich alles gelehrt, was du wissen solltest.«

»Ich dachte, du wolltest heute früh zu Bett gehen«, protestierte Janey drei Stunden später.

Das war eine völlig andere Janey als die, die er von Brunos Party weggeholt hatte, überlegte Guy. Jetzt war sie entspannt und völlig unbefangen, interessiert an dem, was er zu sagen hatte, und überhaupt nicht aufdringlich. Sie hatte es geschafft, daß er die Zeit völlig vergessen hatte, und er war auch entspannt. Es war eine große Erleichterung, mit einer Frau zu reden, die nicht einmal den Versuch machte, mit ihm zu flirten oder ihre eigene Sache voranzutreiben.

Und ungeachtet Janeys eigener, offenkundiger Überzeugung, sie sei weniger attraktiv als ihre jüngere Schwester, stimmte er dem nicht zu. Heute nacht trug sie kein Make-up, ihre honigblonden Haare waren locker mit Kämmen hochgesteckt, ihr violettes Sweatshirt war immer noch von der Schulter gerutscht, und er fand ihre natürliche Schönheit unendlich attraktiv. Ihre sommerliche Bräune war intensiv, ihr Teint makellos, und diese kastanienbraunen Augen, die humorvoll strahlten, brauchten keine Lidschatten oder Eyeliner, um interessant zu wirken; ebenso wie der weiche, perfekt geschnittene Mund nichts gewinnen konnte, wenn man Lippenstift draufschmierte.

Er ertappte sich dabei, daß er auch die Art der beiden Schwestern, mit den Kindern umzugehen, verglich. Denn sowohl Josh als auch Ella bewunderten Maxines ungestüme, äußerst eigenwillige Art. Aber ihr Witz war gelegentlich zu spitz für ihre Bedürfnisse. Sie wußten dann nicht, ob sie es ernst meinte oder nicht. Maxine konnte unberechenbar sein, was wiederum Ella quengelig machte und Josh leicht in Rage brachte. Kleine Kinder waren dankbar für Beständigkeit und die Sicherheit, zu wissen, woran sie waren. Berenice war natürlich die personifizierte Stabilität gewesen, während es bei Maxine immer lustig war und freche Antworten gefragt waren. Aber wenn er das ideale Kindermädchen hätte auswählen können, dann wäre es jemand wie Janey, die Kontrolle mit guter Laune mischte. Und sie war nett anzusehen – nicht wie die arme Berenice, dachte er mit einem Stich Schuldgefühl –, sie war eine wirklich äußerst angenehme Gesellschaft und nicht im geringsten daran interessiert, unvermittelt loszustürmen, um in Klopapierwerbespots mitzuspielen.

»Gibt's was Neues von deinem Vater?« fragte sie plötzlich. Guy hatte gerade den Rest von Beaujolais ausgeschenkt und sah sie nun finster an.

»Und gerade habe ich gedacht, was für ein netter Mensch du doch bist.«

»Ich bin immer noch ein netter Mensch«, erwiderte Janey unschuldig. »Ich habe nur überlegt, ob sich irgend etwas Neues ergeben hat, das ist alles.«

»Nein. Jedesmal, wenn ich bei ihm zu Hause angerufen habe, war der Anrufbeantworter dran. Irgendwann hab ich dann damit aufgehört.«

»Und was hättest du gesagt, wenn du mit ihm gesprochen hättest?«

»Ich hätte ihm gesagt, er solle sich von meinem Haus und meinen Kindern fernhalten.« Guy klang hart, nachtragend. »Ich hätte ihm gesagt, wenn er noch mal versucht, so ein Ding zu drehen, dann werde ich die Polizei holen.«

»Aber wenn er sich entschuldigt hätte?« Sie blieb hartnäckig, zog ihre nackten Füße auf den Sessel und beugte sich nach vorne, um das wieder gefüllte Glas zu erreichen.

»Wenn er dich um Verzeihung gebeten hätte, glaubst du, du hättest ihm verziehen?«

»O ja.« Seine Augen verfinsterten sich. »Unbedingt.«

»Ich mein's ernst«, sagte Janey. »Komm schon, denk doch mal nach. Vielleicht bedauert er wirklich, was passiert ist, und jetzt will er nur noch seine Enkel kennenlernen und die verlorene Zeit wiedergutmachen.« Sie sprach merkwürdig eindringlich. Guy war jedoch schon vor langer Zeit zu einem Entschluß gekommen. »Du hast dir zu oft *Unsere kleine Farm* angeschaut«, erwiderte er, bevor sie auch nur den Mund aufmachen und weitersprechen konnte. »Nein, Janey. Ich will meinen Vater nie wieder sehen, und ich möchte auch nicht, daß meine Kinder irgend etwas mit ihm zu tun haben. Also versuch erst gar nicht, mich zu überreden. Das ist die Wiedersehensfeier einer glücklichen Familie, die sicherlich nicht stattfinden wird.«

Aha, dachte Janey. Tut mir leid, Oliver. Du kannst zumindest nicht sagen, ich hätte es nicht versucht.

35

Jedes Jahr in der zweiten Oktoberwoche fand ein Volksfest in Trezale statt. Dann wurden die angenehm vertrauten Verkaufsstände, Schaubuden und Karussells entlang der High Street aufgebaut, mit Autoskootern, der Geisterbahn und dem Riesenrad, das den stolzen Abschluß am Ende der Straße bildete.

Alle gingen zum Volksfest; es war ein wichtiges gesellschaftliches Ereignis. Josh und Ella gerieten in helle Aufregung, wenn sie nur daran dachten, daß sie ihr ganzes Geld ausgeben würden und sich so richtig austoben könnten. Sie zählten praktisch die Minuten bis Freitag abend.

Janey war jedoch verblüfft über Guys Reaktion, als er sie vom Auto aus anrief, mitten auf der M 5, auf dem Rückweg von Modeaufnahmen in Bath.

»Josh sagt, du hättest ihnen versprochen, sie dürften bis Mitternacht bleiben«, erzählte sie ihm. »Sprich doch mal ein Machtwort. Wann müssen sie wieder zu Hause sein?«

»Wie meinst du das, sie?« fragte Guy. »*Wir* gehen nach Hause, wann immer wir wollen.«

»Du meinst, du kommst mit uns?«

»Warum sonst sollte ich einen sechsstündigen Fototermin in dreieinhalb Stunden durchziehen?« Er klang amüsiert. »Und ein Abendessen mit Marie Helvin sausenlassen. Natürlich komme ich mit.«

»Mann«, sagte Janey. »Irgendwie habe ich mir dich nicht als Volksfestliebhaber vorgestellt.«

»Nein? Als was für eine Art Liebhaber dann?«

»Ich hab gemeint ...«

»Ich weiß, was du gemeint hast.« Guy lachte. »Ist schon in Ordnung, du kannst jetzt mit dem Erröten aufhören. Ich bin gegen sechs zu Hause, sag den Kindern nur, sie sollen warten. Und untersteht euch, ohne mich loszugehen.«

Josh und Ella hatten sich im Laufe der Jahre daran gewöhnt, und Maxine hätte jede Minute genossen, da es praktisch der Hauptgrund dafür gewesen war, daß sie den Job sofort angenommen hatte, doch Janey zuckte jedesmal zusammen: Es war ein frostiger Abend, ihre Nase war wahrscheinlich rot vor Kälte, und ihre Haare waren auf dem Octopus komplett durcheinandergewirbelt worden, aber für Guy war's in Ordnung – er verbrauchte mit seiner neuen Kamera eine Rolle Film nach der anderen, doch Janey war nicht daran gewöhnt, ständig fotografiert zu werden. Für sie war es eine nervenaufreibende Erfahrung. Er verbrauchte wirklich Unmengen Film.

»Bist du noch nicht fertig?« Es klang nicht gerade wohlwollend, aber sie wollte, daß er aufhörte. Als er sie gefragt hatte, ob er die neue Olympus ausprobieren könne, hatte sie zugestimmt, aber das hier war einfach störend. Sie wußte nicht mehr, wohin sie schauen sollte.

»Kein Grund zur Panik«, sagte Guy. »Ich hab dich ja nicht gebeten, zu posieren und zu lächeln. Ignorier mich einfach.«

Janey schaute ihn finster an. »Wie kann ich dich ignorieren, wenn ich weiß, daß meine Nase rot ist?«

»Sei nicht so eingebildet«, schalt er sie munter, »ich probier eine neue Kamera aus, du kommst nicht auf die Titelseite von *Vogue*. Also entspann dich ...«

»Schnell, Daddy!« Ella, die kein bißchen kamerascheu war, quietschte vergnügt. »Mach eines von mir, mit der ganzen Zuckerwatte im Gesicht.«

Janey aß gerade einen kandierten Apfel, als eine Männerstimme hinter ihr sagte: »Ach, hallo. Amüsierst du dich?«
Sie drehte sich um und sah, daß es Alexander Norcross, Herr Vorzeigbar persönlich, war. Er sah ziemlich schick aus mit seinem grauen Hut und einer pummeligen, frierenden Brünetten im Schlepptau.
»Oh, hallo.« Wahrscheinlich klebten kleine Apfelstückchen an ihren Zähnen, aber trotzdem lächelte sie. »Ja, wir lassen es uns wirklich gutgehen.«
Ella zog sie am Arm. »Janey, kannst du mir fünfzig Pence leihen? Ich möchte Ringe werfen.«
»Der reinste Nepp ist das hier.« Alexander schaute runter zu Ella. »Woher diese Leute nur den Nerv nehmen, fünfzig Pence zu verlangen, wenn man dann nur etwas gewinnen kann, das zehn Pence wert ist, ich versteh das nicht. Wenn du mich fragst, so was müßte man verbieten.«
Schick aber geizig, rief Janey sich ins Gedächtnis und drückte eine Pfundmünze in Ellas Handschuh. Mit übertriebener Höflichkeit sagte sie: »Liebe Güte, heißt das etwa, ihr amüsiert euch nicht?«
»Das hab ich nicht gesagt«, protestierte Alexander. »Volksfeste können sehr unterhaltsam sein, solange du dein Geld nicht verschwendest. Wir sind jetzt schon fast zwei Stunden hier«, fügte er stolz hinzu, »und ich mußte noch nicht mal meinen Geldbeutel öffnen. Das nenn ich wirklich sein Geld wert sein.«
Die Brünette hatte nicht nur eine rote Nase, sie war vor Kälte schon beinahe blau.
»Bedeutet das, er hat Ihnen nicht mal eine Tasse Kaffee gekauft?« Janey sah schockiert aus. »Alexander, die arme Frau wird noch Erfrierungen davontragen. Sie braucht einen heißen Espresso und ein paar steife Grogs zum Aufwärmen.«

Die Frau sah sie beinahe mitleiderregend dankbar an und sagte: »Das wäre schön, Alexander, wäre das möglich?«
»Ist dir kalt?« Er klang überrascht. »Vielleicht ist es Zeit, daß wir gehen. Ich weiß, wir fahren zu mir nach Hause und trinken gemütlich Tee.«
Janey hätte am liebsten geschrien: »Er soll dich in ein teures Restaurant führen! Noch besser, er soll ganz schnell ins Meer springen.«
Aber sie tat es nicht, und im nächsten Augenblick kamen Josh und Guy von der Schießbude zurück. Guy bemerkte, daß sie mit einem Bekannten sprach, und blieb in diskretem Abstand stehen. Josh, der wesentlich mehr an Geld als an Diskretion interessiert war, stürmte zu Janey und schrie verzweifelt: »Schnell, ich hab kein Kleingeld mehr!«
»Zwei Kinder«, bemerkte Alexander, als Josh eine Pfundmünze eingesteckt hatte und zu Ella gerannt war. »So, so. Du hast dir also einen Mann mit Kindern gesucht. So ein Pech, Janey.«
Janey riskierte einen schnellen Blick über ihre Schulter. Guy stand drei Meter weiter, horchte schamlos zu und grinste.
»Pech?«
»Na schön, vielleicht kommst du ja gut mit ihnen zurecht.«
Alexander erschauderte vor Mißbilligung. »Manchen Mädchen macht so was ja nichts aus. Aber du mußt wirklich auf der Hut sein, Jane. Alleinerziehende Mütter sind schlimm genug, aber alleinerziehende Väter sind oft noch viel durchtriebener. Ist er an dir interessiert, oder ist er nur scharf darauf, jemanden zu finden, der sich um den Haushalt und die Kinder kümmert?«
»Mann.« Janey wagte nicht, Guy anzuschauen, biß sich auf die Lippe und sah besorgt aus. »So hab ich mir das noch gar

nicht überlegt. Du meinst, er ist nur hinter einer Art Ersatzkindermädchen her?«

»Genau das meine ich«, erklärte Alexander mit Kennermiene. »Siehst du, Kindermädchen sind nicht billig, und sie sind nicht immer hundertprozentig zuverlässig. Was den Mann angeht, für ihn ist es einfacher und auf lange Sicht auch billiger, eine neue Frau zu finden.«

Guy kam näher und zwinkerte Janey verstohlen zu. Sie zuckte nicht mit der Wimper, als er den Arm um ihre Taille legte und ihr einen flüchtigen Kuß auf die Wange gab.

»Liebling, ich hab schon gedacht, ich hab dich verloren. Wir sollten wirklich bald gehen. Ella müßte längst im Bett sein.«

Janey starrte ihn an. »Du lieber Himmel, wirklich? Dann sollten wir aber laufen.«

»Was ist los?« Guy zog die Augenbrauen hoch. »Gibt's ein Problem?«

»Ich weiß nicht«, antwortete sie ruhig. »Aber ich denke, ich werd's gleich rausfinden. Laß mich dich etwas fragen, Guy. Hast du mir angeboten, bei dir einzuziehen, weil du mich liebst oder weil du jemanden brauchst, der sich um deine Kinder kümmert?«

Sein Lächeln verschwand. Er überlegte eine Weile, dann meinte er: »Nun gut, mein Schatz. Wenn du zurückdenkst, dann hab ich dir eigentlich gar nicht angeboten, bei mir einzuziehen. Soweit ich mich erinnere, bin ich eines Nachts aus Amsterdam zurückgekommen, und du warst schon da, hattest deine Koffer ausgepackt und dich häuslich niedergelassen. Nicht, daß ich mich darüber beklagen möchte, natürlich nicht, aber ...«

»Aber du liebst mich doch?« Eine Spur Hysterie lag in Janeys Stimme. »Wenn wir nächste Woche heiraten, muß ich wissen, ob du mich wirklich liebst.«

Alexander und die Brünette standen da, in andächtiges Schweigen versunken. Janey betete, daß Josh und Ella sich nicht gerade diesen Augenblick aussuchen würden, um zurückzukommen.

»Mein Schatz, natürlich liebe ich dich.« Guy umarmte sie versöhnlich. »Wir alle lieben dich. Tatsache ist, die Kinder sind so begeistert von dir, daß ich beschlossen hab, das Kindermädchen zu feuern. Von nun an kannst du dich selbst um sie kümmern. Ist das nicht eine wundervolle Überraschung?«

»Ist es«, sagte sie ausdruckslos. »Die Hochzeit ist gestrichen.«

Die Brünette, die die ganze Zeit Guy angestarrt hatte, schnippte mit den Fingern. »Ich weiß, wer Sie sind. Sie sind Guy Cassidy, der Fotograf.« Sie riß die Augen auf. »Sie sind berühmt.«

»Was ihn nicht davon abhält, ein Geizkragen und doppelzüngiges Ekel zu sein«, schnappte Janey.

»Guy Cassidy?« sagte Alexander beeindruckt. »Der Guy Cassidy? Natürlich sind Sie's! Hey, wirklich nett, Sie kennenzulernen.«

»Ich glaub, ich hör nicht recht.« Janey starrte Alexander an. »Du hast mir gerade gesagt, ich soll ihn nicht heiraten, und jetzt scharwenzelst du wie ein Groupie um ihn rum!«

Guy runzelte die Stirn. »Er hat dir gesagt, du sollst mich nicht heiraten? Warum sollte er denn so was sagen? Janey, das hast du dir ausgedacht.«

»Schauen Sie, es tut mir leid.« Alexander schüttelte den Kopf. »Ich habe nicht gewußt, daß Sie es sind.«

»Zu spät«, erklärte Janey, und schob Guys Hand von ihrem Arm. »Ich würd ihn jetzt nicht mal mehr heiraten, wenn er Mel Gibson wäre.«

36

Und ich hab gedacht, Maxine wäre die Schauspielerin.« Er holte Janey an der Gewinne-einen-Goldfisch-Bude ein, wo Josh und Ella in die Aufgabe vertieft waren, Gummifrösche auf lila Kisten hüpfen zu lassen. »Wenn du so weitermachst, wirst du die Hauptrolle im Klopapierspot spielen.«

Janey grinste. Alexanders Gesichtsausdruck war einfach köstlich gewesen. Es war eine Schande, daß Guy ihn nicht auf ein Foto hatte bannen können.

»Du hast damit angefangen.«

»Ich konnte nicht widerstehen, als ich gehört habe, was er zu dir gesagt hat; kein Wunder, daß du Männern gegenüber mißtrauisch bist.« Er schüttelte ungläubig den Kopf. »Ich muß schon sagen, du kennst wirklich ziemlich außergewöhnliche Leute.«

Zumindest wußte er nicht, wie sie Alexander kennengelernt hatte, dachte Janey ein wenig erleichtert. Er hatte sie einmal erwischt, und das reichte.

»Mein verdammter Frosch fällt dauernd ins Wasser«, klagte Ella, die nicht bemerkt hatte, daß Guy hinter ihr stand.

Er tippte ihr auf die Schulter.

»Oh, entschuldige, Daddy.« Sie strahlte ihn an wie ein Engel, ein Engel mit Zahnlücken.

»Gut.« Guy zwinkerte Janey zu. »Weil wir sowieso keinen verdammten Goldfisch wollen.«

»Meine Füße tun weh«, stöhnte Janey, als sie zwei Stunden später zum Auto zurückgingen.

Josh und Ella liefen mit Riesenluftballons, monströsen

Stofftieren und einem aufblasbaren gigantischen Tintenfisch in den Armen voraus. Die rosa Pastiktentakel des Tintenfisches wickelten sich um Ellas Beine, als sie sich abmühte, mit Josh Schritt zu halten.

»Meine Brieftasche hat auch Schmerzen.« Guy warf ihr einen reumütigen Blick zu. »Ich bin finanziell ruiniert. Und alles nur, weil meine Tochter sich in einen Tintenfisch verliebt hat.«

»Und dir hat es keinen Spaß gemacht, alles zu tun, um ihn zu gewinnen?« spottete Janey. »Komm schon, du hast jede Minute an dieser Schießbude genossen.«

»Ich hätte es noch mehr genossen, wenn das Visier nicht um neunzig Grad verbogen gewesen wäre. Fünfzig Pfund für einen Tintenfisch«, grummelte er. »Und um wieviel wollen wir wetten, daß er morgen früh schon ein Loch hat.«

»Hör auf zu jammern. Du hattest einen Mordsspaß.«

»Okay, vielleicht hatte ich den.« Er grinste. Im nächsten Moment packte er ihren Arm und zog sie an sich, so abrupt, daß Janey beinahe hingefallen wäre.

»Was ...?«

»Entschuldige, Hundescheiße auf dem Gehweg«, erklärte Guy romantisch. »Du wärst beinahe reingetreten.«

»Mein Held«, murmelte Janey, denn obwohl sie ihr Gleichgewicht wiedergefunden hatte, hatte er sie noch nicht losgelassen. Wenn sie sich losreißen würde, käme sie sich albern vor – es war schließlich nicht die romantischste Geste des Jahrzehnts, sie vor Hundescheiße zu bewahren –, aber gleichzeitig überlegte sie, was wohl Josh und Ella dazu sagten, wenn sie sich genau in diesem Moment umdrehen würden.

Warum, dachte sie ein wenig verlegen, tat er das? Warum sagte er nichts? Und warum ließ er sie nicht einfach los?

Guy war in Gedanken versunken. Normalerweise war er

nicht schwer von Begriff, aber etwas war ihm gerade in den Sinn gekommen, etwas ziemlich Unerwartetes, und er mußte ernsthaft darüber nachdenken.

Das große Hindernis war Janeys unglückliche Vergangenheit, das wurde ihm nun klar. Mit einer solchen Vergangenheit konnte sie nicht irgendeine Beziehung brauchen, die ihr nur noch mehr Schmerzen zufügen würde. Und wenn man ein Mann mit einer Vergangenheit wie seiner war, dachte Guy grimmig, war es einfacher, Janey aus dem Weg zu gehen. Wie er ihr selbst erst vor ein paar Tagen erzählt hatte, scheiterten seine Beziehungen üblicherweise. Er machte das nicht mit Absicht, aber es passierte trotzdem. Und immer schien er derjenige zu sein, der schuld war. Und es war immer die andere Person, die verletzt wurde.

Aber obwohl er sich nicht erlaubt hatte, die Möglichkeit einer Beziehung mit Janey auch nur ins Auge zu fassen, mußte Guy sich nun eingestehen, daß er sich selbst etwas vorgemacht hatte. Die ganze letzte Woche über hatte er sich immer wieder gesagt, was für ein großartiges Kindermädchen Janey doch war. In Wahrheit war einfach die Tatsache ihrer Anwesenheit das, was so wunderbar gewesen war.

Einer ihrer größten Vorzüge war jedoch auch einer der größten Nachteile, und es war noch etwas anderes, woran er bedauerlicherweise überhaupt nicht gewöhnt war. Janey flirtete nicht, und er wußte nicht, ob sie nun einfach nicht der Typ dazu war, oder ob es bedeutete, daß sie ihn nicht für ein geeignetes Flirtobjekt hielt. Die Folge war, daß er keine Ahnung hatte, ob sie sich auch nur ein bißchen zu ihm hingezogen fühlte. Ihre Beziehung war bis jetzt rein platonisch gewesen. Die letzten Monate hatte sich – und nicht ohne gelegentliche, kleinere Probleme – eine Freundschaft entwickelt. Abgesehen davon wußte er einfach nicht, welche Gefühle Janey ihm gegenüber hatte.

Und plötzlich war das fürchterlich wichtig. Die Vorstellung, sie könnte seine Gefühle nicht erwidern, war ärgerlich, milde ausgedrückt. Mit einem derartigen Problem war er bisher noch nie konfrontiert gewesen; er wollte, daß Janey ihn gern hatte, aber wie, um alles in der Welt, sollte er das herausfinden? Guy wurde klar, daß er Janey immer noch festhielt. Jetzt kam er sich vollends blöd vor. Sollte er sie weiterhin festhalten und abwarten, ob sie ihn zurückwies, oder sollte er sie salopp loslassen? So einem Dilemma waren wohl normalerweise eher Teenager ausgesetzt.

Es war seine eigene Tochter, die ihm aus der Patsche half. Ella mühte sich ab, ihr Bein aus den Tentakeln des Tintenfisches zu befreien, stolperte am Gehsteigrand und fiel mit einem gellenden Schrei mit dem Gesicht voran in den Rinnstein.

Als Guy sie wieder auf die Füße stellte und ein paar welke Blätter aus ihrem strohblonden Haar zupfte, fiel ihm seine erste Begegnung mit Véronique ein – vor Jahren in einem anderen Rinnstein. Sie hatte auch nicht mit ihm geflirtet, erinnerte er sich; sie war einfach sie selbst gewesen, und hatte ihm erlaubt, das Tempo zu bestimmen. Er hatte sich so schnell in sie verliebt und es war so einfach gewesen, daß er damals nie geglaubt hätte, daß das Warten darauf, daß es noch einmal passierte, so lange dauern würde. Aber jemand anderen zu finden, in den er sich verlieben konnte, war wirklich nicht einfach gewesen, überlegte er reumütig.

»Du bist in Ordnung«, sagte Janey und wischte mit dem Finger eine einsame Träne von Ellas Wange. »Es ist nichts passiert, mein Schatz. Der Tintenfisch hat deinen Sturz aufgefangen.«

»Er zischt.« Ella hörte auf zu weinen, um es besser zu hören. »Ich hör ein seltsames Geräusch.«

»Weil er ein Held ist«, antwortete Janey feierlich. »Er hat

dich davor bewahrt, dich zu verletzen, und sich dabei einen Tentakel durchbohrt. Keine Sorge, wir kleben ein Pflaster drauf, wenn wir zu Hause sind.«

Als sie am Auto ankamen, hatte Guy eine Entscheidung getroffen. Er wollte nicht riskieren, die Sache zu gefährden, solange Janey auf die Kinder aufpaßte. Aber Maxine würde am Sonntag zurück sein, und es wäre absolut korrekt, wenn er Janey Sonntag abend zum Essen ausführen würde, quasi, um ihr dafür zu danken, daß sie in die Bresche gesprungen war. Das bedeutete, er hatte zwei Tage Zeit, um zu überlegen, was er sagen sollte ...

Direkt an der High Street, wo das Volksfest stattfand, fuhren die Autos dicht an dicht, also bog Guy links in die Straße ab, die hinter Janeys Laden vorbeiführte und aus der Stadt raus. Er würde mit ihr in ein ganz besonderes Restaurant gehen; vielleicht das neue in Zennor, von dem alle schwärmten. Würde exquisiter Champagner sie beeindrucken oder abschrecken? Sollte er mit dem Auto fahren oder lieber ein Taxi nehmen? Oder wie wär's mit einem Flug nach Paris? Würde sie ihn für einen Angeber halten? War das zu übertrieben für ...?

»Stop!« schrie Janey. »O mein Gott, halt an!«

Er war so in Gedanken versunken gewesen, daß er für einen Moment dachte, sie hätte seine Gedanken erraten. Er trat auf die Bremse und brachte den Wagen quietschend am Straßenrand zum Stehen. Janey war weiß im Gesicht und starrte zurück auf den dunklen Laden. Guy folgte ihrem Blick; irgendwas stimmte offenbar nicht, aber er wußte nicht, was. Die Fensterscheiben waren nicht zerbrochen, die Tür war nicht eingetreten, das Haus stand nicht in Flammen.

»Was ist los?«

Er streckte die Hand aus, aber sie kämpfte sich bereits aus

dem Sicherheitsgurt und war offensichtlich nicht in der Lage, zu sprechen. Als sie am Türgriff herumfummelte, sah er, wie sehr ihre Hände zitterten.

»Janey, was ist los?« Er sagte es schärfer, als er beabsichtigt hatte. Auf dem Rücksitz reckten Josh und Ella die Hälse, um zu sehen, was los war.

»Ein Einbrecher?« fragte Josh aufgeregt. Er hatte eine Gestalt erspäht, die im Schatten des zurückgesetzten Ladeneingangs saß. Aber Einbrecher, das spürte er, machten normalerweise keine Pause.

»Es ist kein Einbrecher.« Janeys Stimme klang merkwürdig, so, als ob sie sie lange nicht benutzt hätte. Der Türgriff ließ sich nicht bewegen, und sie sagte wie betäubt: »Kannst du mir bitte die Tür aufmachen?«

»Wer ist das?« Guy hatte es sich bereits zusammengereimt, aber er fragte trotzdem.

»Mein Mann. Alan. Es ist ... mein Mann.«

Sie stand offenbar unter Schock. Guy zögerte und überlegte, was er machen sollte. Im Moment bezweifelte er, daß Janey in der Lage wäre, aufrecht zu stehen, ganz zu schweigen davon, ohne Hilfe die Straße zu überqueren.

Außerdem hatte ihn urplötzlich das beinahe überwältigende Bedürfnis gepackt, selber über die Straße zu laufen und Alan Sinclair zu Brei zu schlagen. Er war nicht tot, er war nie tot gewesen, und er hatte einfach nicht das Recht, Janey zwei Jahre lang durch die Hölle gehen zu lassen und dann noch den Nerv zu besitzen, einfach aufzutauchen.

»Warum wartest du nicht hier?« Er sprach in tröstendem Tonfall, als wäre sie ein Kind. »Bleib einfach im Auto und laß mich mit ihm sprechen.«

Aber Janey drehte sich um und starrte ihn an, als wäre er vollends verrückt geworden. »Was?«

Josh und Ella auf ihren Rücksitzen hörten schweigend zu.

»Ich sagte, laß mich nur ...«
»Ich hab's gehört«, erwiderte sie zwischen zusammengepreßten Zähnen. »Und ich kann nicht glauben, daß du es wirklich wagst, an so was auch nur zu denken. Wenn du deine Frau sehen würdest, was würdest du tun, Guy? Im Auto sitzen bleiben und mich zu ihr gehen und mit ihr sprechen lassen?«
Diese Sätze landeten weit unterhalb der Gürtellinie, aber Janey nahm sich nicht die Zeit, darüber nachzudenken, was sie sagte.
»Véronique ist tot«, murmelte Guy. »Dein Mann lebt.«
»Natürlich lebt er«, schrie Janey, die vor Zorn außer sich war. »Deshalb würde ich ihn auch gerne sprechen, du Mistkerl, aber ich kann ihn, verdammt noch mal, nicht sprechen, weil du diese bescheuerte Kindersicherung an dieser bescheuerten, verdammten Tür nicht aufmachen willst!«
Er ließ den Hebel aufschnappen.
»Janey, ich sag doch nur, sei vorsichtig. Frag dich mal, warum er weggegangen ist und warum er sich entschieden hat, zurückzukommen.«
Aber es war zu spät. Sie war bereits aus dem Wagen.
»O Dad«, jammerte Ella, als er den Motor anließ. »Das ist spannend! Können wir nicht bleiben und zuschauen?«
»Nein.« Guys Gesichtszüge waren erstarrt, auch seine Augen verrieten nichts. »Können wir nicht.«

37

Mein Gott, ich glaub's nicht«, seufzte Maxine. »Was soll das, ist das irgendein kranker Scherz? Soll hier jemand in den April geschickt werden?«

Bruno streckte die Hand aus, um ihr Glas festzuhalten, das besorgniserregend kippte.

»Vorsichtig«, sagte er und bewunderte gleichzeitig ihren Brustansatz. »Hast du nicht gelesen, was auf der Flasche steht? Der Bundesgesundheitsminister warnt: Rotwein auf einem weißen Kleid gefährdet ernsthaft ihren Abend.«

Das Kleid war sündhaft teuer gewesen und ein Modell – Azzedine Alaia. Hinzu kam, daß es Cindy gehörte, und die hatte gedroht, sie zu erwürgen, falls dem guten Stück etwas zustoßen sollte. Eingedenk dieser Warnung, stellte Maxine ihr Glas auf den Tisch, wo es in Sicherheit war.

»Mein Abend ist bereits ruiniert«, sagte sie rüde. »Was, zum Teufel, suchst du hier?«

Bruno grinste. »Das ist nur einer dieser schicksalhaften Zufälle, vermute ich. Jamie Laing ist ein alter Freund von mir. Als er letzte Woche angerufen und mich zur Party eingeladen hat, dachte ich nicht, daß ich kommen könnte. Aber mein neuer, stellvertretender Geschäftsführer wollte unbedingt dieses Wochenende arbeiten, also . . .« Er zuckte die Achseln und deutete mit einer Geste auf das Geschehen. »Es schien mir eine nette Idee zu sein. Warum frag ich dich eigentlich nicht, wie es kommt, daß du zu dieser Party eingeladen bist? Oder ist es vielleicht gar kein Zufall? Vielleicht folgst du mir ständig.«

»Oh, selbstverständlich«, erklärte Maxine sarkastisch. Aber das Bedürfnis, sich aufzuspielen, war einfach unwiderstehlich. Als sie ein halbwegs vertrautes Gesicht in der Menge erspähte, winkte sie über Brunos Schulter hinweg. Zu spät wurde ihr klar, daß das Gesicht zu einem Schauspieler gehörte, den sie nur im Fernsehen gesehen hatte. Wenigstens hatte Bruno nicht mitgekriegt, wie verdutzt der Schauspieler sie anstarrte. »Entschuldige, hier sind so viele alte Freunde«, sagte sie leichthin. »Ich? Oh, Jamie ist ein Schatz, findest du nicht? Ich war die ganze Woche hier, um mit ihm einen Werbespot zu drehen. Es lief alles ganz großartig, und er sagt mir eine große Zukunft voraus, falls ich mich entschließe, es ernsthaft mit der Schauspielerei zu versuchen.«

»Du willst also Trezale verlassen?« Bruno konnte ebenfalls nicht widerstehen. Er wollte sie demütigen und schaute sie mitleidig an. »Liebe Güte, du meinst, es hat nicht geklappt, Guy Cassidy davon zu überzeugen, daß du die Frau seiner Träume bist? Muß ein ganz schöner Schlag gewesen sein, oder?«

»Ein Schlag? Für mich?« Maxine lächelte ihn herablassend an: »Bruno, Männer wie du sind der Grund dafür, daß Frauen wie ich Stilettos tragen. Ist es ein Hobby von dir, abscheulich zu sein, oder fühlst du dich etwa auf den Schlips getreten, weil ich dein rührendes kleines Angebot eines Quickies auf dem Rücksitz deines Autos abgelehnt habe?«

Sie war wundervoll, dachte er in stiller Bewunderung. Er liebte beinahe alles an Maxine Vaughan, angefangen von den fabelhaften, freien Schultern bis runter zu den lächerlich hohen Absätzen. Doch wenn schon der Körper phantastisch war, dann war ihr Verstand noch hinreißender. Sie warf einem Beleidigungen an den Kopf, wie keine andere

Frau, die er je getroffen hatte, sie war scharf und verrückt, eine talentierte Lügnerin, und hinter allem her, was sie nur kriegen konnte. Sie waren wirklich in jeder Hinsicht gleich. Und das allerbeste war, dachte er mit kaum verhohlener Genugtuung, sie war genauso verrückt nach ihm, wie er nach ihr.

»Ich fühle mich nicht auf den Schlips getreten«, erwiderte er ruhig, lehnte sich an die Wand und strich mit den Fingern lässig durch seine Haare. Die smaragdgrüne Tapete paßte zu seinen Augen und brachte seinen purpurroten Blazer erst richtig zur Geltung. »Du warst loyal deiner Schwester gegenüber; ein bewundernswerter Charakterzug bei jedem Mädchen, aber besonders bei dir.«

Er weiß, daß er einfach super aussieht, dachte Maxine, mit seinen strähnigen, blonden Haaren und dem tiefbraunen Gesicht. Er lehnte nur deshalb an der Wand, weil die Farbe so gut zu seinem Jackett paßte. Und er hatte wirklich Nerven; man mußte schon unglaublich männlich sein, um es sich leisten zu können, ein Jackett wie dieses über einem ockerfarbenen T-Shirt und einer hellgelben Hose zu tragen. Sie war überrascht, daß es nicht auch noch paillettenübersät war.

»Ich hab Janey gesagt, sie hätte sich nie mit dir einlassen sollen«, erklärte sie, ohne auf die letzte, höhnische Bemerkung einzugehen. »Ich wußte genau, was passieren würde, und ich hatte recht. Sag schon, gibt dir das einen besonderen Kick, irgendeine verletzliche Frau zu finden und sie dann in Stücke zu reißen?«

»Ich hab's wirklich nicht darauf angelegt, ihr weh zu tun«, protestierte Bruno mit einem gutgelaunten Kopfschütteln. »Glaub's oder glaub's nicht. Janey konnte einfach nicht akzeptieren, wie ich bin, das war alles.«

»Du meinst, sie konnte nicht akzeptieren, daß du so ein

Scheißkerl bist?« Maxine schaute ihn höhnisch an. »Oder daß du sie absichtlich gedemütigt hast, vor zweihundert Leuten auf deiner beschissenen Party?«
»Vielleicht bin ich etwas zu weit gegangen.« Trotz dieser Zugeständnisse lächelte Bruno noch immer. »Aber sie hat damit angefangen. Ich hab ihr nur rausgegeben, und sie hat sich nicht mal gewehrt. Seien wir ehrlich, Janey ist einfach zu nett.« Er zuckte die Achseln. »Wir haben wirklich überhaupt nicht zusammengepaßt.«
»Das kannst du laut sagen.«
»Nun ja, so was passiert schon mal. Ich vermute, sie haßt mich jetzt.«
Cindy war hinter Bruno aufgetaucht und zuckte mit den Augenbrauen als Zeichen besonderer Wertschätzung. Maxine tat so, als hätte sie es nicht bemerkt, und schnappte: »Auch das kannst du laut sagen.«
»Gut.« Er spähte über seine Schulter, zwinkerte Cindy zu und konzentrierte seine Aufmerksamkeit wieder auf Maxine.
»Dann ist ja Loyalität nicht mehr gefragt. Du kannst also aufhören, dich zu verstellen, mein Schatz. Fangen wir doch einfach damit an.«
Während er das sagte, rückte er näher und senkte seine Stimme entsprechend. Um irgend etwas zu tun, griff Maxine nach ihrem Glas und trank einen großen Schluck Rotwein.
Das Glas behielt sie in der Hand, zwischen ihnen, auf einer Höhe mit Brunos Hosenbund.
»Armani gegen Alaia«, bemerkte er im Plauderton. »Da trifft sich Geld mit Geld.«
»Du hältst dich für unwiderstehlich«, sagte Maxine gedehnt. »Stimmt doch, oder?«
»Überhaupt nicht.« Bruno nahm ihr das Glas aus der Hand,

trank es aus und stellte es außer Reichweite. »Ich bin nur ehrlich. Maxine, ich bewundere deine Loyalität gegenüber deiner Schwester sehr, aber jetzt ist alles anders. Du kannst dich entspannen. Wir sind dreihundert Meilen von zu Hause weg. Janey haßt mich. Was mich angeht, bist du die köstlichste Frau, die ich je getroffen habe, und was dich angeht, bist du doch total scharf auf mich. Also, warum hören wir nicht einfach auf, Spielchen zu spielen, und gestehen uns ein, wie wir zueinander stehen? Gut«, räumte er ein, »selbst wenn es wahnsinniger Zufall ist, aber wir sind nun mal beide auf der gleichen Party in London, warum sollten wir Zeit verschwenden? Warum nützen wir nicht einfach die Gelegenheit und genießen es?«

Der Zufall hatte dabei herzlich wenig mitgespielt, anders als die Tatsache, daß Jamie Laing wirklich ein Freund von Bruno war. Bruno hatte von seiner neuen Bedienung gehört, daß laut ihrem Sohn – der in dieselbe Schule ging wie Josh Cassidy – Joshs Kindermädchen einen Fernsehwerbespot drehte, mit jemandem, der Jamie hieß. Dann hatte es ihn nur noch einen Anruf gekostet, und er hatte sich praktisch selbst zu der Dreharbeitenschlußparty in Jamies elegantes dreistöckiges Haus in Chelsea eingeladen. Sein Auftauchen heute abend mochte Maxine völlig überrumpelt haben, aber er hatte diese Sätze seit Tagen einstudiert.

Maxine fixierte ihn mit unbeirrbarem Blick. Zwischen viel goldenem Lidschatten und mindestens drei Schichten Wimperntusche, waren ihre dunklen Augen ernst.

»Du denkst wirklich«, sagte sie sehr langsam, »ich wäre total scharf auf dich?«

»Ich denke das nicht nur«, Bruno schenkte ihr ein bescheidenes Lächeln, »es ist eine Tatsache.«

»Scheiße!« heulte Maxine. »Das ist einfach unfair. Woher konntest du das nur wissen?«

Daß sie diese grotesk hohen Absätze trug, störte Bruno nicht im geringsten; es machte ihm nichts aus, daß sie im Moment einige Zentimeter größer war als er. Er lehnte sich rüber und küßte sie sacht auf den Mund.
»Ich bin Experte«, sagte er. Dann grinste er. »Aber selbst wenn ich keiner wäre, hätte ich es trotzdem gewußt. Es war von Anfang an offensichtlich, mein Engel. Du magst schauspielern können, aber selbst du bist nicht so gut.«
Einfach unglaublich. Und sie hatte gedacht, anderen immer um eine Nasenlänge voraus zu sein. Sie war hin und her gerissen zwischen Bewunderung für sein Talent und Ärger, denn wenn Maxine eines nicht ertragen konnte, dann das, daß man sie durchschaute. Und dazu kam, daß sie dachte, sie hätte es so gut gemacht. Verdammt, verdammt, verdammt!
»Du kennst mich nicht mal.« Sie sah verärgert aus. »Nicht richtig jedenfalls.«
»Sei nicht eingeschnappt«, schalt Bruno sie. »Und natürlich kenne ich dich, so gut wie ich mich selbst kenne. Ich hab dir schon gesagt, wir sind aus demselben Holz geschnitzt. Ich hab noch nie zuvor jemanden getroffen, der mir so ähnlich ist wie du. Deshalb war es so einfach. Dich anzuschauen ist, wie in den Spiegel zu schauen.«
»Außer, daß ich mehr Make-up trage.« Maxine war auf eine solche Wendung der Dinge absolut nicht eingestellt und rettete sich jetzt in Schnoddrigkeit. Es verschaffte ihr Zeit zum Nachdenken.
Aber sie hatte seine Fähigkeit, Gedanken zu lesen, nicht einkalkuliert.
»Und du bist auch nervöser als ich«, antwortete Bruno und schlang den Arm um ihre Hüfte. »Aber es besteht kein Grund dazu. Hör auf zu versuchen, es zu analysieren, mein Schatz. Es ist passiert, ob es dir gefällt oder nicht. Manche

Dinge entziehen sich einfach unserer Kontrolle. Wir müssen es jetzt lediglich genießen.«
Er war atemberaubend selbstbewußt. Und, dachte Maxine, es war zwar bedauerlich, aber er hatte auch noch recht.
»Ist dir eigentlich nie der Gedanke gekommen, ich könnte nein sagen?« fragte sie, denn es ging ihr gegen den Strich, im Handstreich erobert zu werden.
Bruno grinste. »Wozu sollte das gut sein? Wir beide wissen, daß du ja sagen wirst.«

Alles schien in Zeitlupe abzulaufen. Über die Straße zu gehen, kam ihr vor wie eine Besteigung des Mount Everest. Janey hörte wie durch Watte, daß Guys Mercedes hinter ihr beschleunigte; bei jedem Schritt spürte sie die Bewegung der Beinmuskeln. Sie hörte dem Geräusch ihres eigenen, unregelmäßigen Atmens zu und sah, daß die Gestalt in der Ladentür sich ihr zuwandte und dabei den Kopf auf schmerzlich vertraute Art neigte.
Sie war immer noch wie betäubt und versuchte, sich irgendwas zurechtzulegen. Es war so merkwürdig, sie hatte keinerlei Vorstellung, was sie sagen würde. Das einzige, woran sie denken konnte, war, daß ihre Hände kalt waren. Alan hatte es immer gehaßt, wenn man ihn mit kalten Händen anfaßte. Wenn sie ihn berührte, würde er zurückzucken? Sollte sie einfach die Hände in den Taschen stecken lassen? Gott, passierte das wirklich?
»Janey?«
Es hatte eine Ewigkeit gedauert, aber irgendwie war sie über die Straße gekommen. Das Herz schlug ihr bis zum Hals, und sie konnte immer noch nicht sprechen, aber zu ihrer Erleichterung brauchte sie das auch nicht. Alan sagte alles für sie, zog sie in die Arme und drückte sie so fest, daß sie kaum atmen konnte. Er bedeckte ihr Gesicht mit Küssen

und flüsterte immer wieder: »Janey, ach Janey, ich hab dich so vermißt ... du weißt nicht, wie lange ich von diesem Tag geträumt habe.«

»Du lebst«, murmelte sie schließlich und berührte sein Gesicht, als müßte sie ganz sichergehen. Seine Wange war warm, und ihre Hände waren kalt, aber er zuckte nicht zurück. Sie hatte beinahe vergessen, wie gut er aussah. Das sonnengebleichte Haar war kürzer; das Gesicht sah auf verwirrende Art älter und jünger zugleich aus, und eine neue blasse Narbe teilte seine linke Augenbraue. Aber die Augen, hellblau und mit langen Wimpern, waren so klar wie sie immer gewesen waren. Zumindest sie hatten sich nicht verändert. Die Augen, und diese hypnotisierende beruhigende Stimme ...

»O mein armer Liebling«, flüsterte Alan zärtlich, nahm ihre eisigen Finger und preßte sie an seine Lippen. »Sag so was nicht; ich ertrage die Vorstellung nicht, was du meinetwegen aushalten mußtest. Ich kann nur sagen, daß ich damals gedacht habe, es wäre für uns beide die richtige Entscheidung. Das schlimme war nur«, fuhr er fort und begann zu lächeln, »egal, was ich auch anstellte und wie sehr ich es versuchte, und Gott weiß, ich hab's versucht, ich konnte nie aufhören, dich zu lieben.«

38

Dummerweise hatte sie beinahe vergessen, daß die Wohnung auch Alans Zuhause gewesen war. Es kam ihr seltsam vor, ihn dabei zu beobachten, wie er in die Küche ging und ohne fragen zu müssen wußte, wo alles war.

»Natürlich müßte es Champagner sein«, sagte er vergnügt, während er die halbvolle Flasche Brandy öffnete, die sie zum Kochen benutzte, denn das war alles, was Janey an Trinkbarem hatte, »aber du siehst aus, als könntest du etwas zum Aufwärmen gebrauchen, also . . . Prost.«

Er hatte ihren Kognakschwenker bis zum Rand gefüllt. Mit zitternder Hand führte Janey das Glas an die Lippen und trank ein paar Schlucke, die ihr die Tränen in die Augen trieben. Sie hoffte, der Alkohol würde ihren blockierten Verstand lösen. Sie hatte sich diese Szene tausendmal vorgestellt, ihre fiebrige Phantasie war immer mit ihr durchgegangen, wenn sie jede Eventualität bedacht hatte. Es war ihr auch nie in den Sinn gekommen, daß sie so verzweifelt nach Worten suchen würde, daß sie kaum etwas sagen konnte.

Es gab einfach zu viele Fragen, die unbeantwortet waren. Alan war aus ihrem Leben verschwunden, und sie wußte nicht, warum. Jetzt war er zurück, und sie war immer noch nicht schlauer. Der Brandy machte sich jedoch langsam bemerkbar; zumindest das konnte sie spüren.

»Setz dich«, sagte sie zögernd, als Alan die Gasheizung aufgedreht hatte und das neue Bild über dem Kaminsims bewunderte. »Besser, du erklärst mir alles, von Anfang an. Ich muß einfach wissen, warum du das getan hast.«

Sie hatte für sich den Lehnstuhl gewählt. Alan saß auf dem Sofa gegenüber, hielt sich an seinem Glas fest und sah zerknirscht aus.

»Janey, ich möchte, daß du weißt, daß ich mich schrecklich schäme. Ich habe mich feige verdrückt, das ist mir inzwischen klar, aber ich hab das damals wirklich nicht so gesehen. Ich stand unter Druck, war durcheinander, ich konnte mir keinen anderen Weg vorstellen, wie ich damit umgehen konnte, ohne dir noch mehr Leid zuzufügen.«

Was Janey anging, war noch mehr Leid ein Ding der Unmöglichkeit. Die Schmerzgrenze war längst überschritten, und so war es geblieben, sie hatte sich gefühlt wie eine Fliege, die am Fliegenpapier festklebt.

»Weiter«, forderte sie ihn kurz angebunden auf. Ihre Augen waren getrübt von den Erinnerungen an diese ersten Monate. »Was versuchst du mir zu sagen ..., daß du eine andere kennengelernt hattest?«

»Nein!« Er schien erschrocken. »In keinster Weise, Janey, o Gott, hast du das gedacht?«

Sie wurde langsam ungeduldig. »Ich wußte nicht, was ich denken sollte«, erwiderte sie gefaßt. »Ich hab alles mögliche überlegt, aber es gab auf nichts eine Antwort. Und du warst ja nicht da, dich konnte ich nicht fragen.«

Alan hatte gewußt, das es nicht leicht werden würde. Er schüttelte den Kopf und versuchte es noch mal. »Ich weiß, und es war alles meine Schuld. Wie sagt man doch gleich? Sei vorsichtig mit dem, was du dir wünscht, am Ende kriegst du es noch.«

Janey starrte ihn an.

»Schau mich nicht so an, Liebes, bitte. Die Wahrheit ist, ich hab dich zu sehr geliebt. Du warst es, was ich mir gewünscht hatte, und ich hab dich bekommen.« Er zögerte eine Sekunde, dann fuhr er fort: »Und ich hatte eine Heidenangst.

Ich war richtiggehend besessen, weißt du; ich hab mir eingeredet, du würdest früher oder später aufhören, mich zu lieben. Es ist ein schreckliches Gefühl, Janey, zu denken, du wärst nicht gut genug für die eigene Frau. Für dich war alles in Ordnung; du hast gewußt, wieviel du mir bedeutest, aber ich wurde immer unsicherer. Jeden Morgen bin ich aufgewacht und hab mich gefragt, ob das wohl der Tag sein würde, an dem du genug von unserer Ehe haben würdest. Von einem Ehemann«, schloß er mit leiser Stimme, »der dich nicht verdient hat.«

Er hatte aufgehört zu sprechen. Jetzt war Janey dran. Ihr Glas war leer, und sie hatte beinahe vergessen, wie man atmet.

»Aber das ist verrückt«, stieß sie aus; ihre Stimme war kaum mehr als ein Flüstern. Von allen möglichen Gründen, die ihr eingefallen waren, war das einer, den sie nie auch nur einen Moment in Erwägung gezogen hatte. »Wir waren verheiratet, wir waren glücklich miteinander.«

»Ja, es war verrückt.« Alan nickte mit zerknirschter Miene. »Das weiß ich jetzt. Aber damals, denke ich, war ich selbst auch ein wenig verrückt. Es war eine Art Selbstquälerei, und ich bin da einfach nicht rausgekommen. Je mehr ich darüber nachgedacht habe, um so reeller wurde es. Und die Tatsache, daß du anscheinend glücklich warst, zählte nicht länger, denn ich war zu der Überzeugung gekommen, daß du nur Theater gespielt hast, um meinetwillen. So was liest man doch dauernd in den Zeitungen; das passiert doch, um Gottes willen, jeden Tag. Perfekte Paare mit anscheinend perfekter Ehe, nur daß überhaupt nichts perfekt ist. Plötzlich, aus heiterem Himmel, sagt die Frau oder der Mann, sie könnten es nicht mehr aushalten. Sie heuern einen Killer an oder gehen einfach mit ihrem Liebhaber auf und davon. Ich wollte nicht gehen, aber ich glaubte, ich hätte keine andere Wahl. Du mußt versuchen, das zu verstehen, Schatz. Ich war verzweifelt.«

Wortlos hielt sie Alan ihr Glas hin und beobachtete ihn dabei, wie er nachschenkte. Er trug immer noch Jeans von Pepe, bewegte sich immer noch mit dieser beiläufigen, selbstsicheren Anmut. Er hatte schon früher ein derartiges Selbstbewußtsein ausgestrahlt, und wie hätte sie wissen können, daß unter dieser Oberfläche soviel Unsicherheit und Selbstzweifel verborgen waren?

Der Brandy kratzte nicht mehr in der Kehle. Jetzt rann er hinunter wie warmer Honig. »Du hättest mich fragen sollen«, sagte sie und spürte, wie ihr Tränen in die Augen schossen. »Wenn du mir gesagt hättest, wie du dich gefühlt hast, hätte ich ...«

»Ich wollte es nicht hören«, warf Alan mit schmerzerfülltem Blick ein. »Verstehst du es denn nicht, Janey? Wenn du mich beruhigt hättest, dann wäre ich nur noch mehr davon überzeugt gewesen, daß du lügst. Und das wäre fast genauso unerträglich gewesen, wie zu hören, du liebst mich nicht mehr.«

»O Gott.« Janey schlug ihre zitternden Hände vors Gesicht. Was er da erzählte, ergab auf schreckliche Art einen Sinn. Solcher paranoiden Vorstellungen konnte man sich, sobald sie einen mal gepackt hatten, nicht mehr erwehren. Jedes Wort bewirkte dann das Gegenteil dessen, was es bewirken sollte. »Du hättest zu einem Arzt gehen müssen.«

»Bin ich. Nachdem ich, hm, weggegangen war.« Alan lächelte sie schief an. »Und es hat mir wirklich sehr geholfen. Er sagte, daß jeder Mann, wenn er erst einmal einen Verdacht gegenüber seiner Frau hegt, meistens allen Grund dazu hat. Dann erzählte er mir, daß seine eigene Frau ihn drei Wochen vorher verlassen hatte, und erst, als sie weg war, hat er rausgefunden, daß sie mit ihrem Zahnarzt seit fünf Jahren ein Verhältnis hatte.«

»Ich hatte kein Verhältnis«, erwiderte Janey; die Stimme versagte allmählich. »Ich hätte so etwas nie gemacht. Niemals.«

»Natürlich nicht.« Er überging den Protest mit einem Achselzucken. »Aber du verstehst wohl, daß das nichts genutzt hat.«

Janey verstand nur, daß man einem solch verdammten Arzt die Approbation entziehen müßte. Sie schauderte bei dem Gedanken, welchen Schaden er bei unzähligen anderen, unschuldigen Leuten angerichtet haben mochte.

»Ist dir immer noch kalt?« Alan klopfte auf das leere Polster auf der Couch. »Warum kommst du nicht hier rüber, mein Schatz? Setz dich zu mir.«

Aber Janey mußte zuerst alles wissen. Fast zwei Jahre trennten sie voneinander, zwei Jahre, in denen alles mögliche passiert sein konnte. Sie konnte sich nicht entspannen, bevor sie nicht alles wußte. Und sie brauchte auch noch Brandy.

»Wohin bist du gegangen?« fragte sie, und plötzlich hatte sie nur noch den einen Wunsch, es hinter sich zu bringen. »Wo hast du gelebt? Was hast du gemacht?«

Er lächelte düster. »Überlebt. Versucht, dich nicht mehr zu lieben. Mir selbst tausendmal gesagt, daß ich ein kompletter Idiot war und den schlimmsten Fehler meines Lebens begangen habe, daß es aber zu spät sei, um umzukehren.« Er unterbrach sich für eine Sekunde, starrte ins Leere und schluckte schwer. »Tut mir leid, Janey. Jetzt jammere ich schon wieder über meine dummen Gefühle, während du Fakten hören willst. Okay, sie sind nicht gerade spannend, aber da sind sie. Ich bin nach Edinburgh getrampt, hab eine Zeitlang in einer Bar gearbeitet, hab mir ein dreckiges kleines Untermietzimmer gesucht und den Großteil meiner Freizeit damit verbracht, Kakerlaken aus dem Bett zu schütteln. Nach ein paar Monaten hab ich's dort keine Minute länger ausgehalten und bin nach Manchester. Das war fast genauso scheußlich, aber die Gäste hatten einen anderen Akzent, und das Pub beschäftigte zumindest Rausschmeißer, die sich um Streithähne kümmerten, statt von mir zu erwarten, daß ich selber damit klarkam.«

Janey schauderte. »Diese Narbe auf deiner Stirn ...?«

»Ein verdammt großer Schotte mit vierzehn Flaschen Bier intus und einer zerbrochenen Flasche in jeder Faust.« Er berührte die Narbe, als müsse er sie sich wieder in Erinnerung rufen. »Ich hatte Glück. Einer der anderen Barkeeper ist fast gestorben.« Janey biß sich auf die Lippe. Alan hätte sterben können. Sie hatte gedacht, er sei tot ...

»Weiter. Wie lange warst du in Manchester?«

Er dachte einen Moment nach. »Drei, vier Monate? Dann bin ich nach London. Ein anderes lausiges Zimmer, eine andere Kakerlakenfamilie. Ich hab mal hier, mal dort gejobbt, wenn ich was gekriegt hab, aber ich hab wirklich von der Hand in den Mund gelebt. Von der Einsamkeit ganz zu schweigen.«

»Aber du hast doch sicher Leute kennengelernt, neue Freunde gefunden?«

»Ich wollte das nicht«, antwortete er schlicht. »Ich habe nicht gedacht, daß ich das verdient hätte. Wenn ich nicht gearbeitet habe, habe ich manchmal tagelang mit keiner Menschenseele gesprochen. London ist so; du beginnst beinahe zu glauben, du existierst gar nicht.«

»Freundinnen?« fragte Janey. Sie mußte es wissen. Es waren immerhin fast zwei Jahre gewesen.

Aber Alan lächelte und schüttelte den Kopf. »Hatte ich nicht genug gelitten? Janey, meine Gefühle für dich haben mich in diesen Schlamassel gebracht. Ich hätte es wohl kaum noch mal riskiert, oder? Außerdem«, fügte er traurig hinzu, »ich habe immer noch dich geliebt. Ich wollte keine andere. Und selbst wenn ich gewollt hätte, es wäre ein zu großer Verrat gewesen.«

»Und jetzt bist du wieder hier.« Janey fühlte sich so, als erlebte sie das alles nicht wirklich. Es war ein seltsames Gefühl, so, wie Leute es manchmal beschrieben, die dem Tod nahe gewesen waren: Sie schwebten unter der Zimmerdecke und schauten runter auf ihren eigenen, leblosen Körper. Sie hatte kein Zeitgefühl mehr, keine Ahnung, was sie sagen oder tun sollte. Es war, als würde das alles jemand anderem passieren.

Alan nickte mit diesem zögernden Lächeln. »Ich bin wieder da.«

»Warum?«

Er atmete tief durch. »Bitte, laß mich alles auf einmal loswerden. Warte, bis ich fertig bin, bevor du etwas sagst. Ich hab's einfach nicht geschafft, dich zu vergessen, Janey. Ich hab's versucht, aber es hat nicht funktioniert. Ich hab keine Ahnung, was du jetzt empfindest. Ich weiß nicht, vielleicht hast du die Vergangenheit hinter dir gelassen, jemanden anderen getroffen und vergessen, daß du mich je gekannt hast ... aber ich muß das rausfinden. Ich muß wissen, ob du noch etwas für mich empfindest und ob du mir je verzeihen kannst. Ich muß wissen, ob wir dort weitermachen können, wo wir mal standen. Als Mann und Frau.«

Er sah so unsicher aus, schien Angst vor ihrer Antwort zu haben. Aus purer Verzweiflung hatte er die Kraft gefunden, seine eigene Schwäche zuzugeben und ihr mit herzzerreißender Offenheit seine Liebe zu erklären. Dabei war er früher immer der Stärkere gewesen, dachte Janey, anscheinend völlig sicher und gelassen mit seiner Ich-scher-mich-den-Teufel-drum-Haltung und dem sorglosen Lebensstil.

Aber er war überhaupt nicht sicher gewesen, stellte sie nun fest; er hatte sie gebraucht, mehr, als sie sich je vorgestellt hatte. Er hatte sie auch nicht wegen einer anderen Frau verlassen, noch hatte er je aufgehört, sie zu lieben. Und jetzt brauchte er Verständnis, Liebe und Vergebung.

Es ist, als wäre ein Traum Wirklichkeit geworden, dachte Janey verschwommen. Tränen liefen ihr über die Wangen, und sie dachte, wie dumm es doch war, ausgerechnet jetzt zu weinen, denn es war doch die glücklichste Nacht ihres Lebens.

»Natürlich können wir weitermachen«, sagte sie und stand unsicher auf. Die Tränen rollten schneller, als Alan auf sie zukam; sein Gesichtsausdruck verriet Freude gemischt mit Erleichterung.

»Du weißt nicht, wieviel mir das bedeutet«, murmelte er, sein Mund streifte dabei ihre nasse Wange. »Ich hätte es nicht ertragen, wenn du nein gesagt hättest. Das fürchterlichste war, nicht zu wissen, ob du einen anderen kennengelernt hast.«

Janey atmete seinen wunderbar vertrauten Geruch ein und schloß die Augen. »Es gibt keinen anderen«, flüsterte sie, während sie ihm über die Haare strich und seine warme Hand auf ihrem Rücken spürte. »Es hat nie einen anderen gegeben. Nur dich.«

39

O gut!« sagte Maxine, als Cindy endlich den Hörer abnahm. »Du bist da.«

»Es ist vier Uhr früh«, erwiderte Cindy spitzbübisch. »Natürlich bin ich hier. Die Frage ist, wo bist du? Genauer gesagt, wer ist der Mann, der da völlig nackt neben dir im Bett liegt?«

Maxine grinste. »Das sind zwei Fragen.«

»Und das ist keine Antwort«, sagte Cindy energisch. »Außerdem war ich noch nicht fertig. Man hat dich um Mitternacht von der Party wegschleichen sehen, Herzchen, und das ist schon einige Stunden her. Die Sache ist die, was, um alles in der Welt, kannst du seither nur gemacht haben, das dich so in Beschlag genommen hat, daß du deine älteste und beste Freundin nicht anrufen kannst, um ihr Bescheid zu geben?«

»Mann.« Maxine hörte sich zutiefst beeindruckt an. »Du willst damit also sagen, daß du dir Sorgen um mich gemacht hast, richtig?«

»Sorgen? Natürlich hab ich mir keine Sorgen gemacht. Ich war eifersüchtig!« Jetzt war's mit Cindys Beherrschung vorbei. Sie kreischte ins Telefon: »Also, hör auf, mich zu verarschen, und sag mir, wer er ist, bevor ich platze!«

»Okay, okay«, seufzte Maxine. »Sein Name ist Jim Berenger und er ist Schauspieler. Wir sind in seiner Wohnung in Belsize Park, und ich hab nur angerufen, um dir zu sagen, daß ich morgen früh zurückkomme. Also, heute morgen«, verbesserte sie sich, als sie auf die Uhr schaute. »Wenn du lieb bist, erzähl ich dir alles haarklein.«

Cindy war immer noch am Kreischen: »O mein Gott, ist er toll im Bett?« In dem Moment lehnte Bruno sich rüber und griff nach dem Hörer.

»Hallo«, sagte er, lehnte sich zurück in die Kissen und wehrte Maxine ab, die ihn stoppen wollte. »In Wirklichkeit ist mein Name Bruno Parry-Brent, ich bin Gastronom, und wir sind in meinem Hotelzimmer im Royal Lancaster. Und, ja, da du schon danach fragst, ich bin einfach absolut toll im B...«

»Hör auf damit«, zischte Maxine. Sie hatte sich aufgerappelt, entwand ihm den Hörer und warf ihn auf die Gabel, wobei sie Cindy mitten im Wort abschnitt. »Wie konntest du das tun?«

»Reg dich ab, Liebling.« Mühelos wehrte er sie ab. »Wir haben nichts zu verbergen. Wir werden das Ganze zu einer rechtmäßigen Angelegenheit machen.«

»Das will ich aber nicht«, schimpfte Maxine. »Das ist etwas Einmaliges, ein Ausrutscher, etwas, was sich nie wiederholen darf.«

»Es ist bereits etwas zweimaliges«, erinnerte Bruno sie. Seine grünen Augen funkelten amüsiert, als er sie in ihrer nackten Herrlichkeit betrachtete. »Wenn du's geschickt anstellst, machen wir drei draus.«

»Mistkerl.« Sie warf ihm ein Kissen an den Kopf.

»Und es ist auch kein Ausrutscher. Ich finde, es war sehr schön.«

»Das ist einfach dumm«, schrie Maxine, wickelte sich in ein Bettuch und überlegte, ob sie es riskieren sollte, den Inhalt des Eiskübels über ihm auszukippen. Irgendwie traute sie sich nicht. Seine Rache wäre sicher fürchterlich. »Cindy ist die schlimmste Klatschtante, die es gibt, sie hat eine Klappe wie ein Megaphon ... und du hältst das für witzig!«

»Überhaupt nicht. Es ist mein voller Ernst.«

»Mir ist es auch verdammt ernst.« Maxine sah ihn grimmig

an. »Ich habe eine Schwester, die vielleicht nie wieder mit mir spricht, wenn sie davon auch nur hört. Und was noch wichtiger ist«, fügte sie mit Nachdruck hinzu, »du hast Nina.«

Bruno sagte eine Weile nichts. Er lächelte nicht mehr und sah Maxine mit merkwürdig angespanntem Gesichtsausdruck an. Dann streckte er die Hand aus und strich mit seinem warmen Zeigefinger über ihre Wange.

»Ich hab dir gesagt, es war mir ernst«, sagte er schließlich. »Das ist auch so, Maxine. Wir waren schon immer füreinander bestimmt. Ich liebe dich.« Nach einer kurzen Pause fügte er hinzu: »Ich werde Nina verlassen.«

»Mach schon«, insistierte Bruno, drückte Maxine aufs Bett und wich geschickt ihren rudernden Armen aus. »Sag's, oder du bekommst kein Frühstück.«

Das Tablett stand vor der Tür, verlockend, aber außer Reichweite. Maxine starb fast vor Hunger und unternahm einen weiteren, hoffnungslosen Versuch, sich zu befreien, bevor sie erschöpft in die Kissen zurückfiel. Alles tat ihr weh, deshalb konnte sie nicht mehr anständig kämpfen, und das war allein Brunos Schuld. Er war der unersättlichste Mann, den sie je kennengelernt hatte.

»Was soll ich sagen?«

»Sag mir, daß du mich liebst.« Er sprach die Worte langsam und deutlich, als hätte er ein begriffsstutziges Kind vor sich. Maxines braune Augen verengten sich zu Schlitzen.

»Warum?«

»Weil ich dir gesagt habe, daß ich dich liebe; ausgleichende Gerechtigkeit sozusagen. Und wenn du es nicht sagst«, fügte er triumphierend hinzu, »dann gibt's kein Frühstück, denn dann werde ich dich noch mal verführen müssen.«

Maxine mußte dringend etwas essen und sagte leise: »Ich liebe dich.«
»Lauter.«
»Ich liebe dich.«
»Jetzt komm schon, sei nicht schüchtern«, drängte Bruno. »Viel lauter.«
Sie seufzte. Dann schrie sie aus voller Kehle: »ICH LIEBE DICH!«
»Erzählt uns etwas, was wir noch nicht wissen«, kam die gebrüllte Antwort aus dem Zimmer neben dem ihren. »Ihr habt das die ganze verdammte Nacht hindurch bewiesen. Verdammte Flitterwöchner!«
Maxine lachte schallend.
»Flitterwöchner«, sagte Bruno nachdenklich. »Das wäre doch eine Idee.«
»Ich denke, man muß verheiratet sein, um zu dieser Kategorie zu gehören.« Maxine grinste, zerzauste ihr Haar und schaute sich im Spiegel an. Nicht schlecht, wenn man die Exzesse der letzten neun Stunden in Betracht zog. Dem Himmel sei gedankt für wischfeste Wimperntusche.
Bruno warf ihr einen seltsamen Blick zu. Zum ersten Mal schien er sich nicht mehr vollkommen sicher zu sein. »Genau das meine ich.«
»Oh«, spöttelte sie. »Du denkst also, wir sollten heiraten?«
»Exakt.«
Maxine hob die Augenbrauen. Im nächsten Moment lachte sie wieder schallend, so, daß das Bett wackelte.
»Laß das«, gab Bruno verärgert zurück. Jesus, würde sie je etwas, was er sagte, für bare Münze nehmen? »Es ist mein Ernst.«
Es dauerte eine Weile, bis sie wieder sprechen konnte. »O bitte, Bruno, du bist einfach nicht der Typ, der heiratet.«
Er wirkte gekränkt. »Das ist niemand, bis er die Person

trifft, die er heiraten will. Denk darüber nach, Maxine, wir beide, zusammen.«

»Wie kann ich darüber nachdenken?« gluckste sie. »Es ist der lächerlichste Vorschlag, der mir je gemacht wurde. Schau dir doch nur an, was wir uns bisher so geleistet haben, wir sind dazu geboren, zu betrügen! Kannst du dir vorstellen, welches Chaos wir verursachen würden, wenn wir je versuchen sollten, einander treu zu sein?«

Er sah ihr zu, wie sie die Bettdecke zurückwarf und zur Tür ging. Nackt, wie sie war, überprüfte sie kurz, ob die Luft rein war, bevor sie nach dem Tablett mit dem Frühstück griff.

»Aber das ist es doch«, protestierte Bruno, der jedes Wort ehrlich meinte, und wollte, daß sie ihn ernst nahm. »Wir sind gleich, also verstehen wir einander auch. Gott, du bist wirklich ein Ferkel«, fügte er hinzu, als Maxine sich über ein Croissant hermachte. Innerhalb von Sekunden war es gegessen, und dann stürzte sie sich auf den Toast, beschmierte ihn dick mit Butter und Honig und streute braunen Zucker darüber, bevor sie ihn gierig in den Mund stopfte.

»Siehst du?« konterte sie mit vollem Mund. »Du magst mich schon nicht mehr.«

Er beobachtete sie dabei, wie sie sich eine zweite Scheibe vornahm; sie wirkte wie ein Maurer bei der Arbeit, und die Butter ließ sich schlechter schmieren als Zement. Es hinderte ihn nicht daran, sie weiterhin zu lieben, aber es war ein Wunder, daß sie nicht aussah wie eine Straßenwalze.

»Ich bin Gastronom«, erinnerte er sie. »Ich sehe es gern, wenn Leute ihr Essen genießen und es nicht reinschaufeln wie Haferbrei.«

»Ich genieße es.« Vollkommen befriedigt leckte Maxine ihre Finger ab, einen nach dem anderen. Mit einem entschlossenen Lächeln fügte sie hinzu: »Und da gibt's noch einen wichtigen Grund, warum du Nina nicht verlassen kannst. Du liebst dieses Restaurant. Stell dir mal vor, wie sie reagieren würde, wenn du ihr von uns erzählst – sie würde dich auf der Stelle feuern.« Zur Bekräftigung schoß sie mit einer imaginären Pistole. »Bumm. Und was wärst du dann? Ein Exgastronom.«

Bruno zuckte die Achseln. Das war zwar keine besonders positive Vorhersage, aber sie war unter den gegebenen Umständen ziemlich zutreffend. Das Restaurant gehörte Nina; sie aufzugeben würde bedeuten, seinen Lebensunterhalt aufzugeben. Bis jetzt war so etwas einfach undenkbar gewesen. Daß es nicht länger wichtig schien, zeigte nur, wieviel er für Maxine empfand. »Man muß Opfer bringen können«, sagte er leichthin. »Ich kann immer einen anderen Job finden. Vielleicht muß ich meinen Lebensstandard ein wenig runterschrauben, aber ... also, ich denke, du bist es wert.«

»Sag so was nicht.« Maxine wurde es plötzlich angst und bange. Das paßte so überhaupt nicht zu Bruno, war völlig gegen seine Natur. »In fünf Minuten erklärst du mir wahrscheinlich, daß alles nur ein Scherz war.«

Aber als Bruno die Arme nach ihr ausstreckte, sah er sie todernst an. »Es ist kein Scherz. Ich habe beinahe zwanzig Jahre darauf gewartet. Ich weiß noch nicht mal, ob mir das gefällt. Ich liebe dich mehr, als du mich liebst, und das macht mich verwundbar. So etwas ist mir noch nie zuvor passiert.«

Maxine war tiefer berührt, als sie es sich einzugestehen wagte, und sagte rasch: »Offensichtlich nicht. Regel Nummer eins ist, sag nie jemandem, du würdest ihn mehr lieben, als er dich. Du bettelst sonst quasi darum, in den Arsch getreten zu werden.«

»Ich weiß.« Bruno küßte ihr Schlüsselbein. »Aber das halte ich für den einzigen Weg, dich davon zu überzeugen, daß ich nicht absoluten Bockmist erzähle.«

Ein Schauer puren Verlangens überflutete Maxines Rükken. »Okay«, erwiderte sie lediglich. »Ich glaube dir. Aber es wird trotzdem nicht einfach werden.«

»Und ich werd noch dazu arm sein. Also«, verbesserte er sich mit einem gezwungenen Lächeln, »relativ arm jedenfalls. Ist das ein großes Problem für dich?«

Zu ihrem Entsetzen stellte Maxine fest, daß sie nahe daran war, in Tränen auszubrechen. Sie starrte angestrengt auf die Baumwipfel draußen vor dem grauen Himmel, denn das war alles, was sie aus ihrem Fenster im dritten Stock vom Hyde Park sehen konnte. Wann verschwand endlich der Kloß in ihrer Kehle? Niemand würde es schaffen, sie ungestraft zum Weinen zu bringen. Schon gar nicht, dachte sie wütend, ein verdammter Mann.

Aber Bruno verstand ihr Schweigen falsch und wurde ungeduldig. »Ist es ein Problem?« insistierte er. »Bist du nur an Männern mit Geld interessiert? Willst du mir das sagen?«

Maxine schlug mit einem Kissen nach ihm.

»Du Mistkerl«, heulte sie. »Wofür hältst du mich? Eine Art geldgieriges Flittchen? Wie kannst du es wagen?!«

»Aua.« Bruno wich schnell aus, als sie sich erneut auf ihn stürzen wollte. Er war unglaublich erleichtert und fing an zu grinsen. »Ich hab dich nicht beschuldigt, ich hab nur gefragt. Und es ist eine absolut vernünftige Frage. Viele Leute zieht's zum Geld! Was war denn mit deinem Exverlobten?« fügte er verständnisvoll hinzu. »Janey hat mir von ihm erzählt. Er war stinkreich, und du kannst mir nicht erzählen, daß du das nicht genossen hast.«

Für den Bruchteil einer Sekunde spürte Maxine schreckliche Sehnsucht nach diesem verlorenen Luxus. Natürlich hatte sie es geliebt, in einem prächtigen Haus zu wohnen, in eleganten Autos rumzukurven, jedem ihren Ring mit dem Diamanten zu zeigen, sich nie um die nächste Gasrechnung sorgen zu müssen ... Aber es hatte ihr nicht gereicht. Und: Nachdem sie dieses Leben hinter sich gelassen hatte, hatte sie es nie auch nur einen Augenblick lang bereut.

»O ja, es war nett«, sagte sie, »aber ich hab alles aufgegeben, oder nicht? Und ich hab ihm seinen Verlobungsring zurückgegeben, falls du dir deshalb Gedanken machst. Er hat neuntausend Pfund gekostet, und ich hab ihn zurückgegeben.«

»Jammerschade«, murmelte Bruno. »Das ist eine noble Geste, die du vielleicht mal bereust.«

»Ja.« Maxine mußte ihm zustimmen, aber ein Mädchen mußte auch mal Skrupel haben. Mit strahlenden, braunen Augen sagte sie: »Zumindest beweist das, daß ich keine Mitgiftjägerin bin.«

Er konnte nicht widerstehen, der Seitenhieb mußte sein. »Und was ist mit Guy Cassidy? Wärst du hinter ihm her gewesen, wenn er keinen Penny besitzen würde und völlig unbekannt wäre?«

»Guy zählt nicht«, erklärte Maxine mit ausdrucksloser Stimme. »Ich wollte für ihn arbeiten, weil er meiner Karriere förderlich hätte sein können. Auch wenn's rein gar nichts genutzt hat«, grummelte sie. »Weißt du, daß er während der ganzen Zeit, in der ich dort war, nicht ein einziges Foto von mir geschossen hat? Ich bin sicher, das war reine Bosheit.«

»Keine Sorge.« Bruno umarmte sie. »Ich hab eine Kodak Instamatic. Ich werd Tausende von Fotos von dir machen.«

»Du bist nicht einflußreich und berühmt.«

»Und ich bin auch nicht reich.«

Sie lächelte. »Das macht nichts. Wirklich.«

»Also, wie lautet das Urteil?« Bruno bemerkte, daß er den Atem anhielt. Es gab nur wenige Augenblicke im Leben, in denen wirkliche Entscheidungen getroffen werden mußten, und das war einer dieser Augenblicke. »Versuchen wir es?«

Maxine war aufgekratzt und ängstlich zugleich. Leise sagte sie: »Es wird nicht einfach, das weißt du. Arm zu sein, ist eine unserer geringsten Sorgen. Wir werden einige Leute ziemlich aus der Fassung bringen. Du mußt mit Nina klarkommen, ich mit Janey.«

»Was bist du«, fragte Bruno, »ein verdammter Politiker? Beantworte meine Frage, Maxine. Heißt das ja oder nein?«

»Idiot.« Sie liebkoste zärtlich seinen Arm. »Wie kannst du nur fragen? Du hast mich doch von Anfang an durchschaut. Du hast gewußt, daß ich dich geliebt habe, fast noch bevor ich es selbst gewußt habe.«

»Du wirst es sagen müssen«, beharrte er ruhig. »Ja, Maxine? Oder ...«

»Liebling!« stieß sie hervor, denn für seine Unsicherheit liebte sie ihn noch mehr, und warf sich ihm in die Arme. »Keine Angst! Ich bin doch die Originalausgabe des Mädchens, das nicht nein sagen kann.«

40

Das ist schrecklich«, sagte Janey, die auf ihre Uhr schaute und sah, daß es beinahe zehn Uhr war. »Wir hätten soviel zu erledigen. Wir müssen jetzt wirklich aufstehen.«

»Was könnte wichtiger sein als das?« Alan wollte sich nicht von der Stelle rühren, er küßte sie auf die Stirn. »Sich lieben, verlorene Zeit nachholen, sich wieder von neuem kennenlernen ...«

»Die Polizei anrufen«, fuhr sie trocken fort.

»Was?«

Janey lächelte. »Du stehst auf der Vermißtenliste. Einer von uns beiden muß ihnen mitteilen, daß du nicht mehr verschollen bist.«

»O Gott.« Alan erschauerte. »Das kannst du tun. Was denkst du, was sie machen werden – vorbeikommen und mir auf die Finger klopfen, weil ich verschwunden bin, ohne eine Nachricht zu hinterlassen?«

»Ich hab nicht die leiseste Ahnung, aber wir müssen sie trotzdem anrufen.« Janey entzog sich seinem Zugriff, schlüpfte aus dem Bett und schnappte sich ihren Morgenmantel. »Und Paula ist unten, sie kümmert sich allein um den Laden. Sie weiß nicht mal, daß ich hier oben bin. Wenn sie Schritte hört, wird sie denken, wir wären Einbrecher.«

»Warum?« Alans Augen verengten sich. »Wo denkt sie, verbringst du deine Nächte? Raus damit«, fügte er mit wachsendem Mißtrauen hinzu, »mit wem warst du vergangene Nacht zusammen? Das war ein ziemlich eleganter

Schlitten, aus dem du da ausgestiegen bist. Bist du sicher, daß du mir nicht etwas verheimlichst?«

Janey hatte bis jetzt noch keinen Gedanken an Guy Cassidy verschwendet. Zu spät wurde ihr klar, daß sie ziemliche Unannehmlichkeiten verursacht haben mußte. Er hatte um sieben Uhr nach Manchester fliegen müssen, zu einem Fototermin mit dem sehr gefragten, äußerst temperamentvollen Supermodel Valentina di Angelo. Sie betete, daß er den Termin nicht hatte absagen müssen, nur weil sie ihn so kurzfristig im Stich gelassen hatte.

»Da gibt's nichts zu erzählen«, sagte sie in beruhigendem Tonfall, eingedenk eines so unbegründeten Verdachts, der damals zu Alans Verschwinden geführt hatte. »Maxine ist vor ein paar Monaten wieder hierhergezogen und hat als Kindermädchen in Trezale House angefangen, aber letzte Woche mußte sie nach London, sie macht da einen Werbespot fürs Fernsehen. Ich bot mich an, während ihrer Abwesenheit auf die Kinder aufzupassen, deshalb war ich dort, und Paula hat den Laden übernommen. Jede hat den Job einer anderen übernommen«, fügte sie vergnügt hinzu. »Es hat Spaß gemacht.«

»Du hast Kinder immer schon gemocht.« Alan sah plötzlich traurig aus. »Das war noch etwas, was mir angst gemacht hat. Ich wußte, daß du eine Familie wolltest, aber ich hatte Angst, du würdest Kinder mehr lieben als mich.«

Janey starrte ihn entsetzt an. »So funktioniert das nicht.«

»Manchmal schon.« Er klang plötzlich eindringlich. »Schau, mein Schatz. Ich bin zurückgekommen, und wir werden es diesmal schaffen, aber ich wäre einfach nicht glücklich, wenn du plötzlich verkünden würdest, du wärst schwanger. Also, keine kleinen Unfälle. Keine Verkündigung wie ›Überraschung, Überraschung, Liebling, ich weiß wirklich nicht, wie's passiert ist, aber ...‹ Denn das ist einfach etwas, womit ich nicht umgehen kann. Okay?«

»Keine kleinen Unfälle«, wiederholte Janey wie betäubt. Sie war niedergeschmettert, da war eben eine Bombe geplatzt, und sehr plötzlich, es war unbegreiflich. Sie hätte nicht im Traum daran gedacht, absichtlich schwanger zu werden, ohne Alans Wissen und Zustimmung, aber ebensowenig hätte sie vermutet, daß er derart eindeutig über dieses Thema dachte. Es war ganz offensichtlich sein voller Ernst.

Für ihn war das Thema jetzt erledigt, und seine Laune besserte sich. Er wechselte das Thema. »Maxine hat also als Kindermädchen gearbeitet, sagst du? Lieber Himmel, diese armen Kinder! Welche Mutter, die bei Verstand ist, würde je jemanden wie Maxine einstellen?«

Janey nahm ihre Haarbürste und setzte sich vor den Spiegel. »Es ist keine Mutter, es ist ein Vater. Ein Witwer.«

»Ach so.« Alan streckte sich und gähnte. »Das erklärt alles. Alt oder jung?«

»In den Dreißigern.« Janey versuchte, ihre Haare irgendwie in eine normale Form zu bringen. »Bald fünfunddreißig, denke ich.«

»Wirklich?« fragte er gedehnt, und betrachtete ihr Spiegelbild. »Und sieht er gut aus?«

Janey bürstete weiter. »Vermutlich. Wenn einem der Typ liegt«, fügte sie hinzu, absichtlich beiläufig.

»Und, liegt dir der Typ?«

»Hör auf damit.« Als sie sich umdrehte, um ihn anzuschauen, klaffte der Morgenmantel auseinander, so daß ihre nackten Beine zu sehen waren. Ihre Knöchel waren weiß, so fest umklammerte sie die Bürste. »Versuch jetzt nicht, etwas in eine völlig unschuldige Situation reinzuinterpretieren. Ich hab Maxine einen Gefallen getan, das ist alles. Ich bin nicht an Guy interessiert und er ist ganz sicher nicht an mir interessiert.«

»Warum nicht? Ist er schwul?«

»Natürlich ist er nicht schwul«, antwortete Janey matt. »Er hat Frauen in Hülle und Fülle. Und er ist an keiner interessiert, die nicht umwerfend schön ist, okay? Du mußt schon mindestens ein halbes Dutzend *Vogue*-Cover hinter dir haben, bevor Guy Cassidy dich überhaupt zur Kenntnis nimmt. Nicht mal Maxine kam in Frage, was sie wirklich stocksauer gemacht hat.«

»Guy Cassidy, der Fotograf? Sprichst du von dem?« Alan setzte sich interessiert auf. Er war offenbar beeindruckt und sagte: »Und er ist derjenige, auf dessen Kinder du aufgepaßt hast?«

Janey nickte. Er war auch derjenige, zu dem sie vergangene Nacht furchtbar grob gewesen war. Sie würde ihn anrufen und sich entschuldigen müssen.

»Ach so, dann ist ja alles in Ordnung.« Alan grinste erleichtert. »Und ich hab tatsächlich gedacht, es gäbe einen Rivalen für mich. Jetzt ist mir klar, was du meinst mit den wunderschönen Mädchen. Er kann jede haben, die er will.«

Und obwohl das zweifellos stimmte, war Janey etwas beleidigt. Nachdem sie Alans Verdacht zerstreut hatte, mußte sie sich jetzt auf die Zunge beißen, um nicht rauszuplatzen: »Ja, aber er hat gestern nacht meine Hand gehalten und mich geküßt.«

Aber das wäre kindisch, und es war ohnehin nur ein scherzhafter Kuß gewesen, kein richtiger. Janey fühlte sich wirklich wie zweite Wahl, sagte aber leichthin: »Natürlich kann er jede haben. Also wird er wohl kaum an mir interessiert sein, meinst du nicht?«

»Genau.« Er nickte zustimmend, dann lehnte Alan sich rüber und tätschelte zum Trost ihre nackten Knie. »Tut mir leid, Schatz, das ist nicht sonderlich schmeichelhaft, aber du weißt ja, wie ich's meine. Er hat ein paar der besten Models auf diesem Planeten, der glückliche Blödmann. Ich hab sogar gehört, er hätte da was am Laufen mit diesem dunkelhaarigen Model, Serena Charlton. Jesus«, fügte er hinzu und rollte anerkennend mit den Augen, »wenn die nicht umwerfend schön ist, dann weiß ich nicht, wer sonst.«

Maxine war verliebt, hatte Schuldgefühle und war völlig durcheinander. Sie freute sich nicht gerade auf die nächsten vierundzwanzig Stunden.

»Ich weiß nicht, warum du dich so reinsteigerst«, sagte Bruno, als ihr Zug in den Bahnhof von Trezale einfuhr. Er hatte darauf bestanden, gemeinsam zurückzufahren, und Maxine war von Meile zu Meile nervöser geworden. »Das paßt nicht zu dir. Hier, möchtest du das austrinken?«

Sie nahm seinen lauwarmen Gin Tonic, kippte ihn runter und zog ein Gesicht. »Das Ganze paßt nicht zu mir. Ich mag mich vielleicht mit verheirateten Männern eingelassen haben, aber das war nichts Ernstes. Keiner hat je meinetwegen etwas so Einschneidendes getan, wie seine Frau zu verlassen. Und selbst wenn sie es gewollt hätten, ich hätte es nicht zugelassen.«

Das Kleid von Alaia, in dem man kaum zu atmen wagte, war wieder in Cindys begehbaren Kleiderschrank zurückgewandert. Jetzt, in ihren eigenen Jeans und einem gestreiften Hemd, das sie in der Taille verknotet hatte, sah sie jünger und noch wesentlich verletzlicher aus.

»Reg dich ab. Überlaß das mit Nina mir.« Bruno grinste. »Und wie oft muß ich es dir noch sagen? Sie ist nicht meine Frau.«

Maxine schaute trübsinnig aus dem Fenster, als der Zug

quietschend zum Stehen kam. »Deshalb fühl ich mich auch nicht weniger schuldig. Es wird trotzdem fürchterlich werden.«

»Aber ich bin's auch wert.«

Sie dachte an Janey, deren labiles Selbstvertrauen bald noch mehr angeschlagen werden würde, und an Guys geringschätzige Reaktion, wenn er es erfuhr. Sogar Leute, die sie nur flüchtig kannte, würden es mißbilligen – aus Prinzip. Aber sie liebte Bruno wirklich, und er liebte sie. Außerdem schien sie ohnehin keine andere Wahl mehr zu haben.

»Das möchte ich schwer hoffen, daß du es wert bist«, murmelte sie, als sie aufstand und sich geistig für die Auseinandersetzung wappnete. »Um jedermanns willen solltest du das wert sein.«

Es war neun Uhr, als sie die Haustür aufsperrte. Ausgerechnet Guy stand in der Küche und kochte. Das Spektakel lenkte Maxine ungemein ab. Sie beobachtete ihn dabei, wie er verbrannte Bratkartoffeln und riesige Filetsteaks auf drei Teller häufte. Ella zuckte zusammen, als sie Blut sah, und jammerte: »Bäh, ich hasse Filetsteaks, warum können wir nicht was Richtiges essen?«

»Ich liebe Filetsteaks!« verkündete Maxine von der Tür her. »Habt ihr für mich auch was? Und wo ist Janey?«

Ella spürte, daß Rettung nahte. Sie rannte zu ihr und umarmte sie. »Hurra, du bist zurück. Wenn du mir ein paar Hamburger machst, kannst du mein Steak haben. Janey ist gestern abend nach dem Volksfest nach Hause gegangen. Sie hat Daddy einen Mistkerl genannt und ist aus dem Auto gesprungen, weil sie ihren Ehemann sehen wollte. Eigentlich hätte ich lieber Fischstäbchen statt Hamburger, aber nicht so verbrannt wie die Kartoffeln. Daddy ist ein schreck-

licher Koch. Ich hab wirklich Hunger«, fügte sie prahlerisch hinzu, »denn ich bin in Manchester mit einem Hubschrauber geflogen.«
Wenn's ums Erzählen verwickelter Geschichten ging, konnte Ella so leicht keiner das Wasser reichen. Völlig verwirrt wandte Maxine sich an Guy. »Ich denke, ich brauch einen Übersetzer. Also, was ist wirklich passiert gestern nacht? Du und Janey habt gestritten, und dann ist sie eingeschnappt davongestürmt?«
Guy warf die Bratpfanne in die Spüle, die bereits überquoll von schmutzigem Geschirr. »Ihr Mann ist zurückgekommen.«
»Was!« Maxine starrte in ungläubig an. »Du meinst Alan? Bist du sicher?«
»Das hab ich doch schon gesagt«, klagte Ella. Sie hatte im Gefrierschrank gewühlt und drückte der ahnungslosen Maxine drei tiefgefrorene Fischstäbchen in die Hand. »Warum hörst du mir nicht zu? Soll ich dir alles vom Hubschrauber erzählen, während du mein Essen machst?«
»Er ist zurück«, fuhr Guy ruhig fort. »Mehr weiß ich auch nicht. Wir sind hinter dem Laden vorbeigefahren, und er hat draußen gewartet.«
Maxine, immer noch baff, fragte: »Und worüber habt ihr gestritten?«
»Ich hab ihr gesagt, sie solle wenigstens darüber nachdenken, warum er nach all der Zeit aufgetaucht ist.« Er zuckte die Achseln. »Vielleicht war's nicht besonders geschickt. Jedenfalls ist es nicht gut angekommen.«
»Ich kann's nicht glauben.« Maxine sank auf den nächsten Stuhl. »Mein Gott, der Mann hat Nerven! Arme Janey.«
»Richtig. Ich wollte sie heute abend anrufen, aber ich bin wahrscheinlich nicht der Richtige dafür.« Guy nahm eine zu lange gebratene Kartoffel in die Hand, starrte sie eine

Weile an und ließ sie wieder fallen. »Vielleicht solltest du das machen – nachsehen, ob alles in Ordnung ist.«

»Wie kann alles in Ordnung sein?« Maxine, die noch nie viel für Alan Sinclair übrig gehabt hatte, schaute düster drein. »Er ist zurück, oder nicht? Das ist eine miserable Neuigkeit, wenn du mich fragst.«

Aber sie befand sich in einem moralischen Dilemma. Als sich die Neuigkeit langsam setzte, wurde ihr immer klarer, daß es, weil Alan zurück war, um einiges leichter sein würde, Janey von sich und Bruno zu erzählen, falls Janey glücklich war. Dagegen würde es Janey sicherlich nicht besonders glücklich machen, gesagt zu bekommen, daß Alan in ihren, Maxines Augen, ein Tunichtgut war, ein selbstsüchtiger Hurensohn, der einen Tritt in den Hintern verdient hatte.

»Hast du sie noch nicht angerufen?« Guy kam um halb elf in die Küche, als sie gerade halbherzig den Berg von Abwasch in Angriff nahm.

»Ich hab's versucht«, flunkerte Maxine, die es so lange vor sich hergeschoben hatte, wie sie konnte. »Es geht keiner ran. Sie muß die Wohnung verlassen haben.«

»Oder ihr Verstand hat sie verlassen.« Guy hob einen rosaglänzenden Stoffhasen auf – eine von Ellas Trophäen vom Ausflug auf das Volksfest – und setzte ihn auf den Schrank neben ein schielendes Stoffschwein. »Mein Gott, hat er ihr noch nicht genug Leid zugefügt?«

»So viel Anteilnahme«, sagte sie etwas spöttisch, »dabei kennst du ihn nicht mal.«

»Ich hab genug gehört. Und du bist auch nicht gerade sein größter Fan.« Er sah sie scharf an. »Du warst diejenige, die mir als erste gesagt hat, was für ein Bastard er ist.«

»Ich weiß, aber ich hab nachgedacht.« Maxine konzentrierte sich auf das Abwaschen, schrubbte wild Joshs cornflakeverkrustete Schüssel. »Du weißt, wie stur Janey sein kann.

Wenn du mich fragst, je kritischer wir Alan gegenüber sind, desto mehr wird sie dazu neigen, sich auf die Hinterbeine zu stellen und sich auf seine Seite zu schlagen. Ich denke wirklich, das beste wäre, so zu tun, als würden wir uns freuen, daß er zurück ist. So kann sie sich selbst eine Meinung bilden und hat genug Zeit dazu, ohne ihren Stolz opfern zu müssen.«

Guy nickte, widerwillig zustimmend. »Vielleicht hast du recht.«

»Natürlich hab ich recht.« Das war gutgegangen. Maxine war zufrieden mit sich und sagte: »Hab ich immer.«

»Und es macht die Dinge so viel leichter für dich«, fuhr er ruhig fort. »Was für eine glückliche Fügung.«

Verdammt. Sie zog die Augenbrauen hoch. »Eine glückliche Fügung? Entschuldigung, ich kann dir nicht folgen.«

»Ich weiß«, sagte Guy. »Du ›folgst‹ schon Bruno Parry-Brent.«

»Oh.« Maxine gab auf. Er hatte also Brunos Auto erkannt, als der sie vorher abgesetzt hatte.

Keine Heuchelei mehr, hatte Bruno ihr gesagt. *Leugnen ist nicht nötig. Wir machen es öffentlich.* Nun, es war soweit. Sie hob trotzig das Kinn. »Ja, ich bin mit Bruno Parry-Brent zusammen. Ich war's noch nicht, als du mich zum ersten Mal verdächtigt hast. Aber ich bin's jetzt.«

»Du lieber Gott.«

»Ist das ein Problem?«

Guy sah sie amüsiert an. »Ich denke doch, aber wenigstens nicht meines. Eines möchte ich noch sagen, was dich und Janey betrifft.«

»Was?« fragte Maxine widerborstig. Sie wußte, es würde nicht gerade schmeichelhaft sein.

Er grinste. »Ihr habt wirklich einen absolut außergewöhnlichen Geschmack in bezug auf Männer.«

41

Schließlich rief Janey zuerst an.

»Oh, hallo, ich bin's«, sagte sie zögernd, als Guy den Hörer abnahm. »Ich weiß, es ist schon spät, aber ich wollte mich wegen gestern abend entschuldigen. Ich hab fürchterliche Dinge gesagt, es tut mir leid.«

»Ist doch kein Problem.« Guy mußte lachen; Janeys ›fürchterliche Dinge‹ standen nicht hinter Maxines vernichtenden Einzeilern zurück. »Glaub mir, ich bin schon schlimmer beschimpft worden.«

»Und ich hab dich im Stich gelassen«, fuhr sie fort; ihr Gewissen drückte schwer. »Ich weiß, wie wichtig die Reise nach Manchester für dich war; es ist mir ehrlich schrecklich peinlich. Hast du einen Babysitter gefunden?«

»Nein.«

»O Gott, das tut mir aber leid.«

»Es war nicht so tragisch. Ich hab die Kinder mitgenommen. Wenn du dich mal von einer Siebenjährigen eine halbe Stunde langweilen lassen willst, brauchst du nur Ella zu fragen, wie es ist, in einem Hubschrauber zu fliegen«, fügte er etwas gequält hinzu.

»Wirklich?« Janey war ungeheuer erleichtert. Sie lachte. »Dann hab ich dir also nicht den ganzen Tag verdorben!«

»Vielleicht braucht der Pilot ein paar Tage Erholung, aber alles in allem war's ein voller Erfolg.« Guy machte eine kleine Pause und sagte dann so nebenbei: »Und darf ich dich fragen, wie's dir geht? Hat sich alles … geklärt?«

»Vollständig, ja.« Ihre Stimme klang vorsichtig, als erwarte sie noch mehr Bemerkungen im Stile von »weißt du überhaupt, was du da tust?« Ein bißchen verlegen fuhr sie fort: »Es ist ein bißchen kompliziert, und am Telefon kann ich es eigentlich schlecht erklären, aber ich kann jetzt verstehen, warum er so und nicht anders gehandelt hat. Nun ist er wieder bei mir, und wir wagen einen Neuanfang. Ich weiß schon, was du denkst, aber es ist mein Leben, er ist mein Ehemann, und schließlich ist er ja nicht mit einer anderen Frau durchgegangen ...«

»Pst«, machte Guy, denn sie redete immer lauter. »Beruhige dich. Du mußt dich mir gegenüber nicht rechtfertigen. Ich will deine Entscheidung nicht kritisieren, Janey. Es würde mir auch schlecht anstehen, bei all den Fehlern, die ich in den letzten Jahren gemacht habe. Nebenbei«, fügte er hinzu, seine Worte sorgsam wählend, »das wolltest du doch, oder? Und jetzt hast du es; eine zweite Chance für dein Glück. Mehr kannst du doch beim besten Willen nicht verlangen!«

»Das weiß ich.« Sie schwankte zwischen Erleichterung und Vorsicht, als könnte sie noch immer nicht glauben, daß er nicht auf ihr herumhacken wollte. »Ich bin glücklich. Also, ich muß jetzt aufhören, Alan kommt die Treppe herunter. Kannst du Maxine bitte ausrichten, sie möchte mich morgen anrufen, wenn sie aus London zurück ist?«

In diesem Augenblick kam Maxine ins Wohnzimmer; sie hatte zwei Tassen Tee und eine Packung Jaffa-Kekse dabei.

»Nun ...« sagte Guy, aber Janey hörte gar nicht zu.

»Und grüß Josh und Ella ganz lieb von mir«, sagte sie noch schnell. »Sag ihnen, daß ich sie bald mal besuchen werde. Ich muß jetzt wirklich weg, tschüs.«

»Du sollst sie morgen anrufen«, sagte Guy zu Maxine, als er aufgelegt hatte. »Sie meint, du seist noch immer in London. Sie hatte es sehr eilig, aufzulegen.«

»Und?« fragte Maxine; sie wollte Genaueres wissen. »Was hat sie erzählt?«

»Nicht viel. Nur, daß sie versteht, warum er sie verlassen hatte, und daß sie es noch einmal probieren wollen.« Er schüttelte ungläubig den Kopf. »O ja, und daß sie glücklich ist.«

Maxine dachte daran, wie wenig er sich für ihr Liebesleben interessiert hatte; nun aber zeigte er gesteigertes Interesse an dem von Janey. Offensichtlich hatte sich etwas geändert. Vermutlich lag es daran, daß er wußte, daß sie selbst auf sich aufpassen konnte. Janey war bezüglich Männer viel weniger erfahren und ein willkommenes Objekt für so skrupellose Kerle wie Alan Sinclair. Nun, sogar sie hatte den Boden unter den Füßen verloren, als sie Bruno kennengelernt hatte, und der war ja ein sanftes Kätzchen ...

»Ich würde zu gern wissen, was er als Entschuldigung gebracht hat«, sagte sie und bot Guy einen Keks an. »Sicher etwas ganz Spektakuläres. Mein Gott, denk doch mal dran, was verheiratete Männer oft erleben, wenn sie nach der Arbeit mal kurz auf ein Gläschen in die Kneipe gehen! Sie kommen zwei Stunden zu spät heim, und ihre Frauen machen ihnen die Hölle heiß. Und Alan kommt gleich zwei Jahre zu spät, und Janey ist vor Begeisterung hin und weg.«

Es entbehrte tatsächlich nicht einer gewissen Ironie. Guy hatte darüber auch nachgedacht und sagte: »Sie erwartet beinahe, daß man sie schlecht behandelt. Ich glaube, das gewöhnt man sich an, wenn alle Männer, die man gehabt hat, Scheißkerle waren.«

»Du sagst es.« Maxine grinste. »Und um dem die Krone aufzusetzen, mußte sie auch noch eine Woche hier bei dir wohnen. Das hat das Faß zum Überlaufen gebracht.«

»Ich hab sie nicht schlecht behandelt.« Als fühlte er sich angegriffen, fügte er hinzu: »Ich war überaus nett zu ihr.«

»Ausgerechnet du!« Maxine verschluckte sich an den Keksen. »Du bist nie nett!«
»Wenn ich will, dann bin ich es schon. Das hängt davon ab, mit wem ich's zu tun habe.«
»Zu mir jedenfalls bist du nie nett.«
»Genau.« Guy starrte auf seine Tasse. »Wundert dich das etwa? Was du da zusammengebraut hast, ist der scheußlichste Tee, den ich je getrunken habe.«
Maxine probierte ihren. »O du Scheiße«, sagte sie brummig. »Der Zucker war kein Zucker, es war Salz.«
»Solch häßliche Worte hätte ich nie über die Lippen gebracht.« Er schüttelte den Kopf und mimte den Verzweifelten. »Aber langsam kriege ich Mitleid mit Bruno Parry-Brent. Hat der arme Kerl auch nur die leiseste Ahnung, worauf er sich einläßt?«

Für Bruno war es ein Neuanfang. Totale Offenheit war nun gefragt, etwas, was bei ihm vorher nie auf der Tagesordnung gestanden hatte. Wenn es ihm auch unerwartet schwerfiel, offen und ehrlich zu sein, so konnte er doch nicht anders. Maxine hatte in seinem Leben das Oberste zuunterst gekehrt.
Er wollte sein ganzes Leben lang mit ihr zusammenbleiben. So lange er zurückdenken konnte, war er ein Schürzenjäger gewesen. Untreue erschien ihm so natürlich wie das Atmen. Aber das gehörte nun der Vergangenheit an. Die verrückten, schlechten Tage lagen hinter ihm. Der einzige Mensch, nach dem er sich noch sehnte, war Maxine. Es war zwei Uhr früh; Nina saß am Küchentisch und trank Kamillentee. Ihre langen weißen Finger umklammerten die Tasse; im schwachen Licht schienen sie fast zu leuchten. Ihr ungeschminktes Gesicht schien noch blasser als sonst, aber ihre Stimme war ruhig.

»Es war also Janey Sinclairs Schwester, die ganze Zeit über.« Sie nickte nachdenklich. »Interessant. Janey hat sich mit mir über dich unterhalten, und ich habe gedacht, du hättest mit ihr ein Techtelmechtel.«

»Nicht mein Typ«, sagte Bruno. Totale Offenheit war eine tolle Sache, aber manche Dinge blieben besser ungesagt. Er hatte keine Sorgen wegen seines Rufs, aber er könnte wenigstens den von Janey schützen.

»Und Maxine ist dein Typ?«

»Ja.«

»Bist du dir da ganz sicher?«

Er nickte. »Absolut.«

»Nun gut.« Nina zuckte die Schultern und schlug die Beine übereinander. »Früher oder später mußte das ja passieren. Wenn ich ehrlich sein soll: Ich habe nicht geglaubt, daß es mit uns lange gehen würde.«

Sie nimmt es gelassen, dachte Bruno voller Freude. Aber eigentlich ließ sie sowieso alles kalt. Das hatte ihm an ihr schon immer gefallen. Er lächelte und legte ein wenig Reue in seine Stimme: »Ich habe nicht erwartet, daß es passiert. Und dann ausgerechnet mir.«

»Wo wirst du wohnen?«

»Ich werde morgen Don Hickman treffen. Jetzt ist ja die Sommersaison vorbei, da wird er mir sicher ein billiges Ferienhaus vermitteln können. Ich fürchte, ich werde mir auch einen anderen Job suchen müssen.« Nach einer kleinen Pause fügte er hinzu: »Oder möchtest du, daß ich hierbleibe?«

»Nein.« Nina schüttelte den Kopf. »Besser nicht. Ich glaube, daß eine saubere Trennung das beste ist.«

»Gut.« Bruno sah sie besorgt an. »Und dir wird wirklich nichts fehlen?«

Sie lachte. »Natürlich nicht. Wir hatten eine schöne Zeit, und nun ist's vorbei. Das ist doch kein Weltuntergang.«

Er lehnte sich über den Tisch und küßte sie auf die Stirn. »Danke, daß du mir die Sache nicht schwerer machst, als sie ist.«

»Gern geschehen.« Nina küßte ihn auch und fuhr ihm kurz durch sein blondgesträhntes Haar; dann stand sie auf und stellte die Tasse in die Spüle. »Aber für dich wird es schwer werden, ich meine finanziell. Hat Maxine viel Geld?«

»Nein.«

»O je«, sagte sie belustigt, »dann muß es wirklich Liebe sein.«

Bruno war im Gästezimmer bald eingeschlafen; er lag quer über das Bett ausgestreckt; ein Fuß hing zum Bett hinaus. Über Ninas Gesicht liefen langsam die Tränen. Sie stand im Flur und betrachtete den Mann, den sie die letzten zehn Jahre über geliebt hatte und der jetzt sicherlich von seiner neuen Liebe träumte.

Schade, daß nicht sie diese Liebe war. Aber sie hatte genau das Richtige getan, redete sie sich ein. Hätte sie einen Zusammenbruch vorgetäuscht und ihn angefleht, bei ihr zu bleiben, oder gar versucht, ihn mit noch mehr Geld zu ködern, hätte ihr das nur seine Verachtung eingebracht. So war sie cool, ruhig und verständnisvoll gewesen, und das war bei weitem das Beste, denn sie konnten Freunde bleiben. Und, was noch wichtiger war: Sie hatte so die Tür nicht zugeschlagen. Bruno wußte, daß er jederzeit zurückkommen konnte.

Du verläßt mich, weil du in jemanden vernarrt bist namens Maxine Vaughan, dachte Nina, eine Frau, die sicherlich wunderschön ist und mit der du lachen kannst. Und sicher ist sie auch toll im Bett. Aber sie kann dich unmöglich so lieben wie ich, und deshalb laß ich dich gehen. Es ist egal, wie lange es dauert, aber ich werde darauf warten, daß du zurückkommst.

42

»O Janey, ich freue mich so für dich!« Maxine schloß ihre Schwester fest in die Arme und wirbelte sie in der engen Diele im Kreis herum. Sie trat auf die Sonntagszeitung, die eben erst durch den Briefschlitz gesteckt worden war.

»Schau, ich hab Champagner mitgebracht zur Feier des Tages. Wo ist Alan? Schläft er noch? Sag ihm, er soll sofort aufstehen und seiner Schwägerin, die ihn so lange nicht gesehen hat, einen Riesenkuß geben.«

Janey hob die Zeitung auf und ging hinter ihr die Treppe hinauf. »Du hast ihn verpaßt. Er ist in den Surfclub gegangen. Er wird gegen Mittag wieder zurück sein.«

Maxine drückte Janeys Hand, insgeheim erleichtert. »Macht nichts, dafür haben wir später noch jede Menge Zeit. Vielleicht ist's so netter. Wir können uns ungestört unterhalten und den Champagner allein trinken. Auf geht's, schnapp dir eine Jacke und zwei Gläser; höchste Zeit, um an den Strand zu gehen.«

Die Sonne schien, aber es war kühl. Es war fast Ebbe. Als sie am Strand ankamen, hielt Janey die Gläser, und Maxine entkorkte die Flasche und zielte dabei auf die türkis glitzernde See.

»Auf dich und Alan!« sagte sie, als die Gläser eingeschenkt waren und die beiden ihre kleine Strandwanderung wieder aufgenommen hatten. »Auf daß du in Zukunft in Glück und Frieden leben mögest! Prost!«

»Prost!« antwortete Janey mit einem pflichtschuldigen Lächeln. Sie war froh, daß Maxine ihre Entscheidung billigte, obwohl sie das überrascht hatte. Sie hatte Verdächtigungen erwartet, Kritik und Tausende von Fragen – sarkastische Fragen à la Maxine. Aber sie blieb auf der Hut, denn Champagner und Zustimmung, noch dazu aus vollem Herzen, hatte sie nun wirklich nicht erwartet.

»Der ist von Guy, nebenbei gesagt.« Maxine schwenkte die Flasche. »Mit den besten Wünschen. Oh, und noch etwas.« Sie kramte in der Brusttasche ihrer alten ledernen Bomberjacke und zog einen zerknüllten Scheck hervor. »Dein Lohn für letzte Woche.«

Es war Janey irgendwie peinlich, den Scheck anzunehmen. Es war seltsam, Geld für etwas zu bekommen, das nicht im entferntesten Arbeit war. Aber noch seltsamer wäre es, das Geld nicht zu nehmen. Sie nahm den Scheck und stopfte ihn in die Gesäßtasche ihrer Jeans. »Danke, mir hat's gefallen.«

»Ihnen auch.« Maxine rollte die Augen und machte eine spöttisch-vorwurfsvolle Miene. »Ich bereue es langsam, dich hingeschickt zu haben. Josh und Ella erwarten jetzt doch tatsächlich von mir, daß ich Kuchen backe! Und ich meine damit: richtigen Kuchen«, fügte sie vorwurfsvoll hinzu, »aus Mehl und mit Füllung. Nicht irgendwelchen Fertigkuchen aus dem Päckchen.«

Janey war neugierig und erheitert zugleich; und sie wollte wissen, wie lange Maxine mit ihrer Meinung über Alans Rückkehr hinter dem Berg halten konnte. Maxine strengte sich übermenschlich an, möglichst lange um den heißen Brei herumzureden und nicht all die Fragen zu stellen, die sie normalerweise wie ein Maschinengewehr abgefeuert hätte. Janey war sich sicher, daß Guy mit ihr ein ernstes Wort gesprochen hatte; sie wettete im stillen darauf, daß Maxine irgendwo zwischen der Schmugglerhöhle und dem Felsenbad der Geduldsfaden reißen würde.

Die Schmugglerhöhle war noch hundert Meter entfernt, da blieb Maxine plötzlich wie angewurzelt stehen. Eben hatte sie noch allerhand über den ekelhaften, windigen Kerl erzählt, mit dem sie sich die Hauptrolle in dem Werbespot für Klopapier geteilt hatte, und jetzt plötzlich riß sie sich die Sonnenbrille vom Gesicht und fixierte Janey mit einem finsteren Blick.

»So, das reicht.« Sie hielt Janey an. »Du hast deinen Spaß gehabt, aber das alles ist schlichtweg grausam. Dieser blöde Guy Cassidy kann mich gerne warnen, dich auszufragen, aber schließlich bin ich deine Schwester. Du hörst jetzt sofort damit auf, so zu tun, als würdest du dich für meine glänzende Karriere interessieren. Du erzählst mir jetzt alles haarklein, bevor ich in die Luft gehe!«

Janey schaute auf die Uhr. Ganze neun Minuten; wer hätte je geglaubt, Maxine könnte sich so lange zurückhalten?

Mit der unschuldigsten Miene fragte sie: »Alles, was du wissen mußt? Also: Zuerst siebst du das Mehl in eine Schüssel. Vergiß nicht eine Prise Salz. Dann mußt du ...«

»Hör auf!« kreischte Maxine, sie hob eine Handvoll tropfendnassen, glitschigen Seetangs auf und kam auf sie zu. »Erzähl mir von Alan. Warum er gegangen ist ... warum er wiedergekommen ist ... was du zu tun gedenkst.«

Das Dumme war, daß Maxine, kaum hatte Janey ihren Bericht beendet, sich gar nicht mehr so sicher war, ob sie das alles eigentlich wissen wollte.

Sie konnte überhaupt nicht verstehen, daß Janey offensichtlich die unglaublichen Geschichten schluckte, die dieser Mistkerl von Ehemann ihr vorsetzte. Maxine hatte noch nie so einen Haufen Bockmist auf einmal gehört.

»... so, das ist alles«, sagte Janey. Sie griff nach dem Champagner und goß die letzten Tropfen in ihre Gläser. Sie schaute zu Maxine hinüber und sagte, als müsse sie sich verteidigen: »Jetzt bist du dran. Du mußt doch eine Meinung dazu haben.«

Mit Worten war ihre Meinung über Alan Sinclair nicht annähernd wiederzugeben, dachte Maxine. Sie war schier außer sich vor unterdrücktem Zorn. Aber sie sah auch, daß sie sich nicht darin getäuscht hatte, daß Janey auch nicht die leiseste Kritik ertragen könnte. Ein falsches Wort, und sie würde Alan vehement verteidigen. Wenn sie auch nur andeutete, daß er sich schweinisch benommen hatte, würde Janey wie ein Champagnerkorken in die Luft gehen.

Aber gottlob war sie Schauspielerin, und ihr unsäglicher Schwager konnte ihr mit all seinen theatralischen Lügen nicht das Wasser reichen. Und weil Janey zu stolz war, sich von ihr etwas sagen zu lassen, mußte sie eben ihre Erfahrungen selbst machen.

Letzte Woche war Maxines gesamte schauspielerische Begabung gefordert worden, als sie mit überzeugender Stimme die Worte hatte sprechen müssen: »Wenn Sie Babysoft im Bad haben, dann sind Sie sicher, das Beste zu haben.« Nun saß sie auf einem kalten Felsen am äußersten Ende des Strandes von Trezale und strapazierte ihr Schauspieltalent noch mehr, denn sie sagte ganz einfach: »Oh, Janey, was willst du denn hören? Du bist glücklich, und das muß mir genügen. Ich bin froh, daß er wieder zurückgekommen ist.«

Sie gingen wieder zurück, immer am Strand entlang. Plötzlich stellte Janey wie nebenbei die Frage, auf die Maxine schon gewartet hatte: »Also, was ist noch so passiert in London? Du warst doch bestimmt auf Partys und hast ein paar Männer kennengelernt.«

Janey trug die Gläser. Maxine hatte die leere Champagnerflasche in die Innentasche ihrer Jacke gesteckt und ließ Kieselsteine übers Wasser springen. Sie sah dem letzten

Stein nach, der gegen eine Welle sprang und versank. Ein Windstoß wehte ihr eine Haarsträhne in die Augen, und das verschaffte ihr ein paar Sekunden Zeit, um ihre Gedanken zu ordnen.

»Ich bin auf *einer* Party gewesen, und ich habe *einen* netten Mann kennengelernt.«

»Und jetzt soll ich wohl raten?« Janey protestierte entschieden. »Raus damit, zier dich nicht! Erzähl mir deine Schauergeschichten!«

»Ich kenne ihn schon eine Zeitlang.« Maxine atmete tief ein; hätte sie nur Guy soweit gebracht, zwei Flaschen Champagner rauszurücken! Jetzt wäre es nicht schlecht, sich ein wenig Mut anzutrinken. »Aber bis zu dieser Party hab ich nicht gewußt, ob ich ihn mag. Du kennst ihn auch, sogar ganz gut. Ich fürchte, daß du nicht sehr begeistert sein wirst, wenn ich dir erzähle, wer es ist.«

Janey dachte angestrengt nach, kam aber nicht drauf. »Gut, du hast mich drangekriegt. Aber wenn es ein Schauspieler ist ...« Sie riß die Augen weit auf und sagte in gespieltem Erstaunen: »Du meinst doch nicht etwa Mel ...«

»Er liebt mich und ich liebe ihn«, sagte Maxine schnell. »Es ist ernst. Ich weiß, daß du ihn haßt, aber eines mußt du mir glauben: Zum erstenmal in meinem Leben hab ich wirklich echte Gefühle ...«

»Mel Gibson?« kreischte Janey. Ein Schwarm Seemöwen ergriff panikartig die Flucht.

»Bruno.« Maxine hob die Schultern, als müßte sie um Verständnis bitten. Jetzt war es heraus. Sie konnte nur noch hoffen, daß Janey nicht in Tränen ausbrach.

Aber Janey fing an zu lachen. »Soll das ein Witz sein? Maxine, das ist nicht fair. Jetzt red endlich, ich hab dir auch alles erzählt.«

»Und jetzt erzähl ich dir alles. Es ist wirklich kein Witz.« Die

Worte sprudelten nur so aus ihr heraus. Maxine atmete tief durch. »Er ist plötzlich auf der Party aufgekreuzt und hat mich buchstäblich gekidnappt, und ich wollte auch gekidnappt werden«, gab sie zu. Ein Schauer lief ihr schon beim puren Gedanken an diese Nacht über den Rücken. »Er will mich heiraten. Er verläßt Nina. O Janey, es war ein ebensogroßer Schock für mich wie für dich, aber es ist nun mal passiert! Ich kann dir gar nicht sagen, was ich empfinde ...«
»Also, das haut mich vom Stuhl«, sagte Janey.
»Tut mir leid.«
»Tut's dir leid, daß mich die Nachricht vom Stuhl haut oder daß es um Bruno geht?«
»Du weißt, was ich meine.« Maxine biß sich auf die Unterlippe. »Mir hat davor gegraust, es dir zu erzählen. Haßt du mich jetzt?«
»Überhaupt nicht. Ich kann nur nicht glauben, daß du so unsäglich dumm bist«, seufzte Janey. »Natürlich hasse ich dich nicht. Maxine, als ich das letzte Mal an diesem Strand entlanggegangen bin, hat mir jemand eine überzeugende Lektion erteilt. Ich kann's nicht mehr wortwörtlich wiederholen, aber es hatte was damit zu tun, daß man Bruno Parry-Brent möglichst nicht nahekommen solle; der sei nämlich ein prinzipienloser, sexversessener dreifacher Scheiß-Gigolo, der mir nichts als Kummer bringen würde.« Sie mußte eine Pause einlegen und neigte ihren Kopf zur Seite. »Klingelt es jetzt bei dir, oder hast du eine Zwillingsschwester, von der ich noch nichts weiß?«
»Nun gut«, sagte Maxine gepreßt. Sie nahm noch einmal ihren Mut zusammen. »Ich weiß, daß ich das gesagt habe. Es stimmt auch, daß er dich nur unglücklich gemacht hätte. Du bist ein netter Mensch, und du glaubst von jedem anderen, er sei es auch. Du vertraust allen Leuten, bist selbstlos, offenherzig; und genau das war für Bruno eine

Aufforderung, sich übel aufzuführen, der kann da nicht widerstehen. Ich weiß das«, fügte sie leidenschaftlich hinzu, »denn ich bin wie Bruno. Ich mißtraue den Männern. Ich bin ein selbstsüchtiges Miststück, und ich zerreiße mir gern das Maul über andere. Verstehst du das nicht, Janey? Bruno und ich sind wie füreinander geschaffen! Wir sind ein perfektes Team.«

Janey runzelte die Stirn. »Ich dachte, du kannst ihn nicht leiden.«

»Das war einmal.« Maxine warb um Verständnis. »Ich hab zumindest geglaubt, ihn nicht leiden zu können. Was mir wirklich auf die Nerven ging, war, daß er dich auf jeden Fall verletzt hätte. Weißt du, es war, als sähe man eine Wiederaufführung des Dramas von mir und Maurice. Du weißt, wie ich bin, Janey, ich kann mit netten, verläßlichen Männern nichts anfangen. Je besser sie mich behandeln, um so übler benehme ich mich. Wenn ein Mann mich bei der Stange halten will, muß er ein Mistkerl sein, einer, mit dem ich mich anlegen kann, aber ich will mich nicht reinsteigern«, sagte sie schnell, als Janey die Augenbrauen hochzog. »Ich bin nicht so blauäugig, daß ich auf jeden reinfalle. Ich brauche nur jemanden, dem ich nicht so ganz vertrauen kann, sonst fühle ich mich einfach zu sicher.«

Maxine plapperte in atemberaubender Geschwindigkeit und brachte jedes erdenkliche Argument vor. Merkwürdigerweise, dachte Janey, klang es wahr. Es mochte unwahrscheinlich sein, aber es ergab einen Sinn.

»Ich weiß, daß es masochistisch ist«, fuhr Maxine fort. »Ich bin ein hoffnungsloser Fall. Wenn etwas problemlos läuft, dann gibt mir das keinen Kick. Und diesen Kick brauche ich ...«

Janey war sich bewußt, daß sie schon wieder Maxines eigene

Worte wiederholte: »Da ist aber noch Nina. Du sagst, Bruno würde sie verlassen. Wie kommst du denn darauf?«

»Da bin ich nicht draufgekommen.« Die Möwen kreischten und Maxine konnte sich nur mühsam beherrschen, ihnen nicht die Champagnerflasche nachzuwerfen. Ihr Blick traf sich mit dem besorgten Blick von Janey. Sie dachte an Brunos Anruf heute morgen und sagte: »Ich weiß, daß er sie bereits verlassen hat.«

Sie waren jetzt den ganzen Weg zurückgegangen. Janeys weiße Strandschuhe waren voller Sand, und als sie auf der Autobahn zurückfuhren, war es fast Mittag.

»Alan wird jeden Moment zurückkommen«, sagte Janey. Sie wühlte in ihrer Hosentasche nach dem Haustürschlüssel.

»Wenn du zum Essen bleiben willst, bist du herzlich eingeladen. Oder erwartet dich Guy?«

»Wir haben eine Ausnahmeregelung getroffen.« Maxine sah überflüssigerweise auf die Uhr. Sie hatte mit Bruno ausgemacht, ihn um halb eins an der *Dune Bar* zu treffen.

»Guy hat mir den Nachmittag freigegeben. Er bringt die Kinder zu Mimi Margason, weißt du, der Frau, auf deren Party du warst. Ich bin ihr nie begegnet, aber sie hört sich ja ganz schön verrückt an.«

»Die ist auch wirklich vogelwild.« Janey überlegte, ob sie Mimi je wiedersehen würde. Sie hatte das unangenehme Gefühl, als wären Brücken abgebrochen worden. Und wenn sie nicht in den Laden kämen, würde sie auch Guy und die Kinder nie mehr zu Gesicht kriegen. »Sie ist einfach durchgeknallt – und sehr, sehr nett.«

»Aha«, antwortete Maxine. »Wenn das so ist, würde sie mir wohl nicht gefallen. Wie gesagt, nette Leute machen mich nervös, du natürlich ausgenommen«, fügte sie vergnügt hinzu, »Schwestern zählen nicht.«

»Also, bleibst du jetzt zum Essen?«

»Es geht nicht.« Sie waren im Laden angekommen. Maxine trat einen Schritt vor und küßte Janey auf die kalte Wange. »Ich treff mich mit Bruno. Eine komische Situation, oder?«
»Sicher nicht ganz normal.« Janey lachte. »Ich will nicht prophezeien, daß wir uns daran gewöhnen werden.«
»Wir sind beide glücklich«, sagte Maxine und wünschte, sie hätte kein so schlechtes Gewissen. »Wir beide haben den Mann gekriegt, den wir wirklich wollten. Bleibt nur noch eines zu tun, um das Glück perfekt zu machen.«
»Und das wäre?«
Maxine grinste. »Ein armes, leiderprobtes weibliches Wesen für Guy zu finden.«

43

Bruno war offenkundig kein Freund von Zeitverschwendung. Maxine kam zwar nur ein paar Minuten zu spät, aber er war bereits in eine angeregte Unterhaltung mit einer extrem hübschen Brünetten vertieft. Mit einer Hand schenkte er ihr gerade ein Glas Chardonnay ein, um den Zeigefinger der anderen Hand ließ er einen Schlüsselbund kreisen.

»Und auch noch zu spät«, monierte er, als Maxine sich zu ihnen setzte. »Du kennst Pearl noch nicht, stimmt's? Ich habe ihr eben erzählt, wie heillos verliebt ich bin und wie du mein Leben ein für allemal verändert hast. Ich wäre wie ein Idiot dagestanden, wenn du nicht gekommen wärst.«

»Er ist wirklich ein neuer Mensch«, meinte Pearl; sie betrachtete Maxine mit unverhohlener Neugier. »Ich wollte ihn auf eine Party morgen abend einladen, und er redet seit zwanzig Minuten ununterbrochen nur von dir. Er will nicht mal auf die Party gehen.«

Brunos Augen funkelten vor Vergnügen. Er legte seinen Arm um Maxines Taille. »Ich hab mich bisher nur an Frauen rangemacht, die es auf meinen Körper abgesehen haben«, erklärte er. »Von jetzt an gibt es nur mehr eine einzige Frau für mich. Was brauchen wir Partys, wenn wir einander haben?«

»Blöder Sack«, erwiderte Maxine und schenkte sich selbst ein. »Ich liebe Partys. Wenn man mich einladen würde, ich würde schon hingehen.«

»Ihr könnt doch beide kommen!« Pearl kritzelte die Adres-

se auf einen Bierdeckel. Sie lachte Maxine an; offenbar rechnete sie mit ihrer Zustimmung. »Das wird bestimmt lustig.«
Bruno wollte den Bierdeckel in seine Tasche stecken, aber Maxine schnappte ihn sich.
»Ich geh auf jeden Fall hin, auch ohne Bruno«, sagte sie. »Er braucht jetzt keine Partys mehr, wie man weiß. Er hat sich ja nur an Frauen rangemacht, die es auf seinen Körper abgesehen haben.«
»Danke«, sagte Bruno nur, als Pearl gegangen war.
»Was ist denn das Problem?« fragte Maxine. »Hast du Angst, der Versuchung nicht widerstehen zu können?«
»Also, wir beide wissen, daß du morgen abend auf keine Party gehen wirst. Guy ist nicht da, und du mußt auf die Kinder aufpassen. Ich hab nur nein gesagt, weil ich nicht allein hingehen wollte«, sagte er mit einem Anflug von Wut. »Ich hab gedacht, du hättest kein Vertrauen zu mir.«
»Was sollen wir dann tun?« antwortete Maxine. »Zum nächsten Krankenhaus gehen und den Antrag stellen, daß man uns an den Hüften zusammennäht wie siamesische Zwillinge? Liebling, wir werden es lernen müssen, einander zu vertrauen. Ich werde keinen Versuch unternehmen, dich von irgend etwas abzuhalten, und du wirst das sicher auch nicht tun. Du kannst dich meinetwegen an Michelle Pfeiffer ranmachen. Du mußt dir nur klar darüber sein, daß es aus und vorbei ist, wenn ich rauskriege, daß du untreu warst.« Mit ihrem Zeigefinger deutete sie einen glatten Schnitt an seinem Hals an. »Finito. Kaputt. Im Eimer.«
Bruno gab ihr einen Kuß. »Ich liebe dich.«
»Hm.« Die Leute schauten schon, aber das war Maxine egal. »Was soll's! Die werden sich über uns das Maul zerreißen von hier bis Land's End.«
Bruno nahm seinen Schlüsselbund und schwenkte ihn vor

ihrem Gesicht hin und her. »Na, dann liefern wir ihnen mal Gesprächsstoff. Hier, nimm die Schlüssel. Don hat mir heute früh ein paar Anwesen gezeigt. Ich bin jetzt der stolze Mieter von Mole Cottage.«

»Du bist aber einer von der schnellen Truppe«, sagte Maxine bewundernd. »Ist es hübsch?«

»Hübsch?« Bruno schaltete auf Werbesprache. »Mole Cottage ist Ihr *langersehnter* Landsitz im Stil des 17. Jahrhunderts mit einem *überwältigenden* Blick auf die See, *zwei* bezaubernden Schlafzimmern, einer *geräumigen* Dusche und wunderbaren Holzbalken an allen Decken. Das Wohnzimmer ist sogar noch kleiner als die Duschkabine, die Tapeten sind einfach unbeschreiblich, und der Garten liegt unter zwei Meter hohem Unkraut begraben«, fügte er entschuldigend hinzu. »Aber wenn wir das Drumherum vergessen, dann werden wir's überleben. Wenigstens kostet es fast nichts.«

Maxine nahm die Schlüssel. »Das ist sicher der moderne Ersatz für einen Diamantring.«

»Die Chose mit dem Diamantring hattest du bereits. Du kannst dich nicht permanent verloben, das wäre altmodisch.« Bruno grinste. »Nebenbei bemerkt: Ich bin einer von den *neuen Armen.* Von heute an ist ein Ring für deine Schlüssel das höchste, was ich zu bieten habe.«

Nun war Maxine mit einem Kuß für Bruno an der Reihe.

»Macht doch nichts. Wann willst du einziehen?«

»Sobald du ausgetrunken hast. Meine Koffer sind im Auto.«

Maxine bekam wieder Gewissensbisse. »Wie ist es mit Nina ausgegangen?«

»Gut.« Bruno trank sein Glas aus. »Super. Sie hat mir sogar beim Packen geholfen.«

Maxine runzelte die Stirn und drehte ihr Glas hin und her. »War sie nicht wenigstens ein bißchen traurig?«

»Nein.« Seiner Meinung nach glaubte Nina, er stecke in einer leidenschaftlichen Affäre, die bis Weihnachten wieder vorbei sei. Das würde natürlich nicht der Fall sein, aber es erleichterte zumindest den Abschied. »Sie nimmt die Dinge, wie sie kommen. Was Nina angeht, wirft mein Auszug nur ein einziges Problem auf.«
»Und das wäre?«
»*Brunos Restaurant.*« Er verzog das Gesicht. »Sie hat heute morgen mit dem neuen Chef gesprochen. Der meint, wenn er Geschäftsführer ist, dann sollte das Lokal auch nach ihm benannt werden.«
Maxine hatte das dünne, karottenblonde Individuum mit dem hüpfenden Adamsapfel und den besorgniserregend abstehenden Ohren nur kurz gesehen. Sie sagte: »Ich kann mich nicht daran erinnern, wie er heißt.«
Bruno grinste. »Wayne.«

»Ich komme zu spät, tut mir leid.« Alan rauschte um zehn nach eins zur Tür herein und legte Janey mit einer versöhnlichen Geste den Arm um die Schultern. »Ich hab einfach nicht gemerkt, wie die Zeit vergeht. Die ganze alte Mannschaft war versammelt. Du kannst dir gar nicht vorstellen, was wir uns alles zu erzählen hatten.«
Und du kannst dir nicht vorstellen, was für Ängste ich ausgestanden habe, dachte Janey. Sie zwang sich, ruhig zu bleiben. Pünktlichkeit war noch nie Alans Stärke gewesen, aber das hieß nicht, daß sie nicht mit jeder Minute qualvoller litt. Ob sie es jemals schaffen würde, ruhig zu bleiben und die Angst zu überwinden, sie würde ihn nie wiedersehen, wenn er nur das Haus verließ? Aber darüber mußte sie sich zuerst einmal selbst klarwerden, redete sie sich ein. Ihm vorzujammern, welche Angst sie ausgestanden hatte, würde ihm nur ein schlechtes Gewissen machen.

»Mach dir nichts draus, ich hab mir schon gedacht, daß du später kommst.« Mit einer beiläufigen Geste wischte sie ihre feuchten Hände an ihren Jeans ab. »Es sind doch deine Freunde. Ihr habt sicher viel zu bereden gehabt.«
»Trotzdem war's gedankenlos von mir.« Er strich ihr über das blonde, frischgewaschene Haar. »Aber du brauchst dir wirklich keine Sorgen zu machen, Schatz. Ich werde mich nicht noch einmal in Luft auflösen. Diesmal bin ich für immer da.«
Sie lächelte. »Gut.«
»Als Buße für mein Zuspätkommen koche ich heute das Essen.« Er fing an, die Ärmel seines Denimhemdes geschäftig aufzukrempeln. »Du kannst deine Beine hochlegen und dich ausruhen. Ich mach alles allein.«
Janey mußte lachen, denn der Duft des Lammbratens, der im Rohr vor sich hingarte, erfüllte die ganze Wohnung. »Ist alles längst fertig«, sagte sie, und ihr schoß durch den Kopf, wie oft sie schon dieses Ritual vollzogen hatten.
Alan schaute pflichtschuldig erschrocken aus: »Alles? Bratkartoffeln, Zwiebelsoße, das ganze Gemüse?«
Sie nickte; ihre braunen Augen glänzten. »Ich fürchte, ja.«
»Oh, wenn das so ist ...« Alan nahm sie bei der Hand und zog sie sanft Richtung Schlafzimmer. »... dann sollten wir *beide* die Beine hochlegen.«
Janey zog fragend die Augenbrauen hoch. »... und ausruhen?«
»Hm.« Er legte den Arm um ihre Taille und fuhr mit der Hand unter ihr weiches lila Sweatshirt. Er fingerte nach dem Reißverschluß ihrer Jeans. »Vielleicht heben wir uns das Ausruhen für später auf ...«

»Ach du Scheiße.« Janey stöhnte und tauchte unter dem Fenster weg. »Nicht zu fassen. Verdammt!«

»Wer kommt denn?« fragte Alan irritiert. Sie robbte über das Bett und griff nach ihrem rosa Bademantel. Wer immer es auch sein mochte, er hatte zumindest ein todsicheres Gespür für den ungeeignetsten Zeitpunkt.

»Schnell, zieh dir was über«, zischte Janey. »Es ist meine Mutter.«

Thea Vaughan war stolz darauf, wie sie ihre Kinder erzogen hatte. Von klein auf hatte sie sie angehalten, unabhängig zu sein und selbst Entscheidungen zu fällen. Erwiesen sich diese Entscheidungen als falsch, sagte sie nie: »Ich hab's ja gleich gesagt!« Aber zuviel ist zuviel. Diesmal war Janey einfach zu weit gegangen. Von keiner Mutter, dachte Thea, konnte man erwarten, daß sie ruhig zusah, wie ihre Tochter eine solche Riesendummheit beging wie Janey.

»Mama!« Mit rotem Kopf und zerzaustem Haar öffnete Janey die Haustür. »Was für eine Überraschung! Sonst rufst du doch immer vorher an.«

»So ein Zufall«, äffte Thea sie nach. »Du rufst sonst auch an. Das heißt, wenn du was zu erzählen hast«, setzte sie in bedeutungsvollem Ton hinzu. »So eine belanglose Neuigkeit, die mich vielleicht interessieren könnte.«

Es war Janey klar, daß diese Aussprache nicht einfach sein würde. Thea war offenbar auf dem Kriegspfad, denn das war sie immer, wenn sie sich ausgeschlossen fühlte; sie wollte sicher ein Riesendrama aus der Sache machen. Und genau deshalb hatte sie nur halbherzig versucht, ihre Mutter zu erreichen.

»Ich hab dich angerufen«, widersprach sie, »gestern – aber da ist niemand rangegangen.«

»Erzähl keinen Käse!« antwortete Thea. Ihr karmesinroter Mantel bauschte sich, als sie die Treppe hochstampfte. »Ich war nie länger als eine Viertelstunde weg. Natürlich hast du viel zuviel Arbeit gehabt, als daß du es noch einmal hättest versuchen können«, fuhr sie kurz angebunden fort. »Und deshalb hab ich die Neuigkeiten von diesem Luder von einer Elsie Ellis erfahren müssen, die die letzten paar Tage ihre Ohren nicht mehr von der Wand zu deiner Wohnung weggebracht hat. Ich sag dir, die hat die Nachricht von der Rückkehr deines Mannes jedem auf die Nase gebunden, der in ihre Bäckerei gekommen ist. Ich bin ja schon froh, daß sie sich nicht mit einem Megaphon auf die Rathaustreppe gestellt hat.«

»Es tut mir leid.« Janeys Herz pochte unangenehm gegen ihre Rippen. Das war ja noch schlimmer als damals, als Maxine und die Kricketspieler sie aus heiterem Himmel mit Bruno überrascht hatten. »Ich versteh nur nicht, warum du so sauer bist, daß Alan zurückgekommen ist. Freust du dich nicht wenigstens ein bißchen für mich?«

»Gott im Himmel, bist du naiv!« Sie schnaubte verächtlich. »Und ich hab mir gedacht, wie dumm ich gewesen war, deinen Vater geheiratet zu haben. Aber ich hab es wenigstens geschafft, ihn loszuwerden, bevor er mein ganzes Leben ruinieren konnte.«

»Das ist doch nicht dasselbe.« Janey wurde lauter, so wütend war sie wegen dieses Vorwurfs. »Das war etwas total anderes! Du selbst hast uns erzählt, daß er dauernd irgendwelche Liebschaften hatte, ganz im Gegensatz zu Alan. Mein Vater hat dich über Jahre hinweg unglücklich gemacht; du kannst unmöglich deine Ehe mit meiner vergleichen. Du machst es dir leicht, kommst mit einer vorgefaßten Meinung hierher, schlägst wild um dich, und dabei weißt du nicht einmal, warum er mich damals verlassen hat.«

Sie zuckte zusammen, als Thea die letzte Stufe genommen und die Wohnungstür stürmisch aufgerissen hatte. Wenn sich Alan im Schlafzimmer versteckt haben sollte, würde die Verachtung ihrer Mutter keine Grenzen mehr kennen.

Aber er war da, er schenkte gerade Chablis ein und wich, Gott sei Dank, nicht zurück.
»Du darfst Thea nicht böse sein«, sagte er ruhig. Er tat, als hätte er den wütenden Wortwechsel auf der Treppe nicht ganz mitgekriegt. »Sie will nur dein Bestes. Übrigens hab ich das Bratrohr ausgeschaltet. Warum setzen wir uns nicht hin und besprechen die Angelegenheit wie vernünftige Menschen?«
Im Abwiegeln war Alan unschlagbar. Janey trank viel zuviel Wein viel zu schnell, schwieg und ließ ihn reden.
Thea jedoch zeigte sich davon überhaupt nicht beeindruckt. »Was für eine rührende Geschichte«, bemerkte sie mit ironischer Stimme; ihre Augen blitzten angriffslustig. »Verzeih mir, wenn ich nicht gleich in Tränen ausbreche, aber ich bin nicht so leicht einzuwickeln wie meine Tochter.«
Alan zuckte die Schultern. »Tut mir leid; ich weiß, wie du das sehen mußt. Aber es ist zufällig die Wahrheit.«
»Scheiße«, sagte Thea.
Janey blinzelte. »Mama!«
»Werde doch endlich mal erwachsen«, schnappte ihre Mutter. »Ich hab mein Leben lang noch keinen solchen Blödsinn gehört. Wenn er den Mut hätte, zuzugeben, daß er mit einer anderen durchgebrannt ist, könnte ich ihm ja verzeihen, aber das ... dieses ekelhafte, abgedroschene Gewäsch ist zum Kotzen. Janey, der hält dich doch zum Narren, aber ich mach da nicht mehr mit.«
»Ich kann deine Meinung wohl nicht ändern«, sagte Alan; er nahm Janeys Hand und drückte sie. Mit einem besorgten Kopfschütteln reagierte er auf Theas vernichtenden Blick. »Ich kann es zwar niemals beweisen, aber es hat keine andere Frau gegeben. Das ist die reine Wahrheit, und Janey glaubt mir. Kann ja sein, daß du es auch irgendwann

glaubst. Ich hoffe, du tust es – wegen Janey, nicht wegen mir ...«

»Nie im Leben!« erklärte Thea gehässig. »Schau ich aus, als hätte ich die Intelligenz einer Sechsjährigen? Du bist ein Lügner, ein Schwindler, und du hast beinahe das Leben meiner Tochter zerstört. Wenn du glaubst, daß ich dich das noch einmal tun lasse, Freundchen, dann solltest du schleunigst umdenken.«

»Also, jetzt reicht es aber!« rief Janey. Ihr Kopf war rot vor Wut. Sie sprang auf, warf fast den Beistelltisch um und riß die Tür auf. »Du behandelst *mich* wie eine Sechsjährige, und meine Angelegenheiten gehen dich, verdammt noch mal, einen Dreck an! Alan ist mein Mann, und du bist nur eifersüchtig, weil er zurückgekommen ist und dein Verflossener nicht. Du gönnst mir bloß nicht, daß ich glücklich bin!«

»Ach du lieber Gott«, seufzte Thea. Sie war total frustriert von Janeys unangebrachter Loyalität. »Natürlich sollst du glücklich sein. Deshalb bin ich ja da – um dir die Augen zu öffnen.«

»So, dann laß mich mal sagen, was mich glücklich machen würde«, schrie Janey. Sie zitterte am ganzen Leib und griff nach der Türklinke, um sich festzuhalten. »Wenn *du* gehen würdest. Ich laß mich nicht mehr terrorisieren, und ich hör mir auch diesen Mist nicht mehr länger an. Du mischt dich in mein Leben ein, und das kann ich nicht brauchen. Und ich brauche auch *dich* nicht«, schloß sie bewußt grausam. »Also, warum tust du uns nicht allen einen Gefallen und verschwindest, und zwar sofort!«

44

Sie hatten spät zu Mittag gegessen; jetzt spazierte Mimi mit Guy durch den Garten. Ella und Josh drehten sich wie wild im Kreis, als wollten sie feststellen, wer von beiden zuerst schwindlig werden und dann am spektakulärsten hinfallen würde. Ella fuchtelte mit den Armen, ihre Beine knickten wie bei einem Betrunkenen ein, und dann taumelte sie zur Seite, mitten in ein Blumenbeet.

»Masochistische kleine Dummköpfe«, sagte Mimi liebevoll. Ella stieß einen Freudenschrei aus, und Josh, der ihr nicht nachstehen wollte, stürzte sich kopfüber in einen großen Rhododendronstrauch. »Die machen solange weiter, bis sie sich weh tun, und dann kommen sie zu dir und wollen bedauert werden.«

»Wenn irgend jemand zu bedauern ist, dann bin ich das.« Guy hielt kurz inne und schoß ein Foto von Ella, als sie sich gerade aus dem Blumenbeet herausarbeitete. »Derzeit läuft einfach nichts nach Plan. Weiß Gott, was demnächst noch alles schiefgeht«, fügte er hinzu. Er stellte die Belichtungszeit neu ein und richtete die Kamera wieder auf die Kinder. ». . . aber eines weiß ich: Es wird mir nicht gefallen.«

Der arme Guy. Mimi hatte beim Essen alles über Alan Sinclairs Rückkehr erfahren; jetzt hakte sie sich freundschaftlich bei Guy ein. »Ach, das ist so eine Sache mit dem Masochismus«, sagte sie im Ton einer Frau, die Bescheid weiß. »Wir mögen zwar erwachsen werden, aber das heißt noch lange nicht, daß wir diesen Masochismus überwinden. Schau mich an«, sagte sie und deutete auf ihre Hüften.

»Zehn Jahre lang habe ich versucht, Diät zu halten. Dieses elende Kalorienzählen und Tabellenstudieren, und was hat es gebracht? Ich hab ein Pfund verloren, mir wieder eins angefressen, und obendrein bin ich allen auf den Nerv gegangen. Mein Gott, gibt es etwas Langweiligeres? Ich habe mich elend gefühlt, mein Lieber, ein Sklave der Mode. Und dann habe ich die Diät hingeschmissen und der Größe achtunddreißig ade gesagt – der beste Entschluß, den ich je gefaßt habe!«

Mimi trug eine rote, paillettenbestickte Mohairstrickjacke, eine malvenfarbene Seidenbluse und einen blauweißen Faltenrock – man konnte sie sich also nur schwer als eine Sklavin der Mode vorstellen.

Guy war verwirrt, nickte aber vorsichtig zustimmend: »Ich verstehe.«

»Und mit Janey ist es dasselbe«, verkündete Mimi triumphierend. »Sie glaubt vielleicht, sie wäre diesem Jammerlappen von Mann ausgeliefert, aber dabei will sie nur nicht mit alten Gewohnheiten brechen. Du mußt mit ihr Geduld haben, mein Lieber. Laß ihr Zeit, dann kommt sie schon zur Vernunft und merkt, daß sie ganz gut auch ohne ihn leben kann. Ich wette, es tut dir leid, daß du nicht ein bißchen früher in die Gänge gekommen bist«, fügte sie mit einem wissenden Lächeln hinzu. »Dann hätte sie es sich zweimal überlegen müssen, bevor sie losgestürmt ist, ohne sich auch nur umzusehen. Also, ich fürchte, du hast dir das selbst zuzuschreiben.«

»Klar.« Guy bemühte sich, ernst zu bleiben. »Das klingt alles sehr interessant, aber ich fürchte, du bist total auf dem Holzweg. Janey ist eine Freundin, sonst nichts. Sie ist eine sehr nette Frau, aber das ist auch alles. Sie ist einfach nicht mein Typ. Als ich sagte, ich wüßte nicht, was als nächstes schiefgehen würde«, erklärte er, »dachte ich an Maxine.

Sollte sich ihre neue Affäre als etwas Ernstes entpuppen, bedeutet das für mich neuen Ärger. Über kurz oder lang wird sie mit Bruno Parry-Brent zusammenziehen wollen, und ich darf mich nach einem neuen Kindermädchen umschauen.«

»Natürlich wirst du das müssen«, sagte Mimi vergnügt. »Und wer wäre die Idealbesetzung für diesen Job? Janey.«

»Du bist unmöglich.« Diesmal konnte er ein Lachen nicht unterdrücken. »Weißt du das? Ganz abgesehen davon, daß sie diesen Laden hat, hab ich dir doch schon gesagt, daß sie nicht mein Typ ist.«

Mimi glaubte ihm nicht ein Wort. Ein plötzlicher Windstoß fuhr in ihren Ausschnitt, und sie zog ihre Strickjacke enger um ihren gewaltigen Busen. »Du bist nur ein Mann«, sagte sie in freundlichem Ton. »Weißt du, du hast auch mal geglaubt, Serena wäre dein Typ.«

»Ich muß gehen«, sagte Maxine bedauernd. Sie tauchte ihren großen Zeh ins Wasser und schaufelte Schaum auf Brunos Schulter. »Wir können nicht den Rest unseres Lebens hier in der Wanne liegen. Außerdem löse ich mich schon langsam auf.«

Er griff nach ihrer Hand und küßte ihre runzligen Fingerspitzen, eine nach der anderen. »Ich will nicht, daß du gehst. Warum kündigst du nicht und ziehst bei mir ein?«

»Was, ich soll meine Arbeit aufgeben?«

»Ich habe Nina verlassen«, erinnerte er sie, »und meinen Job an den Nagel gehängt. Ich sitze nicht gern hier rum und warte drauf, daß du schnell mal vorbeischaust, wenn du dich mal für ein paar Stunden freimachen kannst.«

Sie lachte. »Genau das hast du mit den Frauen gemacht, stimmt's? Jetzt kannst du sehen, wie es ist, wenn man selbst so etwas aushalten muß.«

»Ich will, daß wir zusammenleben«, sagte er brummig. »Für immer.«
Seine Stimme klang wie die eines zänkischen alten Weibes.
Maxine beugte sich vor und küßte ihn. »Das will ich doch auch, aber dann wären wir beide arbeitslos. Guy war, auf seine Art, mir gegenüber anständig, und ich kann ihn jetzt nicht im Stich lassen. Warum schauen wir nicht, wie es sich mit uns entwickelt, bevor wir endgültige Schritte unternehmen?«
»Danke«, sagte Bruno. Er war der Ansicht, daß er schon allerhand endgültige Schritte unternommen hatte. Aber Maxine wollte möglichst schnell nach Trezale House zurück, deshalb stieg sie aus der Badewanne und griff nach dem größeren der zwei Handtücher.
»Schau mich doch nicht so an«, sagte sie munter. »Du weißt, wie ich es meine. Ich werde mit Guy reden, und sicher können wir uns irgendwie arrangieren. Vielleicht kann ich immer bei dir hier übernachten, wenn er zu Hause ist. Und tagsüber sind die Kinder in der Schule ...«
»Soviel Mitgefühl, und das für Guy Cassidy«, klagte Bruno. Er sah Maxine zu, wie sie in ihre Jeans schlüpfte und sich bückte, um ihr zerknittertes Hemd aufzuheben. »Er wird wohl kaum viel unternehmen, um uns das Leben zu erleichtern. Der kann mich nun mal nicht leiden.«
»Hab keine Sorge.« Maxine blinzelte ihm zu. »Ich weiß, wie ich Guy Cassidy rumkriegen kann. Traust du mir nicht?«
»Nein.« Er war normalerweise nicht eifersüchtig, denn dies war ihm ziemlich zuwider. »Genau deswegen will ich, daß du hier einziehst und bei mir lebst.«
»Und ich traue dir auch nicht«, antwortete Maxine. Sie zog sich fertig an. »Also vergiß es. Ich zieh bestimmt nicht bei dir ein, solange du mich nicht davon überzeugt hast, daß ich dir trauen kann.«

Guy blätterte einen Stoß Kontaktabzüge durch und aß dabei ein Sandwich; als es sieben schlug, wirbelte Maxine ins Wohnzimmer.

»Du siehst aus, als wärst du eben erst aus dem Bett gekrochen«, bemerkte er. Ihr zerzaustes Haar, die glänzenden Augen und das zerknitterte weiße Hemd waren ihm sofort aufgefallen.

»So sieht man eben aus, wenn man verliebt ist.« Sie lächelte ihn ohne eine Spur von Reue an.

Josh und Ella lagen vor dem Kamin und waren in eine Partie Monopoly vertieft. Josh sah auf und sagte erwartungsvoll: »Wenn du den ganzen Nachmittag geschlafen hast, dann spielst du jetzt sicher gern mit uns Monopoly. Ich habe Ella schon fast geschlagen.«

Guy legte die Kontaktabzüge zur Seite. »Wie geht's Janey?«

»Sie ist glücklich.« Maxine verdrehte die Augen. »Was soll ich dazu sagen? Er hat ihr fürchterliche Lügen aufgetischt, und sie ist darauf reingefallen. Ich habe zu allem ja und amen gesagt und so getan, als würde ich mich für sie freuen.« Sie hockte sich neben Ella, die sich wegen der drohenden Verpfändung der Old Kent Road auf die Lippen biß. »Aber mehr konnte ich nicht tun«, fügte Maxine hinzu, »momentan will sie kein Wort der Kritik an ihm hören.«

»Hm«, sagte Guy. »Das habe ich auch schon gehört. Deine Mutter hat vorhin angerufen; sie wollte dich sprechen.«

Maxine verzog das Gesicht. Wenn Thea von anderen gehört hatte, daß Bruno seine Nina verlassen hatte, dann war es durchaus möglich, daß sie ihr eine Strafpredigt halten würde. Ihre Mutter war in diesen Dingen sehr moralisch.

»Oh.« Sie schaute ihn argwöhnisch an. »Hat sie gesagt, warum?«

»In den schillerndsten Farben.« Guy sah zu den Kindern hinüber, ob sie zuhörten. »Und es war nicht gerade erfreulich. Sie war heute nachmittag bei Janey und hat Alan klipp und klar gesagt, was sie vom ihm hält. Es ist leider nicht gut ausgegangen«, erklärte er. »Sie und Janey hatten einen Riesenkrach, und schließlich hat Janey sie vor die Tür gesetzt.«

»Mist.« Maxine atmete schwer. »Arme Mama. Hätte ich sie nur vorgewarnt! Jetzt haben wir auch noch eine Familienfehde am Hals. War sie beleidigt?«

»Beleidigt nicht, aber wütend.« Er mußte fast ein wenig lachen, als er an die blumigen Ausdrücke von Thea Vaughan dachte, die sie in ihrem Dreiviertelstundentelefonat gebraucht hatte. »Aber sie ist genauso über sich selbst wütend. Sie hat begriffen, daß sie einen Fehler gemacht hat.«

»Daddy, kannst du mir zweitausend Pfund leihen?« fragte Ella in schierer Verzweiflung. »Damit ich nicht bankrott mache.«

»Und sie hat mir prophezeit, daß all diese Sorgen auch auf mich zukommen würden«, sagte Guy mit müder Stimme. »Offenbar ist es die Hölle, eine Tochter großzuziehen. Eine Katastrophe nach der anderen.«

»Das geht nicht«, erklärte Josh ohne jedes Mitleid. »Gut, du bist bankrott. Du hast verloren, und ich hab gewonnen. Komm, Maxine, du bist die nächste. Wirst sehen: Ich flitze ums Spielfeld, und du hinkst lahm hinterher.«

»Die gute alte Mama«, sagte Maxine. »Sie war schon immer so feinfühlig wie ein Elefant im Porzellanladen.«

»Sie hat auf jeden Fall Charakter.« Guy grinste. »Sie hat fröhlich geklungen, trotz alledem. Ich würde sie gern mal kennenlernen.«

»Das ist überhaupt die Idee! Janey und ich haben erst heute morgen festgestellt, daß du eine Frau brauchst.« Maxines dunkle Augen funkelten boshaft. »Vielleicht sollte ich dich mit meiner Mutter bekannt machen.«

45

Janey legte letzte Hand an ein Bukett, das einem ›lieben Mitarbeiter‹ die Verabschiedung in den Ruhestand versüßen sollte, als Guy den Laden betrat.

»Die sind aber hübsch.« Er nickte in Richtung der Herbstblumen.

»Für Fräulein Stirrup. Mit lieben Grüßen von der Klasse 2 c.« Janey drapierte das gold- und bronzefarbene Band um den Strauß und griff nach dem Hefter, um die Grußkarte am Zellophanpapier anzuheften. »Sie ist der reinste Drachen. Sie war meine Englischlehrerin; war das Wetter mal schön, hat sie die ganze Klasse nachsitzen lassen, und wir wollten doch nur eins: runter an den Strand. Ich hätte am liebsten das Wort ›Pensionierung‹ hundertmal falsch hingeschrieben, nur um sie zu ärgern.«

Guy fand, daß sie glücklich wirkte. Statt der Jeans und des T-Shirts, die sie gewöhnlich trug, hatte sie heute ein blaßrosafarbenes Wollkleid an, das gut zu ihrer Figur und ihrer Gesichtsfarbe paßte. Sie hatte auch Make-up aufgelegt, gerade soviel, daß man es bemerkte. Sie strahlte Fröhlichkeit und neues Selbstvertrauen aus, so, als wäre plötzlich alles in Ordnung. Guy brachte nicht den Mut auf, von ihrem langvermißten, wer weiß warum zurückgekehrten Ehemann anzufangen, er blieb lieber auf sicherem Terrain: Er legte ein großes Papierkuvert auf den Ladentisch. »Ich bin gerade auf dem Weg nach London. Ich wollte das noch vor meiner Abreise vorbeibringen. Los, mach's auf, es ist für dich.«

»Wirklich?« Janey schaute ihn lächelnd an. »Was ist es denn, mehr Gage?«
Guy lachte. »Ich fürchte, nein.«
»Oh!« Als sie das Foto aus dem Kuvert genommen hatte, hielt sie den Atem an. »Nein! Das ist ja toll! Ich kann gar nicht glauben, daß ich das sein soll.«
Schon beim Entwickeln der Filme von vergangenem Freitag – eigentlich hatte er sie damals nur aufgenommen, um seine neueste Olympus zu testen – hatte Guy gesehen, daß ihm etwas Besonderes geglückt war. Er wußte, daß die Kunst der Fotografie nur zu einem Teil vom Können des Fotografen und von der Kameratechnik bestimmt war. Die beste Kamera, die perfekteste Beleuchtung, die variabelsten Models führten zwar zu ordentlichen, oft aber nicht vollkommen befriedigenden Ergebnissen. Dagegen kam es vor – ohne ersichtlichen Grund –, daß ein Schnappschuß eine Stimmung, einen Gesichtsausdruck, einen Augenblick in seinem Kern vollkommen erfaßte.
Als er in der Dunkelkammer das Foto aus dem Fixierbad genommen und es zum Trocknen aufgehängt hatte, sah er sofort, daß ihm hier ein solcher Glückstreffer gelungen war. Das passierte nicht oft, aber vergangenen Freitag war es eingetreten, und das Ergebnis grenzte an ein Wunder. Janey hatte überhaupt nicht auf die Kamera geachtet. Sie hatte Ella auf den Arm genommen, damit sie sehen konnte, wie Josh im Autoscooter fuhr. Sie hatten die Köpfe nahe beieinander, und ihre Gesichter strahlten. Ellas kleine Hand, um Janeys Nacken geschlungen, drückte Liebe und Zutrauen aus. Der leicht unscharfe Hintergrund unterstrich die lärmende, angeregte Atmosphäre des Rummelplatzes. Ellas kindliche Begeisterung und Janeys Stolz und Freude über den Mut, den Josh am Steuer seines Autoscooters zeigte, waren so klar wiedergegeben, daß man buch-

stäblich einen Kloß im Hals verspürte. Da war nichts gestellt, nichts geprobt, und Guy hatte nur das vorhandene Licht benutzt, und doch war es das Bild unter Millionen, das jeder Fotograf einmal aufnehmen will. Guy war es gelungen, und er wußte sofort, was sich mit diesem Bild alles anfangen ließ.

»Ich verstehe nicht viel von Fotografie«, sagte Janey; sie betrachtete noch immer völlig versunken das Bild. Sie zögerte, dann sah sie zu Guy auf. »Aber das Bild ist gut, oder? Ich meine: wirklich gut.«

»Ich glaube auch.«

»Es hat ... Ausstrahlung.« Daß sie auf dem Foto abgebildet war, zählte nicht. Sie schüttelte den Kopf und versuchte, sich klarer auszudrücken. »Man ... man kann es spüren. Ich glaube, daß sich niemand diesem Bild entziehen kann. Und, komisch – wir sehen aus wie ...«

»Wie was?« Guy fragte halb ernst, halb spöttisch, aber Janey schüttelte nur wieder den Kopf und schwieg. Gegen den dunkleren Hintergrund wirkten ihr und auch Ellas Haar weißblond; die Perspektive ließ ihre Gesichter einander ähneln. Aber die Tatsache, daß sie auf dem Bild wie Mutter und Tochter wirkten, war absolut zufällig, war nur ein optischer Trick, und es war ihr viel zu peinlich, so etwas auszusprechen.

Statt darüber zu reden, sagte sie einfach: »Es gefällt mir wahnsinnig. Danke.«

»Dann darf ich dich jetzt um einen Gefallen bitten.« Guy wußte genau, was sie gedacht hatte; es amüsierte ihn insgeheim, daß sie sich dagegen sträubte, die eindeutige Ähnlichkeit von ihr und Ella zuzugeben. »Vor ein paar Wochen hat mich eine Kinderhilfsorganisation angesprochen. Sie wollen eine landesweite Kampagne starten und haben mich um Mithilfe gebeten.«

»Wollen sie sammeln?« Janey war froh, sich für das Foto revanchieren zu können. »Was soll ich tun? Eine Sammelbüchse auf die Ladentheke stellen? Ich hab das früher schon mal gemacht, da bin ich an einer Ecke gestanden und habe mit einer Sammelbüchse für Caritas gescheppert.« Sie lachte. »Ich hatte Riesenerfolg. Erst später hab ich gesehen, daß meine Bluse nicht zugeknöpft war. Die Männer waren ganz wild darauf, Einpfundmünzen in meine Büchse zu stecken – weil jeder einen Blick auf meine Bällchen werfen konnte. Und ich hab immer brav danke gesagt und mir gedacht, wie wahnsinnig freigebig sie doch alle sind.«

»Jetzt kenne ich dich schon monatelang«, erwiderte Guy, »und ich hab dich nie für ein Oben-ohne-Model gehalten.«

»Das war noch viel schlimmer als oben ohne.« Janey war die Erinnerung peinlich. »Ich habe einen häßlichen alten BH getragen, der von einer Sicherheitsnadel zusammengehalten wurde. Reden wir bitte nicht darüber.«

»Nun gut, du kannst gerne mit einer Sammelbüchse scheppern, aber das habe ich nicht gemeint.« Guy lehnte an der Theke und deutete mit dem Zeigefinger auf das Foto. »Weißt du, sie wollen, daß ich das Werbeplakat für ihre Kampagne mache. Wenn du nichts dagegen hast, würde ich gern dieses Foto hernehmen.«

Sie starrte ihn ungläubig an. »Du machst Witze.«

»Warum sollte ich Witze machen? Es ist ein perfektes Bild. Du selbst hast doch gesagt, daß man es nicht anschauen kann, ohne was dabei zu empfinden. Mit ein bißchen Glück«, fügte er hinzu, »werden die Leute es betrachten und sich genötigt fühlen, haufenweise Geld zu spenden.«

In diesem Moment ging die Ladentür auf. Guy brauchte sich nicht umzudrehen, um an der Duftwolke des Paco-Rabanne-Rasierwassers und den Schritten zu erkennen, daß es

Alan Sinclair war. Janey errötete und griff unwillkürlich in ihr Haar. Guy sah den Mann, der ihr so unsäglich viel Kummer bereitet hatte, zum ersten Mal. Und er sah, was er ohnehin erwartet hatte: Blond, jungenhaftes Aussehen, ein Hauch hintergründigen Charme, der Typ von Mann, der weiß, daß er sich alles erlauben kann. Guy verspürte einen unwiderstehlichen Drang, ihm ins Gesicht zu sagen, was er von ihm hielt, aber solchen Luxus konnte er sich nicht leisten. Thea hatte es versucht, und sie war erbärmlich gescheitert. Wenigstens einmal, nur einmal, dachte Guy, hatte Maxine recht, als sie gesagt hatte, Janey müsse selbst wissen, was gut für sie sei.

»Schatz, ich hab dich nicht ... nicht schon so früh zurückerwartet.« Janey machte einen zufriedenen und dennoch nervösen Eindruck. »Guy, das ist Alan, mein Mann. Alan, darf ich dir Guy Cassidy vorstellen ... hm, den Boß von Maxine.«

Guy war nicht eitel. Aber er wußte aus Erfahrung, daß andere Männer, wenn sie ihn zum erstenmal sahen, ihm wegen ihrer Ehefrauen oder Freundinnen nicht über den Weg trauten.

Auch wenn die Frauen nicht besonders interessiert schienen – was sie aber, das mußte er zugeben, oft waren –, wurden die Männer eifersüchtig. Es wird direkt spannend, zu sehen, wie Janeys Mann reagieren wird, dachte Guy.

Alan jedoch schien das kalt zu lassen. Kein Zähneknirschen hinter einer freundlichen Maske. Er gab Guy die Hand. »Ja, natürlich«, sagte er leichthin. »Freut mich wirklich, Sie kennenzulernen. Janey hat mir von Ihnen und Ihrer Familie erzählt. Ich bin auch ein großer Bewunderer Ihrer Arbeit.«

»Danke.« Der Knabe hat Charme, dachte Guy. Obwohl er schon Anfang Dreißig sein mußte, wirkte er irgendwie noch nicht ganz erwachsen.

»Schau mal, Schatz, Guy ist vorbeigekommen, um mir dieses Bild zu zeigen.« Janey berührte Alans Hand, um seine Aufmerksamkeit auf sich zu lenken, und gab ihm das Foto. »Er will es für eine Spendenaktion hernehmen, für das Werbeplakat. Was sagst du, ist es nicht wundervoll?«
Alan betrachtete das Bild; er war beeindruckt. Schließlich warf er sein blondes Haar zurück und nickte. »Doch, ja, Maxine wird sicherlich ganz hingerissen sein. Jetzt wird sie also doch noch berühmt.«
Guy biß sich auf die Lippen. So ist das nun mal, wenn man seine Frau verläßt, dachte er voller Spott. Kommt man dann rein zufällig wieder zurück, erkennt man sie nicht wieder.
»Du Idiot!« kicherte Janey. »Das ist doch nicht Maxine, das bin ich.«
»Ach, richtig.« Seine Dummheit irritierte Alan nicht im geringsten. Er blickte noch einmal auf das Foto und nickte. Dann sagte er, an Guy gerichtet: »Sehr schmeichelhaft. Deshalb sind Sie ja auch so gefragt als Fotograf. Das ist schon raffiniert gemacht.«
Guy fehlten die Worte. Kein Wunder, wenn Janey jedes Selbstvertrauen fehlte, dachte er. Alan und Bruno haben ihr auch noch das letzte Fünkchen ausgetrieben.
»Schmeichelhaft ist wohl nicht der richtige Ausdruck dafür.« Guy hatte Janeys niedergeschlagenen Gesichtsausdruck bemerkt. Seine dunkelblauen Augen funkelten, als er Alan das Bild aus der Hand nahm. »Das Bild war schon da, es wartete nur darauf, festgehalten zu werden. Ich hab nicht mehr getan, als es auf den Film zu bannen.«
»Klar.« Offenbar hatte Alan seinen Fauxpas eingesehen. Er zuckte die Schultern und lächelte. »Entschuldigen Sie, aber mir ist kein anderes Wort eingefallen. Ich bin überzeugt, daß es ein tolles Werbeplakat abgeben wird.«

»Ich kann's noch immer nicht glauben«, seufzte Janey, »es ist so aufregend.«

»Und kommt gerade zur rechten Zeit.« Alan legte seinen Arm um Janeys Hüfte und drückte sie kurz und aufmunternd.

»Vielleicht können wir jetzt endlich einmal Urlaub machen.« Er wandte sich an Guy. »Wieviel kriegt sie denn dafür?«

Guy starrte ihn fassungslos an. Janey, die eben erst wieder ihre normale Gesichtsfarbe angenommen hatte, wurde erneut über und über rot.

»Alan, es ist für eine Spendensammlung. Da wird nichts bezahlt.«

»Oh.« Es klang enttäuscht. Er schaute auf das Foto, aber ohne jede Anteilnahme. »So eine Schande.«

»Ich muß gehen.« Guy sah auf die Uhr. Janey war die Situation peinlich, was sicher nicht schlecht war, obwohl es hier nur einen gab, der sich schämen sollte, und das war ihr Mann. »Ich werde den Organisatoren heute nachmittag meine Idee vortragen. Ich sag dir Bescheid, sobald sie sich entschieden haben.«

»O je«, sagte Alan, als Guy gegangen war. »Bin ich arg ins Fettnäpfchen getreten?«

»Nicht nur in eines.« Janey machte sich an einer Kiste Moos zu schaffen. Sie mußte vor dem Mittagessen noch zwei Gestecke fertigstellen. »Ich kann's noch immer nicht fassen, was du da gesagt hast. Was muß Guy nur denken!«

»Das war doch nur ein kleines Mißverständnis.« Alan redete, als habe man ihm Unrecht getan. »Die Models kriegen doch sonst Tausende für ein paar Stunden Arbeit, oder? Ich hab mich doch nur um deine Belange gekümmert. Warum darf man dich ausnutzen, nur weil du eine Bekannte bist?«

»Da wird niemand ausgenutzt.« Sie erschauderte beim Gedanken an Guys Gesichtsausdruck. Sie fing an, das feuchte

Moos um das Drahtgestell des Gestecks zu drapieren. »Es geht um eine Kinderhilfsaktion. Da kriegt niemand Geld.«
Alan hatte jetzt alles Interesse verloren. »Dann kann ich erst recht nicht verstehen, warum du dich so aufregst. Mensch, hab ich einen Hunger. Gibt's oben was zu essen?«
»Falls du nicht eingekauft hast, wohl nicht.« Seine Art irritierte sie; ihre Stimme klang sarkastisch. »Entschuldige, daß ich seit fünf in der Früh gearbeitet und keine Zeit gehabt habe, in den Supermarkt zu gehen und für den gnädigen Herrn einzukaufen.«
Er gab sich reumütig. »So habe ich es doch nicht gemeint, mein Liebling. Entschuldige!«
»Schon gut.« Fast hätte sie vor Aufregung vergessen, einen vorstehenden Draht zurückzubiegen. »Dann erwarte auch keine Schlemmermahlzeiten, ja? Ich bin nicht Superwoman.«
»Für mich schon.« Alan schenkte ihr sein betörendstes Lächeln, beugte sich über den Ladentisch, zog sie an sich und küßte sie sanft. »Sei nicht sauer, Janey. Du weißt, wie sehr ich dich liebe.«
Sie war immer noch verkrampft. Er hatte sie total durcheinandergebracht. Weil sie keine Antwort gab, strich er eine widerspenstige Strähne Haar aus ihrem Nacken und sagte: »Komm, Liebling, was ist denn los? Gibt es irgend etwas, was du mir sagen solltest?«
Janey zögerte. »Wovon redest du eigentlich?«
»Davon, ob vielleicht an der sogenannten Freundschaft zwischen dir und Guy Cassidy mehr dran ist, als man auf den ersten Blick sieht.«
O Gott, dachte sie gequält, nicht schon wieder!
»Nun?« Er ließ sich nicht abbringen.
»Nein.« Sie schüttelte energisch den Kopf. »Natürlich gibt's da nichts.«

»Hm«, sagte Alan. Er war offensichtlich nicht überzeugt, daß Janey ihm die Wahrheit gesagt hatte. Seine Augen verengten sich, als er bemerkte, wie unwohl Janey sich in ihrer Haut fühlte. »Es wäre auch besser.«

Der Streit schlug Janey auf den Magen. Es war ihre erste Auseinandersetzung seit seiner Rückkehr, und den ganzen Nachmittag über verspürte sie den Druck in ihrem Magen. Sie war von Natur aus nachgiebig, und ihr Harmoniestreben ließ sie jetzt zweifeln, ob es richtig gewesen war, Alan so anzufahren; aber gleichzeitig konnte sie ihr Verhalten nicht allzu unvernünftig finden. Solange er keine Arbeit hatte, wollte sie nicht neben ihrer Sechzigstundenwoche im Laden auch noch Drei-Gänge-Menüs kochen. Dafür war ihr ihre Freizeit zu schade.

Als sie um halb sieben die Treppe zu ihrer Wohnung hochging, war ihr etwas mulmig zumute. Sie war hungrig; ihre Beine schmerzten, und sie hatte absolut keine Lust darauf, den Abend mit Streitereien zu verbringen.

Als sie die Türklinke drücken wollte, hörte sie Alan rufen: »Halt! Nicht reinkommen!«

Janey spürte, wie ihr Herz einen Augenblick lang aussetzte. So lächerlich es war, aber sie mußte an einen Fernsehfilm denken, den sie unlängst gesehen hatte. Die Ehefrau war etwas verfrüht von der Arbeit heimgekommen, und der Mann hatte ihr befohlen, vor der Tür zu warten. Inzwischen war seine Geliebte, notdürftig in ein Laken gehüllt, zur Küchentür hinausgelaufen. Das hatte ihr einen Stich versetzt, denn genauso war es ihr ergangen, als Maxine und die Kricketspieler gegen die Tür hämmerten und sie mit Bruno überraschten. Der Unterschied war lediglich, daß es hier keine Hintertür gab, durch die man hätte verschwinden können. Es gab nur Fenster, und die lagen fünf Meter über dem Boden …

Im nächsten Augenblick öffnete Alan die Tür. »Okay, kannst reinkommen. Alles ist fertig.«
Sie hatte nicht ernsthaft an ihm gezweifelt, aber der Anblick, der sich ihr jetzt bot, raubte ihr den Atem. Keine halbnackten Frauen im schummrig erleuchteten Wohnzimmer. Nein, der kleine Tisch war für zwei gedeckt. Flackernde Kerzen warfen kastanienfarbenes Licht auf die Tischdecke, und er hatte die Kristallgläser hervorgeholt, die sie so selten benützte. Eine noch nicht geöffnete Flasche Champagner stand in einem mit Eis gefüllten Sektkübel.
»Eine Überraschung«, flüsterte Alan ihr ins Ohr, »hoffentlich hast du Hunger.«
Janey war überwältigt von dieser Geste. Sie konnte nichts sagen, nur nicken. Dies kam absolut unerwartet, und deshalb war das etwas ganz Besonderes. Wegen solcher Gesten, dachte sie, liebte sie ihn.
»Es tut mir so leid, wegen heute morgen.« Er nahm ihre Hand und führte sie zum Tisch. »Meine blöde Eifersucht. Aber ich werde in Zukunft alles so machen, wie du es gerne hast, Liebling. Habe ich nicht gesagt, wir sollten meine Rückkehr mit Champagner feiern?«
Janey besah das Etikett; es war leider nur Sekt *méthode champenoise.* Aber das war genausogut wie richtiger Champagner ... Sie sah ihm zu, wie er die Flasche entkorkte, und hielt den Atem an – das tat sie immer in Erwartung des Knalls. Aber als sich der Korken schließlich löste, war nichts als ein trauriges ›Plop‹ zu hören. Anstatt an die Decke zu knallen, plumpste der Korken zu Boden. Es folgte beklommene Stille.
Alan war enttäuscht. »So ist es immer in meinem Leben«, sagte er mit bedauernder Miene. »Es mußte ja so kommen. Es sieht so aus, als würde ich alles falsch machen.«
»Red doch keinen Unsinn.« Janey traten die Tränen in die

Augen; sie stand auf und umarmte ihn. »Du machst alles *richtig*. Du hast ein tolles Abendessen gekocht, oder? Am besten, ich gehe schnell runter und kaufe eine neue Flasche. Du kannst inzwischen das Essen auftragen.«
»Nein, ich glaube, du gibst besser mir das Geld, und ich hole die Flasche. In der Zwischenzeit kannst du mal nach dem Essen sehen. Ich hab getan, was ich konnte, aber auch ich bin kein Superman. Ich fürchte, so toll wird das Essen nicht sein«, fügte er entschuldigend hinzu.
Janey lächelte. »Warum denn, was ist denn los?«
»Ach, ich weiß nicht genau.« Alan schüttelte den Kopf; er sah ein wenig verwirrt aus. »Ich habe bisher noch nie so ein blödes Hühnchen gekocht. Haben die eigentlich immer einen Plastikbeutel voll matschiger Innereien in ihrem Hintern?«

46

Valentina di Angelo war nur dann temperamentvoll, wenn sie es sein wollte. Ihr Ruf gründete auf den, in der Öffentlichkeit breitgetretenen Ehekrächen mit ihrem ersten Mann, einem Säufer und zweifellos begabten Schauspieler. Die Scheidung war für die Zeitungen ein gefundenes Fressen gewesen. Seitdem war sie fest davon überzeugt, daß Temperamentsausbrüche Neuigkeitswert hatten, während liebe, stille Mädchen, die gerne nähten, lasen und *EastEnders* im Fernsehen anschauten, recht uninteressant waren.

Sie achtete aber streng darauf, daß ihre Temperamentsausbrüche ihre Arbeit nicht behinderten. Zum Ärger der *Paparazzi* tauchte Valentina di Angelo nie mit weniger als drei Stunden Verspätung auf, aber ihre Karriere als Model war etwas völlig anderes. Bei der Arbeit war sie immer freundlich und pünktlich; sie schuftete wie ein Pferd und beklagte sich nie. Keine andere der Supermodels war so unentbehrlich wie sie. Talkshowgäste, Journalisten und die lästigen Fans zu beleidigen und immer und überall die Herrscherin zu spielen, das war für sie nur eine Freizeitbeschäftigung.

Es lief einfach alles traumhaft. Sie hatte den Ruf, ein schönes, scharfzüngiges Luder zu sein, und nur wenige, die, an denen ihr lag, wußten, daß sie anders war.

Obwohl sie Guy Cassidy erst seit kurzem kannte, hatte sie ihn auf die Liste derer gesetzt, an denen ihr lag. Sie hatten gut zusammengearbeitet, aber seine Distanziertheit quälte und verwirrte sie mehr als irgend etwas anderes. Sogar während der Aufnahmen – sie trug dabei nicht gerade viel auf der Haut – hatte er offenbar ihren üppigen, perfekten Körper nicht so wahrgenommen wie die meisten anderen Fotografen. Die Ergebnisse der Arbeit waren natürlich makellos, aber was Valentina anging, gab es da noch eine ganze Menge zu tun. Sie hatte zwei kurze Ehen und sieben abgebrochene Beziehungen hinter sich; sie fühlte sich also reichlich erfahren. Sie hatte genug von den falschen Typen und hatte sie ad acta gelegt. Jetzt war sie fünfundzwanzig Jahre alt und bereit für die richtigen Männer. Guy Cassidy war begabt, er sah hinreißend aus, und dazu noch sein geheimnisvoller Charakter – das war total nach ihrem Geschmack. Und was noch besser war: Er hatte ihre Erzrivalin Serena Charlton sang- und klanglos abserviert. Es war klar, dachte sie, daß dieser Mann einen unbestechlichen Geschmack hatte.

Sollte Guy ihr Telefonanruf überrascht haben, so zeigte er es nicht, aber er war neugierig, wie sie es geschafft hatte, ihn in dem kleinen Hotel am Leicester Square aufzuspüren. »Wie hast du mich ausfindig gemacht?« fragte er.

»Du sprichst mit einem Mädchen, das zweieinhalb Schulabschlüsse nachweisen kann«, sagte Valentina. Sie war nicht so hirnlos wie diese Serena, dachte sie stolz.

»Ich bin immer noch neugierig.«

»Ich weiß, daß du ein Freund von Mac Mackenzie bist«, erklärte sie. »Also hab ich ihn angerufen. Er hat mir deine Telefonnummer zu Hause gegeben. Die hat mir gesagt, daß du im *Randolph* wohnst und mir die Nummer gegeben. Ich hab dort angerufen, nach dir gefragt ... und hier bin ich!« Sie kicherte. »So, weißt du jetzt Bescheid?«

Guy klang erheitert. »Total. Danke.«

»Das freut mich; schließlich habe ich nicht erwartet, daß du hier in London bist. Aber weil das so ist – was hältst du davon, mit mir zum Essen zu gehen?«
Er zögerte einen Augenblick. »Meinst du heute abend?«
»Nein. Silvester 1999.« Sie lachte. »Natürlich heute abend. Was ist los, schon was anderes vereinbart? Dann sag denen, daß du ein besseres Angebot hast.«
Guy waren schon allerhand dreiste Frauen über den Weg gelaufen, aber Valentina, dachte er, müßte man nicht mit großem V, sondern mit großem F schreiben.
»Ja ja«, sagte sie besänftigend, als könnte sie seine Gedanken lesen. »Ich bin 'ne blöde Kuh. Also, du kannst natürlich auch nein sagen, wenn dir danach ist. Das würde zwar meinem Ego einen Tiefschlag versetzen, aber ich komm schon drüber weg – in ein paar Jahren oder so.«
Es war ein langer Arbeitstag gewesen. Guy wollte eigentlich nur ein Bad nehmen und vielleicht noch auf ein Gläschen in die Hotelbar gehen, und dann nichts wie ins Bett und acht Stunden ohne Unterbrechung schlafen!
Aber Maxines Bemerkung vom Tag zuvor, alles, was er brauche, sei eine Frau, ging ihm nicht aus dem Kopf. Obwohl es ihm nur wenig ausmachte, daß Maxine und Janey über sein fehlendes Liebesleben redeten, hatte es nichtsdestotrotz eine alte Wunde aufgerissen. Vielleicht sollte er sich doch ein wenig mehr Mühe geben ... Im Moment würde es genügen, ja zu sagen.
»Okay«, sagte er nach einer längeren Pause, bevor sie denken könnte, er hätte aufgelegt. »Essen hört sich gut an. Wo möchtest du hingehen?«
Ins Bett, dachte Valentina mit einem triumphierenden Lächeln. Aber so deutlich war sie nun auch wieder nicht. »Ins *Langan's*«, sagte sie. »Pünktlich um neun. Wir treffen uns draußen.«

»Ich ruf besser vorher an.« Guy griff übers Bett nach dem Telefonbuch. »Vielleicht sind alle Tische reserviert.«
»Keine Angst.« Valentina lachte, denn sie war so etwas wie die ständige Attraktion bei *Langan's.* »Für mich haben sie immer einen Tisch frei.«

Die Leute schauten auf, als Valentina das Restaurant betrat. Man hatte sie in aller Welt als die neue Audrey Hepburn angekündigt, und sie spielte jetzt den Wildfang. Obwohl sie in Tooting geboren und aufgewachsen war, kam ihr süditalienischer Elternteil klar zur Geltung. Ihr Haar war sorgfältig geschnitten, ihre Gesichtshaut olivfarben; sie hatte kastanienbraune Augen, dreimal größer als die von Bambi, und ihr roter Mund war womöglich der sinnlichste der Welt. Um ihren unbeschreiblich schlanken Hals trug sie ein enges Satinband, ihr Markenzeichen, das die Teenager landauf, landab übernommen hatten. Und sollte jemand glauben, daß man in einer rosafarbenen Lederjacke, hellgrünen Radlerhosen und roten Turnschuhen nie und nimmer gut aussehen kann, so bewies Valentina das Gegenteil. Sie sieht engelhaft schön aus, dachte Guy, trotz des unmöglichen Aufzugs. Es gab niemanden in dem Lokal, der sie nicht eingehend betrachtet hätte. Er hoffte, daß sie es sich nicht in den Kopf gesetzt hatte, hier einen Aufstand zu provozieren und das übliche Chaos zu verursachen.
Aber Valentina war gut drauf, und obendrein hatte sie Hunger. Bei einem Abendessen, mit Melonen als Vorspeise, Lammkoteletts als Haupt- und einem sündhaft kalorienreichen Schokoladenpudding als Nachspeise, wollte sie Guy Cassidy beweisen, welch gute Partnerin sie abgeben würde. Er hatte diese Distanziertheit immer noch nicht abgelegt, aber sie ließ allmählich nach. Noch eine Flasche Chablis, und die Sache ist geritzt, dachte sie.

»Wie alt sind eigentlich deine Kinder?« fragte sie. Sie stützte ihr Kinn auf eine Hand und schaute ihn aus ihren feuchtglänzenden, braunen Augen an. Wenn ein Mann schon in einem weißen Leinenhemd und beigen Hosen so gut aussah, wie sollte man sich da des Wunsches erwehren, herauszufinden, was die Kleidung verbarg! »Ein Junge und ein Mädchen, oder? Hast du vielleicht ein Foto dabei?«

»Josh ist neun, Ella fast acht. Und Fotos von den Kindern anderer Leute sind nervtötend.« Guy hatte zwar ein paar in seiner Brieftasche, aber er holte sie nicht hervor.

»Sei doch nicht so schüchtern«, schimpfte Valentina. Sie bückte sich nach ihrer Tasche. Sie kramte eine Zeitlang emsig darin herum, dann zog sie eine prallgefüllte lederne Brieftasche hervor. »Also, sei nicht so schüchtern. Ich zeig dir meine, wenn du mir deine zeigst.«

Er lachte. »Du hast doch gar keine Kinder.«

»Das schon, aber ich komme aus einer äußerst fruchtbaren Familie. Zwei Brüder, drei Schwestern, fünf Neffen und elf Nichten. Beiß die Zähne zusammen, und mach dich auf was gefaßt.«

»Sag mir's ruhig, wenn es mich nichts angeht«, sagte sie zwanzig Minuten später, »aber war das nicht komisch, mit Serena zusammenzusein, obwohl du gewußt hast, daß sie Kinder nicht ausstehen kann?«

Es war absolut kein Geheimnis, daß Valentina und Serena sich nicht gerade liebten. Aber Guy wollte nicht noch Öl ins Feuer gießen. Es waren allerhand Gerüchte über das Ende seiner Affäre mit Serena im Umlauf. »Es stimmt nicht, daß sie Kinder nicht ausstehen kann«, antwortete er, »sie gerät nur nicht in Verzückung, sobald man von Kindern redet.«

Valentina rührte in der Schokoladen-Sahne-Sauce auf ihrem Teller herum. »Wie kann man Kinder nicht lieben?« Dann sah sie Guys Gesichtsausdruck – die Distanziertheit war wieder da –, schüttelte den Kopf und lachte. »Ich fürchte, du erlebst so was dauernd. Frauen, die mit Begeisterung ihre Klauen in dich schlagen und dir die Ohren vollquasseln, wie sehr sie Kinder lieben, weil sie meinen, dann würdest du sie lieber mögen.«

»Gut beobachtet.« Ihre Beobachtungsgabe und ihre Offenheit gefielen ihm. »Sagst du immer ohne alle Umschweife, was du dir gerade denkst?«

»Selbstverständlich.« Ihre Augen glitzerten vor Freude. Eine Spur von Schokoladenpudding war auf ihrer Unterlippe zu sehen. Guy beugte sich unwillkürlich über den Tisch und wischte den Klecks mit seinem Daumen ab. Valentina lachte und küßte diesen Daumen. »Da hast du's! Ich habe dich gewarnt. Mein Motto ist: Sag, was du denkst, tu, was du willst.«

Wenn Maxine und Janey recht hatten, dann brauchte er eine Frau. Sie hatten nicht viel von Serena gehalten; vielleicht würde ihnen Valentina besser gefallen. Die Idee, sie ihnen als künftige Dame seines Herzens vorzuführen, gefiel ihm. Einen größeren Unterschied als den zwischen ihr und Serena konnte man sich nicht vorstellen.

»Und was willst du?« fragte er. Er ging auf ihren Ton ein. Valentina hatte inzwischen ihre Turnschuhe ausgezogen. Ihr nackter Fuß streichelte Guys Oberschenkel.

»Noch eine Portion Schokoladenpudding«, sagte sie, und ihr Lächeln wurde noch offener, »und dann dich.«

Draußen warteten die Paparazzi. Kaum trat Valentina, ihre Lederjacke lässig über die Schultern geworfen, auf die Straße, als auch schon ein Blitzlichtgewitter losbrach.

»Keine Fotos! Nicht schon wieder diese Scheißfotos!« schrie Valentina und sah die Meute voller Verachtung an. »Herrgott noch mal, wir waren privat aus! Was seid ihr? Nichts als ein Rudel Wölfe!«

Die Paparazzi liebten sie natürlich. Sie brachte ihnen Glück. Es verging kaum eine Woche, ohne daß Valentina di Angelo nicht auf den Titelseiten der Wochenendbeilagen abgebildet gewesen wäre. Ein Treffen mit Valentina war für sie bare Münze und bedeutete einen erfolgreichen Arbeitstag. Das Publikum – überflüssig zu sagen – sog die Geschichten über Valentina gierig auf.
»Komm schon, Val, lach doch mal kurz«, rief einer der Paparazzi. »Du weißt doch, daß du das kannst.«
»Und du weißt, was du mich kannst«, gab sie schlagfertig zurück und warf ihr Haar nach hinten.
»Und wie wär's mit einer ehrlichen Antwort«, fragte ein Reporter mit einem Bart wie Rübezahl hoffnungsfroh, »seid ihr jetzt ein Paar, du und Guy Cassidy?«
»Hast du keine Angst, daß ich dir die Knochen breche?«
»He, Guy, wie steht's? Hast du eine Wette gewonnen, daß du sie ausführen darfst?«
Guy grinste und hielt den Mund. Er überließ die Beleidigungen lieber den Fachleuten.
»He, Val, zeig uns, was du unter diesem billigen Jäckchen versteckt hast«, stichelte ein Fotograf, der sie genau kannte. »Stimmt's, daß du deine Titten geliftet hast?«
Genau darauf hatte Valentina gewartet. Dieser Typ hatte vor vierzehn Tagen den ganzen Trouble inszeniert, und für sie war er erledigt.
»Komm doch, und schau mal näher hin«, sagte sie mit süßer Stimme. Die anderen Männer grinsten. Guy wußte, was jetzt passieren würde, und trat unauffällig zur Seite.
»Brrr, du Schlampe!« heulte der Fotograf auf. Valentina hatte ihm eine Schale Eiskrem, die sie zwischen den Falten ihrer Jacke verborgen gehalten hatte, ins Gesicht und über die Brust gekippt. Es war gutes Eis, Honig und Walnuß, und herrlich fotogen auf einem schwarzen Rollkragenpullover.

Geschieht ihm recht, dachte Valentina befriedigt, warum ist er auch zu dumm, um den Unterschied zwischen plastischer Chirurgie und einem ausgestopften BH zu kennen …

Wieder brach das Blitzlichtgewitter los, wieder war ein Bericht in den Boulevardzeitungen gemanagt Valentina war zufrieden. Sie drückte irgendeinem aus der Meute die leere Eisschale in die Hand und hakte sich bei Guy unter.

»Komm«, flüsterte sie, und zog ihn zu dem Taxi, das schon auf sie wartete. »Die Arbeit ist getan. Jetzt kommt das Vergnügen.«

47

Nein?« kreischte Valentina; sie konnte nicht glauben, was sie gerade gehört hatte. Sie fiel fast aus dem Bett vor Wut. »Nein? Was, zum Teufel, meinst du mit *nein?*«

Schon als sie auf sein Zimmer gegangen waren, hatte er gewußt, daß er einen bösen Fehler machte. Anfangs hatte er versucht, sie sich mit einem Drink aus der Minibar vom Leib zu halten. Jetzt suchte er schon eine Viertelstunde lang nach einer Möglichkeit, sich aus der Lage zu befreien, in die er sich selbst durch seine Dummheit gebracht hatte. Es war zu komisch, dachte er, neunundneunzigkommaneun Prozent aller Männer würden sabbern wie die Hunde, wenn man ihnen eine Liebesnacht mit Valentina di Angelo in Aussicht stellte.

Es war auch nicht so, daß *sie* etwas falschgemacht hätte. Ganz abgesehen von ihrer Schönheit, war sie lustig und offen, eine großartige Begleiterin. Und sie war so attraktiv, wie man es – Paparazzi eingeschlossen – nur wünschen konnte. Aber das half ihm jetzt nicht weiter. Aus irgendeinem unerfindlichen Grund wußte er, daß er einen schrecklichen Fehler machen würde.

»Es tut mir leid.« Guy schüttelte den Kopf und zwang sich, sie anzusehen. Seine dunkelblauen Augen drückten Resignation aus. »Wirklich. Es war ein toller Abend, aber ...«

»Aber was?« jammerte Valentina, die plötzlich Angst bekam. »Hab ich was falschgemacht? Was ist denn nur los, um Gottes willen?« Sie suchte nach einem Grund, nach irgendeinem plausiblen Grund, und fragte: »Bin ich zu dick?«

»Mach dich nicht lächerlich.« Zu dick zu sein, war der größte Horror für jedes Model. Und was die Sache noch schlimmer machte: Valentina glaubte es wirklich. Guy seufzte innerlich und betrachtete ihre spindeldürren Beine. »Du bist nicht dick, und du hast auch nichts falschgemacht. Es liegt an mir.«

Erleichterung mischte sich bei Valentina mit einem Verdacht. Sie zupfte immer noch nervös an der Tagesdecke herum. »Was ist es dann? Wenn du mir weismachen willst«, sagte sie mit warnender Stimme, »daß du impotent bist, werde ich dir das nicht abnehmen.«

Guy mußte lachen. Es wäre soviel einfacher, wenn er impotent wäre. Sie würde Mitleid mit ihm haben, und er wäre aus dem Schneider. »Ich will nicht« war für sie viel schwieriger zu ertragen als »ich kann nicht«.

»Nein«, sagte er, »du bist ein wundervolles Mädchen, und morgen früh werd ich mich in den Hintern treten, aber ich weiß ganz einfach, daß es ... falsch wäre.«

Valentina sah das völlig anders – für sie war es das einzig Richtige. Ihre Stirn umwölkte sich. Was soll das ganze Getue, dachte sie frustriert. Sie hatte ihn ja nicht drum gebeten, mit ihr barfuß durch die Antarktis zu trampen. Hier ging's um Sex, und sonst nichts.

»Du kriegst vielleicht 'nen Tritt, weil du Mädchen an der Nase rumführst«, erwiderte sie. Es tat ihr weh, von dem attraktivsten Mann, der ihr seit Jahren über den Weg gelaufen war, zurückgewiesen worden zu sein – und das ohne ersichtlichen Grund und nach so einem hoffnungsvollen Anfang!

»Ich habe kein Mädchen an der Nase rumgeführt.«

»Scheißtyp«, flüsterte Valentina. Für sie war der Fall noch nicht erledigt.

Guy fuhr sich in einer Geste der Hoffnungslosigkeit durchs

Haar. »Genau das will ich nicht sein. Würden wir miteinander schlafen, dann wäre ich wirklich ein Scheißtyp. Weißt du, da ist ... da ist eine andere«, fügte er widerstrebend hinzu. »Ich habe schon ein Verhältnis mit einer anderen, und es wäre weder dir noch ihr gegenüber fair, wenn ich ...« Seine Stimme wurde brüchig. Er nahm einen Schluck Brandy, schluckte und schüttelte sich.

»Oh.« Valentina ließ die Tagesdecke los, die sie immer noch fest in der Hand hielt. Einem Mann mit Gewissen zu begegnen, war für sie eine neue Erfahrung. Nur zu dumm, dachte sie, daß er einer anderen so furchtbar treu ist. »Wer ist denn die Glückliche? Kenn ich sie?«

Guy schüttelte den Kopf. Soviel er wußte, war es niemand, aber der Trick funktionierte, und nur darauf kam es jetzt an. Er begriff selbst nicht, warum ihm der Gedanke, mit Valentina zu schlafen, plötzlich so zuwider war. Und das war er. Könnte es sein, dachte er resigniert und alarmiert zugleich, daß es auch bei Männern so was gibt wie Wechseljahre; dann allerdings hatte er sie zehn Jahre zu früh bekommen. Verflucht, das wäre eine schöne Bescherung.

»Nun, sie hat Glück.« Valentina versuchte, die Niederlage – so gut es ging – wegzustecken. Sie lächelte und griff nach ihrer Jacke. »Wer auch immer sie ist. Nein, keine Sorge, ich finde schon hinaus. Ich bitte den Nachtportier, daß er mir ein Taxi bestellt.«

»Es tut mir leid«, sagte Guy, und es war ehrlich gemeint. Er öffnete ihr die Tür und gab ihr einen flüchtigen Kuß auf den Nacken. »Du hast mich in Versuchung geführt. Monogamie ist für mich was völlig Neues.«

»Lade mich zur Hochzeit ein«, spöttelte Valentina. »Ich werd ihr sagen, was für einen Helden sie geheiratet hat. Schließlich kann ich Zeugnis ablegen für deine Treue.«

Er grinste. »Danke.«

Valentina war aber fürchterlich neugierig, und Guy war nicht gerade gesprächig. Sie konnte nicht anders, sie mußte im Flur noch einmal stehenbleiben. »Ist sie schön?«

»Ja.«

»Ist es«, fragte sie aufs Geratewohl, »die Frau, mit der ich telefoniert habe? Hieß sie nicht Maxine?«

Guy fing an zu lachen. »Nein«, sagte er und klopfte ihr auf die Schulter. »Nett kombiniert, meine Liebe, aber es ist wirklich nicht Maxine.«

Thea lag im Bett und machte ein nachdenkliches Gesicht. Oliver hatte den Arm um sie gelegt.

»Was hast du denn?« Er zog die Bettdecke über ihre Schultern, denn die Zentralheizung in Theas Haus war so unberechenbar wie Thea selbst. »Machst du dir Sorgen wegen Janey?«

Das auch, zweifellos, aber im Moment beschäftigte sie etwas anderes. In gewissem Sinn war Oliver das Problem. So schön es war, verliebt zu sein, so ärgerlich war es, daß damit soviel Zeit draufging. Oliver sah darin natürlich keine Schwierigkeit, er hatte jede Menge Zeit, aber für sie war und blieb es problematisch; sie war eben nur eine nicht allzu erfolgreiche Bildhauerin, die arbeiten und Rechnungen bezahlen mußte. Daß sie die *Ballerina* hatte verkaufen können, hatte für eine Weile die Flut von Briefen eingedämmt, die von der Bank kamen und die langweilige Geschichte von ihrem überzogenen Konto dokumentierten. Viel schlimmer war, daß Tom Sparks, der Eigentümer ihres Ateliers, langsam ungemütlich wurde. Sie war mit der Miete im Verzug, und das gefiel ihm nicht. So traurig es war, aber nicht zu arbeiten, bedeutete, nichts zu verkaufen. Anfangs hatte sie sich nicht darum gekümmert – wer möchte finanzielle Sicherheit auch gegen alles verzehrendes Liebesglück

aufwiegen? –, aber nun wurde es kritisch mit der Miete für ihr geliebtes Atelier.
Im Prinzip hätte sie nur mit Oliver über diese mißliche Lage reden müssen. Wie die gute Fee würde er, ohne mit der Wimper zu zucken, den Scheck ausschreiben und alles in Ordnung bringen. Für ihn gab es kein solches Dilemma: Thea brauchte Geld, und er hatte es wie Heu. Er wäre sogar froh, ihr aushelfen zu können. Absolut kein Thema.
Aber hier lag der Hund begraben, denn es war sehr wohl ein Thema. Obwohl es nicht einfach gewesen war, hatte Thea sich während der vergangenen fünfundzwanzig Jahre aus eigener Kraft über Wasser gehalten. Zwar war ihr der Gedanke, eine versorgte Frau zu sein, durchaus angenehm erschienen; jetzt aber sah sie, daß es besser war, wenn manche Phantasien unerfüllt blieben. Ihre jetzige Situation war vielleicht eine heilsame Lehre, eine Strafe dafür, daß sie ihre Wunschvorstellungen zu hoch angesetzt hatte, oder es war nichts als Pech, denn Oliver, der plötzlich in ihr Leben getreten war, hatte sie verändert. Er war stolzer und großzügiger Besitzer von Riesenmengen von Geld – und sie liebte ihn unbeschreiblich.
Thea konnte es drehen und wenden, wie sie wollte – sie mußte sich einfach die Zeit zum Arbeiten nehmen. Wenn nötig – ein schrecklicher Gedanke! – mußte sie eben morgens ein paar Stunden früher aufstehen und arbeiten, solange Oliver noch schlief.
»Ja«, log sie und zwang sich, an ihr anderes Problem zu denken: Janey. Sie stützte sich auf einen Ellbogen und seufzte. »Ich hab das total versaut. Ich hätte mir Alan unter vier Augen vorknöpfen sollen; so war sie ja gezwungen, ihn zu verteidigen.«
Oliver küßte ihre warme Schulter. Es war zu seltsam, dachte er, daß sie beide die gleiche Prüfung zu bestehen hatten.

Véroniques früher Tod hatte bewirkt, daß er sich nicht mehr grundsätzlich und immer im Recht fühlte.

»Natürlich mußte sie das«, tröstete er sie. »Ich weiß, wie schwer es ist: Wir tun für unsere Kinder alles, was wir tun können, aber manchmal müssen sie die Fehler eben selbst machen. Laß dir Zeit, Liebling, dann kommt sie vielleicht zur Vernunft.«

»Das will ich, verdammt noch mal, hoffen.« Thea war gereizt. Sie spürte immer noch das dringende Bedürfnis, sich Alan Sinclair zu schnappen und ihn bewußtlos zu schlagen. »Aber wie lange wird das noch dauern, und wieviel Schaden wird er in der Zwischenzeit noch anrichten? Janey ist so halsstarrig, daß ich manchmal direkt Angst habe. Ich trau ihr auch zu, daß sie sich schwängern läßt – aus reiner Bosheit.«

48

Janey sieht toll aus, dachte Bruno, der sie aus einer Ecke heraus beobachtete, wie sie an Alan Sinclairs Arm zur Party kam. Sie trug ein bauschiges weißes Seidenhemd, das in weiße Jeans gesteckt war; ihr blondes Haar fiel offen über ihre Schultern. Sie strahlte eine Fröhlichkeit aus, die er bei ihr noch nie gesehen hatte. Ihr Selbstwertgefühl, fand Bruno, das in den vergangenen zwei Jahren völlig verschüttet gewesen war, war durch die Rückkehr ihres Mannes offenbar wieder belebt worden; eine an ein Wunder grenzende Veränderung, als wäre sie zum Leben erweckt worden wie eine welke Blume, die man gerade noch rechtzeitig in eine Vase mit frischem Wasser gestellt hatte.

Bruno riß sich zusammen. Was war nur mit ihm los? Abgeschmackte Vergleiche waren eigentlich nicht seine Sache. Janey sah gut aus, weil sie glücklich und verliebt ist, dachte er und verbannte jeden Gedanken an welke Blumen aus seinem Kopf. So einfach war das. Ob sie sich allerdings dazu herablassen würde, mit ihm zu sprechen, war eine andere Sache.

Letzten Endes hatte Janey keine andere Wahl. Sie war anfangs fest entschlossen, Bruno einfach nicht zu beachten, doch dieser Vorsatz wurde von Pearl zunichte gemacht, die ihn in die Küche schleppte. Janey lehnte am Kühlschrank und wartete darauf, daß Alan eine Flasche australischen Weißwein aufmachte. Sie richtete ihren Blick auf einen Kalender über dem Herd und machte ein Gesicht, als ginge sie alles andere nichts an. Aber die Küche war einfach zu klein, und Pearl war alles andere als zurückhaltend.

». . . ich glaube dir das einfach nicht, mein Lieber«, rief sie; sie hakte sich bei Bruno ein und drohte ihm mit dem Finger. »Du kannst mir ruhig erzählen, daß du sterbensverliebt in diese Maxine bist, aber soll das vielleicht heißen, daß du ihr treu sein und alle anderen Frauen im Stich lassen willst? Da seh ich aber schwarz. Dir ist sicher nicht entgangen, daß die ganze Stadt schon Wetten abschließt, wie lange du es aushalten wirst«, fügte sie ausgelassen hinzu. »Bisher hat noch niemand auf länger als einen Monat gesetzt.«

Alan, der hinter ihr stand, schaute fragend zu Janey hinüber. Er zog die Augenbrauen hoch und formte mit den Lippen die Frage: »Maxine?«

Janey nickte; und als Bruno sich zu ihr umdrehte, lächelte sie ihn an. Hätte sie das nicht getan, würde Alan ihr nur peinliche Fragen stellen.

»Oh, ich hab mich eben völlig verändert.« Bruno grinste. »Weißt du, sowas kann sogar mir passieren. Wenn die Gewinnaussichten so gut sind, muß ich mir direkt überlegen, ob ich nicht auch etwas setzen soll.«

»Du bist also der berühmte Bruno.« Alan trat vor und gab ihm die Hand. »Hallo, ich bin Alan Sinclair, der Schwager von Maxine. Von dir hab ich schon allerhand gehört.«

»Was für ein Zufall«, sagte Bruno. »Ich hab von dir auch schon so einiges gehört.«

Pearl hatte zur Feier des Tages bereits reichlich Tequila intus und war ziemlich in Fahrt. Sie liebte Bruno über alles. Sie hatte zwar Alan Sinclair bislang nicht kennengelernt, aber er war bei den Leuten vom Surfclub herumgestanden, die sie zu ihrer Fete eingeladen hatte. Ihr war auch nicht entgangen, daß er unglaublich gut aussah. Es ist doch eine Schande, dachte Pearl, daß er mit dieser nichtssagenden blonden Freundin im Schlepptau aufgekreuzt ist.

»Alle haben doch schon von Bruno gehört«, sagte sie zu Alan

und kicherte. »Eigentlich sollte ich ja nichts erzählen, wo du doch mit Maxine verwandt bist, aber was soll's, schließlich ist es hier meine Fete. Dieser Kerl ist schlecht. Er ist zwar wundervoll«, gab sie zu, nahm Brunos Arm und kniff ihn liebevoll, »aber er ist abgrundtief schlecht ..., wahrscheinlich der böseste, schlechteste Mann in ganz Cornwall.«

Janey zuckte zusammen. Es war unglaublich, aber bevor sie ein Verhältnis mit ihm gehabt hatte, waren ihr keinerlei Gerüchte über ihn zu Ohren gekommen. Das waren doch alles nur Legenden, dachte sie bitter. Und Pearl, die sie noch nie zuvor gesehen hatte, redete reichlich gewagtes Zeug daher ...

»Du siehst hier einen ungewöhnlich aktiven Verführer«, fuhr sie fort; Janeys Unbehagen entging ihr offensichtlich völlig. »Er hat sich jahrelang als solcher betätigt. Keiner von uns kann sich vorstellen, wie er davon loskommen will.«

»Danke«, sagte Bruno mit gespieltem Ernst. Janey, die hinter Alan stand, wirkte völlig erschlagen. Sie tat Bruno leid, deshalb versuchte er, die Unterhaltung auf ein weniger gefährliches Thema zu lenken. »Aber das war doch in der schlechten, alten Zeit. Ich bin von heute an ein neuer Mann, das verspreche ich dir. Was anderes: Wie geht's deinem Vater? Hat er seine Yacht inzwischen verkauft?«

Aber Pearl war noch nicht fertig. Yachten waren sterbenslangweilig. Und schließlich war der Gedanke, daß Bruno Parry-Brent eine neue Seite im Buch seines Lebens aufgeschlagen hatte, einfach unbeschreiblich reizvoll.

»In der schlechten, alten Zeit!« kreischte sie. Sie lachte gurgelnd, und fast hätte sie Tequila über den Ärmel von Alans hellem Baumwollhemd verschüttet. »Wie lange ist dein Geburtstag eigentlich her, alter Schwindler? Leider habe ich die Party versäumt, aber Suzannah hat mir alles darüber berichtet. Sie hat mir erzählt, daß du den größten

Streit mit irgend 'nem armen Mädchen gehabt hast, mit der du dich heimlich getroffen hast, bis sie rausfand, was für einer du in Wirklichkeit bist. Wer, hat Suzie gesagt, war das doch gleich?« Sie hickste, versuchte nachzudenken und schüttelte den Kopf. »Nein, ich geb's auf. Komm, Bruno, hilf mir auf die Sprünge! Ich hab ihren Namen vergessen, aber ich glaube, sie hat den Blumenladen in der High Street ...«

»Jetzt hör doch endlich auf damit.« Janey zog sich aus und warf ihre Sachen auf einen Haufen. »Du kannst mir glauben, daß mir das alles genauso peinlich war wie dir«, sagte sie, als sie Richtung Bad ging.

»Das kann ich mir denken.« Alan kniff wütend seine Augen zusammen. »Du bist die Lachnummer von Trezale ... und du glaubst, daß ich dir das verzeihe? Herrgott, du machst es mir wahrlich schwer! Du hast mir gesagt, daß du keinen anderen gehabt hättest, und ich war so blöd, dir das abzunehmen. Und jetzt stellt sich raus, daß du nicht nur mit einem anderen was gehabt hast« – er spuckte die Worte voller Ekel aus –, »sondern du hast dich auch noch zum Narren gemacht und dir den Zuchtbullen Nummer Eins ausgesucht.«

Janey sagte lieber nichts mehr. Sie zog die Badezimmertür hinter sich zu und putzte ihre Zähne so heftig, daß ihr Zahnfleisch blutete. Dann atmete sie tief durch und ging ins Schlafzimmer zurück.

»So«, sagte sie, rot vor Zorn. »Mir wäre es lieber, wenn es nicht passiert wäre, aber es ist nun mal passiert. Und ich werde mich nicht rechtfertigen. Ich habe gesagt, daß ich keinen anderen Mann gehabt habe, denn genau das hast du hören wollen. Aber was hast du eigentlich von mir erwartet? Daß ich mir einen Keuschheitsgürtel anlege und für den Rest meines Lebens wieder zur Jungfrau werde? Sei doch nicht so weltfremd«, sagte sie, ohne auf ihn Rücksicht zu nehmen. »Du bist schließlich abgehauen! Und wenn ich die Lachnummer von Trezale bin, weil ich mit Bruno geschlafen habe, was soll's? Das bin ich schon gewöhnt. Die Leute haben zwei Jahre lang über mich gelacht, genau seit dem Tag, an dem mein Ehemann verschwunden ist. Wenn du auf eine Entschuldigung wartest, kann ich dir nur sagen, daß du's besser vergißt, denn ich habe in den zwei Jahren nur mit einem einzigen Mann geschlafen; was soll daran schlecht sein? Wenn ich geahnt hätte, was für einen Ärger ich damit habe, hätte ich mit fünfzig geschlafen.«

Die Stille, die sich ihrem Ausbruch anschloß, dauerte eine Ewigkeit. Alan saß aufrecht im Bett und starrte sie an. Schließlich sagte er: »Du hast dich verändert.«

Es war spät geworden; Janey war müde, aber sie wollte sich nicht neben ihn ins Bett legen. Sie lehnte an der Wand und antwortete: »Ich habe mich ändern müssen. Wenn man allein dasteht, muß man sich um sich selbst kümmern.«

Alan schüttelte den Kopf. »Es ist alles mein Fehler. Es tut mir leid, Liebling, aber ich kann nichts dafür. Schuld daran war der Schock, so etwas zu erfahren. Ich war so furchtbar eifersüchtig. Janey, komm ins Bett, bitte.«

Er streckte die Arme nach ihr aus. Die körperliche Erschöpfung trieb sie ins Bett, nicht die Aussicht auf Versöhnung. Sie war müde und gab den Widerstand auf.

»Es dauert eben eine Weile«, flüsterte er in ihr Haar, »bis man sich wieder aneinander gewöhnt.«

»Hm.«

»Was machst du denn?« Er runzelte die Stirn, denn sie ordnete die Kissen und legte sich auf ihre Seite, das Gesicht von ihm abgewandt.

Janey schloß die Augen. »Ich will schlafen.«

49

O nein, nicht Sie schon wieder.« Maxine stöhnte; hätte sie nur nicht auf die Klingel gehört. »Ich wäre fast gefeuert worden, als Sie mich letztes Mal reingelegt haben.«

Oliver Cassidy lachte. »Tut mir leid.«

»Das möchte ich hoffen«, erwiderte sie ärgerlich. »Guy war stinksauer auf mich. Ich bin froh, heil davongekommen zu sein. Und Sie haben auch ganz schön Glück gehabt«, fügte sie hinzu. »Er hätte fast die Polizei gerufen. Man hätte Sie wegen Kidnappings einlochen können.«

Sie sieht aus wie ihre Mutter, stellte Oliver fest. Und obwohl sie die Wütende sehr gut spielte, so vermutete er doch eher, daß sie es hauptsächlich tat, um Eindruck zu schinden.

»Gut möglich«, gab er zu, und seine Lachfalten wurden tiefer. »Aber es wäre nicht anständig gewesen, oder? Kidnapper verlangen doch Lösegeld. Ich dagegen habe Josh und Ella Geld gegeben.«

»Ihretwegen hätte ich fast einen Herzanfall gekriegt«, brummte Maxine. Ein Schauder überlief sie, als ein Windstoß über die Veranda blies. Sie bekam eiskalte Füße, denn sie stand barfuß auf den Steinplatten. »Sie hätten mich nicht anlügen dürfen; das war einfach gemein.«

»Alt zu werden und seine Enkelkinder nie sehen zu dürfen, das ist gemein.« Oliver, der in einem warmen Kaschmirmantel steckte, schauderte auch. »Manchmal, Maxine, muß man zu ungewöhnlichen Maßnahmen greifen. Es tut mir leid, daß Sie den schlimmsten Zornausbruch meines Soh-

nes haben aushalten müssen, aber ... Herrgott, bläst hier ein kalter Wind.«
Maxine blieb hart und zwang sich, nicht zu lachen. »Ich glaube, daß es nett und warm ist – in Ihrem Auto.«
»Kommen Sie«, sagte Oliver, »seien Sie doch nicht so. Wenn Sie mich auf eine Tasse Kaffee einladen, können wir in Ruhe miteinander reden. Guy ist weg, Josh und Ella sind in der Schule; niemand braucht zu erfahren, daß ich hier war.«
»Was sind Sie eigentlich, der König der Hausierer?« Maxine fing an zu lachen. »Okay, kommen Sie rein. Aber versuchen Sie nicht, mir Scheuertücher zu verkaufen.«

»... wie Sie sehen: Guy hat mir nie verziehen, daß ich ihm meine Meinung gesagt habe«, schloß Oliver eine Viertelstunde später seine Rede. »Meiner Ansicht nach war er zu jung zum Heiraten. Ich sagte ihm, daß er einen schweren Fehler machte, aber er war zu stur, um meinen Rat anzunehmen. Wenn Josh und Ella erwachsen sind, wird er vor demselben Problem stehen, und dann wird ihm einleuchten, daß ich nur sein Bestes im Sinn gehabt habe.« Er zuckte die Schultern und stellte seine leere Tasse zur Seite. »Aber dann ist es zu spät, denn dann bin ich längst tot.«
Maxine konnte seine Gefühle sehr gut verstehen. Hatte nicht Thea genauso reagiert, als sie hörte, daß Janeys überhaupt nicht reumütiger Ehemann wieder in Trezale hereingeschneit war? Und Janey? Hatte sie nicht genauso wie Guy reagiert und nicht einen Augenblick lang daran gedacht, daß ihre Mutter mit ihrer Meinung über Alan recht haben könnte?
»So schnell werden Sie nicht sterben«, sagte sie, bemüht, etwas Tröstliches zu sagen. »Also, ich kann Sie ja verstehen, aber Sie müssen doch einsehen, daß ich hier in einer

unmöglichen Lage bin. Ich kann Ihnen nicht helfen. Und wenn Sie glauben, ich könnte Guy zur Vernunft bringen – nun, genausogut könnte ich ihm vom Weihnachtsmann erzählen.«

»Ich möchte meine Enkelkinder wiedersehen«, sagte Oliver Cassidy.

»Das geht nicht.«

Er lächelte nicht mehr, und seine Augen wirkten unendlich traurig. »Maxine, hören Sie mir zu.« Er lehnte sich in seinem Stuhl zurück, legte die gefalteten Hände auf den Tisch und sprach ganz ruhig. »Wenn Ella und Josh erwachsen sind, dann bin ich ganz sicher schon tot. Wenn man meinem Arzt glauben kann, dann weile ich schon Weihnachten nicht mehr unter den Lebenden. Natürlich glaube ich ihm nicht – er ist ein notorischer Schwarzseher –, aber ich muß akzeptieren, daß an seiner Diagnose etwas dran ist. Vielleicht können mich die Leute nächstes Jahr von ihrer Weihnachtskartenliste streichen, aber heuer noch nicht.« Er ließ eine Pause entstehen, dann zuckte er die Achseln. »Aber ich will nicht rührselig werden. Ich sage Ihnen das alles nur, weil Sie wissen müssen, warum ich unbedingt meine Enkel wiedersehen will.« Er fixierte sie mit seinem Blick und fügte hinzu: »Und warum Sie mir dabei helfen müssen.«

»O Gott.« Maxine schüttelte verzweifelt den Kopf. »Jetzt wäre es mir wirklich lieber, wenn Sie Hausierer wären. Dann könnte ich nein sagen.«

Josh und Ella waren schon ins Bett gesteckt worden, als Bruno in Trezale House ankam. Weil Maxine unter einem Abendessen *à deux* Spaghetti auf Toast verstand, hatte er selbst die Zutaten für ein ordentliches Essen mitgebracht. Er machte sich in der Küche zu schaffen, schnitt Zwiebeln und Champignons für ein Bœuf Stroganoff, und Maxine saß völlig entspannt da, trank Bier und berichtete ihm von den Ereignissen des Tages.

»Huch, was machst du denn da?« kreischte sie, als Bruno, der ihr zehn Minuten lang ruhig zugehört hatte, mit dem Waschen des Lauchs aufhörte und seine nassen, kalten Hände auf ihre Ohren preßte.

»Der Rest deines Hirns«, erklärte er. »Ich habe gedacht, daß wir ihn vielleicht doch retten sollten. Die Ärzte können ja heutzutage wahre Wunder vollbringen ... Wenn du Glück hast, können sie dir einen Teil davon wieder einpflanzen.«

»Haha, sehr witzig.« Maxine ließ sich nicht aus der Ruhe bringen und rückte von ihm weg. »Okay, wenn Guy der Meinung ist, ich sollte aufgehängt, gevierteilt und gerädert werden, so bleibt doch wahr, daß jede andere an meiner Stelle es genauso gemacht hätte.«

»Du hast's noch immer nicht verstanden, ja?« Er trat zurück und schaute mit einer Mischung aus Belustigung und Unglauben auf sie hinunter. Ganz langsam sagte er: »Du steckst wirklich voller Überraschungen, mein Engelchen. Wie kann jemand, der so klug ist, gleichzeitig so naiv sein? Wie kannst du nur auf so ein Märchen reinfallen?«

»Was für ein Märchen?« Ein winziges Stirnrunzeln zeigte sich auf ihrem Gesicht, und ihre Augen drückten Verwirrung aus.

»Wovon redest du eigentlich?«

»Und du hast mir gesagt, daß bei euch Janey die Einfältige ist.« Die Tatsache, daß die scharfzüngige Maxine eine schwache Stelle hatte, machte sie noch liebenswerter. Er grinste triumphierend; diese Geschichte würde er so schnell nicht in Vergessenheit geraten lassen.

»Komm, sag's doch endlich«, drängte sie, als sie langsam begriff. »Bruno! Das ist doch ekelhaft.«

»Ja, Maxine!« Er äffte ihre empörte Stimme nach, trat aber klugerweise einen Schritt zurück, um keinen Tritt vors Schienbein abzukriegen. »Also, ich habe diesen Menschen ja noch nie getroffen, aber du hast mir erzählt, was er für einer ist. Wie hat Guy gesagt – sein Vater war ein skrupelloser Geschäftsmann, der notfalls über Leichen ging? Wenn er seine Enkelkinder sehen will und du ihm sagst, daß das nicht möglich ist, dann kommt er eben mit einer Schauergeschichte, damit du nachgibst. Und was wäre einfacher als die ewig-alte Leier vom baldigen Tod? Die ist zwar nicht besonders originell, aber sie funktioniert. Und sie hat funktioniert, oder etwa nicht?« sagte er mit einem provozierenden Grinsen. »Mein armer Schatz, am besten ziehst du dir eine kugelsichere Weste an. Ich möchte nicht wissen, wie Guy reagiert, wenn er erfährt, was du schon wieder angestellt hast.«

»O du schöne Scheiße«, jammerte Maxine entsetzt. Diesmal kostete es sie ganz sicher den Job. Als sie mit Oliver Cassidy in dessen silbergrauen Rolls-Royce gefahren war, hätte sie gern mehr über die Krankheit erfragt, die ihn so bald schon aus dem Leben reißen würde. Aber sie hatte sich nicht getraut, denn sie wollte nicht neugierig erscheinen, und schließlich war das kein Thema, das man mit einem Fremden besprach. Statt dessen hatten sie über Josh und Ella geredet; über den Klopapierwerbespot, der bald über den Sender gehen würde; über die wilde Schönheit der Küste von Cornwall; und über das blöde, total uninteressante Wetter ...

Josh und Ella fanden es natürlich aufregend, ihren Großvater vor dem Schulhaus zu treffen. Maxine fand die Situation so erschütternd, daß sie kein Wort herausbrachte; ja, sie mußte mit den Tränen kämpfen. Wie konnte jemand, der nur eine Spur von Menschlichkeit besaß, es einem sterbens-

kranken Mann verweigern, sich mit seinen einzigen Enkelkindern zu treffen?
Sie waren nach Trezale House gefahren und hatten vier wunderbar glückliche Stunden miteinander verbracht. Oliver Cassidy hatte versichert, daß ihm die Fischstäbchen und die Buchstabennudeln prima schmeckten, obwohl er nicht viel davon gegessen hatte. Sie hatte gedacht, sein Appetitmangel rühre von seiner Krankheit her.
Um acht Uhr war er wieder gefahren. Ella hatte ihm in ihrer herzerweichenden Unschuld nachgerufen: »Kommst du bald wieder, Großpapa?« Maxine hatte einen Riesenkloß in ihrem Hals gespürt und sich abgewandt. Josh hatte eine Fünfzigpfundnote geschwenkt und gesagt: »Wenn ich mir den Computer gekauft habe, Großpapa, dann bring ich dir ›Tetris‹ bei. Wenn du lange genug übst, wirst du mal so gut wie ich.«
»Maxine, wie kann ich mich je revanchieren?« Oliver Cassidy hatte gelacht und war mit ihr, einen Arm um ihre Schultern gelegt, zur Haustür gegangen. Er bückte sich, gab ihr einen flüchtigen Kuß auf die Wange und sagte: »Sie sind ein besonders lieber Mensch. Und ich bin Ihnen wirklich dankbar. Sie werden niemals ermessen können, was mir dieser Nachmittag wert ist.«
Maxine war es zu diesem Zeitpunkt noch egal gewesen, daß Guy herausfinden mußte, was passiert war – schließlich war Ella einfach noch zu klein, um ein Geheimnis länger als eine Minute für sich zu behalten. Sie wußte, daß sie sich richtig verhalten hatte, und sie würde Guy von der schrecklichen Krankheit seines Vaters erzählen. Sicher würde Guy Gewissensbisse kriegen, wenn er die Wahrheit erfuhr, hatte sie gedacht, als sich der Rolls die Straße hinunter entfernte.
»Ach du schöne Scheiße«, sagte Maxine noch einmal, als ihr die Lage klar wurde. Den ganzen Tag lang hatte sie

darüber nachgedacht, wie ungerecht es doch war, daß ein so charmanter Mann sterben mußte. Jetzt plagten sie Zweifel an ihrem Verstand, und sie fürchtete mehr und mehr, auf einen plumpen Trick hereingefallen zu sein, so daß sie jetzt dachte: Wenn er nur sterben würde! Das wäre wenigstens der Beweis, daß sie richtig gehandelt hatte.

Eine Woche später fuhr Maxine die Kinder zur Schule. Sie traute sich kaum, die Sache zur Sprache zu bringen. Schließlich faßte sie sich ein Herz, drehte sich zu den Kindern um und sagte im beiläufigsten Tonfall: »Ihr habt Guy nichts vom Besuch eures Großvaters erzählt, oder?« Das war mehr eine Feststellung als eine Frage. Maxine wußte, daß sie es ihm nicht gesagt haben konnten, denn sie lebte ja noch.

Ella, die im Kindersitz im Fond saß, brach in ein glucksendes Lachen aus. Josh, der neben ihr saß, blickte sehr stolz drein.

»Nein.«

»Warum?«

Er schüttelte den Kopf. »Das ist ein Geheimnis.«

»Ach komm«, sagte Maxine, »mir kannst du es doch sagen.«

Ella preßte die Lippen zusammen, um ihrem Bruder zu bedeuten, nichts zu sagen! »Wir dürfen es niemandem sagen. Es ist ein noch viel größeres Geheimnis, als daß du Papas Auto an den Torpfosten gefahren hast.«

»Also, mich freut's ja, daß es ein so großes Geheimnis ist«, erklärte sie ihnen geduldig. »Aber ich sollte es doch erfahren. Ich war ja schließlich dabei.«

Josh überlegte dieses Argument einen Moment lang. Nachdem er einen Blick mit Ella getauscht hatte, sagte er in ernstem Ton: »Okay, aber du darfst es niemandem weitersagen. Schwöre, daß du das nie tun wirst, Maxine!«

»Drauf kannst du deinen Popo verwetten«, sagte Maxine, und Ella mußte kichern. Popo war gerade ihr Lieblingswort.

»Großpapa hat gesagt, daß es ein Geheimnis bleiben muß«, erklärte Josh, »denn wenn wir es jemals verraten würden, würdest du rausgeschmissen, und wir könnten dich nie mehr sehen.«

»Oh.« Tränen traten in Maxines Augen; Gott sei Dank waren sie schon vor der Schule angekommen. »Ach, ist das schön, wenn man geliebt wird«, sagte sie resolut und unterdrückte den Wunsch, die beiden zu umarmen und abzuküssen. Würde sie vor seinen Schulkameraden mit ihm schmusen, würde Josh vor Scham sterben. Sie räusperte sich und versuchte zu scherzen. »Also heißt das, daß ihr mich ein ganz klein wenig gern habt, oder?«

»Ich schon«, erklärte Ella liebevoll. »Und Josh genauso.«

Maxine lächelte. »Wirklich, mein Lieber?«

»Ella«, flüsterte Josh verstohlen.

Die Erleichterung darüber, endlich über ihr Geheimnis reden zu dürfen, war wohl zuviel für Ella. Sie arbeitete sich aus dem Sicherheitsgurt heraus, schlüpfte nach vorne und flüsterte wie eine Souffleuse, weithin hörbar: »Großpapa hat uns extra noch was gegeben, damit wir nichts sagen«, vertraute sie Maxine an. »Mengen von Geld, von denen du nichts weißt, und wenn wir das Geheimnis jemandem verraten – außer dir jetzt –, dann müssen wir alles zurückgeben.«

»Oh.« Eben noch war sie es gewesen, die sie um keinen Preis verlieren wollten. Ganz schön geldgierig, die kleinen Biester!

»Josh wird sich einen Computer kaufen.« Ella rümpfte die Nase. »Uch, Computer sind was Blödes. Ich möchte keinen haben.«

»Ja, weil du ein Mädchen bist«, höhnte er. »Du wünscht dir ein blödes Pferd.«
Ella gab ihm einen Stoß und wandte sich wieder zu Maxine. Sie lachte wie ein Engel: »Ein richtiges, lebendiges Pferd«, sagte sie voller Freude. »Ich taufe es Popo.«

50

Janey lag in der Badewanne und sagte sich, wie dumm sie doch sei. Sie war, trotz allem, eine Erwachsene und kein Kind mehr, für das ein Geburtstag ein wichtiger Tag ist. Die Bedeutung von Geburtstagen bewegte sich auf einer variablen Skala: Wenn man älter wurde, nahm die Freude daran ab. Du lieber Gott, es war schon fast schick, den eigenen Geburtstag zu vergessen!

Andererseits aber war es total deprimierend, wenn alle anderen ihn auch vergaßen ...

Sie steckte in einem Dilemma, aus dem es anscheinend – ohne Gesichtsverlust – keinen Ausweg gab, denn morgen war ihr Geburtstag, und ihn so nebenbei zu erwähnen wäre unsagbar erniedrigend. Das dumme war, dachte Janey voller Reue, daß sie sich nicht eher darum gekümmert hatte, weil sie dummerweise der Meinung gewesen war, alle anderen würden daran denken.

Sie lag noch immer in der Badewanne, als das Telefon klingelte. Einen Augenblick später öffnete Alan die Tür des Badezimmers.

»Telefon, Süße. Es ist Maxine.«

Janeys Aberglaube sagte ihr, daß Maxine nicht an ihren Geburtstag gedacht haben würde, wenn sie jetzt aus dem Wasser stieg. Wenn sie aber dort blieb, wo sie war, dann könnte es Maxine plötzlich einfallen.

»Frag sie, was sie von mir will.« Sie begann, sich die Schultern langsam und sorgfältig einzuseifen. »Schreib's auf oder sag ihr, daß ich zurückrufe.«

Nach ein paar Minuten kam Alan zurück. »Sie fragte, ob du morgen abend babysitten könntest. Guy hat gesagt, sie könnte mal ein paar Tage freinehmen, und sie und Bruno wollen nach London fahren«, gab er das Gespräch wieder. »Aber jetzt muß Guy morgen abend irgendwohin, und deshalb überlegt er, ob du ihm vielleicht die Ehre erweisen könntest ... Er sagt, er sei definitiv bis Mitternacht wieder zu Hause.«
Soviel zum Thema Aberglaube. Janey nickte müde. »Okay. Ich ruf sie sofort zurück.«
»Nicht nötig.« Er klang selbstzufrieden. »Ich hab ihr schon gesagt, daß du's tun wirst. Sie meint, ob du bis halb acht kommen kannst?«
Janey starrte ihn an. »Gut, danke.«
»Was?« Alan wirkte überrascht. »Ich wußte, daß du ja sagen würdest. Ich habe es lediglich für dich gesagt. Was ist denn, hast du was anderes vor?«
»Nein.« Sie senkte die Lider. »Nein, nichts.«
»Du bist also nur launisch«, schalt er sie und kitzelte sie an den Fußsohlen.
Janey zwang sich zu einem Lächeln. Es war trotz allem nichts als ein Geburtstag. Und das war nun einmal keine allzu wichtige Sache. »Und was ist mit dir? Wirst du morgen abend irgendwas unternehmen?«
»Ach ja, ich hatte einen ruhigen, romantischen Abend mit meiner großartigen Frau im Sinn gehabt.« Er verdrehte schmachtend die Augen. »Nur wir zwei ...«
»Du kannst gern mitkommen und mir beim Babysitten helfen.«
» ... aber da du nicht hiersein willst«, schloß er verschmitzt, »kann ich mich genausogut mit ein paar Kumpels auf einen Drink im Surfclub treffen.«

Janey, die es sich mit einer Flasche Bier und einer Schachtel Salzstangen auf dem Sofa bequem gemacht hatte, war so in ihr Buch vertieft, daß sie es überhaupt nicht mitbekam, wie draußen ein Auto vorfuhr. Als Guy die Tür zum Wohnzimmer aufmachte, sprang sie auf und verstreute die Salzstangen in alle Richtungen.

»Oh, Entschuldigung.« Er bückte sich, um ihr zu helfen, sie aufzusammeln. »Was ist denn so schrecklich – ich oder das Buch?«

»Du hast gesagt, daß du um Mitternacht zurück bist.« Sie schaute auf die Uhr, noch immer außer Atem. »Es ist erst halb zehn. O nein«, sagte sie anklagend, »du hast sie doch nicht schon wieder sitzenlassen. Sag, du hast sie doch hoffentlich nicht im Hotel abgesetzt ...«

Als Charlotte Guy letzte Nacht angerufen und ihn gebeten hatte, beim jährlichen Galadiner ihrer Firma ihr Partner zu sein, hatte er gezögert. Aber Charlotte war wirklich verzweifelt. Jede, außer ihr, habe einen Partner, hatte sie ihm erklärt, offensichtlich völlig außer sich; und sie sei in letzter Sekunde von ihrem hängengelassen worden, der sich, gedankenlos, wie er nun einmal war, eine Salmonellenvergiftung geholt hatte. »O bitte, Guy, ich kann unmöglich allein gehen«, hatte sie am Telefon gejammert. »Es ist ja nicht so, daß ich dich darum bitten würde, mit mir ins Bett zu gehen; ich weiß, daß es aus ist mit uns. Aber diesen letzten Gefallen?! Bitte!«

Er hatte nicht genug Standhaftigkeit gehabt, um nein zu sagen. Aber das Schicksal war ihm – seit Jahren zum erstenmal, wie es ihm vorkam – offensichtlich wohl gesonnen. Denn kaum waren sie im Hotel angekommen, als Charlotte auch schon Richtung Toilette verschwand. Als sie endlich, eine halbe Stunde später, wieder auftauchte, hängte sie sich an Guys Arm und stöhnte im Ton größten Bedauerns: »O Gott, ich glaube, ich muß nach Hause! Ausgerechnet heute! Verdammtes indisches Hähnchen! Scheiß Salmonellen!«

Guy, der nur mühsam seine Erleichterung verbergen konnte, hatte allen auf Wiedersehen gesagt, Charlotte zum Auto gebracht und sie heimgefahren. Weil es ihr aber zu peinlich gewesen wäre, sich vor seinen Augen zu erbrechen, hatte sie sein Angebot kategorisch abgelehnt, solange bei ihr zu bleiben, bis es ihr wieder einigermaßen gutging. Eine Lebensmittelvergiftung war eine besonders unschöne Erkrankung, und sie hatte nur den einen Wunsch, alleingelassen zu werden.

»Oh, die arme Charlotte.« Janey versuchte angestrengt, nicht über Guys Gesichtsausdruck zu lachen. »Sie ist nicht gerade vom Glück verfolgt, oder?«

»Es erwischt sie immer«, antwortete er mit einem unbarmherzigen Grinsen. »Ich mußte ihr nicht einmal einen Gutenachtkuß geben.«

Janey sah auf die Uhr; es war erst zwanzig vor zehn. Jetzt, wo Guy da war, konnte sie nach Hause gehen. Aber Alan war ja im Surfclub, und die Aussicht, an ihrem Geburtstag allein in der Wohnung zu hocken, war grenzenlos deprimierend.

Guy bemerkte ihr Zögern und sagte: »Mußt du sofort heimgehen?«

»Nein, eigentlich nicht.«

»Gut. Ich werd 'ne Flasche Wein aufmachen.«

Als er den Wein eingeschenkt hatte, hob er das Taschenbuch auf, in das Janey versunken gewesen war.

»Hm, hab ich also doch recht gehabt. Kein Wunder, daß du so erschrocken bist, wenn du Horrorgeschichten wie diese da liest.«

Sie lachte. »Ich hab es unter einem Stapel Comics im Klo im unteren Stockwerk gefunden. Gib ihm doch 'ne Chance; es ist wirklich sehr gut geschrieben, mir hat's gefallen.«

»Als ob Mimi nicht schon genug Fans hätte.« Mit einem Schaudern warf er das Buch in ihre offene Handtasche. »Nimm's mit! Sie schickt mir immer ein Exemplar ihrer neuesten Bestseller, Gott weiß, warum. Allein von den Umschlägen krieg ich schon Kopfweh.«

»Du bist ein Chauvi«, sagte Janey vergnügt. »Mir gefallen diese Geschichten.«

»Du solltest so was nicht nötig haben.« Guy hatte einen ernsten Gesichtsausdruck. »Alan ist wieder zurück. Du wirst jetzt selbst ein Happy-End erleben.«

Janey zupfte einen Faden vom Ärmel ihres hellrosa T-Shirts. »Hm.«

Guy nutzte die Chance und sagte unvermittelt: »Obwohl ich glaube, daß es nicht einfach werden wird. Zwei Jahre sind eine lange Zeit, und sich wieder aneinander zu gewöhnen, das dauert eine Weile.«

Janey hatte niemandem auch nur ein Wort über ihre Schwierigkeiten erzählt, da sie diese Probleme auch kaum selbst an sich herangelassen hatte. Aber es gab so viele Entschuldigungen, die man zugunsten eines anderen vorbringen konnte. Alan war charmant, lustig und zärtlich. Aber die Kehrseite kam ihr langsam zu Bewußtsein. Obwohl er nun schon länger als einen Monat wieder hier war, hatte er noch immer keine ernsthaften Versuche unternommen, Arbeit zu finden, und obwohl er immer nur kleinere Geldbeträge von ihr lieh, um, wie er sagte, über die Runden zu kommen, wuchsen diese zu einem ganz ordentlichen Betrag an, da er keine Möglichkeit hatte, sie zurückzuzahlen. Janey sah ihr Bankkonto immer mehr schrumpfen, und während sie den doppelten Betrag für Lebensmittel ausgeben mußte, gab Alan offensichtlich das Geld aus, um all seinen alten Freunden im Surfclub Drinks zu spendieren.

»Nein, es ist wirklich nicht leicht.« Janey bemühte sich um

einen sachlichen Ton. Zwar würde sie Guy um nichts in der Welt das Ausmaß ihrer Probleme offenbaren, aber sie war es leid, so zu tun, als wäre alles in Ordnung.

»Ich glaube, es liegt an mir«, fuhr sie fort und nippte hastig an ihrem Wein. »Wenn man längere Zeit allein gelebt hat, wird man egozentrisch. Es geht immer um die gleichen, langweiligen Geschichten: Darum, daß man sich plötzlich vergewissern muß, ob was zum Essen da ist, oder dran denken, nicht das ganze warme Wasser im Bad zu verbrauchen; oder daß die Klobrille immer hochgeklappt ist, wenn du dich draufsetzen willst.«

»Erzähl mir doch davon.« Guy zog eine Augenbraue hoch. »Ich teile meine Wohnung mit Maxine. Sie läßt zwar nicht die Klobrille hochgeklappt, aber sie macht mich noch wahnsinnig. Du kommst schon nicht mehr ins Bad, so vollgestellt ist es mit Haarspraydosen. Als ich sie neulich mal gezählt habe, standen elf verschiedene Flaschen Shampoo herum, und sie hinterläßt immer Riesenkleckse Haarfestiger auf dem Teppich.« Er schüttelte verzweifelt den Kopf. »Es ist, als würde man über eine Wiese voll von diesen seltsamen weißen Pilzen gehen, diesen Bovisten.«

»Warum, glaubst du, habe ich sie hierhergeschickt, um für dich zu arbeiten? Ich hab mich lange genug durch diese Bovistenwiese gekämpft. Es war zum Verzweifeln.« Janey fing an, sich zu entspannen.

Guy bemerkte so nebenbei: »Aber wenigstens sind Maxine und ich nicht verheiratet.«

Janey schaute ihn verlegen an. »Nein.«

Er atmete tief durch und wagte sich einen Schritt vor. »Ich steh auf deiner Seite, Janey. Mag sein, daß es mich nichts angeht, aber ich kann mich des Gefühls nicht erwehren, daß da mehr ist als warmes Wasser und die Klobrille. Alan war zwei Jahre lang weg. Ihr beide habt euch geändert, da muß es notwendigerweise Schwierigkeiten geben. Du bist nicht allein schon deshalb gezwungen, glücklich zu sein, nur weil er wieder zurückgekommen ist.« Er machte eine kleine Pause und sah sie ernst an. »Diese Dinge kommen nicht immer wieder ins reine. Das ist keine Schande, und niemand würde dir Vorwürfe machen.«

Janey biß sich auf die Lippen. Was Guy sagte, war plausibel, aber sie konnte sich noch immer nicht ganz eingestehen, wie hin und her gerissen sie innerlich war. Alan liebte und brauchte sie schließlich. Wie sehr würde es ihn treffen, wenn sie ihm plötzlich sagte, daß sie es sich anders überlegt hatte? Sie kam sich schrecklich untreu vor, an so etwas auch nur zu denken; sie zwang sich, ruhig zu bleiben. Sie würde Guy ihr Herz nicht ausschütten. Darunter hatte er genug zu leiden gehabt nach dem Fiasko mit Bruno. Zwar war er auf ihrer Seite, dachte sie, aber sie besaß noch ein Fünkchen Stolz. Sie wollte nicht, daß er sie für einen völlig hoffnungslosen Fall hielt.

»Wir kommen schon miteinander aus«, stimmte sie ihm möglichst überzeugend zu. »Wirklich. Ich war gerade ein bißchen weinerlich, das ist alles.«

Scheiße, dachte Guy, der ihr nicht einen Augenblick lang glaubte. Er hatte es versaut, und dabei hatte er geglaubt, es so raffiniert einzufädeln.

»Scheiße!« brüllte Maxine zur gleichen Zeit in London.

Bruno bedachte den Empfangschef mit einem entschuldigenden Lächeln; er hoffte, dieser würde dabei bleiben, ihnen den letzten freien Tisch im Restaurant zu geben.

»Sie kommt aus Island«, sagte er vertraulich. »Spricht kein Wort Englisch. Ich glaube, sie wollte Hallo sagen.«

Aber Maxine, die auf das offen auf der Theke liegende Reservierungsbuch starrte, war zu entsetzt, um auf das Spiel einzugehen.

»Wir haben den fünfzehnten«, stöhnte sie. »Zum Teufel, ich kann's nicht fassen, wirklich, der fünfzehnte!«
Der fünfzehnte November, dachte Bruno, der ihrem Blick folgte. Was soll der ganze Aufstand? Solange sie nicht plötzlich merkte, daß ihre Periode ausblieb, denn in diesem Fall würde es wirklich einen Aufstand geben ...
»Schnell, ein Telefon!« Maxine lehnte sich über die Mahagonitheke. »Kann ich dies hier nehmen?«
Aber der Empfangschef, der schnell reagierte, hatte schon seine Hand auf das Telefon gelegt. Erst unlängst hatte es jemand mit diesem Trick versucht; die Leute riefen ihre Mutter in Südafrika an! »Dieses Telefon ist für Tischreservierungen, gnädige Frau. Wir haben am anderen Ende der Bar ein Münztelefon für unsere Gäste.«
»Was ist denn nun schon wieder?« fragte Bruno, als Maxine seine Taschen nach Münzen durchsuchte. Er war beunruhigt, denn Tränen glänzten in ihren Augen.
»Dieser Scheißkerl«, schäumte sie. »Ich fragte ihn, was sie heute abend tun würde, und er sagte mir, sie hätte nichts vor. Ich glaube, *er* ist ausgegangen!«
»Wer?«
»Der verdammte Alan Scheiß Sinclair.« Sie stieß die Worte angeekelt heraus. »Wer denn sonst?«
Bruno zog die Augenbrauen hoch. »Warum denn, was hat er denn nun schon wieder verbrochen?«
»Oh, nichts Besonderes«, schnappte Maxine. »Zumindest nicht, wenn man's an seinem Standard mißt. Heute ist ganz einfach nur Janeys Geburtstag.«

51

Das war's also, dachte Guy.

Janey, die ihm zusah, wie er den Hörer auflegte, war von seinem grimmigen Gesichtsausdruck beunruhigt.

»Schlechte Nachrichten?«

Er nickte. »Sehr schlechte.«

»O nein!« Ihr Herz schlug ihr bis zum Hals. »Was denn?«

»Der fünfzehnte November«, antwortete Guy langsam, »dein Geburtstag. Sag bloß nicht, du hast ihn auch vergessen.«

»Der Kerl hat Nerven!« schrie Maxine, rot vor Wut. »Er wollte mich nicht einmal mit ihr reden lassen!«

Bruno runzelte die Stirn. »Alan? Warum denn nicht?«

Sie sah ihn an, als hielte sie ihn für begriffsstutzig. »Nicht Alan, Dummkopf – Guy. Sie ist Babysitten bei ihm. Ich dachte, er wäre ausgegangen, aber er ist schon wieder zurück.« Bruno, der mittlerweile völlig verwirrt und zu hungrig war, um sich großartig drum zu kümmern, fing an, die Speisekarte zu studieren. Aber Maxine brummelte noch immer vor sich hin und wickelte vor Verärgerung Haarsträhnen um ihre Finger. Er seufzte. »Okay, warum wollte Guy dich nicht mit ihr sprechen lassen?«

»Keine Ahnung.« Sie funkelte ihn an. »Er sagte, ich solle alles ihm überlassen, er würde schon damit zurechtkommen. Was, zum Teufel, soll das heißen?«

»Ich denke, das ist ziemlich klar«, grinste Bruno. »Er wird schon dafür sorgen, daß Janeys Geburtstag mit einem Paukenschlag endet.«

»Ich weiß, daß ich Geburtstag habe.« Janey war nervös. »Wer war eben am Telefon? Sind das die furchtbar schlechten Nachrichten, oder war da noch was?«

»Maxine war's, sie hat von einem Münztelefon aus angerufen.« Guy beugte sich vor, um nachzuschenken. »Sie ist sauer, weil sie deinen Geburtstag vergessen hat, aber sie läßt dir liebe Grüße ausrichten und sagt, daß sie dir ein mega-umwerfendes Geschenk mitbringen wird. Das waren ihre Worte«, sagte er trocken. »Ich an deiner Stelle würde mir keine allzu großen Hoffnungen machen. Sie kaufte vergangene Woche für Josh auch ein mega-umwerfendes Geschenk – und es entpuppte sich als ein hüpfender Gummikopf, der, wenn man ihn an die Wand schmeißt, ›Autsch‹ sagt.«

»Ich könnte wohl ganz gut mit so 'nem Ding leben.« Janey lächelte. »War das wirklich alles ... daß Maxine meinen Geburtstag vergessen hat?«

Doch er sah sie schon wieder so ernst an. Er ist ein harter Brocken, dachte Janey, wirklich.

»Nein«, sagte Guy. »Die schlechte Nachricht ist die, daß Alan deinen Geburtstag vergessen hat.«

Janey, die gerade den Mund aufmachte, um dagegen zu protestieren, kam nicht dazu.

»Nein, sag besser nichts«, warnte Guy. »Herrgott noch mal, Janey! Warum mußt du ihn immer verteidigen? Die Art, wie er dich behandelt hat, ist ekelhaft genug, aber sich nicht einmal an deinen Geburtstag erinnern zu können – ausgerechnet in diesem Jahr –, da fehlen einem ja die Worte!«

»Viele Ehemänner vergessen den Geburtstag ihrer Frau.« Sie konnte nicht anders, als Alan zu verteidigen, denn jetzt war Guy unfair. »Tausende tun das, jahrein, jahraus. Es gehört gewissermaßen zur Ehe.« Janey merkte, daß sie zitterte.

Guys dunkle Augen funkelten vor Spott, sie durchbohrten sie förmlich. »Sei doch nicht so ein Feigling«, schimpfte er mißmutig. »Hör doch auf, ihm zuliebe alles unter den Teppich zu kehren. Warum kannst du nicht zugeben, daß er ein egoistischer Scheißkerl ist und dich unglücklich macht? Warum überlegst du dir nicht alles in Ruhe, Janey, sagst, was du wirklich denkst und hörst endlich damit auf, so verdammt nett zu sein?«
Das war zuviel. In ihrem Innern zersprang etwas. Guy, der sie aus heiterem Himmel so heftig angriff, brachte es irgendwie fertig, daß sie sich als diejenige vorkam, die im Unrecht war. »Wie kannst du es wagen!« Die Worte sprudelten aus ihr heraus, aber es war, als sagte sie jemand anderer. »Wie kannst du es wagen, mir die Schuld aufzuhalsen? Willst du wissen, was ich wirklich denke? Du bist genau der gleiche Scheißkerl wie mein Mann!« Sie zitterte heftig, aber ihre Stimme blieb fest. »Okay, du willst die schmutzige Geschichte hören, hier hast du sie. Es läuft nicht, weil er ein selbstsüchtiger, nichtsnutziger Weichling ist, der von mir erwartet, daß ich alles für ihn tue, weil es immer so war und er nicht einsieht, warum es jetzt auf einmal anders sein sollte. Er benützt mich, er nützt mich aus. Ich weiß, daß er's tut. Ich hasse ihn deshalb, aber ich habe keine andere Wahl!« Janey hielt inne und schnappte nach Luft, als wäre sie gerade einen Marathon gelaufen. Aber er hatte sie zu diesem Exorzismus getrieben, und das Faß war übergelaufen. Sie spürte ein Stechen in der Brust, ihre Kehle brannte, und ihre Fingernägel bohrten sich in ihre Handflächen wie Angelhaken. Aber nun war sie fast fertig und zwang ihn, zu begreifen, wie ihr das Leben zur Hölle gemacht wurde.
»Ich hab keine andere Wahl.« Sie wiederholte leise ihre Worte. »Denn Alan braucht mich. Ich habe Angst vor seiner Reaktion, wenn ich ihm sage, daß es aus und vorbei ist. Ich

glaube nicht, daß er damit zurechtkommt. Er hat Andeutungen gemacht, und die machen mir wahnsinnig Angst. Ich bin überzeugt, daß er sich was antun würde – wie könnte ich dieses Risiko eingehen? Wie könnte ich mich jemals wieder selbst im Spiegel anschauen, wenn ich ihn zwänge, Farbe zu bekennen, und er sich daraufhin umbrächte?« Sie schüttelte den Kopf und zitterte hilflos beim bloßen Klang des Wortes »umbringen«. »Das hätte ich mein Leben lang auf dem Gewissen, es wäre meine Schuld. Ich, ich hätte ihn umgebracht.«

»O Janey.« Guy deutete ein Lächeln an. »Tut mir leid, daß ich dich angeschrien habe. Aber verstehst du jetzt, warum ich's tun mußte?«

Natürlich hatte er sie mit Absicht so weit getrieben, bis sie die Beherrschung verlor und alles ausspuckte. Sie sagte, müde nickend: »Ich versteh's, aber ich glaube, du kannst mir nicht helfen. Daß du meine Probleme kennst, heißt nicht, daß sie deswegen schon aus der Welt wären.«

»Nun gut.« Guy ließ nicht locker. »Ist dir nun wenigstens wohler?«

»Ich weiß nicht.« Das war gelogen, denn Janey merkte, daß ihr wirklich leichter war, aber wie lange würde dieser Zustand andauern? Morgen würde sie aufwachen, und dann würde sie sich wieder über sich selbst ärgern. Sie sagte wütend: »Hauptsache, dir ist wohler, nachdem du mich zu dieser Beichte genötigt hast. Wenigstens ist deine Neugier befriedigt.«

»Sei nicht so gehässig.«

»Sei nicht so gehässig?« Sie äffte ihn nach. »Vor fünf Minuten hast du mir gesagt, ich solle endlich damit aufhören, so verdammt nett zu sein. Du verstehst's wirklich, eine Frau mit Komplimenten zu überhäufen, Guy.« Er grinste, denn es gab nicht viele Leute, die weniger mit Komplimenten

anfangen konnten als Janey. Als er einmal ihre neue Hose bewundern wollte, hatte sie gesagt: »Wenigstens verbirgt sie meine Beine.« Ein andermal hatte er ihr gesagt, daß ihr Haar gut aussehe, und sie hatte geantwortet, daß es geschnitten werden müsse. Wenn er ihr geschmortes Hähnchen würdigen wollte, schüttelte sie grundsätzlich den Kopf und sagte: »Zuviel Estragon« oder »Nicht genug Salz«.

Wenn er nur im geringsten daran glaubte, daß es etwas nützen würde, würde er sie mit Komplimenten überhäufen. Er würde ihr sagen, sie sei schön, habe sagenhafte Beine, herrliche Augen und einen Mund, den man am liebsten innig küssen möchte ... Genausogut könnte er ihr sagen, daß ihn die Aussicht auf eine Nacht zusammen mit Valentina di Angelo völlig kalt ließe, während allein schon der Gedanke, mit Janey Sinclair eine Nacht zu verbringen, unendlich reizvoll sei.

Guy lächelte in sich hinein, denn er merkte, daß er sich keine Sorgen wegen der Wechseljahre bei Männern zu machen brauchte. Jetzt endlich auch wurde ihm klar, warum er nicht mit Valentina hatte schlafen wollen: Weil er Janey wollte. Aber jetzt war wohl nicht der richtige Augenblick, seine Gefühle zu zeigen. Wenn irgendwas sie dazu bringen würde, kreischend aus dem Haus zu rennen, dann eine Liebeserklärung seitens eines Kerls, der sie aufs brutalste gezwungen hatte, die privatesten Geheimnisse aus ihrer hoffnungslosen Ehe mit einem anderen Scheißkerl preiszugeben. Ja, das würde ihren Glauben an die Männer wieder herstellen.

»Woran denkst du?« fragte Janey mit anklagendem Unterton, denn Guy war mit seinen Gedanken meilenweit entfernt und die Spur eines Lächelns umspielte seinen Mund. Wenn er sie auslachte, würde sie ihm eine reinhauen.

»An nichts. Entschuldigung.« Er faßte sich schnell wieder.

»Ich begreife deine Gefühle für Alan, aber das Geschwätz über Selbstmord ist nichts als emotionale Erpressung. Janey, niemand darf dir so was antun. Es ist absurd. Wenn er von einer Klippe springen will, dann ist das seine eigene Entscheidung. Nicht du hättest ihn dazu veranlaßt, und du wärst nicht verantwortlich dafür.«

»Aber ...«

Guy schaute sie ernst an. »Nein, diesmal mußt du stillsitzen und mich ausreden lassen. Alans Handlungsweise ist krankhaft, und sie ist nichts anderes als egoistisch. Und Leute, die soweit gehen, um zu bekommen was sie wollen, sind viel zu ichbezogen, um sich umzubringen, glaub mir. Er droht damit, weil er weiß, daß dies die einzige Möglichkeit ist, zu verhindern, daß du ihn fallenläßt. Würde er dich so lieben, wie er sagt, dann würde er nicht im Traum dran denken, dir das Leben so zur Hölle zu machen. Janey, wenn ich auch nur einen Augenblick lang glaubte, es würde dir helfen, würde ich mein Haus, mein Auto – meine Kinder, Herrgott noch mal – darauf verwetten, daß er blufft. Glaub mir: Wenn du ihm sagst, er solle doch in den Abgrund springen, dann wird er um keinen Ort der Welt einen größeren Bogen machen als um eine Klippe.«

»Du hast leicht reden.« Wenn sie ihm nur zuhörte, drehte sich ihr Magen um. »Du kennst ihn doch nicht einmal. Beim eigenen Mann ist es einfach anders. Ich kann nicht mit seinem Leben spielen.«

Um so schlimmer, dachte Guy. Offensichtlich wollte sie nicht umdenken. Wenigstens hatte er sie gezwungen, sich dem Problem zu stellen; vielleicht war das nicht viel, aber es war ein Anfang.

»Nein, okay.« Er mußte zugeben, daß an dem, was sie sagte, etwas dran war. Würde jemand Maxine gegenüber mit Selbstmord drohen, würde sie dem armen Kerl ein Metzgermesser in die Hand drücken und ihm ein schönes heißes Bad einlassen. Aber Janey war nun mal Janey, und das war nicht ihre Art. Sie kümmerte sich um die Gefühle anderer, hatte sicher noch nie in ihrem Leben jemanden bewußt verletzt und hatte sich darauf eingestellt, ihr Glück zu opfern, um nur ja nicht diesen verdammten Alan Sinclair aus dem Gleichgewicht zu bringen.

Das war das Problem mit den netten Frauen, dachte er traurig, die haben ein Gewissen. Manchmal konnte einen das zur Raserei bringen.

»Und jetzt?« Janey starrte ihn an, denn er wirkte schon wieder geistesabwesend. Nie wußte sie, woran er gerade dachte, und das ging ihr auf die Nerven.

Er grinste. »Wir haben die Flasche ausgetrunken. Soll ich noch eine aufmachen?«

»Damit du mir noch eine Stunde lang die Leviten lesen kannst?« Der scherzhafte Tonfall ging etwas daneben. Wenn Guy sich etwas in den Kopf gesetzt hatte, konnte er entsetzlich penetrant sein, vor allem, wenn er entschlossen war, zu beweisen, daß er recht hatte.

»Wir könnten das Thema wechseln.«

Janey schaute auf die Uhr. Es war halb zwölf vorbei. »Ich kann nicht noch was trinken und dann heimfahren«, sagte sie mit einem leichten Bedauern. »Es ist später, als ich dachte. Ich werde besser jetzt gehen.«

»Du mußt nicht unbedingt fahren. Du kannst immer über Nacht hierbleiben. In Maxines Zimmer«, sagte er schnell, bevor sie falsche Schlüsse ziehen konnte. »Es kann Alan nichts schaden, sich zu fragen, wo du steckst«, fügte er listig hinzu. »Geschieht ihm ganz recht, weil er deinen Geburtstag vergessen hat.«

Aber Janey streckte ihre Beine aus, suchte nach ihren Schuhen und steckte Mimis Buch in ihre Handtasche.

»Und morgen soll ich mit einem Mordskater arbeiten.« Sie schnitt eine Grimasse. »Danke für das Angebot, aber ich muß um sechs auf dem Damm sein.«
Sie war ihm nicht in die Falle gegangen, hatte sich vehement dagegen gewehrt, anzubeißen.
»Ich will nur schnell nach den Kindern schauen«, sagte Guy, der die Niederlage gutmütig wegsteckte. »Danach begleite ich dich nach draußen.«
Janey stand in der Diele, als Guy die Treppe herunterkam. Sie wickelte sich einen roten Kaschmirschal um den Hals.
»Alles in Ordnung im Kinderzimmer?«
»Weit weg, im Traumland.« Guy nickte und grinste. »Und wie geht's dir, nach dem Kreuzverhör? Gut?«
»Noch lebe ich.« Mit einem Lächeln schwang sie die gefransten Enden ihres Schals um die Schultern. »Zumindest hast du mir nicht die Fingernägel ausgerissen.«
»Ich muß noch etwas loswerden«, warnte er sie, »bevor du gehst.«
Janey wappnete sich. »Oh, worum geht's denn?«
»Alles Gute zum Geburtstag.« Der rote Schal bedeckte ihre untere Gesichtspartie. Bevor ihr klarwurde, was passierte, schob Guy den Schal sanft nach unten. Ihr Mund war herrlich weich und einladend! Wenn man jemandem alles Gute zum Geburtstag wünschte, dachte Guy, dann war es vollkommen in Ordnung, dieser Person auch einen Kuß zu geben.
Aber er wollte sie nicht erschrecken und beherrschte sich mit schier übermenschlicher Kraft, warf noch einen Blick voller Bedauern auf ihre leicht geöffneten Lippen und küßte sie ein paar Zentimeter weiter links auf die Wange. »Auch wenn dein Geburtstag nicht allzu schön verlaufen ist«, murmelte er. Es war zum Lachen, aber sein Herz hämmerte wie bei einem Schuljungen. »Es tut mir leid.«

Janey hatte für den Bruchteil einer Sekunde gedacht, Guy würde sie richtig küssen. Sie schämte sich plötzlich dieses Gedankens. Noch schlimmer aber war, daß sie genau das gewollt hatte.

»Er ist noch nicht vorbei.« Sie war so durcheinander, daß sie Zuflucht in einem müden Scherz suchte. »Ich kann mich ja noch immer auf Maxines Geschenk freuen, oder? Wenn Joshs Gummikopf ›Autsch‹ sagen kann, wird sie sicher für mich einen finden, der ›Dummkopf‹ plärrt.«

Guy, der noch immer sein Dinnerjackett anhatte, griff in die Brusttasche und zog eine kleine, grüne Lederschachtel hervor.

»Also, mit einem hüpfenden Gummikopf kann ich natürlich nicht mithalten.« Als er Janeys Hand nahm und ihr die Schachtel auf die Handfläche legte, baten seine Augen, sie möge das Geschenk nicht zurückweisen. »Na, wenigstens wird dieses Geschenk hier dich nicht beschimpfen.«

In der Schachtel lag ein dünner, rotgoldener Armreif mit eingravierten, gewundenen Blättern und Blüten. Es war ein altes Schmuckstück, einfach und atemberaubend schön. Janey, die ihr ganzes Leben lang noch in keiner so peinlichen Lage gewesen war, sagte: »Um Gottes willen, du wirst mir doch nicht so etwas schenken wollen!«

»Sei nicht dumm. Betrachte es als Abbitte für die schweren Stunden heute abend.« Da sie offenbar keine Anstalten machte, den Armreif aus der Schachtel zu nehmen, übernahm Guy das und schob ihn über ihre zitternde Hand.

»Aber wo ... wer ...«

»Ich hab ihn vor ein paar Monaten in einem Antiquitätenladen in St. Austell entdeckt«, log er. »Ich wollte ihn eigentlich Serena schenken, aber dann sah ich, daß er nicht zu ihr paßte. Du kannst ihn genausogut nehmen«, fügte er betont beiläufig hinzu, »ich kann ihn ohnehin nicht brauchen.«

Janey wurde rot vor Freude. Es war ihr zwar noch immer peinlich, ein derart wertvolles Geschenk zu bekommen, aber selbstverständlich würde Guy es nicht zurücknehmen. Bei den eingravierten Blumen handelte es sich um Vergißmeinnicht, stellte sie fest, als sie den Reif genauer besah; es gefiel ihr, daß er bei Licht mehr glühte als glitzerte.

»Paßt absolut nicht zu Serena.« Sie lächelte ihn verschmitzt an. »Ich bin froh, daß du ihr den Reif nicht geschenkt hast. Mir gefällt er wahnsinnig gut, Guy. Danke!«

Jetzt streckte sie sich und küßte ihn, und ihre warmen Lippen streiften seine Wange ein paar schickliche Zentimeter neben seinem Mund, genau so, wie es bei seinem Kuß gewesen war. Wieder durchfuhr sie ein prickelndes Verlangen. Janey durchzuckte der Gedanke, was Guy wohl tun würde, wenn sie näher zu ihm treten und ihren Mund auf seinen pressen würde ...

Blitzartig hatte sie ein Bild im Kopf, es war einfach da: Die aufdringliche, gierige Charlotte warf sich Guy an den Hals. Und der, gutmütig, wie er war, überlegte nur noch, wie er sie abwehren könnte, ohne ihr weh zu tun. Und Janey, die alles mitbekam, konnte nur noch rätseln, wie Charlotte sich nur so zum Idioten machen konnte, wo Guy doch völlig desinteressiert war.

Hätte man ihr einen Eimer eiskaltes Wasser über den Kopf gegossen, sie hätte nicht schockierter gewesen sein können. Genug der kühnen Phantasien! Janey schickte ein Stoßgebet gen Himmel, Guy möge nicht ihre Gedanken lesen können.

»Noch mal herzlichen Dank für den Armreif.« Sie trat schnell einen Schritt zurück, zog den Schal wieder über ihr Kinn und tastete ungeschickt nach der Tür. »Es friert! Schau dir nur diesen Sternenhimmel an! Sogar deine Voliere ist zugefroren! Die armen Vögel!«

Ein lächerlicher Kuß auf die Wange hatte, stellte Guy ungläubig fest, für eine handfeste Erektion ausgereicht. Kümmere dich nicht um die armen Vögel, dachte er, als er Janey zusah, wie sie eilig in den Transporter stieg, ängstlich darauf bedacht, nur ja schnell zu ihrem Schwein von Ehemann zu kommen. Zum Teufel mit den Tieren! Was ist mit mir?

52

Janey, ich bin's. Kannst du gleich mal rüberkommen?«

Als sie die Stimme ihrer Mutter hörte, spannten sich Janeys Kiefermuskeln automatisch an. Es war eine Sache gewesen, Guy ihre Eheprobleme anzuvertrauen, aber sie wußte, daß Theas Ausbruch in Alans Gegenwart total daneben gewesen war. Obwohl sie in der Sache recht gehabt hatte, war er unverzeihlich.

Sie hatten seither nicht mehr miteinander gesprochen. Und nun war Thea am Telefon und erwartete von ihr, alles stehen und liegen zu lassen und zu ihr zu eilen. Und zu allem Überfluß goß es auch noch in Strömen.

Der Wassersprüher zischte, als Janey ihn auf eine zwei Meter hohe Yuccapflanze richtete. »Ich hab zu tun«, sagte sie, stellte die Yuccapalme wieder zurück und besprühte eine Azalee. »Was willst du denn?«

»Ich brauche dich.« Thea sprach völlig anders, als man es von ihr gewöhnt war. »Bitte, Janey.«

Janey vermutete irgendeinen Hintergedanken und fragte vorsichtig: »Warum?«

»Weil Oliver tot ist«, sagte Thea ruhig und legte auf.

Er war am vergangenen Abend, ohne jede Vorwarnung, in ihrem Bett gestorben. Thea hatte sich um acht aus dem Haus geschlichen und war in ihr Atelier gegangen, um drei Stunden lang an einer neuen Skulptur zu arbeiten. Ihre Arme schmerzten von der anstrengenden Arbeit, Ton auf das Drahtgerippe der Figur aufzutragen. Aber sie war sich sicher, daß ihr diese Arbeit gelingen würde, denn sie war gut vorangekommen. Mit diesem Gefühl war sie zu Hause die Treppe in ihr Schlafzimmer hinaufgegangen und hatte ihn dort gefunden. Seine Lesebrille lag neben ihm auf ihrem Kopfkissen. Das Buch, das er gelesen hatte, lag zugeklappt gleich neben dem Bett auf dem Boden. Es schien so, meinte der Arzt, als sei Oliver eingedöst und als hätte ihn der Schlaganfall im Schlaf ereilt. Er hätte nichts gemerkt. Alles in allem, sagte der Arzt, um Thea die Sache zu erleichtern, ist das doch ein wunderbarer Tod.

Thea, die einen Kaschmirpullover trug, in dem immer noch der Duft von Olivers Kölnisch Wasser hing, saß zusammengekauert in einer Ecke des schmuddeligen, kissenübersäten Polstersofas und trank einen riesigen Wodka Martini. In ihrem Haar und unter den Fingernägeln befanden sich noch Spuren getrockneten Tons; ihre Augen waren vom Schmerz dunkler geworden, und sie waren rotgerändert vom Weinen.

Janey hatte Paula die Verantwortung für den Laden übergeben; sie kam sich vollkommen hilflos vor. Sie holte sich ein Glas Wodka, um ihrer Mutter Gesellschaft zu leisten. Ihre Auseinandersetzungen waren vergessen, denn Janeys Probleme verblaßten vor denen Theas. Janey setzte sich und legte Thea einen Arm um die Schultern.

»Dieser verdammte Oliver.« Thea schniefte und schaute auf den Brief auf ihrem Schoß. »Ich könnte ihn dafür umbringen, daß er mir das angetan hat. Wie konnte er so was für sich behalten und mich nicht einmal warnen?! Typisch für die verdammten Mannsbilder ...«

Sie hatte den Brief in seiner Brieftasche gefunden, fein säuberlich hinter die Kreditkarten gesteckt. Auf dem schlichten weißen Umschlag stand ihr Name. Was in dem Brief stand, war erschreckender als sein Tod selbst.

»Soll ich ihn auch wirklich lesen?« Janey runzelte die Stirn, als ihre Mutter ihr den Brief in die Hand drückte. »Ist er nicht zu persönlich?«

»Egoistischer Scheißer«, murmelte Thea. Sie wühlte in ihrem Ärmel nach einem zerknüllten Taschentuch, denn die Tränen liefen an ihrer Nase entlang. »Natürlich sollst du ihn lesen. Wie kann ein Mann nur so egoistisch sein?!«

Janey erkannte die sorgfältige, elegante Schrift, die ihr schon einmal in ihrem Laden aufgefallen war. Sie las seinen Abschiedsbrief:

Meine geliebte Thea,

wenn Du dies hier liest, dann hast Du entweder schamlos in meinen Sachen geschnüffelt, oder ich bin tot. Da ich Dir aber vertraue, gehe ich von letzterem aus.

Ich vermute, daß Du fuchsteufelswild auf mich bist, daß ich es auf diese Weise mache, weil, ja, weil ich wußte, daß es in nicht allzuferner Zukunft passieren würde. Mein Arzt gab mir die Warnung mit, ich sei eine wandelnde Zeitbombe. Ja, und es gab nichts, weder medizinisch noch chirurgisch, was man noch unternehmen konnte, um den Eintritt dieses Ereignisses aufzuhalten. Diesmal konnte nicht einmal Geld mehr etwas ausrichten.

Denk darüber nach, Liebling. Wärst Du, wenn Du die Wahrheit gewußt hättest, wirklich glücklicher gewesen? Ich fürchte, ich entwickelte eine alles verschlingende Angst davor, Du würdest mich zu überreden versuchen, die Dinge etwas ruhiger anzugehen, ja, mir sogar verbieten, so oft mit Dir zu schlafen, wie mir der Sinn danach stand, aus Angst, ich könnte mich übernehmen. Was wären das für zutiefst deprimierende Aussichten gewesen! Jetzt wird es Dir langsam einleuchten, warum ich Dir nichts gesagt habe!

Nun zu einer Sache, die Du schon weißt: Ich liebe Dich,

Thea. Wir konnten ja nicht gerade endlos lange Zeit zusammenleben, aber meine letzten Monate waren wirklich die glücklichsten meines Lebens. Als ich seinerzeit nach Cornwall kam, wollte ich meine Enkel besuchen. Ich hätte mir nicht träumen lassen, eine so schöne, herrische, wunderbare Frau kennenzulernen und mich so unsterblich zu verlieben in sie, in eine Frau, die meine Liebe erwiderte, die mich um meiner selbst willen und nicht wegen meines Geldes liebte.

Wenn Du diesen Brief liest, weil Du meine Brieftasche gestohlen und meine Kreditkarten inspiziert hast, dann, da bin ich mir sicher, wirst Du Dich schämen.

Liebling, das war nur ein Scherz. Brauchst den Brief nicht in Fetzen zu zerreißen. Wenn ich meinen Sinn für Humor bewahrt habe, wirst Du Deinen auch noch haben.

Ich weiß nicht, was ich noch sagen soll. Tut mir leid, wenn ich Dich durcheinandergebracht habe, aber auch wenn meine Beweggründe egoistisch sind, so glaube ich, ist meine Entscheidung doch richtig gewesen. Wenn Du mit meinem Anwalt in Verbindung trittst (was Du dazu wissen mußt, steht im schwarzen Adreßbuch), wird er sich um die Eröffnung meines Testaments kümmern. Möglich, daß dies ein Schritt Richtung Wiedergutmachung sein wird.

Mein Liebes, ich liebe Dich so sehr.

Oliver

»Nun gut«, sagte Janey, räusperte sich, faltete den Brief zusammen und gab ihn ihrer Mutter. »Ich meine, er hatte recht.«

»Natürlich hatte er recht.« Mit einer gereizten Geste wischte Thea ihr tränennasses Gesicht an ihrem Ärmel ab. »Aber das kann nicht heißen, daß ich ihm verzeihen muß. Hat er vielleicht geglaubt, ich hätte nichts mit ihm zu tun haben

wollen, wenn ich gewußt hätte, daß er im Begriff war, zusammenzubrechen und zu sterben?«
»Er hat doch erklärt, warum er nicht wollte, daß du etwas erfährst«, erinnerte sie Janey. »Er wollte sein Leben genießen, ohne daß dauernd jemand an ihm herummeckert. Er wollte nicht, daß du dir Sorgen um ihn machst. Er wollte nicht, daß du unglücklich bist.«
»Aber das bin ich!« rief Thea. »Und wie unglücklich ich bin! Nach langen Jahren der Einsamkeit treffe ich endlich den Mann, auf den ich mein Leben lang gewartet habe, und dann muß er mir dies antun. Das ist unfair!«
Janey sah ein, daß sie ihrer Mutter nichts Hilfreiches sagen konnte. Sie konnte ihr nur helfen, indem sie einfach da war.
»Wenigstens hast du ihn getroffen«, sagte sie und umarmte ihre Mutter. »Überleg dir doch, was du versäumt hättest, wenn's nicht so gewesen wäre. Ganz sicher waren die paar Monate mit Oliver besser als gar nichts, oder?«
»Mag sein, daß ich das in ein paar Jahren auch so sehe.« Thea hielt Janey ihr leeres Glas hin. »Im Moment kann ich nur sagen, daß es verflucht weh tut. Liebling, hol mir doch noch 'nen Drink. Aber einen großen. Ach, wenn ich's recht bedenke: Gib mir deinen, du mußt noch fahren.«
»Ach was, Mama, ich muß nirgends mehr hinfahren.«
»O doch«, sagte Thea. »Jemand muß Guy Cassidy die Nachricht bringen, daß sein Vater tot ist. Es wird ihm vielleicht nichts ausmachen«, fügte sie etwas bitter hinzu, »aber wissen muß er's trotzdem.«

Guy konnte nicht glauben, was er da erfuhr, und auch noch ausgerechnet von Janey!
Maxine war zum Einkaufen gegangen, und die Kinder waren in der Schule. Janey saß kerzengerade auf einem Küchenstuhl; ihr nasses Haar klebte ihr am Kopf. Sie hatte

einen Kaffee abgelehnt und kam unvermittelt zur Sache. Sie hielt ganz offensichtlich zu Thea.

»Was du mir damit sagen willst«, meinte Guy ruhig, »ist, daß deine Mutter eine Affäre mit meinem Vater hatte. Sie haben praktisch zusammengelebt. Und du hast das gewußt.«

Er war ganz schön wütend. Und Thea hatte recht, dachte Janey. Was Guy interessierte, war nicht, daß sein Vater tot war, nein, sein Ärger richtete sich ausschließlich gegen sie.

»Ich hab's irgendwann erfahren, ja.« Sie bemühte sich, ihre Ungeduld zu beherrschen, und wischte eine feuchte Haarsträhne aus ihrem Gesicht. »Aber ist das wirklich so wichtig? Okay, du hattest vor Jahren Streit mit ihm, aber das ist vorbei. Guy, dein Vater ist letzte Nacht gestorben.« Sie betonte jedes Wort. »Josh und Ella werden traurig sein, auch wenn's dir egal ist.«

»Du wußtest, wo er die ganze Zeit war.« Er schien die Worte nicht gehört zu haben. »Und hast's mir nicht gesagt.«

Janeys Augen blitzten. Der Unterschied zwischen Theas schrecklichem Kummer und seiner vollkommenen Teilnahmslosigkeit hätte nicht größer sein können. »Ich hatte mir schon überlegt, ob ich es dir sagen soll«, erwiderte sie kalt. »Und ich habe mich dagegen entschieden, und jetzt bin ich froh darüber.«

»Worüber?« Maxine brach beinahe unter dem Gewicht von sechs Einkaufstaschen zusammen; sie war noch durchnäßter und verdreckter als Janey, als sie plötzlich in der Tür stand. »Stör ich vielleicht?« Sie hob die Augenbrauen, als hätte sie Verdacht geschöpft. »Redet ihr über mich?«

Guy, der davon ausging, daß Maxine ebenfalls eingeweiht war, sagte nichts.

»Oliver Cassidy ist vergangene Nacht gestorben«, sagte Janey zu Maxine.

»Mein Gott, das ist doch nicht euer Ernst!« Es schien einen Augenblick, als wüßte Maxine nicht, ob sie lachen oder weinen sollte. Eine Einkaufstasche fiel zu Boden.

»Dann hat er mich also doch nicht angelogen«, jammerte Maxine. »Ich hab's gewußt, daß Oliver Cassidy mich nicht anlügt. Verdammter Bruno!«

»Was?« fragte Guy, der langsam begriff, daß er längst noch nicht alles wußte. Er starrte Maxine an. »Los, raus damit! Was gibt's sonst noch, wovon ich nichts weiß?«

»O Gott, nein«, seufzte er, als Maxine mit ihrem Bericht fertig war.

»Komm, beruhige dich.« Maxine, die alle Tragetüten durchgekramt hatte, hatte endlich die Schokoladenplätzchen gefunden. »Jetzt ist er tot, also, was soll's? Ich bin froh, daß ich es ihm ermöglicht habe, sich mit den Kindern zu treffen«, fügte sie in wiedererwachtem Trotz hinzu. »Los, bedient euch.«

Das ist das reinste Puzzle, dachte Guy, und jeder hat einige Teile. Was Maxine erzählt hatte, war Janey völlig neu. Aber das Merkwürdige an Janeys Anwesenheit hier im Haus war offenbar nur Maxine aufgefallen. Sie wandte sich an ihre Schwester und sagte mit vollem Mund: »Ich versteh eines nicht: Warum bist du eigentlich hier?«

»Janey ist gekommen, um mir den Tod meines Vaters mitzuteilen.« Guy konnte nicht widerstehen, jetzt war er dran, eine Bombe platzen zu lassen.

Maxine runzelte die Stirn. »Aber woher wußte sie das?«

»Deine Mutter hat sie hergeschickt.« Guys Augen glänzten vor Boshaftigkeit. »Mein Vater, mußt du wissen, lag in ihrem Bett, als er starb.«

Drei Tage später war die Beerdigung. Mit der für ihn typischen Sorgfalt und Liebe zum Detail hatte Oliver alles noch selbst arrangiert. Das Wetter allerdings hatte er nicht vorherbestimmen können; es änderte sich von schlechtem zu Sauwetter. Auf dem Friedhof von Trezale, der den Elementen besonders ausgesetzt war, gingen Graupelschauer nieder. Die kleine Trauergemeinde mußte sich heftig gegen die scharfen Nordwestböen stemmen, als Olivers Sarg langsam in die Erde gesenkt wurde.

Als sie dann wieder bei Thea waren, war zwar das Wohnzimmer warm geheizt, die Atmosphäre aber blieb frostig. Guy, der kaum mit jemandem sprach, schien gelangweilt. Douglas Burke, Olivers Anwalt, war von Bristol hergekommen, um der Testamentseröffnung vorzustehen, wie es sein verstorbener Mandant bestimmt hatte. Er war bemüht, die Sache schnell zu erledigen, denn er wollte nach Hause zu seiner hochschwangeren Frau. Thea versuchte verzweifelt, ihren Kummer zu bezwingen. Nur die Anwesenheit von Ella und Josh, die sich nicht davon hatten abbringen lassen, an der Beerdigung teilzunehmen, lockerten die Situation ein wenig auf.

»Wenigstens ist das Essen gut«, flüsterte Maxine in Janeys Ohr. Oliver hatte auch das organisiert; er hatte eine Abmachung mit dem Chefkoch des Grand Rock getroffen, wo er bis zu seinem Tod ein Zimmer hatte, in dem er sich allerdings selten aufhielt. Die Vorspeisen waren auf Silbertabletts angerichtet und waren vom allerfeinsten. Jede der gefüllten Cocktailtomaten war ein kleines geschnitztes Kunstwerk, jedes der Wachteleier war sorgfältig mit Kaviar verziert. Die Mousse aus geräuchertem Lachs war zu einer Skulptur geformt, an sich schon ein Kunstwerk, das es verdient gehabt hätte, auf einer Säule in der Tate Gallery ausgestellt zu werden. Man servierte Taittinger-Champagner.

»Alles nur für uns«, nörgelte Janey. »Ich finde das nicht

richtig, aber der Anwalt hat darauf beharrt, daß Oliver es so wollte.« Sie hatte ihn, auf Wunsch ihrer Mutter, angerufen. Ihr Vorschlag, eine Todesanzeige im *Telegraph* aufzugeben, war brüsk zurückgewiesen worden. Oliver hatte offenbar Anweisung gegeben, daß dies erst nach dem Begräbnis geschehen solle. Er wollte nicht, daß die Schar seiner Exfrauen zum Friedhof von Trezale kam und Thea aus der Fassung brachte.

»Schau Guy an«, flüsterte Maxine. Sie blinzelte ihm schadenfroh zu, um ihn zu ärgern. »Er ist sauer.«

»Ich fürchte, er wird nicht mehr mit mir reden.« Janey versuchte so zu klingen, als würde ihr das nicht das geringste ausmachen. »Er sagt, ich hätte ihn verraten.«

»Ich meine, das haben wir alle getan.« Maxine grinste. »Ich halt's immer noch für lustig, Es war wie eine große Verschwörung, außer daß niemand wußte, daß jeder von uns dran beteiligt ist.«

»Der arme Oliver, arme Mama«, seufzte Janey. Sie spielte mit einem Spargelkanapee und konnte sich nicht dazu durchringen, es zu essen.

»Irgendwann werdet ihr schon wieder miteinander reden«, tröstete Maxine ihre Schwester. »So ein Familienzwist ist schnell wieder aus der Welt geräumt. Wo wir gerade bei Familienzwist sind: Wie steht's mit Alan und dir?«

Da redet man von einem Komplott ... dachte Janey ernüchtert. Laut sagte sie: »Oh, gut.«

Die Testamentseröffnung dauerte keine Viertelstunde. Oliver hatte ganz einfach sein Vermögen in drei Teile geteilt und machte damit Thea, Josh und Ella mit einem Schlag zu Millionären. Thea, deren Tränen mittlerweile versiegt waren, nannte Oliver einen Scheißkerl und tat kund, sie verzichte auf sein stinkendes, lausiges Scheißgeld. Josh und

Ella, von Theas Wortwahl und von der Aussicht auf so unvorstellbaren Reichtum begeistert, waren nicht gerade erfreut, als sie erfuhren, daß ihr Erbe treuhänderisch verwaltet werden sollte, bis sie einundzwanzig Jahre alt waren.
»So 'ne Scheiße«, schmollte Ella; wenn Thea fluchen konnte, konnte sie es schon lange. »Einundzwanzig ist das reinste Greisenalter. Dann bin ich zum Reiten viel zu alt.«
»Mach dir nichts draus.« Maxine knöpfte ihren smaragdgrünen Mantel zu und zwinkerte zu Janey hinüber. »Du bist doch imstande, das Geld für einen Zimmer-Rahmen aus purem Gold rauszuschmeißen.«
»Papa hat keinen Pfennig bekommen.« Josh schien nachdenklich zu sein. »Heißt das, daß wir jetzt reicher sind als er?«

Guy wartete schon an der Haustür, um die Kinder nach Hause zu bringen; er sah gut aus und wirkte sehr ungeduldig. Janey tat so, als hätte sie ihn nicht an der Tür stehen sehen. Sie bückte sich und umarmte Josh. »Ich glaub schon. Denk dran, daß du ihm nun auch ein Taschengeld zuteilen mußt.«
»Aber nur, wenn er brav sein Bett macht und das Auto wäscht.« Josh strahlte sie an, aufs äußerste angetan von dieser Aussicht. Dann sagte er erschrocken: »Oh!«
Er schaute zu Boden, nicht mehr in Janeys Gesicht.
Janey sagte lächelnd: »Was ist denn?«
»Ah ... nichts.« Joshs blaue Augen mit den langen Wimpern sahen sie verwirrt an, denn in ihm stritten sein natürliches Gefühl für Anstand und die Überraschung. Vorsichtig streckte er seine Hand nach dem Ärmel ihrer elfenbeinfarbenen Seidenbluse aus. »Es ist nur ... du trägst Mamas Armreif.«
»Janey«, quengelte Ella; sie rempelte Josh an und hätte ihn beinahe umgestoßen. »Maxine wird's mir nicht sagen – was ist ein Zimmer-Rahmen?«

53

Es war schon zehn Uhr abends, als Janey in ihre Wohnung kam. Alan, der ausnahmsweise nicht im Surfclub war, war vor dem Fernseher eingeschlafen; er hatte die beiden Fenster des Wohnzimmers sperrangelweit geöffnet. Der Gasofen war an, drei leere Bierflaschen und die Überbleibsel eines Essens aus einem indischen Schnellimbiß verunzierten den Beistelltisch, auf den er seine Füße gelegt hatte. Im Dämmerlicht traten seine beneidenswert schönen Wangenknochen noch stärker hervor; seine Mundwinkel schienen nach oben gezogen, als würde er sich insgeheim über etwas freuen. Sein blondes Haar schimmerte, und seine Wimpern – sie waren nicht blond, sondern dunkel – warfen Schatten auf seine Wangen. Janey betrachtete ihn und wunderte sich, wie ein Mensch so schön sein konnte – fast schon engelhaft schön –, und dabei zu schnarchen wie ein Schwein.

Er schreckte auf, als sie den Fernseher ausschaltete. »Oh, du bist wieder da.« Er rieb sich die Augen und setzte sich auf. Als Janey sich bückte, um die leeren Flaschen einzusammeln, fügte er hinzu: »Laß das stehen, ich mach's sofort. Wie war's heute nachmittag?«

»Wie eine Beerdigung eben so ist.« Weil Alans ›sofort‹ für sie hieß, daß er's frühestens nächste Woche erledigen würde, fuhr sie fort, die leeren Hühnchen- und Reisbehälter auf seinen schmutzigen Teller zu stellen. Die Spüle war voll von ungespülten Tellern und Kaffeetassen; die Zuckerschale war umgefallen und ihr Inhalt über den Fußboden verstreut. Der Zucker knirschte unter ihren Füßen, als sie die Bierflaschen eine nach der anderen in den Träger stellte.

»Komm, ich räum das schon auf«, rief Alan vom Wohnzimmer herüber. »Wie geht's Thea? Schon wieder besser?«

»Oh, sehr gut.« Janey fragte sich, ob er auch nur die leiseste Ahnung hatte, wie dumm seine Frage war. »Sie hat schon fast vergessen, wie er ausgesehen hat.«

Alan erschien im Flur; er wirkte beschämt. »He, du mußt nicht so bissig sein! Du weißt, wie ich's gemeint habe.«

»Sie wird's überstehn«, sagte Janey kurz angebunden.

»Komm, setz dich und ruh dich ein bißchen aus; du wirkst erschöpft.« Er nahm sie bei der Hand, und der Armreif – Véroniques Armreif, dachte Janey – streifte sein Handgelenk. Als er Alan vergangene Woche aufgefallen war, hatte sie ihm lediglich gesagt, das sei ein Geburtstagsgeschenk, und er hatte daraus geschlossen, daß sie ihn schon jahrelang haben müsse.

»Was gibt's Neues?« fragte er, als Janey ihren Mantel abgelegt hatte. »Du hast gesagt, daß der Anwalt zur Testamentseröffnung kommen würde; das ist heute nicht mehr üblich, oder? Hat Thea eigentlich irgendwas bekommen?«

Sie sah ihn an. »Thea? Bekommen?«

»Süße, du hörst mir überhaupt nicht zu.« Er lächelte, schüttelte ein wenig vorwurfsvoll den Kopf und machte sich noch eine Flasche Bier auf. »Ich hab dich gefragt, ob er Thea in seinem Testament irgendwas vermacht hat. Nach dem zu schließen, was du mir erzählt hast, muß er ganz schön in sie verknallt gewesen sein. Das mindeste, was er tun konnte, war, seine Zuneigung durch eine kleine Erbschaft unter Beweis zu stellen.«

»Das hat er getan«, sagte Janey fast tonlos.

»Nun, wieviel?«

»Um die eineinhalb.«
»Tausend?« Alan war enttäuscht. »Das ist ja nicht gerade viel. Ich dachte, er hätte Geld wie Heu.«
»Eineinhalb Millionen«, sagte Janey.

Nach dem ständigen inneren Aufruhr der vergangenen Wochen fiel es ihr schließlich leicht, eine Entscheidung zu fällen. Janey hatte Alan über eine Stunde lang zugehört; jetzt war ihr klar, daß es so nicht weitergehen konnte. Während er über die Erbschaft jubelte, die ihre Mutter gemacht hatte, und sich in den schönsten Plänen erging, wie sie das viele Geld ausgeben würden, das Thea Maxine und ihr würde geben müssen, war für Janey der Punkt erreicht, an dem es kein Zurück mehr gab. Seine schamlosen Ideen stießen sie ab und kränkten sie, und seine Habgier widerstrebte ihr. Als sie merkte, daß sie im Begriff war, genau das zu tun, wovon sie zu Guy gesagt hatte, daß sie das niemals riskieren könnte, ließ das ihr Gefühl ... nun, Janey wußte dieses Gefühl nicht recht zu deuten. Also: sie mußte nur die bewußten Worte über ihre Lippen bringen.
»... und dann könnten wir uns ein nettes Auto zulegen«, redete er weiter und wedelte mit der Hand Richtung Fenster mit Aussicht auf die Autobahn. »Der Lieferwagen reicht, um Blumen herumzufahren, aber er ist wohl kaum das, was du als flott bezeichnen würdest. Wie wär's im nächsten Sommer mit einem Cabrio, Schatz? Etwas mit 'nem bißchen Pep?«
»Alan«, sagte Janey, die nicht mehr an sich halten konnte, betont ruhig. »Oliver Cassidy hat das Geld meiner Mutter vermacht. Nicht mir, und nicht dir. Ich kann nicht begreifen, wie du auf die Idee kommst, du hättest auch nur den leisesten Anspruch darauf.«
»Janey, ich will doch nur sagen, daß Thea bestimmt will,

daß du an ihrem Glück teilhast.« Alan war irritiert. »Du brauchst Urlaub, und du brauchst ein hübsches Auto; ich versuche doch nur, dir einen Rat zu geben.« Er hielt kurz inne, dann fing er an zu grinsen. »Und natürlich wirst du jemanden mitnehmen wollen, wenn du auf die Antillen fährst, nach Barbados, einen, der das Ambre Solaire auf deinen wunderschönen Schultern verreibt ...«

Ihr Herz fing an, wie wild zu schlagen. »Alan, ich will nicht, daß meine Mutter mir Geld gibt, und ich habe auch nicht im Sinn, Urlaub zu machen. Aber wenn morgen jemand zu mir käme und mir zwei Tickets nach Barbados schenken würde, würde ich dich ganz gewiß nicht mitnehmen. Wenn, dann würde ich Maxine mitnehmen.«

»Du bist völlig durcheinander«, sagte er, verständnisvoll nickend. »Diese Beerdigung war zuviel für dich. Komm, du solltest schon längst im Bett liegen.«

»Ich bin nicht durcheinander.« Janey fing an zu zittern. »Ich will nur nicht, daß es so weitergeht. So geht's einfach nicht, Alan. Du hast selbst gesagt, daß wir Zeit bräuchten, um uns wieder aneinander zu gewöhnen. Also: Ich habe Zeit genug gehabt, um einzusehen, daß ich mich nicht mehr an dich gewöhnen kann.«

Er starrte sie so verwirrt an, stellte Janey fest, als habe er sie dabei erwischt, wie sie splitternackt auf der Autobahn herumlief.

»Schatz«, protestierte er endlich, »wovon redest du eigentlich?«

»Von uns.« Jetzt mußte sie hart sein. Sie durfte ihm nicht erlauben, sie einzuwickeln. »Und über diese Ehe. Ich will nicht mehr so weitermachen. Ich will nicht mehr mit dir verheiratet sein. Du selbst hast gesagt, daß ich mich verändert habe. Tut mir leid, Alan, aber so ist das nun mal. Du wirst dir eine andere Bleibe suchen müssen.«

Und jemand anderen, der dich aushält, dachte sie erschöpft. Guy hatte recht gehabt; Alan konnte nur benützen und nehmen. Sie hoffte, daß er auch in bezug auf das andere recht behielt ...

»Ich kann nicht glauben, was ich da höre.« Alan war sehr ruhig, seine Augen waren zusammengekniffen und seine Stimme gefährlich leise.

Und ich kann es kaum fassen, daß ich so was sage, dachte Janey. Sie biß sich auf die Lippen und hoffte, er würde sie nicht mehr so anstarren. Aber sie mußte hart bleiben. »Ich meine es, wie ich es sage!«

»Mensch, Frau! Ich bin hierher zurückgekommen, weil ich ohne dich nicht leben kann! Du hast mich mit offenen Armen empfangen. Wie kannst du nur deine Meinung derartig geändert haben? Was hab ich denn Schreckliches getan?«

»Nichts.« Janey bemühte sich, ruhig zu bleiben. »Du hast nichts Schreckliches getan. Ich liebe dich nicht mehr, darum geht es.«

Aber er schüttelte den Kopf. »Nein, nein. Das ist es nicht. Ich will den eigentlichen Grund wissen.«

»Schön.« Sie streckte ihre Hand in die Höhe und fing an, die wahren Gründe an den Fingern abzuzählen: »Du hast dir nicht die geringste Mühe gegeben, Arbeit zu finden. Du erwartest von mir, daß ich alles zahle. Du weißt überhaupt nicht, was du an mir hast. Du forderst von meiner Mutter, mir Geld zu schenken, damit du es verplempern kannst. Und«, beendete sie die Aufzählung, »du hast meinen Geburtstag vergessen.«

Er blinzelte. »Noch was?«

»Ja«, sagte Janey bissig, »du schnarchst.«

»Ich verstehe.« Alan lachte bitter. »O ja, jetzt versteh ich's wirklich. Deine Mutter steckt hinter dem Ganzen, oder?

Diese alte Schlampe hat dich aufgehetzt. Wie hat sie das denn angestellt? Hat sie dir gedroht, dich ohne einen Pfennig hängenzulassen, wenn du mir nicht den Laufpaß gibst?«

»Mach dich nicht lächerlich.« Sie war wütend, weil er so gemein war; es kam ihr aber andererseits gelegen, denn damit konnte sie soviel leichter umgehen als mit Selbstmorddrohungen. Janey beugte sich voller Angriffslust in seine Richtung. Ihre braunen Augen loderten. »Du bist doch derjenige, der so gierig danach ist, dieses Geld in die Hand zu bekommen. Und Mama hat deinen Namen nicht einmal erwähnt, also glaub bloß nicht, sie hätte was damit zu tun. Meine Mutter hat wichtigeres im Kopf.« Sie machte eine kleine Pause; dann fügte sie mit eisiger Stimme hinzu: »Das ist *meine* Entscheidung, meine ganz eigene Entscheidung. Und weil ich einen festen Entschluß gefaßt habe, hat's auch gar keinen Sinn, wenn du zu argumentieren versuchst. Was mich angeht: Je eher du abhaust, desto besser.«

Alans Schultern sanken herab. Sein ärgerlicher Blick wurde von Resignation abgelöst. »So ist das also«, murmelte er, unendlich traurig. »Alles ist aus.«

Janey, die kaum zu atmen wagte, nickte.

»Okay, damit hätte ich rechnen müssen. Blöd von mir.« Er schüttelte den Kopf. »Ich hatte mich darauf eingestellt, bevor ich zurückgekommen bin, und jetzt muß ich mich wohl an die Tatsache gewöhnen, daß es wieder einmal aus und vorbei ist. Irgendwie ist es diesmal noch härter ...«

Guy hat recht gehabt, dachte Janey und biß die Zähne zusammen. Das war emotionale Erpressung in Reinform. Alan würde sich nie etwas Ernsthaftes antun.

»... so, als würde man auf den elektrischen Stuhl geschickt und dann begnadigt werden, und dann sagt man dir, daß alles nur ein Scherz war und man schließlich doch auf den elektrischen Stuhl müsse.«

»Ich schicke dich nicht auf den elektrischen Stuhl«, sagte sie ruhig.

»Nein?« Er griff nach ihrer Hand. »Janey, ich liebe dich. Wohin soll ich gehen, wie soll meine Zukunft ohne dich aussehen? Was wäre denn das Ende von all dem?«

»Hör auf damit.« Janey war halb wahnsinnig vor Angst, er könnte das wirklich ernst meinen, was er sagte. Hoffentlich machte sie's richtig! »Du darfst so etwas nicht sagen.«

»Warum denn nicht? Das ist meine Meinung! Gott im Himmel«, er drückte ihre Hand so fest, daß ihre Finger taub wurden, »während der letzten beiden Jahre habe ich an nichts anderes gedacht. Ich wollte nichts anderes, als bei dir sein, Janey. Ich bin, weiß Gott, nicht ohne Fehler. Ich hab versucht, Arbeit zu kriegen, aber es gibt keine Jobs in dieser Gegend. Mir tut das auch leid. Und ich weiß auch, daß ich nicht immer den Abwasch mache, aber das kann doch kein Grund für eine Scheidung sein! Möglich, daß ich deiner nicht wert bin«, murmelte er gebrochen, »aber ich liebe dich wirklich. Laß mich dir's beweisen, Schatz. Gib mir doch noch einmal eine Chance, und ich schwör dir's, ich werde eine neue Seite aufschlagen. Ich werde dich glücklich machen.«

»Nein«, sagte Janey, »ich habe dir gesagt, daß ich zu einem Entschluß gekommen bin. Ich kümmere mich nicht mehr um das, was du in Zukunft tun wirst. Ich bin für dich nicht mehr verantwortlich. Es bleibt bei meiner Antwort: nein.«

»Du abgefeimtes Miststück!« Er ließ abrupt ihre Hand los und stieß sie weg; er streckte sein Kinn vor; auf seinen Schläfen pochten die Adern. »Okay. Wenn du unbedingt willst, werd ich gehen. Aber ich hoffe, du bist dir im klaren darüber, was du tust. Du könntest das noch einmal bereuen, Janey. Sehr bitter bereuen, wirklich.«

Maxine lag quer über Janeys Sitzgruppe ausgestreckt, die Arme hinter dem Kopf verschränkt, und wackelte mit ihren Zehen im Rhythmus eines Jingles, der für einen Schokoriegel warb. Niemand durfte BBC einschalten. Bei jedem Werbeblock entflohen ihre Gedanken in die Zukunft. Wenn der Spot für *Babysoft* kam, ließ sie alles stehen und liegen, um sich verzückt auf dem Bildschirm zu betrachten.

»Verdammt, der Film geht schon wieder weiter. Vielleicht bin ich im nächsten Werbeblock dran. Was hatte ich gerade gesagt . . .?«

»Du hast mir gesagt, ich solle mich ausruhen«, half ihr Janey weiter, »und damit aufhören, mir um Alan Sorgen zu machen.«

»Genau, denn das beste, was du jemals getan hast, war, ihn rauszuschmeißen. Das sollte doch jetzt die glücklichste Zeit deines Lebens sein, meine Liebe! Du bist zur Besinnung gekommen, hast ihn an die frische Luft gesetzt und kannst nun munter neu beginnen. Du bist ihn los«, fügte sie bekräftigend hinzu. »Jetzt bist du wenigstens frei! Ich kann nicht verstehen, was es dich angehen sollte, was mit ihm passiert. Wann hat dieser Dreckskerl sich jemals um dich gekümmert?«

Janey hatte von ihrer Schwester kein Verständnis erwartet. Als sie versucht hatte, ihre Ängste zu erklären, hatte Maxine aufgeheult vor Lachen und gesagt: »Du solltest dich freuen!«

Das Ärgerliche war, daß es leichter gesagt war, diese ganze elende Affäre hinter sich zu bringen. Wie sollte sie sich wirklich erholen können, wenn sie jedesmal, wenn das Telefon läutete, vor Angst erstarrte, es könnte die Polizei sein oder das Krankenhaus ... Alan, den Magen voller Schlaftabletten ...

Eine Woche war es nun her, seit er ausgezogen war. Er wohnte bei Jan und André Covel und schlief im Wohnzimmer in ihrer kleinen Wohnung auf dem Boden. Die Bedingungen dort waren nicht gerade rosig. Jan war nicht begeistert von dieser Sache, hatte Alan Janey gesagt, als er noch einmal gekommen war, seine wenigen Habseligkeiten zu holen. Aber es war immer noch besser als im Schlafsack an der Küste. Und es war voraussichtlich auch nicht für sehr lange ...

»Es tut dir gut, daß du ihn los bist«, erklärte Maxine und griff nach der Fernbedienung; sie zappte auf Channel 4, denn sie hoffte auf weitere Werbespots. »Und überleg dir doch, wie schön es ist, den ganzen Platz wieder für dich allein zu haben. Hast du noch ein paar Schokokekse, oder waren das die letzten?«

Janey mußte lachen. Maxine lag hingegossen wie Kleopatra auf ihrem Sofa, wedelte mit einer leeren Keksschachtel und hatte die Fernbedienung okkupiert – fast wie Alan! Und seit Bruno vor zehn Tagen seine Arbeit im *Grand Rock* aufgenommen hatte – seine ständig wechselnde Arbeitszeit kollidierte furchtbar mit Maxines kostbarer Freizeit –, tauchte sie immer öfter in Janeys Wohnung auf.

»O ja, es ist toll, die ganze Wohnung für mich allein zu haben«, sagte Janey. »Und, ja, wir haben keine Schokokekse mehr. Wann hört Bruno heute eigentlich zu arbeiten auf?«

Maxine, die die letzten Brösel in ihre Handfläche schüttete, schaute finster drein. »Wenn auch der letzte Penner gegangen ist. Du glaubst ja nicht, wie lange sich manche Leute an einem windigen Glas Tee festhalten können. Ich bin mir sicher – sie tun's aus Bosheit.«

»Aber mit euch beiden läuft's noch gut, oder?« Janey hatte

ja keine Ahnung, wie sehr Maxines chaotische Lebensweise Bruno auf die Nerven ging.

»Mehr als gut.« Maxine, die auch den allerletzten Brösel gegessen hatte, streckte sich wohlig aus. »Glaub mir, es ist wie ewige Flitterwochen ohne den Ärger, verheiratet sein zu müssen ... wenn man davon absieht, daß er noch immer heiraten will. Nun schau dir das an – eine rosa und eine orangefarbene Socke! Warum ist mir das bloß nicht schon vorher aufgefallen?«

»Und – wirst du ihn nun heiraten?« fragte Janey neugierig.

»Weiß nicht. Wir werden sehen.« Maxine zuckte die Schultern und warf ihr blondes Haar zurück. »Es läuft auch so ganz prima, und ich seh nicht ein, warum ich mich in ein Abenteuer stürzen sollte. Es tut ihm doch nicht weh, wenn er ein bißchen in der Luft hängt. Und, wer weiß, was alles passieren kann, jetzt, wo meine Karriere erst so richtig losgeht. Was ich am allerwenigsten brauchen kann, ist, angebunden zu sein ...«

Und Alan hat *mich* ein abgefeimtes Miststück genannt! Janey bewunderte die lockere Haltung ihrer Schwester grenzenlos. »Also, wenn er dich anfleht, ihn zu heiraten, und du sagst nein«, fragte sie neugierig, »was wird Bruno dann tun?«

»Was soll er denn schon tun?« Maxine zuckte beiläufig die Schultern. »Er kann doch nur auf mehr Glück beim nächsten Versuch hoffen. Versteh mich nicht falsch, ich bin sterbensverliebt in ihn, aber er kann mir wohl nicht besonders viel vorschreiben. Erst kommt meine Karriere, und das weiß er.« Sie zögerte gedankenverloren. »Klingt das selbstsüchtig?«

Janey antwortete voller Bewunderung: »Ja.«

»Nun gut.« Maxine grinste; Schuldbewußtsein fehlte ihr völlig. »Denk dir nichts. Ein wenig leiden schadet keinem, am wenigsten Bruno.«

54

Das Weihnachtsgeschäft lief langsam an. In Janeys Laden herrschte reger Betrieb, und die Aufträge strömten nur so herein. Janey dankte ihren Sternen für die stets verantwortungsbewußte Paula. Sie selbst war eingedeckt mit Bestellungen von Adventskränzen, Tischschmuck und Blumengestecken. Mistelzweige schlugen vor allem bei den Teenagern phänomenal ein, bei Leuten, die sie sonst höchstens alle Jubeljahre einmal sah.

Paula war unterwegs, die morgendlichen Lieferungen zu erledigen, und Janey, mit Lederhandschuhen und einer Gartenschere bewaffnet, bahnte sich gerade einen Weg durch einen Berg von Stechpalmen, als die Tür aufging und eine große, dunkelhaarige Frau mit einem Baby auf dem Arm den Laden betrat. Sie trug eine elegante karamelfarbene Lederjacke, eine schwarze Hose und flache schwarzgelbe Schuhe; sie hatte ordentlich Make-up aufgelegt und roch stark nach Parfüm. Das Baby, vermutlich ein Junge, war in einen dunkelblauen Schneeanzug verpackt und trug eine blau-weiß gestreifte Bommelmütze. Strähnen aschblonden Haares klebten an seiner Stirn, und er hatte die wunderbarsten blauen Augen, die Janey je gesehen hatte.

Die Frau, sie war etwa Mitte Zwanzig, wirkte nervös. Janey war froh, die Stechpalmen Stechpalmen sein lassen zu können und zog die Handschuhe aus.

»Hallo.« Sie winkte dem kleinen Jungen zu und lächelte seine Mutter an: »Kann ich was für Sie tun?«

»Hm … hoffentlich.« Lange, stark getuschte Wimpern

klappten auf und zu. Sie zögerte kurz und ließ ihren Blick über die Körbe wandern, die an Schnüren von der Decke hingen. Der Junge, der ihre Unaufmerksamkeit spürte, ergriff die Gelegenheit und grapschte nach einer Efeuranke. Der Tontopf, in dem der Efeu eingepflanzt war, wurde mit einem scheußlichen Knirschen von dem Sims gezerrt. Im nächsten Augenblick, bevor noch irgend jemand etwas tun konnte, krachte er in einen Kübel voller Freesien und verteilte Blätter und Komposterde über den Fliesenboden. Vor Schreck stieß der Junge prompt einen markerschütternden Schrei aus. »Nein!« rief seine Mutter. »Um Himmels willen! Es tut mir ja so leid ...«

»Das macht nichts.« Vorsichtig löste Janey die lange Efeuranke aus der dicken, geballten Faust des Babys. Wie durch ein Wunder war der Tontopf nicht zerbrochen. Es war zwar ein Durcheinander entstanden, aber kein großer Schaden.

»Ich werde für den Schaden aufkommen.« Die Frau setzte das Baby auf die andere Hüfte und durchwühlte hektisch ihre Umhängetasche nach der Geldbörse. »Es tut mir wirklich leid. Sind die Freesien auch kaputt?«

Janey sah, daß sie zitterte. Sie bückte sich, zog den Topf unter den arg in Mitleidenschaft gezogenen Freesien hervor, schüttelte den Kopf und lachte.

»Schon gut. Die waren eh schon fast hinüber. Heute abend hätte ich sie auf den Kompost getan. Hauptsache, der Topf ist noch ganz.« Sie hielt ihn hoch. »Macht gar nichts, Ehrenwort. Sie müssen wirklich nichts zahlen.«

Das Kind hatte mittlerweile aufgehört zu schluchzen. Es schaute Janey ein paar Sekunden lang ernst an und lachte dann plötzlich.

»O Gott«, sagte die Frau, die immer noch völlig verstört war. »Sie sind so nett, trotz alldem. Das macht es mir nicht einfacher.«

»Es war doch nur ein Mißgeschick«, wandte Janey ein. »Was haben Sie denn erwartet? Daß ich die Polizei rufe?«
»Ich meine ja nicht den Topf.« Die junge Frau zögerte und warf ihr glänzend schwarzes Haar zurück. »Ich hab Wochen gebraucht, meinen Mut zusammenzunehmen und hierherzukommen ... Und ich fürchte, der Grund dafür wird Ihnen nicht gefallen.«
Janey runzelte die Stirn. »Ich verstehe Sie nicht.«
»Sie sind doch Mrs. Sinclair, nicht wahr?« fragte die Frau nervös. Janey nickte.
»Also, ich heiße Anna Fox.« Sie wartete eine Weile und schüttelte dann den Kopf. »Sagt Ihnen das nichts?«
Das Baby war offenbar äußerst angetan von den Goldknöpfen auf Janeys Jacke; es quietschte vor Freude und grapschte ungeschickt nach ihnen.
»Wie bitte?« fragte Janey, die sich vor ein Rätsel gestellt sah.
»O je, es ist noch schwieriger, als ich erwartet hatte.« Auf den Wangen der Besucherin zeigten sich zwei leuchtendrote Flecken. »Schauen Sie, ich wollte eigentlich Alan treffen, Ihren ... hm, Ihren Mann. Vielleicht wäre es einfacher, wenn er es Ihnen erklären würde.« Sie blinzelte. »Ist er zufällig da?«
In Sekundenbruchteilen klärte sich alles auf. Völlig niedergeschmettert hielt sich Janey an der Ladentheke fest. Das Baby gluckste vor Freude, zeigte zwei perlmuttfarbene Zähne und einen großen Batzen rosa Kaugummi. Wie komisch, dachte Janey, daß ein solches Lächeln so unwiderstehlich sein kann. Ein Erwachsener, der nur zwei Zähne im Mund hätte, würde das genaue Gegenteil bewirken.
Anna Fox biß sich auf die Lippen; ihre dunklen Augen glänzten vor Stolz und Bedauern zugleich. »Es tut mir wirklich leid«, seufzte sie. »Ich hab schon gesagt, daß es

nicht leicht werden würde. Sie müssen ja denken, ich sei ein absolutes Miststück.«

Die Tür ging auf. Paula war genau zur rechten Zeit gekommen.

»Die gute alte Mrs. McKenzie-Smith ist in Tränen ausgebrochen, als ich mit dem Bukett angekommen bin«, verkündete sie fröhlich. »Sie feiert Goldene Hochzeit, und zum ersten Mal hat ihr Mann ihr Blumen geschenkt. Hallo, mein Hübscher«, fuhr sie fort und fuchtelte mit ihren Wurstfingern vor den weitaufgerissenen Augen des Babys herum. »Oh, wie lieb er lächeln kann! Wie heißt du denn?«

»Gut, daß du wieder da bist«, sagte Janey schnell. »Paula kannst du hier weitermachen? Wir gehen mal schnell nach oben ...«

»Er heißt Justin«, sagte Anna; sie fummelte am Reißverschluß herum, um ihn aus dem Schneeanzug herauszubekommen.

Mit einem entschuldigenden Blick Richtung Janey fügte sie hinzu: »Er ist zehn Monate alt.«

Janey hatte Wasser aufgesetzt. Sie lehnte an der Küchentür und wartete darauf, daß es kochte.

»Kann er schon sprechen?«

Anna schnitt eine Grimasse. »Er sagt nur ›da‹.«

»Da!« Justin deklamierte, froh, etwas wiederzuerkennen. »Da, da, da. Da!«

»Ma«, gab Anna zurück, etwas verlegen.

Er strahlte. »Mm ... Da!«

»Es ist verrückt«, sagte Janey. Sie gab es auf, auf das Wasser zu warten, und setzte sich. »Jetzt tu ich Ihnen leid, und Sie mir. Alan wohnt nicht mehr hier. Wir sind nicht mehr ... wir leben nicht mehr zusammen, es ist vorbei. Ich könnte nicht behaupten, daß mir das nichts ausmachen würde, aber Sie haben mich durchaus nicht erschüttert. Es klingt seltsam, aber das ist die beste Nachricht seit Jahren.«

»Wirklich?« In Annas Augen standen plötzlich Tränen; Erstaunen mischte sich mit grenzenloser Erleichterung. »O du meine Güte, ich bin ja so froh ... o je, jetzt ist mein Make-up ruiniert.«

Janey gab ihr eine Schachtel Kosmetiktücher. Das Baby steckte noch halb in seinem Schneeanzug und wand sich wie ein Aal.

»Geben Sie ihn mir«, bot Janey an, als Anna versuchte, ihre Nase zu putzen und ihn dabei auf dem Schoß zu behalten. »Sie haben auch nur zwei Hände.«

»Es macht Ihnen wirklich nichts aus, Ehrenwort?« fragte Anna und schniefte laut.

Janey lächelte. »Natürlich nicht. Ich mag kleine Kinder.«

»Ich meine das mit mir und Alan.« Sie biß sich auf die Lippen. »Ich komme mir so schlecht vor, dich damit zu überfallen.« Sie war plötzlich zum Du übergewechselt.

»Ich kann dir gar nicht sagen, wie froh ich bin, daß du's getan hast«, beruhigte Janey das arme Mädchen. »Ich hab ihn rausgeschmissen; er wollte zwar nicht gehen ...« Sie zögerte, zuckte die Schultern und sagte ganz einfach: »Sehr gut, nun weiß ich wenigstens, daß ich mich nicht mehr schuldig fühlen muß. Du kannst dir nicht vorstellen, was das für eine Erleichterung für mich ist.«

»Es war ja mehr ein Witz, daß wir uns kennengelernt haben«, erklärte Anna; sie stellte ihre Tasse ab und machte ein trotziges Gesicht. »Es war ja durchaus nicht so, daß ich verzweifelt gewesen wäre oder so. Aber meine Freundin Elaine hatte ohne viel Erfolg auf Kleinanzeigen in der Rubrik ›Bekanntschaften‹ geantwortet, und ich fragte sie, warum sie nicht statt dessen in eine Single-Bar ginge. Also gut, sie fand diese neue Bar über eine Anzeige in der ›Kurz und Fündig‹ und schleppte mich als Begleitung mit. Erst wollte ich nicht, aber sie quengelt immer so lange, bis man nachgibt. Das ist auch der Grund, warum ihre Typen es nie länger als eine Woche bei ihr aushalten«, fügte sie mit einem Lächeln hinzu. Janey, die dachte, daß Bekanntschaftsanzeigen und Single-Bars einiges auf dem Kerbholz hatten, nickte ihr aufmunternd zu.

»Sobald wir in dieser Bar in Kensington angekommen waren, sah sie Alan, und er gefiel ihr sofort. Er kam zu uns herüber und fing an zu plaudern ... und damit hat alles angefangen. Natürlich war Elaine wütend auf mich, aber was hätte ich tun sollen? Er war so nett und charmant, daß ich ihm nach einer langen Nacht meine Telefonnummer gab. An Elaine war er nicht im mindesten interessiert.« Sie sah Janey an. »Jetzt wäre es mir natürlich lieber, es wäre anders gewesen.«

»Und wann war das?« Janey wunderte sich im stillen über die Geschichte, die sich Alan von Glasgow und Manchester ausgedacht hatte.

»Vorletzten Februar, es ist fast zwei Jahre her.«

Janey nickte. Er hatte nicht viel Zeit verstreichen lassen, damals. Soviel zum Thema schottische Kakerlaken und schäbige möblierte Wohnungen. »Okay, erzähl weiter.«

»Gut, und dann ist er sofort bei mir eingezogen.« Anna schaute Janey hilflos an. »Ich glaub, ich war ganz schön einfältig, aber irgendwie hab ich nicht spitzgekriegt, daß er mich nur ausnützen wollte. Wenn man bis über beide Ohren verliebt ist, denkt man nicht an so etwas. Geld war kein Thema, denn ich habe ein Haus von einer Tante geerbt. Ich hatte damals einen guten Job bei einer Werbeagentur, und es war so schön, nach der Arbeit zu jemandem heimkommen zu können. Zuerst erledigte er die unangenehmen Arbeiten im Haushalt; räumte die Waschmaschine ein und kochte gelegentlich etwas. Und ich fand das großartig! Nach ein paar Monaten ließ das natürlich nach.« Anna machte eine Pause und atmete tief durch. »Elaine hatte die ganze Zeit boshafte Bemerkungen gemacht, aber ich tat sie als Eifersucht ab. Und als ich endlich begriff, daß sie vielleicht doch nicht so unrecht hatte, stellte ich fest, daß ich schwanger war.«

»Ein tolles Timing«, sagte Janey boshaft.

»Ja, gut. Schieb es auf die Hormone, aber der Gedanke, mit einem eigenen Baby zurechtkommen zu müssen, machte mich völlig verrückt. Ich redete mir ein, daß Alan doch kein so schlechter Kerl sei, und ich wollte, daß er mich heiratet«, sagte sie mit einem wegwerfenden Achselzucken. »Damals hab ich dann rausgefunden, daß er noch gar nicht geschieden ist.«

»Also hat er über mich gesprochen.«

»Nicht direkt. Er hat nur gesagt, daß ihr getrennt lebt.«

Janey, die sehr froh darüber war, daß es ihr so leichtfiel, ruhig zu bleiben, sagte leise: »Das war wohl so eine Schande, daß er es mir nicht sagen konnte.«

»Du hast es nicht gewußt?« Anna zog ihre schwarzen Augenbrauen hoch. »Ich denke ... er war doch dein Mann! Was hast du dir denn gedacht – daß er im Ausland arbeitet, oder was?«

»Ich hatte keine Ahnung, was ich davon halten sollte«, antwortete Janey. »Er ist einfach verschwunden. Ich dachte, er sei tot.«

Anna schüttelte ungläubig den Kopf, griff in ihre Umhängetasche und holte eine Schachtel Zigaretten heraus. »Na ja, warum sollte mich das überraschen?« Sie fuchtelte wild mit der Streichholzschachtel herum. »Mit mir hat er das schließlich auch gemacht.«

»Erzähl zu Ende«, sagte Janey. »Er konnte dich nicht heiraten, weil er nicht geschieden war. Was ist dann passiert?«
»Nicht viel.« Anna schaute dem Rauch nach, der zur Decke aufstieg. »Wir haben nicht geheiratet. Ich schmiß meinen Job hin und bekam das Baby. Alan ist immer öfter ausgegangen, weil er, wie er sagte, den verdammten Lärm, das verdammte Kindergeschrei, nicht aushalten könne, und vor acht Wochen ist er auf und davon. Wir hatten in der Nacht zuvor einen schrecklichen Streit«, erklärte sie. »Am nächsten Morgen brachte ich Justin zu einer Routineuntersuchung in die Klinik, und als wir zwei Stunden später wieder zurückkamen, war Alan abgehauen.«
»Ohne irgendeine Nachricht?«
Anna lachte kurz und schüttelte den Kopf. »Keine Nachricht. Aber er hatte schon angedroht, abzuhauen, und seine Kleidung war weg. Da hab ich gewußt, daß er nicht tot ist.«
»Aber wußtest du wenigstens, wo du ihn finden kannst?« Janey war sehr neugierig. War Alan, aus welchem Grund auch immer, nie auf die Idee gekommen, Anna könnte versuchen, ihn zu finden? Hatte er ernsthaft geglaubt, er käme ein zweites Mal so billig davon, jetzt, wo es auch noch um ein Baby ging?
»Das schon, aber er wußte nicht, daß ich es wußte.« Anna drückte ihre Zigarette aus, strich ihr Haar zurück und schaute zu Justin hinüber, der eingeschlafen war. »Alles, was Alan mir über dich erzählt hat, ist, daß du ein Blumengeschäft hast und daß du im gleichen Haus wohnst. Als ich ihn fragte, wo das sei, sagte er, es sei irgendwo in Cornwall. Und einmal ist er nachts schwer besoffen heimgekommen. Wir hatten eine heftige Auseinandersetzung, und Alan sagte, wenn ich nicht aufpasse, ginge er wieder nach Hause nach Trezale. Am nächsten Morgen«, fügte sie hinzu, »hatte er einen Mordskater und konnte sich an nichts mehr er-

innern. Ich weiß nicht, warum, aber ich habe ›Trezale‹ in mein Tagebuch notiert.«

»Und du bist von London bis hier heruntergefahren, nur wegen dieser hauchdünnen Chance?«

»Oh, nein. Erst hab ich ein bißchen Miss Marple gespielt.« Anna lächelte. »Ich hab die Auskunft angerufen, bekam die Telefonnummer von allen Sinclairs und fing an, sie anzurufen und zu fragen, ob sie Floristen seien. Der dritte, mit dem ich sprach, nannte mir den Namen deines Ladens, also konnte ich wieder bei der Auskunft anrufen, wo ich deine Nummer bekam – die zufälligerweise die nächste auf meiner Liste war. Jetzt mußte ich dich nur noch anrufen und bitten, Alan sprechen zu können. Ich glaube, ich habe mit deiner Mitarbeiterin geredet. Aber die hat mir gesagt, Alan sei den Nachmittag über weg, so daß ich wußte, daß er wieder hier, bei dir, wohnte. Das ist natürlich schon ein paar Wochen her«, schloß sie, »bevor du ihm den Stuhl vor die Tür gesetzt hast.«

»Gar nicht so dumm«, sagte Janey. »Übrigens wohnt er immer nach in Trezale. Du kannst gern die Adresse haben.« Sie fragte, noch immer neugierig. »Und warum bist du hierhergekommen? Willst du ihn wiederhaben?«

Das Kind drehte sich im Schlaf um, streckte die Arme aus und ballte kurz seine kleinen Fäuste.

»Ach Gott, nein«, erwiderte Anna und strich Justin sanft mit dem Finger über die Wange. »Ich wollte nur, daß er weiß, daß er so billig nicht davonkommt.« Ihre Augen glänzten vor Kampfbereitschaft. »Und ich wollte auch, daß du weißt, was für ein Scheißkerl er ist – zu deinem eigenen Schutz. Ich glaube, ich muß ihm klarmachen, daß er Frauen nicht einfach wie den letzten Dreck behandeln kann.«

»Danke.« Janey lachte. »Ich bin froh, daß du's getan hast. Wenn du nur ein paar Wochen eher aufgekreuzt wärst!«

»Hast du dich schuldig gefühlt?«
Janey nickte. »Er kann überzeugend lügen, und er schaffte es, daß ich mich schuldig fühlte. Oh, welche Erleichterung, daß ich jetzt weiß, daß ich mir das sparen kann!«
Anna sagte in schadenfrohem Ton: »Möchtest du mitkommen, wenn ich zu ihm gehe? Wäre das nicht lustig?«
»Ich hab noch 'ne bessere Idee.« Janey grinste. »Warum sollten wir zwei zu ihm gehen? Warum rufen wir ihn nicht an und sagen ihm, er solle hierherkommen?«
Es war wie bei einer Teufelsaustreibung, nur machte es mehr Spaß. Janey, die sich seit Jahren nicht mehr so gefreut hatte, rief an und hauchte die Einladung mit einer vielversprechenden Stimme ins Telefon. Alan, der sofort glaubte, sie sei wieder zu sich gekommen und habe gemerkt, daß sie ohne ihn nicht leben könne, war sehr erfreut und verzieh ihr nur zu gerne.
Kaum zwanzig Minuten nach ihrem Anruf stand er auch schon vor der Haustür, unbekümmert und frisch geduscht, und seine Augen leuchteten in Vorfreude. Janey und Anna, die hinter den Vorhängen hervorspähten, bewunderten seine Nerven, und sie hatten alle Mühe, nicht laut loszuprusten.
»Komm gleich rauf«, rief Janey mit heiserer Stimme die Treppe hinunter, »die Tür steht offen.«
Im nächsten Augenblick rannte er die Treppe hinauf, zwei Stufen auf einmal nehmend, und erschien in der Tür zum Wohnzimmer. Als er sah, wer noch auf ihn wartete, war sein Gesichtsausdruck mit Worten nicht zu beschreiben.
»Ist das eine Überraschung, Schatz«, sagte Anna strahlend. Sie hob den Kopf und sog die Luft ein. »Oh, wie süß!« sagte sie zu Janey. »Das ist mein Lieblings-Aftershave. Ist das nicht ein aufmerksamer Zug?«
Alan sah aus wie ein in die Enge getriebenes Tier, fand

Janey, und seine Augen blitzten vor Wut darüber, daß er ertappt worden war. Er war hierhergekommen, um sich wieder zu versöhnen, und statt dessen hielten sie ihn zum Narren. Sie hatten den Spieß umgedreht. Jetzt war er derjenige, der eine erniedrigende Zurückweisung erfuhr.
»Was, zum Teufel, tust du hier?« fauchte er Anna an. Aber das zitternde Nervenbündel, das vor einer Stunde in den Laden gekommen war, hatte, von Janeys Beispiel ermuntert, eine an ein Wunder grenzende Verwandlung erfahren. Nun lächelte sie ihn selbstsicher an. »Es war dringend, Schatz. Erinnerst du dich noch an den Wettbewerb, für den ich dich angemeldet habe? Sie haben angerufen. Du bist in der Auswahl für die Endausscheidung.«
Das war anders, als die erwartete Antwort, so daß Alan nichts begriff. »Was?« Er starrte sie verwirrt an. »Was für ein Wettbewerb?«
»Erinnerst du dich nicht mehr, mein Liebling?« fragte Anna gutmütig. »Zum ›Vater des Jahres‹.«
Er war schon wieder hereingelegt worden, schon wieder stand er dumm da. »Oh, sehr schlau«, knurrte er. »Verdammte Scheiße. Wie hast du mich überhaupt gefunden?«
»Ganz einfach«, murmelte Janey mit schadenfrohem Unterton, »man muß nur der Spur des Aftershaves nachgehen.«
Alan drehte sich zu ihr um. »Und du kannst dein Maul halten, du boshaftes verdammtes Miststück. War das deine Idee? Ich glaub, du hältst so was für lustig.«
Janeys Blick fiel auf den immer noch schlafenden Justin. Wenn es nach ihr ginge, müßte man Alan – an geeigneter Stelle – eine Warnung eintätowieren, so daß in Zukunft wenigstens andere Frauen von ihm verschont blieben. Er würde jeden Moment aus der Wohnung stürmen, da gab es keinen Zweifel. Auch gut, zumindest sollten sie das Beste aus der Situation machen.

»Lustig?« Sie sah fragend in Annas Richtung und schüttelte den Kopf. »O nein, Alan; du bist ein viel zu trauriger Fall, als daß wir das lustig finden könnten. Obwohl ich dich lieber pathologisch nennen würde. Wie ist's mit dir, Anna, fällt dir noch was anderes ein?«

»O ja«, meinte Anna, und ihre schwarzen Augen leuchteten vor Begeisterung, »da fällt mir eine ganze Menge ein ...«

»Du meine Güte, das hat gutgetan«, sagte Anna froh, als Alan wieder weg war; er hatte die Tür fast aus den Angeln gerissen, so eilig hatte er es gehabt. »Und wie fühlst du dich?«

Janey hatte ein zufriedenes Gesicht. »Frei.«

»Ich auch. Hier sind wir, jung, frei und ungebunden. Ganz zu schweigen von meinem Mordshunger ...«

Das Baby, das während der Auseinandersetzung friedlich geschlafen hatte, fing an, sich zu strecken und munter zu werden.

»Komm«, sagte Janey. »Ich lade dich ein. Gehen wir irgendwohin wunderbar essen.«

55

Die erste Januarwoche war immer die ruhigste des Jahres. Niemand wollte Blumen kaufen, und niemand wollte heiraten ... oder gar sterben. Janey, die allein im Laden war, saß auf einem Hocker, zwirbelte eine Haarsträhne um einen Finger und las in einer alten Zeitschrift, als die Türglocke anschlug und Guy hereinkam.

Es war furchtbar: Das Herz schlug ihr bis zum Hals, als sie ihn so plötzlich vor sich sah. Er war mit Josh und Ella vierzehn Tage über Weihnachten und Neujahr in Klosters beim Skilaufen gewesen und war unglaublich sonnengebräunt. Ein schärferer Kontrast als der zwischen dem grauen Trezale und Guy Cassidy, braungebrannt, in einem weißen Hemd und ausgebleichten, enganliegenden Levis-Jeans, ließ sich nicht denken. Seine Augen kamen Janey blauer vor, als sie sie in Erinnerung hatte, seine Zähne weißer, seine makellosen Wangenknochen noch ausgeprägter. Verdammt, er roch sogar wunderbar ...

Janey schob hastig die Zeitschrift unter den Ladentisch und schickte ein Stoßgebet gen Himmel, daß man ihr nicht ansehen möge, wie sehr sein Anblick sie irritierte. Sie hatte Guy seit der Beerdigung seines Vaters nicht mehr gesehen, als sie die verwirrende Entdeckung mit dem Armreif gemacht hatte; was würde jetzt auf sie zukommen?

Er lächelte kurz. »Hallo. Hattest du schöne Weihnachten?«

»Fabelhafte«, sagte Janey. Sie hatte das nicht in sarkastischem Ton sagen wollen, aber so klang es. Da Guy und die Kinder in der Schweiz gewesen waren, hatten Maxine und

Bruno sich – Maxine zufolge – in Mole Cottage vergraben und sich eine Woche lang einer glücklichen Zweisamkeit hingegeben. Janey hatte nur ihre trauernde Mutter zur Gesellschaft gehabt; es war nicht gerade fröhlich gewesen. Sie hätte auf diese Feiertage ruhig verzichten können.

Guy hörte den gereizten Unterton heraus. »Nun gut«, sagte er mit sanfter Stimme, »vielleicht wird dich das erheitern: Childsafe wird nächste Woche die Spendenkampagne starten. Sie veranstalten einen Wohltätigkeitsball. Die Organisatoren verwenden das Foto, das ich gemacht habe. Falls du es ertragen kannst, von Millionen von Postern mit deinem eigenen Konterfei umgeben zu sein, solltest du dir Gedanken machen, was du anziehen willst.«

Er gab Janey eine dicke, mit Silberprägung versehene Einladung. Sie schaute sie an, und die Worte »Für zwei Personen« sprangen ihr ins Auge.

»Hm ... Ich habe niemanden, den ich mitnehmen könnte.« Sie haßte es, das zugeben zu müssen, und murmelte es beinahe wie eine Entschuldigung.

Guy lachte. »Zufällig ist das meine Einladung. Es erschien mir nur allzu naheliegend, dich zu bitten, meine Partnerin zu sein.«

»Oh!« Ihr Magen sackte nach unten.

»Der Ball findet nächsten Freitag statt«, erklärte er. »Du wirst Paula holen müssen für den Laden. Ich denke, wir fliegen um die Mittagszeit ab, übernachten im Hotel und kommen am Samstag morgen zurück.«

»Ich verstehe«, sagte Janey vorsichtig. »Was kosten die Zimmer?«

Guys Augen funkelten vor Belustigung. »Keine Panik, dafür ist schon gesorgt. Du mußt lediglich ein Abendkleid in den Koffer werfen.«

Sie zögerte. »Gut.«

»Du hast doch ein Abendkleid?« Er sah besorgt aus. Dieser Gedanke war ihm offensichtlich eben erst gekommen. Janey, die sich immer mehr wie eine Zweitausgabe von Aschenputtel vorkam, spürte, wie Ärger in ihr hochstieg. Vielleicht, dachte sie grollend, würde er gerne auch dafür sorgen.

»Natürlich habe ich eines«, log sie seelenruhig und streckte ihr Kinn abwehrend vor. »Kein Grund zur Panik. Ich kreuze schon nicht in Second-hand-Kleidern auf.«

Es war absolut akzeptabel, wenn Maxine für Mel Gibson schwärmte, aber sich in jemanden zu verknallen, den man kannte, war irgendwie unglaublich peinlich. Janey, die ganz unglücklich war über ihre schulmädchenhafte Schwärmerei für Guy, konnte kaum glauben, wie teenagermäßig sie sich benahm. Sie wußte überhaupt nicht, wie es passiert war. Monatelang war es ihr sehr gut gegangen, und dann – wumm! – verliebte sie sich aus heiterem Himmel bis über beide Ohren, und sie lief Gefahr, noch dämlicher aus der Wäsche zu gucken, als sie glaubte, es ohnehin zu tun.

Es muß wegen Alan sein, dachte sie, irgendeine völlig bizarre Reaktion darauf, wieder ungebunden zu sein. Was auch immer, es war zutiefst demütigend.

»Wer ist das?« fragte Paula, die ihr über die Schulter sah. Janey, die sie nicht hatte kommen hören, durchfuhr ein gewaltiger Schreck.

»Das ist nur eine alte Zeitschrift.« Sie wollte schnell weiterblättern. »Ich hab sie unterm Ladentisch gefunden.«

»Das ist doch Guy!« Paula, hilfsbereit wie immer, deutete auf ihn. »Oh, schau, er steht neben Valentina di Angelo. Ist sie nicht umwerfend? Du mußt ja so glücklich sein wegen Freitag«, fügte sie träumerisch hinzu. »Stell dir vor, du gehst

mit Guy Cassidy auf einen Ball. Alle denken, ihr seid ein Liebespaar. Nächste Woche bist vielleicht du auf den Seiten irgendeines Klatschblattes abgebildet ... Was wirst du überhaupt anziehen? Hast du dich schon entschieden? Doch keine lindgrünen Radlerhosen, wie dieser Vamp Valentina, hoffe ich!« Janey, die seit sechs Tagen nur noch den Ball mit Guy im Kopf hatte, wußte nur zu gut, daß er sich moralisch verpflichtet gefühlt hatte, sie einzuladen; sie klappte die Zeitschrift zu und warf sie in den Papierkorb.
»Ich werde gar nichts anziehen«, flüsterte sie matt. Das war die einzig mögliche Antwort. Als sie sich umdrehte, bemerkte sie Paulas völlig konsternierten Gesichtsausdruck. Sie rang sich ein Lächeln ab. »Weil ich nämlich nicht hingehe.«

Guy hatte die halbe Nacht in der Dunkelkammer gearbeitet. Er lag noch im Bett, als Janey ihn am Donnerstag morgen um elf Uhr anrief.
»Hallo, ich bin's«, sagte sie schnell. »Hm, ich bin ein bißchen in Eile, also sag ich's gleich. Es tut mir leid, aber ich werde morgen nicht können ... Paula liegt mit 'ner fürchterlichen Grippe im Bett und kann nicht in den Laden gehen. Ich hab sonst niemand, und deshalb muß ich hierbleiben. Es tut mir ehrlich leid«, schnatterte sie, um nicht die Wahrheit sagen zu müssen, »aber ich hab mir gedacht, daß ich es dir so früh wie möglich sagen muß. Ich bin mir sicher, daß du Dutzende von Mädchen hast, unter denen du dir eine aussuchen kannst ...«
Guy, der noch nicht ganz wach war, setzte sich im Bett auf. »Ich hab dich ausgesucht.« Er klang wirklich niedergeschlagen. »Ich habe gedacht, es würde dir Spaß machen. Wir könnten auch Freitag nacht zurückfliegen, wenn dir das weiterhilft. Es muß doch jemanden geben, der die Stellung

für ein paar Stunden am Freitag nachmittag halten könnte. Wie wär's mit deiner Mutter?«

»Nein, niemand.« Janey hatte sich fest im Griff. »Es war nett von dir, mich zu fragen, aber ich fürchte, es geht wirklich nicht. Sicher wird es dir dort Spaß machen, trotz allem. Ruf einfach jemand anderen an ... Oh, da kommen schon wieder Kunden ... ich muß wirklich aufhören ...«

Verdammt, dachte Guy, als Janey plötzlich aufgelegt hatte. Verfluchte Paula, verfluchte Grippe, verdammte Scheiße.

Paula hatte riesige Blumenkästen aus dem hinteren Teil des Ladens nach vorne gezerrt; sie blieb stehen, lehnte sich an die Ladentheke und rang nach Luft. Ihre Augen glänzten, ihre Wangen waren gerötet. »Ich hab keine Grippe«, sagte sie.

»Eine kleine Notlüge.« Janey hob entschuldigend die Schultern; sie war froh, die Sache hinter sich gebracht zu haben.

»Und was passiert, wenn er meine Mutter fragt, ob's mir wieder bessergeht? Sie wird meinen, er sei übergeschnappt.«

»Deine Mutter arbeitet nur montags und mittwochs bei Guy«, sagte Janey seelenruhig. »Also kann gar nichts passieren.«

»Hm.« Paula war nicht ganz überzeugt. »Also ich weiß nicht, warum du nicht zu dem Fest gehen willst. Es hört sich doch toll an. Wenn hier irgend jemand übergeschnappt ist, dann bist es du.«

»Oh, Liebling, du wirst es nicht glauben ... die beste Nachricht auf der ganzen Welt!« Maxine stürzte zur Tür des Landhauses herein und warf sich in Brunos Arme. »Mein Agent hat mich angerufen und gesagt, daß ich eine Rolle in *Romsey Road* bekommen habe! Du hältst die neue Bet Lynch in den Armen, die künftige Königin der Seifenoper ... die größte Entdeckung seit Miss Piggy!«

»Gott sei Dank.« Bruno, der jede Minute verabscheute, die er in dem unglaublich spießigen Grand Rock verbringen mußte, stieß einen Seufzer der Erleichterung aus. »Du kannst mich aus dem ganzen Schlamassel hier rausbringen. Sie drehen die Serie in Manchester, oder? Wann fahren wir?«

»Nun ...« Maxine zögerte. »*Ich* fahre nächste Woche, aber kündige nicht gleich die Stellung. Es ist nur eine Statistenrolle ... oder besser: eine winzig kleine Rolle«, fügte sie mit einem Grinsen hinzu. »Ich spiele ein halbseidenes Mädchen in weißen Stöckelschuhen und mit riesigen Ohrgehängen, das versucht, den Vikar zu verführen. Er läßt mich abblitzen, und ich zieh beleidigt wieder ab ... Aber ich bin wenigstens dabei!« Ihre braunen Augen blitzten, als sie Bruno fest an sich drückte. »Und wenn sie einmal gemerkt haben, wie phantastisch ich spiele, müssen sie mich einfach engagieren.«

»Nächste Woche?« Er runzelte die Stirn. »Und was sagt Guy Cassidy dazu?«

»Oh, er hat die Nase voll vom Wetter hier. Er hat heute morgen beschlossen, die Kinder nach Santa Lucia zu bringen. Ein paar Freunde haben dort ein protziges Haus. Ich habe ihm gesagt, daß ich auch mit will, und da war er so erschrocken, wie ich es beim Anruf meines Agenten gewesen war.« Sie grinste. »Jetzt muß er mir immerhin kein Ticket zahlen.«

Bruno mußte das erst mal verdauen. Hätte er die Wahl gehabt zwischen einer Woche in Santa Lucia ohne Maxine und einer Woche zu Hause mit ihr, wäre er dageblieben. Der Gedanke, eine Woche lang kostenlos Urlaub zu machen, spielte bei ihr offenbar keine Rolle.

Die Vorstellung, Maxine könnte eine Woche mit Guy Cassidy auf einer tropischen Insel verbringen, war schon bitter

genug, noch bitterer war, sie in Manchester mit einem Fernsehteam zu wissen. Er liebte sie, sicher, aber er vertraute ihr kein bißchen. Besonders, dachte Bruno, wo sie so versessen auf ihre Karriere war.
Er runzelte die Stirn. »Wie lange wirst du weg sein?«
»Nur eine Woche.«
»Eine ganze Woche? Für eine miese Statistenrolle?«
Maxine kraulte seinen Nacken und lächelte in sich hinein. »Hm. Ich weiß schon. Aber ich spreize gleich zwei Folgen lang die Beine, so ein Flittchen bin ich.«
Bruno schwieg, denn genau davor hatte er Angst.

»Du hast eine Laufmasche in deinem Strumpf.«
»Oh, so ein Mist.« Maxine warf ihr Haar zurück; das Geklapper ihrer extravaganten bunten Ohrringe machte sie noch verrückt. Von ihrem Platz in der Studiokantine lachte sie hinüber zu Zack Morrison, Star von *Romsey Road* und millionenfacher Herzensbrecher. »Normalerweise habe ich zwei.«
Er nickte. Sogar sein Nicken war umwerfend. Maxine fand, daß die dunkle Locke einfach hinreißend über seiner linken Augenbraue hing.
»Ich hab dich schon draußen am Set beobachtet«, sagte er beiläufig. »Du bist nicht schlecht.«
»Weiß ich.« Maxine ließ ihr Blätterteiggebäck stehen; sie war zu aufgeregt zum essen. Er spielte einen Frauenhelden, einen verschlagenen Dealer, unwiderstehlich böse und gefährlich. In Wirklichkeit sah er gar nicht einmal besonders gut aus, vielleicht ein wenig besser als die anderen Männer im Ensemble. Er spielte Robbie Elliott, der Frauenherzen höher schlagen ließ, weil jede Frau im stillen darüber rätselte, ob sie ihn wohl bändigen könnte.
»Ich hab dich auch im Babysoft-Werbespot gesehen«, sagte er, und Maxine erschauderte.

»Aller Anfang ist schwer«, antwortete sie. Sie schlug ihre Beine übereinander und ließ einen ihrer abgetragenen Stöckelschuhe an ihrer großen Zehe baumeln. »Warum setzt du dich nicht her, bevor dein Salat noch runterfällt?«

Zack Morrison war von Maxines direkter Art sehr angetan. Auch sonst war sie nicht übel, mußte er sich eingestehen. Er bevorzugte eigentlich Brünette, aber eine Blondine wäre sicher eine nette Abwechslung. Ihr Lächeln war bezaubernd. Und nicht einmal ihr grauenhaftes Kostüm konnte die Tatsache verschleiern, daß darunter eine überwältigende Figur steckte. Aber ihre Direktheit gab den Ausschlag. Die Frauen, die sich ihm an den Hals warfen, erzählten ihm immer dasselbe: Wie unglücklich sie mit ihrem Mann oder ihrem Lebensgefährten wären. So gaben sie ihm zu verstehen, wie leicht sie zu haben seien. Er war zwar davon überzeugt, daß auch Maxine Sinclair sich an ihn ranschmiß, aber sie hatte während des Essens nur von ihrer romantischen Liebe mit einem Menschen namens Bruno Parry-Brant geredet. Laut Maxine war dieser Bruno unverschämt attraktiv, dabei ein toller Koch, der Geld hatte wie Heu, einfach der beste Typ der Welt. Zack, dem gewöhnlich all diese wunderbaren Eigenschaften – außer der, gut zu kochen – nachgesagt wurden, war fast ein wenig eifersüchtig. Sie tut einfach so, als könnte er nicht mithalten, dachte er und fühlte sich aus dem Rennen geworfen. Er war Robbie Elliott und da konnte doch kein anderer Mann mithalten.
Und je lauter sie das Loblied auf diesen unbekannten Bruno sang, um so neugieriger wurde er. Maxine Vaughan verwirrte und interessierte ihn zugleich. Er hörte sich, unfähig, einer solchen Herausforderung zu widerstehen, sagen: »Ah, aber er gehört doch nicht zu uns? Er ist nicht

beim Fernsehen. Sieht nicht so aus, als könnte er irgendwas drehen, um dir bei deiner Karriere zu helfen.«

»Natürlich nicht.« Maxine zuckte die Schultern und löffelte Zucker in ihren inzwischen kalten Kaffee. »Aber das spielt keine Rolle. Wenn ich gut genug bin, schaffe ich das auch allein. Das machen doch viele, oder?« Sie strahlte und fügte stolz hinzu: »Bis hierher hab ich's immerhin schon geschafft.«

»Zu einem Klopapierwerbespot und zur Komparsin.« Zack Morrison tat ihre bisherigen berauschenden Erfolge mit einer matten Geste ab. »Es kommt bei diesem Spiel darauf an, mit wem du bekannt bist, Herzchen. Okay, dein Bruno mag ja eine Wahnsinnsomelette herzaubern können, aber das wird nicht reichen, deinen Namen in die Schlagzeilen zu bringen.«

Maxine schien getroffen. »Aber das ist doch wohl kaum seine Schuld.«

»Wohingegen du mit dem richtigen Mann im Hintergrund ...« Zack sprach sehr gedehnt: »Also ...«

»Ach bitte«, erwiderte sie und lächelte ihn wohlwollend an, »darauf kommt's doch gar nicht an.«

»Ich nenn dir ein Beispiel.« Er beugte sich über den Tisch und senkte die Stimme. »Nur soviel: Allein meinetwegen ist *Romsey Road* eine der Serien mit den höchsten Einschaltquoten. Ich bin nicht irgendwer. Würde ich morgen zu den Drehbuchschreibern gehen und ihnen sagen, sie sollen deine Rolle erweitern – sie richtig in die Handlung integrieren –, sie würden auf mich hören.« Er nickte; ihr ungläubiger Blick amüsierte ihn: »Im Ernst. Wenn ich es wollte, könnte ich es tun. Gibst du nun zu, daß dies einfacher ist, als sich durch endlose Vorsprechtermine zu kämpfen, um den nächsten miesen Job zu kriegen?«

»Natürlich«, antwortete Maxine ruhig. Der Glanz in ihren

Augen war verblaßt, und sie rückte fast unmerklich von ihm weg. Sie scheint enttäuscht zu sein, dachte Zack.
»Und ich könnte es tun«, prahlte er.
»Sicher könntest du, ich weiß.« Maxine biß sich auf die Unterlippe. »Es tut mir ja leid, aber ich glaube, daß ich ein bißchen naiv war, als ich hierherkam. Wie soll ich dich verstehen: Wenn ich dir ... einen Gefallen tue, wirst du mir auch einen tun? Muß man eigentlich immer den Weg durch die Betten gehen?«
Zack Morrison grinste. Er war einfach bezaubert von ihrem verwirrten Gesichtsausdruck und ihrer schnörkellosen Art.
»Wie kommst du darauf? Würdest du mit mir ins Bett gehen, wenn ich dich bitten würde? Als Lohn für eine Rolle in *Romsey Road?*«
»Nein.« Maxine schüttelte den Kopf. »*Das* tu ich nicht. Es tut mir wirklich leid, Herr Morrison, aber ich gehöre nicht zu dieser Sorte Mädchen.«
Die ist ja phantastisch, dachte Zack voller Bewunderung. Eine harte Nuß! Und eine unglaubliche Herausforderung ...
»In diesem Fall werde ich dich nicht bitten.« Er schenkte Maxine das berühmte Robbie-Elliott-Lächeln und sah dann auf seine Uhr. »Ich weiß nicht, wie's mit dir ist, aber ich muß in eineinhalb Minuten am Set sein. Hast du heute abend schon was vor? Oder könntest du mit mir zum Essen gehen?«
Maxine schaute ihn argwöhnisch an. »Ich weiß nicht, ob ich mitgehen soll.«
»Ohne Hintergedanken.« Er lächelte noch immer.
»Gut, okay.« Und sie fügte ein wenig trotzig hinzu: »Aber ich habe mit Bruno ausgemacht, ihn um halb neun anzurufen.«
»Sag mir, wo du zu finden bist.« Zack stand schnell auf. »Ich

hole dich um neun Uhr ab. Und zieh was Nettes an«, fügte er hinzu; Maxine Vaughan verdiente seine ganze Aufmerksamkeit, da durfte an nichts gespart werden. »Wir stellen die ganze Stadt auf den Kopf.«

Als er weg war, nippte Maxine an ihrem Kaffee. Was sie da tat, war fies, eiskalt und unglaublich berechnend. Aber das spielte keine Rolle. Sie erlaubte sich ein kurzes, triumphierendes Lächeln.

Nächstes Jahr geht's um den Oscar, dachte sie glücklich. Du lieber Gott, ich bin gut!

56

Santa Lucia war umwerfend gewesen, aber noch umwerfender wäre es gewesen, wenn Guy die Gedanken an Janey hätte verdrängen können.

Er wußte noch immer nicht, warum sie nicht mit ihm auf den Wohltätigkeitsball hatte gehen wollen. Nur eines wußte er: Er war auf dem Weg von Trezale zum Flughafen; es war Freitag mittag, und Paula hatte die grippekranke Bettlägerige sehr schlecht gespielt. Er hatte sie gesehen, wie sie wie eine Wilde mit dem Rad einen Berg hinaufgestrampelt war.

Aber Janey hatte sicherlich ihre Gründe, ihm einen Korb zu geben. Einerseits wäre er damals am liebsten in den Laden gegangen und hätte sie so lange geschüttelt, bis sie es ihm sagte, andererseits sagte ihm sein Verstand, daß dies wohl nicht gerade die beste Idee sei. Sie hatte ein schreckliches Jahr hinter sich. Am besten, er zog sich einige Zeit zurück und gab ihr Gelegenheit, mit sich selbst ins reine zu kommen. Das war zwar äußerst lästig, aber absolut notwendig.

Aus diesem Grund hatte er auch Ella und Josh für eine Woche nach Santa Lucia verfrachtet. Janey hatte ihn ein Vermögen gekostet. Sie würde einen Anfall kriegen, wenn sie es wüßte.

Aber nun war er wieder zurück, und er hatte einiges in Ordnung zu bringen. Auf die Plätze, fertig ...

Guy lehnte schweigend an der Tür und schaute ihr bei der Arbeit zu. Sie hatte ihm den Rücken zugewandt und war barfuß. Er mußte lächeln, als er die Löcher in den Ärmeln ihres sackartigen Pullovers sah. Der lange, weiße Baumwollrock paßte besser in den Juli als in den Februar. Ihre braunen Beine zeigten Kälteflecken. Es herrschten wirklich arktische Temperaturen, aber ihr kam nicht der Gedanke, die Heizung aufzudrehen, so beschäftigt war sie. Sie hatte wohl auch nicht bemerkt, daß ihr langes, graues Haar aus der Spange an der Seite gerutscht war und nun in einer wirren, von Ton verklebten und schiefen Mähne über ihre linke Schulter hing. »Oh«, sagte Thea, die endlich bemerkt hatte, daß jemand da war; sie drehte sich um, um zu sehen, wer es war. »Oh«, sagte sie erneut, diesmal eine Oktave tiefer.

»Ist schon gut«, antwortete Guy, »ich bin nicht hergekommen, um dich anzubrüllen.«

»Das möchte ich aber auch hoffen.« Sie zog die Augenbrauen hoch. »Und ich würd's dir auch nicht raten, junger Mann. Ich würde nämlich zurückbrüllen.«

Guy glaubte ihr. »Ich bin eigentlich da, um Abbitte zu leisten. Bei der Beerdigung war ich ziemlich gereizt, aber das ist keine Entschuldigung für schlechtes Benehmen. Ich hätte dir wenigstens kondolieren sollen.«

»Mir ist gar nicht aufgefallen, daß du es nicht getan hast.«

Theas Miene entspannte sich. »Ich fürchte, der ganze Tag ist irgendwie schiefgelaufen. Was wohl der arme junge Anwalt von mir gedacht hat ... Wenn man Janey glaubt, hab ich mich ziemlich übel aufgeführt.«

Das war jetzt beinahe ein Vierteljahr her. Guy nickte. »Und wie steht's jetzt? Wie fühlst du dich?«

Sie zuckte die Schultern und wischte ihre Hände an ihrem Rock ab. »Nun, nicht voller Frühlingsgefühle ... aber ich arbeite, das hilft. Es ist komisch: Jetzt, wo ich nicht mehr arbeiten muß, um davon leben zu können, bin ich öfter hier als jemals zuvor.« Sie überlegte einen Augenblick, dann sagte sie: »Vermutlich bringt es mich auf andere Gedanken. Ich glaube, daß meine letzten Skulpturen auch meine besten sind. Eine Schande, daß Oliver nicht mehr da ist und mir sagt, wie hervorragend ich arbeite.«

»Wenigstens gehört dir jetzt das Atelier.« Er wußte es von Maxine. Guy lächelte. »Meinem Vater würde das sicher gefallen. Er hat sich immer dagegen gesträubt, Miete zu zahlen und auf diese Weise nie die Möglichkeit zu haben, etwas zu besitzen.«

Thea schaute ihn eindringlich an. »Stört es dich, daß dein Vater mir soviel Geld hinterlassen hat?«

»Absolut nicht.« Guy schüttelte nachdrücklich den Kopf. »Du hast es verdient. Wenn überhaupt etwas, dann stört mich, daß er meinen Kindern soviel Geld vermacht hat. Langsam werden sie unausstehlich. Es vergeht kaum ein Tag, ohne daß eines von ihnen eine Liste aufstellt, was es sich kaufen will, wenn es einundzwanzig Jahre geworden ist.«

»Haben sie schöne Ferien gehabt?« Thea lächelte. »Du bist ganz schön braun geworden. Janey hat mir erzählt, du hättest sie irgendwohin in die Sonne gebracht. Wohin genau, habe ich vergessen.«

»Nach Santa Lucia.« Seltsamerweise belebte ihn die bloße Nennung von Janeys Namen. »Hat Janey mit dir über ... uns gesprochen?«

»Ich glaube, deine Kinder haben ihr gefehlt«, antwortete sie, ohne zu merken, wie grausam diese Worte waren. »Weißt du, sie mag sie furchtbar gern.«

»Sie haben sie auch sehr gern.« Guy tat, als betrachte er die halbfertige Figur, an der sie gerade arbeitete. »Nebenbei: Wie geht's Janey überhaupt? Es ist schon eine Weile her, daß wir uns das letzte Mal getroffen haben.«

Thea strich mit ihrem Daumen liebevoll über die Wangenknochen ihrer Figur. Sie wollte endlich wieder arbeiten. Nicht sofort, aber in Kürze würde sie sich an eine Büste von Oliver wagen.

»Nun, was erwartest du?« Sie sprach abwesend, war mit ihren Gedanken irgendwo anders. »Man muß ihren unergründlichen Männergeschmack kennen. Nächste Woche wird, Gott sei Dank, das vorläufige Scheidungsurteil ausgestellt, aber ich bin schon gespannt, was als nächstes passiert. Sie ist eine schöne Frau, auch wenn das jetzt ihre Mutter sagt, aber ihr Selbstvertrauen ist in letzter Zeit etwas instabil. Was sie braucht, ist ein netter Mann, der es ernst mit ihr meint.« Sie schob diese Gedanken beiseite und beugte sich etwas vor, um die Symmetrie an den Lidern ihrer Figur zu kontrollieren. »Obwohl, ich hab schon Angst vor dem nächsten, den sie anschleppt. Wenn der noch schlimmer ist als die anderen, braucht sie mir mit ihm gar nicht erst zu kommen ...«

Guy strengte sich nicht an, seine Freude zu verbergen. »Gibt es eigentlich viele Männer, die dir gefallen?«

Thea blinzelte kurz zu ihm hin. »Oliver hat mir gefallen«, sagte sie stolz. »Soweit ich es beurteilen kann, war er so vollkommen, wie ein Mann nur sein kann.«

»Gut, aber das ist nur einer.«

»Und ich glaube, daß du gar nicht so übel bist«, gab sie mit einem kurzen Lächeln zu. »Für meinen Geschmack siehst du zwar ein bißchen zu gut aus, aber ich will nicht abstreiten, daß du dich mit zunehmendem Alter noch entwickeln kannst.«

Janey brüllte vor Lachen. Tränen rannen ihr übers Gesicht, sie hatte schon Seitenstechen, aber sie konnte einfach nicht aufhören. Maxine fand die Taschentücher nicht und warf ihr statt dessen ein Stück Küchenpapier hinüber; sie wartete geduldig, bis sich der Anfall wieder legte.

»Du lachst sonst nie so, wenn ich dir eine von meinen Geschichten erzähle«, beklagte sie sich schließlich. »Und dabei war es gar nicht lustig gemeint. Der arme Bruno. Mir graut davor, es ihm zu sagen.«

»Der arme Bruno?« japste Janey. Sie wischte ihre Tränen ab und rang nach Luft. »Der *arme* Bruno! Das ist einfach wunderbar!«

»Aber er liebt mich.« Maxine wirkte niedergeschlagen. »Er wird nicht begeistert sein, das sage ich dir.«

Janey versuchte, sich wieder zu beruhigen. Wenn sie ganz langsam atmete und jeden Gedanken aus ihrem Kopf verbannte, dann würde sie das schaffen. Sie durfte nicht mehr lachen; hier ging es um etwas Ernstes. Bruno sollte der Laufpaß gegeben werden, und sie wollte jede noch so winzige Kleinigkeit davon erfahren. Wenn sie sich nicht zusammennahm, würde Maxine ihr nichts mehr erzählen, und das wäre unerträglich ...

»Was hat er eigentlich falsch gemacht?« Sie preßte ihre Lippen zusammen und schien jetzt einigermaßen auf das Gespräch konzentriert zu sein.

»Nichts.« Maxine klang so düster wie noch nie. »Genau das macht es mir so schwer.«

»Okay. Wenn das so ist, warum willst du ihm dann den Laufpaß geben?«

»O Janey«, klagte Maxine plötzlich, »er ist mit der Zeit immer netter geworden. Du weißt, wie ich es mit den Männern halte; ich kann's nicht ertragen, wenn sie nett sind. Wie war es denn mit Maurice? Was mir erst so gefallen hat, stieß mich schließlich nur noch ab. Er war so nett, daß ich fürchtete, vor Langeweile zu sterben.« Sie schüttelte verzweifelt den Kopf. »Und das hat mir an Bruno so gefallen: Er hatte einen so unglaublichen Ruf ... er war so gemein! Ich habe wirklich geglaubt, endlich jemanden gefunden zu haben, der mir nicht auf die Nerven gehen würde.«

»Das heißt, du hast geglaubt, deinen Meister gefunden zu haben.«

»Nun, das habe ich ja auch.« Maxine schaute resigniert drein. »Aber irgendwie hat sich das geändert. Ich kam mir vor, als wäre ich zur Hausfrau mutiert. Bruno wollte beweisen, daß ich ihm vertrauen kann. Er war plötzlich nicht mehr wie vorher. Und, ich weiß nicht ... ich verlor auf einmal das Interesse an ihm.«

Janey bemühte sich, ein ernstes Gesicht zu machen. O je, das erste Mal im Leben echt verliebt zu sein, hatte aus Bruno einen Langweiler gemacht. »Ich wette, daß er aus Trezale weggeht«, vermutete sie. Die Blamage wäre zu groß für einen Mann mit seinem Ruf. »Er wird den Gedanken nicht ertragen können, sich bei dir den Kopf eingerannt zu haben.« Sie grinste, denn auch Alan hatte es nicht ausgehalten, bei ihr auf Granit gebissen zu haben. »Vielleicht macht er sich Richtung Küste davon, nach St. Ives.«

»Ach. Er braucht überhaupt nicht abzuhauen. Weißt du, das mache schon ich.«

»Was?«

»Ich gehe weg. Nach Manchester«, sagte Maxine plötzlich. »Sie haben mir einen Halbjahresvertrag für *Romsey Road* gegeben. Das Flittchen mit den weißen Stöckelschuhen wird eine stürmische Affäre mit dem Vikar haben. Und wenn sie es für gut befinden, daß sie schwanger wird, stopf ich mir ein Kissen unter den Pullover und unterschreibe für ein weiteres Jahr. O Janey, ich hab es endlich geschafft.« Sie seufzte, Freudentränen in den Augen. »Ich werde Mandy Blenkinsop sein.«

»Du wirst deinen Namen ändern in Blenkinsop?«

»So heißt sie, Dummerchen, das Flittchen.« Maxine grinste.

»Sie hatte vorher keinen Namen, weißt du, sie war ja nur eine Komparsin. Aber ab dem nächsten Monat wird eine richtige Rolle daraus.« Und verträumt fügte sie hinzu: »Und ich werde ein richtiges Ensemblemitglied sein. Und dann habe ich sicherlich auch meinen eigenen Fanclub.«

Bruno war vergessen, als hätte er nie existiert. Janey konnte es kaum fassen. »Und was ist mit Guy?« fragte sie.

Maxine richtete sich etwas mühsam auf. »Nun, er wußte, daß so etwas anstand. Es kann ja wohl keine große Überraschung für ihn sein, oder? Wenn du bedenkst, wie oft er mich fast rausgeschmissen hätte, dann wird er mich vermutlich gerne gehen sehen.«

»Aber du hast noch nicht den Mut aufgebracht, es ihm zu sagen, oder?« fragte Janey. »Maxine, das mußt du tun. Denk an den Ärger, den er letztes Mal hatte, Ersatz für Berenice aufzutreiben. Für die Betreuung seiner Kinder kann er nicht irgendein Kindermädchen brauchen.« Sie verbesserte sich: »Wenn es soweit kommt, werden Ella und Josh nicht irgendein Kindermädchen haben wollen. Du wirst ihnen schrecklich fehlen.«

»Nur blöd, daß sie mir nicht etwas mehr Aufmerksamkeit geschenkt haben, solange sie mich noch hatten.« Um ihre Schuldgefühle zu überspielen, suchte Maxine Zuflucht in der Flapsigkeit. »Diese kleinen Teufelsbraten sagen mir die ganze Zeit, wieviel mehr Spaß sie hatten, als du dich um sie gekümmert hast. Im Ernst, Janey, wenn du je daran gedacht haben solltest, den Laden zu verkaufen und dich beruflich zu verändern ... Du könntest es doch mal mit Guy versuchen, vielleicht hast du mehr Glück bei ihm als ich.«

Es war wie bei den Pawlowschen Hunden: Maxine machte sicher nur Witze, aber auch die frivolste Andeutung brachte Janey zum Erröten. Sie verfluchte im stillen, daß sie dieses Erröten nicht abstellen konnte. Sie mußte unbedingt das

Thema wechseln; deshalb überhörte sie schlichtweg den Spott und startete eine heftige Gegenoffensive.

»Also jetzt mal vernünftig, Maxine. Hast du vergessen, daß ich deine Schwester bin? Hältst du mich für so dumm, daß ich glauben würde, das wäre alles?«

Maxine blinzelte. »Wie, alles?«

»Die ganze Geschichte mit *Romsey Road*.« Maxine hatte nicht unschuldig geblinzelt. Janey freute sich, denn sie hatte richtig geraten, und setzte nun zum Todesstoß an. »Also, ich kann mir nicht helfen: Es ist doch ein grandioser Zufall, daß du ausgerechnet dann jedes Interesse an Bruno verlierst, wenn du diese komische Rolle da kriegst. Vielleicht lieg ich jetzt völlig daneben, aber könnte es nicht in Manchester einen wirklich großartigen Mann geben?«

Das brachte sogar Maxine in Verlegenheit. »Na ja«, sagte sie unbestimmt, »wo du schon davon redest, vielleicht der eine oder der andere ...«

57

Endlich war das Wetter umgeschlagen, aber auch das konnte Bruno nicht aufheitern. Draußen, außerhalb der Mauern von Mole Cottage – das Maxine »Würstchen-Cottage« nannte, denn sie hatte ein verschrumpeltes Würstchen unter dem Bett gefunden – schien die Sonne seit Monaten zum erstenmal so richtig warm. Kleine Wölkchen segelten über den klaren blauen Himmel, die See – Türkis ging in Aquamarin über – glitzerte in der Ferne, und zahllose Narzissen waren aufgeblüht und bewegten sich leicht im warmen Wind. Sogar im total überwucherten Vorgarten sprossen verschiedene gelbe Blumen; da Bruno sich nichts aus Blumen machte, hatte er keine Ahnung, was für Pflanzen das waren, und es war ihm auch egal. Im Moment war ihm alles ziemlich egal, außer der Tatsache, daß Maxine ihn vor zwei Tagen verlassen hatte.

Er stand am Wohnzimmerfenster und schaute zum Meer hinaus; Tränen traten ihm in die Augen. Sie hatte ihn sehr unfreundlich abgefertigt, verdammt noch mal. Nein, in typisch selbstsüchtiger Hast war sie damit herausgerückt – nein, sie hatte keinen anderen, nein, er hatte nichts falsch gemacht, es ging eben einfach nicht mit ihnen. Dann hatte sie die paar Kleider und die Schminke, die noch im Cottage waren, in ihre Basttasche gestopft und im fröhlichsten Ton gesagt: »Tut mir leid, Schatz, aber so was kommt eben vor. Wünsch mir Glück! Tschüs!«

Verlogenes Miststück, dachte er. Er preßte die Lippen zusammen und drehte die Postkarte, die er in der Hand hielt, immer wieder um. Sie hatte sich nicht mal die Mühe gemacht, ihre Spuren in seiner Umgebung zu tilgen. Das hat man davon, wenn man jemanden liebt und ihm vertraut, dachte Bruno bitter. Sie nutzen dich aus und machen sich nichts draus, wenn sie dich quälen ...

Er hatte in der Brusttasche seines Hemdes eine Postkarte gefunden. Maxine hatte es letzte Woche ausgeliehen; sie hatte Schokolade-Milchshake über einen Ärmel geschüttet und das Hemd in den Wäschekorb geworfen. So mußte er es selbst waschen und bügeln, bevor sie es sich wieder ausleihen konnte.

Und es war eine derart bescheuerte Karte, dachte Bruno. Er schaute mißmutig auf die Szenerie, die die *Romsey Road* in ihrer ganzen scheußlichen Pracht zeigte. Er drehte die Karte um und las zum fünfzehnten Mal die schnell hingekritzelte Notiz: »Erfülle ich nicht immer alle Erwartungen? Ruf mich an! Zack.« Dieser Name sagte sogar Bruno, der nie fernsah, etwas. Zack Morrison mochte vielleicht nicht der begabteste Schauspieler aller Zeiten sein, dachte er säuerlich, aber er war bekannt dafür, die verdammten Erwartungen zu erfüllen ...

Bruno zog sich mit Sorgfalt an; er wählte das pinkfarben und grau gestreifte Hemd, das sie ihm gekauft hatte, und zog dazu eine makellos gebügelte, anthrazitgraue Hose an. Draußen war es so warm, daß man keine Jacke brauchte. Er betrachtete sich im Spiegel und war zufrieden. Er konnte es noch, wenn er wollte, dachte er voll wiedergewonnenem Stolz. Wie viele Frauen hatten ihm schon gesagt, er hätte die erotischsten grünen Augen auf der ganzen Welt! Und wie viele hatten sein Lächeln unwiderstehlich genannt, und wie viele hatten ihn angefleht, sie von ihren Ehemännern zu erlösen?

Paco Rabanne, entschied Bruno sich und griff nach der Flasche auf dem Kästchen mit den Schubladen. Nein, *Eau Sauvage.* Das stammte auch von ihr. Wenn sie das am liebsten mochte, dann würde er es benutzen.

Nina saß an der Bar und trank Orangensaft. Sie plauderte mit einem der Mittagsgäste, als Bruno das Restaurant betrat. Das schöne Wetter hatte viele Gäste angelockt, und sie alle schienen sich wohlzufühlen. Was Wayne Simmonds an Ausstrahlung fehlt, macht er durch seine Zaubereien in der Küche wett, dachte Bruno. Wenigstens hatte der Betrieb nicht gelitten, während er weggewesen war.

»O du meine Güte«, sagte Nina; ihre Augen blitzten, als sie ihn sah. »Schau, wer da kommt! Bruno, schön, dich nach so langer Zeit mal wieder zu sehen. Und du siehst gut aus. Die Arbeit im Grand Rock tut dir offenbar gut.«

Bruno lächelte. Er beugte sich vor und küßte ihre bleiche Wange. Nina war die gleiche geblieben; das hatte ihm schon immer an ihr gefallen. Und er hätte voraussagen können, daß sie dieses weiche Laura-Ashley-Kleid mit dem Blumenmuster tragen würde – wie in den letzten sechs Jahren.

»Du siehst auch verdammt gut aus.« Er trat zurück und betrachtete ihr glänzendes, ungeschminktes Gesicht und atmete ihren vertrauten, ermutigenden Patschuliduft ein. Er nahm ihre Hand und drückte sie leicht. »Hast du zu tun, oder können wir nach oben gehen und ein paar Worte miteinander sprechen? Hier unten würden wir doch nur die Gäste belästigen, und das will ich vermeiden.«

Das lichtdurchflutete Wohnzimmer war nicht so sauber wie früher, aber ansonsten war es noch immer so, wie er es in Erinnerung hatte.

Nina bemerkte seinen Blick und sagte: »Du warst es, der

hier aufgeräumt hat. Ich bin noch immer derselbe hoffnungslose Fall.«

»Du bist kein hoffnungsloser Fall.« Er sprach mit einschmeichelnder Stimme. »Du bist nur ... lockerer. O Nina, es tut wirklich gut, dich zu sehen. Erzähl mir, wie es dir wirklich ergangen ist.«

An ihrem Arm klimperte ein Dutzend Silberringe, als sie ihr Haar zurückstrich. »Ja, eigentlich gut. An Weihnachten hatte ich natürlich viel zu tun, und Silvester war wie immer chaotisch. Der Januar war ruhig. Wir haben die Speisekarte umgestellt, und die Gäste scheinen das zu schätzen.«

»Ich wollte wissen, wie es *dir* ergangen ist.« Er nahm Ninas Hand, führte sie zum Sofa und setzte sich neben sie, ohne ihre Hand loszulassen. »Ich glaube, daß es für uns beide nicht so einfach war ...«

»Ach, weißt du«, sie zuckte die Schultern und betrachtete ein ausgefranstes Loch in ihrem Rock, »wie du damals gesagt hast: So was passiert nun einmal, das Leben geht weiter.«

»Nina.« Brunos Stimme wurde weicher. »Ich habe damals viel Blödsinn geredet. Und ich habe es bereut. Du ...«

»Wie geht's Maxine?« fragte sie plötzlich, mit neugierig aufgerissenen Augen. »Ich habe sie in diesem Klopapierwerbespot im Fernsehen gesehen. Maxine war toll.«

Bruno seufzte. »Kann schon sein, daß sie gut war. Aber Maxine ist nicht du, mein Schatz. Sie kann nicht annähernd mit dir mithalten. Das wird mir immer klarer. Ich will nichts mehr von ihr wissen«, sagte er ganz einfach. »Ich bitte dich, mir mein dummes Verhalten zu verzeihen. Ich will *dich.*«

Nina sah einen Augenblick lang aus, als würde sie gleich in Tränen ausbrechen. Sie sah ihn an, berührte zögernd seine Hemdärmel und flüsterte: »Das Hemd hab ich dir im vergangenen Sommer gekauft.«

Er nickte und schenkte ihr ein aufmunterndes Lächeln.
»O Bruno, ich wollte dich so sehr zurückhaben, es hat weh getan«, sagte Nina mit sanfter Stimme. »Ich habe davon geträumt, und nur dieser Gedanke hat mich überhaupt am Leben erhalten ...«
»Und nun bin ich wieder bei dir.« Bruno streichelte sanft ihr schmales Handgelenk.
»Ach, hättest du deine Meinung nur früher geändert!« Nina quälte sich, sie wollte ihn keinesfalls verletzten. »O je, ich weiß überhaupt nicht, wie ich es dir sagen soll ... Aber ich habe einen anderen getroffen. Ich bin glücklich mit ihm. Wir werden im April heiraten; nichts großartiges, nur eine kleine Hochzeitsfeier; nicht einmal richtige Flitterwochen.«
»Heiraten?« Brunos Augen weiteten sich vor Schreck. Er starrte sie bestürzt an. »Und wen, zum Teufel noch mal?«
Sie zuckte zusammen. »Hm ... Wayne.«
»Du machst Witze«, rief er. Er konnte es einfach nicht glauben. »Mach dich doch nicht lächerlich, Nina! Das kannst du doch nicht tun!«
Nina ließ sich nicht beirren. Sie liebte Wayne, und er liebte sie, dessen war sie sicher.
»Wir tun es trotzdem«, erwiderte sie unruhig. »Es ist alles schon veranlaßt. Am 20. April.«
Es war wie in einem Horrortraum. Bruno merkte gar nicht, daß er ihr seine Fingernägel ins Handgelenk bohrte. »Um Himmels willen, mach das rückgängig! Er heiratet dich doch nur wegen deines Geldes.«
»Nein, das tut er nicht.« Nina befreite sich und rieb ihren Arm. Der arme Bruno! Da konnte sie ihm gleich alles in einem Aufwasch erzählen. Sie reckte die Schultern; ihre Augen nahmen einen stolzen Ausdruck an, und sie sagte: »Er heiratet mich, weil ich schwanger bin.«

58

Viel war's nicht, dachte Guy voller Reue, aber es war alles, was er hatte: Auf die Bemerkung, die Maxine vergangene Nacht hingeworfen hatte, als sie Josh wegen seiner neuen, achtjährigen Freundin aufgezogen hatte – »Du liebe Güte, du wirst ja genauso rot wie Janey, wenn ich deinen Vater auch nur erwähne« –, konnte man nicht gerade bauen; aber es war zumindest ein hoffnungsvolles Zeichen dafür, daß sie mehr für ihn empfand, als sie zugab.

Es genügte, um ihn davon zu überzeugen, daß er etwas tun mußte, um es selbst herauszufinden. Die Ungewißheit machte ihm zu schaffen. Es war höchste Zeit zum Handeln. Und wenn Maxine unrecht hatte, konnte er sie immer noch mit bloßen Händen erwürgen ...

Zwei Dutzend rosa Rosen. Janey zuckte zusammen, als eine Dorne die zarte Haut zwischen Daumen und Zeigefinger ritzte. Er hatte nicht ein, sondern gleich zwei Dutzend langstielige rosafarbene Rosen bestellen müssen.

Eifersucht, nackte Eifersucht, wühlte in ihr, als sie darüber nachdachte, wem Guy damit imponieren wollte. Und wie sehr war sie versucht, minderwertige Pflanzen auszusuchen, solche, die schon ihre Blätter verloren, so daß sie nach ein, zwei Tagen die Köpfe hängen lassen würden. Aber ihr Stolz zwang sie dazu, die schönsten auszusuchen, solche, die gerade aufgeblüht waren, perlmuttfarbenes Rosa mit einem Hauch Aprikot. Wenn die Wer-auch-immer-es-war sich die Mühe machte, sie zu pflegen, würden sie gut

zwei Wochen halten. Zu allem Überfluß überlegte Janey, ob Guys Interesse an Wer-auch-immer-es-war länger anhalten würde als diese erlesenen Rosen.
Und nur aus Stolz ging sie nach oben, um ihr Haar zu bürsten und ein frisches, olivgrünes Hemd und weiße Jeans anzuziehen, bevor sie die Blumen auslieferte. Sollte das Mädchen – sicherlich irgendein schlankes Model – dasein, wenn sie nach Trezale House kam, dann wollte Janey sich nicht noch mehr erniedrigt fühlen, als sie es ohnehin schon tat. Es war schlimm genug, zu wissen, daß sie verliebt war. Aber einer seiner unendlich attraktiveren Größe-achtunddreißig-Freundinnen gegenübertreten zu müssen – das war schlichtweg niederschmetternd.
Hör auf damit, dachte Janey müde; sie wischte den Lippenstift wieder ab, den sie eben aufgetragen hatte, und starrte den kleinen Topf mit bronzefarbenem Lidschatten an, der irgendwie in ihre Hand gekommen war. Jetzt benehme ich mich langsam wirklich blöd, dachte sie und legte den Lidschatten zurück in die Schublade ihres Schminktisches. Sie betrachtete sich im Spiegel – als könnte ein bißchen Make-up hier irgendwie helfen.

Guy öffnete die Haustür, als Janey die Blumen aus dem Lieferwagen holte. Janey hätte sie ihm gleich überreichen können, aber er trat beiseite und gab ihr den Weg ins Haus frei.
Offenbar war niemand da, und auch keine umwerfend schöne, halbnackte brünette Frau lag auf dem Küchentisch. Janey bemühte sich um einen halbwegs normalen Ton und fragte beiläufig: »Wo ist Maxine?«
»Keine Maxine, keine Kinder.« Er hob die Schultern und lächelte. »Sie hat sie zu irgendeinem Kindergeburtstag nach Truro gebracht. Sie werden stundenlang weg sein.«

»Und ich hab gedacht, die Rosen wären für sie.« Janey stellte sie auf dem Tisch ab; plötzlich dachte sie daran, daß sie Guy nicht mehr gesehen hatte, seit er ihr die Einladung zu diesem Wohltätigkeitsball gebracht hatte. Sie hoffte, daß er die Einladung nicht mehr erwähnen würde; zu ihrem Ärger spürte sie, daß sie heiße Wangen hatte; sie wandte ihre Aufmerksamkeit der Borte um das Bukett zu und zupfte das gerippte Papierband zurecht.

»Du wirst's nicht glauben«, ertönte Guys Stimme aus dem Hintergrund, »aber sie sind für dich gedacht. Nebenbei: Warum hast du diese Geschichte erfunden, daß Paula Grippe hat? War der Gedanke, einen ganzen Abend in meiner Gesellschaft zu verbringen, wirklich so schrecklich, oder gibt's eine andere Erklärung? Glaub nicht, daß ich bis zehn zähle, bis du dir eine ausgedacht hast«, fuhr er in ruhigem Ton fort. »Du hast bereits acht Wochen Zeit gehabt.«

Diesmal wurde Janey puterrot, dagegen war sie machtlos. Sie wußte nicht, was sie sagen sollte. »Guy«, sagte sie schließlich, »ich dachte, es würde dir dort mit einer anderen besser gefallen.«

»Janey! Wenn es mir mit einer anderen besser gefallen hätte, hätte ich diese andere eingeladen.« Er klang amüsiert und ungeduldig zugleich. »Und deine Blumen bewunderst du auch nicht. Du solltest sagen: ›Wie liebenswürdig, aber das wäre doch nicht nötig gewesen ...‹«

»Ach, du weißt genau, was ich meine.« Sie wußte, daß sie dummes Zeug redete. »Da waren die Fotos in der Zeitschrift von dir und Valentina – und die Leute erwarten von dir, daß du mit so einer Partnerin aufkreuzt. Sie hätten gedacht: Um Himmels willen, mit wem ist der denn da ...«

»Sie hätten genausogut denken können, ich sei nun endlich vernünftig geworden.« Guy war tausendmal nervöser, als er es sich anmerken ließ. Mit betont ruhiger Stimme sagte er: »Janey, hast du gehört, was ich gerade gesagt habe?«

»Natürlich hab ich es gehört.« Sie schüttelte total aufgeregt den Kopf. »Ich weiß nur nicht, warum du so was sagst. Du hast mich angerufen und diese Blumen bestellt. Du kannst sie mir nicht wieder zurückgeben ...«

»Warum nicht?« Er zog die Augenbrauen hoch. »Ich hab sie ja bezahlt. Ich habe dir meine Kreditkartennummer durchgegeben.«

»Aber das ist doch Unsinn.«

»Ist es nicht, es ist vernünftig.« Er fing an zu lachen. »Schließlich hat's dich hierhergebracht, oder?«

Sie biß sich auf die Unterlippe. »Ich verstehe immer noch nichts.«

»Du könntest«, schlug er ihr vor, »dich zum Beispiel bedanken.« Seine Augen funkelten amüsiert. »Das machen die Leute normalerweise, wenn sie ihrer Freude über zwei Dutzend teurer rosa Rosen Ausdruck verleihen möchten.«

Janey streckte die Waffen. »In diesem Fall: vielen Dank. Sie sind wundervoll. Wie-liebenswürdig-das-wäre-wirklich-nicht-nötig-gewesen. Und so teuer waren sie auch wieder nicht«, sagte sie schmunzelnd. »Ich denke, es war ein vernünftiger Preis.«

Jetzt oder nie, dachte Guy. Er atmete tief ein. »Es gäbe da noch eine andere Art, deiner Freude über zwei Dutzend rosa Rosen zu einem vernünftigen Preis Ausdruck zu verleihen«, sagte er langsam, »und das wäre ein Kuß.«

Janey starrte ihn an. Sollte das ein abscheulicher, gemeiner Witz sein? Hielt sich vielleicht Maxine hinter der Walisischen Anrichte verborgen, die Videokamera im Anschlag? Lauerte einer von der »Versteckten Kamera« im Kühl-

schrank? Nach einer endlos erscheinenden Pause sagte sie: »Ich soll die Rosen küssen?«
Guy sah sie ernst an. Er lachte jetzt nicht mehr, sondern schien eher irgendwie besorgt zu sein. Janey war etwas benommen, ihr Herz schlug rasend schnell, und ihr Magen schien einen Purzelbaum zu schlagen.
»Das bleibt dir überlassen«, sagte Guy, »aber mir wäre es lieber, wenn du *mich* küssen würdest.«
Wie in Trance ging sie auf Guy zu; sie wunderte sich, daß ihre Füße sie überhaupt noch trugen. Dann drückte sie mit unendlicher Vorsicht ihre Lippen auf seine braungebrannte Wange.
»In Ordnung?« fragte sie, als es vollbracht war.
Aber Guy lächelte und schüttelte den Kopf. »Schrecklich«, brummte er, »ein armseliger Versuch. Ich weiß, daß du's besser kannst.«
Er umarmte sie. Janey, die nicht mehr in der Lage war, dagegen zu protestieren, schloß die Augen, als sein Mund den ihren fand. Diesmal schien der Kuß eine Ewigkeit zu dauern.
»Ein gewaltiger Fortschritt.« Guy flüsterte die Worte in ihr Haar und ließ sie nicht aus der Umarmung entkommen.
Janey war froh, daß er sie festhielt – sie brauchte jede nur erdenkliche Unterstützung. Sie atmete tief durch.
Er lächelte. »Alles okay?«
»Ich weiß nicht.« Sie hob ihre braunen Augen und sagte mit zitternder Stimme: »Ist das alles nur ein Scherz? Denn wenn es so ist, dann müßte ich dich eigentlich umbringen.«
»Du könntest auch Maxine auf mich hetzen. Das wäre ein viel schrecklicheres Schicksal als der Tod.« Guy war begeistert, daß sein Plan so gut funktioniert hatte. »Außer, es ist kein schlechter Scherz, dann brauchst du es auch nicht zu tun. Mein Gott, Janey, hast du auch nur die leiseste Ah-

nung, durch welche Hölle du mich in den letzten Monaten hast gehen lassen?«

Janey war völlig verwirrt. Sie konnte noch immer nicht verstehen, wie ihr geschah. »Tut mir leid«, sagte sie.

»Das sollte es, verdammt noch mal, auch tun.« Er küßte sie wieder und atmete den leichten Duft ihres Parfüms ein. »Du gibst mir überhaupt kein Signal. Ich wußte nicht, ob du mich auch nur ein bißchen anziehend findest. Du hast mein Liebesleben zerstört ...«

»Wovon redest du eigentlich?« Janey zitterte am ganzen Körper; sie griff nach seinem Hemd. Sie konnte die Wärme seiner Haut durch den Baumwollstoff spüren und empfand den unwiderstehlichen Drang, ihm das Hemd vom Leibe zu reißen.

»Du warst mit deinem unsäglichen Mann zusammen, deshalb konnte ich dich nicht kriegen«, beklagte sich Guy. »Und ich wollte keine andere. Es war die reinste Tortur.« Er verdrehte vorwurfsvoll die Augen. »Man kann dich einfach nicht übersehen; wohin ich auch gehe, verfolgt mich dieses verfluchte Poster. Ich hab es manchmal schon ernsthaft bereut, ausgerechnet dieses Foto für das Plakat verwendet zu haben, glaub mir. Wie hätte ich auch wissen sollen, daß sie dein Konterfei über jeden Bretterzaun im ganzen Land kleben würden?« Er seufzte. »Alles in allem bist du eine Frau, die es einem schwer macht, in sie verliebt zu sein, Janey Sinclair. Und ich meine, du solltest dich für das Ungemach entschuldigen, das du verursacht hast.«

»Meinst du das im Ernst?« Sie schauderte. Er hatte eben gesagt, er sei verliebt in sie! Irgendwo, draußen, in der wirklichen Welt, wartete Paula auf sie, um den Laden zusperren zu können, und sie stand hier, mitten in Guy Cassidys Küche, und hörte sich solche Sachen an.

»Natürlich meine ich es im Ernst, Herrgott noch mal«, erklärte Guy empört.
»Dabei warte ich immer noch drauf, daß der Typ von der ›Versteckten Kamera‹ aus dem Kühlschrank rausspringt«, murmelte Janey vor sich hin und warf einen Blick über ihre Schulter, um sich davon zu überzeugen, daß es nicht so war. »Wann sagst du, bringt Maxine Josh und Ella wieder?«
»Das dauert noch.« Er grinste. »Hier handelt es sich um einen bis ins Detail geplanten Feldzug, Liebling. Du wirst doch nicht ernsthaft glauben, daß ich von dieser Bande gestört werden will!«
»Hm.« Janey berührte mit einem Finger seinen Mund. »Nur gut, daß ich nicht Paula gebeten habe, die Blumen auszufahren.«
Guy küßte sie jetzt wieder. »Es sieht so aus, als müßte ich allein dafür sorgen, daß wir vorankommen.« Seine Stimme klang sanft drängend. »Du hast mir noch gar nicht gesagt, was du von all dem hältst. Ist es dir recht, oder verabscheust du den Gedanken, eine richtige Beziehung mit einem mißmutigen Fotografen einzugehen, mit zwei lauten Kindern und einem durchgeknallten Kindermädchen?«
Janey dachte kurz an das Volksfest, als Alexander Norcross sie vor alleinerziehenden Müttern und Vätern gewarnt hatte. »Ich weiß nicht«, sagte sie. »Tust du das nur, weil es einfacher ist, als einen Ersatz für Maxine zu finden?«
Guy lachte. »Brillante Idee. Seit Wochen habe ich ihr schon nicht mehr mit einem Rauswurf gedroht. Meinst du wirklich, sie würde gehen, wenn wir sie ganz nett bitten?«
Janey stieß einen tiefen Seufzer der Erleichterung aus. Maxine hatte also noch nicht gekündigt. Sie hatte ihn zwar nicht ernsthaft in Verdacht gehabt, er könnte so was fertigbringen, aber es war nett, das sicher zu wissen. Dann

lächelte sie, denn »nett« war ein so unpassender Ausdruck für das Gefühl, daß Guy sie um ihrer selbst willen liebte. Nicht alle Männer haben Hintergedanken, sagte sie sich. Alan war eine schlimme Erfahrung gewesen, die sie nun hinter sich lassen konnte. Auf der ganzen Welt könnte es keine zwei Männer geben, die unterschiedlicher waren als Alan und Guy.

»Nein, ich suche keine billige Aufpasserin für die Kinder«, sagte er zu Janey. Er strich ihr das Haar aus dem Gesicht und schaute ihr fest in die Augen. Er suchte eine Frau fürs Leben, zum Heiraten, aber das mußte er ihr jetzt nicht unbedingt auf die Nase binden. Er konnte sich Zeit lassen. Sie hatten alle Zeit der Welt, um sich richtig kennenzulernen ...

»Das ist dein Glück«, erwiderte Janey, »denn ich bin nicht billig zu haben.«

»Im Gegensatz zu deinen preiswerten Rosen.«

»Bis heute hat mir noch nie jemand Blumen geschenkt.« Sie schaute zärtlich auf den Strauß; ihre Augen glänzten von Freudentränen. »Oh, Lieber, ich muß ein schreckliches Geständnis ablegen.«

Guy sah sie an. »Raus damit.«

»Ich habe gedacht, du würdest sie für irgendeine neue Frau kaufen. Fast hätte ich welche ausgesucht, die bald welken.«

»Das hätte dir jetzt sicher leid getan.« Guy lachte. »Du warst also eifersüchtig. Das macht mir Mut.«

»Natürlich war ich eifersüchtig.« Janey schämte sich ein wenig. »Okay, ich muß noch etwas gestehen. Ich habe es einfach nicht übers Herz gebracht, mit dir nach London zu fliegen, weil ich Angst hatte, mich zu blamieren. Ich habe gedacht, du müßtest merken, wie ich mich fühlte.«

Wenn sie nur wüßte, dachte Guy, wie gerne er gewußt hätte, wie sie sich fühlte.

Aber das gehörte nun der Vergangenheit an. Er lächelte und strich ihr über die Wangen. Die makellose Haut, so sanft wie Seide, machte ihn süchtig.
»Macht nichts«, flüsterte er. »Jetzt weiß ich's ja. Am schönsten aber sind deine Gefühle für mich.«